LES VIERGES DU PARADIS

DU MÊME AUTEUR
CHEZ POCKET

SÉLÉNÉ

AFRICAN LADY

AUSTRALIAN LADY

BARBARA WOOD

LES VIERGES DU PARADIS

PRESSES DE LA CITÉ

Titre original :

VIRGINS OF PARADISE

Traduit de l'américain par
Valérie Dayre

ISBN 2-266-06153-4

PROLOGUE

– Attendez, dit Jasmine au conducteur du taxi. Pourriez-vous passer d'abord rue des Vierges du Paradis, s'il vous plaît ?

– Oui, miss, répondit le chauffeur arabe qui observait sa passagère à la chevelure dorée dans le rétroviseur.

Jasmine se surprenait. Depuis qu'elle avait quitté l'aéroport international du Caire, et avant cela, au cours du long vol sans escale depuis Los Angeles, elle s'était promis de ne pas approcher de la rue des Vierges du Paradis, d'aller tout droit au Nil Hilton, de découvrir pour quelle raison elle avait été rappelée en Égypte et par qui, de régler l'affaire en question, puis de reprendre le premier avion pour la Californie. Regrettant son impulsion, elle voulut dire au chauffeur de gagner l'hôtel directement, qu'elle avait changé d'avis; elle ne le put. Si elle craignait de se rendre rue des Vierges du Paradis, elle redoutait plus encore de ne pas y aller.

– Très jolie rue, miss, commenta le chauffeur, pressant sur son klaxon pour se faufiler dans la circulation embouteillée du centre de la vieille ville. Très belle rue.

Jasmine lut la curiosité sur son visage : les touristes visitaient rarement la rue des Vierges du Paradis. La petite voiture vrombissante était décorée d'épis multicolores, de fleurs en papier; un Coran, le livre sacré des musulmans, reposait sur le tableau de bord habillé de velours. Les doigts anxieux de Jasmine se crispèrent sur l'étoffe de son jean. Elle préférait le jean à toute autre tenue, le portait même en pédiatrie ou lorsqu'elle effectuait ses visites à l'hôpital. « Très peu professionnel, docteur Van Kerk », avait un jour plaisanté le chirurgien-chef.

Comme le taxi progressait peu à peu autour de la place de la Libération, Jasmine observa les piétons sur les trottoirs. Elle vit peu de jeans chez les jeunes gens, plutôt des pantalons à pattes d'éléphant et des chemises en Nylon cintrées. Tout cela faisait très démodé. Quelques femmes élégantes arboraient des coiffures bouffantes, des jupes et des chemisiers modernes; des hommes portaient la traditionnelle *galabieh*; il y avait aussi des jeunes femmes en robes longues, la tête couverte d'un voile – la tenue exigée par le nouvel intégrisme islamique –, ainsi que des paysannes qui flânaient, enveloppées dans un pudique vêtement noir qui soulignait précisément les charmes qu'il était censé dissimuler. Dans la foule, Jasmine cherchait des yeux une fillette qui aurait ressemblé à celle qu'elle avait été autrefois, une enfant à la peau pâle et aux cheveux blonds, gambadant avec ses compagnons plus bruns, heureuse, insouciante, ignorante de l'avenir turbulent qui l'attendait. Elle colla son nez à la vitre, certaine que si elle voyait une telle enfant, elle sauterait du taxi, lui prendrait la main et lui dirait : « Viens avec moi. Je t'emmène loin d'ici, loin du danger et de la trahison qui te guettent. »

Mais le taxi toussotant, cahotant, dépassait les piétons et Jasmine se retrouva soudain dans une rue dont la familiarité lui coupa le souffle.

Le chauffeur ralentit tandis que Jasmine détaillait les arbres, les murs des jardins depuis longtemps oubliés. Le souvenir lui revenait maintenant avec une précision insupportable, comme si elle n'avait quitté l'Égypte qu'hier.

Tout à coup, elle regretta d'être venue au Caire, de ne pas avoir jeté la lettre arrivée à son bureau de Los Angeles voilà quelques jours, portant ce message sibyllin : « Docteur Van Kerk, pouvez-vous venir immédiatement au Caire ? C'est urgent. Nous avons à discuter de la question de votre héritage. » La missive était signée d'un avocat qui possédait un cabinet florissant dans l'un des plus chics quartiers de la ville. Il était déjà l'homme de loi de la famille du temps de la jeunesse de Jasmine, quand elle vivait dans cette rue appelée Vierges du Paradis.

– Tu devrais y aller, lui avait conseillé Rachel, sa meilleure amie, médecin elle aussi. Tu ne te réconcilieras pas avec ta vie tant que tu n'auras pas réglé tes comptes avec ton passé. Tu prétends être heureuse, Jas, mais je vois la tristesse au fond de tes yeux. Peut-être est-ce un signe, une occasion pour toi de vaincre tes démons.

Jasmine avait appelé l'avocat afin d'obtenir plus d'informations, mais il était resté très vague : « Je regrette, docteur Van Kerk, mais l'affaire est trop complexe pour en parler au téléphone. Venez au Caire, c'est de la plus haute importance. » Elle avait failli lui demander qui était mort mais s'était retenue, refusant qu'une tragédie vienne assombrir son existence californienne. S'il s'agissait de la nouvelle la plus redoutée – la mort de son père, ou celle d'Amira – alors il fallait qu'elle l'entende là-bas, au Caire, qu'elle l'assume au Caire, puis qu'elle la laisse au Caire avec son passé, afin de repartir vers l'Amérique et l'avenir.

– Arrêtez-vous ici, je vous prie, dit-elle au chauffeur.

Le taxi s'immobilisa sous un dais de vénérables peupliers. Derrière un impressionnant mur de pierre, à peine visible, se trouvait une immense demeure cernée par un jardin paisible, chose rare au Caire, ville congestionnée et surpeuplée. Contemplant la maison à deux étages, sa façade rose ornée de balcons ouvragés et de croisillons en bois aux fenêtres, Jasmine succomba à l'émotion. « Voilà l'endroit où je suis née, songea-t-elle. C'est là que j'ai respiré pour la première fois, que j'ai versé ma première larme et eu mon premier fou rire. Et c'est ici que je fus maudite, bannie de la famille, condamnée à mort. »

Elle détailla la demeure, vestige du passé fastueux et décadent de l'Égypte, comme si c'était une chose vivante, provisoirement endormie mais qui pouvait redevenir dangereuse si on l'éveillait. Ces fenêtres obturées, pareilles à des yeux, s'ouvriraient pour laisser apparaître des visages familiers, ces visages qu'autrefois elle avait aimés et caressés, ou haïs et redoutés. Dans cette maison avaient vécu plusieurs générations d'une puissante famille aristocratique, les Rachid, riche au-delà de ce qui se peut concevoir, amie intime des rois et des pachas, belle et bénie, mais qui portait secrètement son fardeau de folie, d'adultère, de meurtre même. Des questions lui traversèrent l'esprit : « La famille vit-elle encore ici ? M'a-t-on rappelée pour des funérailles ? Qui ? Mon père ? Amira ? Non, pas Amira ! Qu'elle demeure éternelle, au moins dans ma mémoire. »

Des paroles lui revinrent de très loin, Amira disant : « Une femme peut avoir plus d'un mari dans sa vie, elle peut avoir beaucoup de frères et beaucoup de fils, mais elle n'aura jamais qu'un seul père. »

– Emmenez-moi au Hilton, ordonna brusquement Jasmine au chauffeur, chassant le souvenir de son père et de leur terrible dernier jour ensemble.

Le taxi s'engagea dans les artères encombrées que Jasmine regardait en pleurant. Au sortir de l'avion, elle s'était blindée contre le choc du retour, à tel point qu'elle n'avait éprouvé ni émotions ni sentiments – elle eût pu débarquer dans n'importe quel aéroport du monde. Mais à présent qu'elle avait parcouru la cité de son enfance, revu la maison, elle sentait ses défenses s'effondrer.

Le Caire – après tant d'années ! A travers ses larmes, elle constata des changements qui la confondirent. Beaucoup d'anciennes villas aristocratiques, pareilles à celle de la rue des Vierges du Paradis, avaient été vendues à de grosses sociétés, et leurs façades élégantes se couvraient maintenant de tapageuses enseignes au néon ; partout de hautes tours, des constructions nouvelles, et le vacarme incessant des marteaux-piqueurs.

Malgré cela, Jasmine reconnaissait Le Caire qu'elle aimait, cette ville tapageuse, criarde, audacieuse, qui avait résisté à dix siècles d'invasions, d'occupations étrangères, de guerres, d'épidémies et de souverains extravagants. Le taxi fit une embardée et, dans un crissement de freins, traversa la place Tahrir, ronde comme la piste d'un cirque, provisoirement éventrée par la construction du nouveau métro. Jasmine constata que les Cairotes, accoutumés aux changements, vaquaient imperturbablement à leurs occupations habituelles ou se prélassaient aux terrasses des cafés, indifférents à la frénésie de la course au progrès. Lorsque Jasmine aperçut enfin le Nil Hilton, il ne lui parut pas aussi fabuleusement moderne qu'elle l'avait jugé autrefois. Elle y revit son mariage, célébré dans les fastueux salons, et se demanda si le buste en bronze de Gamal Nasser dominait toujours le hall d'entrée. Et là, près des bureaux de l'American Express, elle retrouva le marchand de glaces chez qui elle était souvent venue avec Camélia, Tahia, Zachariah, minuscule échoppe où l'on pouvait avoir tous les parfums du moment qu'on choisissait vanille! A côté il y avait les petits vendeurs de jasmin, qui disparaissaient sous leurs guirlandes de fleurs, et des femmes fellahs accroupies sur le trottoir pour faire griller les épis de maïs, signe que l'été était revenu.

Jasmine se détourna de la vitre. Elle ne devait pas laisser Le Caire la séduire. Des années auparavant, elle avait fait le vœu de ne jamais revenir, et elle avait l'intention de respecter ce serment : même si elle était là physiquement, pour rencontrer Abdel Rahman, l'avocat, et régler la question de son héritage, elle ne laisserait pas revenir son cœur et son âme. Ils étaient restés en sûreté en Californie.

Le taxi freina devant l'hôtel. Le portier se précipita pour ouvrir la porte à la passagère.

– Bienvenue au Caire, mademoiselle.

Il la mangeait des yeux, admirant sa chevelure blonde – comme avant lui le chauffeur de taxi, les agents des douanes et les porteurs à l'aéroport. Elle se promit d'acheter un foulard afin de se couvrir la tête; déjà, elle avait pris soin d'enfiler un gilet avant de descendre de l'avion pour couvrir ses bras nus, véritable provocation dans ce pays musulman.

Un chasseur vint chercher ses bagages, mais Jasmine n'avait qu'une petite valise. Elle n'avait pas l'intention de s'attarder. Juste une nuit, si c'était possible. En tout cas, elle ne retournerait plus rue des Vierges du Paradis.

Dans le hall, elle entendit une musique forte et vit des gens qui riaient. Une noce apparut, menée par des danseurs et des musiciens; amis et parents suivaient les jeunes mariés, jetant des pièces de monnaie pour leur souhaiter bonne chance. Jasmine s'arrêta afin de regarder la belle mariée en robe blanche et les deux petites filles qui portaient sa longue traîne. Cette image raviva les doux souvenirs du soir de son propre mariage, quand le cortège avait traversé ce même hall. A l'époque, l'hôtel était neuf, et elle, heureuse. Fouillant son sac, elle en tira quelques pièces qu'elle fit pleuvoir sur le couple, et murmura : « Bonne chance. *Mabruk* », en leur souhaitant sincèrement de connaître le bonheur.

A la réception, elle fut accueillie par le chaleureux et familier :

– Bienvenue au Caire.

Le jeune et avenant réceptionniste lui offrait le flatteur sourire aux yeux noirs dont les hommes égyptiens ont le secret.

– Y a-t-il un message pour moi ? s'enquit-elle.

Il vérifia dans les casiers.

– Je suis désolé, docteur Van Kerk, pas de message.

– En êtes-vous certain ?

Elle avait informé Abdel Rahman de la date de son arrivée. Elle avait espéré que l'avocat l'attendrait à l'aéroport puis, ne le voyant pas, qu'il la retrouverait à l'hôtel. Or voilà qu'il n'y avait même pas de message.

Bien qu'elle n'eût que son léger bagage, un groom l'accompagna jusqu'à sa chambre, avec vue sur le Nil, comme elle l'avait demandé. Quand elle lui glissa un billet d'une livre, elle comprit à son sourire que le pourboire était trop généreux.

Une fois seule dans la chambre, elle s'empressa de tirer les rideaux turquoise et or que le chasseur avait ouverts. Elle avait voulu une chambre sur le Nil pour ne pas voir la ville, mais voilà qu'elle ne pouvait résister à l'attraction du fleuve millénaire qui étincelait sous le soleil du matin. Amira appelait le Nil « la mère des fleuves, notre mère à tous ».

Malgré sa fatigue et sa faim – elle avait peu dormi et pratiquement rien mangé dans l'avion – Jasmine se dirigea vers le téléphone, posé sur la table de nuit. Elle voulait appeler Los Angeles pour dire qu'elle était arrivée à bon port, puis M. Rahman afin de le rencontrer le plus tôt possible. A peine effleurait-elle l'appareil qu'elle entendit des coups frappés doucement à la porte.

Supposant qu'il s'agissait d'un message de M. Rahman, ou de l'avocat en personne, elle alla ouvrir. Elle recula sous l'effet de la stupeur.

Une femme en blanc se tenait sur le seuil, vêtue du costume des pèlerins de La Mecque : une longue robe blanche, un voile blanc couvrant la tête et le bas du visage. Elle portait un sac de cuir et une canne de soutien. Lorsque Jasmine vit les yeux noirs qui la fixaient au-dessus du voile, elle se trouva en proie à deux émotions contradictoires. Amira! Vivante, Dieu merci! En même temps, la colère l'envahit au souvenir de la dernière fois où elle avait vu cette femme.

– Que la paix soit avec toi et la miséricorde divine, dit Amira en arabe.

Et Jasmine se rappela soudain les parfums de bois de santal et de lilas, le chant de la vieille fontaine dans le jardin rue des Vierges du Paradis, le goût délicieux des abricots sucrés par les chauds après-midi. Beaux et heureux souvenirs qu'avaient effacés les autres, douloureux.

– Pour toi aussi, fit-elle, incrédule, comme si elle s'adressait à une apparition. La paix, la miséricorde et les grâces de Dieu. Entre, je t'en prie.

Tandis qu'Amira pénétrait dans la chambre, ses voiles blancs dispensant des fragrances d'amande, Jasmine s'émerveilla de la facilité avec laquelle les années la rattrapaient, comblant le gouffre créé par son absence. La douceur et l'aisance avec lesquelles la langue arabe revenait dans sa bouche la stupéfiaient aussi. C'était si bon de la parler à nouveau.

Amira attendit que Jasmine l'invitât à s'asseoir, puis elle s'installa avec la grâce d'une femme accoutumée à accorder des audiences. Cependant Jasmine nota une certaine raideur dans ses mouvements : Amira avait plus de quatre-vingts ans.

– Te portes-tu bien? interrogea Jasmine, assise au bord du lit, buvant des yeux cette étonnante vision.

Ainsi Amira avait enfin effectué son pèlerinage à La Mecque. Jasmine en était heureuse pour elle.

– Je vais bien, Dieu soit loué, répondit l'aïeule.

Elle fit glisser son voile, révélant une chevelure blanche comme neige.

– Comment as-tu appris ma présence ici ? Par M. Abdel Rahman ?

– C'est moi qui t'ai fait appeler, Yasmina.

– Comment m'as-tu trouvée ?

– J'ai écrit à Itzak Misrahi en Californie, il connaissait ton adresse. Tu as l'air d'aller bien, Yasmina, poursuivit Amira avec un léger tremblement dans la voix. Alors te voilà médecin ? C'est une bonne chose. Une grosse responsabilité. Tu ne m'embrasses pas ? ajouta-t-elle en tendant les bras.

Jasmine avait peur. Cette femme l'avait aidée à venir au monde. Ces mains à la senteur d'amande avaient été son premier contact humain. Elle savait qu'Amira l'avait embrassée, comme elle avait embrassé tous les bébés qu'elle avait fait naître. Mais lorsque Jasmine plongea ses yeux dans les yeux sombres qui paraissaient briller du même feu que celui qui brûle au cœur d'une opale noire, elle fut incapable d'aller dans les bras de cette femme. Elle regardait ses traits rudes des Bédouins du désert, son menton arrogant, caractéristiques communes à toutes les femmes Rachid. Jasmine Van Kerk les possédait elle aussi : son vrai prénom était Yasmina et cette femme était sa grand-mère.

– Nous ne devons pas être ennemies, Yasmina, reprit Amira. Tu es la petite-fille de mon cœur et je t'aime.

– Pardonne-moi, grand-mère, mais je me rappelle la dernière fois où nous nous sommes vues.

– Un triste jour pour nous tous. Yasmina, mon enfant chérie, quelque chose m'est arrivé quand j'étais petite fille, et j'ai pleuré, pleuré comme l'eau se déverse d'une bouteille, et je croyais que j'allais mourir. Je ne suis pas morte, et j'ai conservé le souvenir de cette détresse profonde, et j'ai fait le vœu de ne jamais laisser mes enfants connaître une telle souffrance. Or, bien qu'Ibrahim soit mon fils, il est d'abord ton père, et je ne pouvais intervenir. La loi veut qu'un homme puisse agir selon sa volonté avec ses enfants, il est le maître de sa famille.

Mais j'ai souffert pour toi, Yasmina. A présent, te voilà revenue.

– Je t'en prie, grand-mère, dis-moi pourquoi tu as demandé à M. Abdel Rahman de m'appeler. Mon père est... mort ?

– Non, Yasmina. Ton père est toujours en vie. Mais c'est pour lui que je souhaitais ton retour. Il est très malade, Yasmina. Il se meurt. Il a besoin de toi.

– C'est lui qui t'a demandé de me faire revenir ?

Amira secoua la tête.

– Ton père ignore ta venue. Je ne lui ai rien dit. J'avais peur que si tu ne venais pas, cela l'anéantisse.

– De quoi meurt-il ? questionna Jasmine luttant contre ses larmes. De quelle maladie ?

– Pas d'une maladie du corps, Yasmina, mais de l'esprit. Son âme dépérit, il a perdu la volonté de vivre.

– Comment pourrais-je, *moi*, le sauver ?

– C'est de toi qu'il meurt. Le jour où tu as quitté l'Égypte, sa foi l'a déserté. Il s'est convaincu que Dieu l'a abandonné, et il le croit encore sur son lit de mort. Yasmina, tu ne peux laisser ton père mourir sans foi, car alors Dieu l'abandonnera vraiment, et mon fils ne gagnera pas le paradis.

– C'est de sa faute... murmura Jasmine d'une voix brisée.

– Oh, penses-tu tout connaître ? Crois-tu savoir pourquoi ton père a agi comme il a agi ? Que sais-tu des histoires de notre famille ? Par le Prophète, la paix soit avec lui, tu ignores les secrets qui ont fait notre famille, qui t'ont faite. Le temps est venu pour toi d'apprendre ces secrets.

Amira redressa le sac en cuir sur ses genoux et y prit une ravissante boîte en bois incrusté d'ivoire, sur le couvercle de laquelle était gravé en arabe *Dieu, le miséricordieux*.

– Tu te souviens de la famille Misrahi, nos voisins rue des Vierges du Paradis. Ils ont quitté l'Égypte parce qu'ils étaient juifs. Maryam Misrahi était ma plus chère amie. Nous nous confiions tous nos secrets. Je vais te dire nos secrets à présent, parce que tu es la petite-fille de mon cœur, et parce que je veux être le remède entre toi et ton père. Je te dirai même le grand secret de Maryam; elle est morte et cela n'a plus d'importance. Puis je te révélerai mon propre secret, qui est terrible, que même ton père ignore. Mais pas avant que tu n'aies entendu tout ce qu'il y a à entendre.

Fascinée, Jasmine fixait la boîte. Les rideaux qu'elle avait tirés sur la porte vitrée ouverte sur le balcon se gonflaient maintenant sous la caresse de la brise, et avec elle montaient les rumeurs de la circulation sur la Corniche. Une pensée étrange vint à l'esprit de Jasmine; elle se souvint du temps où cette route qui bordait le fleuve n'existait pas, pas plus que cet hôtel, car les casernes britanniques occupaient alors cet endroit. Et tandis qu'elle regardait sa grand-mère ouvrir la boîte contenant les fières reliques de leur famille, elle comprit qu'Amira et elle s'apprêtaient à embarquer pour un long voyage dans le passé.

– Je vais te révéler tous nos secrets, Yasmina, fit doucement Amira. Et tu me diras les tiens. – Pleins de sagesse, les yeux d'onyx en forme de feuille fixaient Jasmine. – Tu as des secrets aussi, insista Amira. Oui, tu as des secrets. Nous les échangerons, poursuivit-elle après un soupir. Et quand Dieu entendra notre histoire, je prie que dans Sa miséricorde, Il t'aide à agir avec sagesse. Le premier secret, Yasmina, remonte à l'année qui précéda ta naissance, quand la guerre en Europe venait de s'achever et que le monde célébrait la paix. Cela se produisit par une soirée chaude et parfumée, pleine d'espoir et de promesse. Ce fut la nuit qui marqua le début de la chute de notre famille...

PREMIÈRE PARTIE

1945

1

– Regarde, princesse, là-haut dans le ciel ! Vois-tu le cheval ailé qui galope à travers les cieux ?

La petite fille fouilla le ciel nocturne mais n'y vit rien d'autre qu'un vaste océan d'étoiles. Elle secoua la tête et reçut une chaude étreinte. Comme elle s'obstinait à chercher le cheval volant parmi les astres, elle perçut un grondement dans le lointain, pareil au tonnerre.

Puis, soudain, quelqu'un hurla, et la femme qui le tenait cria : « Dieu nous vienne en aide ! » L'instant d'après, de furieuses formes sombres jaillissaient des ténèbres. L'enfant vit fondre sur elles de gigantesques chevaux montés par des cavaliers vêtus de noir. Les croyant descendus du ciel, elle essayait de distinguer leurs grandes ailes de plume.

Ensuite tout le monde courut, les femmes et les enfants tentaient de se cacher, tandis que les épées étincelaient à la lueur du feu de camp, et que les cris se perdaient vers les étoiles indifférentes.

La fillette se cramponnait à la femme ; toutes deux se tapissaient derrière un gros coffre.

– Reste tranquille, princesse, chuchotait la femme. Ne fais pas un bruit.

Peur. Terreur. Et puis... l'enfant fut brutalement arrachée aux bras protecteurs. Elle hurla.

Amira s'éveilla. La pièce était sombre, mais la lune de printemps jetait sur le lit un manteau d'argent. Amira s'assit, alluma sa lampe de chevet qui éclaira la chambre d'une lumière réconfortante, et pressa sa main sur sa poitrine pour calmer son cœur affolé. Les rêves avaient recommencé.

Amira ne se sentait pas reposée, car les rêves troublaient son sommeil par des scènes effrayantes – des souvenirs, peut-être, bien qu'elle ne sût si ces événements étaient réels ou imaginaires. Chaque fois que les rêves revenaient, elle savait qu'ils la hanteraient tout le jour durant, qu'elle serait contrainte de revivre le passé – s'il s'agissait bel et bien de rémanences du passé – comme si elle avait deux existences simultanées : celle de la fillette effrayée et celle de la femme qui s'efforçait de mettre ordre et sens dans un monde imprévisible.

« C'est parce qu'un bébé va naître », se dit Amira, et elle se demanda combien de temps elle avait dormi. La maison était étrangement calme.

A chaque naissance dans la grande demeure de la rue des Vierges du Paradis, les visions revenaient peupler son sommeil, présages de choses à venir ou résurgences d'événements lointains. Plus calme, elle gagna l'élégante salle de bains en marbre qu'elle avait autrefois partagée avec son mari, Ali Rachid, qui reposait depuis cinq ans maintenant dans la tombe, et sans allumer elle fit couler l'eau au robinet d'or. Elle s'immobilisa pour se regarder dans le miroir; le clair de lune blanchissait son visage. Bien qu'Amira ne se considérât pas comme une beauté, les autres la trouvaient belle et ne se privaient pas de le dire. « Promets-moi que tu te remarieras, lui avait dit Ali sur son lit de mort, avant que n'éclate la guerre en Europe. Tu es encore jeune, Amira, et si pleine de vie! Épouse Skouras, tu es amoureuse de lui. »

Amira s'aspergea le visage d'eau froide et se sécha avec une serviette de lin. Andreas Skouras! Comment Ali savait-il qu'elle l'aimait? Elle pensait avoir si bien caché ses sentiments que même sa meilleure amie n'eût pu deviner combien son cœur bondissait chaque fois que le séduisant Skouras venait à la maison. « Épouse Skouras. » Était-ce aussi simple? Le ministre de la Culture du roi éprouvait-il quelque chose pour elle?

Réajustant sa chevelure et ses vêtements, Amira retraversa la chambre en direction de la porte. Le clair de lune éclairait une photographie en noir et blanc sur la table de chevet, et le bel homme dans le cadre d'argent parut lui faire signe en silence.

Elle prit entre ses mains le portrait d'Ali, y puisa du réconfort, comme chaque fois qu'elle était troublée.

– Que signifient mes rêves, époux de mon cœur? s'enquit-elle dans un murmure.

La nuit était tranquille; l'immense maison, bruissant d'ordinaire du bruit des générations qu'abritaient ses murs, se faisait silencieuse à cette heure tardive. Les seuls indices de vie, elle le savait, viendraient de l'étage inférieur, où demeurait sa belle-fille qui allait mettre au monde son premier enfant.

Amira s'adressa de nouveau à la photo de l'homme à l'impressionnante moustache sous un nez de faucon : Ali Rachid, riche et puissant, dernier d'une génération éteinte.

– Dis-moi pourquoi les rêves reviennent toujours quand un bébé s'appprête à naître. Sont-ce des présages, ou le fruit de ma propre peur? Ô mon époux, que m'est-il arrivé dans mon enfance pour que chaque nouvelle naissance dans la famille provoque en moi une telle terreur?

Parfois, Amira rêvait d'une petite fille désespérée qui sanglotait violemment, mais elle ignorait qui c'était.

– Est-ce moi? demanda-t-elle au portrait. Toi seul connais le secret de mon passé, époux de mon cœur. Peut-être en savais-tu davantage, mais tu ne me l'as jamais dit. Tu étais un homme et je n'étais qu'une enfant quand tu me conduisis dans cette maison. Quels secrets laissions-nous derrière nous quand tu m'as enlevée du harem de la rue de l'Arbre à Perles? Et pourquoi n'ai-je aucun souvenir d'avant mes huit ans?

N'entendant que les chuchotis des peupliers caressés par la brise printanière qui soufflait sur Le Caire endormi, Amira reposa le portrait. Si Ali détenait les réponses à ses questions, il les avait emportées dans la tombe. Ainsi Amira Rachid ignorait-elle toujours l'identité de sa propre famille, son lieu de naissance, son nom véritable. Même sa famille ne connaissait pas ce secret. Lorsque ses enfants étaient petits et qu'ils s'enquéraient de ses origines, elle répondait évasivement : « Ma vie a commencé le jour où j'ai épousé votre père, sa famille est devenue ma famille. » Elle n'avait pas de souvenirs d'enfance à partager avec ses petits.

Pourtant, il y avait les rêves...

– Maîtresse ? appela une voix sur le seuil.

Amira se tourna vers la servante, une femme âgée qui travaillait déjà dans la famille bien avant la naissance d'Amira.

– C'est le moment ? s'enquit celle-ci.

– Il est très proche, maîtresse.

Oubliant ses songes et ses pensées, Amira traversa rapidement la grande demeure silencieuse, ses mules bruissant sur les tapis précieux, sa silhouette se reflétant sur les vases en cristal et les candélabres d'or poli ; des parfums de cire et d'huile de citron se mêlaient à ceux de la nuit printanière.

Dans la chambre de sa belle-fille, elle trouva les tantes et les cousines de la maison en train d'encourager la jeune femme en psalmodiant des paroles rassurantes et des prières. Comme toujours, la vieille Qettah, l'astrologue, occupait un angle sombre de la pièce, penchée sur ses cartes et instruments mystérieux; elle se préparait à enregistrer l'instant exact de la naissance du bébé.

Amira se sentait encore sous l'emprise de son rêve. Plus qu'un rêve, lui semblait-il. A croire qu'elle arrivait réellement de ce camp dans le désert où elle avait contemplé les étoiles avant d'être brutalement arrachée à celle qui avait tenté de la cacher. Qui était cette femme ? Ces bras aimants étaient-ils ceux de sa mère ? Amira n'avait aucun souvenir de sa mère, elle avait parfois l'impression de ne pas être née d'une femme mais d'avoir jailli des étoiles étincelantes et lointaines.

« Mais si mon rêve est réellement un fragment de souvenir, pensa-t-elle en disposant un linge frais sur le front de sa belle-fille, que s'est-il passé après qu'on m'eut arrachée aux bras aimants ? La femme a-t-elle été tuée ? Ai-je assisté à sa mort ? Est-ce la raison pour laquelle le passé ne me revient que dans mes rêves ? »

– Comment vas-tu, fille de mon cœur ? demanda-t-elle à la jeune épouse qui luttait pour mettre son enfant au monde.

La pauvre souffrait depuis les premières heures du jour. Amira prépara une infusion d'herbes élaborée à partir d'une ancienne recette – breuvage que la mère du prophète Moïse aurait bu afin de faciliter la naissance de son fils. Tout en encourageant sa belle-fille à boire, elle examina le ventre distendu sous la couverture de satin et s'alarma soudain : quelque chose n'allait pas.

– Mère... murmura la jeune femme en se détournant de la tasse, ses yeux fiévreux brillants comme des perles noires. Où est Ibrahim ? Où est mon mari ?

– Ibrahim est avec le roi et ne peut venir. Bois maintenant, la tisane possède le pouvoir de la grâce d'Allah.

Sentant venir une nouvelle contraction, la jeune femme se mordit la lèvre pour retenir un cri.

– Je veux Ibrahim, chuchota-t-elle.

Les autres femmes priaient en silence pour leur cousine ; des voiles de soie leur couvraient la tête, leurs corps exhalaient les parfums coûteux et elles étaient richement vêtues parce qu'elles vivaient sous le toit d'un homme fortuné. Vingt-trois femmes et enfants demeuraient dans l'aile des femmes de la demeure des Rachid, âgés de un mois à quatre-vingt-six ans. Toutes et tous étaient parents, tous des Rachid, fondateur du clan ; il y avait aussi les veuves de ses fils, de ses neveux et cousins. Dans ces appartements, les garçons avaient obligatoirement moins de dix ans, âge auquel, selon la coutume islamique, ils quittaient leur mère pour s'installer dans l'aile des hommes, de l'autre côté de la maison. Amira régnait sur le quartier des femmes, autrefois appelé harem, où l'esprit d'Ali Rachid s'incarnait dans le grand portrait suspendu au-dessus du lit. Entouré de ses épouses, concubines et nombreux enfants, les mains ornées de lourds anneaux d'or, Ali Rachid Pacha était assis comme sur un trône, richement paré, vêtu de robes et d'un fez, comme un potentat du siècle passé. Son nom continuait à être invoqué cinq années après son décès. Amira avait été sa dernière épouse ; elle avait treize ans le jour de leur mariage, lui en avait cinquante-trois.

La bouche de sa belle-fille s'ouvrit sur un hurlement silencieux ; elle retenait son cri car montrer de la faiblesse durant l'accouchement apportait le déshonneur sur la famille. Amira changea son oreiller humide contre un sec et lui essuya le front.

– *Bismillah!* Au nom de Dieu! chuchota l'une des jeunes femmes présentes autour du lit, le teint aussi blanc que les fleurs d'amandier qui embaumaient la chambre. Qu'est-ce qui ne va pas ?

Amira écarta la courtepointe de satin : inexplicablement, le bébé s'était retourné et n'était plus en position normale pour la naissance mais placé transversalement. Cela lui rappela cette autre nuit, près de trente ans auparavant, où elle venait d'arriver comme épouse dans cette demeure. Une femme se trouvait en travail, l'une des plus vieilles épouses de son mari, et l'enfant s'était mis en travers.

Amira se souvenait à présent que la mère et le bébé étaient morts.

Afin de dissimuler son inquiétude, elle adressa des paroles douces à sa belle-fille et fit signe à l'une des femmes de brûler de l'encens afin d'éloigner du lit les djinns et autres esprits malfaisants. Elle lui murmura qu'il fallait qu'elles manipulent le bébé pour le remettre en position normale. La délivrance était proche ; si l'enfant restait coincé, lui et sa mère seraient perdus.

A l'instar des autres femmes, la cousine avait une grande expérience en matière d'accouchement, mais quand elle examina le ventre distordu, elle se figea : où se trouvait la tête ? Où étaient les pieds ?

Amira prit une amulette qu'elle avait disposée auparavant parmi l'attirail nécessaire à l'accouchement, objet d'un pouvoir inouï parce qu'il avait été « étoilé » – placé sur le toit pendant sept nuits afin d'absorber la lumière et la puissance des astres. Elle la serra entre ses mains pour s'imprégner de sa magie. A la radio, une voix psalmodiait la lecture nocturne du Coran :

– Il est écrit que rien ne nous arrivera hormis ce que Dieu a ordonné. Il est notre Gardien. Que les fidèles remettent en Lui leur confiance.

Grâce à une douce manipulation, Amira parvint à retourner le bébé dans la bonne position, mais dès qu'elle retira ses mains, elle vit le ventre changer lentement de forme : l'enfant, de nouveau, se plaçait en travers.

– Priez pour nous! murmura l'une des femmes.

Découvrant la peur sur le visage des autres, Amira dit :

– Dieu est notre guide. Nous devons maintenir l'enfant en position correcte jusqu'à ce qu'il naisse.

– Mais où est sa tête ? Si nous lui mettons les pieds en bas!

Amira tenta de tenir le bébé mais, à chaque contraction, il revenait à la position transversale.

Elle finit par se décider :

– Préparez le hachisch, ordonna-t-elle.

Une nouvelle senteur âcre emplit la chambre, se mêlant au parfum des fleurs d'amandier et de l'encens. Amira récita un passage du Coran tout en se lavant mains et bras avant de les sécher avec une serviette propre. De sa belle-mère, la mère d'Ali Rachid, elle avait appris l'art secret de soigner, mais certaines de ses connaissances venaient de plus loin encore : du harem de la rue de l'Arbre à Perles.

Elle veilla à ce que sa belle-fille tire sur la pipe de hachisch jusqu'à ce que son regard devînt vitreux. Alors, doucement, elle guida le bébé d'une main posée sur le ventre de la jeune femme, et de l'autre elle s'apprêta à attraper l'enfant.

– Donnez-lui encore à fumer, fit-elle tranquillement, tout en s'efforçant de visualiser la position de l'enfant.

Sa belle-fille tenta de tirer sur la pipe mais la douleur devint insupportable; elle détourna la tête et, incapable de se retenir, hurla.

Amira se tourna vers l'une des femmes.

– Téléphone au palais, dit-elle avec calme. Qu'Ibrahim revienne immédiatement.

– Bravo! sécria le roi Farouk.

Il venait de gagner un « cheval » coté à sept contre un,

aussi son entourage, pressé autour de la roulette, explosa en acclamations.

Comme les autres, Ibrahim Rachid applaudissait la victoire du roi. C'est lui qui l'avait encouragé : « Prenez le risque, Majesté. La chance est avec vous ce soir ! » Pourtant Ibrahim n'avait pas le cœur à se divertir. Dès que son souverain regarda ailleurs, il jeta un coup d'œil sur sa montre. Il se faisait tard ; il avait hâte d'appeler la maison afin d'avoir des nouvelles de sa femme. Mais Ibrahim n'était pas libre de quitter la table de jeu : en tant que médecin personnel du monarque, il devait rester auprès de Farouk.

Toute la soirée, Ibrahim avait bu du champagne, ce qui n'était pas dans son habitude mais il avait éprouvé le besoin d'apaiser son anxiété. Sa jeune épouse était enceinte de son premier enfant et il ne se rappelait pas, en ses vingt-huit ans d'existence, avoir été aussi nerveux.

Cependant le champagne produisait l'effet opposé à celui escompté. A chaque verre, à chaque acclamation poussée par le groupe massé autour de la roulette, sa morosité croissait, et il se demandait ce qu'il faisait là à perdre son temps en vaines distractions. Il regarda le régiment de jeunes hommes qui entouraient le roi. Tous lui ressemblaient. Chacun savait que Farouk choisissait les membres de sa suite avec un goût particulier pour les jeunes gens attirants et raffinés, à la peau cuivrée. Comme Ibrahim Rachid, ils possédaient tous des cheveux noirs et de beaux yeux bruns. Agés d'une trentaine d'années, riches et oisifs, habillés de smokings commandés chez Saville Row à Londres, ils parlaient tous l'anglais maniéré qu'ils avaient appris au cours de leurs études en Angleterre, comme la plupart des héritiers de l'aristocratie du Caire. Néanmoins, remarqua Ibrahim avec un cynisme qui ne lui était pas coutumier, tous arboraient le fez rouge, symbole jaloux de la haute société égyptienne. Certains le portaient si bas sur le front qu'il frôlait leurs sourcils. « Des Arabes qui essaient de ne pas être arabes, pensa amèrement Ibrahim, des Égyptiens qui veulent passer pour des gentlemen anglais et ne prononcent pas un mot de leur langue maternelle, car l'arabe n'est bon qu'à donner des ordres aux serviteurs. » Bien qu'il eût une position enviable, Ibrahim s'en désolait parfois en secret; il avait beau être le médecin personnel du roi, il ne pouvait ni en tirer fierté ni considérer ce statut comme une réussite : ce poste lui avait été assuré par son puissant géniteur.

De plus le médecin personnel de Farouk devait se plier à maintes obligations, comme par exemple de passer ses soirées à perdre son temps sous les lustres du palais en regardant des femmes en robes moulantes danser avec des hommes en smokings. Ibrahim était tenu de se trouver à tout moment auprès de la personne royale, ou, à défaut, d'être toujours joignable, ce qui expliquait la présence d'un téléphone directement relié au palais dans sa chambre de la rue des vierges du Paradis. Il occupait ce poste de choix depuis cinq ans, depuis la mort de son père survenue au moment où la guerre avait éclaté en Europe. Il en était venu à connaître Farouk mieux que quiconque, la reine Farida y compris. En dépit des rumeurs qui prétendaient que Farouk avait un tout petit pénis et un très gros stock de photos pornographiques – l'une des deux assertions seulement était vraie – Ibrahim savait qu'à l'âge de vingt-cinq ans Farouk avait gardé son cœur d'enfant. Il adorait les glaces, les blagues et les bandes dessinées d'Oncle Scrooge, qu'il faisait venir des États-Unis. Ses autres passions étaient les films de Katharine Hepburn et le jeu. Enfin les vierges, telle la fille de dix-sept ans à la peau laiteuse qui se pendait à son bras ce soir.

La foule continuait de s'agglutiner autour de la roulette : banquiers égyptiens, hommes d'affaires turcs, officiers britanniques en uniformes empesés, et divers membres de la noblesse européenne qui avaient fui l'armée de Hitler. Après avoir redouté que le maréchal Rommel marche sur Le Caire, la population s'enivrait maintenant de fêtes; il n'y avait pas la moindre place dans cet immense night-club pour les ressentiments, pas même envers les Anglais, dont on attendait le départ des forces d'occupation.

Quand le roi disposa ses jetons sur le 26 et le 32, Ibrahim risqua un nouveau coup d'œil sur sa montre. Sa femme allait accoucher d'un moment à l'autre et il souhaitait être près d'elle pour la rassurer. Mais il existait une autre raison à son anxiété, moins avouable, du moins à ses propres yeux. Il voulait savoir s'il avait rempli ses obligations envers son père en donnant vie à un fils. « Tu me le dois et tu le dois à tes ancêtres, lui avait dit Ali Rachid la nuit de sa mort. Tu es mon fils unique, la responsabilité t'en incombe. » Un homme qui ne faisait pas de fils, avait déclaré Ali, n'était pas vraiment un homme. Les filles ne comptaient pas, comme le disait le vieux diction : Ce qui est sous le voile engendre la tristesse. Ibrahim se rappela que même Farouk désespérait d'avoir un fils de la reine Farida, au point qu'il avait secrètement demandé conseil à son médecin sur les aphrodisiaques et les potions stimulant la fertilité. Ibrahim n'oublierait jamais le tir d'armes le jour de la naissance de l'enfant de Farouk. Toute la ville du Caire avait suspendu sa respiration. La déception avait été cruelle quand le salve s'était arrêtée à quarante et un coups au lieu des cent un qui eussent annoncé la venue d'un fils.

Mais plus que tout, Ibrahim désirait être auprès de son épouse, la femme enfant qu'il appelait son petit papillon.

La roi gagna une nouvelle fois, la foule applaudit, et Ibrahim plongea les yeux dans la coupe de champagne, se remémorant le jour où il avait vu sa jeune femme pour la première fois. C'était à une fête en plein air donnée dans l'un des palais royaux. Elle figurait parmi les adorables jeunes femmes qui entouraient la reine. Il avait été frappé par sa fragilité et sa beauté, puis il était tombé amoureux à l'instant précis où un papillon s'était posé sur son nez. Elle avait poussé un cri, on s'était affairé autour d'elle, Ibrahim avait fendu la foule avec un flacon de sels; en la découvrant au milieu du cercle protecteur des femmes, il avait cru qu'elle pleurait mais s'était aperçu qu'elle riait. « Un jour, avait-il pensé, ce petit papillon sera à moi. »

Il consultait de nouveau sa montre et cherchait le moyen de se soustraire à la présence royale lorsqu'un serviteur s'approcha de lui avec un plateau en or.

– Veuillez m'excusez, docteur Rachid, ce message vient d'arriver du palais à votre intention.

Ibrahim parcourut la brève note. Quelques mots discrets au roi, qui comprit l'urgence , et il se ruait hors du club, pensant in extremis à demander son manteau à la fille du vestiaire et enroulant hâtivement autour de son cou son écharpe de soie. Installé au volant de sa Mercedes, il regretta d'avoir absorbé autant de champagne.

Au bout de l'allée de la rue des Vierges du Paradis, Ibrahim coupa son moteur et scruta la façade à deux étages de sa demeure dix-neuvième siècle. Il tendit l'oreille un moment et, reconnaissant le son étrange venu de l'intérieur, traversa le jardin en courant, grimpa le grand escalier, courut dans le long couloir jusqu'à l'aile des femmes où il les trouva toutes en train de se lamenter assez bruyamment pour alerter la rue entière.

Il se figea en voyant le berceau vide au pied du lit à colonnes, un collier bleu suspendu au-dessus pour éloigner le mauvais œil. Sa sœur se précipita vers lui et le prit dans ses bras en pleurant.

– Elle est partie! Notre sœur est partie!

La repoussant doucement, Ibrahim s'approcha du lit où sa mère était assise, un nouveau-né dans les bras. Des larmes brillaient dans les yeux sombres d'Amira.

– Que s'est-il passé? interrogea-t-il, l'esprit embrumé.

– Dieu a libéré ton épouse de son supplice, répondit Amira, écartant la couverture qui couvrait le visage du bébé. Mais il t'a accordé ce bel enfant. Oh, Ibrahim, fils de mon cœur...

– Quand a commencé le travail? reprit-il.

– Peu après ton départ pour le palais, ce matin.

– Et elle est morte?

Il regarda les femmes qui emplissaient la chambre de leurs plaintes lugubres.

– Voilà peu, dit Amira. J'ai téléphoné au palais, mais il était trop tard.

Enfin il parvint à poser les yeux sur le lit. Les paupières de sa jeune épouse étaient closes, son pâle visage aussi paisible que si elle était simplement endormie. La courtepointe de satin frôlait son menton, cachant les traces de son combat perdu. Ibrahim tomba à genoux, enfouit son visage dans le satin.

– Au nom de Dieu le miséricordieux. Il n'y a de dieu que Dieu et Mahomet est Son prophète.

Amira posa une main sur la tête de son fils et dit en arabe, la langue de la maison Rachid :

– C'était la volonté de Dieu. Elle est au paradis à présent.

– Comment le supporterai-je, Mère ? murmura-t-il, levant vers elle un visage inondé de larmes. Elle m'a quitté et je ne savais même pas qu'elle était partie. J'aurais dû être là. J'aurais dû la sauver.

– Seul Dieu peut sauver, loué soit-il. Puise ta consolation en ceci, mon fils : ton épouse était une femme pieuse, et le Coran promet qu'à l'instant de la mort les véritables fidèles reçoivent la suprême récompense d'apercevoir le visage de Dieu. Viens, regarde ta fille. Elle est née sous l'étoile de Véga, dans la huitième maison de la lune – un bon signe, m'a assuré l'astrologue.

– Une fille ! souffla Ibrahim. Suis-je doublement maudit par Dieu ?

– Dieu ne te maudit pas, fit Amira.

Elle toucha le visage de son fils et se souvint de la petite fille de treize ans qui portait ce bébé dans sa matrice.

– Dieu le glorieux et Tout-Puissant n'a-t-Il pas créé ta femme ? N'avait-Il pas le droit de la rappeler à Lui selon Son gré ? Dieu ne fait rien qui ne soit sage, mon fils. Proclame l'unicité de Dieu.

– Je déclare que Dieu est unique, récita-t-il d'une voix saccadée, la tête inclinée. *Aminti billah.* J'ai foi en Dieu.

Il se redressa, promena un regard trouble alentour puis, après un ultime coup d'œil angoissé vers le lit, courut hors de la chambre.

Quelques minutes après, il fonçait au volant de sa Mercedes en direction du Nil, franchissait un pont puis s'engageait dans les sentes poussiéreuses d'un champ de canne à sucre. A peine avait-il conscience de la grosse lune de printemps qui semblait se moquer de lui, et du vent chaud qui projetait du sable sur son véhicule; il conduisait en aveugle, pétri de rage et de douleur.

Tout à coup, il perdit le contrôle et la voiture fit un tonneau dans les cannes à sucre.

Il sortit en titubant; le champagne lui faisait tourner la tête. Péniblement, il parcourut quelques mètres, oublieux de ce qui l'entourait et même de la présence d'un village peu éloigné. Il demeura un moment à contempler le ciel nocturne. Puis, avec un sanglot amer, Ibrahim leva un poing vers les cieux et, d'une voix forte, blasphéma Dieu à plusieurs reprises.

2

L'aube vint, pâle et ténue. Ouvrant les yeux, Ibrahim vit le soleil enveloppé de brumes, pareil à une femme voilée. Sans bouger, il tenta de se rappeler où il était; son corps était douloureux, une pulsation lui martelait le crâne et il souffrait d'une soif terrible. Il essaya de remuer et s'aperçut qu'il était assis dans sa voiture, à moitié renversée dans une forêt de hautes cannes à sucre vertes. Que s'était-il passé ? Comment avait-il abouti là ? Et où était-il exactement ?

Puis tout lui revint en mémoire : le retour précipité du casino pour trouver son épouse morte, le trajet désespéré dans la nuit, le véhicule échappant à son contrôle et...

Ibrahim gémit. « Dieu, pensa-t-il. J'ai blasphémé Dieu. »

Il ouvrit la portière et faillit tomber sur la terre humide. Il ne se souvenait plus de rien après ses invectives contre Dieu. Sans doute avait-il grimpé dans l'auto pour s'y endormir. Le champagne, trop de champagne... Il était malade maintenant et tellement assoiffé qu'il aurait pu boire toute l'eau du Nil.

Appuyé contre la voiture, il vomit. A sa consternation, il constata qu'il portait toujours son smoking, l'écharpe de soie blanche à son cou, comme s'il venait de sortir du casino pour respirer. Jamais de toute sa vie il ne s'était senti si misérable. Il avait déshonoré sa femme morte, sa mère et son père.

La brume matinale commença lentement de se dissiper; Ibrahim sentit le vaste ciel bleu s'ouvrir au-dessus de lui et son père, le puissant Ali Rachid, le regarder depuis les cieux, ses épais sourcils se rejoignant dans une expression de désapprobation. Parfois, Ibrahim le savait, son père avait bu de l'alcool, mais jamais il n'avait été assez faible pour vomir ensuite. Durant ses vingt-huit ans d'existence, Ibrahim s'était efforcé de plaire à son géniteur et de répondre à ses espérances. « Tu étudieras en Angleterre », avait décidé Ali, et Ibrahim était allé à Oxford. « Tu deviendras médecin », avait ordonné le père, et le fils avait obéi. « Tu accepteras le poste auprès du roi », avait déclaré Ali, ministre de la Santé, et Ibrahim s'était joint aux proches de Farouk. Enfin, « Tu perpétueras la tradition d'honneur de notre famille et me donneras de nombreux petits-fils »... Tous ses efforts pour gagner l'approbation paternelle paraissaient s'être anéantis dans ce seul moment d'humiliation.

Ibrahim s'agenouilla sur la terre riche et, de tout son cœur, s'efforça de demander pardon à Dieu, pour avoir fui sa mère Amira, pour n'avoir point prié sur le corps de son épouse défunte, pour avoir conduit jusqu'à ce lieu désolé et blasphémé avec tant d'arrogance contre le Tout-Puissant. Mais il ne trouva pas en lui l'humilité nécessaire. Et lorsqu'il essaya de prier, le visage implacable de son père s'imposa à son esprit. « Tous les fils voient-ils leur père sous les traits du Seigneur ? » s'interrogea-t-il.

Comme il regardait en direction du Nil – il avait grand besoin de se laver le visage et se désaltérer –, il entendit la voix de son père tonner dans les hautes cannes à sucre : « Une fille! Tu n'es même pas capable d'accomplir ce qui est à la portée du plus simple des paysans! » Ibrahim eut envie d'implorer les cieux : « N'ai-je pas essayé d'avoir un fils ? N'étais-je pas fou de joie quand mon précieux petit papillon m'a annoncé qu'elle était enceinte ?

« Et ma première pensée ne fut-elle pas : voici enfin quelque chose que mon père ne m'a pas donné mais que j'ai moi-même créé ? »

De nouveau, il se sentit malade et se tint au pare-chocs tandis que son estomac se vidait dans des spasmes déchirants.

Quand il se redressa pour aspirer l'air, son esprit s'éclaircit et, brutalement, il comprit la cause de son angoisse. Il en fut bouleversé. « Ce n'est pas la mort de ma femme qui m'a rendu fou, mais mon échec aux yeux de mon père! »

Il eût voulu pleurer mais, comme la prière du repentir, les larmes refusèrent de couler.

S'adossant à son véhicule, il se demanda comment il le tirerait du bourbier, et s'il y avait un village à proximité. Tout à coup, il vit une fille, à quelques pas de là, qui le regardait. Il aurait juré qu'il était seul un instant plus tôt. Elle était brune, nu-pieds sur la terre sombre, dans une galabieh poussiéreuse, une jarre en équilibre sur la tête.

La fellah, une petite paysanne de douze ou treize ans au plus, posait sur lui de grands yeux plus innocemment curieux que craintifs ou méfiants. Il fixa la cruche d'eau.

– La paix et la miséricorde de Dieu soient avec toi, fit-il d'une voix sèche qui amplifia le martèlement de son crâne. Offriras-tu de l'eau à un étranger dans le besoin?

A sa surprise, la fille avança vers lui, prit la jarre sur sa tête et la pencha. Comme il tendait ses mains vers la fraîche eau du fleuve, il se rappela les rares fois où il avait visité ses grandes exploitations cotonnières dans le delta du Nil. Il avait trouvé bien timides les paysans qui travaillaient pour lui; les filles s'enfuyaient en voyant venir le maître.

Dieu, cette eau avait un goût divin! Il creusa ses paumes et but avidement, puis s'aspergea les cheveux, le visage, et se désaltéra de nouveau.

– J'ai bu le vin le plus cher du monde, dit-il en passant ses mains mouillées dans ses cheveux, mais il n'est pas comparable à la douceur de cette eau. Vrai, enfant, tu m'as sauvé la vie.

Face à l'expression déroutée de la paysanne, il s'aperçut qu'il avait parlé anglais. Il eut envie de rire, malgré son désespoir, mais il ne put s'empêcher de continuer en anglais tout en se lavant encore les mains et le visage :

– Mes amis me disent que j'ai de la chance parce que je n'ai pas de frères. J'ai reçu tout l'héritage de mon père, et me voilà très riche. Oh, j'avais des frères autrefois, mon père a eu plusieurs épouses avant d'épouser Amira, ma mère. Ses premières femmes lui ont donné trois fils et quatre filles. Mais avant ma naissance, une épidémie de grippe a emporté deux garçons et une fille. Le dernier frère est mort à la guerre, une sœur a succombé à un cancer, et les deux autres vivent sous mon toit, rue des Vierges du Paradis. Elles ne se sont jamais mariées. Je reste donc le seul fils de mon père, c'est une lourde responsabilité.

Ibrahim regarda le ciel, se demandant s'il verrait la face d'Ali Rachid dans l'azur infini, puis il aspira l'air frais du matin, sentit son cœur se contracter comme un poing serré dans sa poitrine et les sanglots montèrent dans sa gorge. Elle était morte. Son petit papillon était mort. Il tendit à nouveau les mains et la fille y versa de l'eau; il nettoya ses yeux embrumés et, encore une fois, passa ses doigts mouillés dans ses cheveux.

Il prit un moment pour regarder la paysanne, il la trouva même jolie, mais il savait que la rude existence des paysans du Nil ferait d'elle une vieille avant ses trente ans.

– J'ai une petite fille maintenant, reprit-il, étouffant la douleur qui montait en lui. Mon père jugerait que c'est un échec. Il considérait les filles comme une insulte à la virilité d'un homme. Il ne s'est pas occupé de mes sœurs – je parle des deux que lui a données Amira. L'une vit à la maison à présent, c'est une jeune veuve avec deux petits enfants. Je ne crois pas qu'il l'ait jamais prise dans ses bras quand elle était petite. Moi je trouve que les petites filles sont mignonnes. Elles ressemblent à leur mère...

Sa voix se brisa.

– Tu ne comprends pas ce que je raconte, fit-il sourdement à la paysanne. Même si je parlais en arabe, tu ne comprendrais pas. Ta vie est simple, déjà tracée devant toi. Tu épouseras un homme choisi par tes parents, tu auras des enfants, tu vieilliras et peut-être que tu vivras assez longtemps pour être vénérée dans ton village.

Ibrahim enfouit son visage dans ses mains et se mit à sangloter.

La cruche vide dans les bras, la fille le regarda pleurer avec patience.

Enfin, il se reprit. Avec l'aide de la fille, peut-être parviendrait-il à désembourber la voiture. Il lui expliqua en arabe comment pousser sur le capot à son signal.

Lorsque le véhicule fut remis sur la piste poussiéreuse, Ibrahim sourit tristement à la petite paysanne.

– Dieu te récompensera pour ta gentillesse, lui dit-il. J'aimerais te donner quelque chose.

Mais il eut beau fouiller ses poches, il n'avait pas d'argent sur lui. Alors, voyant qu'elle regardait l'écharpe de soie blanche enroulée autour de son cou, il s'en défit et la lui tendit.

– Dieu t'accorde longue vie, reprit-il avec des larmes dans les yeux, un mari gentil et beaucoup d'enfants.

Quand la voiture eut disparu dans le chemin, la petite Sahra de treize ans fit demi-tour et courut vers le village, oubliant que sa jarre était vide, émerveillée par le cadeau que serraient ses mains brunes – un morceau d'étoffe aussi blanc et pur que le poitrail d'une oie, et si doux qu'on aurait dit de l'eau qui coule entre les doigts. Elle avait hâte de trouver Abdu pour lui raconter sa rencontre avec l'étranger et lui montrer l'écharpe. Ensuite elle le dirait à sa mère, et au village entier. Mais d'abord à Abdu, à cause de cette chose merveilleuse : l'étranger ressemblait à son Abdu bien-aimé !

Parcourant les étroites ruelles du village, Sahra songeait à sa chance. La plupart des filles ignoraient quel homme elles épouseraient ; les fiancés ne se connaissaient pas avant le jour de leurs noces. Et bien des filles menaient une existence malheureuse qu'elles supportaient fièrement en silence car une femme qui se plaint est une disgrâce pour sa famille. Sahra, elle, savait qu'elle ne serait pas malheureuse quand elle épouserait Abdu. Son merveilleux Abdu qui riait si bien, qui inventait des poèmes, et la rendait toute drôle à l'intérieur quand il posait sur elle ses yeux aussi verts que le Nil. Elle le connaissait depuis l'enfance. Abdu avait quatre ans de plus qu'elle. Ce n'est qu'après la dernière récolte qu'elle avait commencé à le voir sous un jour différent, et qu'Abdu s'était mis à la regarder autrement. Tout le village présumait qu'on les marierait. Ils étaient cousins germains après tout.

Quand elle arriva sur la minuscule place où les fermiers vendaient leurs produits, elle chercha Abdu, qui aidait parfois à rentrer les moissons. Un groupe de femmes apparut, riant et papotant; comme toutes les femmes mariées, elles portaient un ample cafetan noir sur leur robe. Sahra fut surprise de reconnaître sa sœur parmi elles.

En l'observant inspecter une botte d'oignons, elle s'aperçut que, de façon étrange, sa sœur avait changé. Hier encore, elle était une fille comme Sahra, ce matin elle était femme. Sans doute parce qu'elle s'était mariée la veille au soir, décida Sahra. Elle avait vu sa sœur subir l'épreuve de virginité. « Le moment le plus important dans la vie d'une fille », avait affirmé leur mère.

Si important qu'il s'était accompagné d'une grande célébration à laquelle tout le village avait assisté. « Mais en quoi perdre sa virginité transforme-t-il une fille ? » se demanda Sahra, éberluée par la métamorphose de sa sœur ce matin. Lorsque les femmes avaient installé l'épousée sur le lit la veille au soir, relevant sa robe et exposant ses jambes, Sahra s'était rappelé une nuit où les femmes lui avaient fait la même chose, à *elle*. Elle n'avait que six ans à l'époque. Elle dormait sur sa natte lorsque, sans crier gare, deux tantes l'avaient tirée de sa couche et avaient soulevé sa galabieh tandis que sa mère la tenait par-derrière. Avant qu'elle ait pu émettre un seul son, la sage-femme était apparue, un rasoir à la main. Un mouvement prompt de la lame et Sahra avait éprouvé une douleur fulgurante à travers tout le corps. Plus tard, allongée sur sa natte, les jambes attachées ensemble, n'ayant pas le droit de bouger même pour uriner, elle avait appris qu'elle venait de subir son excision, comme toutes les filles. On l'avait fait à sa mère, à la mère de sa mère, à toutes les femmes depuis Ève. Sa mère lui avait tendrement expliqué qu'une partie impure de son corps avait été coupée afin d'apaiser sa passion sexuelle, de la rendre fidèle à son époux et que, sans cette opération, aucune fille ne pouvait espérer trouver un mari.

La nuit dernière, pour l'épreuve de virginité et d'honneur de sa sœur, la sage-femme ne s'était pas montrée, le rasoir non plus. Le mari de la jeune épouse avait accompli son devoir, un mouchoir blanc noué à son doigt, devant la famille et les invités rassemblés. La mariée avait crié puis le jeune époux s'était redressé en déployant le mouchoir ensanglanté. Les acclamations avaient fusé et les femmes avaient poussé leur perçant *zaghrît*, ce trille des langues dans les bouches qui exprimait la joie. La mariée était vierge, et l'honneur de la famille, sauf.

Et voilà que ce matin la sœur de Sahra s'était miraculeusement métamorphosée en femme.

Sahra gagna l'entrée du café, regarda si elle n'y trouvait pas Abdu, qui aidait souvent le cheik Hamid à ouvrir. Les anciens du village étaient déjà là, tirant sur leur narguilé devant des verres de thé noir. Comme elle cherchait le jeune homme, Sahra entendit la voix croassante du cheik Hamid qui évoquait la guerre et la façon dont les riches du Caire en célébraient la fin. Ça ne changerait rien au sort des paysans, se plaignait le vieux cheik, eux n'avaient rien à fêter. Sa voix baissa pour aborder le dangereux sujet des Frères musulmans, ce groupe clandestin de plus d'un million de partisans déterminés à renverser la classe des pachas, des seigneurs qui, déclara Cheik Hamid, comptait à peine cinq cents hommes.

– Nous sommes le pays le plus riche du Moyen-Orient.

Parce qu'il savait lire, écrire et possédait l'unique poste de radio du village, Hamid était considéré avec grand respect.

– Mais comment la richesse est-elle distribuée ? s'écria-t-il. Les pachas représentent moins d'un demi pour cent des propriétaires terriens, or ils accaparent un tiers de la terre !

Sahra n'aimait pas le cheik Hamid. En plus d'être très vieux, il était sale. Bien qu'instruit – ce qui lui avait valu le titre respectueux de *cheik* – il portait une galabieh crasseuse, sa longue barbe blanche était emmêlée, souillée de café, de tabac, et il avait des habitudes dégoûtantes. Il avait été marié à quatre reprises, laissé veuf chaque fois car, murmuraient les femmes du village, il épuisait littéralement ses épouses. Sahra n'aimait pas la façon dont il s'était mis à regarder ses seins chaque fois qu'on l'envoyait à sa boutique.

Se rappelant tout à coup l'écharpe que l'homme riche lui avait donnée, elle la cacha dans un pli de sa robe. C'était sûrement un pacha, un seigneur, un de ceux dont parlait Cheik Hamid.

Enfin, elle vit Abdu. Quand elle entendit son drôle de rire qui secouait ses larges épaules sous la galabieh rayée, elle se demanda ce que serait leur nuit de noces. « Cela fait-il mal ? » s'interrogea-t-elle en se souvenant du cri de sa sœur. Sahra savait que l'épreuve de virginité était nécessaire, sinon comment une famille eût-elle prouvé son honneur, qui reposait sur la chasteté d'une fille ? Elle pensa à la pauvrette du village voisin qu'on avait trouvée morte dans un champ. Elle avait été violée par un garçon des environs, et donc sa famille était déshonorée. Son père et ses oncles l'avaient tuée, comme c'était leur droit. Le dicton le disait : « Seul le sang lave le déshonneur. »

Sahra fit signe à Abdu puis fila avant que les hommes ne la voient. Elle gagna l'étable derrière la maisonnette qu'elle partageait avec ses parents, se glissa dans l'abri de bambous, de feuilles de palmier et de maïs qui, mêlés à de la boue, formaient quatre murs et un toit. Les jours de grande chaleur, la bufflesse s'y couchait sur le ventre, ruminant inlassablement, et Sahra s'installait près d'elle. C'était son coin préféré; elle y venait à présent pour revivre sa rencontre avec l'étranger, sortir l'écharpe de sous sa galabieh et la caresser.

Installée dans la paille, elle remarqua que le soleil était déjà haut dans le ciel. Il lui faudrait retourner au fleuve emplir sa jarre mais elle souhaitait d'abord rester seule un moment, avec son extraordinaire souvenir. L'homme riche avait dit que Dieu la bénirait! Elle pria pour qu'Abdu l'ait aperçue devant le café et l'ait suivie, tant elle brûlait de lui raconter son aventure. Depuis qu'il avait commencé à travailler aux champs avec son père, et depuis que Sahra s'était vue de plus en plus confinée à la maison, ils n'avaient plus guère de moments ensemble.

Enfants, ils s'étaient librement ébattus, ils avaient joué des heures durant sur les rives du fleuve, et monté un âne, les petits bras de Sahra serrés autour d'Abdu. L'âge avait mis fin à cette insouciance. Avec la puberté étaient venus pour Sahra les longues robes, le foulard pour cacher ses cheveux et la contrainte d'une conduite pudique en toutes circonstances. Il n'était plus question de courir, de hurler ou de montrer ses chevilles. Après des années de liberté, pareille restriction était presque insupportable, surtout quand Abdu et elle devaient rester séparés lorsque leurs familles se retrouvaient.

Pourquoi les parents ont-ils si peur pour leurs filles ? s'interrogea Sahra. Pourquoi sa mère la surveillait-elle à longueur de temps et lui demandait des comptes à tout propos ? Pourquoi ne lui permettait-on plus d'aller seule à la boulangerie ou chez le poissonnier ? Pourquoi le soir, quand ils mangeaient le pain et les fèves, son père la fixait-il avec cette férocité qui parfois l'effrayait ? Quel mal y avait-il à parler à Abdu ou à s'asseoir près du fleuve comme au temps de leur enfance ?

Cela avait-il un rapport avec les sentiments nouveaux, étranges, qu'elle avait récemment éprouvés ? Cette sorte de faim qui la rendait nerveuse, rêveuse ? Qu'elle soit en train de laver des vêtements dans le canal, ou de gratter les marmites, elle oubliait sa tâche et se mettait à songer à Abdu. En général, elle recevait une sévère réprimande de sa mère, mais parfois celle-ci renonçait à s'emporter, poussait juste un soupir, secouait la tête.

Quand Abdu finit par entrer dans l'étable, Sahra bondit sur ses pieds avec l'envie de se jeter dans ses bras. Mais elle se retint, et lui aussi resta timidement en retrait. Il n'était pas permis de se toucher entre garçons et filles. Il n'était même pas convenable de se parler en dehors des réunions de famille. La pudeur avait remplacé l'espièglerie ; l'obéissance, la liberté. Pourtant le désir était toujours là, quoi qu'imposent les règles. Sahra se tenait dans les rais de soleil qui filtraient à travers les trous du mur, prêtant l'oreille au bourdonnement des mouches, aux rares grognements du buffle. Elle plongea ses yeux dans les yeux verts d'Abdu. « Hier encore il me poursuivait et me tirait les nattes », pensa-t-elle. Aujourd'hui ses tresses étaient cachées sous un foulard, et Abdu se montrait aussi poli qu'un étranger.

– J'ai fait un nouveau poème, fit-il. Veux-tu l'entendre ?

Il était illettré, comme tout le monde au village, et donc il n'écrivait pas ses poèmes. Il mémorisait chaque nouveau texte qu'il composait, aussi au fil des années en avait-il réuni des dizaines, auxquelles il ajouta ce dernier :

« Mon âme a soif de boire à ta coupe
Mon cœur brûle de goûter à ton trèfle.
Loin de ton sein nourricier je dépéris et meurs,
Pareil à la gazelle égarée dans le désert. »

Pensant que le poème lui était dédié, Sahra fut si bouleversée qu'elle ne put parler, pas même s'écrier : « Oh, Abdu, tu es si beau que tu ressembles à l'homme riche ! » Ce n'est que lorsqu'ils descendirent sur les berges du Nil où elle remplit sa jarre qu'elle lui parla de l'étranger et lui montra l'écharpe qu'il lui avait donnée, blanche comme les nuées.

Curieusement, Abdu ne manifesta que peu d'intérêt. Il avait mille pensées à l'esprit mais ne pouvait les partager avec Sahra, car il savait qu'elle ne comprendrait pas. Il avait espéré que son poème aiderait la jeune fille à lire au fond de son cœur son amour profond pour l'Égypte, mais à l'expression de son visage, il avait vu qu'elle avait mal interprété son poème. Abdu était en proie à une étrange agitation depuis qu'un homme était venu au village pour parler des Frères musulmans. Abdu et ses amis avaient écouté le discours passionné de l'inconnu expliquant la nécessité de ramener l'Égypte à l'Islam, aux pures voies divines. Ces jeunes avaient senti leur âme s'embraser. Ils avaient parlé tard cette nuit-là, se demandant comment ils pourraient continuer à travailler la terre des riches comme des bêtes de somme, humblement soumis à la botte des suzerains britanniques. « Parce que nous sommes paysans, nous ne sommes plus des hommes ? N'avons-nous pas d'âme ? N'avons-nous pas été façonnés à l'image de Dieu ? » Soudain leur vision du monde avait dépassé les portes du village et de leur petite portion du fleuve; Abdu s'était senti appelé à un grand dessein.

Cependant il garda pour lui ses pensées et raccompagna Sahra vers la maison de ses parents; là, il s'arrêta dans la ruelle éclaboussée de soleil et lui parla en silence, avec les yeux. Submergé d'amour pour elle, il se sentit déchiré. Il lui faudrait choisir entre l'épouser, vivre et vieillir avec elle, ou répondre à l'appel des Frères musulmans pour servir Dieu et l'Égypte. Sahra était tellement adorable dans le soleil, son visage si parfaitement rond, avec ce petit menton pointu qu'il brûlait d'embrasser, son corps mûrissant si vite que sa galabieh trahissait déjà des hanches généreuses. Il dut se retenir de l'embrasser.

– *Allah ma'aki*, murmura-t-il. Dieu soit avec toi.

Et il la laissa là, dans le soleil doré.

Sahra rentra vite chez elle, pressée de raconter l'étranger à sa mère, et de lui montrer l'écharpe. Elle avait déjà décidé d'en faire cadeau à sa mère qui, de sa vie, n'avait jamais rien possédé d'aussi joli; Sahra avait surpris le regard d'envie qu'elle posait sur les belles étoffes exposées parfois au marché. Comme elle craignait de se faire gronder pour son retard, elle avait préparé une excuse – une histoire de chèvre égarée qu'il avait fallu chercher. A sa surprise, sa mère l'accueillit dans un état d'heureuse excitation.

– J'ai une nouvelle merveilleuse! lança-t-elle. Dieu en soit remercié, tu seras mariée dans le mois! Et ton mariage surpassera celui de ta sœur, et pourtant tout le monde a dit que c'était le plus réussi du village depuis des années!

Sahra retint sa respiration, serra les poings. Sa mère avait parlé aux parents d'Abdu! Ils avaient enfin conclu l'alliance!

– Dieu soit loué, c'est Cheik Hamid qui t'a demandée, lui annonça sa mère. Quelle chance pour toi, ma fille!

La belle écharpe en soie s'échappa des doigts de Sahra.

3

– Qu'est-ce qui te trouble, Amira ? interrogea Maryam.

Elle regardait son amie couper des branches de romarin et les mettre dans son panier. Amira se redressa, ôta le voile qui lui couvrait la tête, offrant au soleil ses cheveux noirs et lustrés. Bien qu'elle se trouvât dans son jardin à cueillir des herbes, elle était vêtue pour recevoir des visiteurs. Son coûteux corsage en soie et sa jupe étaient tous deux noirs par respect pour son époux mort avant-guerre et pour sa belle-fille récemment décédée. Néanmoins, comme à l'ordinaire, ses vêtements étaient taillés à la dernière mode, ses couturières important leurs patrons de Paris et Londres. Amira accordait toujours temps et soin à son apparence : ses sourcils étaient épilés, peints et, à la façon égyptienne, du khôl soulignait ses yeux, et un rouge sombre maquillait ses lèvres. Un voile noir couvrait ses épaules : si un visiteur masculin se présentait, elle se masquerait le bas du visage et envelopperait sa main droite dans un coin de l'étoffe avant de lui serrer la main.

– Je suis inquiète pour mon fils, répondit-elle enfin, ajoutant quelques fleurs à sa récolte. Il se conduit bizarrement depuis les funérailles.

– Ibrahim pleure sa femme, fit Maryam. Elle était si jeune, si adorable. Et il était amoureux d'elle. Voilà seulement deux semaines qu'elle est morte, il a besoin de temps.

– Oui, acquiesça Amira. Tu as peut-être raison.

Dans son jardin personnel, Amira faisait pousser les

plantes médicinales qui servaient à la fabrication de ses remèdes. Autrefois la mère d'Ali Rachid l'avait conçu d'après le jardin du roi Salomon de la Bible ; elle y avait planté du camphre, du nard et du safran en abondance, des iris, de la cannelle et des aloès ; Amira y avait ajouté des plantes importées aux vertus officinales : casse, fenouil, camomille, à partir desquelles elle préparait ses décoctions, sirops, élixirs et onguents.

C'était l'heure de la sieste ; pendant que les boutiques et les entreprises du Caire fermaient pour l'après-midi, Amira recevait ; Maryam Misrahi, qui vivait dans la grande demeure voisine, avait coutume de venir bavarder un moment avec son amie. Plus grande que la brune Amira, Maryam ne dissimulait pas son opulente chevelure rousse sous un voile, et sa robe d'un jaune soleil attirait l'attention d'un colibri curieux.

– Ibrahim guérira, reprit-elle. Par la grâce de Dieu.

Elle prononça ces derniers mots en hébreu car Maryam, dont le patronyme Misrahi signifiait « égyptien » en arabe, était juive.

– Mais autre chose te trouble, Amira. Je te connais depuis trop longtemps pour ne pas savoir quand tu es inquiète.

Amira chassa une abeille qui bourdonnait autour de son visage.

– Je ne veux pas t'ennuyer avec ça, Maryam.

– N'avons-nous pas toujours tout partagé, les joies, les fêtes, et même les drames ? Nous nous sommes aidées à mettre nos enfants au monde, Amira, nous sommes sœurs.

Amira ramassa son panier plein d'herbes et d'épices odorantes, puis regarda la porte dans le mur du jardin qui restait ouverte pour les invités. Amira ne quittait jamais sa demeure – elle n'en avait pas franchi l'enceinte depuis qu'Ali l'avait épousée. Ceux qui souhaitaient la voir devaient donc venir rue des Vierges du Paradis. Ils étaient souvent nombreux. Bien des années auparavant, Maryam, qui plaignait sincèrement cette jeune épouse qu'un mari passéiste gardait enfermée, avait présenté ses propres amies à Amira. Au fil des années, les amitiés s'étaient multipliées, et la réputation d'Amira de connaître les remèdes s'était étendue. Les après-midi sans visites étaient rares.

– Je ne peux pas te cacher mes secrets! s'exclama Amira.

Les deux amies remontaient l'allée dallée. Amira sourit pour dissimuler son mensonge. Maryam connaissait tous ses secrets, à une exception près : elle ne savait rien du harem de la rue de l'Arbre à Perles.

– Je n'ai guère dormi à cause de rêves troublants.

– Tes rêves de campement dans le désert et de cavaliers? Tu fais ce rêve chaque fois qu'un enfant naît dans la maison, Amira.

– Non, il s'agit de nouveaux rêves, Maryam, que je n'avais encore jamais faits. – Elle s'arrêta et fit face à son amie. – Je rêve d'Andreas Skouras, le ministre de la Culture.

Maryam eut un regard abasourdi, puis se mit à rire et passa son bras sous celui d'Amira pour l'entraîner à l'ombre des vieux arbres.

Voilà des années, Ali Rachid avait planté ce jardin de citronniers, tilleuls, orangers, mandariniers, casuarinas et sycomores, figuiers, oliviers et grenadiers. Une fontaine turque dominait un jardin de fleurs où poussaient des richardias d'Afrique, des coquelicots et des papyrus; sur un cadran solaire ouvragé, on pouvait lire, gravé, le vers d'Omar Khayyam sur la fuite du temps; et des treilles embellissaient les murs.

– Andreas Skouras! s'exclama Maryam, ravie. Si je n'étais pas mariée, je rêverais de lui moi aussi! Pourquoi est-ce que cela te dérange, Amira? Tu as été veuve assez longtemps. Ali n'avait-il pas exprimé le vœu que tu te remaries? Tu es encore jeune, tu peux encore avoir des enfants. M. Skouras! Quelle charmante perspective!

Amira n'arrivait pas à expliquer pourquoi ses rêves avec le séduisant ministre l'angoissaient. Si on le lui avait demandé, elle eût répondu qu'elle n'imaginait pas un homme épouser une femme qui ignorait tout de ses origines, qui ne savait même pas où elle était née. Mais si elle sondait son cœur, elle trouvait une raison plus noire à son anxiété : c'était la culpabilité d'être tombée amoureuse d'Andreas Skouras alors qu'Ali était encore en vie.

– Qu'éprouve-t-il pour toi ?

– Rien du tout, Maryam. Je suis simplement la veuve de son meilleur ami. Depuis la mort d'Ali, puisse Dieu l'avoir accueilli au paradis, je n'ai vu M. Skouras que quatre fois. La dernière fois, c'était il y a deux semaines, à l'enterrement de ma belle-fille. Avant, c'était pour le mariage d'Ibrahim, encore avant aux noces de Néfissa, et encore encore avant, aux funérailles d'Ali. Quatre fois en cinq ans, Maryam. On ne peut pas dire qu'il s'intéresse particulièrement à moi.

– Simplement il respecte ton veuvage et honore ta réputation. En effet, je l'ai vu ici il y a deux semaines, et il m'a semblé qu'il te portait une attention particulière, Amira.

– J'avais perdu ma belle-fille.

– Qu'elle repose en paix. Il n'empêche que le regard de Skouras te suivait partout.

Sentant son cœur bondir, Amira éprouva un nouvel accès de culpabilité. Comment osait-elle songer à l'amour alors que sa belle-fille venait de disparaître en laissant une petite orpheline et que son fils sombrait dans le malheur ? Amira se souvenait de la première fois où elle avait vu Skouras, quand Ali l'avait amené chez eux. Elle lui avait tendu sa main enveloppée dans le coin de son voile, comme le voulait la coutume, mais, malgré cela, elle avait senti une onde brûlante passer à travers l'étoffe. Les yeux de Skouras s'étaient-ils un peu trop longtemps attardés sur son visage ou l'avait-elle juste imaginé ? A cet instant, elle avait eu l'impression de déshonorer son époux, ne serait-ce que par le cœur. A présent, alors qu'elle se promenait avec sa meilleure amie dans le magnifique jardin d'Ali, il lui semblait déshonorer ses enfants. Elle ne devait pas penser à Skouras. Il fallait faire cesser ces rêves troublants.

Un envol de pigeons décolla soudain du toit pour fondre avidement sur les peupliers qui bordaient la rue des Vierges du Paradis. Se protégeant du soleil, Amira leva les yeux et vit une silhouette qui se découpait sur le toit, à contre-jour.

– C'est Néfissa, fit Maryam, qui avait regardé elle aussi. Que fabrique-t-elle là-haut ?

Ce n'était pas la première fois qu'Amira voyait sa fille de vingt ans à cet endroit, entre la treille et le pigeonnier.

– Peut-être que la fille est sous le même genre de charme que la mère, suggéra Maryam avec un sourire. Néfissa ne se conduit-elle pas comme une amoureuse, ces temps-ci ? Les femmes Rachid sont décidément des romantiques ! ajouta-t-elle dans un rire. Oh, les délices des jeunes amours, comme je me les rappelle bien !

Possible que sa fille fût amoureuse, concéda Amira, mais de qui ? Veuve depuis la mort tragique de son jeune époux dans un accident de voiture, Néfissa vivait dans la semi-réclusion qui était d'usage. Qui avait-elle pu rencontrer ? s'interrogeait Amira. D'ailleurs, quelle occasion avait-elle eue de faire la connaissance d'un homme ? Peut-être est-ce un ami de la princesse, quelqu'un que Néfissa aurait vu à la cour, décida Amira. L'image d'un homme de la noblesse, bien établi, issu d'une vieille famille respectée la rassurait.

Un homme comme Andreas Skouras...

– Sais-tu ce dont tu as besoin ? avança Maryam alors qu'elles approchaient du belvédère où Amira recevaient ses visites. Tu devrais sortir de chez toi. Je me souviens de la première fois où je t'ai rencontrée. Suleiman et moi n'étions mariés que depuis un mois et il m'avait amenée chez lui, ici, rue des Vierges du Paradis. Ton Ibrahim avait cinq ans et mon Itzak n'était pas encore né. Tu m'as invitée pour le thé, et je fus choquée d'apprendre que tu ne sortais jamais de ton jardin. Certes, beaucoup de femmes vivaient ainsi mais, Amira, ma sœur, c'était il y a plus de vingt ans. Les temps ont changé ! Le harem est passé de mode, les femmes vont seules en ville aujourd'hui. Accompagne-nous en vacances à Alexandrie, Suleiman et moi. L'air de la mer te fera du bien.

Amira s'était rendue à Alexandrie autrefois, quand Ali Rachid avait emmené sa famille passer l'été dans une villa au bord de la Méditerranée. Quitter la touffeur du Caire pour l'air plus frais de la côte nord avait été toute une affaire, avec des jours de préparatifs, les domestiques débordés, l'excitation du voyage, tout cela pour que les femmes enveloppées dans leurs voiles courent de la maison à l'auto puis de l'auto à la villa. Amira n'avait pas aimé Alexandrie. Du balcon de leur villa d'été, elle voyait dans la baie les navires de guerre britanniques et les paquebots américains, lourds de menaces pour l'Égypte.

– Tout le monde se débrouillera très bien pendant ton absence, insista Maryam.

Amira sourit, remercia son amie de son invitation, mais c'était une vieille querelle entre elles. Chaque année, Maryam faisait valoir de nouveaux arguments pour inciter Amira à se libérer de la tradition qui voulait qu'une femme se confinât dans sa demeure; elle inventait des pièges, des appâts, et chaque fois Amira répondait comme aujourd'hui :

– Il n'y a que deux occasions de sortir dans la vie d'une femme : quand elle quitte le toit paternel pour le logis du mari, et quand elle quitte la maison de son époux dans son cercueil.

– Son cercueil! protesta Maryam. Tu es jeune, Amira, et le monde est merveilleux au-delà de ce mur. Ton mari n'est plus là pour te garder prisonnière, tu es libre.

Or ce n'était pas Ali Rachid qui avait fait de sa femme une captive. Amira se rappelait le jour où il lui avait dit : « Mon épouse, les temps changent, et je suis un homme progressiste. Partout en Égypte, les femmes renoncent au voile et quittent leur demeure. Tu as ma permission d'aller en ville quand tu le souhaites, avec ou sans ton voile, du moment que tu es accompagnée. »

Amira avait remercié son mari mais elle avait décliné son offre d'émancipation. Ali s'en était étonné, comme Maryam aujourd'hui. Elle ne parvenait pas à comprendre pourquoi une femme telle qu'Amira Rachid, encore jeune, saine et vigoureuse, choisissait la réclusion et les sévères restrictions contre lesquelles les Égyptiennes libérales avaient combattu des années durant.

Mais Amira savait que sa répugnance prenait racine dans l'ignorance de son passé, de son enfance; c'était une peur vague qui la hantait et qu'elle ne savait nommer. Quelque part avant son huitième anniversaire, gisait la cause de son inquiétude. Et avant d'avoir recouvré la mémoire, et compris la raison de ses craintes, elle resterait à l'abri des murs de la rue des Vierges du Paradis.

De son abri sur le toit, entre les abeilles qui bourdonnaient autour des grappes de la treille et les colombes roucoulant sous l'avant-toit, Néfissa contemplait les coupoles dorées, les minarets du Caire, le Nil étincelant sous le soleil. « Cette fois, pensa-t-elle, quand il viendra, je descendrai et je lui parlerai. »

Depuis le toit de la demeure Rachid, on pouvait admirer toute la ville, du fleuve jusqu'à la citadelle. Par les nuits claires, on distinguait même les pyramides et leur alignement de triangles fantomatiques dans le lointain désert. Mais cet après-midi-là, tandis que s'assoupissait la cité, Néfissa concentrait son attention sur la rue qui longeait le haut mur de la propriété familiale. A chaque passage de voiture, quand les sabots des chevaux résonnaient sur le pavé, elle se penchait pardessus le parapet. Était-ce lui ? Si un véhicule militaire tournait dans la rue des Vierges du Paradis, son cœur s'emballait. Elle ignorait quand il viendrait, s'il serait à pied ou en voiture.

Dès qu'elle aperçut sa mère et Maryam Misrahi dans le jardin, elle recula prestement afin de ne pas être vue. Elles n'approuveraient certainement pas sa conduite !

Néfissa avait perdu son mari voilà quelques mois, alors qu'elle était enceinte de son deuxième enfant. La coutume voulait qu'elle menât une existence paisible et chaste. Mais c'était bien austère pour une jeune femme de vingt ans qui avait à peine connu son époux – un playboy qui aimait les boîtes de nuit, les mœurs dissolues, et avait trouvé la mort au volant d'une voiture de course. Néfissa avait épousé un étranger, vécu avec un étranger pendant trois ans. Elle lui avait donné deux enfants et était censée porter son deuil toute une année.

Or elle ne supportait pas cette idée. Pas maintenant. Elle était en train de tomber amoureuse.

La première fois qu'elle avait aperçu l'inconnu remontait à un mois : oisive, elle regardait la rue à travers le vieux croisillon de bois devant sa fenêtre quand elle avait vu un officier britannique marcher sur le trottoir et s'arrêter sous un réverbère pour allumer une cigarette. Il avait incidemment levé les yeux : leurs regards s'étaient croisés. Par hasard, bien sûr, mais lorsqu'il avait levé les yeux une seconde fois, Néfissa savait que ce n'était plus accidentel. Elle était restée sans bouger, tenant son voile devant son visage de façon à ne révéler que ses yeux. Lui était demeuré appuyé contre le réverbère plus longtemps que nécessaire, une expression intriguée sur ses traits.

Depuis, elle le guettait. Il était venu à différentes reprises se poster sous le réverbère, gratter une allumette, et contempler la jeune femme à travers la fumée de sa cigarette. Avant qu'il se remette en route, Néfissa pouvait entrevoir son visage – il était blond, sa peau était blanche, c'était le plus beau de tous les hommes qu'elle avait vus.

Où vivait-il ? Où se rendait-il lorsqu'il passait devant la maison ? *D'où* venait-il ? Quel était son poste dans l'armée britannique ? Quel était son nom, et à quoi pensait-il quand il surprenait derrière sa fenêtre ses yeux encadrés par un voile ?

S'il venait aujourd'hui, il ne la verrait pas à sa fenêtre, songea-t-elle avec un frisson. Il aurait une surprise.

Alors qu'elle le guettait, elle se demandait s'il était aussi étonné qu'elle que la guerre fût enfin finie en Europe. Lui et les autres soldats britanniques étaient-ils prêts à ce que les combats durent encore vingt ans, comme on s'y attendait au Caire ? Néfissa avait peine à croire qu'il n'y aurait plus ni couvre-feu, ni bombardements, ni levers dans la panique au milieu de la nuit pour courir à l'abri antiaérien qu'Ibrahim avait fait bâtir à l'intérieur de la propriété car il n'envisageait pas que les femmes de sa famille se réfugient dans l'abri public. Ce merveilleux regard anglais cachait-il la crainte, à présent que la guerre était terminée, que le sentiment anti-britannique ne prenne de l'ampleur au Caire et que les Égyptiens ne réclament le retrait des Anglais, qui occupaient leur pays depuis si longtemps ?

Elle ne voulait penser ni aux guerres ni à la politique.

Elle refusait d'imaginer que son bel officier pouvait quitter l'Égypte. Elle désirait savoir qui il était, lui parler, et même... faire l'amour avec lui. Mais prudence. Si son flirt secret était découvert, la punition risquait d'être sévère. Fatima, sa sœur aînée, n'avait-elle pas été bannie de la famille pour un péché terrible ?

Pourtant, aujourd'hui, elle ne se contenterait pas de rester assise derrière sa fenêtre, le visage voilé ; aujourd'hui elle avait décidé d'oser un geste hardi.

Surveillant la rue, Néfissa s'abandonna à sa joie. La veille elle avait enfin appris quelque chose à propos de son officier.

Elle était sortie faire des courses avec son amie, la sœur du roi Farouk. Après avoir couru les boutiques, accompagnées par l'entourage ordinaire de la princesse ainsi que par ses gardes du corps, elles étaient allées prendre le thé chez Groppi. Le salon de thé avait été vidé de ses consommateurs pour faire place à la suite royale. Pendant que tout le monde s'installait devant le thé et les pâtisseries, Néfissa avait vu passer dans la rue deux soldats britanniques vêtus du même uniforme que son officier. Une question badine à la compagnie – « Quel est le grade de ces officiers ? » – l'avait renseignée sur le rang de l'inconnu. Ce n'était pas grand-chose, elle ignorait encore son nom, mais elle en savait déjà plus que la veille : il était lieutenant. Ses hommes l'appelaient « Sir ».

Néfissa continuait de scruter la rue depuis son abri sur le toit, priant pour qu'il apparût. La journée était si belle qu'il se promènerait sûrement ! Les demeures voisines, enfouies derrière leurs propres murs et leurs bouquets d'arbres en fleur, baignaient sous le chaud soleil ; la brise du Nil apportait le parfum des orangers et seuls le chant des oiseaux et le murmure des fontaines troublaient le silence. Toute à sa ferveur amoureuse, Néfissa sourit en pensant qu'elle habitait une rue dont la légende avait le sexe pour origine.

L'histoirc remontait à plusieurs siècles, quand une secte d'hommes saints venus d'Arabie s'était mise à sillonner déserts et campagnes, complètement nus ; où qu'ils allaient, les femmes se précipitaient à leur rencontre, car on disait qu'avoir des rapports charnels avec eux, ou simplement les toucher, guérissait les épouses de la stérilité et assurait aux vierges de futurs époux virils. D'après la légende, au quinzième siècle l'un de ces saints hommes était arrivé un jour dans une palmeraie des environs du Caire, et l'on affirmait qu'il avait honoré une centaine de femmes en l'espace de trois jours, après quoi il était mort. Les témoins de la scène déclaraient que les vierges aux yeux sombres d'Allah, celles que le Coran promettait aux croyants en récompense céleste, étaient descendues des cieux afin de conduire la dépouille du saint homme au paradis. Ainsi la palmeraie était-elle connue comme le lieu de l'apparition des vierges du paradis. Quatre cents ans plus tard, lorsque les Britanniques qui occupaient l'Égypte avaient construit leurs manoirs dans un nouveau quartier du Caire baptisé Garden City, ils avaient exhumé cette histoire locale en donnant le nom des Vierges du Paradis à une petite rue en arc de cercle. Et c'était là qu'Ali Rachid avait bâti sa demeure rose, l'avait entourée d'un jardin luxuriant et de hauts murs pour protéger ses femmes, obturant les fenêtres de moucharabiehs afin que ses épouses et sœurs puissent voir au-dehors sans être vues. Il avait meublé la maison d'un mobilier somptueux et d'objets précieux. Au-dessus de la porte principale, il avait fait fixer une plaque de bois poli où était gravé : « Ô, toi qui entres en cette demeure, loue le Prophète élu. » A sa mort, survenue à la veille de la Seconde Guerre mondiale, Ali Rachid Pacha avait laissé une veuve, Amira, qui avait été sa plus jeune épouse ; un fils, le Dr Ibrahim ; les filles de ses premières femmes ainsi que quelques parentes avec leurs enfants. Et Néfissa, son dernier enfant, qui rêvait d'amour.

Elle vit une visiteuse traverser le jardin. Souvent des amies venaient voir sa mère à l'heure de la sieste, des étrangères aussi, qui avaient entendu parler du savoir d'Amira et venaient quêter conseils, amulettes ou potions. Néfissa trouvait leurs demandes fascinantes. La plupart de ces femmes venaient pour des filtres d'amour, des aphrodisiaques, des contraceptifs ou des remèdes aux douleurs menstruelles. Amira savait aussi comment rendre la fertilité à une femme stérile ou guérir l'impuissance d'un époux.

Parfois, Néfissa se joignait à sa mère et à ses invitées, comme les jeunes filles et les enfants qui vivaient rue des Vierges du Paradis. Mais aujourd'hui Néfissa ne prendrait point part à la réunion. Si son lieutenant venait, elle descendrait au jardin où elle lui réservait une audacieuse surprise.

Amira et Maryam étaient assises dans le belvédère, ouvrage exquis en fer forgé qui évoquait une cage à oiseaux fort élaborée, habillé d'une dentelle en métal et au sommet semblable au dôme de la mosquée Mohammed Ali. Fraîchement repeint en blanc, il étincelait sous le soleil. Le belvédère possédait néanmoins un défaut : l'ouvrage autour de l'entrée était asymétrique. Imperfection intentionnelle : les artistes musulmans glissaient toujours un défaut dans leur travail, forts de la croyance que Dieu seul peut créer la perfection.

Une servante s'approcha.

– Une visiteuse pour toi, maîtressse, annonça-t-elle.

Amira n'avait jamais vu la femme qui avançait vers elle. Elle était bien habillée, ses souliers de cuir étaient assortis à son sac à main, son chapeau importé d'Europe était orné d'une voilette qui couvrait ses yeux. A l'évidence, elle possédait du bien.

– Puisse ce jour vous être favorable, Sayyida, fit-elle, recourant à l'adresse respectueuse qui équivalait au « Lady » anglais. Je suis Mme Safeya Rageb.

Bien que le statut d'une femme se déterminât d'ordinaire par la richesse de sa mise, la façon raffinée dont elle parlait l'arabe, le nombre de domestiques sous son toit et la position de son époux, plus important encore était le nom qu'on lui donnait : la visiteuse d'Amira l'avait rapidement fait savoir. Le titre de « Madame » lui octroyait le respect dû à une femme mariée. Amira nota cependant qu'elle ne s'était pas présentée comme Oumm, « mère », suivi du prénom de son fils, car le plus grand respect allait à la mère d'un fils – Oumm Ibrahim étant bien mieux considérée que Oumm Néfissa.

– Puisse ce jour vous être favorable et béni, madame Safeya. Je vous en prie, asseyez-vous.

Elle servit le thé, puis l'on parla du temps, de la belle récolte d'oranges cette année, et quand Amira offrit une cigarette à Mme Rageb, celle-ci l'accepta. Elle observait le rituel : il n'était pas bienséant pour un visiteur d'aller droit au but de sa requête. C'eût été offenser son hôtesse qui, de son côté, se gardait bien de brusquer la visiteuse en lui demandant la raison de sa présence. Pourtant Amira avait remarqué la pierre bleue que la femme portait autour du cou. Le bleu traditionnel pour éloigner le mauvais œil. « Elle a peur », songea Amira.

– Pardonnez-moi, Sayyida, dit enfin Safeya Rageb, qui avait du mal à dissimuler sa nervosité. Je suis venue chez vous car j'ai entendu dire que vous possédez d'extraordinaires savoirs et la sagesse. On raconte que vous pouvez guérir toutes les affections.

– Toutes, admit Amira avec un sourire, hormis celle dont on doit mourir.

– J'ignorais votre deuil récent.

– La nécessité a ses propres lois. En quoi puis-je vous aider ?

Quand Safeya Rageb regarda Maryam, la détresse était si évidente dans son attitude comme dans ses yeux qu'Amira se leva et dit :

– Pardonne-nous, Maryam, s'il te plaît. Madame Safeya, allons nous promener.

Néfissa se glissa le long du mur du jardin, jetant un œil vers le belvédère afin de s'assurer qu'on ne la voyait pas. Il y avait deux portes dans le mur : la petite qui restait ouverte, et la grande double porte qui menait au garage. C'était vers cette dernière que Néfissa se pressait ; elle s'y appuya et regarda par une fente. Elle retint son souffle... Il était là !

Il était venu, il scrutait les fenêtres de l'étage. Le cœur de la jeune femme s'emballa. Il lui fallait saisir l'occasion avant qu'il ne s'en aille, et sans être vue.

D'abord elle avait envisagé de lui jeter un mot par-dessus le mur, pour lui dire son nom et lui demander le sien. Mais s'il ne voyait pas le message et qu'un voisin le découvrait ? Ensuite, elle avait réfléchi à quelque chose de plus personnel, un gant ou un foulard. Mais là encore, s'il ne parvenait pas à le ramasser et que quelqu'un d'autre le prenait, ne risquait-elle pas d'être reconnue ? Toute la matinée, Néfissa s'était torturé l'esprit avant de trouver la bonne idée, et maintenant...

Elle se figea.

La voix de sa mère, toute proche ! Très vite, Néfissa se cacha derrière un buisson. Et s'il s'en allait ? S'il croyait qu'elle ne s'intéressait plus à lui ? Oh, mère, que fais-tu ici ? Avance plus vite, mère ! Plus vite !

Néfissa observa Amira qui déambulait dans l'allée dallée au côté d'une inconnue. Elles parlaient à voix basse, et Amira ne parut pas avoir remarqué la présence de sa fille dans les buissons.

Quand les deux promeneuses eurent disparu dans les mandariniers, Néfissa revint à la fissure de la porte. Il était toujours là !

Elle cueillit une fleur d'hibiscus écarlate, la lança par-dessus le mur, et retint sa respiration.

Il ne la vit pas !

Un camion militaire passa en trombe, ses gros pneus poussiéreux manquèrent écraser la fleur. Mais aussitôt, Néfissa vit l'officier courir dans la rue et ramasser la fleur. Il scruta la muraille et ses yeux se fixèrent sur la porte, là où elle se trouvait. Jamais elle ne l'avait vu de si près : ses yeux avaient la teinte de l'opale, ses cils, la couleur du sable, un grain de beauté sur la joue gauche... qu'il était beau ! Puis il eut un geste étonnant : les yeux rivés à ceux de la jeune femme, il porta la fleur à ses lèvres et l'embrassa.

Néfissa crut s'évanouir à l'idée de sentir ces lèvres-là sur les siennes, ces bras autour d'elle ! Ils étaient forcément destinés à autre chose qu'à un échange de regards furtifs par-dessus un mur. Elle sut avec certitude qu'ils se rencontreraient un jour, d'une façon ou d'une autre.

Une crainte sourde la traversa. Comment réagirait-il lorsqu'il apprendrait qu'elle avait été mariée et avait deux enfants ? Les veuves et les femmes divorcées ne faisaient pas des épouses recherchées aux yeux des hommes égyptiens. Les femmes dotées d'une expérience sexuelle étaient considérées comme de mauvaises compagnes car, après avoir connu l'amour d'un autre, elles risquaient de se livrer à des comparaisons. Les Anglais étaient-ils ainsi ? Elle savait peu de chose sur cette race à la peau claire qui occupait l'Égypte depuis près d'un siècle, soi-disant en protectrice mais au fond, comme l'affirmaient certains, en impérialiste. Plaçaient-ils la virginité au-dessus de tout ? Son beau lieutenant la jugerait-il moins attirante quand il saurait la vérité ?

« Non, se dit-elle. Il n'est pas ainsi. » Pour elle comme pour lui, ce serait merveilleux. Parce qu'ils se rencontreraient, elle le devinait.

– Néfissa ?

Elle fit volte-face.

– Tante Maryam, tu m'as fait peur !

– T'ai-je bien vue jeter une fleur par-dessus le mur ? s'enquit Maryam Misrahi avec un sourire. Je suppose qu'il y avait quelqu'un de l'autre côté pour l'attraper ?

La voyant s'empourprer, Maryam se mit à rire et passa un bras autour d'elle.

– Un jeune homme, je parie.

Néfissa sentit sa poitrine se serrer. Elle voulait être seule, regarder son officier, rester près de lui un moment encore, peut-être entendre sa voix. Mais ce furent des pas qui s'éloignaient qu'elle entendit au-delà du mur.

Maryam dégageait un subtil parfum de gingembre, ses cheveux roux brillaient sous le soleil. Elle avait aidé Néfissa à venir au monde et, de ce fait, se sentait comme une mère pour elle.

– Qui est-ce ? interrogea-t-elle en souriant. Je le connais ?

La jeune femme craignit de répondre. Chacun savait que Maryam Misrahi haïssait les Anglais parce qu'ils avaient tué son père au cours de la révolte de 1919. Celui-ci avait fait partie d'un groupe d'intellectuels et de personnalités politiques exécutés pour « assassinat » d'Anglais. Maryam avait alors seize ans.

– Un officier britannique, avoua enfin Néfissa. – Voyant Maryam s'assombrir, elle s'empressa d'ajouter : – Il est si beau, Tatie, si élégant et poli. Il doit mesurer un mètre quatre-vingts et ses cheveux ont la couleur des blés ! Je sais que tu n'approuves pas, mais ils ne peuvent pas tous être mauvais, si ? Je dois le rencontrer ! Mais on dit que les Anglais vont bientôt quitter l'Égypte. Je ne veux pas qu'ils s'en aillent. Je veux qu'il reste ici.

Maryam lui adressa un sourire mélancolique, se rappelant le temps de ses vingt ans où elle aussi avait été désespérément amoureuse.

– D'après ce que j'ai entendu dire, ma chérie, les Britanniques ne partiront pas si facilement.

– Alors il faut s'attendre à des violences, supputa Néfissa, malheureuse. Beaucoup de gens disent que si les Anglais ne partent pas, il y aura des combats, peut-être une révolution.

Maryam ne répondit pas. Elle avait eu vent des mêmes rumeurs.

– Ne t'inquiète pas, fit-elle comme elles reprenaient le chemin du belvédère. Je suis certaine que ton officier s'en sortira.

Néfissa s'égaya sur-le-champ.

– Je sais que nous allons nous rencontrer. C'est notre destinée, Tatie. As-tu déjà senti que tu étais faite pour quelqu'un ? As-tu éprouvé ça pour oncle Suleiman ?

– Oui, répondit tranquillement Maryam. Quand Suleiman et moi nous sommes rencontrés, nous avons su tout de suite que nous étions faits l'un pour l'autre.

– Tu garderas mon secret, n'est-ce pas, Tatie ? Tu ne le diras pas à Mère.

– Je ne le dirai pas à ta mère. Nous sommes toutes les gardiennes des secrets les unes des autres.

Maryam songea à son bien-aimé Suleiman et au secret qu'elle lui avait dissimulé toutes ces années.

– Mère n'a pas de secrets, affirma Néfissa. Elle est trop honnête pour cacher quoi que ce soit.

Maryam détourna les yeux. Le secret d'Amira était le plus grand de tous. Elles approchaient du belvédère où les femmes Rachid s'étaient maintenant rassemblées pour bavarder, boire le thé, et où les enfants jouaient à la balle.

– Je dois trouver un moyen de le rencontrer! reprit Néfissa. Mère ne le permettra pas bien sûr. Mais je suis une adulte, Tatie. Je devrais pouvoir décider de porter ou non le voile. Presque plus personne ne le porte. Mère est tellement démodée! Ne voit-elle pas que les temps changent? L'Égypte est un pays moderne à présent!

– Ta mère voit trop bien que les temps changent, Néfissa. C'est peut-être la raison pour laquelle elle tient aux traditions.

– Qui est la femme que je viens de voir avec elle? Elles avaient l'air de souhaiter parler seule à seule.

– Ah oui, rétorqua Maryam avec un novueau sourire. Encore des secrets...

– Personne n'est au courant, madame Amira, disait Safeya Rageb. Je porte seule ce fardeau.

Elle était venue voir Amira parce que sa fille de quatorze ans, célibataire était enceinte.

Amira se rappela qu'au harem on administrait parfois une certaine tisane à des femmes qui n'avaient point paru souffrantes à la petite fille qu'elle était. Après l'avoir bue, elles étaient malades durant plusieurs jours. Elle avait appris depuis qu'il s'agissait d'un abortif.

– Madame Safeya, fit-elle, offrant à son invitée de s'asseoir sur un banc de marbre à l'ombre d'un olivier, je sais ce que vous êtes venue me demander, et bien que je sympathise avec votre situation, je ne puis vous le donner.

La femme se mit à pleurer.

Amira fit signe à une servante. Un moment plus tard, on leur apporta une tisane de camomille. Amira encouragea sa visiteuse à la boire puis attendit qu'elle fût calmée avant de renouer la conversation.

– Et le père de votre fille? s'enquit-elle gentiment. Il ne le sait pas?

– Mon époux et moi sommes sai'idis, madame Amira. Nous venons d'un village de Haute-Égypte; nous nous sommes mariés quand j'avais seize ans et lui dix-sept. Ma fille, notre premier enfant, est née un an plus tard. Nous serions encore au village si mon mari n'avait appris que l'École militaire s'ouvrait aux fils de fermiers. Il étudia beaucoup et fut accepté. Aujourd'hui il est capitaine. C'est un homme terriblement fier, madame Amira, il place l'honneur au-dessus de tout. Non, il ne sait rien de la disgrâce de notre fille. Il a été muté au Soudan voilà trois mois. C'est une semaine après son départ que ma fille a été séduite par un voisin sur le chemin de l'école.

« Oui, l'époque est dangereuse, songea Amira. A présent que les filles vont à l'école, elles marchent sans chaperon dans les rues. » Elle avait entendu parler d'un projet de loi qui rendrait illégal le mariage des filles avant seize ans. Amira était contre ce décret. Une mère n'avait qu'un moyen de protéger sa fille : la placer dès la puberté sous la garde d'un époux qui veillerait à ce qu'elle ne couche pas avec n'importe qui et à ce que les enfants qu'elle porterait fussent bien les siens. Mais depuis que les gens voulaient imiter les Européens, les filles ne se mariaient plus avant dix-huit ou dix-neuf ans, ce qui les laissait sans protection pendant six ou sept ans, mettant l'honneur familial en péril.

Néanmoins, sa voix était douce quand elle reprit :

– Les jugements de la société sont parfois sévères et c'est à la mère de les atténuer pour sa famille.

Elle pensa à Fatima, sa propre fille, qu'on avait chassée de la famille parce qu'elle n'avait pas été capable de la sauver.

– Quand votre mari rentre-t-il du Soudan ?

– Il est en poste pour un an. Madame Amira, nous nous aimons beaucoup mon époux et moi, j'ai de la chance sur ce plan-là. Il me demande conseil en maints domaines, et écoute mes avis. Mais en l'occurrence, je crains qu'il ne tue notre fille. Pouvez-vous m'aider ?

– Quel âge avez-vous, madame Rageb ? demanda Amira.

– Trente et un ans.

– Avez-vous eu des rapports avec votre mari ?

– La nuit précédant son départ...

– Existe-t-il un endroit où vous puissiez envoyer votre fille ? Une parente en qui vous avez confiance ?

– Ma sœur, à Assiout.

– Voilà ce que vous devez faire. Envoyez votre fille là-bas. Dites à vos voisins qu'elle est partie soigner une parente malade. Puis portez un coussin sous vos vêtements, de plus en plus gros chaque mois. Annoncez à tous que vous êtes enceinte. Quand votre fille aura accouché, faites-les revenir elle et l'enfant, ôtez l'oreiller et dites à tout le monde que le bébé est le vôtre.

Safeya était abasourdie.

– Est-ce possible ?

– Par la grâce de Dieu.

Quand Mme Rageb l'eut remerciée et s'en fut aller, Amira retourna au belvédère, mais elle s'arrêta tout à coup sous un tamarinier en fleur.

Elle fixa l'homme qui se tenait debout devant elle dans le soleil de l'après-midi. Andreas Skouras, celui qui hantait ses rêves.

Si grande fut sa surprise qu'elle oublia de se couvrir les cheveux de son voile et d'envelopper sa main dans la soie avant de la tendre. Une fois déjà, elle avait senti une onde brûler leurs paumes à travers son voile. Cette fois elle connut la chaleur de sa peau. Le contact de leurs mains se révéla étonnamment intime.

– Ma chère Sayyida, fit Skouras, recourant à l'adresse la plus respectueuse. Puissent les bienfaits et la grâce de Dieu visiter cette demeure.

Membre estimé du conseil du roi Farouk, Andreas Skouras n'était pas particulièrement beau, mais Amira était captivée par son visage souriant et sa chevelure argentée. Cet homme séduisant d'origine grecque était à peine plus grand qu'Amira, et cependant il émanait de son physique robuste une impression de puissance et de force.

– Bienvenue dans ma maison, dit Amira.

Elle avait peine à croire à sa présence. Ses yeux semblaient plonger en elle et faisaient chanter son corps.

– Sayyida, je respecte l'amitié et la mémoire de votre époux, puisse Dieu l'avoir accueilli au paradis. Je suis venu aujourd'hui afin de vous offrir un présent qui puisse exprimer la haute estime dans laquelle je vous tiens.

Amira ouvrit l'écrin qu'il lui tendait et fut stupéfaite de

découvrir sur le velours un ancien anneau d'or surmonté d'une cornaline ; un mûrier, symbole d'amour éternel et de fidélité, avait été gravé sur la pierre.

– Sayyida, reprit Skouras, puis plus sourdement : Amira, je vous demande de m'épouser.

– Vous épouser ! *Allah!* Vous me surprenez, monsieur Skouras.

– Pardonnez-moi, mais j'y songe depuis longtemps, il fallait que je vous en parle. Que je sois maudit si je vous ai offensée.

Amira tenta de retrouver sa voix :

– Je suis honorée, monsieur Skouras, plus que je ne puis l'exprimer. Mais je ne sais que dire.

– Cela vous surprend, je le sais, comme je sais que vous ne me connaissez guère...

« Je vous connais dans mes rêves, pensa-t-elle. Vous m'avez fait l'amour, même si vous l'ignorez. »

– Je vous demande seulement de réfléchir à ma proposition. Je possède une grande maison sur l'île, où je demeure seul à présent que mes filles sont mariées et que ma femme s'en est allée voilà huit ans – qu'elle repose en paix. Je suis en bonne santé et ma situation financière est confortable. Je veillerai à ce que vous ne manquiez de rien, Amira.

– Comment quitter mes enfants ? Comment quitter cette maison ?

– Chère Amira, vous ne pouvez vivre dans un harem toute votre vie. Nous sommes à une époque moderne.

Elle fut bouleversée. Savait-il qu'elle avait vécu dans un harem étant enfant ? Ali lui avait-il raconté son passé ?

– Vous ne me connaissez pas, hasarda-t-elle. Vous ne savez rien de ma vie avant Ali.

– C'est sans importance.

« Si, eut-elle envie de dire. Je ne me rappelle rien avant ma vie dans ce harem. Mes seuls souvenirs d'enfance s'attachent à ce lieu horrible. – Elle aurait voulu crier : – Je ne sais même pas si ma mère était l'une de ces concubines, une femme sans honneur ! »

Elle aurait aimé lui dire qu'elle avait songé une fois à retourner rue de l'Arbre à Perles, voir si elle pourrait y percer le secret de sa véritable identité. Mais la maison, lui avait-on dit, avait été démolie et on avait émancipé les femmes.

– Mon fils est sans épouse, monsieur Skouras, finit-elle par dire, et ma fille est sans époux. S'assurer de leur situation relève de ma responsabilité.

– Ibrahim et Néfissa sont adultes, Amira. Ce ne sont plus des enfants.

– Ils seront toujours mes enfants, fit-elle.

Et soudain elle revit très précisément le campement dans le désert, les cavaliers, l'enfant arrachée aux bras maternels. Elle se demanda si c'était le fait d'avoir été arrachée à sa mère qui lui faisait redouter de quitter ses enfants.

Andreas fit un pas vers elle. La respiration se bloqua dans la gorge d'Amira. S'il la touchait maintenant, dans ce jadin tout en fleurs et en fruits, elle savait qu'elle succomberait. Oui, dirait-elle, je vous épouserai.

– Vous êtes belle, dit simplement Skouras. Dieu me pardonne de vous parler si librement, mais j'ai été attiré par vous dès l'instant où je vous ai vue. Je sais qu'Ali, qui nous regarde au paradis, me pardonnera de dire cela. Lui et moi éions plus qu'amis, nous étions frères.

Des larmes affleurèrent aux paupières d'Amira, et elle eut honte de s'apercevoir qu'elle pleurait autant de peine que de joie. Elle pensa à tout ce qu'Ali Rachid avait fait pour elle en l'épousant, et voilà qu'elle se tenait dans le jardin qu'il avait créé, vêtue des somptueux vêtements et parée des bijoux qu'il lui avait si généreusement offerts, à désirer les étreintes et les baisers de son meilleur ami !

– Je dois plus à mon mari que je ne puis le dire. Il m'a arrachée à une vie de malheur pour me conduire dans une maison de bonheur.

– Je vénère sa mémoire et je vous vénère, Amira. Vous êtes une femme sans reproche.

Elle détourna le regard. Donc, il ne connaissait pas toute son histoire. Il ignorait qu'Ali Rachid n'avait pas été le premier homme avec lequel elle ait eu des relations intimes. Avant de pouvoir épouser Skouras, il faudrait qu'elle lui avoue. Mais ce serait déshonorer son époux.

– Mon premier devoir est envers mes enfants, dit-elle. Cependant, je suis honorée et flattée par votre demande.

– N'éprouvez-vous pas un peu d'affection pour moi, Amira ? Puis-je continuer d'espérer ?

« Pas un peu d'affection, Andreas, eut-elle envie de répondre. Il s'agit d'amour, un amour né le jour de notre rencontre. » Au lieu de cela, elle lui dit en lui rendant la bague :

– Donnez-moi le temps de réfléchir. J'accepterai ce présent quand j'accepterai votre proposition.

Elle le raccompagna jusqu'à la porte du jardin puis le vit monter dans la limousine noire qui l'attendait dans le virage. Il s'éloignait quand une servante vint trouver Amira.

– Maîtresse, le maître est à la maison et demande à te voir.

Amira regarda disparaître la limousine.

– Merci, dit-elle à la servante.

Puis elle se détourna de la rue.

Elle pénétrait dans la maison quand elle sentit les larmes monter à ses yeux. Comme elle avait été proche d'accepter la proposition d'Andreas Skouras ! Comme elle eût pu aisément quitter cette maison sûre pour partir vivre avec un étranger, simplement parce qu'elle le désirait, parce qu'elle aspirait à son étreinte ! Que les femmes étaient fragiles face à leurs passions ! Mais Amira savait devoir agir avec sa raison, non avec son cœur, car elle avait encore des responsabilités envers sa famille. Si la destinée devait les réunir, Andreas et elle, il en serait ainsi. Pour l'heure elle devait penser à ses enfants : Néfissa, troublée par de dangereux désirs romantiques, et Ibrahim, aux yeux lourds de chagrin, hanté par une douleur qu'Amira sentait sans pouvoir la nommer. Enfin elle songea à son autre fille, Fatima, née après Ibrahim et avant Néfissa, qu'Ali avait chassée de la maison, décrétant que son nom ne devrait plus jamais être prononcé entre ces murs.

« Je ne perdrai pas la fille qui me reste, pensa Amira en montant le grand escalier qui séparait l'aile des hommes de celle des femmes. Je trouverai le moyen de la sauver des passions qui la possèdent.

« Qui nous possèdent toutes les deux. »

Lorsqu'elle pénétra dans les appartements sombres et élégants qui avaient été ceux de son époux, elle revit les jours de sa jeunesse où Ali la faisait venir. Elle restait auprès de lui, lui donnait un bain, le massait, le servait, faisait l'amour avec lui, puis se retirait chez elle jusqu'à ce qu'il la rappelât. Dans quelques années, Omar, le fils de Néfissa, qui avait trois ans, quitterait l'aile des femmes pour s'installer dans celle-ci. Un jour il recevrait des invités, comme Ibrahim aujourd'hui, comme Ali autrefois. Une vie séparée des femmes.

Amira fut frappée du changement qui s'était opéré chez son fils en deux semaines à peine. Il était terriblement maigre. Il s'adressa à elle en arabe :

– J'ai décidé de partir pendant un temps, Mère.

Elle prit ses mains entre les siennes.

– T'éloigner t'aidera-t-il ? interrogea-t-elle. Le désespoir nous rappelle la joie, mon fils. Le temps ronge les montagnes, ne crois-tu pas qu'il rongera aussi ta souffrance ?

– Je rêve de mon épouse comme si elle était encore vivante.

– Écoute, fils de mon cœur. Rappelle-toi les paroles d'Abou Bekr quand mourut le prophète Mahomet – la paix soit avec lui – et que les gens perdirent la foi. Abou Bekr leur dit : « Ceux qui avaient le culte de Mahomet savent que Mahomet est mort ; mais, pour ceux qui ont le culte d'Allah, Allah est vivant et il ne mourra pas. » Conserve ta foi en Dieu, mon fils. Il est sage et compatissant.

– Je dois partir, insista Ibrahim.

– Où iras-tu ?

– Sur la Côte d'Azur, en France. Le roi a décidé de prendre ses vacances là-bas.

Amira eut l'impression qu'un couteau lui transperçait le cœur. Elle eût aimé prendre son petit dans ses bras, son bébé, le fils de son cœur, et chasser sa peine, le persuader de rester chez lui.

– Combien de temps seras-tu absent ? demanda-t-elle simplement.

– Je ne sais pas. La paix a quitté mon âme. Je dois la retrouver.

– Alors très bien, *Inch Allah*. C'est la volonté de Dieu. Mais quand le corps s'éloigne d'un centimètre, le cœur s'éloigne d'un kilomètre. La paix et l'amour de Dieu soient avec toi.

Elle l'embrassa sur le front – la bénédiction d'une mère.

Quand elle regagna ses appartements, son cœur était plein d'inquiétude. Ce rêve d'un enfant qu'on arrache des bras de sa mère, était-ce un souvenir ou un présage ? Pourquoi redoutait-elle à ce point le départ d'Ibrahim ? Pourquoi cette peur irrationnelle de perdre ses enfants ? Néfissa cherchait l'amour ; Ibrahim s'en allait. Elle devait les protéger, sauvegarder l'unité de la famille. Mais comment ? Comment ?

Elle ne redescendit pas au jardin. Les servantes allaient fermer la porte, il était quatre heures, heure à laquelle elle cessait de recevoir afin de ne pas manquer la prière de l'après-midi. Elle gagna sa salle de bains et fit les ablutions rituelles précédant la prière. Puis elle revint dans sa chambre, où était morte la jeune épouse d'Ibrahim en donnant naissance à Camélia. Elle étala son tapis de prière, ôta ses chaussures et se tourna vers l'est, vers La Mecque. Dès qu'elle entendit l'appel du muezzin aux fidèles, lancé depuis les nombreux minarets du Caire, Amira chassa toute pensée terrestre de son esprit. Plaçant ses mains de part et d'autre de son visage, elle récita :

– *Allah Akbar* – Dieu est grand. – Elle enchaîna sur la Fâtiha, l'introduction du Coran : – Au nom de Dieu clément et miséricordieux...

D'un mouvement souple qu'elle avait acquis à force de prier cinq fois par jour depuis tant d'années, Amira s'inclina, glissa sur les genoux et toucha trois fois le sol de son front, répétant :

– Dieu est le plus grand. Je célèbre la perfection de mon Seigneur, le plus grand – Pour finir, elle se redressa et conclut sa prière : – Il n'y a de Dieu que Dieu, et Mahomet est Son prophète.

Amira puisait son réconfort dans la prière et avait enseigné à sa famille à croire au pouvoir du culte. Les femmes de la maison Rachid devaient se livrer au rituel cinq fois par jour, à l'appel du muezzin : avant l'aube, un peu après midi, à quatre heures, juste après le coucher du soleil, et enfin dans l'obscurité de la nuit. Elles ne priaient pas exactement à l'aurore, à midi ou au couchant, car c'étaient là les heures où les païens, autrefois, avaient adoré le soleil.

Quand elle eut terminé, Amira se sentit rassérénée, plus forte, moins envahie de doutes et de crainte pour l'avenir. Alors qu'elle se préparait à descendre en cuisine afin d'y donner ses instructions, elle sentit soudain Dieu illuminer son cœur : à la seconde elle sut ce qu'il lui fallait faire.

Trouver une femme pour Ibrahim, un époux pour Néfissa.

Ensuite, peut-être, si Dieu le voulait, elle réfléchirait à la demande en mariage de M. Skouras.

4

Appuyée contre le grand corps chaud de la bufflesse qu'elle était en train de traire, le visage pressé contre la peau rugueuse de la bête, Sahra connut un bref moment de paix. Pour un instant, au moins, elle oublia les douleurs des coups que lui avait infligés son père; elle oublia sa détresse et le terrible mariage auquel on la forçait.

Demain, elle serait mariée à Cheik Hamid.

Un sanglot secoua sa poitrine.

– Vieux buffle, demanda-t-elle en pleurant, que vais-je faire?

Au cours des deux semaines qui s'étaient écoulées depuis qu'elle avait aidé l'étranger à sortir sa voiture du bourbier, elle n'avait revu Abdu qu'une seule fois. Lorsqu'elle lui avait annoncé ses fiançailles avec Hamid, il avait été bouleversé puis furieux.

– Nous sommes cousins! Nous devions nous marier.

– Tu travailleras dans la boutique de Hamid, Sahra, lui avait dit sa mère tout excitée. Tu parleras aux clients, tu encaisseras l'argent, tu rendras la monnaie. Tu seras quelqu'un d'important, ma fille!

Mais Sahra lisait le chagrin dans les yeux de sa mère. Elle comprit que celle-ci s'efforçait de mettre en valeur les bons côtés de son mariage avec le vieux cheik. Il était prestigieux de régner sur une boutique, mais chacun savait que Hamid n'avait pas même une servante, ce qui signifiait qu'en plus de travailler tout le jour au magasin pendant que son époux paresserait au café, Sahra devrait s'occuper de sa maison, de ses repas et de son linge.

Elle n'ignorait pas pourquoi son père avait accepté cette alliance : il s'était endetté pour les festivités du mariage de sa sœur. Ses parents comptaient maintenant parmi les familles les plus pauvres du village.

En sortant de la petite étable, elle contempla les champs verts voilés par la brume matinale. Quand le soleil apparut au-dessus des toits de boue, l'eau du canal se mit à scintiller. Le village s'agitait; la fumée des âtres, les arômes de pain chaud, et de fèves frites commençaient à emplir l'air pur, et l'appel du muezzin se fit entendre dans le haut-parleur de la mosquée : « La prière est préférable au sommeil. »

Sahra guetta Abdu. Après lui avoir annoncé la triste nouvelle, elle ne l'avait pas revu, ni au village ni dans son champ. Où était-il ?

Le long du canal, elle aperçut une silhouette, grande et large d'épaules. Abdu! Elle courut vers lui, mais lorsqu'elle vit qu'il avait mis sa belle galabieh et portait un paquetage, elle s'alarma.

Abdu la couva longuement de ses yeux verts comme le Nil.

– Je m'en vais, Sahra, annonça-t-il enfin. J'ai décidé de rejoindre les Frères musulmans. Puisque je ne peux t'avoir, je n'aurai aucune autre femme et me consacrerai à ramener notre pays vers Dieu et vers l'Islam. Épouse Cheik Hamid, Sahra, il est vieux, il mourra bientôt. Alors tu hériteras de la boutique et de la radio, et tout le monde au village te respectera et t'appellera Cheika.

– Où vas-tu! demanda-t-elle, le menton tremblant.

– Au Caire. Là-bas, il y a un homme qui m'aidera. Je n'ai pas d'argent, je marcherai donc, mais j'ai de la nourriture.

– Je te donne le foulard, fit-elle d'une voix étranglée.

Comme l'écharpe en soie blanche que lui avait donnée l'étranger devait valoir un bon prix, Sahra la portait cachée sous sa robe, de crainte que son père ne la vende.

– Tu en tireras de l'argent.

– Garde-là, Sahra, rétorqua Abdu. Porte-là à tes noces.

Quand elle se mit à pleurer, il l'attira dans ses bras. Le contact de leurs corps, de la chair ferme et chaude sous les vêtements, les bouleversa.

– Oh, Sahra, murmura Abdu.

– Ne me laisse pas, Abdu! Je mourrai sans toi!

Ils glissèrent dans l'herbe humide, disparurent dans le brouillard et les hauts roseaux.

Au coucher du soleil, Sahra et sa mère descendirent au Nil afin de rejoindre les autres femmes du village qui puisaient l'eau, battaient les vêtements avec des barres de savon, se baignaient les bras et les jambes en veillant à ce qu'aucun homme ne passât dans les parages. Puis elles emplirent leurs jarres et bavardèrent; les enfants riaient en s'éclaboussant sur les rives du fleuve, en se gardant des pattes des buffles qui barbotaient eux aussi.

– Le grand jour est pour demain, Oumm Hussein! lança une femme à la mère de Sahra.

Bien que son premier enfant eût été une fille, on s'adressait à elle par le nom de son premier fils.

– Encore un mariage! Nous ne mangeons plus depuis une semaine pour nous y préparer.

La mère de Sahra se mit à rire. Son époux et elle ne paieraient rien pour les noces. Cheik Hamid avait offert de prendre les frais en charge, un grand honneur pour eux, et un don de Dieu puisqu'il ne leur était pas resté une piastre après le mariage de leur fille aînée.

Les amies de Sahra qui, comme elle, découvraient à peine l'univers effrayant de la féminité, pouffaient, rougissaient et se livraient à force commentaires comme quoi elle dormirait bien le lendemain soir.

– Cheik Hamid est insatiable, lança une fille qui n'était pas trop sûre de ce qu'elle disait mais répétait les paillardises des femmes. On sait à quoi tu vas être occupée maintenant!

Les femmes rirent, plongèrent leurs jarres dans les eaux du fleuve et les hissèrent sur leur tête.

– Garde Hamid sur sa faim, Sahra, et il te reviendra tous les soirs.

– Moi j'ai su m'y prendre avec mon mari, se vanta Oumm Hakim. Il avait l'habitude de rentrer au milieu de la nuit et j'en avais assez. Alors chaque fois qu'il revenait tard, je demandais : « C'est toi, Ahmed ? »

– Ça l'a guéri ? interrogèrent les autres.

– Et comment ! Mon mari s'appelle Gamal !

Dans des éclats de rire, les femmes reprirent le sentier en direction du village, les bambins folâtrant derrière elles, les plus grands menant les buffles par la longe. Quand le soleil couchant colora le fleuve en orange puis en rouge, Sahra et sa mère se retrouvèrent seules au bord de l'eau.

– Tu es bien silencieuse, fille de mon cœur, finit par dire la mère. Qu'est-ce qui ne va pas ?

– Je ne veux pas épouser Cheik Hamid.

– Bêtise. Aucune fille ne choisit son mari. J'ai vu ton père pour la première fois le jour où je l'ai épousé. Il me terrifiait, mais je me suis habituée à lui. Au moins, tu connais le cheik.

– Je ne l'aime pas.

– L'amour ! Quelle stupidité, Sahra ! C'est un djinn malfaisant qui a mis cette idée dans ta tête vide ! L'obéissance et le respect : voilà ce qu'il faut espérer d'un mariage.

– Pourquoi est-ce que je n'épouse pas Abdu ?

– Parce qu'il est pauvre... aussi pauvre que nous. Cheik Hamid est l'homme le plus riche du village. Tu auras des chaussures, Sahra ! Peut-être un bracelet en or ! Il paie pour la noce, ne l'oublie pas. C'est un homme généreux, et il sera bon pour nous quand tu seras sa femme. Tu dois penser à ta famille avant de penser à toi.

Sahra jeta sa cruche dans l'eau et se mit à pleurer.

– Il s'est passé une chose terrible !

Sa mère se pétrifia. Elle posa sa jarre et prit Sahra par les épaules.

– Quoi ? Qu'as-tu fait, Sahra ?

Mais elle savait déjà. Elle l'avait redouté dès le premier cycle menstruel de sa fille. Elle avait vu comment Sahra et Abdu se dévoraient des yeux. Elle était demeurée éveillée la nuit de crainte de ne pas savoir protéger sa petite avant qu'elle ne fût sagement mariée. Voilà que son pire cauchemar était devenu réalité.

– Abdu ? questionna-t-elle doucement. Tu as couché avec lui ? Il a pris ta virginité ?

Sahra acquiesça. La mère ferma les yeux.

– *Inch Allah,* c'est la volonté de Dieu, murmura-t-elle.

Et, prenant sa fille dans ses bras, elle récita un verset du Coran.

– « Le Seigneur crée, puis mesure, puis guide. Les petites et grandes choses que nous accomplissons sont déjà inscrites dans les livres de Dieu. C'est Sa volonté. » – D'une voix chevrotante, elle ajouta : – Il égare ceux qu'Il perdra, et guide ceux qu'Il sauvera.

Elle sécha les pleurs de sa fille.

– Tu ne peux plus rester ici, fille de mon cœur. Tu dois t'en aller. Ton père et tes oncles te tueront s'ils découvrent ce que tu as fait. Cheik Hamid ne trouvera pas le sang de ta virginité demain soir, et on saura que tu nous as déshonorés. Il faut te sauver, Sahra. Dieu est miséricordieux, Il veillera sur toi.

L'adolescent ravala ses larmes et dévisagea cette mère qu'elle aimait, qui l'avait éduquée et guidée.

– Attends ici, reprit la mère. Ne rentre pas avec moi. Je reviendrai quand ton père aura dîné. J'ai un bracelet et une bague, les cadeaux de mariage que me fit ton père, et le voile que tante Alya m'a laissé. Tu les vendras, Sahra. Je t'apporterai à manger et mon châle. Que personne ne te voie, ne dis à personne où tu vas. Tu ne pourras jamais revenir au village.

Sahra songea à l'écharpe de l'homme riche qu'elle avait nouée autour de sa taille sous sa robe. Elle la vendrait aussi. Elle se détourna de sa mère et regarda le fleuve ; à quelques kilomètres en aval, un pont menait à la ville. C'était le chemin qu'Abdu avait emprunté. Elle le suivrait.

5

Néfissa descendit de son véhicule, s'empressa de relever son voile sur le bas de son visage et se joignit aux piétons qui affluaient vers l'ancienne porte Bab Zoueila. Enveloppée de la tête aux pieds dans sa mélaya, ce grand rectangle de soie noire qui dissimulait jusqu'à ses mains, elle pouvait se mêler à la population de ce vieux quartier du Caire. Quand elle eut dépassé les échoppes des fabricants de tentes, franchi la porte connue depuis des siècles comme le lieu des exécutions sanglantes, elle pénétra en un monde plus ancien encore.

Dans ce quartier médiéval que des hommes en galabiehs traversaient avec leur chameau ou leur âne, Néfissa ne se faisait pas remarquer. En ces étroites ruelles du vieux Caire, loin des artères à la mode où l'on arborait les élégantes robes européennes, beaucoup de passantes portaient la *mélaya* sur leurs habits. Destinée à dissimuler les formes de la silhouette et ainsi préserver la modestie, la mélaya était souvent utilisée par les jeunes femmes pour ses qualités de séduction : drapée sur la tête et les épaules, tombant jusqu'aux chevilles, étroitement nouée autour des hanches et des fesses, la mélaya révélait en fait davantage les formes qu'elle ne les cachait. D'autant que l'étoffe étant généralement légère et fluide – Nylon, soie ou gaze de coton, il fallait sans cesse la réajuster, ce à quoi certaines femmes se prêtaient avec un art de la provocation des plus remarquables.

Néfissa ne s'arrêta pas devant les éventaires regorgeant

de légumes ou de tapis de prière, elle ne jeta pas un œil vers les porches obscurs où œuvraient les artisans; elle marcha droit vers une grande porte dans un mur de pierre. Elle frappa; on lui ouvrit et elle se glissa à l'intérieur.

Une gardienne en robe longue accepta un billet d'une livre puis la précéda le long d'un couloir peu éclairé, aux parois de marbre humides, à l'odeur entêtante de parfums, vapeur, sueur et chlore mêlés. D'abord, Néfissa fut conduite dans une pièce où elle ôta tous ses vêtements. Une domestique les prit et lui donna en échange une grande serviette épaisse ainsi qu'une paire de sandales en caoutchouc. Puis elle pénétra dans une salle immense entourée de piliers de marbre et de lucarnes qui, laissant filtrer un soleil diffus, éclairaient doucement les baigneuses, les masseuses et les servantes qui passaient avec des verres de thé à la menthe glacé et des bols de fruits frais pelés. Un grand bassin avec une fontaine au centre dominait la pièce; là s'ébattaient des femmes qui riaient, cancanaient, se lavaient les cheveux, certaines pudiquement drapées dans leur serviette, d'autres nues sans vergogne. Néfissa reconnut quelques habituées qui venaient quotidiennement aux bains; d'autres, à l'évidence, étaient là pour le bain rituel qui succédait aux menstrues; toutes profitaient des saines inhalations parfumées et des bains d'herbes. D'un autre côté, on se livrait aux préparatifs d'une noce, spectacle courant aux bains : les parentes de la future mariée lui épilaient le corps à la cire.

Néfissa, elle, n'était là pour aucune de ces raisons. Elle venait aux bains dans un but illicite et proscrit.

Ce hammam vieux de quelque mille années avait une histoire haute en couleur. Entre autres, on racontait qu'un journaliste américain, qui désirait savoir ce qui se passait aux bains des femmes, s'était déguisé en femme pour y entrer. Son subterfuge découvert, les baigneuses l'avaient attrapé et castré. Il avait guéri de ses blessures et vécu jusqu'à un âge avancé. Quand il avait rédigé ses mémoires, il n'avait mentionné que brièvement l'incident des bains du Caire : « Toutes les femmes étaient nues et quand elles s'aperçurent que j'étais un homme, elles se couvrirent immédiatement le visage, sans se soucier d'exposer leurs autres charmes. »

Néfissa fut conduite dans une salle où des masseuses s'affairaient autour des tables à faire craquer les os et malaxer les chairs de leurs patientes. Elle ôta sa serviette, s'allongea sur le ventre et s'efforça de se détendre entre les mains expertes de la masseuse. Mais elle n'était là ni pour le massage ni pour le bain ni pour aucune des nombreuses cures pratiquées en ce lieu. Elle était venue rencontrer son lieutenant anglais.

Depuis qu'elle avait jeté l'hibiscus par-dessus le mur, plusieurs mois auparavant, elle n'avait vu qu'irrégulièrement son lieutenant anglais. L'emploi du temps de ce dernier était devenu de plus en plus capricieux : il ne se montrait pas durant deux ou trois semaines puis, soudain, passait rue des Vierges du Paradis. Un soir où une lune d'automne cireuse éclairait Le Caire, Néfissa l'avait aperçu, au pied du réverbère, qui guettait la maison. Contre toute attente, il lui avait montré quelque chose à la lueur du réverbère puis avait regardé alentour, repéré une mendiante dans la rue, lui avait parlé en désignant la porte réservée aux piétons dans le mur du jardin Rachid, avant de lui tendre l'objet et quelque monnaie. Ensuite, il avait de nouveau regardé Néfissa et tapoté sa montre, indiquant qu'il lui fallait partir. Avant de disparaître, il lui avait envoyé un baiser.

Néfissa était descendue au jardin, avait ouvert la porte; la mendiante lui avait tendu une enveloppe. Un instant Néfissa fut étonnée : il était rare d'apercevoir les miséreux du Caire dans ce quartier riche, encore plus une fellah, à peine à l'âge de femme, qui s'efforçait de dissimuler sa grossesse sous un châle.

– Attends, fit Néfissa en prenant l'enveloppe.

Elle courut vers la maison, dans la cuisine où, sous les yeux abasourdis de la cuisinière, elle prit pain, agneau froid, pommes et fromage qu'elle empaqueta dans un torchon propre. Au retour, elle s'arrêta devant l'armoire à linge et en sortit une grosse couverture de laine.

– Dieu soit avec toi, dit-elle en remettant le tout assorti de quelques pièces à la fille stupéfaite.

Et elle referma la porte.

Brûlant d'ouvrir l'enveloppe, elle gagna le belvédère qui se dessinait dans le clair de lune pareil à une cage d'argent tressé. Une seule phrase était écrite sur le papier : « Quand pouvons-nous nous rencontrer ? »

C'était tout. Une grande feuille de papier sans aucun nom mentionné, rien qui pût le trahir lui ou la mettre, elle, dans l'embarras si la lettre venait à tomber en d'autres mains, mais elle ravit la jeune femme autant qu'une missive d'amour poétique.

Néfissa n'avait pas été loin de devenir folle en tentant d'arranger une rencontre ; elle quittait rarement la maison seule, et quand elle sortait faire des courses ou au cinéma elle était presque toujours accompagnée par l'une de ses nombreuses cousines ou tantes.

Enfin, elle trouva une idée. Elle avait entendu l'une des dames d'honneur de la princesse Faïza vanter les extraordinaires qualités curatives d'un certain bain public. C'est alors que les « migraines » de Néfissa avaient commencé. D'abord, elle avait dû ingérer lers remèdes de sa mère, puis elle s'était demandé à voix haute si les bains ne soulageraient pas ses maux. Les premières fois, elle était venue accompagnée d'une cousine. Mais le rythme quotidien de ces soins avait fini par la lasser et Néfissa avait pu se rendre seule au hammam.

Elle avait alors rédigé un billet : « Ma chère Faïza, je souffre de maux de tête qui m'obligent à suivre une cure aux bains de la porte Bab Zoueila. J'y arrive chaque jour peu après la prière de la mi-journée et y passe une heure. Vous tireriez certainement profit de ces soins, et j'accueillerais avec plaisir votre compagnie. » Elle avait signé Néfissa et adressé l'enveloppe à Son Altesse Royale Faïza. Secrètement, elle avait remis le pli à la mendiante que l'on voyait souvent près de leur porte, lui demandant de le remettre au soldat la prochaine fois qu'il se montrerait. Que se passerait-il après cela, déciderait-il de la suivre pour l'approcher à l'extérieur du hammam ? Néfissa n'en avait pas la moindre idée. Ils ne pouvaient pas se permettre d'être vus ensemble dans la rue ; elle savait trop comment les témoins réagiraient : un soldat anglais accostant une respectable femme musulmane... Il ne sortirait pas de la rue vivant. Ainsi toute rencontre, aussi prudents fussent-ils, serait dangereuse.

Mais le risque ne faisait que rehausser l'attrait de l'aventure amoureuse. Néfissa était jeune et désespérément entichée de son lieutenant. Elle commençait néanmoins à s'inquiéter. Elle était venue aux bains presque tous les jours et il n'était pas encore apparu. Avait-il quitté l'Égypte ? Avait-il été renvoyé en Angleterre ?

Une autre pensée lui traversa l'esprit, plus redoutable. Il avait peut-être découvert la vérité sur elle. Il lui suffisait de se livrer à une petite enquête à partir de son message – elle s'appelle Néfissa, c'est une amie de la princesse Faïza – pour apprendre qu'elle était veuve et mère. Oui, c'était cela ! Il ne reviendrait jamais !

Après un massage aux huiles de rose, d'amande et de violette – réputé être le secret de beauté de la reine Cléopâtre –, Néfissa conclut sa séance par le traitement auquel la majorité des Égyptiennes se soumettaient afin de rester belles et désirables. La femme chargée des soins prit un pot de poussière rouge et en saupoudra le front de la jeune femme ; un moment après, elle lui épila entièrement les sourcils, qui seraient peints ensuite. Puis on apporta le *halawa*, un jus de citron bouilli avec du sucre jusqu'à obtention d'une consistance gluante qui, comme la cire, arrachait les pilosités quand on le retirait. Appliqué sur chaque centimètre de peau, c'était un traitement douloureux mais efficace. Pour finir, Néfissa se plongea dans un bain parfumé afin de se débarrasser des résidus collants et son corps en ressortit aussi doux et poli que le marbre.

Elle remit ses vêtements et sortit sous le soleil, fraîche et reposée. Scrutant la rue avant de regagner sa voiture, elle se figea soudain.

Il était là ! Appuyé contre une Land Rover garée sous la porte Bab Zoueila.

Néfissa le reconnut à peine car il n'était pas en uniforme. Le cœur en émoi, elle se mit à marcher ; brièvement, leurs regards se croisèrent, elle pressa le pas. Une fois dans sa voiture, elle demanda au chauffeur d'aller lui acheter un sachet de graines de potiron grillées – requête qu'il ne jugerait pas extraordinaire et qui lui prendrait une dizaine de minutes. A peine le chauffeur parti, le lieutenant apparut. Il lança à la jeune femme un regard interrogateur à travers la vitre; elle se déplaça sur le siège, il monta à ses côtés.

Alors que la vie continuait autour d'eux, dans la rue bruyante où se bousculaient piétons, véhicules et bêtes, tous deux restèrent immobiles dans un monde qui n'appartenait qu'à eux. Néfissa enregistra le moindre détail de la physionomie de son fantomatique amant du réverbère qui, chaque nuit, venait la rejoindre dans ses rêves. Ils se dévoraient des yeux, leurs parfums s'épousaient... Néfissa distingua une tache sombre dans l'un de ses yeux bleus comme la mer. Mille questions se pressaient sur ses lèvres.

Il parlait enfin, en anglais, et d'une voix plus irrésistible qu'elle ne l'avait imaginé :

– Je n'arrive pas à croire que je suis réellement ici. Et que vous soyez ici avec moi. Je pensais vous avoir rêvée.

Le cœur de Néfissa s'emballa quand il tendit la main pour abaisser son voile. Il hésita et, comme elle ne protestait pas, le lui ôta.

– Mon Dieu, comme vous êtes belle!

Elle avait l'impression d'être aussi nue que s'il l'avait entièrement dévêtue; mais elle n'éprouvait ni honte ni embarras, seulement un désir brûlant. Elle aurait voulu lui confier les secrets de son cœur, prononcer de douces paroles. Elle fut horrifiée des mots qui franchirent ses lèvres :

– J'étais mariée. Je suis veuve. J'ai deux enfants.

« Autant l'avouer tout de suite, se dit-elle, qu'il me rejette ici et maintenant avant que les choses n'aillent plus loin. »

Au lieu de cela, il sourit.

– Je sais. J'ai entendu dire qu'ils sont aussi beaux que leur mère. – Elle fut incapable de répondre tant elle était bouleversée. – Je demeure à côté de chez vous, reprit-il. – Elle adorait sa voix, son accent d'Anglais cultivé. – Dans la rue voisine, à la Résidence, mais je suis en poste à la

Citadelle. Ils nous ont beaucoup déplacés ces derniers temps. J'avais peur que vous ne vous lassiez et que vous ne m'oubliiez.

Néfissa était terrifiée, prise de vertige, et certaine de faire un rêve. Elle s'entendit répondre :

– Je vous croyais parti pour de bon. – Il était merveilleusement facile de lui parler! – Et quand les étudiants ont attaqué les casernes britanniques, il y a eu tant de morts et de blessés! J'ai eu peur pour vous, et j'ai prié pour vous.

– Je crains que la situation ne fasse qu'empirer. C'est pour ça que je ne suis pas sorti en uniforme aujourd'hui. Pouvons-nous nous voir seuls quelque part? Seulement pour parler, s'empressa-t-il d'ajouter. Pour boire un thé ou un café. Je ne peux pas cesser de penser à vous. Et maintenant que vous êtes vraiment là, si près...

– Mon chauffeur ne va pas tarder.

– Vous nous arrangerez une autre rencontre? Je ne veux pas vous causer d'ennuis mais j'ai besoin de vous voir.

– La princesse Faïza est mon amie, elle nous aidera.

– Est-il permis de vous donner un présent Je suis en poste au Caire depuis un moment mais je connais mal vos coutumes. Je ne vous aurais pas offert un objet aussi personnel qu'un bijou ou un parfum de crainte de vous offenser. Mais j'espère que ceci conviendra; il appartenait à ma mère...

Il lui tendit un mouchoir de lin fin, bordé de dentelle et brodé de petits myosotis bleus. Néfissa le prit entre ses doigts; il était encore chaud d'avoir séjourné dans la poche du lieutenant.

– C'est très difficile pour moi, fit-il sourdement. Être si près de vous et pourtant... Je ne sais que dire, ce que j'ai le droit de vous dire. Cette fenêtre à écran derrière laquelle vous vous tenez parfois, ce voile qui vous couvre le visage sont tellement... J'ai envie de vous toucher, de vous embrasser.

– Oui, murmura-t-elle. Oui. Peut-être la princesse nous aidera-t-elle. Ou peut-être trouverai-je un endroit où nous pourrons être seuls. Je vous ferai passer un message par la fille qui se tient souvent à notre porte.

Ils se contemplèrent durant un moment, puis il lui toucha la joue.

– A bientôt, ma belle Néfissa, dit-il.

Il descendit de voiture et disparut dans la foule avant qu'elle n'ait eu le temps de s'apercevoir qu'il ne lui avait pas dit son nom.

Maryam Misrahi racontait une histoire :

– Un jour, Farid emmena son fils au marché pour acheter un mouton. Chacun sait que le prix du mouton se détermine selon la quantité de graisse contenue dans la queue. Comme Farid tâtait les queues des moutons, les soupesant, les pressant, son fils lui demanda : « Père, pourquoi fais-tu cela ? » « Pour choisir la meilleure bête à acheter », répondit Farid. Quelques jours plus tard, lorsque Farid rentra au logis après son travail, son fils courut à lui et lui dit : « Père ! Cheik Gamal est venu aujourd'hui ! Je crois qu'il veut acheter Maman ! »

Les femmes éclatèrent de rire, et les musiciens, cachés derrière un paravent parce que c'étaient des hommes, rirent aussi. Puis ils attaquèrent une autre chanson entraînante.

La réception se tenait dans le grand salon de la demeure d'Amira. Les lampes de cuivre ajourées jetaient des motifs de lumière enchevêtrés sur les femmes magnifiquement vêtues qui, installées sur des divans bas pleins de coussins de soie, se servaient des mets dressés sur les tables incrustées de nacre. Les tapis turcs jetés au sol et les tapisseries suspendues aux murs faisaient oublier la froide nuit de décembre ; la pièce vibrait de rires, de chaleur et de musique.

Les servantes d'Amira apportaient des plateaux de boulettes de viande épicée, de fruits frais, de pâtisseries, ainsi que la spécialité d'Amira, la confiture de pétales de rose, qu'elle fabriquait avec des pétales rouges cuits dans le citron et le sucre. La cuisine d'Amira était réputée pour un autre délice : les œufs durs cuits dans un ragoût de mouton en train de mijoter ; le goût de la viande traversait les coquilles et parfumait les œufs. Cette abondance de nourriture était accompagnée d'un thé à la menthe fortement sucré.

La réception n'avait d'autre raison que le plaisir de la fête, et les invités d'Amira – plus de soixante – arboraient leurs plus beaux vêtements et bijoux, mêlant leurs parfums coûteux à celui de l'encens et aux fragances des roses d'hiver. Grâce à la soudaine demande de coton en Extrême-Orient, de blé et de maïs dans l'Europe rationnée, l'Égypte bénéficiait de la fulgurante croissance économique de l'après-guerre. Les invitées d'Amira, dont les époux jouissaient d'une prospérité sans précédent, affichaient leur fortune selon la coutume. Amira, elle aussi, portait les diamants et l'or que son mari Ali lui avait si généreusement offerts.

– Ya Amira! appela une femme à travers le salon.

Elle se resservait d'un plat de poulet et de foie cuits dans du pain avec huile, épices, menthe et pistaches.

– Où ta cuisinière achète-telle ses poulets?

Avant qu'Amira puisse répondre, Maryam lançait :

– Pas à cet escroc d'Abu Ahmed rue Kasr El Aïni! Tout le monde sait qu'il bourre ses poulets de maïs juste avant de les tuer, pour faire meilleur poids!

– Écoute-moi, Oumm Ibrahim, fit une femme d'âge moyen.

– Chacun de ses poignets était paré de moult bracelets d'or. Son mari possédait dix mille acres de terre fertile dans le Delta et était fort riche. – Je connais un excellent homme, très soigné de sa personne, bien éduqué, un veuf fortuné et très pieux. Il a exprimé son grand désir de t'épouser.

Amira se contenta de rire. Ses amies essayaient toujours de la remarier. Elles ne savaient rien d'Andreas Skouras, le ministre de la Culture, dont la prestance lui revint à l'esprit. Depuis l'après-midi de sa demande, il était revenu trois fois, avait souvent téléphoné, lui avait envoyé des bouquets de fleurs et des boîtes de chocolats d'importation. Il lui avait dit qu'il était patient, et qu'il ne la presserait jamais de lui répondre. Cependant, il continuait, chaque nuit, à venir visiter ses rêves brûlants d'étreintes et de baisers. Amira sentait faiblir sa résistance.

– Et quelles sont les nouvelles de ton fils? interrogea une autre convive, épouse du conservateur du musée de l'Égypte.

A l'évocation de son fils, Amira se rappela un autre rêve qu'elle avait fait la nuit précédente, dans lequel elle s'était vue marcher en direction de l'aile des hommes, le long des couloirs obscurs et silencieux, une lampe à huile à la main. Parvenue aux appartements de son époux qu'occupait à présent Ibrahim, elle avait ouvert une porte et découvert une pièce pleine de djinns maléfiques cabriolant parmi les toiles d'araignées et les meubles négligés. Elle s'était réveillée brutalement. Que signifiait ce rêve? Une vision du futur?

– Mon fils est toujours à Monaco, dit-elle à la femme du conservateur. Mais il m'a annoncé récemment qu'il s'apprêtait à rentrer, Dieu soit loué.

Amira avait cru défaillir de joie au moment du coup de téléphone. Depuis près de sept mois qu'Ibrahim était parti, elle avait rarement eu de ses nouvelles. Chaque soir elle priait pour lui, que Dieu soulage sa souffrance et le ramène à son foyer. Elle avait hâte qu'il revînt; elle lui avait trouvé une épouse idéale : dix-huit ans, paisible et obéissante, pure et soignée. En plus c'était une parente, la petite-fille d'un cousin d'Ali Rachid.

Amira n'avait pas connu autant de succès dans sa quête d'un époux pour sa fille. N'étant plus vierge, Néfissa serait plus difficile à marier, même si sa beauté et sa richesse étaient des atouts : un homme passerait outre l'inconvénient de l'expérience sexuelle pourvu que la femme apportât des biens en contrepartie.

Amira regarda Néfissa, assise sur un divan contre un mur éloigné et qui nourrissait son fils de trois ans. Deux bébés jouaient à ses pieds : sa fillette de huit mois, menue et douce, une enfant jolie, et Camélia, la fille d'Ibrahim, orpheline de sa mère, fillette au teint cuivré et aux yeux couleur de miel sombre, robuste pour ses sept mois malgré les difficultés de sa venue au monde. Observant les manières distraites de sa fille, la nervosité de tout son corps, Amira devina que Néfissa rêvait d'amour.

Songeant de nouveau à Andreas Skouras, elle comprenait parfaitement ce que sa fille éprouvait. Il était merveilleux d'être amoureuse, mais elle ne voulait pas que Néfissa souffrît. Un amour mal accordé n'avait-il pas été à l'origine de la disgrâce de son autre fille, Fatima ?

Les musiciens entamèrent une mélodie populaire appelée *Rayon de lune*, et l'une des convives se leva pour danser. Elle ôta ses chaussures et gagna le centre du salon. Tout le monde se mit à chanter. Les paroles érotiques – comme dans la plupart des chansons égyptiennes – parlaient de baisers langoureux et de caresses interdites. Toutes les petites filles et les jeunes vierges connaissaient ces chants, et les fredonnaient dans les jardins et sur les balançoires : « Embrasse-moi, embrasse-moi, ô mon aimé. Couche-toi avec moi jusqu'à l'aube : Réchauffe mon lit et enfièvre ma poitrine... », sans en comprendre le sens.

La danseuse se rassit au bout de quelques minutes, et une autre femme se leva pour la relayer. Elle portait de hauts talons et le dernier tailleur Dior dont tout le monde parlait. Elle ferma les yeux, écarta les bras tandis que les autres chantaient un hymne à la virilité. Elle effectua un tour plein de grâce, que certaines approuvèrent d'un youyou, et dès qu'elle se rassit, une autre se leva sur-le-champ. La danse du ventre, moment privilégié dans les réunions de femmes, exprimait les émotions refoulées, les désirs secrets, défendus. Les danseuses n'étaient ni jugées ni comparées les unes aux autres. Elles ne se livraient pas à une compétition ; la meilleure n'était pas plus louée qu'une autre, la plus maladroite n'était pas critiquée ; chacune recevait encouragements et louanges de ses compagnes.

Lorsque Amira se leva impulsivement jetant ses chaussures et se dressa sur les orteils, les autres la saluèrent par des cris. Moulée dans sa jupe noire et sa blouse de soie noire, elle ondula des hanches avec un talent étonnant, d'abord en oscillation rapide puis en lente figure de huit tout en se calant sur le tempo rapide. Elle fit signe à Maryam Misrahi, qui se leva à son tour, se déchaussa et la rejoignit. Les deux amies dansaient ensemble depuis qu'elles étaient jeunes mariées, leurs pas et leurs mouvements s'accordaient à la perfection; aussi le salon résonna-t-il bientôt de zaghrîts asourdissants.

L'humeur d'Amira s'égaya. La danse soulageait l'âme et produisait une ivresse que certains comparaient à l'euphorie du hachisch. Cette même joie illuminait Maryam, qui avait récemment fêté son quarante-troisième anniversaire, une semaine après avoir célébré celui de son fils aîné. Ce fils, Amira le savait, était le secret que Maryam avait toujours caché à son mari, Suleiman.

A dix-huit ans, Maryam avait été mariée une première fois, brièvement car son jeune époux et son bébé étaient morts, emportés par l'épidémie de grippe qui avait ravagé Le Caire. Elle les pleurait encore quand elle avait rencontré le beau Suleiman, un riche importateur. Elle en était aussitôt tombée amoureuse. Les Misrahi étaient l'une des plus anciennes familles juives d'Égypte et, en conduisant sa jeune femme dans la demeure familiale de la rue des Vierges du Paradis, Suleiman avait prié Dieu qu'il lui accordât de nombreux enfants.

Or une année s'écoula, puis une autre, une troisième et Maryam se rongeait d'inquiétude. Elle consulta des médecins qui lui dirent qu'il n'y avait pas de raison pour qu'elle n'eût pas d'autre enfant. Elle comprit donc que le problème venait de Suleiman, or cette nouvelle, elle en était certaine, anéantirait son époux. Elle confia son souci à son amie Amira Rachid, déjà mère d'Ibrahim et de la petite Fatima. « Dieu pourvoira », avait assuré Amira.

Ce qui pourvut, en vérité, ce fut une idée qui vint à Amira en rêve.

Pendant son sommeil, elle avait vu le visage de Moussa, le frère de Suleiman, et elle avait été frappée de constater à quel point les deux frères se ressemblaient, quasiment comme des jumeaux. Après qu'Amira eut parlé à son amie de sa vision, il fallut des semaines à Maryam avant de trouver le courage d'aller voir Moussa. Quand elle s'y résolut, celui-ci écouta son histoire avec une compassion surprenante. Lui aussi pensait que Suleiman ne supporterait pas l'annonce de la stérilité. Ainsi concoctèrent-ils leur plan.

Maryam rendit secrètement visite à Moussa jusqu'à ce qu'elle se sût enceinte, et lorsque l'enfant naquit, Suleiman s'en crut le géniteur. Deux ans plus tard, elle retourna voir Moussa, et la fille née de cette union ressembla encore plus à Suleiman. Cinq enfant successifs bénirent le foyer de Suleiman Misrahi rue des Vierges du Paradis et, quand Moussa partit s'installer à Paris, Maryam dit à Suleiman qu'un médecin lui conseillait de ne plus porter d'enfant. A ce jour, seuls elle, Amira et le lointain Moussa connaissaient son secret.

Lorsque Amira regagna le divan, rieuse et essoufflée, une servante vint discrètement l'informer qu'un visiteur la demandait.

Elle sortit dans le hall et ne fut pas surprise d'y trouver Andreas Skouras ; elle avait espéré qu'il viendrait bientôt la voir. Ces temps-ci, il avait été si présent dans son esprit qu'elle se demandait si ce n'était pas là le signe qu'elle l'épouserait.

– Bienvenue, fit-elle, et que la paix soit avec vous. Je vous en prie, entrez et acceptez mon hospitalité.

– Je suis venu vous dire au revoir, Sayyida.

– Au revoir ?

– Vous le savez, Sa Majesté a modifié la composition de son gouvernement le mois dernier. Je ne suis plus ministre de la Culture. Il semble que je sois victime de manigances politiques mais c'est peut-être un bienfait déguisé de Dieu. Voilà déjà quelque temps que je possède plusieurs hôtels en Europe, qu'un oncle que je connaissais à peine m'a légués. A présent que l'Europe se reconstruit, j'y vois la promesse d'une nouvelle prospérité. Les touristes afflueront, ils auront besoin de lieux de séjour. Je pars pour Rome au matin, Sayyida, et de là je me rendrai à Athènes, le berceau de ma famille. Je ne crois pas revenir au Caire avant longtemps.

Il prit la main d'Amira, la porta à ses lèvres et l'embrassa.

– Je ne sais que dire, monsieur Skouras. Cette nouvelle m'attriste, mais je suis également heureuse pour vous et je prie Dieu qu'il vous bénisse, vous accorde le succès dans votre nouvelle entreprise. Mais dites-moi, s'il vous plaît, auriez-vous pris cette décision si j'avais accepté votre proposition ?

Il sourit.

– Il ne devait pas en être ainsi, Sayyida. J'ai gardé espoir mais à tort. Cette maison est votre foyer; c'est ici qu'est votre place, auprès de votre famille. Je vous voulais pour mes besoins égoïstes, et j'ai fini par comprendre que je vous avais causé plus de désarroi que de joie en vous demandant votre main. Mais je vous porterai toujours dans mon cœur, Amira. Je ne vous oublierai jamais.

– Entrez, je vous en prie, invita-t-elle, redoutant de fondre en larmes. Profitez de l'hospitalité de mon toit avant votre départ.

Il lança un regard vers les portes de bois sculpté ouvertes sur le grand salon, d'où leur parvenaient les lumières et la musique.

– Je crains, si j'accepte, Sayyida, de ne plus jamais partir. La paix et les grâces de Dieu soient avec vous.

De nouveau, il lui prit les mains et y glissa une petite boîte. Amira reconnut la bague en cornaline.

– Portez-la par amitié, Amira. Ainsi vous vous souviendrez toujours de moi.

Elle le regarda s'éloigner à travers un rideau de larmes et, quand il fut parti, elle se rendit aux toilettes avant de retrouver ses invitées. Elle sortit la bague de son écrin, commença à la glisser à son doigt puis suspendit son geste. Porter la bague d'Andreas, décida-t-elle, serait un acte déloyal envers lui, car jamais elle ne pourrait penser à lui en simple ami. Elle conserverait le bijou et le mettrait le jour où il reviendrait à elle, non en ami, mais en amant.

Alors qu'elle s'apprêtait à quitter les toilettes, la petite boîte en or dans la poche, elle entendit une voix masculine dans l'entrée :

– *Ya Allah! Ya Allah!*

Ce cri traditionnel annonçait la visite d'un homme dans les quartiers des femmes.

« Ibrahim ? » s'interrogea-t-elle en entendant cette voix. Elle se précipita vers le salon, reconnut son fils sur le seuil, poussa un cri et courut à lui. Il la serra étroitement dans ses bras, des larmes sur les joues.

– Tu m'as tant manqué, Mère! s'exclama-t-il. Oh, comme tu m'as manqué!

Néfissa apparut, puis les tantes, les cousines, les enfants, tandis que les invitées se passaient le mot avec excitation : le Dr Rachid est revenu! Quelle soirée propice! Dieu est bon, Dieu est grand!

Lorsque Maryam à son tour vint accueillir Ibrahim, il la prit dans ses bras, même s'il n'était pas convenable qu'il touche une femme qui ne lui était pas apparentée. Tante Maryam était comme une mère pour lui; elle avait pris soin de lui quand étaient nées ses sœurs Fatima et Néfissa; il avait grandi avec ses enfants, assisté aux bar mitzvahs de ses fils et avait partagé les repas de sabbat avec les Misrahi.

– Mère, déclara-t-il à Amira avec un grand sourire, je veux te présenter quelqu'un.

Le silence retomba dans le salon quand il prit la main d'une jeune femme, grande et mince, au sourire radieux, élégamment vêtue d'un tailleur de voyage, coiffée d'un chapeau à large bord, un sac de cuir en bandoulière sur l'épaule. Ce furent ses cheveux qui stupéfièrent les femmes : des cheveux longs jusqu'aux épaules, coupés au carré, des cheveux... dorés!

– Je te présente ma famille, lui dit Ibrahim en anglais. – Et pour Amira, il ajouta en arabe : – Mère voici Alice. Mon épouse.

Alice tendit la main et déclara en anglais :

– Madame Rachid, j'étais impatiente de vous connaître.

A ces mots, des frémissements parcoururent l'assemblée et, de bouche à oreille, on ne chuchota qu'un seul mot : une Britannique!

Amira considéra la main tendue puis ouvrit les bras et dit, en anglais :

– Bienvenue dans notre demeure, ma nouvelle fille. Dieu soit loué car Il nous a fait don de ta personne.

Quand elles se furent embrassées, Amira vit ce que les autres femmes avaient déjà constaté : le renflement indubitable de la grossesse.

– Alice a vingt ans, comme toi, annonça gaiement Ibrahim à sa sœur Néfissa. Je sais que vous deviendrez de grandes amies.

Les belles-sœurs s'étreignirent, puis les autres femmes se pressèrent autour de la nouvelle venue, lui touchant les cheveux et s'exclamant sur sa beauté.

– Tu ne nous as pas prévenues, Ibrahim! protesta Néfissa, rieuse et glissant son bras sous celui d'Alice. Nous aurions préparé un bel accueil!

Amira serra de nouveau son fils contre elle; ils se tinrent un moment enlacés puis elle le contempla à travers des larmes de joie.

– Es-tu heureux, fils de mon cœur?

– Je n'ai jamais été plus heureux, mère.

Alors Amira rouvrit les bras et dit:

– Viens ma fille. Bienvenue sous ton nouveau toit.

Et elle pensa: « Loué soit l'Éternel de nous avoir accordé Ses bienfaits, et de m'avoir ramené mon fils. »

Enfin elle songea à Andreas Skouras et s'émerveilla de la miséricorde de Dieu qui, alors qu'Il lui prenait l'homme qu'elle eût pu épouser, lui rendait son fils.

6

Les premières contractions prirent Sahra devant l'élégant hôtel Continental-Savoy où elle était venue mendier auprès des riches touristes. Elle pensait qu'elle n'avait pas encore fait son quota pour la journée et que Mme Najiba serait furieuse contre elle quand elle éprouva un élancement violent qui lui enserra la taille.

D'abord elle se dit que c'était à cause du *falafel* qu'elle avait acheté ce matin à un vendeur des rues, dépensant l'argent qu'elle aurait dû garder – Mme Najiba comptait chaque piastre – mais elle était tellement affamée! Était-il possible qu'elle ait mal au ventre maintenant?

A la deuxième contraction, plus violente que la première et qui irradia jusque dans ses jambes, elle comprit avec panique que son bébé arrivait. Trop tôt!

– Quand l'enfant a-t-il été conçu? avait interrogé Mme Najiba lorsque Sahra avait rejoint la bande des mendiants.

Elle avait été incapable de répondre, ayant perdu la notion du temps, le compte des jours et des mois durant lesquels elle avait cherché Abdu au Caire. Cependant, elle se rappelait que quand Abdu et elle avaient fait l'amour, les plantations de coton étaient en fleurs jaunes et que le maïs venait d'être récolté. Aussi Mme Najiba avait-elle compté sur ses doigts sales pour conclure :

– Il naîtra à la fin février, peut-être en mars, avec le vent khamsin. Bien. C'est d'accord, tu peux rester avec nous. Mais ne va pas croire qu'être enceinte te rapportera plus d'aumônes. La ruse est éculée, les gens penseront que tu as mis un melon sous ta robe. En revanche une fille avec un bébé rapporte bien, surtout une petite chose efflanquée comme toi.

Que Mme Najiba la gardât sous-alimentée afin de lui conserver son expression affamée, Sahra ne s'en était pas souciée, car au moins elle avait un toit, une natte où dormir et la compagnie de gens qu'elle appelait des amis. Certains mendiants étaient dans un état bien pire, tels ces hommes, autrefois en parfaite santé, qui étaient passés entre les mains du « faiseur de mendiants ». Ils s'étaient volontairement laissé mutiler ou déformer le corps parce que ça rapportait plus. Il y avait aussi les filles qui vendaient leur corps aux hommes. Même si la prostitution était légale, c'était une profession honteuse. Après plusieurs semaines d'une errance terrifiante dans la ville, Sahra avait cru mourir de faim sur le pavé.

A la troisième contraction, Sahra s'éloigna de la foule et chercha la position du soleil. Au village, il était facile de dire où en était le jour, mais ici, avec tous ces immeubles, ces coupoles, ces minarets, le soleil n'était pas si aisé à trouver. Le ciel, cependant, virait au rouge derrière le toit du Turf Club. Le soir venait. Son bébé naîtrait par une froide nuit de janvier.

Soudain impatiente – il lui semblait avoir toujours attendu la venue de l'enfant d'Abdu –, Sahra se faufila par une rue secondaire afin d'éviter d'attirer l'attention sur elle, et marcha le plus vite possible en direction du Nil. L'impasse où demeuraient Mme Najiba et sa bande de pickpockets et de mendiants se trouvait à l'opposé, dans un vieux quartier du Caire, mais Sahra n'irait pas tout de suite. Elle avait d'abord quelque chose à faire, qui l'obligeait à traverser les quartiers neufs de la ville où les automobiles rutilantes filaient dans les larges avenues, ou les femmes en robes courtes et talons hauts marchaient allègrement, les bras chargés de paquets. Où les paysannes en haillons n'avaient pas leur place.

Quand elle approcha du fleuve, le soleil avait disparu derrière l'horizon. Voyant que le bref crépuscule égyptien balançait entre chien et loup, Sahra comprit qu'elle devait se presser. Les contractions se rapprochaient; elle ferait ce qu'elle avait à faire puis retournerait chez Mme Najiba.

Il lui fallait être prudente. Elle approchait des baraquements britanniques. Plus loin se trouvait le grand musée, dont c'était l'heure de fermeture. Sahra frissonna; la température baissait rapidement. Au village, c'eût été l'heure où elle aurait rentré le vieux buffle à l'étable pour la nuit, avant de se hâter vers la maison en pisé de son père, pleine de la chaleur du four.

Elle se demanda ce qui s'était produit après son départ. Cheik Hamid avait-il été fâché d'avoir perdu sa fiancée? Son père et ses oncles l'avaient-ils cherchée pour la tuer? Avaient-ils battu sa mère? Ou la vie avait-elle continué, la disparition de Sahra Bint Tewfik devenant une histoire de village parmi les autres?

Sahra n'aimait pas se souvenir des premiers jours terribles qu'elle avait passés au Caire, quand elle était encore certaine de retrouver Abdu. Elle n'avait pas imaginé la ville si grande, si populeuse, si pleine d'étrangers qui l'ignoraient ou klaxonnaient pour qu'elle se pousse de leur route. Elle voyait les portiers qui criaient quand ils la trouvaient endormie dans leurs escaliers; les vendeurs de rue qui la chassaient pour avoir volé de la nourriture; le policier qui, prétendant l'arrêter, l'avait blouclée chez lui durant trois nuits jusqu'à ce qu'elle parvînt à s'enfuir. Et enfin ce pont étrange où se rassemblaient les estropiés, les mendiants. Elle avait essayé de demander l'aumône aux passants quand une femme qui portait le tatouage des Bédouins sur le menton lui avait sauté dessus, arguant que c'était leur pont et que si elle voulait y travailler elle devait traiter avec Mme Najiba.

Ainsi était-elle entrée au service de l'impressionnante Najiba, dont le nom signifiait « la rusée ». Elle devait lui reverser la moitié de ce qu'elle gagnait chaque jour, somme qui parfois ne lui suffisait même pas à s'acheter un oignon pour son dîner. Sahra n'était pas douée pour la mendicité, et elle avait failli être renvoyée de la bande. C'est alors qu'une jolie dame dans une grande maison rose derrière un mur lui avait donné une couverture de laine, un peu de nourriture et d'argent, et Najiba avait décidé que, puisque l'enfant devait naître bientôt et qu'il rapporterait davantage, Sahra pouvait rester.

Au cours de ces semaines, elle avait fêté ses quatorze ans dans la solitude et la faim. Jamais elle ne s'était sentie plus proche d'Abdu qu'un jour où elle se tenait à la porte de la grande maison rose où demeurait la dame généreuse. Une voiture avait ralenti et un homme en était descendu : l'inconnu que Sahra avait aidé près du canal le lendemain du mariage de sa sœur, l'homme dont elle avait dû se résoudre à donner l'écharpe de soie à Mme Najiba. De nouveau, Sahra avait été frappée par sa ressemblance avec son bien-aimé Abdu, aussi était-elle revenue rôder autour de la maison rose dans l'espoir d'apercevoir encore l'homme riche.

La contraction suivante fut si fulgurante que les jambes lui manquèrent. Elle se recroquevilla sous un porche, regarda le ballet des voitures et des bus qui tournaient autour du grand rond-point devant le complexe militaire britannique. Il lui fallait atteindre le Nil.

Le crépuscule se mourait et les lampadaires s'allumèrent. Contournant le rond-point et se frayant un chemin dans l'ombre des immeubles aux multiples fenêtres, Sahra atteignit enfin le pont d'où partait la route vers les pyramides. C'était aussi la route qui menait à son village, où elle ne retournerait jamais. Elle descendit vers la berge, s'arrêtant chaque fois que la douleur devenait trop violente; quand ses pieds nus touchèrent la terre humide, elle se laissa glisser, faisant halte parfois parmi les roseaux, les détritus et le poisson pourri. A sa gauche, elle voyait des felouques amarrées à un débarcadère; les pêcheurs miséreux cuisaient leur dîner sur des braseros à l'avant de leurs barques. Sur sa droite, au-delà du musée, les bateaux des riches dansaient sur les flots paisibles, leurs ponts éclairés de lanternes; la musique et les rires s'échappaient par les hublots ouverts. De l'autre côté de l'eau, sur la grande île, clubs, boîtes de nuit et villas de rêve brillaient de mille feux.

Sahra n'avait pas peur en descendant vers l'eau. Dieu prendrait soin d'elle et bientôt elle tiendrait dans ses bras le bébé d'Abdu, comme elle avait un jour, brièvement, serré Abdu contre elle. Et dès qu'elle aurait recouvré ses forces, elle se remettrait à sa recherche, parce qu'elle n'avait pas un instant renoncé à l'espoir de retrouver son amour.

Pour l'heure, elle obéissait au rituel paysan qui voulait que les fellahs en travail descendent au fleuve et mangent de la boue des berges, car le Nil possédait les vertus puissantes de santé, de virilité et protégeait l'enfant à naître du mauvais œil. Mais la douleur se fit si sévère qu'elle s'effondra, la respiration coupée. Elle comprit trop tard qu'elle aurait dû se rendre directement chez Najiba. Le bébé commençait à pousser pour venir au monde.

La jeune fille se coucha sur le dos, regarda le ciel et se demanda quand était tombée la nuit. Il y avait tant d'étoiles! Les yeux des anges de Dieu, comme les appelait Abdu. Elle essaya de ne pas crier afin de ne pas s'attirer le déshonneur. Elle pensait à Haggar dans le désert, qui cherchait de l'eau pour son enfant. « Je l'appellerai Ismaïl, songea-t-elle, si c'est un garçon. »

Saha se concentra sur les lumières qui brillaient sur la rive opposée, dorées, étincelantes; elle pouvait voir les gens vêtus de blanc, pareils à des anges. Et tandis que les étoiles scintillaient au-dessus d'elle, que la douleur la submergeait, elle fixa les lampes et songea que le paradis devait ressembler à cela.

•

« Le paradis! » pensa lady Alice en sortant sur la terrasse du club La Cage d'or. Le Caire si brillamment éclairé et les étoiles tellement vives, avec leurs reflets dansants sur le Nil, ressemblaient bien au paradis! Elle était si heureuse qu'elle aurait pu se mettre à danser au bord du fleuve. Sa nouvelle vie surpassait de loin ses rêves et aspirations. On surnommait Le Caire le Paris du Nil, mais elle ne s'était pas attendue à ce que la ville fût si française! Et sa nouvelle demeure était un vrai petit palais situé dans le quartier des ambassades et des belles résidences réservées aux diplomates étrangers. Rue des

Vierges du Paradis, elle pouvait aisément se croire au cœur de l'élégant Neuilly.

Elle était heureuse que la guerre fût finie, bien qu'elle n'en ait pas vraiment souffert, vivant à la campagne, sur les propriétés ancestrales de son père, le comte de Pemberton. Ce dernier avait d'ailleurs proposé d'accueillir des enfants réfugiés des villes bombardées. Dieu merci, on n'en était pas arrivé là. Alice n'aurait pas su quoi faire d'eux.

Elle n'aimait pas songer à des choses tristes, comme la guerre et les orphelins. Elle refusait même de penser aux rumeurs annonçant l'imminent départ des Anglais. C'était proprement impossible. Que se passerait-il ensuite? Les Britanniques n'avaient-ils pas fait de ce pays un endroit merveilleux? L'une des premières choses qui l'avaient séduite chez Ibrahim, lorsqu'elle l'avait rencontré l'an passé à Monte-Carlo, était qu'il ne se laissait pas perturber par des sujets déplaisants; quand la conversation tombait sur la politique et la société, il n'y participait pas.

Bien d'autres aspects lui plaisaient chez son mari. Il était bon et généreux, il parlait avec douceur et beaucoup de modestie. Elle imaginait qu'être le médecin personnel du roi devait être une charge passionnante, mais Ibrahim lui avait avoué que c'était une tâche facile, qui ne requérait pas de véritables soins médicaux. D'ailleurs, lui avait-il confessé, il n'était devenu médecin que parce que son père l'était; et bien qu'il ait réussi ses études et accompli son internat, il se félicitait de n'avoir pas connu le tracas de se constituer une clientèle puisque, grâce à son père, il avait été introduit dans l'entourage du roi et que Farouk s'était immédiatement pris d'affection pour lui. Ce qu'il aimait le plus dans son poste était son peu d'exigence : deux fois par jour, il prenait la tension royale et, occasionnellement, il prescrivait des médicaments pour les dérangements intestinaux.

Alice ne se souciait pas qu'Ibrahim affiche ce manque d'ambition, comme il l'avait lui-même souligné en riant. Il se décrivait comme un homme pondéré, d'apparence plaisante, sans haines ni passions particulières, sans croisades à mener, sa plus grande fierté étant d'assurer une existence confortable à sa famille. Alice l'aimait pour tout cela, et parce qu'ils partageaient un même besoin de jouir de la vie, et de profiter des plaisirs et des divertissements qu'elle offrait. En plus, c'était un bon amant, bien qu'elle n'ait pas d'éléments de comparaison : elle était vierge lorsqu'ils s'étaient rencontrés.

Comme elle eût aimé que sa mère fût encore en vie ! Lady Frances aurait approuvé son choix, ayant nourri sa vie entière une passion pour tout ce qui était exotique et oriental. Ne s'était-elle pas vantée d'avoir vu seize fois le film *Le Cheik* et vingt-deux fois *Le fils du Cheik* ? La mère d'Alice avait souffert d'une dépression d'origine inconnue. « Mélancolie », avait écrit le médecin sur le certificat de décès. Un matin d'hiver, lady Frances avait ouvert le gaz et mis sa tête dans le four. Ni le comte, ni sa fille Alice, ni son fils Edward n'en avaient plus jamais parlé depuis.

Entendant rire dans le night-club, Alice se retourna et regarda à travers la porte vitrée. Farouk se trouvait à sa table de jeu coutumière, et sa cour habituelle l'acclamait. Sans doute venait-il de gagner. Alice aimait bien que le roi d'Égypte, qu'elle considérait comme un grand enfant, amateur d'histoires drôles et de plaisanteries. Pauvre reine Farida, incapable de lui donner un fils. La rumeur disait qu'il finirait par divorcer pour cette raison. En Égypte, un homme n'avait qu'à répéter trois fois : « Je te répudie », et c'était fait.

Alice jugeait plutôt singulière cette obsession nationale. Certes, tous les hommes désiraient des fils. Son propre père, le comte de Pemberton, n'avait-il pas été déçu que son premier descendant fût une fille ? Mais les Égyptiens y accordaient bien plus d'importance encore. Alice avait d'ailleurs découvert qu'il n'existait pas de traduction arabe du mot « enfant ». Pour demander à un homme combien il en avait, on utilisait le mot *awlad*, qui signifiait « fils ». Les filles ne comptaient pas et les infortunés qui n'engendraient que des filles se voyaient souvent parés de l'humiliante épithète *abu banat*, « père de filles ».

Alice se souvenait qu'à Monte-Carlo l'intérêt d'Ibrahim à son égard avait crû lorsqu'elle avait évoqué son frère, ses oncles et cousins, ajoutant en riant que la spécialité des Westfall semblait être de produire des fils. Bien sûr elle savait que ce n'était pas son principal atout aux yeux de son époux. Ibrahim ne lui aurait pas fait l'amour, ne l'aurait pas épousée et amenée chez lui uniquement pour sa capacité à engendrer des garçons. Maintes fois, il lui avait dit qu'il l'adorait, la vénérait, combien elle était belle, bénissant le bois de l'arbre dont on avait fait son berceau, lui prenant les pieds et embrassant ses orteils!

Si seulement son père pouvait comprendre. Si seulement elle pouvait lui montrer qu'Ibrahim l'aimait véritablement et qu'il était un bon époux. Elle haïssait le mot « bicot » et regrettait que son père l'ait prononcé. Les deux semaines de lune de miel qu'ils avaient passées en Angleterre s'étaient conclues par un désastre. Le comte avait refusé de rencontrer son gendre et menacé de déshériter sa fille. Elle perdrait son titre, l'avait-il avertie. Elle était lady Alice Westfall puisque son père était comte. Elle avait répondu qu'elle ne s'en souciait pas : elle avait épousé un pacha, donc elle restait une lady.

Aussi la menace voilée de son père ne la troublait-elle guère. De surcroît, elle ne doutait pas que le comte réviserait sa position à la naissance de l'enfant. Il ne résisterait pas à l'envie de voir son premier petit-fils!

En attendant, il lui manquait. Parfois Alice avait le mal du pays. Ç'avait surtout été le cas les premiers jours de son arrivée dans la maison Rachid, quand elle avait découvert un tout autre monde. Rien que son premier repas, le petit déjeuner du lendemain de son arrivée, l'avait stupéfaite. Accoutumée aux repas silencieux qu'elle avait partagés avec ses gentlemen de père et frère, elle avait été surprise par le bruit qui régnait à cet instant de la journée rue des Vierges du Paradis. Toute la famille, assise à même le sol, le dos appuyé sur des coussins, se servait sur des plateaux couverts de mets variés. Et c'est dans un indescriptible brouhaha de conversations, en piochant à droite et à gauche, qu'on dévorait comme s'il s'agissait du dernier repas de l'existence, sans se priver de commenter chaque bouchée : la quantité d'épices, le dosage de l'huile, avec d'insistantes invites à goûter ci et goûter ça. Et la nourriture ! Fèves frites, pains chauds et fromages, citrons marinés. Lorsque Alice avait tendu la main, la sœur d'Ibrahim lui avait doucement murmuré : « Nous mangeons avec la main droite. » « Je suis gauchère », avait rétorqué Alice, et Néfissa lui avait souri avec sympathie pour ajouter : « Manger de la main gauche est une offense, car cette main sert à... » Elle avait conclu sa phrase dans l'oreille d'Alice.

Il y avait tant à apprendre, un cérémonial si complexe à respecter pour n'offenser personne ! Mais les femmes Rachid étaient gentilles et patientes ; elles semblaient même prendre plaisir à l'initier, riaient beaucoup, et plaisantaient fréquemment. Néfissa était sa préférée. Dès le lendemain de l'arrivée d'Ibrahim et Alice, elle avait présenté sa belle-sœur à la princesse Faïza, ainsi qu'à toutes les grandes dames de la cour qui, bien qu'Égyptiennes, se montraient très européennes dans leur mise et leurs manières. A cette occasion, Alice avait reçu l'un de ses premiers chocs. Après s'être habillée pour sortir, Néfissa s'était enveloppée dans un long voile noir, qu'elle appelait une mélaya, jusqu'à faire disparaître toute sa personne à l'exception des yeux.

– Ordre d'Amira, avait-elle expliqué en riant. Ma mère pense que les rues du Caire abondent en luxure et tentations, et que des hommes se tapissent à chaque coin de rue pour voler leur honneur aux filles. Ne sois pas si horrifiée, Alice ! Les règles sont différentes pour toi, tu n'es pas musulmane.

Elle avait cependant à s'adapter à d'autres pratiques. Le bacon du matin lui manquait. On ne consommait ni porc ni jambon, et comme l'alcool était interdit par la loi islamique, il n'y avait ni vin au dîner ni brandy ensuite. Et puis toutes les parentes d'Ibrahim parlaient sans cesse arabe, ne pensant qu'occasionnellement à traduire pour elle. Néanmoins, le compromis le plus difficile pour Alice avait été vis-à-vis de cette étrange séparation entre les hommes et les femmes dans la maison. Ibrahim pouvait entrer où cela lui plaisait, quand il le voulait, mais les femmes, même sa mère, devaient demander la permission pour aller le trouver de l'autre côté de la demeure. Et lorsque Ibrahim amenait des invités masculins, il criait « Ya Allah ! » afin que les femmes se retirent pour ne point être vues.

Pour finir, il y avait le problème de la religion. Très aimablement, Amira avait souligné à l'intention d'Alice que les églises chrétiennes étaient nombreuses au Caire et qu'elle pourrait se rendre dans celle qui lui plaisait. N'ayant pas été élevée dans une atmosphère très religieuse, Alice n'avait assisté aux offices qu'en des occasions particulières. Quand Amira lui avait poliment demandé la raison des différentes églises chrétiennes, Alice avait expliqué :

– Nous avons plusieurs formes de croyance. N'existe-t-il pas différentes sectes musulmanes ?

Si, avait répondu Amira, mais malgré cela tous les musulmans, sans distinction, se rendaient à la même mosquée. Quand sa belle-mère avait manifesté plus de curiosité pour la Bible chrétienne, voulant savoir pourquoi il en existait plus d'une version alors qu'il n'y avait qu'un seul Coran, Alice avait dû admettre son ignorance.

Cependant elle avait été acceptée au sein de la famille, chacun l'appelait sœur ou cousine ; on la traitait comme si elle avait toujours vécu là. Et tout serait parfait après la naissance de son bébé.

Ibrahim sortit sur la terrasse.

– Ah, tu es là ! dit-il.

– Je prenais l'air, fit-elle songeant à quel point il était beau dans son smoking. Je crains que le champagne ne me soit monté à la tête !

Il lui enveloppa les épaules d'une étole de fourrure.

– Il fait froid dehors. Et je dois prendre soin de vous deux maintenant.

Il lui avait apporté un chocolat fourré de crème ; il le mit entre les lèvres de sa jeune épouse puis l'embrassa, partageant la friandise.

– Heureuse, ma chérie ? demanda-t-il en s'approchant encore.

– Plus que je ne l'ai jamais été.

– Ton pays te manque ?

– Non. Enfin, un peu. Ma famille, surtout.

– Je regrette que ton père et toi vous soyez fâchés. Je suis désolé de ne pas lui convenir.

– Ce n'est pas de ta faute, et je ne peux choisir ma vie dans le seul but de lui plaire.

– Sais-tu, Alice, que j'ai vécu toute mon existence pour complaire à mon père, sans grand succès. Je n'ai jamais dit cela à personne, mais je me suis toujours un peu considéré comme un raté.

– Tu n'es pas un raté, mon chéri !

– Si tu avais connu mon père, qu'il repose en paix, tu aurais compris ce que je veux dire. Il était très estimé, très puissant, très riche. J'ai grandi dans son ombre, et je ne me souviens pas qu'il ait jamais eu une parole gentille pour moi. Ce n'était pas un méchant homme. Alice, mais il était d'une autre génération. Il appartenait à cette époque où l'on croyait que manifester de l'affection à un fils serait nuisible à sa personnalité. Je pense parfois que mon père aurait souhaité que je sois adulte dès ma naissance, parce que je n'ai pas eu d'enfance, sinon auprès de ma mère. Et quand je suis devenu un homme, quoi que je fasse, je n'arrivais jamais à le contenter.

Ibrahim caressa la joue d'Alice et ses yeux brillèrent quand il poursuivit :

– C'est l'une des raisons pour lesquelles je veux un fils. Offrir un petit-fils à mon père serait la première réussite dont je pourrais être fier. Un fils me donnera enfin l'amour de mon père.

Alice l'embrassa tendrement, et comme ils se détournaient pour échapper au froid ils ne virent pas l'agitation sur la rive du Nil : des pêcheurs venaient de faire une découverte.

7

– Tu as beaucoup de chance, chère Alice, fit Amira à sa belle-fille alors qu'elles se tenaient sur le toit, sous les étoiles, à examiner les feuilles de thé au fond de la tasse d'Alice. Qettah me dit que cette nuit est la plus propice pour avoir un bébé.

La jeune femme leva les yeux vers l'astrologue. Assise à une table auprès du pigeonnier, Qettah étudiait ses cartes et ses graphiques, consultant parfois la brillante nuit étoilée. Alice se mit à rire. Elle était enceinte de neuf mois et à une semaine du terme.

– J'essaierai de m'y conformer!

Installée sous une tonnelle de glycine, Néfissa échangea un sourire complice avec sa belle-sœur. Chaque naissance dans la maison Rachid donnait lieu à des prédictions, interprétations de la carte du ciel, déploiements de superstition et de magie qui renforçaient le mystère d'un événement déjà extraordinaire. Néfissa voyait bien que ces rites déconcertaient Alice, qui lui avait confié que les naissances chez elle s'étaient toujours déroulées dans l'austérité.

D'autres femmes étaient montées sur le toit pour savourer la nuit printanière et frissonner aux oracles de Qettah : des tantes et des cousines non mariées à des Rachid, ou qui l'avaient été et qui, aujourd'hui sans époux, se trouvaient sous la protection d'Ibrahim. Elles mangeaient et cancanaient pendant qu'Amira et Qettah interprétaient les présages.

Néfissa regardait les deux bambins qui jouaient sur une couverture : la petite Camélia, âgée d'un an, dont la mère était morte en couches, et sa propre fille, Tahia, de quatorze mois. Son fils de quatre ans, Omar, avait préféré aller au cinéma avec ses oncles. Cependant Néfissa ne parvenait à s'intéresser ni à l'accouchement imminent de sa belle-sœur ni aux bébés. Elle comptait les minutes et essayait de cacher sa nervosité.

Car ce soir elle allait rencontrer son lieutenant anglais au palais de la princesse ; ils seraient seuls.

Assemblés sur le toit dans l'attente du grand événement, les femmes passaient le temps en mangeant des friandises, en buvant du thé au milieu de conversations que l'on traduisait pour Alice en anglais. Alice adorait la musique de la langue arabe ; elle avait d'ailleurs commencé à l'apprendre. Qettah désigna une étoile au-dessus du dôme de la mosquée la plus proche, qui scintillait entre deux minarets.

– Voici Rigel, signe très puissant.

– *Al hamdu lillah*, répliqua Alice, incertaine.

Et de nouveau elle échangea un regard avec Néfissa qui cligna de l'œil.

Tandis que les autres femmes encourageaient Alice, lui assurant qu'elle parlait l'arabe comme une Égyptienne, Néfissa consulta sa montre. Elle était si heureuse qu'elle aurait voulu crier au monde entier qu'elle allait enfin rencontrer son lieutenant ce soir. Mais elle était prudente aussi, et craignait d'être une nouvelle fois déçue. Depuis leur bref tête-à-tête dans sa voiture, ils s'étaient donné plusieurs rendez-vous par l'entremise de la princesse, à qui Néfissa s'était confiée. Or, à chaque fois, la rencontre avait été différée : à deux reprises, l'officier ne s'était pas montré ; une autre fois, Néfissa avait dû rester à la maison ; une fois encore, la princesse leur avait fait faux bond.

« Réussirons-nous ce soir ? » se demanda la jeune femme. Les supérieurs du lieutenant le laisseraient-ils sortir, la princesse tiendrait-elle parole ? Il lui semblait que si elle ne le rencontrait pas, si elle ne sentait pas ses caresses, ne goûtait pas ses baisers, elle mourrait.

Enfin, elle se leva et dit :
– Il est temps que je parte.
– Où vas-tu ? interrogea Amira.
– Rendre visite à la princesse. Elle m'attend.
– Alors qu'Alice est si proche de son terme ?
– C'est d'accord, intervint Alice.

Elle était dans la confidence du rendez-vous amoureux et s'en réjouissait.

Amira regarda sa fille s'éloigner et se demanda où celle-ci avait puisé tant de volonté. Amira avait inculqué l'obéissance à ses enfants, et pourtant ils n'en faisaient qu'à leur tête. « Fatima était pareille », se dit-elle. Où se trouvait sa fille à cette heure ? Où était-elle partie quand Ali l'avait chassée de la demeure ?

– Oh ! s'exclama soudain Alice.

On se tourna vers elle. Elle posa les mains sur son ventre.

– Je crois que c'est le moment.

On se précipita vers elle.

– Louons Dieu, murmura Amira.

Et elle aida sa belle-fille à rentrer dans la maison pendant que Qettah fixait les étoiles.

Intime de la princesse et bien connue au palais, Néfissa fut escortée par un grand Nubien muet en galabieh blanche, veste et turban rouges. La véritable armée de serviteurs employés dans ce palais de quelque deux cents pièces au cœur du Caire n'avait pour unique tâche que de veiller aux besoins et au confort de la princesse et de son nouvel époux. Bâti sous la domination ottomane dans un étrange mélange d'architectures perse et maure, le palais était un labyrinthe de corridors, salles et jardins; suivant le Nubien silencieux sous les arcades de marbre sculpté, Néfissa entendit au loin un orchestre qui jouait une valse de Vienne : la princesse et son mari recevaient.

Enfin, elle fut conduite dans une partie du palais qu'elle ne connaissait que depuis peu; le serviteur écarta un rideau de velours et la jeune femme pénétra dans une grande salle ornée d'une superbe fontaine en son centre. C'était l'ancien harem, qui ne servait plus. Le sol était en marbre poli d'un bleu si sombre qu'on aurait dit une eau profonde; Néfissa craignit presque de s'y aventurer et pensa que, si elle baissait les yeux, elle apercevrait l'éclat doré de poissons ondoyant dans les profondeurs liquides. Des divans bas se succédaient le long des murs tapissés de tentures en velours et satin; des centaines de lampes de cuivre étaient suspendues à des chaînes, toutes allumées, et qui projetaient des reflets sur les colonnes, les arches en marbre, comme sur le haut plafond incrusté de mosaïques. Affleurant aux solives, des balcons clos dominaient la salle, et Néfissa imagina le sultan d'antan épiant ses femmes.

De curieuses peintures ornaient certains pans de mur, des scènes de femmes nues se baignant dans la fontaine centrale, certaines enlacées en d'érotiques étreintes. Ces femmes, de tous âges et de tous types, semblaient souffrir de mélancolie langoureuse, prisonnières de leur beauté, mises en cage comme des oiseaux pour le plaisir d'un homme. Ces portraits étaient-ils ceux de femmes ayant réellement vécu? s'interrogea Néfissa, que captivaient leurs yeux de biche et leurs membres voluptueux. Regardait-elle des visages de femmes qui autrefois avaient eu un nom, avaient peut-être rêvé de liberté et du véritable amour? Elle remarqua que dans chaque tableau, à l'arrière-plan, se tenait un homme de peau plus sombre et vêtu d'une longue robe bleue. Il paraissait étrangement détaché de l'activité des baigneuses, ni attiré par elles ni choqué par leurs jeux sensuels. Qui était-ce? Certainement pas le sultan, que l'on eût peint plus grand que nature, en vêtements somptueux et entouré de nymphes. Qu'avait voulu signifier l'artiste en peignant ce curieux personnage?

Néfissa finit par se détourner de ces tableaux presque inquiétants, et les battements de son cœur s'accélérèrent. Une semaine entière, elle avait attendu cette nuit. Elle se mit à faire les cent pas. Comment serait son lieutenant anglais? Dans ses rêves éveillés, c'était un amant tendre et attentionné. Mais elle avait entendu, dans le cercle d'amies de la princesse, des femmes libérées qui se liaient aux étrangers se plaindre du manque de chaleur des Anglais. Serait-il aussi détaché que l'homme mystérieux des peintures murales ? Se contenterait-il d'entrer, de la prendre, et de partir après s'être satisfait ?

Lorsqu'elle entendit le cri lugubre d'un paon quelque part dans les jardins, son anxiété s'accrut. Il se faisait tard. Deux fois déjà, elle avait attendu dans ce harem étrange hanté par les fantômes de ses tristes captives, et deux fois elle en était repartie déçue.

Son inquiétude se mua en affolement. Le temps courait, pas seulement ce soir mais contre sa liberté. Elle s'efforça de ne pas penser aux hommes auxquels sa mère essayait de la marier, riches, célibataires et pas forcément déplaisants. Combien de temps encore trouverait-elle des prétextes pour refuser celui-ci ou celui-là ? Jusqu'où irait la patience d'Amira avant qu'elle ne déclare : « M. Untel est parfait pour toi, Néfissa, et c'est un homme respecté. Tu dois te remarier, tes enfants ont besoin d'un père ? »

« Je ne veux pas me remarier, voulait-elle répondre, pas encore, car alors je ne serai plus libre et je n'aurai plus l'occasion de connaître une merveilleuse soirée d'amour défendu. »

Une porte s'ouvrit quelque part derrière elle et elle perçut un bruit de pas sur le marbre.

Le rideau de velours s'écarta, comme sous le souffle d'une brise. Il apparut à l'instant où il ôtait son képi militaire et ses cheveux blonds accrochèrent la lumière des lampes de cuivre.

Néfissa ne respira plus.

Il entra et regarda la vaste pièce. Ses bottes cirées produisaient un écho sur le marbre.

– Quel est cet endroit ?

– Un ancien harem. Bâti voilà trois cents ans...

– On dirait qu'il sort tout droit des *Mille Nuits* !

– Mille et *Une*, corrigea Néfissa.

Elle avait peine à croire qu'il était là, qu'elle était là avec lui, qu'ils étaient seuls.

– Même les nombres portent malheur, ajouta-t-elle, se demandant où elle puisait le courage de lui parler. Aussi

Schéhérazade dut-elle raconter un conte de plus après le millième.

Le lieutenant la regarda.

– Dieu, que vous êtes belle.

– J'avais peur que vous ne veniez pas.

Il s'approcha d'elle mais sans la toucher.

– Rien n'aurait pu m'en empêcher, même si j'avais dû déserter.

A le voir nerveusement tourner son képi entre ses doigts, Néfissa sentit son cœur fondre pour lui.

– Franchement, je n'espérais plus vous rencontrer ainsi, fit-il.

– Pourquoi ?

– Vous êtes tellement... protégée. Autant que celles-là, dit-il en désignant les peintures. Une femme enveloppée de voiles, prisonnière derrière les écrans des fenêtres.

– Ma mère est très protectrice. Elle préfère les anciennes coutumes.

– Et si elle savait, pour nous ?

– Je ne veux surtout pas y penser. J'avais une sœur, elle a fait quelque chose, j'ignore quoi. Je n'avais que quatorze ans, je n'ai pas vraiment compris. J'ai entendu mon père crier après elle, l'insulter. Il l'a chassée de la maison, sans même une valise, et il a été défendu de prononcer son nom. Aujourd'hui encore, personne ne parle de Fatima.

– Qu'est-elle devenue ?

– Je ne sais pas.

– Vous avez peur en ce moment ?

– Oui.

– Il ne faut pas. – Il tendit la main vers elle. Ses doigts lui effleurèrent le bras. – Je pars demain, annonça-t-il. Mon équipement est déjà embarqué pour l'Angleterre.

Néfissa était accoutumée aux regards sombres, séducteurs, des hommes arabes qui, intentionnellement ou non, flamboyaient de promesses viriles. Les yeux de l'Anglais étaient simplement ouverts et bleus comme une mer d'été, avec une once d'innocence et de vulnérabilité qu'elle trouvait terriblement excitante.

– Alors c'est tout ce que nous avons ? souffla-t-elle. Juste cette heure ?

– Nous avons toute la nuit. Je ne suis pas attendu avant le matin. Vous restez avec moi ?

Elle gagna une fenêtre et regarda la douce nuit indigo dans laquelle se détachaient des roses blanches en fleur. Un rossignol chantait une mélopée triste et tendre.

– Connaissez-vous l'histoire du rossignol et de la rose ? fit-elle, incapable de croiser son regard.

Il vint si près qu'elle sentit son souffle sur sa nuque.

– Racontez-la-moi.

Elle avait l'impression d'être en feu. S'il la touchait, elle se ferait flamme.

– Il y a longtemps, très longtemps, toutes les roses étaient blanches car elles étaient vierges. Or une nuit un rossignol tomba amoureux d'une rose, et lorsqu'il chanta pour elle, le cœur de la fleur s'émut. Alors le rossignol s'approcha et lui murmura : « Je t'aime, rose », et la fleur s'empourpra et devint rose. L'oiseau vint encore plus près, alors la rose ouvrit ses pétales et le rossignol lui prit sa virginité. Mais comme Dieu avait décidé que les roses resteraient chastes, la rose devint rouge de honte. Voilà comment apparurent les roses rouges et roses, et aujourd'hui, lorsque le rossignol chante, les pétales d'une rose tremblent mais ne s'ouvrent pas, car Dieu n'a pas créé l'oiseau et la fleur pour s'accoupler.

Le lieutenant posa les mains sur les épaules de Néfissa et la retourna vers elle.

– Et pour l'homme et la femme ? Quelles étaient les intentions de Dieu ?

Il prit son visage entre ses mains, approcha sa bouche de la sienne. Il sentait la cigarette et le whisky, deux plaisirs interdits qu'elle goûta sur ses lèvres, par sa langue.

Puis il s'écarta, ôta sa ceinture Sam Brown, son holster, et attendit que Néfissa, de ses doigts tremblants, défasse les boutons de sa tunique militaire. Elle fut surprise qu'il ne porte pas de chemise en dessous, sa peau était pâle sur son torse et ses bras vigoureux. Elle promena sa main sur les collines et les vallées dessinées par ses muscles, fascinée par leur dureté, comme s'il était sculpté dans du marbre. Son mari, bien que jeune, était plus en chair, presque féminin.

Puis ce fut le tour du lieutenant. Il ne se pressa pas pour lui enlever son chemisier pris dans la ceinture de sa jupe. Ensemble, ils ne se hâtaient pas.

– Pourquoi la Grande-Bretagne veut-elle prendre la Palestine aux Arabes et la donner aux Juifs ? questionna un indolent jeune homme qui avait consommé beaucoup de haschich. Les Arabes n'ont pas pris cette terre aux Juifs, mais aux Romains, voilà quatorze siècles. Citez-moi un seul pays européen qui accepterait de renoncer à un territoire qu'il a tenu et occupé depuis mille quatre cents ans. Et si les Indiens demandaient qu'on leur rende Manhattan ? Les Américains le leur donneraient ?

Sur la péniche de Hassan al-Sabir, amarrée sur le Nil, plusieurs amis se prélassaient sur des divans bas, partageant un narguilé et, de temps en temps, grignotant des raisins et des olives, du fromage et du pain, disposés sur un plateau en cuivre. Parmi eux, se trouvait Ibrahim, qui songeait à Alice et se demandait quand naîtrait l'enfant. Hassan et lui étaient devenus très proches après avoir suivi leurs études à l'université d'Oxford, où la force des préjugés anti-orientaux les avaient rapprochés. Leur amitié avait perduré après leur retour en Égypte. Comme Ibrahim, Hassan avait vingt-neuf ans, il était séduisant et riche. Mais contrairement à son ami, Hassan était avocat et fort ambitieux.

– Je suppose que le problème est de savoir à qui appartenait d'abord la Palestine, insinua Hassan d'une voix ennuyée. Mais pourquoi nous soucier de ça ? Ce n'est pas notre affaire.

Le jeune homme insista :

– Ce n'est pas nous qui avons persécuté les juifs durant la guerre. Nous reconnaissons les juifs comme nos frères, nous sommes tous des descendants d'Abraham. Et nous avons vécu en paix ensemble durant des siècles. Ce nouvel Israël ne sera pas un refuge pour un peuple persécuté, mais simplement un nouveau prétexte pour affermir l'occupation européenne au Proche-Orient !

– Tu deviens dangereusement politique, mon ami, soupira Hassan. Et ennuyeux.

– Je sais ce qui se produira. Ils ne viendront pas vivre en sémites parmi les sémites, comme nos frères, mais en Européens qui considèrent de haut ces pauvres Arabes. N'est-ce pas ce qui est arrivé ici ? Nous ne sommes pas autorisés à rejoindre le Turf Club ou le Sporting Club : interdits aux *gyppos* ! Nous devons faire l'Égypte pour les Égyptiens, sinon nous suivrons le chemin de la Palestine.

Un autre jeune homme, aux traits aigus et aux pommettes saillantes, intervint :

– Les Britanniques ne quitteront jamais l'Égypte. Pas tant qu'ils auront besoin de notre coton et du Canal.

– Mon Dieu, s'exclama Hassan en riant et jetant un œil vers Ibrahim qui, d'évidence, ne s'intéressait pas à la conversation. Pourquoi vous tracasser pour ce genre de choses ?

– Parce que l'Égypte a le plus fort taux de mortalité du monde, rétorqua le jeune homme. Un enfant sur deux meurt avant l'âge de cinq ans. Nous avons plus d'aveugles que partout ailleurs sur la planète. Qu'ont fait contre ça nos soi-disants protecteurs ? Depuis quatre-vingts ans que les Anglais occupent l'Égypte, ils n'ont pas amené l'eau potable dans nos villages, ils n'ont pas construit une école, ils n'ont pas mis en place de service médical pour les pauvres. D'accord, ils ne nous ont pas particulièrement maltraités, mais ils se montrent indifférents à notre sort, ce qui revient au même !

Hassan se leva et, faisant signe à Ibrahim, sortit sur le pont. Bien qu'il possédât un appartement en ville où vivaient ensemble sa femme, sa mère, sa sœur célibataire et trois enfants, il passait la majeure partie de son temps sur cette péniche où il recevait ses amis et des femmes. Ce soir, il regrettait de n'avoir pas fait venir des prostituées à la place des jeunes associés de son cabinet juridique.

– Désolé, mon vieux, dit-il à Ibrahim en allumant une Dunhill. Je ne les inviterai plus. Je ne savais pas qu'ils professaient ce genre d'idées et d'opinions. Quant à toi, tu m'as l'air plutôt heureux.

Le visage souriant d'Ibrahim était tourné vers Garden City, il songeait que le flot du Nil était aussi lent que le passage du temps.

– Je pensais simplement à Alice, et combien j'ai de la chance de l'avoir trouvée.

Hassan avait eu la même pensée la première fois qu'il avait posé les yeux sur la blonde épouse de son ami, lui-même ayant un faible pour les blondes.

– Dieu t'a béni, mon ami, fit-il. – Il considéra son reflet sur les vitres et se félicita de se voir si beau. – Au fait, ajouta-t-il, un cousin du mari de ma sœur serait intéressé par un poste au ministère de la Santé. Peux-tu user de ton influence, par amitié pour moi ?

– Je joue au golf samedi avec le ministre. Dis à ton parent de me téléphoner après-demain. J'aurai une affectation pour lui.

Le valet de Hassan, un Albanais, sortit sur le pont.

– On vient d'appeler chez vous, docteur Rachid. Votre femme est près d'accoucher.

– Prions le Seigneur que ce soit un fils ! s'exclama Ibrahim.

Et il partit rapidement.

Laissant Alice dormir en paix après ses couches, Ibrahim referma doucement la porte de la chambre derrière lui puis rejoignit sa mère au grand salon, où celle-ci et Qettah, l'astrologue, étudiaient la carte du ciel. Le nouveau-né sommeillait dans son berceau, sous le regard attentif de sa grand-mère. S'agenouillant pour contempler son petit, Ibrahim fut submergé par la tendresse et l'amour. « Elle ressemble à un chérubin dans les tableaux européens, pensa-t-il, un petit ange de Dieu. Pareils à la soie sur les épis de maïs, des filaments dorés poussent sur son crâne. Yasmina, se dit-il. Je t'appellerai Yasmina. »

Simultanément, il éprouva des remords pour n'avoir pas accueilli Camélia avec autant d'amour. Bouleversé par la mort de sa jeune épouse, il avait à peine regardé le bébé. Et aujourd'hui encore, un an après sa naissance, il ne ressentait pas pour sa première fille l'amour qu'il avait déjà pour celle-ci.

Cependant sa joie fut soudainement brisée par l'image de son père qui lui disait : « Une fois encore, tu as échoué. Voilà six ans que je suis couché dans la tombe, et je n'ai toujours pas de petit-fils qui prouve que j'ai existé. »

« Je t'en prie, ne m'ôte pas l'amour pour cet enfant », supplia silencieusement Ibrahim. Mais Ali lui rétorqua : « Tu n'es qu'un père de filles, voilà tout ! »

Amira posa la main sur l'épaule de son fils.

– Ta fille est née sous Mirach, la belle étoile jaune dans Andromède, dans la septième maison de la lune. Qettah dit que cela lui promet beauté et santé. – Elle marqua un arrêt, devinant le combat intérieur que livrait son fils. – Ne désespère pas, fils de mon cœur. La prochaine fois ce sera un garçon, *Inch Allah*...

– Vraiment, Mère ? demanda-t-il, ployant sous le poids de la culpabilité.

– Nous ne pouvons jamais être certains, Ibrahim. Seul Dieu dans Sa sagesse accorde des fils. L'avenir est écrit depuis longtemps dans Son livre. Aie confiance en Sa compassion et Son infinie compréhension.

Ces paroles inquiétèrent le jeune homme, qui se tordit les mains.

– Je n'aurai peut-être jamais de fils. Peut-être ai-je attiré le malheur sur moi.

– Que veux-tu dire ?

Il sentait peser sur lui le regard sombre et impassible de Qettah. Bien que la vieille femme eût toujours fait partie de la maison Rachid, Ibrahim ne s'habituait pas à elle ; sa présence le dérangeait toujours

– La nuit où la mère de Camélia est morte en couches, je ne savais pas ce que je faisais. Dans mon chagrin, j'ai blasphémé Dieu, avoua-t-il sans pouvoir regarder sa mère. Suis-je maudit maintenant pour cela ? Aurai-je jamais un fils ?

– Tu as blasphémé Dieu ? répéta Amira.

Et tout à coup, le rêve qu'elle avait fait avant le retour de son fils de Monaco lui revint en mémoire. Dans ce rêve, elle avait vu des djinns malfaisants cabrioler dans une chambre obscure et poussiéreuse. Ce mauvais songe présageait-il de l'avenir ? Si plus aucun fils ne venait bénir les Rachid, la famille s'éteindrait...

Il existait un moyen de le savoir.

Sur les instructions de Qettah, Amira prépara un café épais, fort sucré, et ordonna à son fils de le boire. Quand il l'eut fait, Qettah renversa la tasse dans la soucoupe et attendit que le marc du café s'égoutte, dessinant une forme. Lorsqu'elle eut lu l'avenir d'Ibrahim, elle ferma les yeux.

Elle avait vu des filles. Uniquement des filles. Il y avait aussi un autre message dans le marc.

– Sayyid, fit-elle d'une voix respectueuse – étonnamment jeune même si Ibrahim la soupçonnait d'approcher les quatre-vingt-dix ans. – Dans ton chagrin, tu as maudit Dieu, mais Dieu est miséricordieux et ne punit pas ceux qui sont dans la détresse. Néanmoins il y a une malédiction sur cette maison, Sayyid. D'où elle viendra, je ne puis le dire.

Ibrahim déglutit péniblement. « Mon père, pensa-t-il. Mon père m'a maudit. »

– Que veux-tu dire ?

– La lignée d'Ali Rachid s'effacera de la terre.

– A cause de moi ? Es-tu sûre que cela doit arriver ?

– Ce n'est qu'un avenir possible, Sayyid. Mais Dieu est miséricordieux, Il nous montre le chemin qu'il te faut faire pour ramener ses grâces sur ta famille. Tu dois aller dans les rues, y accomplir un acte de grande charité et de sacrifice. Dieu aime qu'un homme soit charitable, mon fils, et par ton acte généreux, Il lèvera la malédiction. Parce qu'Il pardonne et compatit. Va, tout de suite.

Ibrahim regarda sa mère et quitta rapidement la maison. Il étouffait de colère contre son père, cet homme qui appelait son fils « chien » pour lui former le caractère. Des larmes plein les yeux, il monta dans sa voiture sans savoir où il irait ni quelle forme prendrait son acte charitable. Il ne parvenait à penser qu'à cet ange de douceur, Yasmina, couchée dans son berceau, qu'il voulait aimer alors que les railleries de son père l'en empêchaient. Et à

Camélia, née la nuit où il avait blasphémé. Et à toutes ces petites filles à venir, au fil des ans, jusqu'à ce qu'il n'y ait plus de fils pour porter le nom des Rachid, et que la famille s'éteigne.

Comme il engageait son véhicule dans la rue, il freina brutalement et laissa tomber sa tête sur le volant. Dieu, qu'allait-il faire ?

Quand il releva les yeux, il vit une fellah qui se tenait non loin, un bébé dans les bras. Il l'avait déjà aperçue, elle le fixait comme si elle le connaissait. Jamais il ne lui avait parlé, ni ne l'avait véritablement regardée, mais à présent, tandis qu'elle se détachait dans le clair de lune, le souvenir d'une nuit semblable, un an auparavant, lui revint en mémoire. Et il s'aperçut que le visage de la jeune fille lui était familier. N'était-ce pas elle qui lui avait donné de l'eau quand il s'était réveillé près d'un canal ?

– Quel est ton nom ?

Elle posait sur lui de grands yeux et sa voix sortit toute timide et ténue :

– Sahra, maître.

– Ton bébé n'a pas l'air bien en point.

– Il n'a pas assez à manger, maître.

Ibrahim examina l'adolescente aux yeux creux, l'enfant malingre qu'elle serrait contre elle et il éprouva une étrange sensation, comme si la main de Dieu était sur lui. Puis une idée, stupéfiante de génie et de simplicité, s'imposa à lui.

– Si tu me donnes ton fils, fit-il doucement pour ne pas l'effrayer, je peux le sauver. Je lui ferai une vie de richesse et de bonheur.

Le regard de Sahra se troubla, puis elle songea à Abdu. Avait-elle le droit de se défaire de son fils ? Pourtant cet homme ressemblait tant à Abdu... était-ce un signe ? Elle avait faim depuis tellement longtemps qu'elle avait du mal à réfléchir. Elle contempla la grande maison où fleurissaient les orangers, la lumière dorée qui pleuvait des nombreuses fenêtres, et elle pensa à la façon dont Mme Najiba l'envoyait mendier chaque jour avec son petit. Enfin, elle posa les yeux sur l'homme qu'elle avait un jour rencontré au bord du canal et que, dans sa confusion, elle croyait lié à Abdu.

– Oui, maître, fit-elle, et elle lui tendit son bébé.

Ibrahim lui ordonna de monter dans la voiture et il démarra.

– Tu veux *quoi* ? s'exclama Hassan, incrédule.

– Je veux épouser cette fille, déclara Ibrahim en écartant son ami pour entrer. Tu es avocat. Dresse le contrat. Tu représenteras la famille.

Hassan le suivit dans le grand salon de la péniche où traînaient encore les reliefs de leur soirée.

– As-tu perdu la tête ? Pourquoi veux-tu l'épouser ? Tu as Alice !

– Réfléchis, Hassan ! Ce n'est pas elle que je veux, mais le garçon. Ce soir Alice a mis une fille au monde. Et l'astrologue m'a demandé d'accomplir un acte charitable. Je prends cet enfant comme s'il était le mien.

Hassan garda le silence un moment puis :

– Crois-tu sérieusement arriver à faire passer cet enfant pour le tien ? Es-tu devenu fou ? Ibrahim, tu étais à Monte-Carlo durant près de sept mois. Personne ne croira que ce garçon est de toi.

– La fille dit qu'il est né depuis trois mois, ce qui veut dire qu'il a été conçu voilà un an. J'étais encore au Caire. Si je reconnais cet enfant devant témoins, j'aurai la loi pour moi.

A contrecœur, Hassan acquiesça puis, se rappelant soudain qu'une femme devait incessamment arriver sur la péniche, il décida de dresser l'acte de mariage. Il fit venir son valet comme témoin de leurs signatures à Ibrahim et lui-même, après quoi les deux amis se serrèrent la main, et le mariage fut légal. Ensuite, car la loi requérait quatre témoins mâles pour l'étape suivante de la procédure, Hassan fit appeler le cuisinier et un autre domestique. Réunis dans le salon, tous écoutèrent Ibrahim :

– Je déclare que cet enfant est le mien, né de moi pour porter mon nom. Je suis le père ; il est mon fils.

Hassan s'empressa de dresser le certificat de naissance, sur lequel les témoins apposèrent leur signature.

Pour terminer, Ibrahim se tourna vers Sahra et, selon la coutume et la foi, récita :

– Je te répudie, je te répudie, je te répudie.

Il prit le bébé des bras de sa mère et dit à celle-ci :

– Cet enfant est maintenant à moi, devant Dieu et selon les lois de l'Égypte. Tu ne dois jamais le réclamer ni lui dire qui tu es. Tu comprends ?

– Oui, souffla Sahra.

Et elle s'effondra au sol, évanouie.

Incrédule, Amira considéra le bébé dans les bras d'Ibrahim puis elle leva les yeux vers son fils.

– Cet enfant est le *tien* ?

– Il est à moi et je l'ai appelé Zachariah.

– Oh, mon fils, tu ne peux déclarer tien le fils d'un autre ! Il est écrit dans le Coran que Dieu interdit qu'on s'approprie le fils d'un autre !

– Il est à moi. J'ai épousé sa mère et reconnu le garçon. J'ai les papiers légaux.

– Les papiers légaux ! s'écria Amira. C'est contre la loi *divine* d'adopter un enfant ! Ibrahim, fils de mon cœur, je t'en supplie ! Ne fais pas cela.

La panique gagnait Amira. Prendre un enfant à sa mère...

– Avec tout le respect que je te dois, Mère, Qettah m'a dit d'aller dehors accomplir un acte charitable. Je l'ai fait. J'ai sauvé cet enfant de la rue.

– Dieu ne se laissera pas abuser, Ibrahim ! Ne vois-tu pas que tu vas attirer le malheur sur notre toit ! S'il te plaît, fils de mon cœur, ne fais pas cela. Rends ce bébé à sa mère.

– Ce qui est fait est fait, Mère.

Elle lut le désarroi dans les yeux de son fils, et la crainte, et la confusion.

– Alors, ainsi soit-il, souffla-t-elle. *Inch Allah*. C'est la volonté de Dieu. Maintenant ce sera notre secret. Personne ne doit savoir d'où vient cet enfant, Ibrahim. N'en parle ni à tes amis ni à notre parenté. Le secret restera entre nous. Pour préserver l'honneur de notre famille.

– La voix d'Amira se brisa quand elle ajouta : – Demain nous présenterons ton fils au monde. Nous l'emmènerons à la mosquée. Puis il sera circoncis. Il faut penser à la mère, poursuivit-elle en s'efforçant de recouvrer son contrôle. Où est-elle ?

– Je veillerai à ce qu'on s'occupe d'elle.

Mais Amira était la proie de ses vieilles craintes.

– Non, contra-t-elle. Le garçon doit être avec sa mère. Nous ne pouvons les séparer. Amène-la ici. Elle sera servante dans notre maison. Ainsi elle pourra nourrir l'enfant et il ne lui sera pas arraché.

Cela décidé, Amira prit dans ses bras le frêle petit être emmailloté.

– Je t'élèverai comme mon petit-fils, lui promit-elle. Si le ciel t'a créé, alors la terre peut te trouver une place.

Comme elle plongeait ses yeux dans les yeux de l'enfant, elle repensa à ses étranges rêves de campement dans le désert et d'attaque nocturne, rêves que même Qettah n'avait su interpréter. Elle se demanda s'ils avaient présagé de la nuit présente ou d'événements encore à venir. Puis elle pensa aux bébés nés après le retour de ses songes : la petite Camélia, âgée d'un an, Yasmina, qui n'avait que quelques heures, et maintenant le petit Zachariah, l'enfant adopté. Elle songea à sa propre fille, Néfissa, qui avait quitté la maison avec les joues en feu, les yeux fiévreux, et n'était pas encore rentrée malgré l'heure tardive. Et Amira imagina la puissante main de Dieu en train d'écrire dans Son livre des destinées.

– Écoute, mon fils, dit-elle à Ibrahim, au matin tu te rendras à la mosquée et tu distribueras des aumônes aux pauvres. Tu prieras et tu expieras pour ce que tu as fait. Moi aussi je prierai afin que Dieu nous accorde Sa miséricorde.

Pourtant, Amira avait peur.

DEUXIÈME PARTIE

1952

8

– Je vous demande un peu ce qui se passe ! C'est un jour férié ou quoi ? Pourquoi les rues sont-elles désertes ?

Dans son rétroviseur, le chauffeur de taxi regarda le client qu'il venait de charger à la gare centrale ; il aurait bien aimé dire à cet Anglais qu'il ne faisait pas bon pour ceux de son espèce de se trouver au Caire aujourd'hui. « Vous n'avez pas entendu parler du massacre d'hier au canal de Suez ? aurait-il demandé. Vos soldats ont tué cinquante Égyptiens. Vous ne savez pas que partout en ville on jure de venger cette atrocité ? Vous n'avez pas entendu le gouvernement conseiller aux Britanniques de ne pas se montrer dans les rues ? – Il aurait ajouté : – Selon vous, pourquoi est-ce que vous avez eu tant de mal à trouver un taxi ? Parce qu'il faut être fou pour prendre un Anglais ! Et vous ne voyez pas que j'ai accepté de vous conduire rue des Vierges du Paradis parce que vous m'avez offert beaucoup d'argent et que les affaires vont mal aujourd'hui ? Tenez, je suis aussi dingue que vous ! »

Cependant le chauffeur se contenta de regarder son passager et de hausser les épaules. A l'évidence l'étranger ignorait tout cela, et bien d'autres choses encore, comme la plus élémentaire politesse. Tout le monde savait qu'il était insultant de monter à l'arrière d'un taxi. Un passager était plus qu'un client : l'invité temporaire d'un véhicule. Sa place était devant, à côté du chauffeur.

Mais Edward Westfall, le fils du comte de Pemberton, n'y accordait pas la moindre attention. Quelle que fût la cause du calme étrange des rues du Caire en ce samedi matin, et quelle que fût la raison du silence de son chauffeur, ce n'était pas son problème. Il s'amusait tant de sa « blague de potache », comme l'avait qualifiée son père, que rien ne pouvait altérer son excellente humeur.

– Je viens voir ma sœur, expliqua-t-il.

La voiture filait dans une large avenue du beau quartier Ezbekiya. Ni Edward ni le chauffeur ne savaient qu'en cet instant précis des jeunes gens armés de massues et de haches se rassemblaient pour lancer la première offensive d'une guerre sainte.

– Ce sera une surprise, poursuivit Edward, en se penchant en avant comme si cela pouvait faire accélérer le véhicule. Elle ne sait pas que je viens. Elle a épousé le médecin personnel de Farouk. Peut-être dînerons-nous au palais ce soir.

Le chauffeur lui lança un nouveau regard. Il aurait bien aimé rétorquer : « Ne vous en vantez pas trop, ça joue encore contre vous... Anglais et ami du roi. Dépêchez-vous de retourner dans votre pays tant que vous êtes vivant ! » Il se contenta de répondre :

– Oui, Sayyid...

... Et de penser au prix de la course.

– J'ai hâte de voir sa réaction ! s'exclama Edward.

Il imaginait les heureuses retrouvailles. Depuis combien de temps ne s'étaient-ils pas vus, sa sœur et lui ? Alice avait quitté la maison juste après la guerre, en juin 1945, pour retrouver des amis sur la Côte d'Azur, et elle n'était revenue en Angleterre que pour un bref séjour en compagnie de son époux, le Dr Rachid. Cela remontait à six ans et demi.

– C'est la première fois que je viens en Égypte, fit-il.

Il se demanda quel était ce bruit au loin, qui ressemblait à une explosion.

– Je vais lui proposer de descendre le Nil en voilier, vers la Basse-Égypte. Nous visiterons les sites archéologiques. Je ne pense pas qu'elle l'ait déjà fait.

Le chauffeur lui jeta un nouveau regard méprisant. « Tu vas à l'envers, idiot ! On *remonte* le Nil quand on va au sud, vers la Haute-Égypte. La Basse-Égypte est au nord, là où le fleuve va se jeter dans la mer. » Mais il se tut parce que lui aussi avait entendu les explosions sans pouvoir en estimer la distance. Il avait même l'impression que ça sentait la fumée. Les rues semblaient pourtant tranquilles et désertes.

– Encore une fois, que se passe-t-il ? insista Edward.

A travers le pare-brise, il voyait venir une foule en colère, armée de bâtons et de torches.

– *Y'Allah!* s'exclama le chauffeur en écrasant ses freins.

Il prit une seconde pour étudier les visages furieux, les poings serrés puis il s'empressa de tourner dans une rue transversale.

– Juste ciel ! souffla Edward qui se retrouva collé à son siège.

Quand ils atteignirent le bout de la rue, ils virent un immeuble en flammes. Une foule assez importante encombrait le trottoir. Bizarrement, il n'y avait pas de voiture de pompiers ni de pompe à incendie en vue, et personne n'agissait contre le sinistre. Edward fronça les sourcils lorsqu'il vit une enseigne chuter de la façade et rebondir sur le pavé. Il put juste distinguer *Smythe & Son, mercerie anglaise, depuis 1917.*

Dégageant son véhicule en marche arrière, le chauffeur remonta la rue, fit de nouveau crisser ses freins, puis s'engagea dans une ruelle.

– Que se passe-t-il ? s'écria Edward. Pourquoi ces gens ne faisaient-ils rien pour éteindre le feu ? Oh, mon Dieu ! Regardez !

A l'extrémité de la venelle crépitait un autre incendie, récemment allumé : de jeunes hommes furieux habillés de galabiehs jetaient des chiffons enflammés à travers les vitrines brisées d'un fourreur anglais.

– Cela ne me dit rien qui vaille, murmura Edward tandis que le chauffeur manœuvrait pour dépasser la foule.

Comme le taxi disparaissait, le meneur des émeutiers leva le poing et cria :

– Mort aux impies !

Cri que reprirent plusieurs centaines de ses compagnons.

Au premier rang, un jeune homme aux yeux embrasés sentit la force de Dieu dans ses veines. C'était Abdu. Voilà près de sept ans, depuis qu'il avait quitté son village, qu'il se consacrait à sa cause : ramener l'Égypte sur le chemin de Dieu et à la pureté de l'Islam. Son seul regret était que Sahra ne fût pas là pour assister à son triomphe. Sahra au drôle de petit minois rond, à qui il pensait et qu'il aimait toujours. Il la croyait mariée à Cheik Hamid, mais peut-être était-elle veuve à ce jour, vu l'âge du cheik. Abdu imagina la jeune femme dans la boutique du village, entourée du respect des clients de Hamid. Combien d'enfants avait-elle ?

Le jour où il était parti après avoir fait l'amour avec elle sur la berge du canal, Abdu avait été taraudé par le remords. Il lui avait pris sa viginité; le sang ne coulerait pas au soir des noces. Puis, se rappelant la convoitise dans les yeux du vieux cheik quand ils se posaient sur la jeune fille, et la forte somme qu'il avait offerte à la famille, Abdu avait conclu que Hamid devait être de ces hommes qui, pour obtenir celle qu'ils voulaient, n'hésitaient pas à recourir à un subterfuge : une piqûre d'épingle au doigt avant d'y enrouler le mouchoir – une ruse vieille comme le Nil. Quand il était arrivé au Caire, le jeune homme avait été si fasciné par la ville qu'on appelait la Mère des Cités, par la passion et la détermination des Frères musulmans, que toute autre pensée l'avait abandonné. Son remords s'était évanoui : Sahra devenait un doux souvenir.

Toute son existence avant ces sept dernières années n'était plus à ce jour qu'un songe lointain. Parfois il pensait à celui qui avait peiné aux champs, ou joué au jacquet au café de Hadj Farid, ou composé des vers pour Sahra, et il se demandait qui était ce garçon. Ce n'était plus le même Abdu que celui qui était né le soir de son arrivée au Caire et avait écouté la parole de Dieu comme si c'était la première fois. Le vieil *imam* du village, dont les prêches hebdomadaires à la mosquée invitaient au sommeil, n'avait pas l'inspiration des chefs de la Confrérie.

Ils prêchaient pourtant le même Coran, porteur du même message sacré, mais les Frères disaient les versets de telle manière qu'Abdu n'avait pas seulement l'impression d'entendre les mots, mais de les sentir, de les goûter, d'en repaître son âme affamée comme s'ils avaient été faits de pain et de viande. Tout était clair pour lui à présent, et lumineuse, étroite et droite la route tracée devant lui. Tirer l'Égypte du précipice, la rendre à Dieu et à Sa grâce.

Le meneur immobilisa la foule, se hissa sur un poteau de réverbère et commença un discours passionné. Ils allaient montrer au monde que l'Égypte ne tolérait plus aucune domination impérialiste. Les Anglais seraient boutés hors du pays, dans leurs cercueils!

Les jeunes gens acclamèrent et brandirent leurs armes de fortune.

– *La illaha illa Allah!* crièrent-ils. Il n'y a de dieu que Dieu!

Abdu hurlait aussi fort que les autres. Quand le meneur lança : « Au Turf Club! », la foule se déversa comme une vague dans la rue. Abdu courait en tête, le cœur battant, les yeux brûlants.

Le commandant en chef de l'armée britannique se mit debout et leva son verre.

– Messieurs, au nouvel héritier du trône!

Tandis que les six cents invités rassemblés pour ce grand banquet portaient un toast en l'honneur du prince, Hassan se pencha et murmura :

– En fait, nous buvons au coït royal.

Ibrahim sourit. Au palais Abdin, on célébrait la naissance du fils de Farouk en présence de dignitaires étrangers, d'officiers des armées égyptienne et britannique, et de membres du gouvernement. A la lueur des chandeliers, on festoyait d'asperges, de soupe froide au concombre, de canard à l'orange, de sorbet aux framboises, de gazelle rôtie et de cerises flambées, le tout servi dans de la vaisselle d'or, accompagné de vins et de cognacs importés ainsi que de café turc fortement sucré. Néanmoins, malgré les conversations amicales et les rires courtois, Ibrahim sentait sourdre un certain malaise parmi l'assemblée. Les rires étaient forcés, les conversations trop fortes. Arabes et Britanniques se souriaient mais il y avait plus de diplomatique que de franche amitié dans ces échanges d'amabilités. Vu les troubles qui agitaient la ville suite au massacre d'Ismaïlia, on avait conseillé à Sa Majesté de différer les réjouissances. Mais Farouk n'avait rien voulu entendre. Si quelqu'un devait s'inquiéter, avait-il assuré, c'était l'Anglais. Lui n'avait rien à redouter.

Jamais le roi n'avait paru plus heureux. La reine Farida ne lui ayant pas donné de fils, il avait divorcé, récitant publiquement trois fois la formule « Je te répudie », après quoi il avait épousé une vierge de seize ans qu'il avait courtisée avec une extravagance fidèlement relatée par les chroniques mondaines des magazines du monde entier. Chaque jour, Narriman avait reçu un présent : une parure de rubis un jour, des chocolats suisses le lendemain, ses orchidées préférées, un chaton. En retour, elle avait donné à Farouk son premier fils. Ni les massacres ni les rumeurs de révolte ne pourraient gâcher la fête d'aujourd'hui.

Ibrahim se trouvait à la table d'honneur, à quelques sièges de Farouk, pour intervenir au cas où la personne royale eût souffert d'une soudaine indigestion. Il y a seize ans, Farouk était mince et beau... En cet après-midi de janvier, il pesait cent vingt kilos et sa voracité étonnait encore ses proches : il dévorait trois plats quand un autre homme en mangeait un, et on ne comptait plus des sodas orange qu'il était capable d'ingurgiter.

Voyant le roi se faire à nouveau servir de poisson, Hassan se pencha vers Ibrahim :

– Je me demande comment ils font avec Narriman... au lit, je veux dire. La panse de notre grand garçon doit aller plus loin que son...

– Qu'est-ce que c'est ? l'interrompit Ibrahim. Tu n'as pas entendu ?

– Quoi donc ?

– Je ne sais pas. On aurait dit des explosions.

Hassan promena son regard sur la vaste salle de banquet où les six cents convives festoyaient dans une opulence tout orientale. Les hautes fenêtres encadrées de brocart laissaient filtrer une douce lumière hivernale qui illuminait les gigantesques colonnes de marbre, les murs tapissés de velours, les tableaux aux cadres dorés.

– Des pétards, peut-être, pour honorer le prince, suggéra Hassan, remarquant que les autres invités ne semblaient rien avoir entendu d'extraordinaire. – Il réfléchit un instant. – Tu ne penses pas vraiment qu'il pourrait y avoir du grabuge à propos de cette histoire d'Ismaïlia, si ?

Il songeait à l'enchaînement d'événements alarmants qui s'étaient produits depuis l'humiliante défaite égyptienne dans la guerre de Palestine, quatre ans auparavant. D'abord un commandant de police avait été assassiné, puis le gouverneur de la province du Caire, enfin le Premier ministre, qui avait été abattu en pénétrant dans le ministère de l'Intérieur. Les rues étaient le théâtre de manifestations, de grèves et d'émeutes contre la présence anglaise en Égypte. L'an passé encore, des gens avaient été tués au cours d'une manifestation devant l'ambassade britannique. Et hier, cet affreux massacre à Ismaïlia.

Ibrahim rassura son ami avec un sourire.

– Le peuple égyptien est passionné, parfois déraisonnable, mais nous ne sommes pas assez fous pour attaquer les citoyens britanniques. De surcroît, tout ce qu'on raconte sur une possible révolution n'est qu'un tissu de futilités. L'Égypte n'a plus été dirigée par les Égyptiens depuis plus de deux mille ans. Pourquoi les choses changeraient-elles maintenant ? Regarde, Sa Majesté n'est pas le moins du monde soucieuse, et nous avons désormais un héritier au trône. Cette agitation va s'apaiser, ce n'est qu'une passade. Demain la foule bougera pour autre chose.

– Tu as raison ! rétorqua Hassan, de meilleure humeur.

Il vida sa coupe de champagne qui fut aussitôt remplie par le valet de pied debout derrière lui. Ils étaient ainsi une kyrielle de serviteurs silencieux veillant aux désirs des six cents convives, vêtus de galabiehs blanches, coiffés de fez rouges et de turbans, les mains gantées de blanc.

– Je me demande si on connaît déjà les résultats du

match de sélection, reprit Hasasn en se servant de croustillant pain français et de brie. Manchester était favori...

Mais Ibrahim n'écoutait plus, il pensait à la délicieuse surprise qu'il réservait à Alice : un voyage en Angleterre. Son épouse se languissait de sa famille, il le savait, et surtout de son frère Edward dont elle était très proche autrefois. Et depuis la mort de leur second bébé, emporté par la fièvre d'été, Alice avait été si déprimée qu'il avait tout fait pour la distraire. Il l'avait même emmenée avec lui au cours du voyage de noces de Farouk, qu'on disait la plus longue et la plus extravagante lune de miel de l'histoire : soixante personnes naviguant sur le yacht royal, toutes habillées de blazers bleu marine, pantalons blancs et casquettes de marin. Ils avaient sillonné divers ports à bord d'une flottille de Rolls Royce, étaient descendus dans les meilleurs hôtels. Farouk inondait sa nouvelle reine de bijoux hors de prix, de chefs-d'œuvre de l'art, de grande cuisine, de haute couture, et se laissait aller à sa passion du jeu – il avait perdu un coup à cent cinquante mille dollars contre Darryl F. Zanuck au casino de Cannes. Ce périple en tapis volant avait été abondamment commenté dans la presse du monde entier, mais la grossesse qu'Ibrahim espérait du voyage n'avait pas été au rendez-vous.

– Prends l'air réjoui, mon vieux, lui glissa Hassan voici le rejeton royal.

Une bonne d'enfant amenait le bébé enroulé dans une couverture en chinchilla, et quand les six cents officiers et dignitaires se levèrent en l'honneur de l'héritier du trône d'Égypte, Ibrahim pensa à son propre fils, Zachariah.

Nul n'avait contesté la soudaine apparition du nourrisson. Il n'était pas rare que les hommes aient des épouses dont ils ne parlaient à personne. Hassan lui-même avait épousé une blonde qui habitait à présent sur sa péniche, son épouse égyptienne ignorant son existence. Ibrahim avait simplement informé son entourage qu'il avait divorcé de la mère de l'enfant, puis Amira avait discrètement placé Sahra comme servante sous leur toit. Le petit Zakki avait maintenant six ans, c'était un charmant bambin, un peu frêle, au tempérament rêveur. Ce qui étonnait le plus Ibrahim était cette vague ressemblance entre son fils adoptif et lui ; il en concluait que Dieu l'avait véritablement guidé la nuit où il avait adopté le petit garçon, quoi qu'en pensât Amira. Il avait choisi d'ignorer les inquiétudes de sa mère : il n'y avait pas de malédiction sur la famille Rachid, pas tant que le coton égyptien se vendait à prix d'or. Les exploitations cotonnières d'Ibrahim produisaient avec un tel rendement qu'il avait peine à suivre la courbe ascendante de ses revenus – on appelait alors le coton l'« or blanc ». La famille était heureuse, riche, et Ibrahim jouissait d'un confort de vie qui surpassait même celui de son père.

Et bientôt, Alice et lui prendaient la route de l'Angleterre. Peut-être emmèneraient-ils Yasmina avec eux. Après tout la fillette avait là-bas un grand-père, des tantes et des cousins. Oui, décidément, se dit-il, charmé tout à coup par cette perspective, et il imagina le plaisir qu'il savourerait avec sa fille de cinq ans à bord du paquebot.

Un messager pénétra dans la salle du banquet pour s'entretenir à voix basse avec le roi et son commandant en chef. Ibrahim se demanda si la cité n'était pas réellement en ébullition. Si c'était le cas, les citoyens anglais risquaient-ils de servir de cible à la vengeance ? Il avait peur pour Alice.

Mais il chassa cette pensée, se disant que rien de tel ne pouvait arriver, et il se plut de nouveau à imaginer la joie d'Alice quand il lui annoncerait leur prochain voyage.

Comme le taxi d'Edward bifurquait à nouveau, ils virent encore plus de flammes, plus de fumée, des hommes en train de briser des vitres et de jeter des bombes incendiaires. Le chauffeur avait essayé plusieurs itinéraires pour gagner Garden City mais toutes les rues étaient bloquées.

– Je vous emmène dans un endroit sûr, Sayyid, déclara-t-il.

Il s'engagea dans une étroite ruelle. Une minute plus tard, il freinait devant le Turf Club.

– Tous Angais ici, fit-il en se penchant pour ouvrir la portière d'Edward. Vous serez en sécurité.

– Mais je vous avais demandé de me conduire rue des Vierges du Paradis. Que diable se passe-t-il ? C'est une émeute ?

– Rentrez, je vous en prie! Le Caire est très dangereux pour vous! Allez à l'intérieur, vous y serez protégé, *Inch Allah!*

A contrecœur, Edward descendit de voiture, étourdi par la puanteur de la fumée. Un moment, il considéra l'entrée du Turf Club puis, décidant qu'il valait mieux se hâter vers la demeure de sa sœur, il se retourna vers le taxi. Mais la voiture disparaissait déjà dans le virage. Avec tous ses bagages.

Lorsqu'une explosion ébranla la rue, Edward s'empressa de gravir les marches du Turf Club. Il trouva l'endroit en pleine effervescence. Des hommes en tenue de cricket en flanelle blanche et des dames en costumes de bain et chapeaux de soleil se bousculaient dans le couloir, se cognant aux meubles et aux plantes vertes. Même les chasseurs indigènes en longues galabiehs et fez poussaient pour sortir.

Edward se frayait un chemin à la recherche de quelqu'un de responsable, s'exposant aux coups de coude dans les côtes et aux pieds écrasés, quand il vit une Jeep freiner devant le bâtiment. Un groupe d'hommes en sauta et se précipita dans l'escalier avec des bidons d'essence et des pinces à leviers. Horrifié, Edward assista à l'arrosage des meubles et des tentures qui prirent aussitôt feu. Même les ventilateurs des plafonds étaient en flammes. Une autre vague de foule houleuse déferla alors dans le club et quand les membres affolés tentèrent de sortir, les émeutiers les frappèrent à coups de barre de fer. Les hurlements emplirent l'air, le sang commença de couler.

Edward s'efforça d'échapper à la fumée en évitant les éclats de verre qui volaient à mesure qu'explosaient les bouteilles d'alcool derrière le bar. Il parvint à atteindre la réception désertée et de là, par les portes ouvertes, aperçut les pompiers dans la rue avec les lances à incendie.

Mais dès que l'eau jaillit vers le bâtiment en feu, les émeutiers s'attaquèrent aux tuyaux à coups de couteau. L'eau ne coula plus.

Désespéré, Edward essaya de repartir dans la fumée. Des Anglais en élégante tenue de sport gisaient à terre, leur sang maculant le carrelage. Luttant contre sa panique, le jeune homme chercha une issue. Les portes étaient bloquées par la foule et les rideaux étaient en feu. « La piscine! » pensa-t-il. Mais comme il reprenait le couloir en direction de la terrasse, il se trouva soudain face à un jeune Égyptien en longue galabieh qui lui bloqua le passage, dardant sur lui une paire d'yeux verts étincelants. Brièvement, il envisagea d'essayer de raisonner son adversaire. Après tout, il ne faisait pas partie des résidents anglais, il n'était qu'un touriste tout juste arrivé aujourd'hui. Mais deux mains brunes se refermèrent sur son cou. Il se mit à lutter en songeant combien tout cela était absurde.

Finalement son assaillant s'empara d'un vase. Quand la potiche se brisa sur son crâne, une idée saugrenue traversa l'esprit d'Edward : « Alice sera déçue. »

La cuisine était une grande pièce ensoleillée aux murs et au sol de marbre, assez chaude pour combattre le froid de janvier. La cuisinière, une Libanaise aux joues rouges et à la chevelure libre, supervisait le travail de ses quatre assistantes qui s'affairaient devant les deux fourneaux et les trois grands fours. Rue des Vierges du Paradis, la population de la maisonnée variait d'année en année à mesure que les filles se mariaient et partaient, que mouraient les aînés, que s'installaient les nouvelles épouses et que naissaient les bébés. En ce frais samedi de janvier, vingt-neuf Rachid de tous âges et douze domestiques habitaient la maison, aussi n'arrêtait-on pas de préparer à manger : la cuisine bourdonnait jour et nuit. Les femmes bavardaient tout en s'activant au son de la radio, où la voix de Farid Latrache égrenait des chansons d'amour. Au milieu des domestiques, Amira préparait des verres de citronnade qu'elle emporterait au jardin où plusieurs femmes et enfants goûtaient le frais soleil hivernal. Comme elle vérifiait la parfaite propreté de chaque verre, elle éprouva un extraordinaire sentiment de plénitude. Elle avait récemment fêté son anniversaire et ne se rappelait pas avoir jamais joui d'une telle santé et vigueur.

Ajoutant un bol d'abricots confits sur son plateau, elle jeta un œil vers Sahra. Celle-ci regardait par l'une des fenêtres tout en fabriquant des galettes avec des boules de pâte à pain. Amira savait ce que la servante contemplait de la sorte. Depuis près de six ans qu'Ibrahim avait amené Zachariah sous leur toit, Sahra posait les yeux sur l'enfant à chaque occasion. Et bien qu'elle eût promis de ne jamais révéler à quiconque qu'elle en était la mère et qu'Ibrahim n'en était pas le père, le danger demeurait. Aussi Amira la surveillait-elle.

Dehors, la maîtresse de maison leva les yeux vers le ciel. Qu'était ce grondement lointain qu'elle venait d'entendre ? L'azur était clair, pourtant. Peut-être s'agissait-il d'une salve d'armes pour saluer le fils du roi.

Elle emporta le plateau de rafraîchissements au jardin où Alice lisait un livre tout en veillant sur les enfants. La petite Camélia de six ans et demi dansait, les paupières closes, sur une musique qu'elle seule pouvait entendre. « N'est-ce pas gentil à Dieu de nous avoir donné la danse, Oumma ? » avait-elle dit un jour à sa grand-mère. Souvent Amira avait l'impression qu'un esprit tentait de recouvrer la liberté au fond de cette fillette à la peau mate et aux yeux d'ambre. Camélia dansait comme un oiseau déploie ses ailes, comme s'ouvrent les pétales d'une fleur. D'ores et déjà Amira avait décidé que, plus grande, l'enfant prendrait des leçons de danse.

Et puis il y avait Yasmina, à la peau crémeuse, aux cheveux d'or sombre, allongée sur l'herbe et profondément absorbée dans un livre d'images. A cinq ans et demi, elle manifestait déjà une grande soif de connaissance. Elle avait dit un jour que les livres étaient merveilleux parce que chaque fois que l'on tournait une page, on découvrait une chose qu'on ignorait auparavant. Bien qu'étant la plus jeune, Yasmina était en avance sur les autres dans son *alif-ba's*.

Tahia, du même âge que Camélia, jouait sur la pelouse avec ses poupées. Elle avait déjà décidé que quand elle serait grande elle aurait beaucoup d'enfants. « Elle est si différente de sa mère », songeait Amira, qui se demandait si Néfissa se remarierait jamais.

Enfin il y avait Zachariah, ce bel enfant qui suivait un papillon de son regard rêveur. Souvent Amira s'émerveillait de ce garçon qui, par quelque intervention divine, ressemblait à son père adoptif. Au physique seulement : Zachariah n'avait pas l'attachement d'Ibrahim pour son confort personnel ni son penchant pour les pensées superficielles. L'enfant aimait à poser des questions sur les anges. Il fixait le ciel et demandait à quoi ressemblaient Dieu et les sphères célestes. Un bambin étrange, songea Amira, et doué. A six ans, il était capable de réciter vingt sourates du Coran. On lui disait : « Zakki, récite la sourate quatre, verset trente-huit », et il énonçait promptement : « Les hommes sont supérieurs aux femmes à cause des qualités par lesquelles Dieu a élevé ceux-là au-dessus de celles-ci. »

Omar arriva en courant dans le jardin; ce gamin potelé de dix ans avait toujours l'air en quête de quelque friponnerie. Amira essayait d'être patiente avec cet enfant buté, ce n'était pas sa faute si sa mère n'avait jamais su le discipliner. Amira soupira. Voilà encore une raison pour laquelle Néfissa aurait dû se remarier.

– Mère Amira, fit Alice en mordant dans une boule d'abricot sucré, sentez-vous cette odeur de fumée ?

– Les paysans font peut-être les brûlis dans les champs de l'autre côté du Nil.

Omar poussa brutalement le petit Zachariah, le faisant tomber dans l'allée de graviers; Camélia et Yasmina se précipitèrent pour le relever. « Si seulement il y avait plus d'enfants! » se dit Amira. Une maison de cette taille pouvait en abriter un bon nombre. Mais Néfissa refusait de se remarier, aussi séduisants fussent les hommes que lui présentait sa mère, et Alice n'avait donné qu'un seul enfant vivant à Ibrahim.

– Regardez-moi! cria Camélia, qui traînait derrière elle des tiges de papyrus séché. Je suis un paon!

Amira s'immobilisa. Elle voyait bel et bien le paon – non pas sa petite-fille se livrant à une pantomime, mais un véritable oiseau, aussi bleu, brillant et vivant que s'il avait réellement été là, à parader devant elle.

Il s'agissait d'un souvenir. Elle se rappelait un paon dans un lointain passé.

Elle dut s'asseoir rapidement. Elle était toujours surprise par les résurgences qui l'assaillaient soit en rêve, soit en plein jour, comme à présent au milieu de son jardin. C'était toujours le même processus : un souvenir inattendu s'imposait soudain à elle, éclairant un moment du passé avec une précision si stupéfiante qu'il en devenait réel un instant. Puis il s'estompait, la laissant momentanément sans souffle.

Chaque fois que cela se produisait, Amira avait l'impression que son esprit était aussi insondable qu'un puits, plein de bulles prisonnières des profondeurs. Parfois, sans raison apparente, une bulle se libérait, montait à la surface de son cerveau et éclatait avec un petit bruit, lâchant son contenu de mémoire. Il s'agissait parfois de souvenirs qu'elle connaissait déjà, comme le jour où elle avait rencontré Ali Rachid au harem de la rue de l'Arbre à Perles, mais le plus souvent c'étaient des fragments oubliés – un visage, une voix, un accès brutal de terreur ou de joie. Ou ce paon. Au fil des ans, les morceaux éparpillés commençaient à dessiner la mosaïque inégale de sa prime enfance, mais il restait encore tant de vides à combler : quelle avait été son existence avant l'attaque de la caravane du désert (car elle ne doutait plus désormais qu'elle était l'enfant de son rêve), où et quand avait eu lieu cette attaque, qu'était devenue sa mère ? Et d'où sortait cette tour carrée qui lui apparaissait parfois en rêve ?

Cela stupéfiait Amira d'avoir oublié des faits si importants de sa vie. « Les retrouverai-je jamais ? » s'interrogeat-elle tandis que s'effaçait la vision du paon. Qu'avait-il pu lui arriver dans son enfance pour la priver ainsi de mémoire ?

– Les enfants, appela-t-elle, venez boire de la citronnade.

Les yeux de Yasmina s'arrondirent quand elle vit les

confiseries. L'abricot était son fruit préféré, ce qui lui avait valu le surnon de « Mishmish », qui signifie abricot en arabe. Avant qu'elle n'ait atteint le bol, Omar la bouscula pour en saisir une pleine poignée. Amira en avait cependant prévu suffisamment pour eux tous. Quand elle vit tous ces petits, un verre de citronnade dans leurs menottes, les joues bourrées de fruits confits, quand elle sentit la chaleur du soleil sur ses épaules et les parfums du jardin, elle fut soudain emplie d'une joie lumineuse. Elle se dit que d'ici à dix ou quinze ans, ces enfants seraient mariés et de nouveaux petits peupleraient la maison. « Je serai arrière-grand-mère, pensa-t-elle, avant d'avoir atteint soixante-ans! » Elle se mit à rire. Son bonheur était tel qu'il lui semblait pouvoir s'envoler vers les cieux rien qu'en soulevant les pieds. « Loué soit Dieu, Seigneur de l'univers, pour Sa générosité et Ses bienfaits. Qu'il en soit toujours ainsi... »

Elle s'assombrit brutalement. L'odeur de fumée devenait plus forte. Qu'était-ce donc? Elle consulta sa montre. Maryam et Suleiman allaient bientôt revenir de la synagogue, elle leur demanderait s'ils avaient vu quoi que ce soit d'extraordinaire en ville.

Cette fumée-là, cependant, ne pouvait venir d'un feu ordinaire...

– Allons, les enfants, déclara-t-elle en se levant. Il est l'heure de rentrer faire vos devoirs.

– Oh, Oumma, protestèrent-ils. Il le faut vraiment?

– Vous devez apprendre à lire, fit-elle en examinant le genou de Zachariah qui s'était écorché quand Omar l'avait poussé. Il faut que vous soyez capables de lire le Coran. La parole de Dieu est puissante. Lorsque vous connaîtrez le Coran sur le bout des doigts, vous serez armés pour tous les événements de la vie. Nul ne peut profiter de vous ni vous faire du mal quand vous connaissez la Loi.

Alice, qui rassemblait ses outils de jardinage, se mit à rire.

– Ce ne sont que des bébés, mère Amira.

Amira sourit pour cacher son inquiétude croissante : la fumée devenait de plus en plus épaisse. Et voilà qu'elle entendait des cris dans les rues.

– Allons, allons, rentrez vite. Apprenez vos leçons aujourd'hui, et demain nous irons pique-niquer sur la tombe de grand-père.

Cette promesse mit les enfants en joie et ils coururent dans la maison en riant. Une fois par an, Ibrahim les emmenait à la Cité des Morts, où ils disposaient des fleurs fraîches sur les tombeaux d'Ali Rachid, de la mère de Camélia et du bébé d'Alice. Ensuite, ils déjeunaient d'un pique-nique. Sur le chemin du retour, Amira leur expliquait comment l'esprit allait au paradis quand la chaire était mise en terre. Zachariah aimait particulièrement entendre les descriptions de l'Éden et piaffait d'impatience de s'y retrouver. Les filles en revanche étaient parfois troublées. Si le Coran promettait tant de récompenses aux hommes après la vie – des jardins et des vierges – alors quelle était la récompense des filles ? avait une fois demandé Camélia. Amira avait ri, l'avait serrée dans ses bras, avant de lui répondre : « La récompense d'une femme est de servir son mari pour l'éternité. »

Une servante arriva en courant dans le jardin.

– Maîtresse ! La ville est en feu !

Vite, elles rejoignirent les autres sur le toit d'où l'on voyait les flammes et la fumée.

– C'est la fin du monde ! s'écria la cuisinière.

Amira n'en croyait pas ses yeux : le Nil lui-même, qui reflétait les incendies, semblait brûler. Les explosions se succédaient ; on entendait des tirs de mitraille, comme en temps de guerre.

– Proclamons l'unicité de Dieu ! cria la cuisinière.

– Le Seigneur soit loué !

Zou Zou arriva en clopinant, appuyée sur une canne. Ses vieux yeux s'écarquillèrent.

– Dieu miséricordieux ! La ville brûle.

Les servantes se répandirent en plaintes et prières.

– Pourquoi sommes-nous attaqués ? Est-ce que tout le pays est en feu ?

Alice était devenue aussi blanche que son cardigan en laine.

– Que fait le gouvernement ? Où est la police ? Que font les soldats ?

Amira fixait les panaches de fumée noire, distants d'environ deux kilomètres, s'efforçait de situer les foyers d'incendie. Des années auparavant, Ali Rachid l'avait conduite sur le toit et lui avait donné divers repères quant à la géographie de la cité dans laquelle elle habitait mais qu'elle n'avait jamais vue. La fumée montait du quartier où les Anglais avaient bâti leurs beaux hôtels et leurs cinémas. Inquiète, elle chercha à localiser le palais Abdin, où Ibrahim assistait à un banquet. Était-il en feu lui aussi ?

Tard dans la soirée, la famille attendait de plus en plus anxieusement des nouvelles d'Ibrahim, Maryam et Suleiman Misrahi venaient de rentrer après s'être précipités aux entrepôts Misrahi pour voir s'ils avaient été incendiés. Bien que la très rentable société d'importation de Suleiman eût été épargnée, ils avaient vu ce spectacle incroyable de centaines d'immeubles en feu, presque tous Anglais. Maintenant la famille s'était rassemblée dans le grand salon d'Amira sous l'éclat vacillant des lampes à huile. Une voix à la radio énumérait solennellement les bâtiments détruits : « ... la banque Barclay, l'hôtel Shepheard, le cinéma Metro, le “ Place de l'Opéra ”, le salon de thé Groppi... »

Comme l'horloge sonnait douze coups, une ombre parut sur le seuil. Doreya fut la première à le voir.

– Ibrahim ! Dieu miséricordieux !

Elle courut à lui, les autres suivirent.

Tandis qu'on l'étreignait et qu'on l'embrassait, Ibrahim leur assura qu'il allait bien et qu'il n'avait pas été attaqué. Il se tourna vers Suleiman.

– Peux-tu me donner un coup de main ?

Les deux hommes sortirent puis revinrent un moment plus tard, soutenant un jeune homme à la tête enveloppée d'un bandage. En le reconnaissant, Alice poussa un cri.

– Eddie ! Oh mon Dieu, Eddie ! s'exclama-t-elle en l'enlaçant. Que fais-tu ici ? Quand es-tu arrivé ? Tu es blessé ! Tu vas bien ? Que s'est-il passé ?

Son frère eut un faible sourire.

– Je voulais te surprendre. Je crois y avoir réussi.

– Oh, Eddie, Eddie, sanglota-t-elle.

Ibrahim raconta ce qui s'était passé au Turf Club.

– On l'a conduit à l'hôpital Kasr El Aini, et ils m'ont téléphoné au palais quand il a réussi à les convaincre qu'il était vraiment mon parent. – Il s'assit en poussant un soupir, et conclut pour tout le monde : – Je vous présente Edward, le frère d'Alice.

Amira accueillit le blessé de deux baisers sur les joues, lui souhaita la bienvenue et examina son pansement.

– Je regrette que vous soyez arrivé en ce jour de tristesse. Asseyez-vous. A-t-on bien soigné votre blessure à l'hôpital ? Je ne leur fais pas confiance, laissez-moi y jeter un coup d'œil.

Unc servante apporta de l'eau, du savon, une serviette ; après avoir inspecté la blessure et constaté son peu de gravité, Amira la lava, y appliqua un onguent au camphre qu'elle avait elle-même préparé et refit un pansement de gaz propre. Ensuite elle commanda une tisane composée de camomille pour les nerfs du blessé et de pissenlit pour aider à la cicatrisation.

– Où en est la situation ? demanda Suleiman à Ibrahim. Les incendies sont-ils circonscrits ?

– La ville est toujours en flammes, fit Ibrahim avec lassitude. On a décrété le couvre-feu. La foule s'est approchée à quelques centaines de mètres du palais.

– Qui est responsable de ça ? interrogea Amira.

– Les Frères musulmans seraient l'une des organisations à l'origine des émeutes.

Chacun se souvint de ce terrible jour voilà cinq ans où, pour protester contre le vol de la terre aux Arabes palestiniens par les Britanniques, les Frères musulmans avaient fait exploser les salles de cinéma qui projetaient ce qu'ils appelaient des « films américains sous contrôle juif ».

– Mais la violence est-elle dirigée contre le gouvernement ? s'enquit Maryam. Y a-t-il eu un coup d'État ?

Ibrahim secoua la tête. Il n'y avait pas eu de tentative de prise de pouvoir, aucune action visant à détrôner Farouk. Néanmoins il ne faisait aucun doute que l'émeute avait été parfaitement organisée. La seule question restait : qui est derrière, et pourquoi ?

– Que va faire le roi ? questionna Suleiman.

Ibrahim ne répondit pas. Il savait que la police de Farouk ne bougerait pas. Après tout, comme le monarque le déclarait volontiers, les émeutes n'étaient pas dirigées contre lui mais contre les Britanniques. Farouk espérait même, au bout du compte, faire figure de héros.

Solennelle, la voix à la radio lisait le Coran, comme pour un jour de deuil national. Pendant ce temps, dans le grand salon d'Amira, chacun ruminait ses pensées.

Edward se disait qu'il fallait absolument qu'il arrache sa sœur à ce pays pour la ramener en Angleterre.

Ibrahim songeait aux billets de paquebot avec lesquels il avait prévu de surprendre Alice. Vu les récents événements, il savait que Farouk ne lui accorderait plus l'autorisation de partir. Le voyage serait repoussé jusqu'à apaisement des troubles.

Serrant la main de sa femme, Suleiman pensait aux établissements juifs qui avaient été incendiés au cours de l'émeute.

Enfin Amira se demandait ce qu'il adviendrait de son fils et de sa famille si le raz de marée se retournait contre le roi.

9

Les parfums des nombreux jardins du Caire et l'odeur fertile du Nil paresseux embaumaient l'accablante soirée de juillet. Les Cairotes flânaient sur les trottoirs après la sortie des cinémas, les restaurants s'apprêtaient à fermer. Une famille en particulier égayait ce soir d'été de ses rires, après avoir vu un film et mangé une glace. Lorsqu'ils regagnèrent leur appartement, ils trouvèrent un message urgent pour l'époux. L'homme le lut rapidement et le détruisit puis il endossa son uniforme militaire, il embrassa sa femme et ses enfants en leur demandant de prier pour lui car il ne savait pas s'il les reverrait. Il partit dans la nuit vers un dangereux rendez-vous préparé depuis longtemps. Cet homme s'appelait Anouar el-Sadate. La révolution était en marche.

Enveloppée dans un délicieux nuage d'amandes et de roses, Néfissa cherchait l'apaisement dans la baignoire en marbre de sa salle de bains personnelle. Pour la première fois de sa vie, il lui fallait supporter les chaudes nuits d'été du Caire car Ibrahim avait annulé le séjour annuel de la famille à Alexandrie. Depuis les émeutes de janvier, depuis le « Samedi noir » comme on avait baptisé ce jour, la tension n'avait cessé de croître en ville, les flambées de violence étaient de plus en plus fréquentes. Ibrahim avait jugé le voyage trop risqué pour les siens, aussi les avait-il laissés au Caire pendant qu'il partait rejoindre Farouk en son palais d'été d'Alexandrie. Mais Néfissa irait à Alexandrie, que cela plaise ou non à son frère. Et elle ne s'y rendrait pas seule.

Elle renversa la tête en arrière, ferma les yeux, inhala profondément les lourdes fragrances de son bain, et pensa à Edward Westfall qui demain l'emmènerait en auto sur la côte.

Tout en recomposant mentalement le portrait de son compagnon de voyage, ses cheveux blonds ondulés, ses yeux bleu pâle, elle leva les genoux et sentit sur sa peau la soyeuse cascade de l'eau. Elle s'empara d'une bouteille d'huile d'amande en cristal, en versa dans sa paume et commença doucement à se caresser. Dans son bain, Néfissa parvenait parfois à amener son corps au bord d'un délicieux précipice, à croire qu'au-delà l'attendait quelque sensation sublime. Mais jamais elle ne l'atteignait. Il lui restait un vague souvenir d'autrefois, quand elle était toute petite fille, et qu'en explorant son corps elle avait découvert un plaisir stupéfiant. Elle se rappelait s'être donné cette sensation enivrante à sa guise, mais il y avait eu la nuit du rasoir – son excision. Amira lui avait expliqué que c'était son impureté qu'on avait enlevée, et qu'elle était désormais une « bonne » fille. Depuis, elle n'avait plus jamais pu retrouver l'extraordinaire sensation.

Elle prit une éponge et s'enduisit de crémeux savon à l'amande. Pourquoi les femmes se mutilaient-elles ? se demanda-t-elle. Depuis quand pratiquait-on cette ablation ? Ève avait été la première à la subir, avait affirmé Amira, mais alors, qui avait procédé à l'opération puisque Ève était la seule femme ? Adam, peut-être ? Pourquoi la circoncision des garçons se déroulait-elle en plein jour avec une grande fête, alors que l'excision des filles se faisait dans le secret de la nuit et que nul n'en soufflait mot par la suite ? Pourquoi fallait-il que ce fût une fierté pour les garçons et une honte pour les filles ?

Nerveuse, Néfissa soupira et déboucha une petite bouteille en verre bleu soufflé afin de verser dans le creux de sa main quelques gouttes d'huile. Comme elle se massait les seins et le ventre à l'essence de fleur d'oranger, sa pensée revint à Edward Westfall.

Elle n'était pas amoureuse du frère d'Alice, elle ne croyait même pas l'apprécier particulièrement. Mais il lui rappelait si fortement son beau lieutenant que chaque fois qu'elle le regardait, chaque fois qu'il lui adressait la parole, elle ressentait tout au fond d'elle une étrange sensation.

Que de plaisir encore lui donnait le souvenir de cette nuit dans l'ancien harem du palais de la princesse, quand elle et son lieutenant s'étaient aimés jusqu'à l'aube! Elle se remémorait le moindre détail de ces heures délicieuses – la petite cicatrice qu'il avait sur la cuisse droite, le goût salé de sa peau... Il lui avait merveilleusement fait l'amour. Sous le regard mélancolique des femmes peintes, et tandis que le rossignol chantait pour la rose, Néfissa avait connu une extase, une passion dont la plupart des femmes ne faisaient que rêver.

Au moment des adieux, quand au point du jour son bel officier l'avait embrassée pour la dernière fois, promettant de lui écrire, promettant qu'il reviendrait, elle avait soudainement compris qu'ils ne se reverraient jamais.

Il ne lui avait pas dit son nom, pas une fois au milieu de tous ses baisers, ses caresses et ses paroles tendres. Au cours des années suivantes, Néfissa n'avait pas reçu un mot de lui. Il ne lui restait que le mouchoir qu'il lui avait donné, en lin brodé de myosotis, qui avait appartenu à sa mère.

Languissante, elle sortit de son bain, se sécha dans une épaisse serviette tissée avec le beau coton des plantations de son frère puis elle se passa sur le corps une émulsion à la lanoline, à la cire d'abeille et à l'encens, préparée avec les herbes du jardin d'Amira. Qu'était devenu son lieutenant? s'interrogea-t-elle. Était-il toujours en Angleterre? Marié? Pensait-il parfois à elle?

Néfissa sentait filer sa jeunesse; elle avait vingt-sept ans et le passage du temps la suivait comme une ombre. Bien qu'elle sût combien sa mère souhaitait qu'elle se remarie et ait d'autres enfants, et bien qu'elle eût reçu des propositions de nombreux Égyptiens fort présentables, elle n'avait aucune envie de se remarier. Elle préférait chercher à retrouver ce qu'elle avait connu une fois.

C'était la raison pour laquelle elle avait distingué Edward. Avec de l'imagination, elle parvenait à le voir dans l'uniforme du lieutenant, craquant une allumette sous un réverbère. Elle n'aimait pas Edward, jamais elle n'aimerait un homme comme elle avait aimé son lieutenant. Mais à défaut de grives, elle se contenterait de merles.

Néfissa se glissa entre ses draps frais parfumés à la lavande. Elle n'éprouvait certes aucune passion pour Edward mais il était anglais après tout, et blond et pâle, et peut-être dans l'obscurité d'une chambre parviendrait-elle à croire qu'elle faisait de nouveau l'amour avec son soldat perdu...

Sous la chaude lune de juillet, des silhouettes furtives se faufilaient en silence dans les rues désertes de la cité endormie et des colonnes blindées quittaient la caserne d'Abbasseya. Mitrailleuses, tanks et Jeeps bloquèrent les ponts sur le Nil et toutes les voies d'accès à la ville. Des hommes s'emparèrent du quartier général de l'armée, interrompant une réunion tardive au cours de laquelle l'état-major venait de voter l'arrestation des chefs révolutionnaires, qui se faisaient appeler les Officiers libres. Les moyens de communication furent promptement saisis et ordre fut lancé à tous les officiers de gagner sur-le-champ leur poste de commandement, où ils furent mis aux arrêts et enfermés. Une unité déployée sur la route de Suez avait pour consigne d'intercepter les éventuelles troupes britanniques qui viendraient du canal. Les soldats révolutionnaires occupèrent bientôt tous les points stratégiques. Ils n'avaient rencontré que peu ou pas du tout de résistance.

A deux heures du matin, les Officiers libres contrôlaient Le Caire. Il ne restait plus qu'à avancer sur Alexandrie, où se trouvait le roi.

Edward Westfall fixait le pistolet qu'il tenait en main. Il s'en était déjà servi pendant la guerre; il n'avait pas peur de s'en servir à nouveau.

L'aube pointait. Par les volets ouverts de sa chambre, lui parvenaient le vent chaud du matin et l'appel à la prière lancé depuis les nombreux minarets du Caire. Edward soupesa le 38 Smith & Wesson et pria lui aussi en silence : « Aide-moi, mon Dieu. Je t'en prie, ne me laisse pas succomber de nouveau à ma faiblesse. Je me laisse séduire et je n'y peux rien. Mon Dieu, délivre-moi de ce vice qui me harcèle, qui me détruit et contre lequel je suis impuissant à lutter. »

Pour rester en Égypte, Edward avait pris comme prétexte le souci qu'il se faisait pour la sécurité de sa sœur. C'était également ce qu'il avait écrit à son père dans sa lettre de janvier, où il demandait au comte de lui faire expédier quelques effets, un chauffeur de taxi peu scrupuleux s'étant enfui avec ses vêtements et son équipement de sport. « Je ne puis emmener Alice hors d'Égypte, expliquait-il, à cause d'une vieille loi qui veut qu'une femme ait besoin de la permission de son mari pour quitter le pays. Or Ibrahim ne mesure pas le danger. » Edward avait également demandé au vieil homme de joindre à ses bagages son arme de service, le 38 Smith & Wesson que la Grande-Bretagne avait distribué à ses troupes quand elle s'était trouvée à court de Enfields.

Edward avait sincèrement eu l'intention d'arracher Alice et Yasmina à ce pays dangereux. Mais cette velléité remontait à six mois. La vraie raison de la prolongation de son séjour était un secret qu'il n'aurait pas même confessé à sa sœur, parce qu'il refusait lui-même de l'admettre.

Des souvenirs de rêves dérangeants le hantaient ; des visions d'yeux noirs et brillants, de lèvres mûres et sensuelles, et de longs doigts effilés le caressant au plus intime – pensées impures, interdites, qu'il repoussait à l'état de veille mais qui l'assaillaient traîtreusement la nuit.

Comment un homme pouvait-il rester pur au milieu de cette culture que le sexe semblait à la fois obséder et révulser ? On ne pouvait parcourir les rues du Caire sans voir des publicités pour des films d'amour, sans entendre les postes de radio des cafés faire retentir des chansons évoquant des étreintes passionnées, ou surprendre des conversations licencieuses sur la virilité et la fertilité. Il semblait au très convenable Edward que le sexe, l'amour et la passion étaient aussi présents au Caire que le café, la poussière et le soleil. Et cependant les appétits terrestres, même le flirt le plus innocent ou le fait de se tenir affectueusement la main, étaient défendus, sauf pour les gens mariés, et encore, dans l'intimité de la chambre. « C'est pire que le puritanisme victorien », se disait Edward. Certes les lois dictant la conduite sexuelle étaient aussi strictes en Angleterre qu'en Égypte : vertu et chasteté étaient louées, fornication et adultère condamnés. Mais au moins la société britannique ne vous infligeait-elle pas le spectacle constant de ce qu'elle interdisait. L'Angleterre n'avait pas inventé les femmes qui se voilent le visage mais vous déshabillent de leur regard enjôleur. L'Angleterre n'avait pas inventé la si provocante danse du ventre. Et une famille anglaise se gardait bien de brandir fièrement le sang de l'épouse vierge au lendemain de la nuit de noces! Même les parfums étaient différents ici. A mille lieues de la modeste lavande Yardley, les femmes d'Orient exhalaient les agressives senteurs féminines du musc et du bois de santal. La nourriture était plus épicée, la musique plus vivante, le rire tonitruant, les colères plus vives. Mon Dieu, la façon de faire l'amour était-elle plus sauvage, plus ardente en Égypte ? Comment un homme pouvait-il espérer garder son équilibre et contrôler ses appétits ?

Edward avait à peine dormi. Il avait la tête pleine des parfums écœurants du chèvrefeuille, du jasmin, et la touffeur de la nuit l'avait contraint à repousser ses draps, à dormir nu sous les caresses de la brise. Et à présent que l'aube pointait, déjà vibrante de sensualités, il humait les arômes du petit déjeuner, des œufs, des fèves frites, du fromage fort et du café suave.

A contrecœur, il reposa son arme et sonna son valet. Il avait accepté d'aller à Alexandrie aujourd'hui avec Néfissa. Et il redoutait ce périple.

Son cœur s'emballa, il se mit à transpirer. Quelle folie l'avait pris de dire oui ? Ce n'était pas pour se retrouver victime de ses vices qu'il était venu en Égypte! Au contraire, il n'avait pas seulement entrepris ce voyage pour voir Alice et les pyramides, mais pour rompre une liaison désastreuse avant que son père n'en eût vent. Au moindre scandale, le comte de Pemberton lui aurait coupé les vivres. Or voilà qu'il se précipitait à nouveau vers l'abîme.

Quand il entendit le chauffeur ouvrir le garage et faire démarrer l'une des voitures comme pour lui rappeler le voyage qu'il s'apprêtait à faire en compagnie de Néfissa, il se remémora la soirée chaude, étouffante, où quelques semaines auparavant, au cours d'un dîner, il avait accidentellement heurté du coude un autre coude. Leurs regards s'étaient rencontrés et il s'était su perdu.

Entendant les domestiques dans le couloir et sachant que son valet ne tarderait pas à lui porter son thé, du brandy et de l'eau chaude pour se raser, Edward enfila un peignoir de soie et gagna sa salle de bains. Il examina son visage dans le miroir. Sa blessure reçue au Turf Club avait guéri sans même laisser une cicatrice. D'ailleurs il était en excellente forme, grâce aux soins d'Amira, à quelques boissons fortifiantes et à un vigoureux exercice. Edward était reconnaissant aux émeutes de janvier de n'avoir pas touché le Gezira Island, ce club très fermé où les Anglais continuaient de se livrer à leurs occupations favorites, bien qu'avec davantage de discrétion. Depuis qu'il avait réussi à en devenir membre, il allait tous les jours y jouer au tennis, nager et se maintenir en forme. Il se savait séduisant, il savait que lorsque les femmes le regardaient elles ne voyaient pas seulement des traits fins et réguliers couronnés d'une chevelure blonde, mais aussi un corps splendide sous la tenue impeccable du parfait gentleman anglais.

Les yeux noirs et brillants lui revinrent à l'esprit et il se demanda ce qu'eux voyaient quand ils se posaient sur lui.

Il gémit. Il transpirait abondamment, non pas à cause de la chaleur de juillet mais de sa concupiscence. Il brûlait de succomber, et en même temps il en avait peur. Il se souvenait des paroles d'Alice : « Je ne sais pas qui je suis ni où est ma maison. » Lui aussi se sentait écartelé entre deux mondes. Pauvre Alice, trahie par l'homme qu'elle aimait, incapable de vivre avec lui, incapable de rentrer en Angleterre. Edward n'était-il pas lui aussi pris dans un piège semblable ? Amoureux mais refusant de l'être, aspirant à partir mais retenu par le désir sexuel qui l'enchaînait ici.

Comment avait-il pu accepter de conduire Néfissa à Alexandrie ? Là-bas, tout contribuerait à le faire chuter une nouvelle fois dans l'abîme. Non, il devait rester ici, rue des Vierges du Paradis. Il était à l'abri sous ce toit, protégé par les strictes règles de morale d'Amira.

Son valet entra ; il s'empressa de glisser le revolver dans sa valise. Ce serait sa protection pendant le trajet. Tandis que le domestique préparait la crème à raser, Edward avala son cognac, refusa le thé et commanda davantage d'alcool. Il but d'une main tremblante.

Amira achevait de diriger la prière du matin des femmes, des servantes et des enfants. Chacun conclut son action de grâce en jetant un regard derrière ses deux épaules tout en disant à ses anges gardiens : « La paix soit sur toi, et la miséricorde divine », puis tous se dispersèrent. Les domestiques retournèrent à leurs travaux, les femmes allèrent prendre le petit déjeuner, Zachariah et Omar sur leurs talons. Amira demeura dans les chambres avec Yasmina, Camélia et Tahia qui, bien qu'âgées de six et sept ans seulement, apprenaient à faire les lits. Cela faisait partie de leur éducation pour quand elles seraient mariées. D'abord, elles firent leur propre lit, puis ceux de leurs frères, ensuite elles ramassèrent les vêtements éparpillés et les jouets de Zachariah et d'Omar, avant de remettre en ordre la chambre que partageaient les deux garçons. Les fillettes travaillaient vite car elles avaient faim ; la maison était pleine des odeurs alléchantes du petit déjeuner mais elles ne pourraient se restaurer qu'une fois leurs premières tâches matinales accomplies.

– Nous avons des servantes, Oumma, fit remarquer Tahia, qui se trouvait être l'aînée des trois filles avec ses sept ans et deux mois. Elles peuvent faire les lits.

– Et si tu n'as pas de domestique une fois mariée, rétorqua Amira en retapant le dessus de lit d'Omar, comment t'occuperas-tu de ton mari ?

– Est-ce que tatie Alice et oncle Edward sont mauvais parce qu'ils ne prient pas avec nous ? s'enquit Camélia.

– Non, ils sont chrétiens. Comme nous, ce sont des gens du Livre. Ils prient à leur façon.

Amira avait entendu le valet d'Edward se diriger vers l'aile des hommes, avec l'habituel plateau de thé et de cognac. Pour la première fois depuis que la maison existait, l'alcool y était autorisé. Amira avait protesté, comme quand Alice avait un jour voulu faire venir du vin. C'était alors son opinion qui avait prévalu. Mais en l'occurrence, puisqu'il s'agissait du désir du beau-frère de son fils, elle avait dû accepter.

La vieille Zou Zou arriva en claudiquant sur sa canne. Elle avait des cernes noirs sous les yeux. Elle n'avait pas bien dormi, déclara-t-elle, des prémonitions et des présages avaient hanté ses rêves.

– J'ai rêvé d'une lune rouge sang, et j'ai vu des djinns jouer dans notre jardin. Toutes les fleurs étaient mortes.

Craignant que la vieille femme n'effraie les fillettes, Amira les poussa hors de la chambre avant de répondre :

– Il est écrit que rien ne nous adviendra hormis ce que Dieu a décidé pour nous. Il est notre ami protecteur. Ne te fais pas de souci, ma tante. Le roi et Ibrahim sont entre les mains de Dieu.

Mais Zou Zou, qui avait été jeune et ardente du temps des grands khédives d'Égypte, rétorqua :

– Il est aussi écrit que Dieu ne change pas les êtres s'ils ne se changent eux-mêmes. De mauvais événements approchent, Oumm Ibrahim, et il n'est pas juste que ton fils ne soit pas ici. A quoi sert un homme, sinon à protéger sa famille ?

Lorsque Zou Zou avait supplié Ibrahim de ne pas accompagner le roi à Alexandrie, il lui avait gaiement assuré que tout allait bien. Comment pouvait-il s'aveugler à ce point ? Au cours des six mois qui avaient succédé au Samedi noir, le roi Farouk avait changé trois fois de gouvernement, et la rumeur courait aujourd'hui qu'il envisageait de placer son beau-frère – un homme que l'armée méprisait – à la tête de son nouveau cabinet ministériel. Ainsi la tension planait-elle toujours sur Le Caire.

– J'ai peur, Amira, reprit la vieille Zou Zou. Pour la sûreté de ton fils, et pour la sûreté de la famille. Quelle protection avons-nous quand il est à Alexandrie ?

Elle tourna les talons et suivit les enfants qui allaient prendre leur petit déjeuner.

Au rez-de-chaussée, dans la salle à manger où la famille se restaurait bruyamment, Néfissa se tenait près de la fenêtre, guettant l'apparition de la voiture. Elle portait un léger tailleur de lin et une mallette de toilette en crocodile du Nil.

Alice la rejoignit.

– J'ai fait quelque chose pour toi.

Elle lui tendit un ravissant petit bouquet de boutonnière composé avec des fleurs du jardin, rouges comme l'étaient les lèvres de Néfissa et qui rehaussaient l'éclat de ses yeux noirs.

Néfissa jeta un œil vers Amira, qui aidait deux de ses petits-enfants à manger.

– Si Mère savait ! murmura-t-elle, excitée, à Alice. Elle m'enfermerait et jetterait la clef dans le Nil !

La jeune femme projetait en effet de commettre un acte des plus répréhensibles : elle congédierait le chauffeur et conduirait elle-même la voiture jusqu'à Alexandrie. Des mois de leçons de conduite prises en secret lui avaient finalement procuré une liberté qu'elle n'avait encore jamais goûtée.

– C'est déjà assez grave que j'aie renoncé au voile et à m'habiller en noir, chuchota-t-elle en épinglant le bouquet à son tailleur, mais si Oumma apprenait que je conduis... ! Edward sait-il que je vais prendre le volant ?

– Pas le moins du monde ! Mon pauvre frère pense que vous serez chaperonnés par le chauffeur. Tu prévois de t'arrêter en route ?

Alice souhaitait ardemment que Néfissa séduise son frère. Elle était prête à tout pour qu'Edward reste en Égypte.

Tout à coup, elles entendirent sonner avec frénésie et bientôt une servante fit entrer Maryam Misrahi.

– As-tu ton poste de radio ici, Amira ? Allume-le ! Il y a eu une révolution. Cette nuit, pendant que nous dormions !

– Hein ? Mais comment ?

– Je ne sais pas ! Les rues du centre regorgent de tanks et de soldats.

Elles captèrent Radio Le Caire et entendirent la voix d'un homme qu'elles ne connaissaient pas : Anouar el-Sadate. Il parlait des Égyptiens qui, enfin, allaient se gouverner eux-mêmes. Doreya et Rayya arrivèrent dans la salle à manger avec leurs enfants, suivis de Haneya avec son bébé, et de Zou Zou appuyée sur sa canne. Toutes les femmes et les servantes se rassemblèrent autour du poste de radio.

– Il ne mentionne pas le roi, souligna Rayya, qui prêtait une oreille attentive au discours de Sadate. Il ne dit pas ce qu'ils ont fait de lui.

– Ils vont le tuer, s'écria Doreya. Et Ibrahim aussi !

Toutes furent prises de panique, s'étreignirent, pleurèrent et gémirent. Comme la petite Tahia fondait en larmes, Amira maîtrisa sa propre angoisse pour déclarer calmement :

– Ne nous laissons pas emporter par la crainte. Souvenons-nous que Dieu est compassion et que nous nous plaçons sous Sa sauvegarde. Rayya, téléphone à tout le monde et dis-leur de venir. Nous suivrons les nouvelles d'ici tous ensemble, et nous prierons. Doreya, rassemble les enfants. Fais-les jouer et rassure-les.

Ensuite, elle donna ses instructions en cuisine pour qu'on fît bouillir l'eau du thé et que l'on préparât beaucoup de plats pour la nombreuse parenté qui viendrait attendre des nouvelles d'Ibrahim.

Pour finir elle s'adressa à Néfissa :

– Tu n'iras pas à Alexandrie aujourd'hui.

– Tout ceci est absurde, fit le roi Farouk avec un geste de rejet en direction de Sadate. Comment pouvez-vous proclamer une révolution quand seuls quelques coups de fusil ont été tirés, faisant à peine couler quelques gouttes de sang ?

Pourtant une révolution presque sans effusion de sang avait bel et bien eu lieu. En trois jours, les Officiers libres avaient stupéfié le monde entier en prenant le contrôle des moyens de communication, des bureaux gouvernementaux et des transports. L'Égypte était paralysée, Farouk coupé de tout secours. Les Anglais ne pouvaient pas lui dépêcher d'aide dans la mesure où l'armée révolutionnaire contrôlait les trains, les aéroports, les ports et les grands axes routiers. L'attaché militaire américain au Caire avait bien fait savoir que Washington exigeait une explication, mais aucune assistance n'avait été proposée de ce côté-là. Le roi était sans recours. Quelques tirs avaient été échangés entre la garde royale et les forces révolutionnaires qui encerclaient le palais, mais Farouk avait rappelé ses hommes, verrouillé les portes et s'était de lui-même enfermé. Pour finir, le chef des Officiers libres, Anouar el-Sadate était venu soumettre au roi les termes d'un ultimatum : quitter le pays d'ici à six heures ce soir ou assumer les conséquences.

Quand le roi se mit à protester, Sadate lui rappela poliment les émeutes du Samedi noir au cours desquelles tous les cinémas, boîtes de nuit, casinos, restaurants et magasins des quartiers européens du Caire avaient été détruits par le feu – près de quatre cents établissements en tout. On disait que si Farouk avait réagi seulement deux heures plus tôt, s'il n'avait pas été si absorbé par ses plaisirs, la catastrophe aurait pu être évitée. Mais à présent, souligna la voix douce de Sadate, le souverain était devenu un homme très impopulaire.

Farouk était également au courant d'un fait fort désagréable : la majorité des Officiers libres avait voté son exécution. Il n'avait été épargné que grâce à une voix, celle de Gamal Abdel Nasser, qui ne voulait pas verser le sang. « L'Histoire le jugera », avait déclaré Nasser. Farouk comprit que plus longtemps il resterait en Égypte, plus courte serait sa vie.

Il communiqua sur-le-champ sa décision à Sadate.

Soudain Ibrahim songea qu'il se trouvait peut-être pour la dernière fois dans ce palais, ou même en compagnie de Farouk, ce qui était difficile à croire après tant d'années passées dans l'ombre royale. Était-il possible qu'il n'y eût plus d'appel en pleine nuit pour le convoquer au palais Abdin – ce pour trouver le roi en train de papoter à l'un des téléphones qui entouraient son lit ? Jamais Farouk n'avait ouvert un livre, ni écouté de musique, ni écrit une lettre ; il se divertissait grâce au cinéma et en bavardant au téléphone à n'importe quelle heure du jour et de la nuit. En tant que médecin personnel, Ibrahim était l'un des rares à savoir que Farouk avait été élevé dans un harem jusqu'à l'âge de quinze ans. Choyé par une mère à la volonté de fer qui l'avait maintenu dans un extrême infantilisme, il préférait les jouets à la politique et se retrouvait absolument démuni quand il s'agissait d'agir pour sa propre survie. Lorsqu'on l'avait mis en garde, voilà plusieurs jours, contre les Officiers libres, il les avait négligemment qualifiés de « maquereaux ». La nuit du renversement, alors qu'on lui signalait des mouvements de troupes inhabituels au Caire, il avait jugé la nouvelle insignifiante. Ibrahim s'apercevait à présent qu'un tel homme n'était pas capable de diriger un pays aussi grand que l'Égypte. Les officiers révolutionnaires avaient raison : l'heure était venue pour l'Égypte de se donner un véritable chef.

Et voilà que des pensées plus étranges, plus troublantes encore, traversèrent l'esprit d'Ibrahim. Était-ce réellement la fin du règne de Farouk ? Qui prendrait sa place ? Et que deviendrait le médecin du roi ? Regardant la lourde draperie de velours noir qui dissimulait une porte voûtée, Ibrahim se surprit à songer : « Voilà à quoi ressemble mon avenir. »

Pour finir, on fit porter la lettre d'abdication et, dans un grand couloir de marbre ensoleillé qui évoquait un palais de la Rome antique, le roi parcourut d'un œil stoïque le document où étaient inscrites deux phrases en arabe : « Nous, Farouk Premier, attendu que nous avons toujours cherché le bonheur et le bien-être de notre peuple... » Presque en pleurs, le souverain prit son stylo en or. Ibrahim nota que sa main tremblait au point de rendre la signature illisible. Quand il fallut ensuite signer en arabe, Farouk fit une faute d'orthographe à son propre nom, parce qu'il n'avait jamais appris à écrire la langue du pays qu'il dirigeait.

Une dernière fois, Ibrahim assista au bain du roi et l'aida à revêtir son uniforme blanc d'amiral. Puis Farouk s'assit pour la dernière fois sur son trône orné de pierres précieuses du palais Ras-el-Tin afin de dire au revoir à ses amis proches et à ses conseillers.

– Tu me manqueras, mon ami, dit-il en français à Ibrahim. Si toi ou ta famille deviez souffrir quelque mal à cause de vos relations avec moi, j'en appelle à la clémence divine. Tu m'as bien servi, mon ami.

Ibrahim l'accompagna dans le grand escalier de marbre jusqu'à la cour du palais où, sous le soleil brûlant de l'après-midi, l'orchestre royal attaqua l'hymne national. Le drapeau égyptien vert à croissant de lune fut abaissé, plié et donné au roi en cadeau d'adieu.

Ibrahim resta au pied de la passerelle tandis que Farouk montait à bord du *Mahroussa.* Pour la première fois depuis des années, Ibrahim n'était plus près de son roi ; il se sentit bizarrement démuni, comme abandonné.

Debout au milieu de ses trois sœurs, de sa reine de dix-sept ans et de son fils de six mois, Farouk fit un adieu calme et digne. On largua les amarres et le yacht prit le vent, salué par le tir des vingt et un canons d'une frégate proche.

Comme il regardait s'éloigner le *Mahroussa*, Ibrahim ne se rappelait que les bons souvenirs : lorsqu'il avait amené Camélia, Yasmina, Tahia et Zachariah au palais pour les présenter au roi, Farouk leur avait donné des sucreries et avait chanté pour eux sa chanson préférée : *The Eyes of Texas Are Upon You.* Il se remémorait le mariage du souverain. Le peuple nourrissait alors tant d'affection pour le roi que des millions de gens des campagnes avaient afflué en ville pour l'événement et que les pickpockets du Caire avaient fait passer des annonces dans les journaux annonçant un moratoire d'un jour dans leurs activités en l'honneur du couple royal. Et ce fameux soir de l'année 1936 où Ibrahim avait vu le nouveau monarque prendre possession de son trône – le jeune homme soigné, à la beauté exotique, était arrivé sur un bateau qui glissait parmi une flotille de milliers d'embarcations et de felouques éclairées à la bougie. Ce jour-là, toute l'Égypte était tombée sous le charme de Farouk, dont le nom signifiait en arabe « celui qui sait discerner le bien du mal ».

Alors que le *Mahroussa* quittait lentement le port, Ibrahim revit le jour où il avait été présenté au jeune roi; Farouk l'avait aussitôt pris en amitié et lui avait donné le poste de médecin royal.

La tristesse submergea Ibrahim. Les larmes affleurèrent à ses paupières quand il comprit que le *Mahroussa* emmenait à son bord plus qu'un monarque d'Égypte destitué. Il emportait les souvenirs d'Ibrahim, son passé, sa raison de vivre. L'image de la lourde draperie de velours noir lui revint à l'esprit.

10

Alice n'en croyait pas ses yeux.

Elle venait d'arriver au jardin avec son panier, ses outils et un chapeau de paille à large bord pour protéger sa peau de blonde du soleil égyptien, et poussa une exclamation en voyant ce qui avait poussé contre le mur est.

– Bonté du ciel ! souffla-t-elle.

Elle se mit à genoux et se pencha pour une inspection plus minutieuse – ses yeux pouvaient l'avoir trompée.

Non, il ne s'agissait pas d'une illusion d'optique. Là, au bout des tiges d'un vert sombre, de minuscules petits boutons commençaient bel et bien à s'ouvrir ; trois d'entre eux avaient même éclos en grosses fleurs cramoisies. Enfin ! Après quatre ans de vaines tentatives, quatre ans passés à nourrir, arroser, désherber, bâtir un abri, veiller et attendre puis déraciner les pieds morts pour recommencer avec la crainte de ne jamais parvenir à faire pousser la flore anglaise dans ce chaud jardin méditerranéen, Alice avait enfin réussi à faire éclore des cyclamens rouges, sa fleur préférée.

Elle brûlait de les montrer à Edward. Ils étaient pareils à ceux de leur jardin, là-bas. Mais comme elle retournait vers la maison, Alice se souvint que son frère était parti ce matin avec Ibrahim et Hassan pour assister à un match de football ; les trois hommes ne seraient pas rentrés avant l'après-midi. Évidemment, Alice n'avait pas été invitée : les femmes ne participaient pas à ce genre de réjouissances. Elle se disait que cela lui était égal, que ce n'était qu'une coutume parmi toutes celles auxquelles elle avait dû se plier en venant vivre rue des Vierges du Paradis. Et bien qu'elle se tînt parfois au jardin à contempler le haut mur qui cernait la propriété, se demandant s'il n'était pas davantage destiné à retenir les habitants qu'à se garder des intrus, bien qu'elle connût des moments où elle s'offensait de devoir rester avec les femmes dans une pièce tandis qu'Ibrahim et Eddie se réunissaient avec les hommes dans une autre, Alice estimait que son adaptation à la société égyptienne n'avait pas été aussi difficile qu'elle s'y était attendue au départ. « J'ai tellement de chance, avait-elle écrit à sa meilleure amie d'Angleterre, je suis mariée à un homme extraordinaire et je vis dans une grande et belle demeure avec plus de domestiques que nous n'en avions chez nous! »

Alors qu'elle reportait son attention sur les boutons de cyclamens nouvellement éclos, elle entendit une fillette chanter non loin. Elle s'immobilisa pour écouter et, reconnaissant la voix de Camélia, sourit. « Cette enfant est née avec la musique en tête », songea-t-elle. Au bout de sept ans Alice était fière de ses progrès en arabe, et bien qu'elle eût un peu de mal à comprendre les paroles de la chanson de Camélia, elle en saisit l'essentiel. Comme dans la plupart des chansons égyptiennes, il était question d'amour : « Pose la tête sur ma poitrine, réchauffe mon sein, perce-moi de ta flèche d'amour. »

Quand elle entendit la voix de Yasmina se joindre à celle de Camélia, Alice ne fut pas surprise. Une année séparait les demi-sœurs mais elles étaient aussi proches que des jumelles. Alice avait même découvert que certaines nuits elles dormaient toutes les deux dans le même lit.

Le son de la voix de sa fille lui donna une soudaine nostalgie de l'Angleterre. Brusquement lui manquaient l'ancestrale demeure Tudor des Westfall et la verte campagne embrumée; la chasse à courre avec des amis, et les courses chez Harrod's; elle eut envie de bacon et de bière, de hachis parmentier et de saucisses, de semaines de pluie et d'une promenade sur l'impériale d'un bus rouge. Ses amies lui manquaient; elles avaient promis de venir la voir en Égypte, mais leur projet au fil des mois avait commencé à s'effacer jusqu'à ce qu'il n'en fût plus question dans leurs lettres. Seule Madeline avait été franche, qui écrivait : « Il est trop dangereux de voyager en Égypte en ce moment. Surtout pour un sujet britannique. »

« Mais je suis heureuse ici, se rappela Alice. J'ai une bonne vie avec Ibrahim, et une belle petite fille. »

Cependant voilà qu'une pensée agaçante, déclenchée par la voix de Yasmina, vint miner cette certitude. Elle réfléchit à sa vie et conclut que cela lui était sincèrement égal qu'Ibrahim et elle dorment dans les ailes opposées de la maison ; ses propres parents avaient fait chambre à part durant presque toute leur vie conjugale. De même, elle n'accordait pas trop d'importance au fait qu'Ibrahim assistât souvent à des réjouissances sans elle, comme le match d'aujourd'hui. Mais par cette chaude matinée d'août, elle découvrait pour la première fois qu'il lui manquait quelque chose qu'elle ne savait définir.

Abandonnant ses outils de jardinage, elle écarta les branches d'un buisson d'hortensias pour regarder Camélia et Yasmina qui jouaient dans une tache de soleil. Son sourire se figea quand elle vit à quel jeu se livraient les fillettes.

Elles s'entraînaient à se draper le corps dans une longue mélaya de soie noire, à s'en couvrir la tête puis le bas du visage, imitant les femmes qu'elles voyaient en ville. Comble de la surprise pour Alice : du haut de leurs six et sept ans, elles parvenaient parfaitement à imiter la démarche des femmes, ondulant des hanches et réajustant constamment l'étoffe glissante.

– Coucou, les petites, fit Alice, en s'approchant d'elles.

– Coucou, tatie Alice ! répondit Camélia, qui tournoya dans sa mélaya avec un talent consommé. Elles ne sont pas jolies ? C'est tatie Néfissa qui nous les a données !

« Les voiles dont Néfissa ne veut plus », pensa Alice, et elle se souvint du changement qui s'était opéré chez sa belle-sœur après sa nuit d'amour avec l'officier britannique. « Je ne veux plus vivre comme ma mère, avait déclaré Néfissa. Je veux être une femme libre. » Et elle avait hardiment annoncé à Amira qu'elle ne porterait plus le voile pour sortir. A la surprise d'Alice, Amira n'avait pas discuté.

Maintenant les fillettes se « déguisaient » avec les mélayas comme Alice avait joué autrefois avec les vieilles robes de sa mère. Pourtant il y avait une différence : les robes de soirée démodées de lady Frances n'avaient jamais été que des vêtements, pas un symbole de répression et de servitude.

Soudain, une peur nouvelle et étrange s'empara d'Alice. Depuis le renversement de Farouk et l'établissement du gouvernement révolutionnaire, on parlait de bouter les Anglais hors d'Égypte et de ramener le pays aux mœurs traditionnelles. Jusqu'à présent, elle n'en avait rien pensé. Revenir au passé! Elle vit les nombreuses pièces de la demeure Rachid pleines de portraits d'ancêtres depuis longtemps disparus : hommes virils coiffés de turbans et de fez, accompagnés de femmes sans visage sous les voiles. Des femmes sans identité propre.

« Des femmes, pensa Alice sombrement, qui n'avaient que le droit de se taire quand leur mari prenait d'autres épouses. »

Quand elle s'était éveillée au lendemain de la naissance de Yasmina, il lui avait été douloureux d'apprendre qu'Ibrahim avait eu une autre femme, dont elle ignorait jusqu'à l'existence, et que le fils né de cette union serait élevé à la maison. Lorsque Ibrahim lui avait expliqué que l'autre femme n'était rien pour lui, qu'ils avaient divorcé par consentement mutuel, que c'était elle, Alice, qu'il aimait, et aucune autre, elle avait tenté de se convaincre que ce n'était pas la faute d'Ibrahim, mais une facette de sa culture. Mais elle lui avait dit : « Pas d'autre épouse, je dois être la seule. » Et il avait accepté.

Néanmoins, il lui arrivait parfois, quand elle regardait le petit Zachariah, ou lorsqu'elle entendait son rire résonner dans la maison, d'éprouver l'ancienne souffrance : « Ibrahim avait déjà une femme quand il m'a épousée... »

De nouvelles images affluaient maintenant à son esprit : les thés au cours desquels elle retrouvait des compatriotes anglaises, les soirées dansantes et les bals auxquels elle se rendait avec Ibrahim, où hommes et femmes se mélangeaient, les spectacles de Punch et Judy où elle avait emmené Yasmina, et les parcs de jeux où elle voyait les nurses anglaises veiller sur des enfants pareils à sa fille. Et elle se demanda : « Que se passera-t-il si les Anglais quittent l'Égypte ? Toute leur culture s'en ira-t-elle avec eux ? »

Alors elle entrevit un avenir effrayant où les femmes seraient de nouveau voilées, confinées dans leur maison, où les maris prendraient d'autres épouses. Alice avait appris à accepter quelques restrictions à sa liberté : ne pas pouvoir sortir sans être accompagnée, ne pas avoir le droit de quitter le pays sans l'accord de son mari, se retrouver cantonnée avec les femmes quand Ibrahim et elle allaient en visite chez des amis égyptiens; elle avait même, au bout d'un moment, accepté le fait qu'Ibrahim eût déjà eu une épouse lorsqu'ils s'étaient mariés à Monte-Carlo. Mais revenir aux mœurs traditionnelles était impensable.

A voir sa fillette de six ans s'envelopper innocemment dans l'archaïque voile noir, cacher son corps, nier son identité, Alice éprouvait une crainte toute nouvelle. A quoi ressemblerait l'avenir de son enfant, comment serait-elle traitée, quelles chances aurait-elle dans cette culture où la langue attribuait le même terme, *fitna*, pour signifier tout à la fois « chaos » et « belle femme » ?

Les fillettes s'étaient exprimées en arabe, Alice leur avait répondu dans la même langue, mais elle revint à l'anglais quand elle s'assit sur un banc de pierre et attira Yasmina près d'elle :

– Je travaillais dans mon jardin tout à l'heure, et je me suis rappelé une histoire drôle de quand j'étais petite. Vous voulez que je vous la raconte ?

– Oh, oui ! s'exclamèrent les fillettes, s'asseyant aussitôt dans l'herbe.

« Je parlerai de l'Angleterre à Yasmina, se disait Alice tout en fouillant sa mémoire à la recherche d'une histoire. Je la nourrirai de mes souvenirs, afin de l'armer si ce futur-là doit advenir. »

– Quand j'étais petite, commença-t-elle, nous vivions dans une grande maison en Angleterre. Une belle maison, dont le roi James avait fait don à notre famille voilà des siècles. Et parce qu'elle était vieille, de nombreuses souris y avaient installé leurs pénates. Or un jour, ta grand-mère remarqua qu'une souris était venue dans la cuisine durant la nuit, et...

– Tu parles d'Oumma? l'interrompit Yasmina.

Oumma était le nom que les enfants donnaient à Amira.

– Non, ma chérie. Ton autre grand-mère, *ma* mère, mamie Westfall.

– Où est-ce qu'elle est?

– Elle s'en est allée, ma chérie. Elle est partie vivre auprès du Seigneur Jésus au paradis. Il faut savoir que mamie Westfall était terrifiée par les souris, alors elle demanda à Papy et oncle Eddie de chercher partout la souris. Où se cachait-elle? Ils fouillèrent et fouillèrent toute la maison sans parvenir à retrouver la petite souris. Un matin, Mamie prenait son thé quand elle vit une longue queue rose qui dépassait du couvre-théière. Elle poussa un cri et tomba évanouie par terre!

Yasmina et Camélia hurlèrent de joie et frappèrent dans leurs mains.

– La petite souris vivait dans le couvre-théière!

– Et Mamie s'était servie de ce couvre-théière chaque matin durant des semaines sans savoir que la souris était dedans!

Les enfants riaient et Camélia se mit à imiter une petite souris quand Alice entendit une voix qui appelait :

– Bonjour, tout le monde!

Elle aperçut la chevelure rousse de Maryam Misrahi avant de la voir elle-même.

– Bonjour, tatie Maryam, répondirent les fillettes.

Aussitôt debout, Camélia s'empressa de se draper dans sa mélaya.

– Toujours à parader, mignonne, fit Maryam en riant.

Elle caressa les joues de Camélia puis de Yasmina, avant de se tourner vers Alice.

– Comment allez-vous ce matin? Bien, apparemment.

Alice fut pour la première fois frappée de constater à quel point Maryam et Amira étaient différentes. Elle les savait amies depuis des années – les deux femmes se voyaient presque quotidiennement –, mais il ne lui était encore jamais apparu que, autant Maryam était extravertie, plutôt flamboyante – elle s'habillait toujours de couleurs vives –, autant la mère d'Ibrahim se montrait discrète et traditionnelle. Maryam avait une vie sociale active alors qu'Amira, au perpétuel étonnement d'Alice, n'avait jamais mis le pied dans la rue.

Même en y réfléchissant, Alice ne comprenait pas comment Amira arrivait à trouver le bonheur dans une existence si cloîtrée. Curieusement pourtant, Amira lui avait un jour confié que c'était là son propre choix. Cet aveu, elle l'avait fait à sa belle-fille le jour où lui était parvenue une lettre d'Athènes d'un vieil ami, Andreas Skouras, qui lui annonçait son mariage avec une Grecque. Amira avait été inhabituellement prolixe ce jour-là, confessant à Alice qu'elle regrettait parfois de ne pas avoir épousé M. Skouras. Forte de ces confidences, Alice avait vu sa belle-mère sous un nouvel éclairage. Amira était une femme encore jeune, et cela rendait sa réclusion volontaire d'autant plus déroutante.

– J'ai eu des nouvelles de mon fils Itzak aujourd'hui, annonça Maryam tandis que les fillettes allaient plus loin jouer avec leurs voiles.

– Celui qui vit en Californie ?

– Il m'a envoyé des photos, regardez. Voici sa fille, Rachel. N'est-elle pas jolie ?

Alice regarda la photo du groupe qui s'ébattait gaiement sur une plage ombragée de palmiers.

– Elle a un an de moins que votre Yasmina. Mon Dieu, soupira Maryam, comme le temps passe. Je ne l'ai encore jamais vue. Un de ces jours, Suleiman et moi devrons prendre le temps d'aller les voir. Oh, en voilà une autre qui vous intéressera. J'ai demandé à Itzak de me l'envoyer parce que c'est la seule que nous ayons. Elle a été prise il y a des années, lors de la barmitzvah d'Itzak. Tenez, vous y reconnaissez quelqu'un ?

C'était une autre photo de groupe prise sous un vieil olivier. Alice reconnut Maryam et Suleiman Misrahi, beaucoup plus jeunes, leur fils Itzak, et Ali Rachid, l'imposant époux d'Amira dont le portrait trônait dans presque toutes les pièces de la maison et qui, bizarrement, semblait dominer même cette photo. Enfin, il y avait Ibrahim, jeune homme d'à peine dix-huit ans. Deux détails frappèrent Alice : à quel point Yasmina ressemblait à Ibrahim et le fait que celui-ci ne regardait pas l'appareil photo mais son père, Ali.

– Qui est l'adolescente ? questionna Alice.

– Fatima, la sœur d'Ibrahim.

– Je n'ai jamais vu de photo d'elle. Savez-vous ce qu'elle est devenue ? Ibrahim n'en parle jamais.

– Peut-être vous en parlera-t-il un jour, répondit évasivement Maryam. Je vais voir si je peux faire tirer des duplicatas de cette photo. Itzak la veut, moi aussi, je suis sûre qu'Amira la voudra également pour son album. Ah, ses albums, poursuivit-elle en riant. J'aimerais avoir sa patience. Moi je continue à garder les photros en vrac dans des boîtes.

– Maryam, reprit Alice tandis qu'elles marchaient toutes deux vers les cyclamens, il n'y a aucune photo de la famille d'Amira dans ses albums – ses parents, ses frères et sœurs. Pourquoi cela ?

– Le lui avez-vous demandé ?

– Oui, chaque fois elle répond que quand elle a épousé Ali, sa famille est devenue la sienne. Quand même, elle devrait avoir conservé des photos d'eux, non ? D'ailleurs, elle ne parle jamais de ses parents.

– Vous savez que les relations entre parents et enfants ne sont pas toujours faites de douceur.

Songeant à son propre père, le comte de Pemberton, qui, à ce jour encore, refusait de parler à sa fille, Alice hocha la tête.

– Vous avez raison.

Elle avait espéré qu'il se rapprocherait d'elle après la naissance de Yasmina. Or à l'exception du cadeau de Noël annuel (un chèque généreux déposé sur un compte bancaire au nom de Yasmina), le comte faisait exactement comme s'il n'avait pas d'autre enfant qu'Edward.

« Était-ce ce qui s'est produit entre Amira et ses parents ? » se demanda Alice.

Puis autre chose lui vint à l'esprit, un sujet qu'elle n'avait jamais abordé avec aucun membre de la famille, mais elle se sentait étonnamment en confiance avec Maryam :

– Dans les albums, il n'y a pas non plus de photo de la mère de Zachariah. L'avez-vous connue ?

– Non. Aucun de nous ne l'a connue. Ce n'est pas rare avec les hommes musulmans.

– Savez-vous son nom, ou bien où elle se trouve aujourd'hui ?

Maryam secoua la tête. Alice profita de ce tête-à-tête avec l'unique personne extérieure au clan qui connût si bien la famille et à qui elle pût se confier pour demander doucement :

– Maryam, pensez-vous que je me sois bien intégrée ici ?

– Que voulez-vous dire, ma chérie ? N'êtes-vous pas heureuse ?

– Si, ce n'est pas cela. Simplement que... c'est difficile à expliquer. Parfois je me fais l'impression d'être une horloge qui marche à une allure différente des autres, ou un piano légèrement désaccordé, comme si je n'étais pas en harmonie avec mon entourage. Est-ce que je me fais comprendre ? Quelquefois, le soir après dîner, quand nous nous tenons tous au salon, je regarde la famille de mon époux, ils m'apparaissent tous vaguement flous. Ce ne sont pas eux qui sont en cause, bien sûr, ils sont chez eux. C'est moi. J'ai parfois le sentiment d'être une cheville carrée qui essaierait de se caler dans un trou rond. Je suis heureuse ici, Maryam, et j'aimerais tant m'y sentir chez moi. Certaines fois pourtant...

Maryam sourit.

– A quoi aspirez-vous, Alice ? Vous dites être heureuse, et vous semblez l'être, mais peut-être voudriez-vous davantage ? Nous ne sommes pas en Angleterre, je le sais, et je sais que vous avez dû faire des concessions en arrivant ici. Mais quelque chose vous trouble, même si vous en ignorez la nature.

Alice leva les yeux vers la maison qui virait au vieux rose sous le soleil, et elle imagina que son regard parvenait à percer l'épaisseur des murs, à plonger dans les nombreuses pièces.

– En ce moment, fit-elle si doucement qu'on aurait dit qu'elle se parlait à elle-même, Amira parcourt la maison et dresse l'inventaire de tout ce qu'elle contient – les draps, les porcelaines...

– Amira est la femme la plus scrupuleuse que je connaisse quand il s'agit de savoir où se trouve quoi ! Je lui ai dit qu'elle pouvait venir compter mes draps quand cela lui plairait. Pour ma part, j'ignore ce que renferment certaines de mes armoires !

– Oui, Maryam, mais c'est ce que *je* voudrais faire, confia Alice.

Elle imaginait sa belle-mère passant de pièce en pièce avec une servante et un bloc de papier, inventoriant le linge de maison, mettant de côté les taies d'oreillers qui avaient besoin d'être raccommodées, rangeant en jolies piles les draps amidonnés brodés d'un monogramme.

– Je l'envie, conclut Alice.

A la seconde où elle éprouva cet accès d'envie, elle comprit soudainement ce qui manquait à sa vie : une maison à elle.

Et quand elle l'eut admis, elle compris autre chose sur elle-même : si les Anglais quittaient l'Égypte, et si le pays retournait aux valeurs traditionalistes, elle saurait mieux combattre ces coutumes ancestrales – leur épargner, à sa fille et elle, d'en devenir esclaves – sous son propre toit.

Comme Maryam et elle pénétraient dans la demeure, elle se dit : « J'en parlerai ce soir avec Ibrahim. Nous devons avoir notre propre maison. »

Le Caire tout entier commentait les dernières nouvelles à sensations au sujet du roi destitué, et la famille d'Ibrahim, réunie au salon après dîner, ne faisait pas exception.

– Qui aurait cru que Leurs Majestés se livraient à de pareils excès ? déclara une cousine célibataire par-dessus son tricot.

Farouk et sa famille avaient pris la fuite en n'emportant que ce qu'ils pouvaient de leur résidence d'Alexandrie, aussi les cinq cents pièces du palais Abdin et les quatre cents de Koubbèh avaient-elles révélé la véritable mesure du train de vie du roi. Baignoires en malachite, immenses garde-robes comptant des milliers de costumes sur mesure, collections de pierres précieuses et de pièces d'or, coffres-forts bourrés d'objets érotiques, de films américains et de bandes dessinées. On avait également découvert un trousseau de clefs secret correspondant à cinquante appartements du Caire; chaque clef portait une étiquette où figurait le nom d'une femme assorti d'une évaluation de ses capacités sexuelles.

Beaucoup des affaires de la reine étaient aussi restées: la robe de mariée de Narriman, ornée de vingt mille diamants, une centaine de chemises de nuit de dentelle faite main, cinq manteaux de vison, des souliers à talons d'or.

Le Conseil de la révolution avait fait venir des experts de l'agence Sotheby's à Londres afin de procéder à l'estimation de ces trésors puis à leur mise aux enchères, le fruit de la vente étant destiné aux pauvres. On pensait que la valeur des biens confisqués à la famille royale excéderait soixante-dix millions de livres égyptiennes.

– Je n'aime pas ces déballages, murmura Néfissa à Ibrahim, assis près d'elle sur le divan. La princesse était mon amie.

La famille réunie prenait le café d'après-dîner. Ibrahim ne répondit pas; il avait l'esprit préoccupé. D'une main absente, Néfissa caressa les cheveux de son fils, Omar, qui était maintenant un solide garçon de onze ans.

– C'est terrible d'être chassé de chez soi, reprit doucement la jeune femme, et de voir ses biens publiquement étalés. Je me demande si Faïza est toujours en Égypte, je n'ai pas réussi à le savoir.

Songer à la princesse ravivait les doux souvenirs de sa nuit romantique dans l'ancien harem, la nuit du rossignol et de la rose, comme elle aimait à l'appeler. De là ses pensées s'égarèrent vers le frère d'Alice, Edward, dont les cheveux blonds et les yeux bleus lui rappelaient ceux du lieutenant.

Était-il aussi déçu qu'elle de ne pas avoir pu se rendre à Alexandrie voilà deux semaines? Néfissa ne se laissait pas décourager. S'ils ne pouvaient partir en auto vers le nord, ils iraient au sud. Elle savait Edward intéressé par les anciens monuments il avait déjà visité les pyramides de Saqqarah à trente-deux kilomètres du Caire. Ce soir, à la première occasion, elle lui suggérerait une échappée d'une journée avec pique-nique, juste pour eux deux.

Ibrahim n'avait pas répondu aux commentaires de sa sœur; lui non plus n'appréciait guère ces ragots au sujet du roi. Après tout, qui connaissait Farouk mieux que lui? Certes, on ne pouvait contester l'étrange et tranquille révolution qui s'était produite tandis que l'Égypte dormait, organisée par des hommes alors inconnus mais qui à présent se trouvaient à la tête du nouveau Conseil de la révolution. Ce qui stupéfiait Ibrahim et tout le monde était que Farouk n'ait pas été exécuté et que, sur l'insistance de Gamal Nasser, on l'ait autorisé à partir. Quoi qu'il en soit, les arrestations avaient lieu maintenant partout dans le pays, et n'importe qui soupçonné d'avoir eu le plus petit lien avec l'ancien monarque était interrogé. Des rumeurs commençaient de circuler, des histoires de torture, d'exécutions secrètes, de condamnations à perpétuité. Si c'était vrai qu'adviendrait-il du médecin personnel du roi? s'interrogeait Ibrahim. Qui pouvait avoir été plus proche de Farouk?

« Ma famille et moi sommes-nous en danger à cause de ma fonction au palais, poste que je n'avais pas recherché mais qui me fut imposé par mon père? »

Tout à coup une voix masculine se fit entendre dans l'entrée de la maison.

– *Y'Allah!* Il y a quelqu'un?

Ibrahim fut heureux de voir arriver son ami Hassan al-Sabir, vêtu d'un smoking noir, son fez sur le crâne.

Les enfants coururent à lui en criant : « Oncle Hassan! » Il rit et souleva Yasmina en l'air.

– Comment se porte mon petit abricot? – Puis il salua les femmes, Amira en tête : – Et qui est cette femme si belle qu'elle fait honte à la lune? demanda-t-il, passant à la langue arabe car il savait qu'elle la préférait sous son toit.

– Bienvenue chez nous, répondit poliment Amira. La bénédiction de Dieu soit sur vous.

Tout en regardant Hassan charmer l'assemblée et devenir le centre de toutes les attentions comme il savait si bien le faire, Ibrahim jeta un œil sur le visage voilé d'Amira qui, elle aussi, observait le nouveau venu. Ibrahim avait toujours senti que sa mère n'aimait pas Hassan al-Sabir. Pourquoi son charme n'opérait-il pas sur elle ?

Malgré les ventilateurs rotatifs et les fenêtres ouvertes, la chaleur d'août pénétrait dans le salon. Ibrahim fit signe à un domestique d'apporter cigarettes et café puis il emmena Hassan sur un balcon afin de profiter de la brise nocturne.

– Quelles nouvelles ? s'enquit-il doucement tandis que le serviteur lui allumait sa cigarette et s'éclipsait discrètement. J'ai entendu dire que le nouveau gouvernement s'apprête à confisquer des terres. Mes amis de la bourse du coton racontent que les riches propriétaires devront céder leurs fermages, que les grosses exploitations seront divisées et distribuées aux paysans. Crois-tu qu'il y ait quelque vérité dans tout cela ?

Hassan, dont la fortune ne venait pas de la terre mais d'un héritage, haussa les épaules.

– Simples rumeurs, je suppose.

– Peut-être. On parle aussi beaucoup d'arrestations. J'ai appris qu'ils avaient condamné le barbier de Farouk à quinze ans de travaux forcés.

– Son barbier était une canaille impliquée dans des affaires de corruption des tribunaux. Toi tu étais son médecin ; ce n'est pas un crime politique. Tu sais, poursuivit Hassan en donnant une chiquenaude à une cendre de cigarette au bord du balcon, ceux qu'on appelle les Officiers libres ne me font pas peur. Je connais ce type d'hommes, ce sont des paysans, tous. Leur chef, Nasser, son père est facteur. Et son second, Sadate, est un fellah, né et élevé dans un village si pauvre que même les mouches l'évitent. Sans compter qu'il a la peau aussi noire que minuit, précisa Hassan avec dédain. Ils ne sauront pas diriger le pays. Le roi reviendra. Tu verras.

– J'espère que tu as raison, fit Ibrahim.

Depuis le départ du monarque, il vivait dans l'inquiétude.

Hassan haussa de nouveau les épaules. D'où que soufflât le vent, il avait bien l'intention d'aller dans son sens. De surcroît, en tant qu'avocat et avec l'aide de ses relations au sein des tribunaux, jamais ses affaires n'avaient été si florissantes, et aucun client ne contestait la hausse de ses honoraires. Tant que durerait la révolution, Hassan al-Sabir comptait bien en tirer bénéfice.

– Tu aurais besoin de t'amuser, mon ami, reprit-il. Si nous allions rue Mohammed Ali ?

Cette artère du vieux Caire abritait les musiciens et les danseuses de la plus basse condition, ainsi que les femmes légères.

– Je connais une jeune dame qui est une véritable acrobate au lit. Elle peut être à toi ce soir, si tu le veux.

– Je suis parfaitement heureux avec Alice, répliqua Ibrahim en secouant la tête.

Par les portes ouvertes, il regarda le salon éclairé ; on aurait dit que la lumière tissait un halo autour de la chevelure de son épouse. Songeant qu'il n'avait pas besoin de la rue Mohammed Ali, il décida d'inviter Alice dans ses appartements ce soir.

– Comment Alice peut-elle te suffire ? Nous sommes des hommes gourmands, Ibrahim. Pourquoi ne prends-tu pas une seconde épouse, comme je l'ai fait ? Même le Prophète, la paix éternelle soit sur lui, comprenait les besoins des hommes.

Hassan se tut pour souffler un nuage de fumée dans la chaude nuit d'août. La tranquillité du balcon fut soudain troublée par une petite voix féminine :

– Papa !

Ibrahim enleva Yasmina dans ses bras, la fit tourbillonner en l'air puis l'appuya contre la balustrade en fer forgé qui fermait le balcon.

– Tatie Néfissa vient de nous apprendre une devinette ! raconta la fillette. On va voir si tu devines !

Hassan observa Ibrahim devenir sur-le-champ l'esclave de sa fille, lui accorder toute son attention, et lui sourire à la façon d'un écolier amoureux. Et songeant aux nombreuses fois où Ibrahim parlait de sa fille, racontant ce que Yasmina avait fait ou dit, fier comme les hommes étaient fiers de leur fils, l'avocat s'étonna d'éprouver de la jalousie envers son ami. Lui n'avait pas cette relation heureuse avec ses filles, qu'il avait envoyées en pension en Europe et avec lesquelles il n'échangeait rien de plus que des cartes postales ou de courtes lettres. En les regardant, il se dit que Yasmina avec ses cheveux blonds et ses yeux bleus deviendrait une beauté plus tard, tout comme sa mère. Il l'imagina dans dix ans, ravissante et succulente adolescente, mûre pour le mariage.

A cet instant, il vit Edward arriver au salon, s'arrêter sur le seuil : son regard alla droit sur Néfissa, avec une expression affamée si évidente que Hassan faillit éclater de rire. Pauvre Edward, séduit par l'Égypte.

Quand il entendit la sonnette de la porte, Hassan se demanda s'il se pouvait que quelqu'un d'intéressant rendît visite aux Rachid ce soir. Puis il aperçut un domestique, apparemment bouleversé, se diriger vers Amira et lui murmurer quelques mots à l'oreille.

Amira devint livide, hocha la tête, et le serviteur revint un instant plus tard avec quatre hommes en uniforme, armés de fusils. Ils venaient arrêter Ibrahim Rachid, pour crime contre le peuple égyptien.

– Mon Dieu, fit Hassan en suivant son ami à l'intérieur.

– Il y a certainement une erreur, déclara Ibrahim à l'officier responsable. Ignorez-vous qui je suis ? Ignorez-vous qui était mon père ?

Ils s'excusèrent mais insistèrent pour l'emmener.

– Attendez, intervint Hassan.

Ibrahim l'arrêta :

– Il y a une erreur, c'est évident, et il n'existe qu'un seul moyen d'éclaircir cette affaire. – Il embrassa Amira. – Tu n'as pas à t'inquiéter, Mère. Tout ira bien, ajouta-t-il en se tournant vers Alice, qu'il embrassa également.

– Je t'attendrai cette nuit, dit Alice.

Son visage était pâle de crainte, et tandis qu'elle regardait les soldats emmener son mari, elle se rappela ce qu'elle avait vu ce matin dans le jardin : Yasmina et Camélia jouant à se déguiser avec des mélayas noires.

11

Ibrahim fut saisi d'effroi en voyant Sahra, la fille de cuisine, arriver dans l'aile réservée aux hommes, tenant Zachariah par la main. Elle allait nu pieds, vêtue d'une simple robe de villageoise. Il remarqua pour la première fois qu'elle était jolie; il s'aperçut également que ce n'était plus une fille mais une femme.

– Que fais-tu ici? lui demanda-t-il.

Elle ouvrit la bouche pour parler mais, à la frayeur d'Ibrahim, ce fut la voix de Dieu qui sortit. « Tu as tenté de M'abuser, Ibrahim Rachid, et de surcroît tu avais blasphémé. Cet enfant n'est pas le tien, mais celui d'un autre homme. Tu n'avais aucun droit de le prendre. Tu as enfreint Ma loi sacrée. »

– Je ne comprends pas! hurla Ibrahim.

Son propre cri le réveilla. La première chose qu'il éprouva en revenant à lui fut une douleur aiguë derrière la tête. Puis il eut conscience d'une odeur infecte.

Comme il tentait de s'asseoir, il fut pris de nausée. Étourdi, il s'efforça d'identifier les formes confuses autour de lui mais sa vision demeurait floue. Il gémit. Où était-il? Son esprit était embrouillé, il n'arrivait pas à penser. Il comprit qu'il était assis sur de la pierre nue, baigné dans une touffeur intense; un étrange bourdonnement lui emplissait les oreilles. Ses tentatives pour respirer lui donnaient des haut-le-cœur. La puanteur était insupportable – mélange de sueur humaine, d'urine et d'excréments, intensifié par une température de près de quarante degrés.

Où était-il ?

Et puis tout lui revint : les soldats l'arrêtant à son domicile, le trajet jusqu'au quartier général en ville, lui protestant de son innocence jusqu'à ce qu'un homme le frappe avec la crosse de son fusil. Il s'était attendu à comparaître devant l'un des Officiers libres; au lieu de cela, on l'avait poussé dans un bureau austère où un sergent irritable et suant lui avait posé deux questions : « Quels actes subversifs se déroulaient au palais ? » et « Nommez ceux qui y ont participé. »

Ibrahim se rappelait avoir essayé de faire entendre raison à l'homme, d'expliquer qu'il devait y avoir erreur, pour finalement s'emporter et exiger de voir quelqu'un de responsable. Il avait alors senti le coup violent à sa tête, et puis... rien.

Il tâta la base de son crâne, découvrit une bosse sensible. Sa vision devenait plus claire...

– Bonté divine, murmura-t-il, incrédule.

Il se trouvait dans une grande cellule de prison au sol de pierre sale, et il n'était pas seul. La cellule semblait contenir plus d'hommes qu'il n'avait été prévu à l'origine, la plupart vêtus de galabiehs en lambeaux; certains marchaient, marmonnant pour eux-mêmes, d'autres demeuraient assis contre les murs, dans l'immobilité de la stupeur. Il n'y avait ni chaise ni banc, aucun couchage hormis un peu de paille moisie, et pas de toilettes, juste quelques seaux qui débordaient de déjections. La chaleur suffocante était pareille à celle d'un four.

Rêvait-il encore ? Si oui, c'était un vrai cauchemar.

Baissant les yeux, il découvrit qu'il portait encore son smoking, mais ses souliers en crocodile avaient disparu, de même que sa montre en or, ses bagues en diamant et ses boutons de manchettes en perle. Il fouilla ses poches, les trouva vides. Il n'avait même plus de mouchoir.

Lorsqu'il aperçut la fenêtre sur le mur opposé, il tituba et trébucha jusqu'à elle. Mais elle était trop haute pour qu'on pût l'atteindre et, malgré la présence de l'écrasant soleil d'août, aucun indice ne laissait deviner en quel endroit l'on se trouvait. L'avait-on conduit à la Citadelle, à la périphérie du Caire ? Ou était-il loin de la ville, quelque part dans le désert ? Des kilomètres, peut-être, le séparaient de la rue des Vierges du Paradis.

Quand son esprit se fut éclairci et qu'il fut plus stable sur ses jambes, il traversa de nouveau la cellule, évitant le contact avec les autres prisonniers qu'il ne paraissait pas intéresser. Il finit par atteindre la porte et, à travers les barreaux, distingua un couloir obscur.

– Ho ! appela-t-il en anglais. Il y a quelqu'un ?

Il entendit un cliquetis de clefs et un jeune homme se montra, habillé d'un uniforme kaki maculé de transpiration ; à sa ceinture, un trousseau de clefs et un revolver militaire. Il posa sur Ibrahim un regard sans expression.

– Écoutez, commença Ibrahim. Il s'agit d'une erreur. – Le jeune homme continua de le fixer. – Vous avez entendu ce que je viens de dire ? Vous êtes sourd ?

Quelqu'un lui tapa sur l'épaule, il sursauta. Un vieillard corpulent et barbu, en galabieh bleue crasseuse, lui souriait.

– Ils ne parlent pas anglais ici, dit-il en arabe. Et même s'ils parlent, ils ne parlent pas. Fini l'anglais depuis la révolution. Par Dieu, c'est la première leçon que tu dois apprendre.

– Oh, souffla Ibrahim, et il passa à la langue arabe : C'est une erreur, je vous assure, expliqua-t-il au soldat. Je suis le docteur Ibrahim Rachid et j'exige de parler à votre supérieur.

Le garde lui décocha un regard maussade.

– C'est ce qu'ils disent tous.

– Vous devez informer votre supérieur que je souhaite lui parler, insista Ibrahim en essayant d'être patient.

Le garde s'en alla d'un pas lent.

Ibrahim regarda autour de lui et, à son grand désappointement, s'aperçut qu'il avait envie d'uriner. Le prisonnier barbu était toujours auprès de lui.

– La paix de Dieu soit avec toi, mon ami, lui dit l'homme. Je m'appelle Mahzouz.

Ibrahim remarqua la galabieh loqueteuse, les dents manquantes, le visage marqué d'une cicatrice et lança à son compagnon un regard de doute. En arabe, « Mahzouz » signifiait chanceux.

– Ce nom m'a été donné en des jours meilleurs, précisa l'homme avec un sourire.

– Pourquoi es-tu ici ? interrogea Ibrahim.

Mahzouz haussa les épaules.

– Je suis innocent, comme toi.

Ibrahim épousseta sa veste et s'aperçut que son nœud papillon avait disparu.

– Tu sais comment on communique sans passer par ce garde ?

Mahzouz haussa encore les épaules.

– Dieu choisira l'heure de ta libération, ami. Ton destin ne repose qu'entre les mains de l'Éternel.

Maintenant qu'il n'avait plus l'esprit engourdi, juste un léger martèlement dans le crâne, Ibrahim évalua la situation. La meilleure place selon lui était près de cette porte, pour quand le garde reviendrait avec quelqu'un de responsable. Par malheur, la grille semblait être le lieu d'élection de tout le monde, et il n'y avait pas trois centimètres de libre. Comme il s'apprêtait à gagner une place d'où il aurait vue sur la porte, il entendit le cliquetis des clefs et pensa : « Enfin ! »

Avant qu'il ait pu faire un pas, il vit, horrifié, tous les prisonniers reprendre vie et se ruer en une cohorte monstrueuse. Les plus vieux, les plus faibles étaient écartés, et un homme hurla de douleur, écrasé contre les barreaux. Ibrahim resta figé en voyant les captifs attraper les galettes de pain qu'on leur apportait. Chacun n'en recevait qu'une et s'en servait comme ustensile pour ramasser des fèves dans une immense marmite.

La panique ne dura que quelques secondes ; les gardes s'en allèrent et les détenus s'accroupirent pour dévorer la nourriture, se battant quand une miette tombait au sol. Des yeux, Ibrahim suivit Mahzouz qui revenait lentement vers le centre de la cellule et mangeait sa pitance avec une insouciance presque exagérée. Quand il fut plus proche, Ibrahim distingua des asticots dans les fèves.

– Tu aurais dû en prendre, ami, déclara Mahzouz, la bouche pleine. Des heures s'écouleront d'ici au prochain repas. Et permets-moi de te donner un conseil, ajouta-t-il en regardant le smoking : veille sur tes habits. Tu es mieux habillé que le commandant de cette prison. Ça ne lui plaira pas.

Ibrahim se détourna. Sa vessie douloureuse le commandait. Avec une répugnance où se mêlaient honte et indignation, il gagna l'angle le plus obscur, retint sa respiration pour lutter contre la puanteur, et se soulagea. Puis il s'accroupit, dos au mur. Sur l'une des pierres, une main avait gravé le nom de Dieu. Gardant à l'œil les barreaux de la porte et guettant le retour des gardes, Ibrahim se rassura : avant le coucher du soleil à la haute fenêtre, il serait libre.

Un coup de coude réveilla brutalement Ibrahim. Un instant, il ne sut plus où il était. Quand il s'en souvint, il leva les yeux vers la haute ouverture : la lumière tournait à l'ambre. Il fut stupéfait de s'être assoupi puis constata que Mahzouz était venu s'asseoir près de lui.

– Tu ne parais guère inquiet, ami.

Ibrahim s'étira les épaules pour en dissiper la raideur.

– Ce n'est qu'une question de temps avant que ma famille ne me fasse libérer.

– Si c'est écrit dans le Livre de Dieu, fit Mahzouz.

Ibrahim se demanda si le vieux se moquait de lui. Comme il s'adossait à nouveau au mur et fixait les yeux sur la porte, il songea qu'il n'avait pas entendu l'appel à la prière. Donc la prison se trouvait loin de la ville. Les geôliers espéraient-ils que les prisonniers oublient leur devoir de prière? Comment savoir l'heure? Par un effort mental, il échappa au cauchemar dans lequel il était plongé, se convainquant qu'il n'avait rien à voir avec la saleté qui l'environnait, les rats dans la paille, l'homme qui avait relevé sa galabieh et épouillait son corps nu, ou cet autre qui vomissait dans un coin.

On apporta encore du pain et des fèves. Ibrahim resta à sa place. La chaleur de la cellule ne décroissait pas avec le jour, et il sentit sa propre odeur. Durant l'été, il avait coutume de se baigner deux ou trois fois par jour; il eut affreusement envie d'une brosse à dents, d'un rasoir, d'eau chaude et de savon. Quand les ultimes lueurs moururent à la haute fenêtre, il se prosterna pour la quatrième prière et s'excusa auprès de Dieu de n'avoir pu se laver au préalable comme le voulait le rituel.

La cellule fut plongée dans le noir et les hommes s'installèrent pour la nuit. Cherchant en vain à se caler sur le dur sol de pierre, Ibrahim se réconforta avec la pensée que l'aube amènerait Hassan et la liberté. Il ôta sa veste de smoking et la plia sous sa tête en guise d'oreiller. Quand il s'éveilla au matin, sa veste avait disparu; il remarqua que deux prisonniers avaient obtenu du café et des cigarettes. Il s'aperçut aussi qu'il avait grand faim et se rappela qu'il n'avait rien avalé depuis plus de vingt-quatre heures. Il regrettait de ne pas s'être mieux servi en mouton et riz, et d'avoir refusé les gâteaux lors de son dernier repas familial.

Une nouvelle fois, il se fraya un chemin jusqu'à la porte et pressa son visage contre les barreaux pour voir le couloir.

– Ohé, là-bas! appela-t-il en arabe. Je sais que vous m'entendez. J'ai un message pour votre supérieur. Faites-lui savoir qu'il se mordra les doigts de m'avoir gardé ici.

Soudain le garde insolent apparut, grimaçant.

– Vous ignorez à qui vous avez affaire, reprit Ibrahim sans se soucier de cacher son irritation. Je ne suis pas comme ceux-là, fit-il en montrant la cellule. Dites à votre supérieur de contacter Hassan al-Sabir. C'est mon avocat. Il saura dissiper le malentendu.

Le garde se contenta de grogner et s'éloigna.

– Vous ne savez donc pas qui je suis? insista Ibrahim.

Il faillit ajouter : « Quand le roi saura cela... » Mais il n'y avait plus de roi.

Désemparé, il se laissa glisser contre les barreaux. Il tenta d'imaginer Hassan dans la même situation. Son ami avait une arrogance naturelle qui forçait le respect; il aurait obtenu ce qu'il voulait. Ibrahim, lui, ne savait pas faire l'important. Jamais il n'avait eu à s'imposer; l'obéissance, toujours, lui était automatiquement accordée.

Qu'importe, il ne doutait pas qu'on le sorte d'ici dans quelques heures. Il avait forcément fallu aux siens un certain temps pour s'adresser à qui de droit, savoir dans quelle prison on l'avait enfermé puis régler les questions administratives, que le frère d'Alice appelait paperasseries. On aurait cependant dû le traiter avec plus d'égards. Même si les autorités croyaient avoir procédé à une arrestation légitime, des prisonniers de sa classe n'auraient pas dû être jetés au milieu de vulgaires voleurs et de mendiants. Si au moins on lui avait donné un peu de savon, une brosse à dents, de l'eau chaude. Ainsi que de la nourriture correcte : son estomac lui faisait mal.

Il regagna son coin contre le mur, attentif à ne pas toucher les autres prisonniers. Que faisait Alice en ce moment ? Elle devait être affreusement inquiète. Et la petite Yasmina ? Réclamait-elle son papa ? La vue des soldats qui l'emmenaient l'avait-elle effrayée ?

Les gardes rapportèrent de la nourriture, déclenchant une nouvelle bousculade inhumaine. Le ventre d'Ibrahim le pressait de se joindre à la cohue mais il refusait de manger ces fèves et ce pain pourris que les autres dévoraient avidement. Sa mère devait à cet instant être en train de lui préparer un festin pour son retour. Dès ce soir, il dînerait de son plat favori : des boulettes de mouton farcies aux œufs durs. Peut-être même s'accorderait-il une larme de cognac d'Edward, en guise de remontant.

Tandis que les détenus se goinfraient bruyamment, il gagna la porte pour tenter de parler aux gardes avant qu'ils ne s'en aillent. Mais ces derniers l'ignorèrent et disparurent dans le noir corridor.

– Décourageant, hein ?

Il se tourna vers Mahzouz, qui essuyait une miette de pain sur ses lèvres et la poussait dans sa bouche.

– Quoi qu'on leur dise, reprit le vieux avec un sourire, ils n'y font pas attention. Ces chiens ne comprennent qu'un seul langage.

Il frotta ses doigts les uns contre les autres.

– C'est-à-dire ? questionna Ibrahim.

– Le bakchich.

– Je n'ai pas d'argent, on me l'a pris.

– Voilà une belle chemise, ami. Plus fine, je parie, que celle que porte notre nouveau chef, Nasser. Combien l'as-tu payée ?

Ibrahim n'en avait pas idée. Ses comptables réglaient ses factures de tailleur. Sans répondre il s'éloigna de Mahzouz en direction de sa place habituelle. La colère le gagnait.

Quelques minutes plus tard, quand les clefs tintèrent dans le couloir, annonçant une visite imprévue des gardes, il bondit avec les plus valides des prisonniers et essaya de se frayer un passage dans la ruée.

– Je suis là ! appela-t-il. Docteur Ibrahim Rachid ! Je suis ici !

Mais ils n'étaient pas venus pour lui. Ils en emmenèrent un autre, dont le sourire disait qu'il était soit relâché soit transféré dans une meilleure cellule. Mahzouz avait expliqué à Ibrahim que ce genre de chose se produisait : la famille d'un prisonnier graissait la patte des autorités pour lui obtenir des conditions de détention moins terribles.

Ibrahim était troublé. Si c'était le cas, que faisait *sa* famille ?

« Et si on les avait tous arrêtés ? » s'alarma-t-il.

Non, impossible. Les Rachid étaient trop nombreux, et quelques-uns seulement avaient été en relation avec le roi. De surcroît, les femmes étaient là, sa mère surtout, qui ne serait certainement pas arrêtée. Elle travaillerait à sa libération.

Bien qu'il s'efforçât encore de croire qu'il serait dehors à la tombée de la nuit, Ibrahim sentait faiblir sa confiance.

Quand il se réveilla, à la troisième aube, il décida qu'il en avait assez subi.

Sous les regards indifférents – beaucoup de ces détenus, tel Mahzouz, étaient là depuis si longtemps que leur esprit s'en trouvait engourdi – Ibrahim alla à la porte et cria pour attirer l'attention. Il se sentait faible. Il n'avait toujours pas mangé. Et des crampes intestinales le faisaient souffrir car il essayait de ne pas aller à la selle. Il pouvait uriner dans le coin, car il n'avait pas le choix, mais il ne risquait pas de s'accroupir comme une bête au-dessus des seaux.

– Vous devez me laisser sortir! cria-t-il à travers les barreaux. Écoutez-moi, au moins! Je suis un intime du Premier ministre! Demandez au ministre de la Santé! On joue au polo ensemble!

La panique le gagnait. Où étaient sa famille, ses amis? Où étaient les Anglais? Comment pouvaient-ils laisser se dérouler cette révolution grotesque?

– Si vous ne m'obéissez pas, vous en subirez les conséquences! Je veillerai à ce que vous soyez tous virés! Expédiés aux mines de cuivre! *Vous m'entendez?*

Il se détourna pour découvrir Mahzouz près de lui, les yeux brillant d'amusement et de compassion.

– Ça ne marchera pas, ami. Ils se fichent de tes relations imaginaires. Souviens-toi de ce que je t'ai dit. – De nouveau, il frotta ses doigts les uns contre les autres –. Le bakchich. Et je te conseille de manger. Tout le monde essaie de s'affamer au début. Mais, mort, à quoi tu serais bon?

Quand les gardes revinrent avec le repas, Ibrahim se tint à l'écart et attendit la dernière limite pour prendre une galette de pain. De la paille avait été cuite dans la pâte.

– Vous ne croyez pas que je vais manger ça?

– Tu peux te le planter dans le cul si ça te chante, lui rétorqua le garde avant de partir.

Ibrahim lâcha le morceau de pain, sur lequel se ruèrent immédiatement les autres. « Je dois me ressaisir, se dit-il en regagnant son coin d'un pas incertain. Tout ira bien. Ça ne peut plus durer bien longtemps... »

Il fit de mauvais rêves, mais quand il s'éveilla ce fut pour replonger dans un nouveau cauchemar. Il ne trouvait de soulagement ni dans le sommeil ni dans la réalité. A la tournée suivante, il prit du pain et l'ayant trempé dans les fèves, le dévora. Et quand il le fallut, il s'accroupit au-dessus d'un seau.

Au septième jour, les gardes vinrent chercher un prisonnier, mais celui-là ne souriait pas. Les geôliers le ramenèrent dans la cellule et le jetèrent à terre : il était inconscient.

Mahzouz s'approcha d'Ibrahim.

– Tu dis être docteur. Peux-tu aider cet homme ?

Ibrahim se pencha sans toucher le corps. L'homme avait été torturé.

– Tu peux l'aider ?

– Je... Je... ne sais pas.

Jamais il n'avait vu de blessures de cette sorte. Et cela faisait bien des années qu'il n'avait pas soigné une plaie ou une maladie.

– Hmm, marmonna Mahzouz avec un regard méprisant. Tu parles d'un médecin !

Le soir, quand les gardes vinrent enlever le corps, Ibrahim courut à eux.

– Je vous en prie, il faut que vous m'écoutiez.

Lorsque l'un des gardes regarda sa chemise, sale et souillée à présent, il s'empressa de l'ôter et la tendit à l'homme.

– Tenez. Prenez-la. Elle vous coûterait un mois de salaire, hasarda-t-il sans la moindre idée de ce qu'était le salaire du geôlier. Transmettez un message à Hassan al-Sabir. Il est avocat. Son cabinet est dans Ezbekiya. Dites-lui que je suis ici. Dites-lui de venir me voir.

Sans un mot, le garde prit la chemise. Comme Hassan ne se montra pas les jours suivants, Ibrahim comprit qu'il avait été dupé.

Il se mit à prier avec fièvre, assurant à Dieu qu'il regrettait la nuit où il avait blasphémé, le soir de la naissance de Camélia. Et il était désolé d'avoir adopté Zachariah, enfreignant le commandement divin qui interdisait de se prétendre le père du fils d'un autre. Il était désolé, désolé, désolé.

– Je T'en supplie, sors-moi seulement d'ici.

Sa requête à Dieu se reporta sur les gardiens.

– Je suis riche, très riche. Vous aurez tout ce que vous voudrez, faites-moi sortir.

Mais ils ne s'intéressaient qu'à ce qu'il avait à leur donner sur-le-champ. Or tout ce qu'Ibrahim possédait se réduisait à un maillot de corps, un caleçon, un pantalon de smoking et une ceinture giletière.

Il rêvait qu'il tenait Alice dans ses bras et que les enfants jouaient à ses pieds. Étrangement, il pensait à ceux qu'il aimait en termes de parfums : Alice était une glace à la vanille, Yasmina avait goût d'abricot, Camélia ruisselait de miel sombre, et Zachariah était en chocolat. Rêvait-on de manger sa famille ?

A son réveil, il fut bouleversé d'avoir perdu le compte des levers de soleil. Le trentième jour, était-ce aujourd'hui ou hier ? On devait être en septembre, peut-être bientôt en octobre. Au moins la chaleur accablante d'août s'était dissipée.

Ibrahim se gratta la barbe et tenta d'en arracher la vermine qui y avait élu domicile. Bien qu'il se fût résigné à manger les fèves et le pain, à se servir du seau infect, il essayait encore de sauvegarder sa dignité, il se répétait tous les jours qu'il n'était pas comme les autres détenus. Un bain chaud, un rasage et des vêtements décents suffiraient à le rendre à lui-même. Mais tous les bains du monde et tous les habits propres ne sauraient faire de ceux-là autre chose que des misérables.

Puis vint le matin où il s'aperçut que Mahzouz avait disparu.

L'avait-on emmené durant la nuit ? Avait-il été relâché pendant qu'Ibrahim somnolait ? Avait-il été torturé à mort ?

Depuis qu'il était là, beaucoup des prisonniers avaient été conduits à l'interrogatorie. Ibrahim ne comprenait pas pourquoi les gardes ne venaient pas le chercher, lui. Il aurait eu l'occasion de s'expliquer, de parler à quelqu'un de plus haut placé dans la hiérarchie que ces gardes insolents. Il remarqua qu'on interrogeait les gens dans n'importe quel ordre car certains étaient emmenés à la question alors qu'ils venaient d'arriver. Il y avait aussi des jours où personne ne partait, d'autres où on en emmenait deux ou trois. Il avait essayé de voir ce qu'il pouvait faire pour leurs blessures quand ils revenaient, mais il était impuissant. En plus, il se disait que même s'il avait eu le matériel, il n'était pas certain de se rappeler suffisamment sa pratique à l'école de médecine pour se montrer d'un quelconque secours.

Il se demanda si Farouk était revenu en Égypte. La révolution tenait-elle ? Sa famille le croyait-elle mort ? Alice portait-elle le deuil ? Était-elle repartie en Angleterre avec Edward ?

Ibrahim se mit à pleurer. Aucun des autres n'y prêta attention. Ils craquaient tous à un moment ou l'autre.

Qui eût cru que le crasseux Mahzouz lui manquerait ?

Il fit son pire cauchemar : son père, Ali Rachid, fronçait les sourcils devant lui et secouait la tête comme pour dire : « Tu m'as encore déçu. »

Les derniers prisonniers arrivés apprirent aux autres que l'anniversaire du Prophète avait été célébré voilà quelques jours, ce qui signifiait qu'Ibrahim était enfermé depuis exactement quatre mois. Quatre mois pendant lesquels nul n'était venu le voir, ne l'avait réclamé, ne lui avait apporté de la nourriture, des vêtements ou des cigarettes, et il n'avait pas quitté la cellule une seule fois, pas même pour être interrogé.

Il devenait hébété. Sa vie était réduite à la place de la cellule qu'il s'était appropriée, là où « Allah » avait été gravé dans la pierre. Il se montrait jaloux de son coin et du tas de paille qui lui servait de matelas. C'était là tout son monde, le territoire d'un homme oublié. Il ne s'inquiétait plus de la chair qui fondait sur ses os ni de la barbe qui lui descendait sur le torse. Et ses rêves, bien qu'aussi aberrants que la réalité, ne l'alarmaient plus. Sa robe de chambre en soie ne lui manquait plus, ni sa pipe à eau, il n'avait plus envie de jouer aux cartes avec d'amusants compagnons sur la péniche de Hassan. Il ne désirait plus de cigarettes ou de café. Ce à quoi il aspirait le plus maintenant, c'était à voir le ciel, sentir sous ses pieds l'herbe du Nil, faire l'amour à Alice, emmener Yasmina au parc et lui montrer les merveilles de la nature. Son existence s'était réduite au strict minimum : se réveiller chaque matin en se demandant si ce jour lui apporterait la liberté ; la ruée quotidienne vers le pain et les fèves ; les visites aux seaux ; tendre l'oreille au cliquetis des clefs ; et attendre, attendre la tombée de la nuit pour s'évader dans le sommeil. Voilà longtemps qu'il avait cessé de prier cinq fois par jour.

Le jour où un jeune prisonnier fut amené, Ibrahim se débattait avec une pensée fuyante. Il s'était réveillé avec la sensation qu'une révélation de grande importance allait parvenir à sa conscience. Mais cela lui échappait. Toute la journée, il chercha à la saisir. Il savait sa capacité de réflexion amoindrie par le régime de pain et fèves rances ; la malnutrition et la déshydratation le privaient de son acuité mentale. Et quand les gardes amenèrent ce jeune homme au corps ravagé par la maladie et la torture, Ibrahim ne savait pas que sa rédemption était à portée de sa main.

Le jeune homme fut jeté dans la cellule et laissé là, gisant sur le sol sale. Les autres détenus l'ignorèrent ; Ibrahim s'agenouilla près de lui, plus par désir d'avoir des nouvelles du monde que par humanité.

Ils parlèrent un bref moment. Le jeune homme resta couché parce qu'il était trop faible pour s'asseoir, et Ibrahim apprit qu'il n'avait pas du tout affaire à un nouveau prisonnier. Il avait été arrêté voilà près d'un an, au cours des émeutes du Samedi noir. Depuis, expliqua faiblement le jeune homme, il avait été déplacé de cellule en cellule, et torturé entre chaque. Il faisait partie des Frères musulmans, et il savait sa mort proche.

– Ne t'inquiète pas pour mon salut, ami, ajouta-t-il. Dieu me rappelle à Lui.

Ibrahim se demanda ce que c'était que de mourir pour ce en quoi l'on croyait.

Les yeux verts du jeune homme se fixèrent sur lui.
– As-tu un fils ?
– Oui, souffla Ibrahim en pensant au petit Zachariah. Un beau garçon.
– C'est bien, fit le jeune homme en fermant les yeux. C'est bon d'avoir un fils. Mon seul regret, Dieu me pardonne, est de quitter cette terre sans laisser un fils qui me perpétue.
A l'instant de son dernier souffle, Abdu revit le village de son enfance, et Sahra qu'il avait étreinte. Il se demanda si elle le rejoindrait un jour au paradis.
Ibrahim posa la main sur l'épaule de l'homme et murmura :
– Je déclare qu'il n'y a de dieu que Dieu, et Mahomet est Son prophète.
Puis il se rappela son rêve à propos de Sahra et de Zachariah, le rêve qu'il avait fait avant de s'éveiller pour la première fois dans cette cellule. Et tout à coup la pensée qu'il l'avait fui tout le jour devint lumineuse. Maintenant il comprenait tout : il endurait la punition de Dieu pour avoir prétendu être le père de Zachariah. Sa présence ici n'était pas du tout une erreur. Il était à sa place. Alors il accepta son sort, et une étrange paix gagna son âme.
C'est à ce moment-là que les gardes vinrent le chercher. Son interrogatoire allait commencer.

12

L'appel à la prière fut lancé par le muezzin du minaret de la mosquée Al-Azhar, puis celui de la mosquée voisine le reprit, et ainsi de suite jusqu'à ce que les voix des muezzins se mêlent au-dessus des dômes et des toits de la cité, égrenant l'appel dans le ciel matinal d'hiver.

Les hommes rassemblés dans la demeure Rachid ne trouvaient pas étrange qu'une femme les dirigeât dans la prière. Il ne s'agissait pas d'une femme ordinaire, mais d'Amira, la veuve d'Ali et, depuis quatre mois que son fils avait été arrêté, le chef du clan Rachid. C'était Amira qui les avait fait venir rue des vierges du Paradis et qui mettait toute son énergie à préserver l'unité de la famille. Le grand salon avait été transformé en poste de commandement où chaque membre de la famille était assigné à une tâche : répondre au téléphone, passer des coups de fil, imprimer les pétitions qu'on ferait circuler, préparer des articles et des annonces destinés aux journaux, rédiger des lettres pour soutenir la cause d'Ibrahim Rachid. Au cœur du dispositif, Amira organisait et donnait les ordres. « Je viens d'apprendre que le père du rédacteur en chef d'*Al-Ahram* était un ami proche d'Ali. Khalil, va au siège du journal, dis-lui notre malheur. Si son père est encore en vie, peut-être nous aidera-t-il. » Les hommes de la famille sortaient accomplir les missions qu'elle leur confiait et revenaient lui en rendre compte, tandis que les femmes cuisinaient et s'occupaient de l'intendance. La maison rose était pleine; toutes les chambres vacantes étaient à présent occupées par des parents qui vivaient aussi loin que Louxor ou même Assouan, venus aider Amira à faire sortir Ibrahim de prison.

Dès que les premiers rayons du soleil effleurèrent les collines de l'est, le téléphone se mit à sonner, une machine à écrire à crépiter. Le petit-fils de Zou Zou, un bel homme qui travaillait à la bourse du commerce, arriva, accepta une tasse de thé et s'installa près d'Amira.

– Les temps ont changé, Oumm Ibrahim, dit-il avec lassitude. Le nom d'un homme ne signifie plus rien. Son honneur, l'honneur de son père, ne sont plus d'aucun poids. La seule valeur est le bakchich. Le plus humble bureaucrate, qui autrefois ne pouvait s'asseoir à notre table, porte maintenant l'uniforme, se pavane comme un paon et exige d'énormes pots-de-vin pour agir.

Amira écoutait patiemment, reconnaissant dans les yeux de son interlocuteur ce qu'elle voyait dans ceux des oncles et des neveux de Rachid : désarroi et frustration. Les classes sociales s'écroulaient. Les aristocrates comme les Rachid ne portaient plus le fez, autrefois fier symbole de leur statut. Personne ne savait plus où était sa place. Le titre de pacha n'appartenait plus à la classe des puissants, et les vendeurs de journaux ou les chauffeurs de taxi, se montraient grossiers avec ceux devant qui ils s'étaient inclinés. Les grandes exploitations agricoles appartenant à de riches propriétaires depuis des générations étaient réquisitionnées et distribuées en parcelles aux paysans. Les grandes institutions, même les banques, étaient nationalisées. Les militaires dirigeaient le pays, et il n'y avait personne pour les arrêter, pas même les Anglais. Maintenant on parlait du socialisme dans tous les cafés du Caire, et un égalitarisme forcené était appliqué dans le pays entier.

Amira ne comprenait pas et ne cherchait pas à comprendre. Si ce changement était la volonté de Dieu, ainsi soit-il. Mais où était Ibrahim ? Pourquoi avait-il fallu qu'il fût victime de ce bouleversement ? Et pourquoi ne parvenait-elle pas à le retrouver ?

L'inquiétude et l'insomnie avaient marqué Amira ; elle avait perdu du poids et pris de nouvelles rides sur le front.

Elle avait été obligée de vendre certains de ses bijoux et de piocher dans ses propres économies afin de payer les pots-de-vin réclamés par les petits fonctionnaires. Elle priait plus que jamais, et se livrait à la magie que la mère d'Ali Rachid lui avait enseignée afin que le malheur qui s'était abattu sur l'Égypte épargne la rue des Vierges du Paradis.

Elle avait ordonné à Qettah, l'astrologue, de lire l'avenir d'Ibrahim, mais le vieille femme avait secoué la tête.

– Il est né sous Aldeberan, Sayyida, l'étoile du courage et de l'honneur. Mais je ne puis te dire si ton fils vivra avec courage ou mourra avec honneur.

Un matin, le neveu du frère aîné d'Ali se rua dans le salon encombré de visiteurs venus faire leur rapport, apporter des nouvelles ou rendre compte des rumeurs qui circulaient en ville.

– Ibrahim est en vie! Il est détenu à la Citadelle, déclara Mohssein.

– *Al hamdu lillah*, fit Amira. Loué soit Dieu.

On fit cercle autour de Mohssein Rachid, étudiant à l'université, qui avait interrompu ses études pour contribuer à rechercher son cousin. Tous parlaient à la fois mais Amira intervint :

– Mohssein, pourquoi l'a-t-on enfermé là-bas? Quelle est la raison de son arrestation?

– Ils disent avoir la preuve de sa *trahison*, ma tante!

– Trahison!

Elle ferma les yeux. Un crime passible de mort.

– Ils disent qu'ils ont des témoins qui ont confirmé sous serment.

– Mensonges! s'écrièrent les autres. Des menteurs qui ont été corrompus!

Amira leva la main pour demander le silence.

– Remercions l'Éternel d'avoir retrouvé Ibrahim. Mohssein, va à la Citadelle et vois ce que tu peux faire. Salah, accompagne-le. Tewfik, va immédiatement au cabinet de Hassan al-Sabir dans Ezbekiya. Il voudra être informé.

Néfissa apporta le message d'un homme qui connaissait un homme qui connaissait un homme qui, contre paiement, pourrait entrer en communication avec Ibrahim. Puis Suleiman Misrahi arriva. Il semblait plus vieux, le cheveu plus rare, l'œil plus creux. Bien que sa florissante société d'importation ait été épargnée par les révolutionnaires, la mainmise du gouvernement sur les grandes entreprises et les exploitations cotonnières l'inquiétait. Il avait aussi entendu dire que le gouvernement révolutionnaire bâtissait de nouvelles usines égyptiennes destinées à la fabrication d'automobiles et de machines agricoles, biens ordinairement importés de l'étranger. Suleiman faisait principalement commerce de produits de luxe, tels le chocolat ou la dentelle. Seront-ils eux aussi nationalisés?

– Merci d'être venu, Suleiman, fit Amira.

Elle le reçut dans le plus petit salon qu'elle réservait à ses entretiens privés. Elle éprouvait une affection chaleureuse pour cet homme bon, aimable et doux. Elle repensa au chagrin terrible de Maryam quand elle avait appris que la stérilité de leur couple ne lui incombait pas à elle, mais à lui. Souvent Amira s'était demandé si Suleiman eût été vraiment fâché de découvrir que ses enfants n'étaient pas véritablement les siens mais avaient été conçus par son frère Moussa.

– La situation est déplorable, Amira, commençait-il en passant la main dans ses cheveux épars. J'ai assisté à certains procès. Procès! Un cirque, oui! Tout le monde accuse tout le monde. Il suffit de donner le nom de quelqu'un qui a commis un crime pire que le vôtre pour être relâché. La révolution a tourné à la farce, et j'ai honte à présent de dire que je suis égyptien.

Désespéré, il secoua la tête. L'époque était folle. Le film américain *Quo Vadis*, qui avait été interdit parce que Farouk jugeait que Néron rappelait trop sa personne, battait tous les records d'entrées au Caire. Les gens venaient le voir par milliers et chaque fois que Peter Ustinov, dans le rôle de l'empereur Néron, apparaissait à l'écran, le public hurlait : « A Capri! A Capri! » – l'actuel lieu d'exil de Farouk.

Fouillant dans sa poche, Suleiman en sortit un morceau de papier.

– Il m'a fallu du temps, et pas mal d'argent, mais j'ai pu obtenir ce que tu m'avais demandé, Amira. Voilà l'adresse de l'un des hommes du Conseil de la révolution.

En août dernier, après l'arrestation d'Ibrahim et l'échec de ses tentatives pour le retrouver par les voies légales, Amira avait demandé une liste des membres du Conseil, ces hommes qui se faisaient appeler les Officiers libres. Elle avait appris qu'ils étaient tous âgés de moins de quarante ans et, lorsque Suleiman lui avait lu les noms, elle l'avait prié de trouver l'adresse de l'un d'eux en particulier.

– Cela n'a pas été facile de découvrir son domicile. Les Officiers se savent la cible des contre-révolutionnaires. Mais j'ai fini par aller voir un ami qui me devait une faveur, et qui est un ami du frère de cet homme. Que feras-tu de cette information ? Qui est cet homme, Amira ?

– Peut-être est-il le signe d'espoir que Dieu nous envoie.

– Amira, dit Maryam, tu *dois* me laisser venir avec toi. Tu n'as pas quitté cette maison depuis trente-six ans. Tu vas te perdre !

– Je trouverai ma route, assura tranquillement Amira en se drapant dans une mélaya noire. Dieu guidera mes pas.

– Pourquoi ne pas prendre la voiture ?

– C'est une mission pour moi seule, je ne puis risquer la sécurité d'une autre personne.

– Où vas-tu ? Me le diras-tu, au moins ? Est-ce à l'adresse que Suleiman t'a remise ?

Amira continua d'arranger la soie noire sur son corps jusqu'à ne laisser apparaître que ses yeux.

– Mieux vaut que tu ne le saches pas.

– Sais-tu seulement comment t'y rendre ?

– Suleiman m'a donné les indications.

– J'ai peur, Amira, insista doucement Maryam. Cette époque me terrifie. Mes amies me demandent quand

Suleiman et moi partons nous installer en Israël. Cette pensée ne nous a jamais effleurés!

Tristement, elle secoua la tête. Il y a trois ans, quand la nouvelle avait circulé que quarante-cinq mille juifs avaient quitté le Yémen pour Israël lors d'un exode appelé Tapis Volant, les relations de Maryam avaient commencé à lui demander pourquoi *eux* ne partaient pas. Pourquoi seraient-il partis? L'Égypte était leur pays. Même leur nom, *Al Misrahi*, signifiait « Égyptiens ». Mais d'autres juifs quittaient Le Caire, et la fréquentation de la synagogue était en chute.

– Tout ira bien, Maryam, affirma Amira. Ma force est en Dieu.

Avant de partir, Amira prit dans ses mains la photo d'Ali qu'elle conservait à son chevet.

– Je vais dans la ville, dit-elle. S'il existe une chance de sauver notre fils, c'est celle-ci. Dieu m'a éclairée. Il guidera mes pas. J'ai peur pourtant. Cette maison a été mon asile. J'y ai vécu en sûreté.

Enfin elle gagna la porte du jardin; le soleil hivernal lui réchauffait les épaules. Elle jeta un regard à travers les orangers et vit Alice qui travaillait au jardin, s'efforçant de faire pousser des œillets sur le sol égyptien. Les enfants n'étaient pas loin, livrés à leurs jeux paisibles. A cause de l'incarcération d'Ibrahim, l'anniversaire du Prophète avait été un triste moment pour les petits, et il semblait qu'il n'y aurait guère plus de joie pour célébrer Noël, la fête du prophète qu'Alice vénérait, Jésus. « Nous sommes une maison en deuil », songea Amira.

S'assurant que la mélaya de soie noire la cachait bien, ne révélait ni ses mains ni ses chevilles, elle aspira profondément, ouvrit la porte et sortit.

« S'il te plaît, Mon Dieu, priait Alice en bêchant la terre dure, rends-moi Ibrahim, et je serai une bonne épouse. Je l'aimerai, le servirait et lui donnerai beaucoup d'enfants. J'oublierai qu'il m'a abusée au sujet de la mère de Zakki. Ramène-le sain et sauf. »

Même Edward ne lui était plus une consolation. Plus il s'attardait en Égypte, plus il devenait morose, taciturne, constamment plongé dans ses pensées, comme si quelque mauvais esprit avait pris possession de lui. Alice avait cru d'abord que c'était l'amour, que sa passion pour Néfissa le consumait. A présent, elle ne savait plus. Il portait toujours son arme sur lui, arguant qu'il devait veiller à leur sécurité depuis que les Britanniques étaient devenus la cible des extrémistes. Était-ce la seule raison ?

Elle leva les yeux pour découvrir Yasmina près d'elle, avec ses prunelles couleur de beau matin bleu.

– Maman, demanda la fillette, quand est-ce que Papa va rentrer ? Il me manque.

– A moi aussi il me manque, ma douce.

Alice serra sa fille contre elle. Quand elle aperçut Camélia et Zachariah non loin, eux aussi perdus et orphelins, sans mère de surcroît, elle ouvrit les bras et ils coururent s'y réfugier.

Elle leur suggérait d'aller en cuisine voir s'il ne restait pas de la glace à la mangue d'hier soir lorsqu'elle vit Hassan al-Sabir arriver dans le jardin. D'eux tous, l'ami d'Ibrahim paraissait le moins affecté par les récents événements. Il semblait même encore plus prospère. Alice se redressa.

– Vous avez des nouvelles d'Ibrahim ?

Les paupières de Hassan frémirent sur ses yeux noirs; depuis quatre mois c'était toujours la première chose qu'elle lui demandait.

– Je viens de voir sortir le dragon. Où va-t-elle ?

– Un dragon ? s'enquit Alice en ôtant ses gants.

– J'ignorais qu'elle sortait. – Bien qu'il n'en comprît pas la raison, Hassan sentait l'antipathie d'Amira à son égard. – La mère d'Ibrahim.

– Moi aussi ! Mon Dieu, où croyez-vous qu'elle soit allée ? Filez, les enfants, je dois parler avec oncle Hassan.

Celui-ci regarda à l'entour.

– Je n'ai pas vu Néfissa. Edward non plus d'ailleurs.

– Néfissa essaie encore de savoir si la princesse Faïza est toujours en Égypte ou si elle est partie avec le reste de la famille royale. Si elle est là, elle pourrait peut-être nous aider à retrouver Ibrahim. Quant à Edward, soupira la jeune femme, je suppose qu'il est dans sa chambre.

Son frère buvait de plus en plus, et elle redoutait qu'il ne reparte en Angleterre. Elle ne supportait pas l'idée de les perdre tous deux, Ibrahim et lui.

– Vous n'avez donc aucune nouvelle ?

Hassan tendit la main et chassa une mèche de cheveux blonds de la joue d'Alice.

– Pour être honnête, très chère, je pense que vous devriez vous préparer au pire. A mon avis, Ibrahim ne reviendra jamais.

– Ne dites pas cela.

– Les temps sont précaires. Des hommes qui étaient vos amis hier sont vos ennemis aujourd'hui. Vous savez comme je me suis battu pour tenter d'obtenir sa libération. Ou pour savoir quand il serait jugé. Or même moi je suis impuissant, et je suis l'un des rares dans cette ville à avoir encore des relations. Ceux qui ont été fidèles au roi ne sont pas les mieux traités, j'en ai peur.

Quand Alice se mit à pleurer, il la prit dans ses bras.

– Vous n'avez rien à craindre tant que je suis là.

– Je veux qu'Ibrahim revienne !

– Nous le souhaitons tous, fit-il en lui caressant les cheveux et en l'attirant plus près de lui. Nous avons fait tout ce qui est en notre pouvoir, le reste est entre les mains de Dieu. – Il mit un doigt sous le menton d'Alice et lui souleva le visage. – Vous devez vous sentir très seule, dit-il.

Lorsqu'il essaya de l'embrasser, elle s'écarta.

– Hassan !

– Belle Alice, vous savez que j'ai envie de vous depuis que nous nous sommes rencontrés à Monte-Carlo. Vous et moi étions destinés l'un à l'autre. Pour une raison obscure, vous avez épousé Ibrahim.

– J'aime Ibrahim, lança-t-elle en reculant d'un pas.

Mais il lui tenait fermement le bras.

– Ibrahim n'est plus de ce monde, très chère. Il est temps que vous admettiez la réalité. Vous êtes veuve. Une jeune et belle veuve qui va avoir besoin d'un homme.

Il la reprit contre lui, pressa sa bouche sur la sienne.

– Non, je vous en prie!

Elle se débattit et heurta le tronc d'un grenadier. Hassan la coinça contre l'arbre.

– Avouez que vous me désirez autant que je vous veux, souffla-t-il en tentant de glisser une main sous son corsage.

– Je n'ai pas envie de vous, hoqueta-t-elle.

– Bien sûr que si, fit-il en riant. Et moi, ça fait près de huit ans que j'attends cette occasion!

Alice parvint à lui échapper et trébucha sur son panier à outils de jardinage. Comme Hassan la rattrapait, elle fit volte-face, brandissant sous ses yeux un petit râteau.

– Je n'hésiterai pas à m'en servir, je vous préviens.

Il vit les dents de métal pointues, à quelques centimètres de sa joue; son sourire s'évanouit.

– Vous n'êtes pas sérieuse.

– Tout à fait sérieuse. Vous me dégoûtez. Vous êtes un monstre. Si vous me touchez, je vous ferai le visage d'un monstre, pour que le monde entier le voie.

Le regard de Hassan passa du râteau à Alice, revint à l'outil. Puis tout à coup il sourit et recula en levant les mains.

– Vous vous surestimez, très chère, si vous croyez valoir le risque qu'on se fasse défigurer pour vous. Le plus triste est que vous n'avez pas idée de ce que vous manquez. Je vous aurais fait l'amour de telle façon que vous n'auriez plus eu la moindre envie de retourner à votre mari, si d'aventure il revenait. Une heure avec moi vous aurait guérie des hommes à tout jamais.

Il rit avant d'ajouter :

– Pauvre Alice. Ce que vous ne savez pas, c'est qu'un jour c'est vous qui viendrez à moi en me suppliant. Tant pis, votre chance est passée. Il n'y en aura pas d'autre. Vous vous rappellerez cette journée. Et vous vivrez pour la regretter.

Amira était perdue. Elle avait pourtant scrupuleusement suivi les indications de Suleiman : « Va au nord sur Kasr El Aïni jusqu'à ce que tu tombes sur un grand rond-point devant les casernes anglaises. C'était la place Ismaïl, aujourd'hui on l'appelle place de la Libération. Tu verras deux boutiques, l'une de pâtisseries, l'autre avec des bagages dans la vitrine. Celle-ci se trouve à l'angle de la rue qui te conduira au bureau de poste central. Tu continues à marcher jusqu'à un autre grand rond-point, où tu verras le poste. Shari El Azhar part vers l'est depuis ce rond-point ; suis-la jusqu'à la grande mosquée. L'adresse où tu te rends est dans une petite rue face à la mosquée. C'est une porte d'entrée bleue, avec un pot de géraniums rouges sur les marches. » Redoutant que quelqu'un découvre le morceau de papier de Suleiman, Amira avait retenu les instructions et détruit le croquis.

Mais elle avait omis deux choses : qu'elle pouvait tourner en rond et que le temps couvert lui cacherait la position du soleil. Aussi, deux heures après avoir franchi la porte du jardin, Amira s'aperçut qu'elle s'était égarée et ne savait plus distinguer l'est de l'ouest.

Elle essaya de ne pas penser à l'immensité du ciel gris au-dessus de sa tête. Bien qu'elle eût passé maints après-midi et maintes soirées sur le toit spacieux de sa maison, où elle entretenait une vigne et élevait des pigeons pour la table familiale, le ciel au-dessus de la rue des Vierges du Paradis était un ciel différent de celui-là : là-bas, elle était protégée, ici elle ne l'était plus.

Amira s'arrêta à l'angle d'une rue populeuse et regarda les immeubles qui se dressait tout autour d'elle. Elle avait appris à connaître la ville depuis chez elle, mémorisant chaque coupole, chaque minaret, chaque toit. Mais à présent qu'elle se trouvait *à l'intérieur*, la cité lui paraissait étrangère, terrifiante.

Où tourner ? Où était Shari El Azhar ? Comment retrouverait-elle la rue des Vierges du Paradis ?

Cela n'avait pas été un mince exploit que d'arriver jusqu'à cet endroit perdu. Le Caire était si plein de monde, de tanks, et de soldats dans les rues ! Elle s'était pressée, serrant sa mélaya contre elle, et elle avait pensé que tout le monde la regardait en se disant : voilà Amira Rachid. Au paradis, son mari Ali fronce les sourcils ! Plusieurs fois, elle s'était affolée. Elle avait failli se faire renverser. Les vendeurs de légumes, de poulets, d'épices l'agressaient par leurs boniments. Elle avait vu des hommes se disputer, marchander un prix, ou rire d'une plaisanterie. Et elle avait vu des femmes, bras dessus bras dessous dans les rues encombrées, qui commentaient en riant les objets dans les vitrines. Elle en était comme fascinée. Son fils était en prison, mort peut-être, et la ville continuait pourtant à vivre comme d'habitude.

Et voilà qu'elle s'y était perdue.

Plantée à son angle de rue, elle avait l'impression que tous les regards étaient braqués sur elle. Elle décida de reprendre sa marche, mais elle se retrouva dans une rue où elle était passée tout à l'heure. Son cœur s'affola. Elle tournait en rond !

Puis quelque chose attira son œil entre deux immeubles : le sombre éclat métallique du Nil.

Suivant le trottoir afin de ne pas avoir à traverser, elle approcha d'un pont où des villageois en galabiehs tiraient des charrettes pleines de légumes, des femmes en longue robe noire portaient des ballots sur la tête, des étudiants en costume moderne marchaient avec des livres sous le bras. Mais aucun de ces passants ne retenait l'attention d'Amira : elle ne parvenait plus à détacher ses yeux du fleuve.

Jusqu'alors, elle ne l'avait vu que du toit : un ruban de soie aux couleurs changeantes. Il lui avait paru lointain, presque irréel. Or à présent qu'elle se tenait immobile sur l'arche du pont, elle se sentit submergée par des sentiments, des sensations. Et une certitude s'imposa à elle : elle avait vu le fleuve autrefois ! Où ? Quand ? Peut-être au temps où elle était une fillette volée à une caravane du désert... ?

Le mouvement incessant du fleuve l'hypnotisait. La surface de l'eau semblait paisible, unie, mais Amira croyait voir plus profond, distinguer les courants rapides et dangereux. Un autre souvenir lui revint : elle avait quatorze ans, son ventre était gros de son premier enfant, il s'appellera Ibrahim, et son époux Ali, plein de sagesse, lui avait dit : « Notre Nil est unique. Elle coule du sud au nord. »

– Le fleuve est une femme ? avait demandé Amira.

– Elle est la mère de l'Égypte, la mère des fleuves. Sans elle, il n'y aurait pas de vie en ce pays.

– Mais Dieu nous donne vie.

– Dieu nous donne le Nil qui nous nourrit.

Amira contempla le large fleuve puissant où se reflétait la couleur d'étain du ciel, où les voiles blanches triangulaires des felouques glissaient doucement, et les paroles d'Ali lui revinrent : « Elle coule du sud au nord. »

Amira étudia la courant, le suivit des yeux jusqu'à l'endroit où le fleuve disparaissait dans un méandre. « Voilà le nord », pensa-t-elle.

En conséquence, sa main gauche était à l'ouest, sa droite, à l'est. Elle comprit que Dieu lui avait adressé un signe.

Elle n'avait plus peur quand elle revint sur ses pas. Elle tourna à gauche sur la première grande artère et la suivit sans perdre de vue le Nil. Lorsqu'elle atteignit le rond-point devant les casernes anglaises, elle sut qu'elle avait retrouvé son chemin. Gardant le Nil à l'esprit tout en bifurquant à l'est, elle marcha résolument le long des rues encombrées, passa devant des vitrines rutilantes où son reflet en mélaya noire se mêlait à celui des femmes en robes courtes et talons hauts. Au deuxième rond-point, elle scruta le sommet des immeubles et elle reconnut l'un des minarets de la mosquée Al-Azhar, qu'Ali lui avait montrée voilà des années.

Enfin, elle arriva devant la porte bleue, avec le pot de géraniums rouges sur les marches.

Elle sonna, une servante vint lui ouvrir. Amira se présenta et demanda à voir l'épouse du capitaine Rageb. Après l'avoir introduite dans un petit salon attenant à l'entrée, la domestique disparut. Amira pria. Elle n'était pas certaine d'avoir sonné à la porte de la personne qu'elle cherchait. Elle mit toute sa foi et tous ses espoirs dans sa prière.

Bientôt la servante revint et Amira fut conduite à l'étage dans un élégant salon, guère différent du sien mais plus petit. Une femme l'accueillit ; dès qu'elle la vit, Amira adressa une prière silencieuse à Dieu afin de le remercier. Elle abaissa son voile et, après les formules de politesse, dit :

– Vous souvenez-vous de moi, madame Safeya ?

– Bien sûr, Sayyida. Je vous en prie, asseyez-vous.

Thé et pâtisseries furent apportés et Mme Rageb offrit à Amira une cigarette qu'elle accepta avec plaisir.

– Il m'est agréable de vous revoir, Sayyida.

– De même pour moi. Votre famille se porte bien ?

Safeya désigna une série de photos de jeunes filles accrochées au mur.

– Mes deux filles, déclara-t-elle avec fierté. L'aînée a vingt et un ans, elle est mariée. Ma plus jeune aura bientôt sept ans. – Elle plongea droit les yeux dans ceux de son invitée. – Je l'ai appelée Amira. Elle est née alors que mon mari, le capitaine, était en poste au Soudan. Mais vous savez cela.

Amira se rappelait le pendentif que portait Mme Rageb le jour où elle était venue rue des Vierges du Paradis, voilà sept ans : une pierre bleue sur une chaîne en or pour éloigner le mauvais sort. C'est en le voyant qu'elle avait compris que sa visiteuse avait peur. Mme Rageb ne portait plus l'amulette.

– Avez-vous gardé en mémoire notre conversation dans mon jardin, il y a sept ans ? interrogea Amira.

– Jamais je ne l'oublierai. Ce jour-là je vous ai promis que je serais pour toujours votre débitrice. Si vous êtes venue m'adresser une requête, madame Amira, ma maison et tout ce que je possède sont à vous.

– Madame Safeya, votre mari est-il bien le capitaine Youssef Rageb, qui siège au Conseil de la révolution ?

– En effet.

– Vous m'aviez dit autrefois que votre époux vous aimait, qu'il vous considérait comme son égale et écoutait vos conseils. Est-ce toujours le cas ?

– Plus que jamais, fit doucement Safeya.

– En ce cas, j'ai bel et bien une faveur à vous demander.

13

Alice demeura un moment allongée dans son lit, se demandant ce qui l'avait réveillée. Depuis l'arrestation d'Ibrahim, il en fallait peu pour la tirer d'un sommeil agité, hanté d'images cauchemardesques. Son réveil marquait minuit passé ; elle prêta l'oreille au silence de la maison et fut surprise d'entendre des pas furtifs devant sa porte. D'autres pas suivirent, et elle comprit ce qui l'avait éveillée : des gens se hâtaient dans le couloir.

Cependant on s'affairait sans un bruit et sans une parole. Alice quitta son lit, alla à sa porte et l'ouvrit. Elle vit Néfissa accompagnée d'une cousine disparaître au bout du couloir. Elles se dirigeaient vers les chambres des enfants.

Enfilant sa robe de chambre, Alice les suivit.

Camélia n'aimait pas être réveillée avant l'heure ; elle adorait dormir, rêver dans le confort douillet de son lit. Quand elle sentit une main qui lui secouait doucement l'épaule, elle pensa que c'était sa sœur Mishmish, qui parfois la tirait du sommeil au milieu de la nuit parce qu'elle avait fait un mauvais rêve, ou parce qu'elle avait peur que papa ne revienne jamais. Or lorsque la fillette de sept ans ouvrit les yeux, elle s'étonna de découvrir Oumma penchée sur elle.

– Viens, Lili, souffla gentiment Amira. Viens avec moi.

Camélia se frotta les yeux et, d'un pas endormi, suivit

Amira jusqu'à la salle de bains. Elle jeta un regard en arrière vers Yasmina qui dormait, puis Oumma referma la porte.

La lumière de la salle de bains lui fit mal aux yeux; elle fut stupéfaite de voir tante Néfissa, et cousine Doreya, et Raya, et même la vieille tatie Zou Zou réunies à cette heure de la nuit.

– Je vais la tenir, fit Néfissa, ouvrant les bras à la fillette et lui adressant un sourire encourageant. Je serai sa maman ce soir.

Parce qu'elle était encore tout engourdie par le sommeil, Camélia ne se posa pas de question; elle s'assit par terre, sur une serviette épaisse que tatie Néfissa avait étalée, puis elle s'allongea dans les bras de sa tante. Mais quand Doreya et Raya lui écartèrent les jambes, elle commença à résister.

– Qu'est-ce que vous faites, Oumma? demanda-t-elle.

Amira agit rapidement.

Dans la chambre obscure, Yasmina rêvait de pleins saladiers d'abricots à dévorer. Lovée au creux de son lit, serrant dans ses bras l'ours en peluche qu'oncle Edward lui avait envoyé d'Angleterre, elle fit aussi le rêve très doux que papa revenait de ses interminables vacances et que la maison retrouvait le bonheur. On faisait une fête : maman portait sa longue robe de satin blanc avec des boucles d'oreilles en diamant, et Oumma apportait de grandes jattes de crème de la cuisine, des abricots, et du sucre roux. Et puis elle vit Camélia qui dansait, riait, et l'appelait, « Mishmish! *Mishmish*! »

Yasmina ouvrit les yeux. La chambre était noire, striée par de fins rubans de lune à travers les volets. Elle tendit l'oreille. Avait-elle rêvé l'appel de sa sœur? Ou bien...

Un hurlement déchira le silence de la nuit.

Yasmina bondit hors de son lit, courut à celui de sa sœur. Elle le trouva vide, les couvertures repoussées.

– Lili? Où es-tu?

Puis elle vit de la lumière sous la porte de la salle de bains.

Elle s'y précipita. A cet instant, la porte s'ouvrit et Oumma sortit, portant dans ses bras une Camélia secouée de sanglots.

– Qu'est-ce qui s'est passé ? dit Yasmina.

– Tout va bien, la rassura Amira. Camélia ira bien tout à l'heure.

Elle coucha la fillette dans son lit, la borda, essuya ses larmes.

– Mais que...

– Allons, Yasmina, retourne te coucher.

La porte de la chambre s'ouvrit et Alice apparut dans sa robe de chambre, ses cheveux blonds en désordre, les yeux gonflés de sommeil.

– Que s'est-il passé ? J'ai entendu un hurlement. On aurait dit Camélia.

– Elle va aller mieux, répéta Amira en caressant les cheveux de Camélia.

– Mais que s'est-il passé ?

Alice remarqua que toutes les femmes étaient habillées comme en plein jour.

– Tout va bien. Ce sera cicatrisé dans quelques jours.

Alice dévisagea les autres, qui souriaient et lui assuraient que tout irait bien.

– Cicatrisé ? répéta-t-elle. Que lui est-il arrivé ?

– C'était son excision, expliqua Néfissa. Dans quelques jours, elle aura tout oublié. Viens boire le thé avec nous.

– Sa *quoi* ? souffla Alice.

Elle entendit l'une des femmes murmurer à une autre :

– Les Anglais ne font pas cela.

Amira lui posa une main sur le bras.

– Viens, je vais t'expliquer.

Quand les femmes eurent quitté la chambre. Yasmina sortit de son lit et s'approcha de sa sœur, qui sanglotait dans son oreiller.

– Qu'est-ce qu'il y a, Lili ? Tu es malade ?

– J'ai mal, Mishmish. J'ai tellement mal !

Écartant la couverture, Yasmina grimpa dans le lit et entoura sa sœur de ses bras.

– Ne pleure pas. Tu as entendu Oumma. Elle a dit que tu vas aller mieux.

– Ne me laisse pas, s'il te plaît, murmura Camélia.
Yasmina tira la couverture sur elles deux.

Un service à thé en argent était dressé dans la chambre d'Amira, qui servit deux tasses.

– Est-il vrai que l'excision n'est pas pratiquée chez les Anglais ? s'interrogea-t-elle.

Alice lui décocha un regard perplexe.

– La circoncision, chez les garçons, parfois... je crois. Mais... Mère, comment une fille peut-elle être... ? Que leur faites-vous ?

Lorsque Amira lui eut expliqué, Alice fut bouleversée.

– Ce n'est pas du tout la même chose que chez les garçons. Cela ne fait-il pas atrocement mal ?

– Pas du tout. En grandissant, Camélia ne gardera qu'une minuscule cicatrice. Je n'ai coupé qu'un petit morceau. Sinon, elle est la même qu'auparavant.

– Pourquoi faites-vous cela ?

– Afin de préserver l'honneur d'une fille. L'impureté a été enlevée, elle sera une épouse chaste et obéissante.

– Ce qui signifie qu'elle n'aura pas de plaisir pendant l'amour ?

– Bien sûr que si, fit Amira avec un sourire. Aucun homme ne veut une femme insatisfaite dans son lit.

Alice regarda le réveil sur la table de chevet d'Amira ; presque deux heures. La maison, le jardin et la rue des Vierges du Paradis étaient silencieux.

– Mais pourquoi pratiquez-vous l'excision à cette heure, et dans le secret ? Quand Zachariah a été circoncis, c'était une réjouissance.

– La circoncision d'un garçon porte une signification différente : elle marque son admission dans la famille de l'Islam. Pour une fille, cela concerne sa honte, aussi faut-il le faire vite et sans bruit.

Voyant l'expression choquée d'Alice, elle ajouta :

– Toute fille musulmane est soumise à ce rituel. Camélia est désormais assurée de trouver un bon époux, car il saura qu'elle n'est pas aisément excitée, et donc qu'il peut lui faire confiance. C'est pour cette raison qu'aucun honnête homme n'épouserait une femme non excisée.

La stupeur d'Alice s'accrut.

– Votre fils m'a épousée, non ?

– Oui, acquiesça Amira en lui prenant la main. Et parce que tu as épousé le fils de mon cœur, tu es la fille de mon cœur. Je suis sincèrement désolée de te voir bouleversée. J'aurais dû t'y préparer, t'expliquer, et t'inviter à y prendre part. L'an prochain, quand ce sera le tour de Yasmina...

– Yasmina ! Vous n'avez quand même pas l'intention de faire ça à ma fille !

– Nous verrons ce que dira Ibrahim.

Alice regarda sa tasse de thé et se trouva subitement incapable de la boire. Un peu vacillante, elle se leva.

– Je retourne voir les filles.

Néfissa était assise près du lit, travaillant sur un petit tambour à broder.

– Elles dorment toutes les deux, annonça-t-elle à Alice.

Avec un sourire, elle désigna les fillettes enlacées sous la couverture.

D'abord Alice regarda Camélia, dont les cheveux noirs s'étalaient, humides, sur l'oreiller, puis sa fille, dont les boucles blondes se mêlaient à celles, plus sombres, de sa sœur. Comme elle posait la main sur le front de Yasmina, elle se souvint du jour où les enfants s'étaient déguisées avec la mélaya, et de nouveau elle entrevit un avenir effrayant où l'Égypte retournait aux mœurs ancestrales, un monde de femmes voilées et excisées.

« Je ne permettrai pas que cela t'arrive, petite, promit-elle silencieusement à Yasmina. Je te jure que tu seras toujours libre. »

Tout à coup, elle eut besoin de parler à son frère. Elle embrassa les fillettes, souhaita bonne nuit à sa belle-sœur et traversa la vaste demeure assoupie. Elle monta l'escalier imposant menant au quartier des hommes. « Eddie comprendra, se disait Alice. Il peut m'aider à trouver un appartement. J'emmènerai Yasmina... et nous vivrons là tous les trois jusqu'au retour d'Ibrahim. »

Elle allait frapper à la porte de son frère quand elle se rappela qu'il avait le sommeil lourd. Il ne l'entendrait pas, mieux valait le réveiller.

Quand elle ouvrit la porte, elle vit que toutes les lampes étaient allumées. Il y avait là deux hommes. Et il fallut à la jeune femme quelque secondes pour comprendre : Edward était penché en avant, Hassan al-Sabir se tenait derrière lui. Tous deux avaient leur pantalon sur les chevilles.

Ils tournèrent la tête, stupéfaits.

Alice poussa un cri et s'enfuit.

Elle trébucha dans le grand escalier puis, courant sur le sol lisse du hall d'entrée, glissa et tomba. En larmes, elle essayait de se relever lorsqu'elle sentit une main se refermer sur son bras. C'était Hassan qui la remettait debout. Elle tenta de lui échapper mais il la tira vers une tache de lumière que projetait le clair de lune à travers une fenêtre.

– Vous ne saviez pas ? demanda-t-il avec un sourire. Non, à votre air, je vois que vous ne vous en êtes jamais doutée.

– Espèce de monstre, fit-elle, haletante.

– Moi ? Voyons, très chère. C'est votre frère, le monstre. C'est lui qui tenait le rôle de la femme, la honte est pour lui.

– Vous l'avez corrompu !

– *Je l'ai corrompu ?* répéta Hassan en riant. Ma chère Alice, à votre avis, qui a pris l'initiative ? Edward a eu envie de moi dès son arrivée. Vous pensiez qu'il était attiré par Néfissa, n'est-ce pas ?

A nouveau elle essaya de s'échapper mais il l'attira davantage vers lui, avec un sourire dur.

– Vous semblez jalouse, Alice. Du quel de nous deux, je me le demande.

– Vous me dégoûtez !

– Oui, vous me l'avez déjà dit. Aussi ai-je décidé que puisque je ne pouvais avoir la sœur, le frère ferait aussi bien l'affaire. J'imagine que vous êtes tous les deux à peu près pareils de ce côté-là.

Elle se libéra et disparut.

14

Il régnait une activité si fiévreuse dans la cuisine en ce jour venteux de janvier 1953 que la cuisinière et ses aides ne cessaient de se bousculer. Tant d'invités et de membres de la famille étaient venus fêter le retour d'Ibrahim chez lui que les fourneaux avaient fonctionné nuit et jour afin de cuire ragoûts, rôtis, pains et tartes.

Sahra avait été chargée de réduire le mouton en pâte pour les boulettes de viande, technique qu'elle avait apprise à l'occasion des fêtes de son village et qu'elle accomplissait maintenant avec joie. Son maître revenait! L'homme qui les avait sauvés, son bébé et elle, d'une vie de mendicité et de famine, qui avait donné son nom à son fils et qui lui offrait l'existence d'un prince. Elle-même avait été l'épouse d'un docteur durant une minute, ce qui valait autrement mieux que d'être celle d'un boutiquier pour une vie entière. On lui avait permis d'allaiter son petit pendant trois ans, de le tenir, de le bercer, même si elle n'avait pas le droit de lui dire qu'elle était sa mère. Récemment, la mère et le fils avaient célébré leur anniversaire sous ce toit accueillant : Sahra avait à présent vingt et un ans, Zakki sept.

Elle savait maintenant que tout ce qui lui était arrivé avait été décidé par Dieu : concevoir le fils d'Abdu près du canal, quitter le village, arriver enfin dans cette merveilleuse maison qui ressemblait à un palais. Sa mère ne lui avait-elle pas dit, le soir où elle avait fui le courroux de ses père et oncles, qu'elle était entre les mains de Dieu ? Où qu'il soit, Abdu aurait été heureux s'il avait su. Voilà que le maître revenait, voilà que la maison allait redevenir heureuse !

Tous les invités étaient réunis dans la grande salle de réception. Les Rachid au grand complet, des voisins de la rue des Vierges du Paradis, les amis d'Ibrahim, ceux des night-clubs et des casinos, avaient revêtu leurs plus beaux atours et attendaient, anxieux, le retour d'Ibrahim parmi eux. Il avait été absent durant six mois.

Lorsqu'ils entendirent pétarader un moteur de voiture, les enfants coururent à une fenêtre et crièrent en voyant l'auto d'oncle Mohssein s'engager dans l'allée.

– Voilà Papa ! criaient-ils en sautant en l'air. Voilà Papa !

Le brouhaha décrut dans le grand salon à mesure qu'on écoutait la progression des deux hommes dans l'escalier. Nul n'avait vu Ibrahim depuis le mois d'août. Il n'avait eu droit à aucune visite, pas une lettre ne lui était parvenue. Aussi, quand Mohssein introduisit son cousin dans la pièce, l'image que chacun avait conservée de lui se trouva brutalement effacée par le personnage qui se tenait sur le seuil.

Dans un grand silence choqué, tous dévisageaient cet étranger aux cheveux gris, à la barbe grise. Ibrahim Rachid avait l'air d'un squelette : ses yeux étaient deux trous obscurs, son costume pendait sur son corps émacié.

Amira s'approcha et le prit dans ses bras.

– Loué soit l'Éternel qui a ramené mon fils à la maison.

Les autres, des larmes plein les yeux, essayaient de sourire, lui murmuraient des paroles de bienvenue, tendant la main pour le toucher. Néfissa pleurait ouvertement. Alice avança lentement vers lui, aussi pâle que la soie de sa robe. Quand elle le prit dans ses bras, Ibrahim fondit en larmes.

Les enfants approchèrent timidement, apeurés par cet homme dont ils ne se souvenaient pas. Mais quand il tendit les bras, les appela par leurs petits noms – Mishmish, Lili, Zakki –, ils reconnurent sa voix. Il étreignit ses deux filles, Camélia et Yasmina, sanglotant dans leurs cheveux qui sentaient bon, mais quand ce fut au tour de Zachariah, Ibrahim se leva sans laisser le petit garçon le toucher, et il prit le bras d'Amira.

– Je ne sais par quel miracle je suis revenu, Mère, fit-il d'une voix faible. Hier encore, je pensais que je finirais ma vie en prison. Ce matin je me suis réveillé et ils m'ont dit que je rentrais chez moi. Je ne sais pas pourquoi j'étais là-bas ni pourquoi ils m'ont relâché.

– C'est la volonté de Dieu que tu sois libre, lui répondit Amira, les larmes aux yeux. Tu es chez toi maintenant, c'est tout ce qui importe.

Amira s'était juré que même Ibrahim n'aurait jamais vent de son pacte secret avec l'épouse de l'Officier libre.

– Mère, reprit-il sourdement, le roi Farouk ne reviendra jamais. L'Égypte est différente désormais.

– Cela aussi est entre les mains de Dieu. Ton destin est déjà écrit. Viens t'asseoir et te restaurer.

Quand elle le conduisit au divan d'honneur recouvert de brocart d'or et de velours rouge, elle cacha l'angoisse qu'elle éprouva au contact de son bras si maigre dans la manche. Pire encore était l'expression hantée qu'elle avait lue dans ses yeux. Elle savait qu'il avait été torturé dans cet endroit terrible : C'était l'une des informations que Safeya Rageb avait pu lui donner. Mais jamais Amira ne le questionnerait à ce sujet, et elle savait que jamais son fils n'en parlerait. Sa tâche maintenant était de lui rendre santé et bonheur, et de l'aider à se trouver une place dans cette nouvelle Égypte.

– Où est Eddie ? s'enquit soudain Alice.

– On va le chercher, ce gros dormeur ! s'exclamèrent les enfants.

Et cinq bambins se ruèrent hors de la pièce, en meute couinante. Ils revinrent un moment après.

– On n'arrive pas à le réveiller, annonça Zachariah. On l'a secoué et secoué, mais il continue à dormir.

– Il s'est blessé au front, ajouta Yasmina. Juste là.

Elle posa l'index entre ses deux yeux.

Amira quitta la pièce, Alice et Néfissa sur ses talons.

Elles trouvèrent Edward dans un fauteuil, impeccablement vêtu d'un blazer bleu et d'un pantalon blanc, les joues fraîchement rasées, les cheveux pommadés. Lorsqu'elles virent le trou net entre ses yeux, et le 38 dans sa main, elles comprirent que ce n'était pas une explosion de moteur qu'on avait entendue au retour d'Ibrahim. A l'instant où une vie revenait rue des Vierges du Paradis, une autre s'en était allée.

Alice fut la première à voir la lettre. Elle la lut comme elle aurait lu le journal du matin, sans émotion. Avec un sentiment d'irréalité, elle déchiffra les phrases qui la hanteraient jusqu'à la fin de ses jours : « ... Pas la faute de Hassan. Je l'aimais et j'ai cru qu'il m'aimait. Je sais à présent que j'ai été l'instrument de sa vengeance contre toi, ma sœur chérie. Pour te blesser, Alice, il m'a détruit. Mais ne va pas me pleurer. J'étais condamné avant le jour de mon arrivée. J'avais quitté l'Angleterre à cause de mon vice. Je savais que si Père le découvrait, ce serait la ruine de notre famille. Je ne puis vivre plus longtemps avec ma honte. – Il avait ajouté une ligne pour Néfissa : – Pardonnez-moi si je vous ai donné de faux espoirs. »

Alice ne s'était pas rendu compte qu'elle lisait à voix haute mais, quand elle se tut, elle perçut le silence brutal dans la pièce. Amira prit la lettre et y mit le feu avec le briquet d'Edward. Lorsque le papier fut réduit en cendres noires, elle ordonna à Néfissa de trouver la boîte de balles, de les éparpiller sur le bureau ainsi que tous les ustensiles de nettoyage dont Edward aurait pu se servir pour décrasser son arme.

– Personne ne doit savoir cela, vous me comprenez ? dit-elle ensuite. Vous ne devez le dire à personne – ni à Ibrahim ni à Hassan, personne. Alice ? Néfissa ? Suis-je bien claire ?

– Mais, et le... ? fit Alice, regardant son frère.

– Nous le ferons passer pour un accident, expliqua Amira tandis que Néfissa disposait peau de chamois, huile et balles sur la table. Il nettoyait son arme, le coup est parti accidentellement. C'est ce que nous dirons à tout le monde. Vous devez me promettre toutes les deux de vous tenir à cette version.

Néfissa acquiesça en silence.

– Oui, mère Amira, souffla Alice.

– Alors il est temps d'appeler la police.

Avant de quitter la pièce, Amira posa une main tendre sur le front d'Edward proprement peigné, ferma les yeux et murmura :

– Je déclare qu'il n'y a de dieu que Dieu, et Mahomet est Son prophète.

TROISIÈME PARTIE

1962

15

Une pensée obsédait l'esprit d'Omar Rachid tandis qu'il regardait la séduisante danseuse évoluer sur l'écran : coucher avec sa cousine.

La danseuse s'appelait Dahiba, et sa façon de se mouvoir sur ses hauts talons, dans sa robe du soir à la Rita Hayworth, de remuer ses hanches, ses seins et ses longues jambes, embrasait les sens d'Omar, qui avait vingt ans. Il avait l'impression qu'il allait exploser. Mais Dahiba n'était pas l'objet de sa jeune convoitise, il lui préférait les dix-sept printemps de Camélia, assise près de lui dans la salle de cinéma obscure. Son bras effleurait le sien et les effluves de son parfum au musc lui faisaient tourner la tête. Omar désirait sa cousine depuis le soir où la famille avait assisté à un spectacle de l'école de danse, au cours duquel la jeune fille s'était produite en justaucorps, jupe froncée et collants blancs. Elle avait alors quinze ans et, pour la première fois, Omar s'était aperçu qu'elle n'était plus une petite fille.

– Dahiba n'est-elle pas magnifique ? lui souffla Camélia, les yeux rivés sur l'écran.

Omar ne put répondre. Il était dans tous ses états. Il n'avait pas la moindre idée de ce que c'était que faire l'amour à une femme, puisque les relations sexuelles en dehors du mariage étaient proscrites par l'Islam. Un garçon devait attendre de prendre une épouse pour connaître l'intimité amoureuse. Généralement, le grand événement ne se produisait pas avant que le jeune homme ait terminé ses études et trouvé un emploi, afin qu'il pût assumer la responsabilité d'une famille. A l'instar de beaucoup de ses amis, Omar n'espérait pas se marier avant ses vingt-cinq ans. Or ses désirs étaient tels qu'il allait parfois chercher un soulagement aux bains publics, auprès de jeunes gens aussi frustrés sexuellement que lui; mais il ne trouvait dans ces salles de marbre pleines de vapeur qu'une satisfaction temporaire. Surtout, il voulait une femme.

– *Bismillah!* soupira Camélia. Dahiba est une déesse.

Le film était un produit typiquement égyptien : une comédie musicale où, de quiproquos en amours contrariées, la paysanne finissait par convoler en justes noces avec le millionnaire. Le cinéma était bondé, bruyant : le public chantait avec les acteurs et battait des mains quand Dahiba dansait; dans les allées, on vendait des sandwiches, des boulettes de viandes frites et des sodas. Lorsque le méchant apparaissait à l'image – sa fine moustache et son fez permettant de l'identifier sur-le-champ –, la salle lui criait des insultes. Et quand Dahiba, dans le rôle de la virginale Fatima, repoussait ses avances, les spectateurs l'acclamaient si fort que le toit du cinéma Roxy menaçait de s'effondrer.

On était jeudi, le soir de sortie car il n'y avait ni travail ni école le lendemain. Comme l'Égypte se plaçait au rang de second producteur de cinéma dans le monde, il était possible d'assister à une projection chaque jour de l'année sans voir deux fois le même film. Presque tout le monde s'adonnait à ce loisir le jeudi soir, en particulier les cousins de Rachid : Omar et sa sœur Tahia, Camélia et son frère Zachariah. Yasmina ne les accompagnait pas ce soir. Pour sortir, les garçons avaient mis leurs pantalons et chemises cintrées sur mesure, et s'étaient aspergés d'eau de Cologne; les filles, parfumées elles aussi, étaient vêtues de chemisiers à manches longues et de jupes sous le genou. Si en Europe la mode raccourcissait, les filles Rachid s'habillaient de façon classique.

Le film s'acheva. Deux mille personnes entassées sur les sièges et dans les allées du cinéma se levèrent au son de l'hymne national. Le visage du président Nasser leur souriait sur l'écran. Les quatre jeunes Rachid quittèrent la salle et s'élancèrent dans l'odorante nuit printanière. Tout en riant et discutant du film, ils gardaient pour eux leurs préoccupations secrètes : Zachariah, seize ans, essayait de se remémorer les belles paroles des chansons qu'il venait d'entendre ; Tahia, dix-sept ans, songeait que l'amour était la plus belle chose au monde ; Camélia décidait qu'elle serait un jour une danseuse aussi célèbre que Dahiba ; et Omar se demandait où trouver une fille avec qui coucher.

Quand il aperçut son reflet dans une vitrine, la confiance lui revint. Omar savait qu'il avait belle apparence. Il avait troqué ses rondeurs de bébé contre un physique souple et anguleux, ses yeux noirs étaient pénétrants, ses fins sourcils arqués se rejoignaient à la naissance du nez. Pour le moment il était élève ingénieur à l'université du Caire. Dès qu'il obtiendrait son diplôme, il prendrait un poste attribué par le gouvernement et recevrait la pension qui lui revenait de son père, décédé dans un accident de voiture quand il avait trois ans. Alors il ne se trouverait pas une femme dans toute l'Égypte pour lui résister !

Mais en attendant, il était encore étudiant, il habitait avec sa mère rue des Vierges du Paradis, et dépendait financièrement de son oncle Ibrahim. Quelle femme poserait les yeux sur lui ?

Or sa cousine Camélia, chaude et vivante à son bras, au parfum enivrant, aux cheveux noirs et aux yeux éclatants, ne lui était peut-être pas tout à fait inaccessible.

– Je meurs de faim ! s'exclama-t-elle alors qu'ils atteignaient un carrefour. Mangeons un morceau avant de rentrer.

Bras dessus, bras dessous – les filles au milieu pour être protégées –, les quatre jeunes gens marchèrent en riant jusqu'au trottoir où des vendeurs en galabiehs distribuaient kébabs, glaces et fruits aux spectateurs de cinéma affamés. Omar, sa sœur et Camélia achetèrent des sandwiches *shouarma* – une galette de pain fourrée de lamelles de mouton épicées et de morceaux de tomate – tandis que Zachariah prenait une patate douce relevée accompagnée d'un jus de tamarin. Il n'avait plus mangé de viande depuis qu'un incident l'avait traumatisé quand il avait sept ans. Le jour de l'*Aïd el-Adha*, fête commémorant l'imminent sacrifice de son fils Ismaïl par le prophète Abraham, Zachariah avait vu un boucher préparer l'agneau pour la célébration. Après que la gorge de l'animal avait été tranchée, et tout le sang vidé au cri de « Au nom de Dieu », le boucher avait gonflé la carcasse d'air afin de séparer la peau de la chair. Horrifié, Zachariah avait vu la bête enfler démesurément tandis que l'homme frappait la dépouille d'un bâton pour répartir l'air sous la peau. L'enfant de sept ans avait hurlé. Et il n'avait plus touché de viande depuis.

Alors qu'ils mangeaient tous les quatre, essayant de ne pas trop se faire bousculer par la foule du trottoir, Zachariah demeurait troublé par l'un des aspects du film. La « mauvaise femme » de l'histoire était une divorcée à la moralité douteuse – stéréotype de la plupart des films égyptiens. Cela poussait l'adolescent à s'interroger sur sa mère, dont il ne savait toujours rien car son père se refusait à parler d'elle. Zachariah ne pouvait croire que sa mère fût comme les femmes divorcées du cinéma. Après tout la vieille tante Zou Zou, décédée l'an passé, avait divorcé et était restée pieuse toute sa vie.

Comme pour la tante bannie dont il était interdit de prononcer le nom, il n'y avait pas de photos de sa mère dans les albums de famille, mais il l'imaginait très belle, pieuse et chaste – comme la sainte Zeinab pour la fête de laquelle la famille se rendait à la mosquée une fois l'an. Parfois, il rêvait qu'il partait à sa recherche, et qu'ils se retrouvaient dans des larmes de bonheur. Un jour, Omar lui avait dit cruellement : « Si ta mère est si merveilleuse, pourquoi ne vient-elle jamais te voir ? » La seule réponse de Zachariah à cela était qu'elle devait être morte. Martyre donc, en plus d'être sainte.

Quand ils descendirent du trottoir, Zachariah prit le coude de Tahia. En tant que cousin, il pouvait se permettre cette liberté, mais ce qu'il éprouva au contact de la peau chaude sous l'étoffe de la manche n'avait rien de fraternel. Contrairement à Omar, qui n'avait réellement remarqué Camélia qu'il y a deux ans, Zachariah était amoureux de la sœur d'Omar d'aussi loin qu'il s'en souvienne. Tahia était à l'image de sa mère imaginaire, un modèle de vertu et de chasteté musulmanes. Qu'elle ait dix-sept ans et lui seize ne le dérangeait pas; elle était petite, délicate et, malgré huit ans passés dans une école privée, elle restait merveilleusement innocente et ignorante du vaste monde. A l'encontre d'Omar encore, dont les vues s'arrêtaient à une étreinte rapide et brûlante, les pensées de Zachariah se centraient sur le mariage, sur les aspects les plus nobles et les plus spirituels de l'amour. Tahia et lui étaient cousins, donc destinés à s'épouser. Ils cheminaient dans la rue, tout vibrants de jeunesse et de bonheur, et Zachariah composait mentalement un poème :

« Tahia, si seulement tu étais mienne!

Sous tes pas je ferais couler des fleuves de bonheur!

A la lune j'ordonnerais de te forger des bracelets d'argent!

Au soleil de t'envoyer des colliers d'or!

L'herbe verte sous tes pieds se ferait émeraudes.

Sur ta peau les gouttes de pluie en perles se mueraient.

Pour toi, mon aimée, je saurai les sortilèges.

Et les charmes, et bien plus encore. »

Bien sûr, Tahia n'entendit pas le poème; d'ailleurs elle riait d'une plaisanterie qu'Omar venait de faire sur les austères Russes qu'on voyait partout dans les rues, spectacle familier depuis que les Soviétiques étaient venus aider à construire le Haut Barrage d'Assouan. Les boutiques du Caire vendaient des produits russes, déployaient des enseignes rédigées en russe, mais les Égyptiens n'avaient pas de sympathie pour ceux qu'ils appelaient « les lourdauds ».

Zachariah entonna une chanson d'amour : « *Ya lili ya aini* », Tu es mes yeux – et les autres se joignirent à lui. Ivres de la force de leur jeunesse, ils avançaient comme un seul homme, bousculant les autres piétons, s'arrêtant devant les vitrines des magasins ou marchandant avec les vendeurs de couronnes de jasmin. Les rues étaient brillamment éclairées, la musique jaillissait par les portes ouvertes. Accroupies sur les trottoirs dans leurs mélayas noires, des fellahs épluchaient et grillaient des épis de maïs sur de petits foyers ouverts, signe que l'été était proche. L'air chaud s'emplissait des fumées des braseros, des arômes de viande et de poisson sur le gril, des parfums entêtants des arbres en fleur. Il faisait bon vivre et être jeune au Caire.

Lorsque les quatre cousins arrivèrent place de la Libération où, au lieu des baraquements britanniques d'autrefois, s'élevait le nouvel hôtel Nil Hilton, Camélia avait oublié le bras possessif d'Omar serré autour du sien. Elle pensait à la grande Dahiba dans le film qu'ils venaient de voir. Toute l'Égypte adorait Dahiba; ce devait être merveilleux d'avoir tant de talent et d'être si célèbre!

Camélia se savait née pour danser. Elle se rappelait avec quel naturel, petite, elle s'était mise à imiter les femmes qui dansaient la danse du ventre aux réceptions d'Oumma. Quand Oumma était convenue avec Ibrahim que sa fille aînée avait du talent, elle était entrée dans une école de danse. Elle avait alors huit ans; aujourd'hui, dix ans plus tard, Camélia Rachid était l'élève vedette du conservatoire et l'on évoquait son intégration dans le corps de ballet national. Mais Camélia ne voulait pas se consacrer à la danse classique. Elle avait d'autres projets. Des projets merveilleux, des projets *secrets*... Elle avait hâte de rentrer à la maison pour les confier à Yasmina.

Omar surprit la façon dont les hommes regardaient Camélia, avant de détourner rapidement les yeux quand ils s'apercevaient qu'elle était accompagnée de parents masculins. Un regard qui s'attarde, peut-être un mot hardi pour saluer sa beauté et Omar et Zachariah auraient été sommés de laver l'offense à coups d'insultes et de poings. Le mois dernier, alors que les cinq adolescents Rachid étaient sortis acheter un cadeau d'anniversaire pour Oumma, Yasmina était allée flâner dans une autre partie du magasin. Un jeune homme s'était frotté à elle et lui avait pris le sein. Malgré la vive rebuffade de la jeune fille, Omar et Zachariah avaient dû le jeter dehors, le couvrir d'insultes et d'injures jusqu'à ce que d'autres passants se joignent à la huée et que le garçon honteux disparût dans une ruelle. Secrètement, Omar ne le blâmait pas. La foule, comme au marché ou dans le bus, offrait la seule occasion à un jeune homme de toucher une fille. Omar lui-même s'était rendu coupable de ce genre d'attouchements « accidentels ». Il lui était même arrivé de suivre une fille, espérant avoir de la chance. Jusqu'alors, il s'en était tiré sans mal ; aucun frère ou cousin ne lui avait sauté dessus pour atteinte à l'honneur familial. Tandis qu'ils traversaient la place de la Libération au milieu des taxis et des bus, il se disait que tout compte fait Camélia était une cible parfaite. En l'occurrence, c'était *lui* le cousin. A qui irait-elle se plaindre ?

Certainement pas à son père, car Omar connaissait le secret d'oncle Ibrahim. A y songer, il se mit à rire.

– Comment t'es-tu fait ces cicatrices ?

Ibrahim s'éloigna de la femme et prit ses cigarettes près du lit. Il fallait toujours qu'elles lui parlent des cicatrices après l'amour, quand elles regardaient son corps de plus près. Cela l'avait gêné au début, maintenant il avait une réponse automatique qui, en général, les faisait taire :

– Pendant la révolution.

Celle-ci insista :

– Je ne t'ai pas demandé quand mais comment.

– Avec un couteau.

– Oui, mais...

Il s'assit, tira le drap sur ses cuisses et ses aines afin de cacher la marque des tortures qu'il avait endurées en prison. Ses tortionnaires avaient trouvé drôle de taillader en cet endroit, ils avaient été jusqu'à feindre de le castrer, pour s'arrêter juste avant, quand il hurlait et les suppliait. Personne, ni sa mère, ni Alice, ne savait ce qu'il avait subi pendant ses interrogatoires.

La femme lui enlaça la taille et l'embrassa sur l'épaule. Mais il se leva, le drap enroulé autour de lui à la façon d'une toge, et gagna la fenêtre. Les éclairages du Caire et les phares des voitures l'éblouirent. Bien que la fenêtre fût fermée, il entendait la rumeur de la rue trois étages plus bas, la cacophonie des klaxons, des radios dans les cafés, des musiciens ambulants, les rires, les disputes.

Cela le stupéfiait de voir à quel point l'Égypte avait changé en dix ans, depuis la révolution. Il se rappelait comment, après la guerre de Suez dans laquelle l'Égypte avait été battue par Israël, soutenu par la France et la Grande-Bretagne, s'était produite une explosion de l'orgueil national. Le slogan « L'Égypte aux Égyptiens » avait couru le pays depuis le Soudan jusqu'au Delta, pareil à une énorme crue du Nil, entraînant l'exode massif des étrangers hors d'Égypte. Maintenant, le visage du Caire changeait. Les restaurants, les magasins, les sociétés appartenaient désormais à des Égyptiens; vendeurs, serveurs et employés de bureaux étaient égyptiens. D'autres signes, plus subtils, indiquaient la fin de la tutelle : les trottoirs s'effondraient et n'étaient pas réparés, la peinture s'écaillait sur les façades, les boutiques avaient perdu leur allure de chic européen. Mais la population s'en moquait. Elle aimait sa nouvelle unité, sa nouvelle liberté. Les gens étaient ivres de fierté nationale. Le héros de cette curieuse multirévolution s'appelait Gamal Nasser, et les Égyptiens aimaient leur héros. On voyait l'effigie de Nasser dans les vitrines, les kiosques à journaux, sur les panneaux d'affichage, jusque sur la façade du cinéma Roxy, face au bureau d'Ibrahim. Deux portraits encadraient le titre du film : d'un côté, le visage souriant de Nasser; de l'autre, celui du président américain, John Kennedy, que l'on aimait aussi comme un héros depuis qu'il avait attiré l'attention du monde sur la torture et l'emprisonnement des Algériens par les Français.

A observer les passants qui envahissaient les trottoirs et disputaient la chaussée aux voitures, Ibrahim distingua les membres de la « nouvelle » aristocratie : les militaires et leurs épouses. Les pachas coiffés de fez avaient disparu, les nouveaux seigneurs d'Égypte portaient l'uniforme militaire et escortaient des femmes qui se prenaient pour des vedettes du cinéma américain. Cette nouvelle classe, arrogante et imbue de son importance, parlait d'un ton méprisant de l'ancienne aristocratie, tout en se ruant aux ventes aux enchères où l'on distribuait les biens de cette noblesse exilée. Les épouses des officiers parvenus se disputaient les porcelaines, les cristaux, les meubles, les robes qui avaient appartenu aux grandes familles. Plus le nom en était renommé et ancien, plus désirables étaient les biens. Parfois Ibrahim se demandait ce que seraient devenues les propriétés Rachid s'il était resté en prison, s'il avait été exécuté, ou s'ils avaient quitté l'Égypte comme le leur avaient conseillé leurs amis. Les bijoux de sa mère, dans la famille depuis deux cents ans, brilleraient-ils aujourd'hui au cou de l'une de ces femmes à talons aiguilles ? Les fourrures de Néfissa auraient-elles réchauffé les épaules d'une fille de fabricant de fromage ?

Dans l'intérêt de sa mère et de sa sœur, Ibrahim remerciait Dieu de s'être entêté à rester car, passées l'incertitude et la peur des années de révolution, les Rachid connaissaient une nouvelle prospérité. Malgré le morcellement des grandes propriétés, réduisant la parcelle de chaque famille à quatre-vingts hectares, Ibrahim et ceux de sa classe avaient su contourner la loi sur un détail technique : il s'agissait de quatre-vingts hectares *par membre de la famille*. Grâce à leur nombre, les Rachid avaient pu sauvegarder la quasi-totalité de leurs vastes exploitations de coton. Ainsi Amira et les autres femmes de la maison avaient-elles encore serviteurs, bijoux et automobiles. De cela, au moins, Ibrahim était reconnaissant.

– Docteur Rachid ?

Il jeta un œil sur le reflet de la femme sur la vitre. Toujours au lit, elle lui souriait et l'invitait à revenir. Non, il en avait fini avec elle. Il la paierait et ne la reverrait jamais. La semaine prochaine, il choisirait une autre prostituée.

– Il faut t'en aller, dit-il. J'attends un patient.

Il la regarda s'habiller dans la vitre, glisser son corps voluptueux dans une jupe étroite et un chandail, redonner un peu de bouffant à sa coiffure et souligner lourdement ses yeux de noir. Il n'avait pas menti. Une patiente allait arriver. Il avait fixé l'heure du rendez-vous de façon à pouvoir se débarrasser de la femme sans faux prétexte. De plus, il n'était pas rare qu'il prolongeât ses consultations jusqu'à cette heure tardive. Sa clientèle était à présent si nombreuse qu'il recevait à toute heure.

Au cours des deux années qui avaient suivi sa libération, Ibrahim avait mené une vie paisible, presque recluse. Il n'était pas sorti, n'avait pas rénoué avec ses anciennes connaissances, il s'était plongé dans ses livres de médecine jusqu'à retrouver son ancien savoir, s'approprier à nouveau le métier qu'il s'était permis de perdre auprès du roi Farouk. Une fois prêt, il avait loué ce petit appartement composé d'une minuscule salle d'attente, d'une salle d'examen, de son bureau et d'un logement privé adjacent où il pouvait se retirer entre ses rendez-vous.

Pendant quelque temps, il s'était contenté d'exercer sans presse ni tapage. Puis son existence avait pris un tour ironique et inattendu : il était devenu un médecin à la mode.

Il regarda encore les lumières du cinéma Roxy, puis la femme reflétée sur la vitre, qui se mouvait dans la chambre, ramassait l'argent qu'il avait laissé sur la commode, le comptait, le glissait dans son chandail. Après un ultime regard vers lui, elle partit. Il fut seul à nouveau.

Lorsque, timidement, il était revenu dans le monde pour ouvrir son cabinet médical, non loin de la place de la Libération, Ibrahim avait gardé secret son passé : personne ne connaîtrait ses liens d'antan avec la royauté. Néanmoins l'information avait filtré et l'on avait bientôt su dans tout le Caire que le médecin personnel du roi Farouk s'était installé. Au lieu de nuire à sa réputation comme il l'avait craint, son passé faisait de lui une célébrité. Ces mêmes épouses d'officiers qui rachetaient les biens de l'aristocratie exilée se précipitaient aujourd'hui chez l'ancien médecin du roi avec leurs maux sans gravité. Le docteur Ibrahim Rachid était très demandé.

Non qu'il soit un praticien particulièrement doué, ni qu'il ait développé quelque passion pour la médecine. Il restait aussi indifférent à sa profession qu'il l'avait été aux études quand il s'était lancé dans cette carrière – uniquement pour succéder à son père. Il était revenu à la médecine parce que cela donnait une direction à sa vie.

Une foule sortit soudain du cinéma et, reconnaissant les quatres jeunes Rachid, Ibrahim se rappela qu'on était jeudi soir. A les voir se frayer un chemin dans la cohue, riant et bavardant, il se souvint de ce qu'avait été sa jeunesse, voilà longtemps, avant la prison et le roi Farouk. Il avait été jeune, oui, et heureux, et optimiste, comme les deux beaux enfants de Néfissa, le vaniteux Omar et la tendre Tahia, comme sa propre fille, si douce, Camélia, à la démarche si fluide et élégante. Il chercha Yasmina, sa préférée, mais se rappela que le jeudi elle travaillait comme volontaire au Croissant-Rouge.

Ibrahim vit Zachariah, bien sûr, mais ses yeux ne s'attardèrent pas sur le garçon qui lui causait tant de souffrance. Zachariah, le bâtard d'une fellah, qu'il avait eu l'impudence de faire passer pour sien. Amira avait-elle raison, s'était-il moqué de Dieu ? Pas un jour ne s'écoulait sans qu'il souhaitât pouvoir retourner en arrière et revivre cette nuit fatale.

Il quitta la fenêtre, écrasa sa cigarette. Il était temps de se préparer à recevoir Mme Sayeed et ses calculs biliaires.

Helatante, Yasmina déboula dans le grand salon où la famille se réunissait à l'occasion du concert radiophonique mensuel d'Oum Kalsoum.

– Désolée pour le retard ! fit-elle en ôtant son foulard et secouant ses cheveux blonds.

Elle embrassa d'abord Amira, puis sa mère.

– As-tu faim, ma chérie ? lui demanda celle-ci. Tu n'as pas dîné.

– On s'est arrêtés pour manger un kébab.

Elle s'installa sur le divan entre Camélia et Tahia.

Le jeudi soir était l'unique occasion dans la semaine où se réunissaient les deux sexes – hommes et garçons d'un côté du salon, femmes et filles de l'autre. Les dix-neuf membres du clan Rachid s'asseyaient autour du poste de radio avec une collation et du thé. En attendant le début du concert, Amira travaillait à ses albums de photos. Peu à peu, elle avait rempli les blancs laissés par sa fille disgraciée, Fatima, avec les portraits d'autres membres de la famille. Comme elle comblait le dernier vide, Amira songea : « Fatima aurait trente-huit ans maintenant. »

– Mishmish, lança Zachariah depuis l'autre bout de la pièce. Nous avons vu le nouveau film de Dahiba cet après-midi !

– Où étais-tu ? interrogea Omar, dardant sur sa cousine un regard insolent.

– Au Croissant-Rouge, tu le sais bien.

– Qui t'a raccompagnée ?

Yasmina ne s'offusqua pas qu'il la questionne de la sorte ; il en avait le droit en tant que parent de sexe masculin ; elle était contrainte de répondre.

– Mona et Aziza. Elles m'ont reconduite jusqu'à la porte.

Omar n'avait pas à s'inquiéter : jamais Yasmina n'eût songé à marcher seule dans la rue ; les garçons se permettaient de lancer insultes et cailloux à celles qui n'étaient pas accompagnées. Elle se demanda s'il était vrai, comme l'affirmait Oumma, que ce genre de chose ne se serait jamais produit au temps du voile.

– Oh, Mishmish ! intervint Camélia. Tu aurais dû voir danser Dahiba !

Aussitôt, elle se leva, plaça les mains derrière sa tête et se mit à onduler lentement des hanches. Les yeux d'Omar manquèrent de sortir de leurs orbites.

– Pourquoi es-tu en retard, ma chérie ? fit Alice.

– Nous étions dans un hôpital !

Yasmina était tout excitée. Elle achèverait ses études secondaires en juin puis entrerait à l'université en septembre – non pas l'université du Caire où allait Omar et où le rejoindrait bientôt Zachariah. Elle intégrerait la prestigieuse université américaine où Camélia était actuellement inscrite et qui, bien que mixte, offrait de meilleures garanties quant à la sécurité des filles. Yasmina savait exactement ce qu'elle voulait y étudier : la science.

Lorsque Ibrahim arriva au salon, la famille le salua respectueusement. Il embrassa sa mère puis Alice.

– Où est oncle Hassan ? interrogea Camélia.

Depuis son divorce d'avec ses deux épouses, Hassan avait pris le pli de venir écouter le concert mensuel d'Oum Kalsoum chez les Rachid. Il occupait à présent un poste important au gouvernement et avait de nombreuses responsabilités.

– Il devait travailler ce soir, répondit Ibrahim.

Camélia cacha difficilement sa déception. Le béguin qu'elle avait éprouvé, petite, pour l'ami de son père s'était mué en un amour d'adolescente.

– Nous sommes allées à l'hôpital aujourd'hui, annonça Yasmina à son père, venant plus près de lui.

– Ah oui ? dit-il en lui adressant un sourire tendre.

– Nous avons visité la salle des enfants, et quand ils ont demandé une volontaire pour la démonstration, j'ai levé la main !

– Voilà bien ma fille intelligente. Comme je te l'ai appris. Il ne faut pas être timide si tu veux apprendre. Peut-être un jour viendras-tu travailler avec moi au cabinet. Cela te plairait ?

– Oh, plus que tout ! Quand est-ce que je commence ?

– Quand tu auras fini tes études, rétorqua son père avec un rire. Je t'apprendrai à être une bonne infirmière. Ah, le concert commence.

Oum Kalsoum était une chanteuse si populaire que, du Maroc jusqu'en Iran, le monde s'arrêtait de bouger un jeudi sur quatre à l'heure où les postes de télévision et les radios diffusaient son récital. Le phénomène était tel que le président Nasser en profitait souvent pour prononcer un discours dans les minutes précédant le spectacle. Quand il intervint, justement, Amira écarta son album de photos. Elle aimait bien le charisme du président. Elle avait voté pour lui voilà six ans. Elle ne savait rien de lui, mais c'était la première fois que les femmes étaient autorisées à voter en Égypte, et Amira s'était fièrement rendue aux urnes. Elle ne l'aimait pas tant pour sa politique, qui ne l'intéressait guère, que parce qu'il était égyptien et d'extraction modeste. Fils de postier, Gamal Nasser mangeait des fèves au petit déjeuner comme tout le monde, et priait chaque vendredi à la mosquée.

Ce soir-là, cependant, le président stupéfia le monde avec ce qui allait devenir un discours historique. Quelques exclamations retentirent chez les Rachid quand Nasser aborda la question si controversée du planning familial.

Grâce aux programmes de santé mis en place par le gouvernement socialiste, expliqua-t-il à ses auditeurs, la mortalité infantile était en baisse. Moins de gens mouraient du choléra ou de la variole, ce qui faisait chuter le taux de mortalité global. Il en résultait une croissance de la population alarmante. Le nombre d'habitants, annonça gravement Nasser, était passé de vingt et un millions en 1956 à vingt-six millions en 1962. Si cela continuait, l'Égypte sombrerait sous le poids de son propre peuple. Le temps était venu de contrôler les naissances. Cette mesure, assura-t-il à ses millions d'auditeurs, était destinée à améliorer les conditions de vie de la famille, l'institution la plus importante du Moyen-Orient.

Amira regarda autour d'elle sa famille, sa fierté, et adressa mentalement une prière à Dieu pour le remercier de son bonheur. A cinquante-huit ans, elle jouissait d'une excellente santé et elle pouvait espérer devenir bientôt arrière-grand-mère.

Ibrahim écoutait le discours du président en observant son « fils », assis sur le divan. Il eut honte de ses pensées. Zachariah était un gentil garçon, tout le monde l'aimait, mais Ibrahim restait mal à l'aise en sa présence.

Plus Nasser évoquait la contraception, plus Ibrahim sentait croître sa frustration. Tout ce discours pour empêcher des bébés de naître! Et lorsque Nasser expliqua que, pour épargner la mère, le contrôle des naissances était autorisé par l'Islam, Ibrahim songea : « Et que fait-on des droits d'un homme qui n'a pas de fils? »

Il jeta un œil vers Alice. Il regarda ses douces mains blanches, s'émerveilla de les voir si fines, nullement abîmées, alors qu'il ne se rappelait pas un jour au cours des neuf années passées où elle n'avait pas travaillé à son jardin. Voyant avec quelle grâce elle tournait les pages de son catalogue de graines, il imagina ces mêmes mains le caressant et s'étonna d'éprouver un regain de désir. Il ne s'était guère intéressé à sa femme depuis sa sortie de prison.

Une idée lui vint, tout à coup. Il avait quarante-cinq ans, il était dans la force de l'âge; Alice n'en avait que trente-sept : il lui restait encore quelques années pour procréer. De nouveau, il prêta l'oreille à la radio et se demanda comment il n'y avait pas pensé plus tôt : il pouvait encore donner le jour à un fils. Plus il y songeait, plus il éprouvait d'allégresse, et l'ironie de la situation le fit presque sourire : c'est l'exhortation de Nasser à réduire la natalité qui lui avait donné l'idée de l'accroître.

De son côté, Tahia se disait que Gamal Nasser était d'une beauté romantique, et elle aimait que son épouse s'appelât aussi Tahia. Près d'elle, Yasmina songeait que la contraception serait gratuite et accessible à toutes les femmes. Mais d'autres n'écoutaient pas du tout le discours du président. Zachariah composait un nouveau poème pour Tahia, et Camélia venait de décider qu'elle trouverait un moyen pour rencontrer la grande Dahiba.

A entendre Nasser évoquer l'explosion de la population, Omar sentait croître sa frustration. Tant de bébés naissaient sans qu'Omar Rachid en soit le moins du monde responsable! Il regarda Camélia, qui avait ôté ses chaussures, révélant le rouge laqué de ses ongles à travers ses bas. Le feu lui embrasa de nouveau les sens. Terminés les scrupules : d'une façon ou d'une autre, il l'aurait.

16

Le jeune serveur devait avoir une vingtaine d'années, estima Néfissa, l'âge de son fils, donc il ne *pouvait pas* flirter avec elle. Elle se faisait forcément des idées. Pourtant lorsqu'il porta le thé, il le servit avec plus d'empressement que nécessaire et elle vit briller dans ses yeux la même flamme sombre qu'un moment plus tôt, quand elle s'était installée. Elle s'en trouva fort déroutée.

Elle le regarda s'éloigner – avec un peu plus de crânerie qu'il ne le fallait, lui sembla-t-il – puis, d'un geste absent, sucra son thé tout en observant les bateaux sur le Nil vert comme le jade. C'était un beau jour de juin empreint de cette sorte de langueur estivale et embaumée qui incitait à s'asseoir à la terrasse du club La Cage d'Or pour contempler le lent passage du temps sur le fleuve.

Néfissa avait passé la journée à courir les quelques boutiques de mode qui restaient au Caire. Avec le nouvel élan patriotique consistant à « acheter égyptien », l'on trouvait de moins en moins de produits de qualité, et il fallait y consacrer des heures. Pire, elle avait dû se déplacer en taxi, les Rachid ayant congédié leur chauffeur – montrer qu'on avait des domestiques était mal vu dans la nouvelle société socialiste.

Même ce lieu où elle prenait le thé avait changé. La Cage d'Or avait été un club très fermé, réservé à l'aristocratie et, évidemment, à la famille royale. Observant les femmes de pêcheurs qui alimentaient les feux de charbon et vidaient les poissons, Néfissa se rappela le temps où elle fréquentait ce club en compagnie de la princesse Faïza et de ses proches. Son époux coureur automobile était encore vivant, et ils venaient d'avoir Omar. Ils étaient jeunes, riches, et beaux, et ils jouaient des nuits entières autour des tables de roulette de La Cage d'Or. A présent, le club faisait salon de thé durant le jour, et boîte de nuit en soirée, ouvert à qui pouvait se l'offrir : principalement, d'après ce que constatait Néfissa, les militaires et leurs voyantes épouses. Personne de sa classe ne fréquentait plus cet endroit.

Elle but une gorgée de thé et soupira. La belle époque des privilèges de classe était depuis longtemps révolue. Nasser avait tout ouvert au public : les jardins royaux étaient devenus des parcs publics; les palais de Farouk, des musées. Le tout-venant pouvait désormais visiter les appartements privés ou Néfissa avait autrefois tenu compagnie à la princesse Faïza. La princesse elle-même était partie, comme la plupart des membres de l'ancienne cour qui, craignant le nouveau régime, étaient allés s'installer en Europe ou aux États-Unis. Le nombre d'amis de Néfissa s'était réduit à la portion congrue. Elle n'avait même plus Alice. Le lien qui l'avait unie à sa belle-sœur dans les premières années s'était rompu au soir du suicide d'Edward.

– Madame désire-t-elle autre chose ?

Le serveur la fit sursauter, elle ne l'avait pas vu venir. Elle lui jeta un regard; il se tenait à contre-jour, auréolé de soleil. Il s'approchait trop de sa table, son sourire était trop familier. Elle l'avait regardé servir d'autres clients; il ne se montrait que courtois et professionnel. Quel intérêt nourrissait-il pour elle ?

– Rien, merci, fit-elle, constatant qu'elle avait hésité un peu trop longtemps.

Elle attrapa son sac et en sortit un étui à cigarettes en or, avec ses initiales gravées dans l'angle, un minuscule diamant au pied du R. Avant qu'elle ait trouvé son briquet, le serveur lui tendait une allumette enflammée. Allumant sa cigarette, elle se surprit à se demander comment ce si beau jeune homme lui ferait l'amour.

Cete pensée la replongea dans sa solitude.

Omar et Tahia étaient presque des adultes maintenant. Ils n'avaient plus que rarement besoin d'elle ; ils avaient leur propres amis, leurs centres d'intérêt, leurs espoirs pour l'avenir. Néfissa occupait ses journées en courses, rendez-vous chez le coiffeur et bavardages au téléphone. Elle passait des heures interminables à sa coiffeuse, à essayer de nouveaux cosmétiques, à se manucurer les ongles, à se masser la peau. Elle essayait de se convaincre que son maquillage soigné, sa silhouette impeccable, le choix méticuleux de sa garde-robe montraient simplement qu'elle ne se laissait pas aller. Mais en son for intérieur, elle savait ce qui la guidait. Elle désirait tomber de nouveau amoureuse.

Elle avait refusé tous les partis que lui avait présentés sa mère, même les riches et les séduisants, car elle rêvait de retrouver ce qu'elle avait connu une fois, il y a bien longtemps, avec son lieutenant anglais : le grand amour romanesque. Mais l'amour n'était pas revenu, et les années avaient filé sans qu'elle s'en rende compte, jusqu'au jour où elle s'était réveillée en réalisant qu'elle avait trente-sept ans et deux enfants adolescents. Quel homme voudrait d'elle ?

– Dahiba va se produire ici, lui annonça le jeune serveur avec un sourire de connivence. Elle commence ce soir.

Néfissa aurait aimé qu'il s'éloigne. Sa seule présence, son sourire entendu, semblaient la railler.

– Qui est Dahiba ?

Il ouvrit des yeux exorbités.

– *Bismillah!* Notre plus grande danseuse! Vous ne devez pas souvent sortir le soir, madame. Cela me surprend... Une dame aussi riche que vous, ajouta-t-il tranquillement.

Voilà qui était clair : ce n'était pas elle qui l'intéressait mais son argent. Elle fut à la fois dégoûtée et, malgré sa honte, attirée par lui. Pire, elle se demandait s'il la trouvait belle – elle *l'espérait*!

– Je travaille aussi le soir ici, poursuivit-il. Ce soir, précisément. Jusqu'à trois heures du matin. Mon appartement n'est pas loin.

Elle le dévisagea en se demandant pourquoi elle tolérait son insolence. C'était certes une insulte de s'offrir si ouvertement à elle contre de l'argent. Leurs regards se croisèrent l'espace de trois battements de cœur. Néfissa se détourna soudainement et prit son sac. Elle devait se rappeler qui elle était, qu'elle avait compté autrefois parmi les intimes de la famille royale. Les femmes Rachid ne payaient pas pour l'amour.

Depuis le discours du président Nasser, voilà quatre semaines, Omar attendait son heure. Il était plus facile de décider d'avoir Camélia coûte que coûte que de satisfaire ce désir : tant de gens vivaient sous le même toit qu'il s'avérait impossible d'arranger un tête-à-tête. Omar n'avait pas besoin de beaucoup de temps; il savait que ce serait rapide. Si seulement il pouvait la coincer dans l'escalier, ou derrière les buissons du jardin, il en aurait terminé avant que quiconque les découvre. Qu'elle se débatte ne l'inquiétait pas. Même si dix ans de danse classique l'avaient rendue vigoureuse – Camélia avait la charpente souple et musclée d'une danseuse –, il se savait plus fort – sans compter qu'elle risquait d'aimer ça et de se laisser faire.

Lorsqu'il vit Amira descendre la rue des Vierges du Paradis, drapée dans une mélaya noire, il comprit qu'une opportunité exceptionnelle s'offrait à lui. Même si Oumma sortait depuis l'emprisonnement d'oncle Ibrahim, la chose ne se produisait pas si fréquemment. Jamais elle n'allait faire des courses, ni au cinéma ni au restaurant, contrairement aux tantes et cousines. Elle se rendait aux mosquées de Hussein et Zeinab les jours dédiés à ces saints et, une fois l'an, elle allait prier sur la tombe de grand-père Ali. Aujourd'hui elle sortait rendre sa visite annuelle au pont qui reliait l'île de Guézira à la ville, d'où elle jetterait une fleur dans le fleuve. Nul ne savait pourquoi Oumma effectuait ce petit pèlerinage, mais Omar pouvait compter sur plus d'une demi-heure de liberté loin de l'œil qui voyait tout... Quinze minutes suffiraient.

Il fallait encore qu'il prie pour que Camélia rentre de sa leçon de danse à l'heure habituelle et ne musarde pas en route avec des amies.

Justement, la voilà qui passait la porte du jardin!

Omar avait tout prévu : il l'attirerait derrière le belvédère, la clouerait au sol et prendrait sa bouche. Si plus tard elle l'accusait, il nierait. Tout le monde le croirait, lui, puisque le témoignage d'une femme pesait moitié moins que celui d'un homme, ainsi était-il écrit dans le Coran.

– Ya! Camélia! appela-t-il comme elle remontait l'allée. Viens par là! J'ai quelque chose à te montrer!

– Quoi donc?

– Viens voir.

Elle eut une expression de doute puis, mue par la curiosité, posa ses livres et suivit son cousin derrière le belvédère où fleurissaient les hibiscus.

– Quoi donc? répéta-t-elle.

Omar la saisit, la projeta au sol, se jeta sur elle.

– *Y'Allah!* s'écria-t-elle. Pousse-toi, lourdaud!

Il essaya de lui couvrir la bouche mais elle lui mordit la main. Et quand il parvint à défaire la ceinture de son pantalon, elle lui donna une rude poussée qui l'envoya rouler deux mètres plus loin les quatre fers en l'air.

Elle commençait à se relever, mécontente des taches d'herbe sur sa blouse, quand Omar revint à l'assaut, parvint à la clouer de nouveau à terre et tenta de lui relever sa jupe. Elle répondit en lui décochant un coup au sternum. Il hurla de douleur et retomba sur les fesses. Camélia fut immédiatement debout.

– Es-tu devenu fou, Omar Rachid? Un djinn a pris possession de toi?

– Miséricorde, que se passe-t-il ici?

Ils se tournèrent pour voir Amira contourner le belvédère, l'air furieux, sa mélaya noire ondoyant sur ses épaules.

– Omar! Qu'est-ce que tu fabriques?

Il battit maladroitement en retraite, loin de sa portée.

– Oumma! Je... euh...

– Oh, debout, lourdaud, fit Camélia en brossant sa

jupe. – Puis elle lui assena une tape sur la tête. – *Mahallabeya*, dit-elle. Riz au lait ! Toi et moi ne sommes pas fiancés, précisa-t-elle en ramassant ses livres, et nous ne le serons jamais. Alors n'essaie pas de recommencer.

Et elle s'en alla. Omar se remit debout et se tint, honteux, devant sa grand-mère.

– Avec tout l'honneur et le respect que je te dois, Oumma, je te croyais partie au fleuve.

– En effet, mais au bout de la rue je me suis aperçue que j'avais oublié les fleurs.

Elle n'ajouta rien. Omar resta immobile, fixant le sol. Il sentait toute la puissance de sa désapprobation dans le regard qu'elle posait sur lui. Incapable de supporter ce silence plus longtemps, il releva la tête. Lorsqu'il croisa les yeux sombres et intelligents d'Amira, un souvenir lui revint subitement : il avait huit ans et Oumma l'avait surpris dans le jardin en train d'arracher les ailes d'un papillon. Il ne l'avait pas entendue venir. Amira lui avait assené un coup sur la tête. De toute sa vie, c'était la seule fois où on avait levé la main sur lui.

Elle continuait de le fixer, la brise de juin agitait des mèches de cheveux noirs échappées de son chignon. Elle était sa grand-mère, cependant Omar la vit comme la voyaient les autres : belle, forte de cette volonté visible dans sa mâchoire carrée et ses yeux perçants.

– Pardonne-moi, Oumma, murmura-t-il, la gorge sèche.

– Le pardon appartient à Dieu. Omar, poursuivit-elle plus douce, ce que tu as fait est mal.

– Mais je brûle, Oumma, avoua-t-il sourdement.

– Tous les hommes brûlent, petit-fils de mon cœur. Tu dois apprendre à te contrôler. Tu ne devras plus jamais toucher Camélia.

– Alors laisse-moi l'épouser !

– Non.

– Pourquoi non ? Nous sommes cousins. Qui d'autre épouserait-elle ?

– Il est une chose que tu ignores. Quand la première femme de ton oncle est morte, ta mère a allaité Camélia ; or elle te nourrissait encore. Il est écrit dans le Coran que l'union entre deux êtres qui ont sucé le même sein est interdite. C'est un inceste, Omar.

Le jeune homme la dévisagea avec effarement.

– Je ne le savais pas! Camélia est donc ma sœur!

– Et tu ne peux l'épouser.

– *Bismillah!* fit-il, des larmes dans les yeux. Que vais-je devenir?

Amira lui posa une main sur l'épaule, lui sourit.

– Ce n'est pas à toi de le décider, Omar. Ton destin est déjà écrit dans le livre de Dieu. Adresse une prière à l'Éternel. Aie foi en lui.

Omar récita la prière, mais dès qu'Amira eut quitté le jardin, il donna de furieux coups de pied dans une touffe de lis. Après avoir déraciné et massacré les fleurs, il se précipita dans la maison, courut droit chez sa mère où il fit irruption sans frapper.

– Je veux me marier, déclara-t-il. Tout de suite.

Étonnée, Néfissa leva les yeux de sa coiffeuse.

– Avec qui, mon chéri?

– N'importe qui. Trouve-moi une femme!

– Et tes études? Et l'université?

– Je veux seulement me marier! Je n'ai pas parlé d'abandonner mes études. Je peux être étudiant et mari.

– Ne peux-tu attendre d'avoir ton diplôme?

– Encore trois ans, mère! Je serai mort avant!

Elle soupira. L'impatience des vingt ans. L'avait-elle éprouvée, elle aussi?

– D'accord, mon chéri.

Elle vint à lui, passa les doigts dans ses épais cheveux noirs. L'image du serveur de La Cage d'Or, un jeune homme de l'âge d'Omar, lui traversa l'esprit. Et tout à coup, elle eut peur : son propre fils, son précieux fils, risquait par désespoir de se tourner vers une femme plus âgée, riche, qui pût assouvir ses besoins.

– Je parlerai à Ibrahim, promit-elle.

Hassan sifflotait en suivant le domestique dans l'escalier qui menait au quartier des hommes. Il se sentait bien! Voilà longtemps qu'il projetait cette visite à Ibrahim, il avait même failli céder à l'impatience plusieurs fois et avait dû se rappeler à l'ordre afin de manœuvrer avec prudence. Ibrahim n'était plus le vieil ami d'antan. Six mois en prison l'avait changé. Autrefois, Ibrahim avait été aussi simple à déchiffrer qu'un livre d'images pour enfants, mais à présent, avec ses accès de dépression, ses périodes de mélancolie où il ne voyait personne, et ce nouveau tempérament étrangement calme, on ne pouvait présumer de ses réactions. Or l'affaire pour laquelle Hassan venait le trouver aujourd'hui était délicate à l'extrême.

Qu'était-il arrivé à son ami en prison ? s'interrogeait Hassan en montant le grand escalier. Ibrahim avait toujours refusé d'en parler. Hassan se demandait aussi par quel miracle il avait été libéré alors que tous les efforts des Rachid pour le faire sortir avaient abouti à des impasses. Et quand on lui posait la question, Ibrahim affirmait tout ignorer de sa mystérieuse libération.

Le serviteur frappa, ouvrit la porte et Hassan fut introduit dans le confort familier de l'appartement d'Ibrahim. Les deux hommes se saluèrent chaleureusement et Hassan accepta un café. Il eût préféré un whisky mais, à la mort d'Edward, le whisky avait disparu, lui aussi.

« Ce pauvre vieil Eddie, songeait Hassan en se calant sur un divan. Sa mort a-t-elle été réellement accidentelle ? Comment peut-on se tirer une balle précisément entre les deux yeux en nettoyant son arme ? » Néanmoins le rapport de police avait conclu à un décès accidentel, et Amira, qui avait trouvé Edward, insistait sur cette version. Quand même, Hassan ne se fiait pas trop à elle. Il la soupçonnait d'être capable de tout pour protéger l'honneur de la famille.

– C'est bon de te voir, fit Ibrahim d'un ton presque gai.

Hassan en conclut que la chance était avec lui. Ibrahim dirait certainement oui à sa proposition.

Ils allumèrent leur cigarette – de marque anglaise, nota Hassan avec satisfaction.

– Pour moi aussi, c'est bon de te voir, mon frère. Puisse Dieu t'accorder santé et longue vie.

Le gentleman anglais Hassan avait disparu ; maintenant il ne parlait plus qu'arabe et saupoudrait son discours de formules traditionnelles. Durant quelques minutes ils discutèrent des prix du coton et de la construction du barrage d'Assouan.

– M'autorises-tu à t'exposer mon dessein, cher ami ? fit enfin Hassan. Je suis venu à toi dans le but le plus louable. Voici pour nous un jour entre les jours, Ibrahim. Je suis venu te demander ta fille en mariage.

Ibrahim eut un regard très étonné.

– Tu me prends par surprise. Je n'aurais pas cru que tu avais cette idée à l'esprit.

– Voici maintenant près de trois ans que j'ai divorcé. Un homme a besoin d'une épouse, comme toi-même me l'as souvent dit. Ma haute position au gouvernement m'oblige à assister à maintes réceptions et à recevoir chez moi. Une femme est nécessaire dans ces occasions. J'ai attendu, bien sûr, qu'elle ait fêté son anniversaire. Sinon elle aurai été trop jeune.

– Hmm ? murmura Ibrahim en relevant les yeux. Oh oui, trop jeune. Je ne sais pas. Tu as quarante-cinq ans, Hassan.

– Aussi jeune que toi, mon ami !

Ce qui ne restait vrai que du point de vue chronologique. Si Hassan avait conservé sa vigueur et pouvait passer pour bien plus jeune que son âge, Ibrahim avait vieilli. Depuis son séjour en prison, ses cheveux étaient gris et sa stature n'avait jamais recouvré son ancienne robustesse.

– On peut en discuter, reprit Ibrahim. Nous avions évoqué la possibilité que Camélia entre au ballet national mais...

– Camélia ! Par la tête de Sayyid Hussein ! Je te parle de Yasmina !

Ibrahim ouvrit grand les yeux.

– Yasmina ! Elle vient d'avoir seize ans !

– Évidemment nous attendrions qu'elle en ait dix-huit pour la noce, mais toi et moi pourrions tomber d'accord dès aujourd'hui pour les fiançailles.

– Yasmina ? se rembrunit Ibrahim. Non, je ne puis te la donner.

Hassan fit un gros effort pour se contrôler. Il n'allait pas laisser son impatience tout gâcher. Il fallait qu'il l'ait ! Yasmina... belle comme un clair de lune.

– Elle veut aller à l'université, expliqua Ibrahim.

– Comme toutes les filles par les temps qui courent. L'époque moderne leur fait oublier ce pour quoi elles ont été créées. Allons, dès qu'elles se retrouvent enceintes, elles se fichent pas mal de l'université.

– Mais pourquoi Yasmina ?

Hassan marqua une pause. Il n'allait pas avouer à son ami : « Parce que j'ai toujours eu envie d'Alice, donc je prendrai la fille. »

– Pourquoi pas Yasmina ? rétorqua-t-il. Elle est jeune et belle. Pondérée, gracieuse, bien élevée. Et obéissante. Toutes les vertus qu'un homme recherche chez une épouse.

En silence, il ajouta : « De surcroît, je ne me marie pas pour avoir des fils, j'en ai déjà quatre. Cette fois, c'est pour prendre du bon temps au lit. L'éducation sexuelle de la charmante petite Yasmina devrait être délicieuse. »

En y réfléchissant, Ibrahim jugea la proposition inattendue de Hassan presque bienvenue. Yasmina finirait bien par se marier, et son père savait d'ores et déjà qu'il n'approuverait que peu de partis. Quel homme méritait sa fille préférée sinon Hassan, avec lequel il était lié depuis la faculté ?

– Il ne s'agit pas pour moi d'une décision hâtive, précisa prudemment Hassan. Je pense à elle depuis quelque temps déjà. Et toi et moi sommes pareils à deux frères, mon ami. J'ai toujours eu l'impression de faire partie de cette famille. Tu te rappelles quand toi, Néfissa et moi avions pris cette felouque sur le fleuve et que nous avions chaviré ?

Ibrahim se mit à rire, ce qui lui arrivait rarement. Hassan poussa son avantage.

– Pourquoi ne pas me faire officiellement membre du clan ? Ce sera une sécurité pour toi de savoir qu'elle n'épousera pas un étranger. Nous nous connaissons très bien tous les deux, et je crois qu'elle me porte une certaine affection. En plus tu sais qu'elle continuera à vivre dans l'opulence. Je suis riche.

Ibrahim gardait le silence.

– Un homme dans ma position doit se montrer réfléchi dans le choix de sa femme. Il faut qu'elle soit présentable, qu'elle sache se tenir devant les plus hauts personnages de l'État. Elle doit être – je vais prononcer un mot interdit : une aristocrate. Aussi tu imagines bien que mon choix est limité.

– Oui, acquiesça Ibrahim, songeur. C'est d'accord. Rédigeons le contrat...

– Je l'ai justement apporté.

Voyant Ibrahim sortir son stylo, Hassan ajouta :

– Je serai ton gendre n'est-ce pas amusant ?

Néfissa s'apprêtait à frapper à la porte de son frère quand elle avait entendu prononcer son nom. Elle reconnut la voix de Hassan qui évoquait l'époque où ils avaient chaviré sur le Nil. En ce temps-là, elle n'était mariée que depuis un an. Elle n'aurait pas cru que Hassan se souvînt de l'incident. Prêtant l'oreille à la suite de la conversation, elle sentit son cœur s'affoler. Elle ne parvenait pas à y croire : Hassan demandait à son frère la permission de l'épouser !

Quoi d'autre ? Ses phrases : « Nous nous connaissons très bien tous les deux... elle me porte une certaine affection. Elle doit être aristocrate... savoir se tenir devant les plus hauts personnages de l'État. » Ainsi la belle époque des privilèges n'était pas révolue, se dit Néfissa avec un soudain bonheur. Les classes existaient toujours, seuls les titres avaient changé. Chacun savait que Hassan faisait son chemin au sein du gouvernement, il était pressenti pour siéger comme juge à la Haute Cour. Il aurait besoin d'une épouse digne de lui, une aristocrate qui avait été l'intime des souverains.

Elle courut jusqu'à son appartement, se brossa les cheveux, mit un peu de rouge à lèvres, s'aspergea de jasmin. Elle se sentait revivre, comme une jeune fille insouciante et excitée. Elle s'empressa de descendre au jardin et, dès qu'elle vit Hassan, elle alla à sa rencontre.

– Je n'ai pu m'empêcher d'entendre, fit-elle. J'espère que cela ne vous ennuie pas que j'aie écoutée à la porte ?

Il lui adressa un regard déconcerté.

– La demande en mariage! expliqua-t-elle en riant. Vous n'aviez pas besoin d'aller trouver Ibrahim. Je prends seule mes décisions. – Elle jeta ses bras autour de son cou. – Oh, Hassan, je vous désire depuis si longtemps! Je serai une bonne épouse pour vous, promis.

– Vous? répliqua-t-il, puis il éclata de rire. Nous ne parlions pas de vous, mais de Yasmina! – Il lui défit les bras de son cou et ajouta : – Il fut un temps où j'aurais pu l'envisager, Néfissa, quand vous étiez encore jeune et attirante. Mais pourquoi voudrais-je d'une femme fanée alors que je peux avoir la plus fine vierge du Caire?

Elle le considéra avec horreur.

– Vous ne parlez pas sérieusement.

Lorsqu'elle le regarda s'éloigner, son rire résonnant dans la nuit parfumée, Néfissa se souvint de la seule nuit de sa vie où elle avait été réellement aimée. Son beau lieutenant avait disparu. Elle voulait qu'il revienne. Elle voulait qu'un homme l'aime à nouveau comme elle avait été aimée un jour.

17

Les rêves avaient recommencé à peupler le sommeil d'Amira de leurs images déroutantes – le campement du désert, la singulière tour carrée. Mais de nouveaux détails surgissaient, particulièrement la silhouette inquiétante d'un homme grand, à la peau d'ébène, coiffé d'un turban écarlate.

Qui était-il et pourquoi apparaissait-il seulement maintenant dans le songe ? Appartenait-il à la demeure de la rue de l'Arbre à Perles, ou venait-il de la maison où elle vivait avant d'avoir été kidnappée ?

Le plus mystérieux, se disait Amira, c'est la raison pour laquelle ses rêves revenaient en force. Elle avait l'habitude de les voir resurgir quand un bébé s'apprêtait à naître dans la famille. Mais ce n'était pas le cas. Alors qu'essayaient-ils de lui dire ?

– Qu'est-ce que l'impuissance, Oumma ? interrogea Yasmina.

Elles se trouvaient dans la cuisine, à mettre tasses et soucoupes dans l'évier. Le thé qu'Amira offrait chaque vendredi à l'heure où les hommes étaient à la mosquée venait de se terminer. Une fois par semaine, après avoir dirigé la prière de midi des femmes, elle ouvrait la porte du jardin pour laisser entrer amis et visiteurs. Ensuite, elle et ses petites-filles rangeaient et faisaient la vaisselle, tâches dont les servantes auraient pu se charger mais Amira jugeait qu'elles faisaient partie de l'éducation à donner à de futures épouses.

Elle n'avait pas entendu la question de Yasmina. Tout en polissant la théière en argent, elle s'efforçait de trouver une solution à un problème urgent.

Ce matin, avant de partir pour la mosquée, Ibrahim l'avait mise au courant de l'accord conclu la veille entre Hassan et lui, Yasmina était désormais promise à Hassan al-Sabir. Amira n'avait rien répliqué à son fils, mais en le voyant partir en auto dans le soleil du matin, elle avait eu un terrible pressentiment.

– Oumma ? dit Yasmina. M'as-tu entendue ?

Amira regarda sa petite-fille, si charmante et si belle, avec ses boucles d'or pâle retenue par deux barrettes. « Si c'est le seul acte que je doive accomplir d'ici à mon dernier souffle, pensa-t-elle, je sauverai cette enfant des mains de Hassan al-Sabir. »

– Que disais-tu, Mishmish ?

– J'ai entendu Oumm Hussein te demander un remède contre l'impuissance ? Qu'est-ce que c'est ?

– C'est l'incapacité d'un homme à remplir son devoir d'époux.

Yasmina fronça les sourcils : quelle était exactement la teneur de ce devoir ? Elle et ses camarades du collège de filles se chuchotaient souvent des choses à propos des garçons et du mariage mais, leur savoir se réduisait essentiellement à des suppositions.

– Comment le soigne-t-on ? s'enquit la jeune fille.

– Avec une épouse plus jeune ! s'exclama Badawiya, la cuisinière libanaise, devant le billot.

Toutes les femmes présentes dans la cuisine éclatèrent de rire. Amira enlaça Yasmina.

– Si Dieu le veut, Mishmish, tu n'auras jamais à t'en soucier.

– De toute façon, je ne me marierai pas avant des années ! s'exclama l'adolescente. Je vais à l'université étudier les sciences. Je sais exactement ce que sera mon avenir.

Amira jeta un œil vers Maryam Misrahi, qui avait aidé à préparer les pâtisseries et le thé. Ah, les filles d'aujourd'hui ! lui répondit le regard de son amie. Amira sourit pour cacher sa détresse. Elle n'avait rien dit à Maryam de l'affreuse alliance qu'avait acceptée Ibrahim.

– Comme j'aimerais connaître mon avenir! s'écria Camélia, qui guettait anxieusement Zachariah depuis la porte de la cuisine.

Maryam la rejoignit et contempla le jardin éclatant de couleurs.

– Sais-tu comment on lisait l'avenir quand j'étais petite ? fit-elle. Tu prends un œuf et tu le réchauffes entre tes mains pendant sept minutes. Puis te le casses dans un verre d'eau. Si l'œuf flotte, cela signifie que ton futur mari sera riche. S'il coule, il sera pauvre. Si le jaune se brise, il sera...

– Je ne te parle pas de mari, tatie Maryam! Je veux savoir si...

Camélia arrêta net. Oumma ne devait pas connaître ses projets. Nerveuse, elle reprit son guet : Zachariah lui avait dit qu'il avait une nouvelle importante pour elle.

Yasmina s'empara d'une tarte aux framboises que Badawiya venait de sortir du four. Elle mordit dedans, la trouva divinement douce et chaude.

– Oumma, reprit-elle, pourquoi les femmes viennent-elles te voir quand elles sont malades au lieu d'aller chez un vrai docteur comme Papa ?

– Par pudeur.

Amira essuyait soigneusement les tasses en porcelaine et les rangeait dans le placard.

– Papa reçoit aussi des patientes.

– Je ne connais pas ces femmes-là, Mishmish. Mais celles qui viennent à moi ne souhaitent pas se montrer à un homme.

– En ce cas, pourquoi n'y a-t-il pas plus de femmes médecins ? Ne devrait-il pas y en avoir autant que d'hommes ? Ne serait-ce pas normal ?

– Que de questions! fit Amira.

Et elle regarda de nouveau son amie Maryam.

Maryam enviait Amira, qui vivait entourée de toute cette jeunesse, vivante promesse de bébés à venir. Ses propres enfants avaient quitté la maison depuis longtemps pour s'expatrier aux quatre coins du monde, jusqu'en Californie. Elle n'avait vu ses petits-enfants qu'une seule fois, et son premier arrière-petit-enfant était en route. Il était peut-être temps de s'accorder de longues vacances pour aller les voir. Après tout, Suleiman et elle avaient la soixantaine. Mais son mari travaillait nuit et jour depuis que les importations Misrahi perdaient des bénéfices. La famille ne comptait-elle pas plus que les affaires ? « Je lui en parlerai ce soir, décida-t-elle, à son retour du sabbat. »

Sahra écoutait les conversations tout en sortant du four les petits pains au sésame. Elle avait trente ans, elle s'était arrondie et elle n'était plus fille de cuisine. A mesure que Badawiya vieillissait et assumait moins de tâches, Sahra prenait peu à peu le relais, et il était entendu que le jour où Badawiya cesserait son activité, Sahra deviendrait la première cuisinière de la famille Rachid.

Elle sourit en entendant Camélia soupirer à la porte :

– Oh, où est-il ?

Sahra s'était attachée aux enfants du maître comme au maître lui-même. Au fil des ans elle s'était forgé son interprétation de l'histoire. Comme la visite annuelle de la famille au cimetière tombait quatorze jours après son propre anniversaire, Sahra avait pu calculer que la mère de Camélia était morte la nuit du mariage de sa sœur Nazirah, cette même nuit où elle avait vu le maître sangloter près du canal. En conséquence, cela devait coïncider avec la naissance de Camélia. Sahra avait beaucoup d'affection pour la fillette orpheline, pour sa sœur Yasmina aussi, car c'était la déception de leurs naissances qui avait poussé le maître à adopter Zachariah. D'une certaine façon, Sahra se sentait un peu la mère des trois.

Toujours à son poste de guet, Camélia se frottait l'épaule d'un geste absent ; sa bagarre de la veille avec Omar lui avait valu un bleu.

– Tatie Maryam, demanda-t-elle as-tu été voir le nouveau film de Dahiba ?

– Ton oncle Suleiman est trop pris pour aller au cinéma.

– Pourtant tu devrais y aller ! On n'a jamais vu personne danser comme Dahiba ? Vous pourriez y aller ensemble, Oumma et toi.

Amira se prit à rire.

– Où prendrais-je le temps d'aller voir des films ? – Elle

se tourna vers Yasmina : – Mme Abdel Rahman a téléphoné ce matin pour savoir si je pourrais porter ma tisane d'hysope à sa sœur, rue Fahmy Pacha. Les enfants sont terrassés par la fièvre. Tu viens avec moi, Mishmish ?

– Avec plaisir, Oumma. Je nous trouve un taxi.

A cet instant, Zachariah fit irruption dans la cuisine.

– Ton père est-il revenu de la mosquée ? lui demanda Amira quand il l'embrassa.

– Sa voiture arrive à l'instant, répondit-il, attrapant un cornichon dans un pot et croquant dedans.

L'une des aides cuisinières préparait l'*assafir* : elle plumait de petits oiseaux, leur coupait bec et pattes et enfonçait leur petite tête dans leur corps. Comme elle les frottait avec un assaisonnement avant de les embrocher, Zachariah se détourna, le visage révulsé. Sahra surprit son expression et se souvint de ce jour, quand il était petit, où il était devenu comme fou en voyant le boucher préparer l'agneau pour la fête d'Abraham et Ismaïl. Depuis, il ne mangeait ni viande, ni poisson, ni gibier. « Comme son père, Abdu, songea-t-elle, qui éprouvait une compassion sans limites pour toutes les créatures vivantes. »

Il avait d'autres points communs avec Abdu, pensait Sahra. Sa passion à composer des poèmes, son amour pour Dieu et le Coran. Il avait aussi les mêmes épaules larges, les yeux verts, le même sourire doux, au point qu'elle croyait parfois revoir son aimé. Elle se demandait si son fils avait quelques souvenirs des trois premières années de sa vie, quand elle l'avait allaité.

Lorsque Amira quitta enfin la cuisine, Camélia se précipita vers son frère.

– Tu me l'as trouvée, Zakki ? Tu l'as ?

Tout avait commencé voilà un mois, au lendemain de leur sortie au cinéma. « Oh, Zakki, je *dois* savoir où habite Dahiba ! avait supplié la jeune fille. Je *dois* la rencontrer. Je veux étudier avec elle. Regarde, je me souviens de son pas de danse dans le film. Je sais que dès qu'elle m'aura vue, elle me prendra comme élève. Mais il faut que je connaisse son adresse. Trouve-la-moi, s'il te plaît.

A présent, Zachariah, souriant, lui tendait un papier.

– *Bismillah* ! Cela m'a coûté cinquante piastres. J'ai dû soudoyer quelqu'un à La Cage d'Or, où elle se produit.

– Son adresse ! s'écria Camélia.

– J'y suis passé, Lili. Elle habite un appartement en terrasse, et elle a des gardes du corps, et une Chevrolet ! Je l'ai vue sortir de l'immeuble. Mon Dieu, l'Égypte a encore une reine !

– Je vais m'évanouir ! souffla Camélia en embrassant son frère. Je t'adore pour toute la vie, Zakki ! Merci, merci !

– Que vas-tu faire ? lança-t-il.

Elle avait déjà filé.

– Qu'est-ce qu'on vient faire ici, grand-mère ?

Yasmina regardait par la vitre du taxi. Jamais encore elle n'était venue dans cette partie du Caire, le quartier de l'Arbre à Perles. Amira ne répondit pas immédiatement, elle aussi regardait par la vitre.

Elles avaient rendu visite à la sœur de Mme Abdel Rahman et à ses enfants malades puis en partant, au lieu de dire au chauffeur de les reconduire rue des Vierges du Paradis, Amira lui avait demandé de les amener ici. Et voilà qu'elle se trouvait garée devant le lieu même où elle avait rencontré Ali Rachid, quarante-six ans plus tôt.

On avait dit à Amira que la maison avait été abattue, mais ce n'était qu'en partie vrai. Le corps de bâtiment principal était resté : une grande bâtisse en pierre guère différente de leur demeure rue des Vierges du Paradis. Le terrain et les jardins, en revanche, avaient été morcelés : boutiques et logements cernaient maintenant le manoir du XIXe siècle. Sur les marches, des filles en uniforme avec des cartables s'éparpillaient. La maison était devenue une école.

« Cet endroit, s'émerveilla Amira, qui scrutait la façade ouvragée dans l'espoir d'en faire resurgir les souvenirs, ce harem où j'ai été emprisonnée est devenu un lieu où les filles étudient et sont libres. »

Elle ferma les yeux, tenta de remonter le cours des années pour retrouver la petite fille de sept ans terrifiée par tous ces étrangers. Verrait-elle sa mère ? Qui lui dirait si elle avait péri dans le désert ?

« Pourquoi ne puis-je me rappeler le jour où on m'a conduite ici ? Pourquoi suis-je seulement capable de me souvenir de celui où j'ai quitté ce lieu ? »

Aussi grand que fût son effort, Amira ne sut réveiller le passé. Cependant, dans ce lointain fuyant, une nouvelle certitude s'imposa à elle. « J'ai été conduite ici après avoir été enlevée à ma mère. On m'a arrachée à ses bras alors qu'elle essayait de me protéger, et on m'a amenée devant le grand homme noir au turban écarlate : l'eunuque du harem. »

Regardant Yasmina, elle songea : « Voilà ce que disaient mes rêves, voilà pourquoi je suis venue ici aujourd'hui : je suis sur le point de perdre ma petite-fille. Yasmina va m'être enlevée pour vivre avec un homme qui n'est pas de notre famille. Elle me quittera, elle ne sera plus à moi. »

– Qu'y a-t-il, grand-mère ? Pourquoi sommes-nous venues ici ?

« N'aie pas peur, petite-fille de mon cœur, eût aimé répondre Amira, je ne laisserai personne te faire du mal, je ne te perdrai pas. » Au lieu de cela, elle répliqua, rassurante :

– Je te le dirai peut-être un jour, quand je l'aurai moi-même compris. A présent, rentrons. Il faut que je parle à ton père.

Debout face à la fenêtre de son salon personnel, Ibrahim contemplait Alice dans le jardin, sa tête dorée protégée par un chapeau de soleil. A voir ces mains blanches, fines et aimantes, séparer bulbes et racines, éparpiller les graines et tasser la terre humide, il éprouva un désir presque douloureux. Ce jardin était devenu le centre de la vie d'Alice. Il y a dix ans, il se limitait à un petit carré où poussaient quelques pieds de cyclamens ; aujourd'hui il occupait presque tout le côté est de la maison et resplendissait du bleu azur des belles-de-jour, du rose tyrien des fuchias, du rouge flamboyant des roses-fleurs qui normalement ne survivaient pas à la brutale chaleur égyptienne. Les soins constants, la vigilance et la pugnacité d'Alice avaient accompli ce miracle.

Un frisson parcourut Ibrahim. Il eût aimé que sa femme lui accordât autant de soins et de dévouement.

Qu'était-il advenu de leur mariage ? Quand avaient-ils fait l'amour pour la dernière fois ? Voilà longtemps qu'ils ne s'étaient pas réellement parlé, en dehors des politesses quotidiennes. Que pouvait-il faire pour rétablir leur relation, renouer le lien qui les avait unis avant la révolution ?

Au cours des mois qui avaient suivi sa libération, Ibrahim n'avait plus ressenti aucun goût pour le sexe, ni avec Alice ni avec quiconque. Puis le temps passant, à mesure que guérissaient ses blessures physiques, il avait espéré qu'Alice redeviendrait une épouse aimante. Or elle n'était pas venue jusqu'à son lit. S'il insistait , elle cédait, mais l'acte charnel se réduisait à la triste pantomime d'un homme désespéré cherchant à retrouver la santé mentale dans les bras d'une femme indifférente. Alors, il avait choisi les étreintes de femmes anonymes. Leur art de feindre l'amour lui apportait une paix passagère. Passagère. Il désirait sa femme. Et il voulait un fils.

Il perçut quelques coups discrets frappés à la porte et fut surpris de voir entrer sa mère, qui venait si rarement dans cette partie de la demeure.

– Pouvons-nous parler, mon fils ? Des problèmes familiaux urgents réclament ton attention. Omar est devenu un vrai souci. Il ne contrôle plus ses pulsions. Je l'ai surpris hier qui assaillait Camélia.

– Il assaillait Camélia ?

– Il n'y a pas eu de mal. Mais on ne peut plus se fier à lui. Il a besoin d'être marié. J'ai une idée. – Elle s'assit sur le divan luxueux, se plaçant à dessein sous le portrait sévère d'Ali, le père d'Ibrahim. – Fiançons Omar à Yasmina. Et que le mariage ait lieu bientôt, dès qu'elle aura obtenu son diplôme secondaire.

– Mère, je t'ai annoncé ce matin que Yasmina est promise à Hassan.

– Elle est trop jeune pour Hassan. L'autorisera-t-il à continuer ses études ? Omar, à l'inverse, a encore trois années de faculté à accomplir. Ils pourraient être étudiants ensemble. C'est préférable pour Yasmina, plutôt que d'épouser un homme qui est son aîné de trente ans.

– Avec tout le respect que j'ai pour toi, Mère, tu as épousé un homme qui avait quarante ans de plus que toi.

– Ibrahim, ce mariage entre Hassan et Yasmina ne peut avoir lieu.

– Hassan et moi avons déjà signé l'engagement. Je lui ai donné ma parole.

– Tu aurais dû me consulter. Et consulter Alice. Une mère n'a-t-elle pas son mot à dire dans le choix d'un époux pour sa fille ? C'est à *nous* de trouver un homme pour Yasmina, *toi* tu n'as qu'à signer le contrat de mariage.

– Qu'as-tu contre Hassan ? Je n'ai jamais compris pourquoi tu ne l'aimais pas.

– Il ne peut être question de ce mariage.

– Je ne reprendrai pas la parole donnée à un ami.

Il revint à la fenêtre, écarta le rideau et reporta son attention sur Alice. Amira le rejoignit.

– Il y a des problèmes entre ta femme et toi, fit-elle au bout d'un moment de silence.

– Rien dont un fils puisse parler avec sa mère.

– Je peux peut-être t'aider.

Il posa sur elle ses yeux hantés, et Amira se souvint de ce que lui avait dit Zachariah : « Père s'éveille la nuit en hurlant. Je l'entends à l'autre bout du couloir. » Muet, Ibrahim fixait ses mains.

– J'ignore quel est le problème entre Alice et moi, mère, confessa-t-il. Pourtant il existe, et je veux un fils.

– Alors, écoute-moi. Je peux te donner une potion à faire boire à Alice.

– Une potion ? répéta-t-il, dubitatif. Qui produit de l'effet ?

« J'en ai constaté les effets, voilà très longtemps, au harem de la rue de l'Arbre à Perles », pensa Amira.

– Crois-moi si je t'affirme que oui. Alice te satisfera et, si Dieu le veut, elle portera ton fils.

Ibrahim lâcha le rideau et s'éloigna.

– Pas de potion, mère. Ce n'est pas la réponse que je cherche. Je suis fatigué maintenant. J'aimerais me reposer.

– Il faut régler le problème des fiançailles de Yasmina.

– Par le Prophète, puisse Dieu lui accorder toutes Ses grâces, c'est déjà réglé !

– Non, le contredit tranquillement Amira. Ce que je vais te dire, fils de mon cœur, me cause une grande douleur. J'en ai gardé le secret durant toutes ces années afin de t'épargner de plus grandes souffrances, mais Dieu guide ma conscience aujourd'hui. – Elle aspira profondément : – Fils de mon cœur, que j'aime plus que ma propre vie, je te dis que tu n'as pas d'obligation envers Hassan al-Sabir. Il n'est ni ton ami ni ton frère.

– Que dis-tu ?

Le cœur d'Amira s'affola. Une fois les mots prononcés, ils ne s'effaceraient plus.

– C'est Hassan qui t'a fait arrêter et jeter en prison.

– Je ne te crois pas, dit-il en la dévisageant.

– Par la miséricorde divine, c'est la vérité.

– Impossible.

– Je le jure par l'unicité de Dieu, Ibrahim.

– Comment le saurais-tu ? Quelqu'un t'a menti !

Amira respecta sa promesse à Safeya Rageb : elle garderait secrète son intercession.

– Je le sais, c'est tout. Cela figure dans ton dossier : Hassan al-Sabir t'a dénoncé comme conspirateur contre le peuple égyptien. Tu peux le vérifier si tu le souhaites.

– Je ferai mieux, je questionnerai Hassan.

Tapies derrière les caisses vides où l'on pouvait lire Chivas Regal et Johnny Walker, Yasmina et Tahia étouffaient leurs rires. Elles se cachaient près de l'entrée de service de La Cage d'Or, attendant le signal de Zachariah. Il était entré pour tout arranger, mais Camélia, qui frissonnait sous son manteau malgré la chaleur de cette nuit de juin, commençait à trouver le temps long. Quelque chose devait avoir mal tourné.

Elle avait essayé de voir Dahiba chez elle, mais sans succès. Pour que le concierge la laisse entrer, elle avait dû lui donner de l'argent. Même chose avec le garçon d'ascenseur. Les deux gardes du corps qui jouaient aux cartes devant l'appartement de Dahiba lui avaient pris ce qui lui restait, aussi quand elle s'était retrouvée face au maître d'hôtel, la jeune fille était sans le sou. Le maître d'hôtel avait appelé le secrétaire, qui était venu lui faire savoir que Madame ne recevait pas de visiteurs, n'auditionnait pas les amateurs, et ne prenait aucun élève. Alors Zachariah avait mis son plan sur pied. Il avait annoncé à Amira qu'il emmenait les filles voir un spectacle de variétés; dès que Oumma et les autres s'étaient installés au salon pour écouter la radio, les adolescents avaient quitté la maison en direction de la boîte de nuit où se produisait Dahiba.

– Pauvre Zakki, fit Tahia qui fixait la porte ouverte sur les cuisines du club. Il déteste mentir à Oumma.

– Il n'a pas menti, corrigea Yasmina. Il a simplement dit qu'il nous emmenait au spectacle. C'est ce qu'il a fait, non? Le voilà!

Le jeune homme se glissa derrière les caisses.

– Tout est en place, Lili! murmura-t-il. Une femme t'attend derrière la porte, la gardienne des toilettes des dames. Elle te fera passer par la cuisine et te conduira derrière la scène, où personne ne te verra. Mon Dieu, il a fallu que je la paye grassement!

Ils embrassèrent Camélia, lui souhaitèrent bonne chance, et la jeune fille se faufila dans le bâtiment, dissimulant son costume sous son manteau.

Dès que la gardienne l'eût placée derrière le rideau – lui enjoignant de ne pas bouger de tout le spectacle car Zachariah lui avait affirmé que sa sœur voulait seulement regarder –, Camélia jeta un œil sur le public, et son cœur s'emballa. Il y avait là une foule de femmes vêtues de robes coûteuses, d'hommes en uniformes couverts de médailles. Elle se pétrifia en reconnaissant un petit homme grassouillet installé à l'une des premières tables: Hakim Raouf, le célèbre metteur en scène de cinéma, l'époux de Dahiba.

L'orchestre fut bientôt en place, les lumières baissèrent dans la salle et les rayons des projecteurs s'élargirent sur la scène vide. Les musiciens jouèrent pendant quelques minutes afin de mettre le public dans l'ambiance, puis, sous les acclamations et applaudissements, Dahiba apparut. Camélia retint son souffle. La danseuse était encore plus éblouissante en chair et en os. Elle attaqua son numéro avec une superbe toute théâtrale. Enveloppée dans un voile en mousseline de soie bleue parsemée de strass, elle exécuta d'audacieuses volutes qui combinaient danse classique et moderne. Après quelques minutes, elle laissa tomber le voile pour révéler un costume étincelant en satin turquoise et lamé argenté, agrémenté d'une large ceinture garnie de longues franges d'argent. L'artiste se figea, leva une main et commença lentement à onduler des hanches. Le public l'acclama – c'était son ouverture coutumière, sa signature.

A voir Dahiba de si près, Camélia constata qu'elle n'était pas réellement belle, ni même vraiment jolie. Mais elle possédait une extraordinaire présence. En observant la façon dont elle envoûtait le public, le manipulait, le poussait tour à tour à battre des mains, à rire ou à s'assombrir, Camélia comprit que la danseuse ne se contentait pas de distraire les spectateurs : elle leur faisait *éprouver* des émotions.

Guettant son heure, la jeune fille retenait son souffle. Enfin, Dahiba avança tout au bord de la scène, comme elle le faisait toujours afin de nouer une relation avec son public. Dès que l'orchestre entama le morceau sur lequel Dahiba se livrait à la danse du ventre, Camélia rejeta son manteau, vérifia rapidement la tenue de son costume rouge et or, et s'élança sur scène. D'abord le public fut troublé, puis ce fut le délire. Dahiba se retourna et vit cette inconnue qui dansait. A l'interrogation muette dans les yeux de ses musiciens, elle répondit de continuer à jouer.

Bien que la scène soit grande, Camélia se restreignait à un petit espace. Ses mouvements n'en paraissaient que plus audacieux, ses figures, plus intenses; elle ondulait du bassin et des hanches, ses bras se levaient gracieusement. Elle ne regardait pas Dahiba, ses yeux et son sourire ne s'adressaient qu'au public qui battait des mains et criait : « *Y'Allah!* »

Dahiba fit signe à l'orchestre et la musique changea. Le rythme ralentit, les musiciens se turent jusqu'à ce qu'il ne reste qu'une flûte, sinuante comme le serpent, dont le son emplit l'espace enfumé. Camélia ne manqua pas une mesure. Son ondoiement épousait le son de la flûte; elle s'immobilisa une seconde avant de commencer une ondulation qui partait du bassin, montait jusqu'à sa poitrine et redescendait le long de son corps.

Le public s'emballa. Quand ils comprirent que ce numéro n'était pas prévu, que la fille aux yeux de miel était une aventurière, les hommes grimpèrent sur leur chaise, crièrent : « Doux ange de Dieu ! », sifflèrent, acclamèrent et lancèrent des baisers à la délicieuse et scandaleuse petite danseuse.

Dahiba vit l'enthousiasme du public gagner son mari. Hakim lui aussi était sous le charme.

Lorsque la musique cessa, Camélia envoya un baiser à la salle, puis disparut derrière le rideau, où le directeur du club l'agrippa aussitôt, menaçant d'appeler la police. Il l'entraînait déjà quand Dahiba se montra.

– Qu'est-ce que tu es venue faire ici ? cria-t-elle, à peine audible sous le tonnerre d'applaudissements. Tu cherchais à me rendre ridicule ?

Hors d'haleine, Camélia avait du mal à parler. De tout près, elle distingua, sous le lourd maquillage de Dahiba, les rides autour de ses yeux, de sa bouche et, plus stupéfiant, une dureté qui n'était jamais apparue dans ses films.

– Oh non, madame, je voulais seulement auditionner pour vous ! J'ai essayé de vous rencontrer mais...

Hakim Raouf apparut alors, riant et épongeant ses joues écarlates.

– Par la tête de Sayyid Hussein, Dieu le bénisse, quel spectacle ! Viens, viens donc, fillette. On va boire le thé !

Et de claquer des doigts en direction du directeur ébahi.

Ils gagnèrent la petite pièce qui servait de bureau et de loge à Dahiba. Les deux époux allumèrent des cigarettes.

– Comment t'appelles-tu ? interrogea Dahiba.

– Camélia Rachid, madame.

Soudainement émue, la danseuse battit des paupières.

– Tu es parente du docteur Ibrahim Rachid ?

– C'est mon père. Vous le connaissez ?

– Quel âge as-tu ?

– Dix-sept ans.

– Tu as une formation de danseuse ?

– Classique.

– Et tu désires apprendre avec moi ?

– Plus que tout au monde !

Le regard songeur de Dahiba s'attarda sur la jeune fille.

– Je n'admets pas qu'on monte sur scène quand j'y suis. Aucune danseuse ne l'a jamais fait. On aurait pu t'arrêter pour ta témérité. Mais le public t'a aimée.

– C'est un bon intermède, souligna Hakim en desserrant le col de sa chemise sur son cou grassouillet. On devrait peut-être l'ajouter au spectacle, mon lapin.

D'un geste joueur, Dahiba lui boxa le bras.

– Et pourquoi pas un babouin savant aussi ? Tu veux le rôle ? – Elle se tourna vers Camélia, et lui déclara : – Tu es trop musclée. Tu as les épaules d'un homme et les hanches étroites. Il faudra que tu prennes du poids. Une danseuse maigre n'est pas agréable à l'œil, elle manque de sensualité. Et puis ton style est démodé, amateur. On ne fait plus la danse du ventre. Mais tu as des possibilités. Avec un bon entraînement, tu pourrais devenir une grande danseuse. Peut-être aussi grande que moi, ajouta-t-elle en souriant.

– Oh, merci...

Dahiba lui intima silence.

– Avant d'accepter de te prendre, je dois t'avertir. Ta famille désapprouvera ton choix. Les danseuses orientales sont considérées comme des femmes sans morale. On nous méprise parce que nous attirons l'attention des hommes sur la sexualité féminine, parce que nous les détournons des pensées pieuses. Les hommes nous désirent et nous méprisent de les pousser à nous désirer. Comprends-tu ? Beaucoup d'hommes te voudront, Camélia, très peu te respecteront. Encore moins souhaiteront t'épouser. Peux-tu vivre avec ça ?

Camélia considéra le visage rougeaud de Hakim Raouf.

– Vous n'y avez pas mal réussi, madame.

Hakim lui saisit la main et la lui embrassa.

– Béni soit le bois de l'arbre qui fit ton berceau ! déclara-t-il. Par Dieu, je suis amoureux !

Dahiba riait quand Camélia ajouta :

– Je veux danser, c'est tout ce que je sais.

– Alors je vais te dire pourquoi je te prends comme élève, Camélia Rachid – tu es ma première élève, à dire vrai. La danse n'est rien si elle ne relève pas d'un savoir-faire. Nous, Égyptiens, nous aimons l'émotion, le drame. Une bonne danseuse ne peut provoquer de fortes sensations qu'à travers sa personnalité. Tu possèdes ce charisme, Camélia. Ta danse était correcte, mais c'est par ton audace impudente que la salle a été conquise. Tu as le don de manipuler ton public, c'est la moitié du spectacle. Ta famille sait-elle que tu es ici ?

– Non, répondit Camélia après une hésitation. Ils n'approuveraient pas. Mais je m'en fiche ! Je ne leur dirai pas que je prends des leçons avec vous.

– Il faudra que tu viennes chez moi au moins trois fois par semaine. Que leur diras-tu ?

– Je raconterai à Oumma que je prends des leçons de danse supplémentaires. Elle croira qu'il s'agit de danse classique. Ce ne sera pas un vrai mensonge.

– Et si elle découvre la vérité ?

Camélia ne voulait pas envisager cette possibilité. Seul lui importait que Dahiba devînt son professeur pour, un jour, devenir aussi célèbre qu'elle.

Ibrahim frappa à la porte de la péniche de Hassan. Quand le valet lui ouvrit, il le poussa et marcha droit vers Hassan qui, étendu sur un divan, fumait une pipe de haschisch.

– Ami ! Quelle joie de te voir. Assieds-toi et...

– Est-ce vrai, Hassan ? interrogea Ibrahim en restant debout. As-tu donné mon nom au Conseil de la révolution pour me faire jeter en prison ?

Hassan garda le sourire.

– Par Dieu, d'où sors-tu cette idée absurde ? C'est faux, évidemment.

– Ma mère me l'a dit.

Le sourire de Hassan disparut. Le dragon, encore !

– En ce cas, elle t'a menti. Ta mère ne m'a jamais aimé.

– Ma mère ne ment pas.

– Quelqu'un lui aura donné une fausse information.

– Elle affirme que c'était écrit noir sur blanc dans mon dossier. Je peux le vérifier.

Renonçant à sa pipe, Hassan s'assit et se passa la main dans les cheveux.

– Très bien. Nous vivions une époque dangereuse, mon frère. Aucun de nous ne savait qui verrait le prochain coucher de soleil. J'ai été arrêté. Pour sauver ma tête, je leur ai donné des noms. Je suppose que j'ai prononcé le tien, je ne m'en souviens pas. Tu aurais fait pareil, Ibrahim, je jure par Dieu que tu l'aurais fait.

– Ils m'ont demandé des noms, à moi aussi, je n'en ai pas donné. J'ai souffert l'enfer et la torture sans trahir un frère. Tu ne sais pas ce que tu m'as fait subir, Hassan al-Sabir, dit tranquillement Ibrahim, des larmes dans les yeux. Ces six mois en prison ont ruiné ma vie. Toi et moi ne sommes plus frères. Et tu n'épouseras pas ma fille.

Hassan bondit et lui saisit le bras.

– Tu ne peux pas rompre notre contrat.

– Dieu est témoin que je le peux et que je le ferai.

– Si tu fais ça, Ibrahim, je jure que tu vivras pour le regretter.

Ibrahim trouva Amira au salon, où elle écoutait la lecture du Coran à la radio.

– Tu avais raison, mère, Hassan al-Sabir n'est plus mon frère. Arrange les fiançailles de Yasmina et d'Omar. Le mariage aura lieu dès qu'elle aura terminé ses études secondaires. – Puis il ajouta : – Donne-moi la potion pour Alice. Il me faut un fils.

18

– D'où vient cette coutume d'épiler entièrement le corps, mère Amira ? interrogea Alice.

Elle regardait les femmes de la famille appliquer la pâte de sucre et de citron sur la peau de Yasmina.

– La tradition remonte au roi Salomon, quand la reine de Saba vint lui rendre visite. Avant son arrivée, Salomon avait ouï dire que, malgré sa beauté, la reine avait les jambes poilues. Afin de s'en assurer, il ordonna que l'on construise devant son palais une allée en verre sous laquelle on ferait couler de l'eau. On dit que la reine crut qu'il lui fallait traverser cette étendue d'eau. Aussi souleva-t-elle ses jupes. La rumeur à propos de ses jambes disait vrai, alors Salomon inventa un épilatoire pour pouvoir l'épouser. C'est sa propre recette au sucre et au citron que nous utilisons aujourd'hui. La coutume veut qu'une fiancée s'épile à la veille de son mariage afin de plaire à son époux.

– Même les sourcils ? demanda Alice.

Elle s'émerveillait de l'adresse avec laquelle Haneya avait appliqué la pâte au-dessus des yeux de Yasmina, puis l'avait ôtée pour ne laisser sur l'arcade sourcilière qu'un fin croissant de lune brun.

– Elle les peindra, comme nous le faisons. Une femme est plus belle ainsi.

L'épilation rituelle était une réjouissance à laquelle venaient assister toutes les parentes Rachid, vêtues de leurs plus beaux atours, et c'était l'occasion d'abreuver la jeune fiancée de louanges, cadeaux, conseils, de festoyer, de bavarder et danser. Quettah l'astrologue était également là, cette même femme sans âge qui avait assisté à la naissance de Yasmina. Bien plus vieille maintenant, elle louchait sur ses cartes et ses calculs afin de dresser l'horoscope d'Omar et de Yasmina – alliance de l'étoile Hamal dans Ariès, une étoile cruelle et brutale, avec Mirach, astre d'un jaune doux, dans Andromède.

Yasmina était toute en émoi. Demain elle serait mariée, elle partirait vivre dans une maison à elle! Rompant avec la tradition qui voulait qu'un fils amenât son épouse sous le toit maternel, Omar avait pris un appartement près du fleuve. Près de toucher le généreux héritage de son père, il était en mesure de payer son logement, comme de subvenir aux besoins de sa femme et aux siens.

Quand toute la pâte de sucre fut enlevée, Yasmina se baigna, puis ses cousines Haneya, Nihad et Rayya massèrent sa peau irritée avec des huiles d'amande et de rose. Ensuite, on l'aida à passer ses nouveaux vêtements, à se coiffer; enfin on l'escorta jusqu'au salon où avaient lieu les réjouissances.

– Je suis si heureuse pour toi, ma chérie, fit Alice en étreignant sa fille. – Elle ajouta cette information surprenante :

– Puisque tu vas te marier, il faut que tu saches quelque chose. Tu auras ton propre revenu, ma chérie, l'héritage de ton grand-père anglais, le comte de Pemberton.

– Tu disais qu'il n'avait jamais approuvé ton mariage avec Papa!

– Mon père était un homme à l'esprit borné; mais il avait un grand sens du devoir. A sa mort, voilà deux ans, il t'a légué une partie de ses biens. Il y a de l'argent à ton nom, à te remettre à ton mariage, et une maison de famille.

A sa fille Alice, le comte n'avait rien laissé.

La fête se prolongea tard dans la nuit puis l'heure vint pour Amira d'expliquer à Yasmina ce que serait sa nuit de noces lorsqu'elle se retrouverait seule avec Omar. Elles allèrent dans la chambre, fermèrent la porte à la musique et aux rires, et Amira décrivit à se petite-fille ce que ferait son époux.

– Ta mère t'a-t-elle dit ces choses quand tu as épousé grand-père Ali ? questionna Yasmina.

Amira évita de répondre ; personne ne savait qu'elle avait été enlevée et qu'elle n'avait pas connu sa véritable famille.

– Un de tes devoirs d'épouse, continua-t-elle, est qu'en allant te coucher le soir, tu dois toujours sentir bon et porter une chemise propre. Avant de t'endormir, tu dois demander trois fois à ton mari : « Est-il quelque chose que tu désires ? » Si c'est non, tu es libre de te livrer au sommeil. Mais rappelle-toi, ce n'est pas à toi de lui dire *ton* désir. Une femme qui prend l'initiative est une épouse suspecte.

Tandis qu'Amira révélait le mystère de l'union de l'homme et de la femme, Yasmina se souvenait d'une conversation similaire qu'elles avaient eue, quand à douze ans elle avait découvert du sang dans son slip. « Chaque femme a une lune qui vit en elle, avait expliqué Amira. Son cycle est le même que celui de la lune dans le ciel, qui croît et décroît de la même façon. C'est pour nous rappeler que nous sommes une part de Dieu et de Ses étoiles. »

A présent, Amira donnait des instructions précises :

– Il est bon de lui résister d'abord. Cela montre à ton mari que tu n'es pas encline à la passion ; alors il te respectera. N'agis jamais comme si tu y prenais plaisir, parce qu'alors il t'accusera de mœurs relâchées. Cependant si la résistance est bienvenue, précisa Amira, le refus est interdit. Et quand il entre en toi, invoque le nom de Dieu, sinon un djinn risque de te posséder le premier.

Yasmina ne redoutait pas l'acte conjugal ; elle serait avec son cousin Omar ; elle n'avait donc rien à craindre.

Un équipage décoré de fleurs et tiré par quatre chevaux blancs s'arrêta devant le Nil Hilton, et les mariés en descendirent. Les nombreux invités étaient déjà là, prêts à se joindre à la *zaffa*, la procession jusqu'à la salle de bal où allait se tenir la réception du mariage. Au milieu des cris de joie, des applaudissements et du *zaghrît*, Omar, en smoking, et Yasmina, en robe blanche à longue traîne, suivirent les danseuses du ventre en costumes étincelants, les musiciens en galabiehs qui jouaient du luth, de la flûte, du tambourin. Pour souhaiter bonne chance aux mariés, amis et parents lançaient des piécettes sur le couple à mesure que le bruyant défilé traversait l'hôtel. Dans la salle de bal, Omar et Yasmina furent assis sur deux trônes couverts de fleurs, et c'est à cette place qu'ils restèrent toute la soirée tandis que leurs invités festoyaient autour des généreuses tables du buffet, égayés par les chanteurs, comédiens et troupes de danseurs qui se succédaient sur la scène.

Prenant place du côté réservé aux femmes, Alice songeait combien il était curieux qu'il n'y eût pas de cérémonie à l'église ou, en l'occurrence, à la mosquée. Pas de cérémonie du tout, d'ailleurs, la religion ne se mêlait pas du mariage. Pour se marier, il suffisait que deux parents masculins représentent la mariée et le marié – dans ce cas Ibrahim, et Omar lui-même puisque son père était décédé – et signent le contrat avant de se serrer la main. L'épousée, dans une autre pièce, était alors informée qu'elle était mariée. Ni vœux ni baiser devant l'autel.

Tandis qu'on la félicitait pour les noces de sa ravissante fille et qu'elle serrait la main à plus de parents qu'elle ne l'eût cru possible au sein d'une seule famille, Alice méditait sur cette étrange coutume égyptienne qui voulait qu'on marie de préférence des cousins. Le parti de choix pour une fille n'était autre que le fils du frère de son père ; si celui-ci n'était pas disponible, on se rabattait sur le fils de la sœur du père. On ne demandait pas aux jeunes gens de choisir leur partenaire. La mère d'une fille à marier trouvait un garçon à marier et se concertait avec sa mère. Sur plusieurs entretiens, elles discutaient des perspectives financières du jeune homme, de la santé de la jeune fille et de sa capacité à enfanter, du rang de chaque famille et, surtout, de leur honneur. Enfin, on tombait d'accord sur le prix de l'épouse que la famille du garçon était prête à payer, et les parents de la mariée donnaient la liste des cadeaux qu'ils offriraient au couple. Pour finir les tuteurs masculins se rencontraient et rédigeaient les documents. Alors seulement, les futurs époux étaient avertis.

La démarche semblait quelque peu froide et calculée aux yeux d'Alice mais peut-être était-elle préférable au mariage d'amour dans la mesure où l'on prenait en compte les questions pratiques. Car, après tout, combien de temps duraient les sentiments ? Elle regarda Ibrahim, qui se tenait avec les hommes. Leur mariage avait été un échec.

Pourquoi l'amour avait-il déserté leur union ? Alice ne le savait pas exactement, pas plus qu'elle ne savait exactement quand le bonheur s'était éteint entre Ibrahim et elle. Peut-être la nuit de l'excision de Camélia, ou peut-être avant, quand elle avait surpris les deux fillettes en train de jouer avec des mélayas. Comme elle l'avait redouté, les Anglais avaient quitté l'Égypte et elle avait constaté le retour de certaines traditions ancestrales. Mais l'échec de leur mariage venait également d'Ibrahim, de sa froideur à son retour de prison. Alice avait attendu et espéré que se ravive leur ancienne passion, mais un amour déjà menacé ne pouvait survivre longtemps à un espoir si mince. Surtout, à mesure que les jours passaient sans qu'Ibrahim l'envoie chercher, elle s'était mise à ruminer sur le fait qu'il avait déjà une femme quand il l'avait épousée à Monte-Carlo... Si elle avait su pardonner autrefois, elle n'en était plus capable.

Ibrahim regarda dans sa direction et leurs yeux se rencontrèrent brièvement. Il songeait à la potion que lui avait donnée Amira. Ce soir il la mélangerait à la boisson d'Alice, après la fête.

Puis il regarda Yasmina, son bel ange doré, qui lui avait ravi le cœur dès sa première heure d'existence. Il pria pour qu'elle soit heureuse avec Omar, pour que sa vie soit toujours parfaite et lui apporte la plénitude. Il était content qu'elle épouse le fils de Néfissa et non un étranger. Surtout, il était heureux qu'elle n'ait pas épousé Hassan. Hassan, le frère qui l'avait trahi, à qui jamais il ne pardonnerait.

A la place d'honneur, à côté du jeune couple, Amira se montrait pour la première fois sans sa mélaya. Au milieu des tenues les plus à la mode et les plus coûteuses, elle portait une robe ornée de perles, à manches longues, qui tombait jusqu'à terre. Sur le conseil d'Alice, elle s'était même mise au goût du jour en changeant de coiffure : le chignon vieillot avait été remplacé par une coupe courte un rien bouffante qui bouclait juste sous les oreilles. Néanmoins, son cou et ses épaules étaient couverts d'un foulard de soie noire qu'elle tirerait sur sa tête et son visage lorsqu'elle quitterait l'hôtel.

La vue d'Omar et Yasmina sur leurs trônes l'emplissait d'une joie telle qu'elle récita intérieurement son verset préféré du Coran : « Dieu les récompensera avec les jardins de l'Éden, jardins abreuvés de ruisseaux caracolants, où ils demeureront à jamais. » Puis ses pensées dérivèrent vers le mariage des autres enfants. La chose serait délicate et exigerait beaucoup de soin. Les familles haut placées socialement connaissaient plus de difficultés à établir leurs enfants que le reste de la population, les partis étant plus rares. Tout le monde pouvait se marier au-dessus de sa condition, pas en dessous.

Dans cette perspective, Amira fut satisfaite de constater que Jamal Rachid ne détachait pas les yeux de Camélia. Veuf depuis peu la quarantaine, six enfants, heureux propriétaire de plusieurs immeubles d'habitation au Caire, c'était un Rachid, le petit-fils du frère du père d'Ali Rachid. Amira décida de lui faire savoir dans les prochains jours qu'elle irait lui rendre visite. Contrairement à Yasmina, Camélia n'avait jamais manifesté le désir d'entrer à l'université; elle serait contente que sa grand-mère lui arrange une si belle alliance.

Et puis il y avait la timide Tahia, dix-sept ans elle aussi, qui venait de terminer ses études secondaires. Elle non plus n'avait pas émis le souhait de continuer l'école, et il semblait à Amira qu'elle attendait, soumise, que ses mère et grand-mère la marient.

Zachariah, enfin, qui n'était pas réellement de leur sang, mais Amira ne s'en sentait pas moins le devoir de l'établir. Elle l'aimait et elle était fière de lui; elle se rappelait que la famille l'avait fêté le jour où il connut par cœur les cent quatorze sourates du Coran. Il n'avait alors que onze ans. Amira ne savait trop comment le marier. Il n'était pas comme les autres. Son inclination pour l'aspect spirituel de l'existence le conduirait peut-être vers des études religieuses. Il pourrait devenir imam, et prêcher chaque vendredi à la mosquée.

Lorsque Yasmina croisa le regard d'Amira, elle sourit et s'agita sur son siège. Elle commençait à se lasser de la position assise, elle avait hâte de s'installer dans son nouvel appartement et d'y commencer sa nouvelle vie. Elle était une femme mariée désormais. Et le mois prochain, elle entrait à l'université! Omar et elles prendraient le tramway ensemble pour la faculté, reviendraient ensemble, étudieraient le soir ensemble à la même table. Un jour, il aurait un travail fourni par le gouvernement – le président Nasser avait promis un poste dans le civil à tous les diplômés –, et elle aurait des bébés. Omar et elle feraient des parents intelligents, cultivés et modernes qui partageraient également toutes les responsabilités, sans aucune des iniquités des anciennes générations. La vie était si merveilleuse que, voyant sa sœur au buffet, Yasmina ne put s'empêcher de lui faire signe. Il lui semblait qu'elle allait défaillir de bonheur.

Occupée à se servir une généreuse portion de kébab et de riz – dans le but de gagner du poids comme l'avait exigé Dahiba –, Camélia répondit au signe de sa sœur. Mais son esprit s'attachait à d'autres questions, principalement à sa déception que oncle Hassan ne soit pas venu au mariage. Elle avait espéré qu'ils parleraient tous les deux, elle aurait tant voulu qu'il se rende compte qu'elle n'était plus une enfant. Souvent elle s'était demandé s'il songeait à se remarier. Pour l'heure, elle s'interrogeait sur la cause de son absence.

Une danseuse du ventre monta sur scène, adroite mais sans éclat, et Camélia pensa aux huit semaines épuisantes et cependant exaltantes qu'elle avait passées à travailler secrètement avec Dahiba, maître exigeant et rigoureux. « Donne-moi ce rythme, disait Dahiba, ou celui-là », et Camélia devait s'exécuter, sans musique. Dahiba lui enseignait aussi l'art du costume et du maquillage, et comment flirter avec le public. Les après-midi avec elle étaient si sublimes que la jeune fille commençait à s'agacer de devoir continuer ces cours au conservatoire. Mais elle ne pouvait pas arrêter la danse classique car alors elle n'aurait plus de prétexte pour sortir trois après-midi par semaine. Cependant elle apprenait vite, avait dit Dahiba. D'ici à un an, quand elle aurait dix-huit ans, elle danserait probablement une partie du spectacle.

Elle adressa un clin d'œil à Zachariah, qui passait avec deux assiettes. Grâce à lui, ainsi qu'à l'aide de Tahia et de Yasmina, Camélia voyait son rêve devenir réalité. Comme il ne lui rendait pas son clin d'œil, ni même un sourire, elle se rappela la triste nouvelle qu'il avait apprise aujourd'hui même : un camarade de classe auquel il était très attaché s'était suicidé ce matin. « C'était un bâtard, Lili, avait dit Zachariah, le visage trempé de larmes. Sa mère n'était pas mariée, il a toujours ignoré qui était son père. Les garçons à l'école l'accablaient sans pitié, mais il résistait avec courage. Puis il est tombé amoureux d'une fille de son voisinage et il espérait l'épouser. Mais quand sa mère a téléphoné à la mère de la fille, celle-ci a dit qu'aucune famille, même de la classe la plus basse, n'autoriserait sa fille à l'épouser. Quelle femme honnête voudrait d'un homme qui n'a jamais connu son père ? Ne pouvant mener une vie honorable, il a choisi une mort honorable. »

Zachariah regagna sa table et tendit une assiette au vieil oncle Karim qui ne pouvait marcher qu'avec une canne. Tout en regardant les acrobates sur scène, il jeta un œil vers Tahia, assise avec Oumma, tante Alice et tante Néfissa. Le jeune homme craignait qu'Oumma ne trouve un époux pour Tahia. Il n'avait que seize ans, comment demander à lui être fiancé ? Il fallait cependant qu'il ait le courage d'aborder grand-mère.

Lorsqu'un comédien célèbre monta sur scène, toute la salle éclata de rire avant même qu'il n'ait ouvert la bouche. Mais Zachariah remarqua qu'oncle Suleiman, assis près de lui, ne riait pas; il se demanda pourquoi.

Suleiman Misrahi s'inquiétait pour ses affaires. Dans le

but de promouvoir les biens égyptiens, le gouvernement édictait des règlements de plus en plus stricts quant à l'importation. Les profits chutaient si rapidement que Suleiman avait dû se séparer d'un bon nombre de vieux employés fidèles. Il risquait de surcroît de devoir vendre la grande maison rue des Vierges du Paradis pour s'installer dans un appartement. Il avait été désolé d'annoncer à Maryam qu'ils ne pourraient s'offrir le voyage pour aller voir leurs enfants. Il se désolait plus encore qu'on ne servît pas de vin à cette réception. Il en aurait volontiers consommé, en quantité.

La dernière et la plus talentueuse danseuse du ventre apparut sur scène et dansa, non plus pour le public mais spécialement pour la mariée, une danse qui symbolisait le passage de l'état de vierge à celui d'être sexué. Vêtue d'un costume très décolleté et se mouvant avec séduction, elle se livra à une chorégraphie étonnamment sensuelle qui évoquait l'indépendance, la sexualité, la puissance féminine débridée. La modeste mariée, immobile dans sa blancheur virginale, montrait par le sérieux de son maintien qu'elle n'était nullement remuée par la prestation de l'artiste.

Quand le numéro fut terminé, la réception toucha à sa fin. Les invités s'en allèrent et les membres de la famille proche montèrent dans des taxis afin d'escorter le jeune couple jusqu'à son nouvel appartement.

Les hommes restèrent au salon, les femmes emmenèrent Yasmina dans la chambre où elles l'aidèrent à se défaire de sa robe de mariée et à revêtir une chemise de nuit. Puis elles la couchèrent sur le lit, remontèrent sa chemise, et Amira la tint par-derrière tandis qu'Omar prenait position. Quand il enroula le mouchoir autour de son doigt, les femmes tournèrent le dos; Amira regarda ailleurs. Yasmina cria, le sang avait coulé.

Revenu à la maison avec Alice, Ibrahim desserra sa cravate.

– Un beau mariage, n'est-ce pas, ma chérie?

– Je n'aime pas ce rituel barbare autour de la virginité.

Il lui prit le bras.

– Tu viendrais chez moi quelques minutes ?

– Je suis fatiguée, Ibrahim.

C'était ce qu'elle disait toujours.

– Allons porter un toast au bonheur de notre fille. J'ai du cognac.

Alice regarda son mari. Le mariage de sa fille la rendait sentimentale, il lui rappelait le jour où elle avait dit oui à un bel homme, promettant de l'aimer et de lui obéir jusqu'à la mort.

Elle l'accompagna, pour le toast. Ibrahim l'observa tandis qu'elle buvait et constata avec soulagement qu'elle ne détectait pas le goût de la potion. Elle fut bientôt grise.

– Je n'ai pas l'habitude de boire ! fit-elle en riant.

Or au lieu de la rendre romantique, comme Ibrahim l'avait espéré, le breuvage l'assommait. Son mari l'embrassa mais elle ne répondit pas à ses baisers. Elle ne le repoussa pas non plus, alors il fit glisser les bretelles de sa robe du soir. Comme elle n'offrait pas de résistance, il continua de la déshabiller. Elle était pareille à une poupée de chiffon dans ses bras, une expression rêveuse et lointaine sur le visage. Elle ne paraissait pas avoir conscience de ce qu'il faisait. A un moment, elle pouffa.

Ibrahim l'emmena dans la chambre et la coucha sur le lit. Ce n'était pas ce qu'il avait souhaité. Il l'aurait aimée désirante, chaude, sensible. D'un autre côté, il voulait un fils. Quand il se glissa dans le lit et étreignit sa femme, il éprouva plus de honte qu'il n'en avait jamais ressentie avec les prostituées.

Zachariah ne parvenait pas à dormir. Il pensait à son ami Latif, qui s'était noyé dans le Nil. Les cieux l'avaient-ils accueilli ? L'adolescent descendit au jardin. Latif contemplait-il en ce moment le visage de l'Éternel ?

Il fut surpris de trouver Tahia assise dans le clair de lune. Son chagrin pour Latif s'évanouit. « Elle est un mirage miroitant dans l'ardent déser du désir », se dit-il.

– Je peux m'asseoir près de toi ?

Tahia sourit et lui fit une place sur le banc de marbre. Il se mit à chanter doucement une chanson d'amour traditionnelle, *Ya noori.* Tu es ma lumière ». Quand Tahia se mit à pleurer, il fut stupéfait.

– Qu'y a-t-il ? Qu'est-ce qui ne va pas ?

– Mishmish va me manquer ! Oh, Zakki ! Nous sommes devenus grands ! Nous allons tous partir les uns après les autres et on ne se reverra jamais ! Notre bonheur est fini ! Plus jamais nous ne jouerons ensemble dans ce jardin !

Maladroitement, il la prit contre lui et fut plus étonné encore quand elle l'enlaça et enfouit son visage dans son cou, le trempant de larmes. Il la tint étroitement serrée, lui murmura des paroles douces, l'appela *Qatr al-Nana*, Belle Goutte de Rosée, et lui caressa les cheveux, émerveillé par leur douceur soyeuse. Tahia était si chaude ainsi offerte dans ses bras que ses sentiments le submergèrent.

– Je t'aime, lâcha-t-il brusquement. Les anges ont dû se réunir quand tu es née.

Puis ses lèvres cherchèrent celles de la jeune fille, les trouvèrent, souples et ardentes. Il désirait davantage mais s'arrêta à ce seul baiser. Lorsque Tahia et lui feraient l'amour, ce serait selon la loi de Dieu édictée par le Coran : dans le mariage seulement.

– Je parlerai à Oumma, fit-il. Nous serons aussi heureux que Omar et Yasmina.

Il tenait le visage de Tahia entre ses mains. Le clair de lune avait transformé ses larmes en diamants.

Yasmina contemplait Omar endormi et songeait qu'il était étrange de se retrouver au lit avec son cousin, un garçon avec lequel elle avait grandi. Ils avaient fait l'amour agréablement, en riant, en s'amusant, mais elle se demanda à quel moment la passion était censée survenir, celle dont parlaient les chansons et les films.

Quittant sans bruit le lit, elle gagna la fenêtre et regarda au-dehors. Jamais elle ne s'était sentie si heureuse. Elle avait eu un beau mariage, à présent elle avait un toit à elle. Pourtant, ce qui occupait ses pensées en cette nuit d'été embaumée, c'étaient les paroles que son père avait prononcées voilà quelques semaines, quand elle était revenue du Croissant-Rouge. « Peut-être un jour viendras-tu travailler avec moi au cabinet. Je t'apprendrai à être une bonne infirmière. »

Mais serrant ses bras autour d'elle, encore chaude de la délicieuse étreinte d'Omar, Yasmina pensa : « Non, pas infirmière. Je serai médecin. »

19

Quand elle le vit, la première pensée de Camélia fut que cet homme était très beau. Ensuite elle se demanda s'il était marié.

Il s'agissait du censeur du gouvernement, dépêché aux studios Saba afin de vérifier que le dernier film de Hakim Raouf ne montrait ni la pauvreté, ni le mécontentement politique, ni le nombril de Dahiba. Camélia essaya de ne pas trop le regarder, tout en s'asseyant à l'écart des caméras et des techniciens tandis que Hakim dirigeait les acteurs. C'était la quatrième fois que Dahiba invitait sa jeune élève à assister au tournage, et chaque fois l'adolescente avait éprouvé le même plaisir à découvrir les coulisses de ce monde enchanté. Mais en ce froid jour de décembre, elle était encore plus excitée parce que c'était la semaine du *Muled el-Nabi*, la fête de neuf jours qui célébrait l'anniversaire du Prophète, période où les gens portaient de nouveaux vêtements, échangeaient des présents, allumaient des feux d'artifice et mangeaient des tonnes de friandises. Pour l'occasion, en ce venteux matin d'hiver, l'époux de Dahiba avait fait dresser dans le studio un buffet qui débordait de gâteaux, pâtisseries et confiseries, sans oublier le très prisé pain de palais, une galette de pain frite dans du beurre puis trempée dans du miel et tartinée de crème épaisse.

Camélia observa le séduisant censeur qui se servait une pleine poignée de dattes fourrées à la peau d'orange confite avant de mettre plusieurs cuillerées de sucre dans son café. L'avait-il remarquée ?

Évidemment, elle n'irait pas vers lui pour engager la conversation, tout comme elle eût été choquée, insultée, s'il s'était permis de l'aborder. Mais elle désirait retenir son attention. Si seulement on lui avait permis de s'habiller avec un peu plus de chic ! Oumma veillait toujours à ce que les filles quittent la maison modestement vêtues, à savoir manches longues, jupes sous le genou et col boutonné jusqu'au cou. Elle obligeait en particulier Camélia à porter un foulard afin de cacher sa luxuriante chevelure noire qui, affirmait-elle, représentait une tentation pour les hommes... Camélia ôtait le foulard dès qu'elle se trouvait hors de vue de la rue des Vierges du Paradis. Elle estimait injuste que son frère et ses cousins portent ce qui leur plaisait, à croire que seules les femmes provoquaient la tentation. Et puis, se disait-elle, les hommes étaient-ils faibles au point de perdre tout contrôle à la vue d'une mèche de cheveux ? A l'école, les filles plaisantaient sur le sujet, jugeant que les hommes étaient de bien piètres créatures s'ils s'excitaient à la vue d'un cheveu fourchu ! Au moins, Amira admettait le maquillage puisqu'elle-même passait chaque matin du temps à sa coiffeuse avant de rejoindre la famille pour le petit déjeuner. Aussi Camélia prenait-elle soin d'appliquer le khôl autour de ses yeux d'ambre, de dessiner parfaitement ses sourcils arqués, de peindre ses lèvres d'un rouge sombre qui s'harmonisait avec sa peau de bronze. Le censeur du gouvernement la trouvait-il au moins jolie ?

– Action ! cria Hakim Raouf.

Et Dahiba se mit à ondoyer sous le regard attentif du censeur. La scène se déroulait dans une boîte de nuit. Dahiba jouait le rôle d'une danseuse qui feignait de ne pas reconnaître son mari infidèle, présent – incognito et déguisé – dans le public. Une autre comédie. Un jour, Raouf s'était plaint auprès de Camélia qu'un homme aussi brillant que Nasser (« L'homme, par la tête de Sayyid Hussein, qui a expédié cinquante mille transistors, tous réglés sur Radio Le Caire, dans les zones rurales du Moyen-Orient ! ») puisse imposer des contrôles draconiens sur les films, au point de quasiment leur garantir l'échec commercial. Le mari de Dahiba parlait parfois de « plier la tente et filer au Liban, où il y a plus de liberté et où ils savent apprécier la créativité artistique ».

– Coupez! lança-t-il.

Il demanda qu'on fasse une retouche sur le costume de Dahiba. Puis il alla trouver sa femme, qui était encore plus grande que lui que d'habitude parce qu'elle portait des talons hauts, et lui murmura quelque chose à l'oreille. Elle rit et lui boxa le bras.

Camélia adorait observer Dahiba avec son mari. Ils formaient un couple vraiment disparate – elle, si grande, gracieuse, élégante et lui, courtaud, dodu et débraillé. Mais ils s'étaient unis en connaissance de cause. Les parents de Dahiba ayant été tués dans un accident de bateau alors qu'elle avait dix-sept ans, elle avait été libre, en l'absence de toute famille, de choisir son époux. Hakim Raouf et elle vivaient ensemble depuis vingt ans.

« Voilà ce que je veux, décida Camélia et elle jeta de nouveau les yeux vers le censeur. Choisir moi-même mon mari. Je veux que nous soyons heureux et fous ensemble. »

Et puis j'aurai des enfants, se promit-elle, car Dahiba lui avait assuré qu'il était possible d'avoir des bébés *et* une carrière.

Elle fixait toujours le sombre et beau censeur quand il tourna brusquement le regard dans sa direction, s'attarda sur elle un peu plus longtemps qu'il n'était décent avant de se détourner. Le cœur de Camélia battit la chamade.

La scène s'acheva; le tournage était terminé pour aujourd'hui. Rassemblant son manteau, son sac et ses livres de bibliothèque, Camélia vit Dahiba entrer en conversation avec le censeur. Il lui demanda quelque chose, elle rit, secoua la tête. Il consulta sa montre et hocha la tête.

– Qu'as-tu pensé de la scène? s'enquit Dahiba, rejoignant la jeune fille et l'enlaçant.

– Tu étais merveilleuse! Il ne te quittait pas des yeux, précisa-t-elle en désignant le censeur.

– Bien sûr. C'est son travail! Il s'assurait que je ne dansais pas de façon trop provocante. En tout cas je l'ai invité à prendre le thé avec nous cet après-midi.

– Oh, il a accepté?

– Il voulait savoir si tu étais ma fille. Mon élève, lui ai-je répondu.

– Il vient?

– Il a aussi voulu savoir si tu serais là. Quand j'ai dit oui, il a accepté.

– Je vais m'évanouir de bonheur!

– Quatre heures, ma chérie. Ne sois pas en retard.

Camélia courut presque tout le chemin jusqu'à la maison, passant mentalement en revue sa garde-robe pour décider de ce qu'elle porterait. Elle n'ignorait pas comment se déroulerait le thé : il paraîtrait surpris de la voir là, puis, selon les règles de la bienséance, aurait soin de ne lui manifester aucun intérêt durant le reste de la visite. S'il acceptait une deuxième invitation à prendre le thé, cela signifierait qu'elle lui plaisait, et il leur serait permis d'échanger quelques mots, sous l'œil attentif de Dahiba. La troisième invitation serait peut-être un dîner. Camélia serait autorisée à s'asseoir près de lui et ils auraient le droit de parler un peu d'eux-mêmes. Ou peut-être iraient-ils pique-niquer, ou au concert, avec Dahiba et Raouf pour chaperons. La jeune fille s'enivrait de toutes ces éventualités!

Lorsqu'elle arriva chez elle, il tombait une pluie fine et elle trouva la majorité de ses parentes dans la grande cuisine, papotant et riant autour des fourneaux.

Amira supervisait la préparation des poupées en sucre, régal traditionnel des enfants à l'occasion de l'anniversaire du Prophète. Tante Alice, les joues rouges, ses cheveux blonds retenus par des peignes, faisait un pudding de Noël. Cette année, la naissance du prophète Mahomet coïncidait avec celle du prophète Jésus. Comme cela n'arrivait qu'une seule fois tous les trente-trois ans, on s'en réjouissait doublement. Tante Alice sortirait les décorations de Noël, accrocherait des cheveux d'ange à un petit arbre et, tout en disposant la crèche sous l'arbre, elle raconterait la Nativité aux enfants. L'histoire était familière à tout le monde car la naissance de la Vierge figurait dans le Coran. Il y avait aussi au Caire un vieil arbre sous lequel la famille biblique s'était reposée lors de la fuite en Égypte. Voyant que Maryam Misrahi se trouvait elle aussi dans la cuisine, Camélia se souvint que l'on célébrait une *troisième* fête : Hanukah. Tante Maryam confectionnait le *harosset*, dessert aux dattes et aux raisins qu'elle préparait immanquablement pour la fête juive des lumières, qui commémorait la nouvelle dédicace du temple de Jérusalem, le lieu même d'où Mahomet s'était élevé dans les cieux afin de recevoir de Dieu les cinq piliers de la foi islamique. Face à tout cet affairement, Camélia songea que grâce à ces trois fêtes simultanées, on allait vivre la semaine la plus sainte de l'année.

La jeune fille retira le foulard dont elle s'était coiffée avant d'arriver rue des Vierges du Paradis, lança un bonjour essoufflé à tout le monde et prit une tartelette aux abricots juste sortie du four.

– Te voilà, Lili, fit Amira. As-tu trouvé tes livres ?

Camélia avait dit à sa grand-mère qu'elle se rendait à la bibliothèque chercher des ouvrages pour son cours de littérature arabe. Elle n'avait pas précisé qu'elle s'arrêterait ensuite aux studios Saba.

– J'en ai trouvé deux, Dieu merci. J'ai beaucoup de devoirs ce soir !

– As-tu pris un taxi, comme je te l'avais demandé ?

Camélia soupira. Voilà peu de temps que Oumma permettait aux filles de sortir sans escorte. Concession faite à contrecœur, mais avec Tahia et Camélia qui allaient à l'école, tout comme les deux filles de Hanida, celle de Rayya, ainsi que les jumelles de Zubaïda qui travaillaient comme dactylos au journal *Al Ahram*, la nécessité avait contraint Amira à leur accorder davantage d'indépendance.

– Il fait un froid si revigorant, Oumma, que j'ai préféré marcher. Il ne m'est rien arrivé, s'empressa de préciser Camélia en voyant les sourcils froncés de sa grand-mère.

Dans l'esprit d'Oumma, les rues du Caire étaient encore hantées de démons tentateurs qui menaçaient la vertu d'une fille. Mais durant le trajet, il ne s'était produit qu'un seul incident : de jeunes villageois en galabieh lui avaient jeté des cailloux en l'insultant. Camélia s'était contentée de les ignorer, comme elle le faisait toujours. Hormis cela, son retour s'était déroulé sans problème. Enfin, que risquait-elle en plein jour dans une rue passante ?

– J'ai une nouvelle merveilleuse pour toi, lui annonça Amira en s'essuyant les mains sur le tablier qui protégeait sa jupe de soie noire. Tu vas téléphoner à ton professeur de ballet pour annuler ta leçon de cet après-midi. Nous allons avoir l'honneur de recevoir quelqu'un d'important.

Camélia la dévisagea. Amira ignorait tout des leçons avec Dahiba puisque les cours de danse classique lui servaient d'alibi. Cet après-midi, elle devait prendre le thé avec le censeur du gouvernement!

– Madame n'appréciera pas, fit-elle, parlant de la directrice du ballet. Madame est en colère quand...

– Ridicule, la coupa Amira. Tu n'as pas manqué une leçon depuis des années. Une fois n'est pas coutume. Dois-je téléphoner moi-même ?

– Qui est ce visiteur, Oumma ?

– Notre lointain cousin, Jamal Rachid, répondit Amira avec un sourire de fierté. Il vient pour te parler, petite-fille de mon cœur.

Maryam leva son verre de thé.

– *Mazel tov,* ma chérie.

Incrédule, Camélia fixa sa grand-mère et tante Maryam. Puis elle se souvint que Jamal Rachid était venu plusieurs fois voir Amira. Or elle comprenait avec horreur qu'il avait des vues sur *elle.*

– Vois comme elle est stupéfaite, commenta Maryam en souriant. Tu es une fille chanceuse, Lili. Jamal Rachid est un homme riche. Il est réputé pour sa piété, sa bonté envers les veuves et les orphelins.

– Mais je ne veux pas me marier, Tatie! s'écria Camélia.

Amira eut un nouveau sourire.

– Quelle drôle d'idée! Jamal Rachid est un homme bon, et très à l'aise financièrement. Il a même une gouvernante pour ses enfants, tu ne seras donc pas chargée de t'en occuper.

– Il ne s'agit pas de Jamal Rachid, Oumma ! Mais de n'importe quel homme ! Je refuse de me marier maintenant !

– Et pourquoi cela, mon Dieu ?

– Je ne peux pas, c'est tout ! Pas tout de suite !

– Qu'est-ce qui te prend ? Bien sûr que tu épouseras M. Rachid. Ton père et lui ont déjà signé le contrat.

– Oh, Oumma ! Comment as-tu *pu* ?

A la surprise générale, Camélia s'enfuit de la cuisine et claqua la porte de la maison.

Elle courut jusque chez Dahiba, sous la pluie, poussa violemment les portes d'entrée, passa comme une tornade sous le nez du portier.

– Attention ! fit celui-ci comme elle atteignait les escaliers.

Trop tard. Camélia n'avait pas vu la femme qui lavait les marches de marbre, ni que celles-ci étaient encore mouillées. Son pied glissa et elle tomba. Sa cheville se prit dans la balustrade en fer, elle atterrit en porte-à-faux, une jambe en haut, une jambe en bas.

On accourut pour l'aider, quelqu'un téléphona à l'appartement de Dahiba. Un peu plus tard, une Camélia étourdie entrait en claudiquant chez son professeur, ravalant ses larmes.

– Chère enfant, fit Dahiba en la faisant asseoir sur le divan. Que s'est-il passé ? Dois-je appeler un médecin ?

– Non, ça va.

– Le portier m'a dit que tu avais traversé le hall comme si les djinns étaient après toi.

– J'étais bouleversée ! Oumma vient de m'annoncer que je suis fiancée à un vieillard qui a six enfants ! Elle dit qu'il faut que je me marie ! Moi je veux être danseuse !

Dahiba lui enlaça les épaules.

– Calme-toi. Nous allons prendre un thé et en discuter.

Lorsque l'adolescente se leva, Dahiba vit une auréole de sang sur le canapé.

– Tu as tes règles ?

– Non.

– Va vérifier dans la salle de bains.

Camélia revint au bout d'un instant.
– Ce n'est rien. Juste une tache.
– Redis-moi comment tu es tombée.
Et quand Camélia mima avec les doigts un mouvement de lame de ciseaux :
– Tu vas tout de suite rentrer chez toi, petite, et le raconter à ta grand-mère. Explique-lui comment tu es tombée.
– Je ne peux pas lui dire que j'étais ici!
– En ce cas, dis que tu es tombée dans la rue. Mais il faut lui en parler tout de suite. Va, dépêche-toi.
– Pourquoi? Je t'assure que je ne suis pas blessée. Je n'ai mal nulle part. Et le censeur du gouvernement va arriver pour le thé!
– Oublie-le. Fais ce que je te dis. Il faut que ta grand-mère soit en courant.
Inquiète, troublée, Camélia revint à la maison et trouva Amira au jardin, qui l'observait anxieusement sous son parapluie.
– Je suis désolée, Oumma. Je n'aurais pas dû m'en aller comme ça. Je t'en prie, pardonne-moi.
– Le pardon revient à Dieu. Entre donc, tes vêtements sont mouillés. Où as-tu appris ce manque de respect?
– Je regrette, Oumma. Mais je ne peux pas épouser Jamal Rachid.
– Nous en reparlerons, soupira Amira, et elle se tourna vers la maison.
– Oumma, la rappela Camélia. J'ai eu un accident.
– Un accident? Quelle sorte d'accident?
Elle décrivit la rue encombrée de monde, le trottoir glissant.
– Mes jambes ont fait comme ça, expliqua-t-elle en faisant un grand écart avec ses doigts. Et il y a eu une tache de sang.
Amira lui posa la même question que Dahiba, à propos de son cycle menstruel, et quand l'adolescente répondit qu'elle était à deux semaines de ses règles, l'expression de sa grand-mère se fit grave.
– Qu'y a-t-il, Oumma? s'alarma Camélia. Que m'est-il arrivé?

– Aie foi en Dieu, mon enfant. Il existe un moyen d'y remédier. Mais il ne faudra rien dire à ton père.

Depuis sa rupture avec Hassan, Ibrahim était tellement dépressif qu'Amira ne souhaitait pas l'alourdir d'un autre chagrin.

Elle savait ce qu'elle avait à faire. Il existait au Caire des chirugiens spécialisés qui savaient garder un secret si on y mettait le prix.

26, rue de Juillet. Au téléphone, on avait dit à Amira de venir après la prière du soir et d'apporter des espèces. Camélia et elle montèrent l'escalier jusqu'au troisième étage. Amira prit la main de sa petite-fille avant de frapper. Une femme d'âge mûr, en tablier de boucher propre, vint leur ouvrir.

– Dites au docteur al-Malakim que nous sommes là, fit sourdement Amira.

A sa surprise, la femme rétorqua qu'elle était le docteur al Malakim, et s'effaça pour les faire entrer.

Elles furent conduites dans un salon éclairé d'une seule lampe. Amira détailla le mobilier modeste, le papier peint fleuri, les photos de famille disposées sur un poste de télévision. Dans la pièce régnait une forte odeur d'oignons, de mouton rôti et, plus discrète, de désinfectant. La femme les fit passer dans une chambre, derrière un rideau; un drap propre et blanc avait été tiré sur le matelas, sous lequel Amira devina une alèse.

– Faites-la s'allonger ici, Sayyida, ordonna la doctoresse.

Elle s'approcha d'une petite table où étaient disposés du coton hydrophile, une seringue hypodermique, ainsi que des haricots métalliques où des instruments chirurgicaux trempaient dans un liquide verdâtre.

– Il suffit qu'elle enlève sa culotte.

– Cela ne fera pas mal ? interrogea Amira. Vous avez dit au téléphone que ce serait sans douleur.

La femme lui adressa un sourire rassurant.

– Ayez confiance, Sayyida. Dieu m'a accordé ce talent.

Je vais lui donner un anesthésique. Peut-être préférez-vous attendre à côté ?

Mais Amira prit un siège près du lit et tint la main de Camélia.

– Tout ira bien, promit-elle à l'adolescente terrifiée. Nous rentrerons à la maison dans quelques minutes.

La doctoresse poussa un tabouret au pied du lit et modifia la position de la lampe.

– Comment cela s'est-il produit ? s'enquit-elle gentiment.

Elle s'empara d'une seringue tandis qu'Amira lui répétait le récit de Camélia.

– D'abord l'injection, petite. Récite la *Fatiha*, très lentement...

– Que m'a-t-elle fait, Oumma ? interrogea Camélia lorsqu'elle descendirent du taxi.

L'anesthésie l'avait laissée groggy, et elle sentait un battement lourd entre ses jambes. Amira la soutint pour entrer dans la maison et monter à sa chambre, heureuse de ne croiser personne en chemin.

– Quand tu es tombée, expliqua-t-elle en aidant Camélia à enfiler sa chemise de nuit, ton hymen s'est déchiré. Cela se produit parfois. Chez certaines filles, la membrane est fragile. Certains médecins savent la reconstituer, ainsi le soir de tes noces tu seras intacte, et l'honneur de la famille sera préservé, *Inch Allah*. C'est ce que le docteur al-Malakim a fait pour toi.

Camélia fut envahie par la honte, sans savoir pourquoi.

– Je n'ai rien fait de mal, Oumma. J'ai eu un accident, c'est tout. Je suis encore vierge.

– Nous n'avions pas de preuve. Le soir de ton mariage, il n'y aurait pas eu de sang. Jamal Rachid t'aurait répudiée, et notre famille aurait été déshonorée. Mais à présent, te voilà rétablie, et personne n'a besoin d'être au courant de notre visite chez le docteur al-Malakim. Endors-toi, ma chérie, et pense à la paix parfaite de Dieu. Demain tu auras oublié tout ça.

Mais Camélia demeura éveillée longtemps, elle attendait que la souffrance s'apaise. Quand la douleur s'accrut au cours de la nuit, elle n'en souffla mot, de crainte de trahir le secret. Et lorsqu'elle s'éveilla prise de fièvre le lendemain, elle tut encore son secret. Mais quand elle s'évanouit le soir dans la cuisine, Amira découvrit son front brûlant et appela Ibrahim.

Amira dut lui dire ce qu'elles avaient fait.

– Elle souffre d'une infection qui s'est propagée au ventre, diagnostiqua sombrement Ibrahim. Je vais la faire admettre à l'hôpital.

Camélia passa près de deux semaines à l'hôpital Kasr El Aïni et, dès qu'elle fut hors de danger, les visiteurs purent venir. Les membres de la famille ignoraient tout de sa chute et de l'opération illicite destinée à lui restituer sa virginité; on leur avait simplement dit qu'elle avait souffert d'une forte fièvre. Tantes, oncles, cousins Rachid apportèrent des fleurs, de quoi manger, et passèrent la journée à camper dans la chambre de la malade, débordant quelque peu dans le couloir.

Dahiba envoya des fleurs, des cartes et lui parla au téléphone. « Je ne viendrai pas, cela embarrasserait ta famille d'avoir là une danseuse. Rétablis-toi vite, ma belle. Hakim se fait du mauvais sang pour ta santé. Et M. Sayid, le censeur du gouvernement, a demandé de tes nouvelles. »

Le matin où Camélia quitta l'hôpital, Ibrahim dit à Amira :

– A cause de l'infection consécutive à l'opération, elle ne pourra jamais avoir d'enfant.

Il fut incapable de regarder sa fille. Il essayait encore de concevoir un fils avec Alice. « Serai-je aussi privé de petits-fils ? » se demandait-il.

Lorsqu'on ramena la jeune fille à la maison, elle fut accueillie par des condoléances, comme si quelqu'un était mort. On l'abreuva de pitié et de sympathie car Jamal Rachid avait rompu leur engagement, signe qu'aucun homme ne voudrait jamais d'elle. Les tantes et les cousines pleurèrent sur leur pauvre sœur qui n'avait plus de place dans la société puisqu'elle ne serait ni épouse ni mère. Elle était condamnée à une existence de vieille fille vierge, à qui il était même interdit d'avoir des relations sexuelles. Elle devait rester chaste sa vie durant.

– N'aie pas peur, lui dit Amira quand elle se retrouva seule avec elle. Je m'occuperai de toi, petite-fille de mon cœur. Aussi longtemps que tu vivras, tu auras ici un foyer.

Camélia songea à certaines des femmes qui vivaient dans cette maison depuis qu'elle était petite : celles dont on n'avait pas voulu, qu'on avait mises au rebut, celles qui ne servaient plus à rien, celles qu'on montrait du doigt, toutes réfugiées sous le toit d'Amira comme des oisillons effrayés.

– Pourquoi est-ce que ça m'est arrivé, Oumma ? Je n'ai rien fait de mal.

– C'est la volonté de Dieu, petite-fille de mon cœur. Nous ne devons pas la contester. Chacun de nos pas, de nos souffles est décidé à l'avance par l'Éternel. Puise réconfort dans la certitude que ta destinée repose dans Ses mains bienfaisantes.

Oumma avait raison, Oumma avait toujours eu raison. Camélia se rendrait à la volonté de Dieu. Elle pensa au beau censeur du gouvernement qu'elle ne connaîtrait jamais.

20

C'était la nuit mystique de *Laïlat al-Miraj*, commémorant l'heure où le prophète Mahomet monta un cheval ailé d'Arabie jusqu'à Jérusalem, afin de recevoir de Dieu les cinq prières quotidiennes. Le vent khamsin gémissait dans les rues sombres du Caire, couvrant les réverbères et les phares d'un voile de sable ; les anciens moucharabiehs de la maison Rachid vibraient, grinçaient, et les vieilles lampes à huile, depuis longtemps converties à l'électricité, se balançaient et oscillaient au bout de leurs élégantes chaînes de cuivre. Les vingt-six membres de la famille et les serviteurs qui habitaient à demeure étaient rassemblés au salon où Ibrahim les dirigeait dans la prière.

Un voile noir sur la tête, Amira prêtait l'oreille à la mélopée cadencée du Coran, cependant elle avait du mal à se concentrer sur la prière. Où étaient Omar et Yasmina, que faisaient-ils en cette nuit particulière où les familles se réunissaient dans une même communion spirituelle ?

Dehors, dans la ville, les portes et les volets claquaient au vent du désert qui balayait les avenues et s'engouffrait dans les ruelles. Yasmina tâtonnait le long des murs, luttant contre les bourrasques. Il y avait peu de circulation et peu de passants. Il lui semblait être seule dans un univers de chaos où le khamsin soufflait si férocement qu'il menaçait de la jeter au sol. Néanmoins elle persévérait, son manteau serré sur son corps arrondi, un foulard sur son visage pour protéger son nez et ses yeux du sable. Elle pouvait à peine marcher tant elle avait mal.

Omar l'avait battue si violemment qu'elle avait craint qu'il ne les blesse, elle et l'enfant qu'elle portait, aussi s'était-elle enfuie. Titubant dans la nuit venteuse, chaque pas était un effort, chaque respiration ravivait la douleur, elle priait pour atteindre la rue des Vierges du Paradis où elle savait trouver des fenêtres d'or, rassurantes et accueillantes.

Dans le salon chaud, Ibrahim continuait de guider les prieurs. Camélia psalmodiait avec les autres mais elle songeait qu'elle aurait dix-huit ans dans moins d'un mois et cette perspective ne lui procurait aucune joie. Depuis son accident, quatre mois plus tôt, elle ne dansait plus avec Dahiba. Elle avait également quitté l'université et le conservatoire, et ne voyait plus aucune de ses amies. Elle avait décidé de devenir comme ses vieilles tantes célibataires, une femme existant à la périphérie des autres. Mais au moins Zou Zou avait eu des souvenirs pour la soutenir, elle avait eu un amant gitan et vécu toutes sortes d'aventures pour duper les trafiquants d'esclaves. Quels souvenirs avait Camélia, hormis le rêve fugitif d'un thé avec un beau censeur du gouvernement ?

Ibrahim lui-même, qui lisait le Coran, n'écoutait pas les paroles saines qu'il prononçait. Sa récitation restait mécanique. Son esprit se laissait distraire par des pensées obsédantes de descendance et d'héritiers. Jusqu'alors ses efforts pour qu'Alice tombe enceinte n'avaient produit aucun résultat. Se profilait pourtant un nouvel espoir : le bébé de Yasmina naîtrait dans un mois. Ibrahim connnaîtrait-il le bonheur d'avoir un petit-fils ?

Les prières s'achevèrent et il était temps de raconter la nuit mystique : Mahomet avait été enlevé dans les cieux sur son cheval ailé, et Dieu avait décrété quc les croyants devraient prier quinze fois le jour. Mais le prophète Moïse était intervenu pour convaincre Mahomet de demander au Seigneur de réduire le nombre de prières à cinq. Tout en relatant l'histoire, Ibrahim regardait Alice, assise, en face de lui, une Bible sur les genoux. Il revit les quelques nuits au cours des mois passés où il lui avait servi la potion mélangée à du cognac. Ce souvenir l'emplit d'une telle culpabilité, d'un tel sentiment de honte qu'il se fit la promesse de ne plus recourir à aucun subterfuge pour tenter de la féconder. Il remettait le problème dans les mains de Dieu.

Tout à coup, on entendit les coups frénétiques frappés à la porte d'en bas, et un domestique ne tarda pas à amener Yasmina au salon. La jeune femme s'effondra sur un divant tandis que la famille se précipitait pour l'aider.

– Mon bébé, mon bébé, fit Alice en la prenant dans ses bras, que se passe-t-il ?

– Omar, souffla Yasmina, en gémissant de douleur.

– Fais venir Omar, suggéra Amira à Ibrahim.

– Non ! s'écria Yasmina. Ne l'appelez pas ! Je vous en prie...

Ibrahim s'assit près d'elle.

– Dis-moi ce qui s'est passé ? Il t'a fait mal ?

A voir la colère flamboyer dans les yeux de son père, elle eut soudain peur pour Omar et, dans sa souffrance, elle s'embrouilla :

– Non... ce n'est rien. C'était ma faute.

Maintenant qu'elle était là, en sûreté, Yasmina commençait à penser que c'était peut-être de sa faute. Elle avait répondu à Omar alors qu'elle n'aurait pas dû. Quand elle lui avait annoncé son intention de reprendre ses études, il le lui avait formellement interdit à cause du bébé. Elle l'avait prévenu qu'elle n'obéirait pas. Alors il l'avait battue.

– Tout va bien, Papa, fit-elle. Laisse-moi seulement rester un peu ici.

La police arriva sur ces entrefaites, déclarant qu'elle venait arrêter Yasmina Rachid pour abandon de son époux.

La famille s'insurgea bruyamment : les uns insultaient les policiers qui osaient faire une chose pareille en une nuit sainte comme celle-ci, les autres déclaraient que Yasmina n'aurait pas dû s'enfuir, même si Omar la maltraitait. Selon le *Beït el-Ta'a*, la loi d'obéissance domestique, Omar avait le droit de faire arrêter sa femme. Cette loi autorisait même les policiers à traîner littéralement l'épouse fautive jusque chez son époux.

Lorsque Yasmina refusa de les suivre de son plein gré, ses tantes et ses cousines se tordirent les mains et gémirent. Si les voisins apprenaient cela, ils appelleraient Yasmina *nashiz*, le qualificatif qu'on donnait à celle qui désobéissait à son mari.

– En ce cas, nous n'avons pas le choix, déclarèrent les policiers d'un ton d'excuse.

L'un d'eux attrapa Yasmina. Elle hurla, tomba à genoux.

– Priez pour nous! s'exclama Haneya. Elle est en travail!

– Si c'est le moment choisi par Dieu, fit calmement Amira en aidant Yasmina à se relever, alors ce n'est pas trop tôt. Allons, dépêchons. Faites chercher Qettah.

L'accouchement de Yasmina fut rapide, et l'enfant vint au monde sous le dais de l'immense lit d'Amira où étaient nées des générations de Rachid. C'était un garçon, né sous Antarès, annonça Qettah, l'étoile double du Scorpion, dans la seizième maison de la lune. Toute la maisonnée célébra l'événement et Ibrahim sourit pour la première fois depuis des semaines. Yasmina contempla son bébé avec un amour immense, oubliant les coups qu'elle avait reçus.

– J'aurais aimé qu'il attende mon anniversaire pour naître, dit-elle.

Pour ses dix-sept ans.

A son chevet, Alice et Ibrahim souriaient, des larmes dans les yeux.

– Je n'arrive pas à croire que je suis grand-mère, souffla Alice en riant. Trente-huit ans seulement et déjà grand-mère! J'ai un secret à te confier, ma chérie, à vous confier à tous les deux. – Elle regarda son mari : – Je vais être mère à nouveau. Je suis enceinte.

– Oh, mon amour, dit Ibrahim en la prenant dans ses bras. Jamais homme n'a été plus heureux que moi. – Puis il s'assit au bord du lit, prit les mains de sa fille entre les siennes.

– Vraiment, Dieu m'a béni la nuit où tu es née. Voilà que tu me donnes un petit-fils. Et voilà que, grâce à Dieu, j'aurai bientôt un fils, ajouta-t-il en prenant Alice contre lui. Toutes deux, vous m'avez rendu très heureux.

Assise devant la fenêtre ouverte de son appartement, Yasmina regardait le Nil qui écumait sous la force du khamsin tout en berçant son enfant contre elle. Et la chaleur du petit corps à travers la couverture lui faisait oublier sa peine. Bien qu'Omar l'ait autorisée à rester rue des Vierges du Paradis pour se rétablir de ses couches, il l'avait punie le jour même où elle était rentrée au domicile conjugal. Cela remontait à deux semaines, depuis, il n'avait plus levé la main sur elle. Yasmina espérait que c'était à cause du bébé. Avoir un enfant rappelait peut-être ses responsabilités à Omar, peut-être respectait-il un peu plus sa femme depuis qu'elle lui avait donné un fils.

Elle consulta la pendule, vit qu'Omar ne rentrerait pas avant des heures, et une idée lui vint. Elle allait chaudement emmailloter son petit, trouver un taxi, et faire un saut rue des Vierges du Paradis. Ce serait sa première visite officielle à la maison en tant que mère. Soudain heureuse, elle se prépara à la hâte, imaginant l'accueil qui lui serait réservé là-bas, les embrassades et les rires. Elle n'était plus l'une des jeunes filles de la maison, mais une épouse et une mère respectée.

Quand elle alla à la porte, elle la trouva coincée, ce qui l'étonna car l'immeuble était neuf. Elle tira plus fort, s'énerva et finit par découvrir que la porte n'était nullement coincée, mais verrouillée. Omar avait fermé à clef derrière lui en partant à ses cours ce matin.

D'abord, elle chercha sa clef dans son sac, puis partout où elle aurait pu la laisser : elle ne la trouva nulle part. Mécontente de sa distraction, elle voulut appeler leur propriétaire, qui possédait un passe, mais, quand elle décrocha le téléphone, elle s'aperçut qu'il n'y avait plus de ligne. Elle fixa le combiné. Soudain son sang se glaça. Omar l'avait-il enfermée et avait-il coupé le téléphone à dessein ? Non, impossible. Malgré sa cruauté occasionnelle, il ne serait pas allé si loin. Il avait fermé à clef sans y penser. Quant aux lignes téléphoniques du Caire, elles étaient loin d'être fiables. Remettant Mohammed dans son berceau pour gagner la cuisine, elle se persuada qu'à son retour Omar s'excuserait et qu'ils riraient de cette bêtise. Elle décida de lui préparer son plat préféré : de la poitrine de mouton farcie.

A sa surprise, Omar ne rentra pas dîner. La crainte la gagna. Elle resta debout toute la nuit à l'attendre. Quand il ne revint pas le lendemain, le souci de Yasmina se mua en terreur. Il l'avait bel et bien enfermée, et il était parti. Alors elle essaya de crocheter la serrure, mais elle avait si peur, ses mains tremblaient tellement qu'elle ne réussit qu'à démonter la poignée, la faisant tomber en deux moitiés, l'une dans l'appartement, l'autre dans le hall.

Affolée, elle s'empara d'un marteau, d'un tournevis et s'attaqua à la porte, espérant la faire sortir de ses gonds, mais les multiples couches de peinture avaient collé les parties métalliques. Elle cogna, appela à l'aide, sans grand espoir : ils habitaient au dernier étage et les occupants des deux autres appartements étaient absents la majeure partie du temps. De plus, ils ne seraient pas venus à son secours.

Lorsque Omar revint à la fin du troisième jour, Yasmina avait presque perdu la tête à force d'inquiétude et de peur. Il donna un coup de pied dans la porte et jeta à sa femme la poignée cassée.

– Qu'as-tu fait à cette porte ?

– Tu étais parti, j'avais peur...

– Tu as besoin d'une leçon, Yasmina. Tu commences par me défier en affirmant que tu vas reprendre tes études alors que je te l'interdis. Puis tu me déshonores en t'enfuyant. Tous nos voisins l'ont su. Ils rient de moi dans mon dos. Je vais faire de toi une femme obéissante.

Il s'élança dans l'appartement, dévissant toutes les ampoules électriques pour les casser. Elle le suivait, priant pour que le bébé ne se réveille pas.

– Omar, que fais-tu ?

– Je te donne une leçon que tu n'oublieras pas.

Il la poussa, tira le poste de télévision et arracha le fil.

Il fit de même avec la radio, brisa les dernières ampoules afin de plonger l'appartement dans le noir, puis il retourna à la porte et remit la poignée.

– Attends, fit Yasmina quand elle comprit qu'il allait repartir. Ne t'en vas pas. S'il te plaît, ne me laisse pas. Nous n'avons pas assez de provisions. Le bébé a besoin de...

Il claqua la porte derrière lui et elle entendit la clef tourner dans la serrure.

Quand des coups à la porte l'éveillèrent, Yasmina ne sut d'abord plus où elle était. Il faisait noir, elle avait faim et mal à la tête. Elle s'aperçut qu'elle s'était endormie sur le sol de la salle à manger. La mémoire finit par lui revenir : Omar l'avait enfermée... depuis combien de jours ?

Pourquoi lui faisait-il ça ? Pourquoi était-il gentil pendant des jours avant de changer soudainement ? Qu'avait-elle fait pour mériter un tel traitement ?

A tâtons dans l'obscurité, elle gagna la chambre, prit Mohammed dans son berceau. La bouche du bébé chercha aussitôt son sein. Combien de temps aurait-elle encore du lait à lui donner ? Elle n'avait pas mangé depuis l'avant-veille. Lorsqu'elle entendit qu'on frappait à nouveau, elle alla vers la porte d'entrée.

– C'est fermé à clef, dit-elle. Qui est là ?

– Pousse-toi, rétorqua la voix de Zachariah.

La seconde suivante, il ouvrait la porte en force. Camélia et Tahia se précipitèrent.

– *Bismillah!* s'écrièrent-elles quand elles virent Yasmina. Que se passe-t-il ici ?

– Il m'a enfermée !

Tahia la prit dans ses bras.

– Nous avons essayé de te téléphoner, expliqua Camélia en considérant l'appartement obscur. Omar est venu à la maison, et quand on lui a demandé de tes nouvelles, il a répondu que tu étais trop occupée avec le bébé pour nous rendre visite. Mais moi, je savais que quelque chose ne tournait pas rond.

– Tu viens avec nous, décida Zachariah. Prépare le petit.

Ils agirent promptement, attrapèrent une couverture, le manteau de Yasmina mais, au moment de partir, ils découvrirent Omar sur le seuil, furieux.

– Que faites-vous, au juste ?

– Nous emmenons notre sœur à la maison, répliqua Camélia. N'essaie pas de nous en empêcher.

– Fichez le camp de chez moi. Ma femme reste ici !

Quand il saisit le bras de Yasmina, Camélia ôta sa chaussure et se mit à le frapper à la tête. Omar hurla, tenta de se protéger. Les autres filèrent en entraînant Yasmina et le bébé.

Leur arrivée rue des Vierges du Paradis causa un grand émoi. La famille fut aussi choquée par l'apparence de Yasmina que par les faits et gestes d'Omar. Les femmes emmenèrent Yasmina et son enfant au salon, parlant toutes à la fois, criant qu'Omar devait être corrigé, exigeant de savoir où était sa mère, Néfissa.

– Les feux de l'enfer pour ce garçon ! criait Hanida.

– Où est oncle Ibrahim ? hurla un neveu au tempérament sanguin. C'est son devoir de régler ça.

– Dieu seul en a le pouvoir, gémit la vieille tante Fahima.

Il fallut à Amira quelques minutes pour rétablir le calme.

– Dieu jugera, déclara-t-elle alors. Calmez-vous maintenant. Rayya, fais sortir tout le monde. Veille à ce qu'on couche les enfants. Vous aussi, les garçons, préparez-vous à aller au lit. Tewfik, assure-toi que la canne d'oncle Karim est près de son lit. Allez dans vos chambres, tous, et laissez la paix de Dieu revenir sous ce toit.

Quand tout le monde fut parti et que la maison fut silencieuse, Amira vint s'asseoir près de sa petite-fille.

– Tu dois retourner chez toi, Yasmina, et faire amende honorable auprès d'Omar. Tu es une épouse à présent, tu as une responsabilité envers ton mari.

– Il me fait des choses terribles, Oumma. pourquoi ? Comment peut-il être ainsi ?

Amira écarta les cheveux du visage de la jeune femme.

– Omar a toujours été un méchant garçon. Il est comme son père, qui est mort avant ta naissance. C'est peut-être passé dans son sang, je ne sais pas. Mais n'oublie jamais qu'une bonne épouse agit comme un voile sur les secrets de sa famille.

Omar arriva et exigea de voir Yasmina. Ibrahim emmena son neveu dans le petit salon, ferma la porte, lui fit face et lui ordonna calmement de ne plus jamais enfermer sa femme. Omar se mit à rire.

– C'est mon droit, mon oncle. D'après la loi, un mari peut enfermer sa femme s'il le veut. Je l'empêche simplement de s'enfuir à nouveau. Tu ne peux t'interposer.

– La loi n'est peut-être pas capable de protéger Yasmina, rétorqua Ibrahim sur un ton sans appel, mais *moi* si. Si tu lui fais encore du mal, si tu l'enfermes, la menaces, ou la rends malheureuse, je te maudirai, Omar. Je te chasserai de la famille. Tu ne seras plus mon neveu. Tu ne seras plus un Rachid.

Le sang d'Omar se figea dans ses veines. Il savait qu'Ibrahim avait le pouvoir de le condamner à la non-existence, comme grand-père Ali avec tante Fatima : il était interdit de prononcer son nom et les photos d'elle avaient été détruites. Sur l'ordre d'Ali, elle avait simplement cesse d'exister. Il connaîtrait le même sort.

Tout en s'efforçant de se contenir, il tremblait de rage et de crainte.

– Bien, mon oncle, fit-il d'une voix contrainte.

– Et comme je n'ai aucune confiance en toi, je téléphonerai chaque jour à Yasmina. Je viendrai la voir une fois par semaine, et elle sera libre de venir avec le bébé quand elle le souhaitera. Tu ne l'en empêcheras pas. C'est compris ?

Omar baissa la tête.

– Oui, mon oncle.

En les regardant partir, Camélia était de tout cœur avec Yasmina, car désormais cette dernière était étiquetée, même aux yeux de la loi : *nashiz*, désobéissante. Et soudain Camélia mesura la similitude de leurs situations.

« Moi aussi, je suis une paria, pensa-t-elle, à cause d'un malheureux accident. Moi aussi je suis condamnée à la prison à cause de l'ignorance et des préjugés. »

Et une étrange émotion inconnue, étreignit son cœur. Elle avait l'impression de se réveiller enfin, après quatre longs mois de sommeil. Elle aurait aimé courir après sa sœur et la ramener, mais la loi était du côté d'Omar. Son sentiment de totale impuissance la poussa à aller voir sa grand-mère, qu'elle trouva à sa coiffeuse en train de se préparer pour la nuit.

– Je te demande la permission de m'entretenir avec toi, Oumma, fit-elle avec grand restpect. Je suis bouleversée à propos de Yasmina et Omar.

Amira soupira. Les fardeaux de la famille!

– Ils régleront leurs désaccords, avec la volonté de Dieu.

– Mais la loi est injuste pour les femmes, Oumma, souligna Camélia en s'asseyant sur le lit. C'est mal d'obliger une femme à rester prisonnière d'une union malheureuse.

– Les lois ont été créés pour la protection des femmes.

– La protection! Avec tout le respect que je te dois, Oumma, permets-moit de te faire remarquer que les journaux sont pleins chaque jour de récits sur les iniquités dont les femmes sont victimes. Hier encore, je lisais un article sur une jeune femme, ici au Caire, dont le mari a pris une seconde épouse. Il a quitté le pays avec sa deuxième femme, en laissant la première seule avec son jeune enfant. Il n'a pas l'intention de revenir en Égypte, or il refuse le divorce à cette femme. Elle a tenté de faire appel à la justice pour divorcer, afin d'être libre de se remarier, mais le tribunal ne fera rien sans l'accord de son époux. Elle lui a écrit des lettres innombrables, il n'y répond pas. Cette jeune femme est donc condamnée à une vie solitaire à cause d'un égoïste.

– Un cas isolé, commenta Amira.

Elle brossait ses cheveux noirs qui se teintaient à présent de reflets rouges dus à un rinçage hebdomadaire au henné.

– Pas du tout, Oumma. Lis les journaux. Tu écoutes

seulement la radio, mais la presse écrite fourmille de ce genre d'histoires. Je t'en raconte une autre, au sujet d'un homme récemment décédé. A son enterrement, on a découvert qu'il avait trois autres femmes en plus de la première, chacune dans un quartier différent de la ville et ignorant l'existence des autres. Chaque veuve avait cru recevoir l'intégralité de l'héritage, mais elles ont dû diviser en quatre le peu qu'il avait laissé.

– Ce n'était pas un honnête homme.

– Voilà bien le problème, Oumma. Ce n'était pas un honnête homme, mais il avait légalement le droit d'avoir quatre épouses et de ne pas les informer de la situation. La loi est injuste envers les femmes. Comme elle est injuste pour Yasmina. Que fais-tu de ces pauvres femmes qui n'ont pas une famille comme la nôtre pour veiller à leurs intérêts et empêcher un mari sadique de les battre ?

– Miséricorde ! s'exclama Amira, reposant sa brosse et se tournant vers sa petite-fille, je ne t'ai jamais entendue parler de la sorte. Qui t'a mis ces idées en tête ?

Camélia fut stupéfaite de s'apercevoir qu'elle venait de répéter les paroles de Dahiba. Au cours des mois pendant lequels elle avait pris des leçons avec la grande danseuse, elle avait à son insu adopté ses idées politiques et philosophiques.

– Tu ne comprends pas, Lili, poursuivit Amira. Tu es trop jeunes. Nos lois sont basées sur les lois de Dieu, nous sommes de ce fait guidés par les commandements du Tout-Puissant, et Dieu ne peut faire que le bien, loué soit-Il, Seigneur de toutes les créatures.

– Montre-moi où il est écrit que nous devons endurer la torture.

Le ton d'Amira se fit plus dur :

– Je ne te laisserai pas contester la parole révélée de Dieu.

– La loi d'obéissance domestique n'est pas basée sur la parole divine, Oumma ! Le Prophète nous dit qu'aucune femme ne peut être obligée à un mariage qu'elle ne désire pas.

– Il est écrit qu'une femme doit obéir à son époux.

– Il s'agit d'une loi pour les femmes. Il en existe également pour les hommes, Oumma. Mais celles qui gouvernenent les hommes sont méconnues.

– Que veux-tu dire ?

Camélia chercha un exemple :

– Je t'explique. Tu nous pousses à nous vêtir modestement, à agir modestement parce que c'est écrit dans le Coran. Cependant, tu as toujours permis à Omar et à Zakki de s'habiller et d'agir à leur guise.

– C'est leur droit en tant qu'hommes.

– Vraiment ?

Camélia s'approcha du Coran qui se trouvait sous le portrait d'Ali Rachid, souleva le livre lourd de son pupitre en bois et se mit à tourner les pages.

– Tiens, Oumma, lis ça. Sourate vingt-quatre, verset trente.

Amira baissa les yeux sur la page.

– Tu comprens ce que je veux dire ?

– Je ne peux pas, fit doucement Amira.

– C'est parfaitement clair, pourtant ! « Commande aux croyants de baisser leurs regards et d'êtres chastes. Ils en seront plus purs. Dieu est instruit de tout ce qu'ils font. » Tu vois ? Il s'agit de la même loi pour les hommes et pour les femmes, or elle n'est appliquée qu'aux femmes.

Camélia s'aperçut qu'elle citait encore Dahiba lorsqu'elle ajouta :

– Les lois de Dieu sont justes, Oumma, mais les lois des hommes, détournées du Coran, ne sont pas justes. Regarde, je te montre un autre exemple.

– Je ne peux pas répéta Amira tandis que sa petite-fille tournait à nouveau les pages.

– Veux-tu que j'aille chercher tes lunettes ?

– Je veux dire, Camélia, que je ne peux pas lire. Je n'ai jamais appris.

Abasourdie, Camélia s'empressa de s'asseoir.

– Cela a toujours été ma honte, reconnut Amira en quittant sa coiffeuse. Mon... mensonge. Mais ton grand-père m'a enseigné la parole divine, même si j'étais incapable de la lire, donc je connais les lois de Dieu.

– Il n'y a pas de honte à ne pas savoir lire, fit Camélia. Le Prophète lui-même, béni soit-il, ne savait ni lire ni écrire. Cependant, Oumma, avec tout l'honneur et le respect que j'ai pour toi, peut-être grand-père Ali ne t'a-t-il pas enseigné toutes les lois.

– Récite vite une prière, enfant. Tu déshonores ton grand-père qui était un homme bon.

A voir l'expression de sa grand-mère, le fier éclat de ses yeux sombres et vifs, Camélia se repentit sur-le-champ. Mais, comme le disait toujours Oumma, une fois prononcés, les mots ne pouvaient être retirés.

– Je respecte et j'honore les lois de Dieu, reprit-elle plus doucement, mais celle des hommes sont mauvaises. Je n'ai que dix-huit ans et je suis condamnée à une existence qui ressemble plus à la mort qu'à la vie, parce que je ne peux pas enfanter. Je suis punie pour quelque chose que je ne puis maîtriser, qui n'a aucun rapport avec l'honneur mais avec l'incapacité physique. Tu nous a toujours appris que l'Éternel est clément et sage. Le Seigneur dit : « Je souhaite pour vous la quiétude. » Oumma, Yasmina devrait avoir le droit de divorcer d'Omar.

– Quand une femme divorce de son mari, elle apporte le déshonneur sur sa famille.

– Tante Zou Zou était divorcée, tante Doreya et tante Ayesha aussi.

– Elles ne sont qu'apparentées à ton grand-père Ali, ce ne sont pas des descendantes directes. Il incombe aux petits-fils et petites-filles d'Ali Rachid de préserver l'honneur de la famille.

Camélia s'empara des mains de sa grand-mère pour dire avec passion :

– Faut-il alors que nous souffrions au nom de l'honneur ? Yasmina doit supporter un mariage terrible à cause de l'honneur familial ? Et parce qu'une femme au 26 rue de Juillet m'a provoqué une infection, au nom de l'honneur je dois mener une existence inutile ?

– L'honneur est tout, fit soudement Amira, le menton tremblant. Sans lui, nous ne sommes rien.

– Oumma, tu as été la mère qui m'a élevée, tu m'as enseigné la parole de Dieu, tu m'as appris à distinguer le bien du mal. Je ne t'ai jamais contredite, je n'ai jamais douté de toi. Mais l'on doit pouvoir vivre pour autre chose que l'honneur.

– Je ne peux croire qu'une petite-fille d'Ali Rachid prononce ces paroles, ni qu'elle s'adresse de la sorte à sa grand-mère. Cette époque corrompue m'inquiète, où une fille peut contredire son aînée et dénaturer la parole de Dieu à ses propres fins.

Camélia se mordit la lèvre.

– Je te demande ton pardon et ta bénédiction, Oumma. Je dois vivre ma propre vie, à ma façon. Je vais quitter cette maison ce soir, je dois trouver ma voie. Prie pour moi.

Bien après le départ de Camélia, Amira demeura derrière le moucharabieh. Et quand elle vit sa petite-fille s'éloigner dans la rue avec une valise, elle se souvint du bébé qu'elle avait aidé à venir au monde par une nuit venteuse comme celle-ci, dix-huit ans auparavant.

La nuit où Ibrahim avait blasphémé.

21

Zachariah voyait des anges.

Du moins le croyait-il. Mais les êtres gracieux qui semblaient flotter autour de lui dans une douce lumière dorée n'étaient autres qu'Amira et Sahra, la fille de cuisine. On était dans la dernière semaine du Ramadan, le mois du jeûne, et la dernière chose dont Zachariah se souvint était la chaleur insupportable de la cuisine.

Il sentit une main sous sa tête, puis quelque chose de chaud et sucré au bord de ses lèvres.

– Bois, dit sa grand-mère.

Au bout de quelques gorgées, il eut l'esprit plus clair. Sa vision se précisa et il distingua l'expression inquiète d'Oumma.

– Que s'est-il passé? demanda-t-il.

– Tu t'es évanoui, Zakki.

Alors il vit la tasse dans la main d'Amira, comprit qu'il avait bu du thé et essaya de s'asseoir.

– Quelle heure est-il?

– Ça va, fit doucement Amira. Le thé est autorisé. Le soleil est couché. La famille mange au salon. Tu vas les rejoindre.

Il s'assit et s'aperçut qu'il se trouvait dans sa propre chambre. Puis il reconnut Sahra, son ancienne nourrice, debout derrière Amira.

– Tu t'es évanoui dans la cuisine, jeune maître. Nous t'avons amené ici.

– As-tu trop jeûné, Zakki? s'enquit Amira en lui caressant les cheveux.

Il se laissa aller contre les oreillers. « Je ne jeûne pas suffisamment », pensa-t-il, et il regretta même d'avoir avalé cette gorgée de thé. Calculant que le mois du Ramadan s'achèverait bientôt, Zakki fut saisi de panique. Il lui restait si peu de temps pour se sauver!

Chaque jour du mois, du lever au coucher de soleil, l'adolescent avait tenté d'obéir au quatrième pilier de la foi en s'abstenant de nourriture, d'eau, de tabac, et même d'eau de toilette, afin de vaincre les passions qui étaient les armes de Satan. Chacun savait que le boire et le manger renforçaient les forces du Malin, aussi l'abstinence tenait-elle en échec l'ennemi de Dieu. Cependant il y avait plus que priver le corps d'alimentation et de boisson, il existait le jeûne de l'esprit que Zachariah s'était fidèlement efforcé de pratiquer. Il s'agissait de s'abstenir des pensées terrestres pour se concentrer uniquement sur Dieu. De la même façon qu'une seule bouchée de pain annulait la privation physique, une seule pensée impure invalidait la diète spirituelle.

Et chaque jour du plus sacré des mois de l'Islam, Zachariah avait rompu le jeûne de son esprit.

– Tu es trop zélé, enfant, reprit Amira. Il est interdit de jeûner en continu, or je crois que c'est ce que tu as fait. Dieu réclame seulement que nous nous purifiions de l'aube au coucher, après quoi nous pouvons manger notre content. Souviens-toi que Dieu est le miséricordieux et le nourricier.

Zachariah se détourna. Oumma ne pouvait comprendre. Il *voulait* être pieux, que le Seigneur l'emplisse de grâce, mais que valait-il s'il ne parvenait pas à chasser son désir de Tahia ? Il était facile de se priver de nourriture et d'eau, mais son esprit le trahissait chaque fois qu'il posait les yeux sur la jeune fille. Leur unique baiser, la nuit du mariage de Yasmina, l'obsédait.

– Qu'y a-t-il, mon chéri ? interrogea Amira. Je sens que quelque chose te trouble. As-tu un problème à l'école ?

Il leva ses yeux verts sur sa grand-mère.

– Je souhaiterais être marié.

– Tu n'as pas encore dix-huit ans, Zakki, s'étonna

Amira. Tu n'as pas de métier, tu ne saurais assumer une épouse et une famille.

– Tu as laissé Omar se marier, il suit encore ses études.

– Omar a l'héritage de son père. Et il n'est plus qu'à un an de son diplôme, après quoi il deviendra ingénieur du gouvernement. Vos situations sont différentes.

– Tahia et moi pourrions vivre ici, avec toi, jusqu'à ce que j'aie terminé mes études.

– Tahia ? C'est elle que tu désires épouser ?

– Oh, Oumma, souffla-t-il avec passion. Je brûle pour elle !

Amira soupira. Ces garçons, toujours en feu !

– Tu es trop jeune, dit-elle.

Soudain, elle se rappela que Zachariah n'était pas vraiment un Rachid. Lui était-il permis d'épouser Tahia ?

Quittant son petit-fils, Amira monta sur le toit pour contempler les étoiles clignotantes. Là-haut, pensait-elle, brillait l'étoile de naissance de Zachariah, mais nul ne savait la nommer. « *Tout comme j'ignore ma propre étoile.* »

« Alors comment connaître notre route ? s'interrogea-t-elle, au son des rumeurs de fête qui lui parvenaient de toute la ville. Comment connaître notre avenir si nous ne savons pas sous quelle étoile nous sommes nés ? »

Elle pensa aux rêves qui continuaient de la hanter, intenses et fourmillants de détails – le campement dans le désert, la mère qui perd son enfant, le grand Nubien au turban écarlate – et elle se demanda de nouveau ce que les songes essayaient de lui révéler. *C'est une telle solitude que de ne pas connaître son ascendance.*

Zachariah désirait épouser Tahia mais était-il sage d'autoriser cette union ? Ne serait-ce pas provoquer le malheur que de marier Tahia à un garçon aux origines obscures, dont il était impossible de lire l'avenir ? Amira était peinée pour lui et eût souhaité le rendre heureux. Néanmoins elle estimait avoir un devoir impérieux envers la fille de sa fille. Tahia avait besoin d'un homme sûr, installé, déjà connu, à l'honneur sans tache.

Et Amira savait exactement quel serait cet homme. Elle avait déjà étudié ses astres lorsqu'elle l'avait choisi pour Camélia.

Canons et tambours tonnèrent dans toute la ville quand la salve officielle annonçant la fin du Ramadan se fit entendre sur Radio Le Caire. Les gens s'élancèrent dans les rues, parés de leurs vêtements neufs, pour rendre visite aux parents et porter des cadeaux aux enfants. La joyeuse célébration de l'*Eid al-Fitr*, qui devait durer trois jours, avait commencé.

Dans le jardin, assis sur ce même banc en marbre où ils avaient goûté leur premier baiser voilà près d'un an, Zachariah et Tahia ne partageaient pas l'allégresse collective. Tahia épouserait Jamal Rachid avant un mois, et partirait s'installer chez lui à Zamalek. Cette perspective ne lui souriait pas mais, contrairement à Camélia et Yasmina, il ne lui venait pas à l'esprit de désobéir à Oumma et de refuser d'épouser M. Rachid.

Les deux jeunes gens demeuraient silencieux sous les étoiles et le mince croissant de la nouvelle lune, main dans la main, respirant les fragances de jasmin et de chèvrefeuille.

– Je t'aimerai toujours, Tahia, dit enfin Zachariah. Jamais je n'aimerai une autre femme. Jamais je ne me marierai. Je vouerais ma vie à Dieu.

Ainsi parlait-il, sans savoir qu'il faisait écho aux paroles que son père avait dites à Sahra au bord du Nil, voilà près de dix-huit ans.

Ibrahim regarda la femme couchée dans son lit et se dit qu'elle serait sa dernière prostituée. Après avoir consulté trois diseuses de bonne aventure qui, toutes trois, lui avaient promis qu'Alice portait un fils, Ibrahim concluait qu'il avait payé sa dette en prison. Dieu lui avait pardonné ses péchés passés et lui accordait un nouveau départ dans la vie.

Néfissa remarqua d'abord les cheveux de l'homme : légèrement clairsemés mais blonds, sans conteste. Et chaque fois que leurs yeux se croisaient, elle tentait de définir la couleur des siens – gris ou bleus ? La réception était donnée en l'honneur d'un journaliste bien connu et Néfissa, amie intime de l'hôtesse, y avait été invitée. Elle eût volontiers fait la connaissance de l'intrigant gentleman, cependant elle restait offensée par l'humiliante rebuffade de Hassan, même si l'incident remontait à un an. Comme elle se demandait quoi faire, son hôtesse, qui ne dédaignait pas jouer les marieuses et n'avait pas manqué de remarquer les échanges de regards entre deux de ses hôtes, s'approcha de Néfissa :

– Il est professeur à l'université américaine, lui glissa-t-elle d'un ton sourd de conspirateur. A mon avis, il a plutôt belle allure, mais ce qui le rend encore plus attirant est qu'il est célibataire. Je vous présente, ma chérie ?

Dans les coulisses de La Cage d'Or, Camélia procédait au dernier ajustement de la galabieh en satin blanc qu'elle porterait pour ses débuts à la scène. La pensée la traversa, furtive, qu'elle eût aimé que les siens assistent à sa première apparition en public. Mais le soir où elle avait quitté la rue des Vierges du Paradis, elle s'était réfugiée chez Dahiba et Hakim ; ils étaient sa famille désormais. Lorsqu'elle fit son entrée, rejoignant Dahiba, elle sentit son âme voler vers les chandeliers et les projecteurs. Le public applaudit, cria : « *Y'Allah!* » Elle sourit et se mit à danser.

Mohammed lové contre sa poitrine, Yasmina s'absorbait dans la lecture du livre de biologie que Zakki lui avait offert pour son anniversaire. A peine si elle leva les yeux quand Omar sortit de la chambre, précédé par le parfum de son eau de toilette. Quand il annonça qu'il sortait, elle hocha la tête et tourna sa page. Elle n'avait plus peur de lui. Depuis qu'Ibrahim lui avait parlé en privé, il se tenait sur la réserve. Maintenant il passait ses nuits dehors avec des amis; elle s'en moquait. Elle avait Mohammed, centre de son univers, et ses livres. Un jour, elle reprendrait ses études, elle y était déterminée. Elle atteindrait à l'indépendance. C'était l'une des raisons pour lesquelles, quand Omar rentrait ivre et l'appelait au lit, elle se prémunissait en secret contre de futures grossesses : les nouveaux centres de contrôle des naissances du président Nasser distribuaient gratuitement des contraceptifs.

Alice disposait des fleurs dans un vase au salon, pivoines et roses cueillies dans son jardin. Tout en étudiant l'harmonie des couleurs rose et jaune, elle songeait à la vie qui grandissait dans son ventre. Elle espérait mettre au monde un nouveau petit Eddie. Il serait blond aux yeux bleus, comme son frère, et elle l'emmènerait en Angleterre afin de lui faire connaître ses origines maternelles.

D'un regard mélancolique, Amira considérait le gros camion qui emportait les meubles de Maryam. Suleiman avait vendu la grande maison rue des Vierges du Paradis et les Misrahi partaient s'installer dans un petit appartement proche de la place Talaat Harb.

Amira dévisagea celle qui avait été sa meilleure amie et sa voisine durant tant d'années, depuis l'époque où elles étaient toutes deux de jeunes épouses. Ensemble elles avaient élevé leurs enfants, partagé leurs secrets, elles s'étaient réconfortées l'une l'autre et avaient dansé la danse du ventre. Où donc avaient fui les années ?

– Tu viendras souvent nous voir ? demanda Maryam. Tu ne laisseras pas la distance nous séparer ?

– Il fut un temps, répondit Amira, où j'aurais hésité à quitter ma maison. Au fond j'avais peur de sortir. Mais cette époque est depuis longtemps révolue. Bien sûr je te rendrai visite, parce que tu es ma sœur.

Elle glissa son bras sous celui de Maryam, se remémorant le temps où elle était terrifiée de sortir, où elle ne se défaisait jamais de son voile alors qu'Ali lui en avait donné la permission. Songeant à quel point la séparation brutale d'avec sa mère lui avait laissé un perpétuel sentiment d'insécurité, Amira se rendit compte qu'elle avait hâte d'aller voir Maryam dans son nouvel appartement.

QUATRIÈME PARTIE

1966-1967

22

– Il faut être prudent maintenant, Yasmina. Une blessure profonde comme celle-ci peut être délicate.

Ibrahim s'exprimait en anglais afin que la mère de l'enfant, une fellah venue récemment vivre en ville, ne risque pas de comprendre et de s'inquiéter.

– Que s'est-il passé ? demanda Yasmina.

Elle venait d'arriver au cabinet de son père pour remplacer l'infirmière.

– Un escalier qui a cédé. Là, là, poursuivit le médecin en arabe. Tu vas être un grand garçon courageux. Encore une minute et ce sera fini.

Tandis que son père nettoyait la plaie, Yasmina adressa au petit blessé un sourire rassurant. Il ressemblait à bien des enfants du quartier. Les paysans qui quittaient les fermes et affluaient en ville dans l'espoir d'un avenir meilleur se retrouvaient entassés dans de minuscules logements. Ils occupaient alors les toits et les venelles sous des abris de fortune, où ils improvisaient des semblants de jardin ou de poulailler ; ils dormaient dans les cages d'escalier ou dans les ascenseurs cassés. Aussi des accidents se produisaient fréquemment : des balcons vermoulus qui lâchaient, des immeubles entiers qui s'effondraient, ou encore, comme dans le cas de ce jeune patient, des escaliers pourris qui s'écroulaient. Ibrahim avait extirpé un clou de son mollet.

– Bien, Yasmina, reprit-il en revenant à l'anglais. Nous avons soigneusement lavé la plaie, drainé la saleté et baigné la blessure au permanganate de potassium. Ensuite ?

Yasmina avait revêtu une blouse blanche, rassemblé ses cheveux dans un foulard blanc, comme le faisait l'infirmière de son père. Elle tendit à ce dernier un récipient contenant un liquide pourpre qu'elle venait de préparer.

– Gentiane violette, fit-elle, à moins qu'une pommade antibiotique ne soit indiquée.

– Bonne petite.

Doucement, Ibrahim appliqua la solution sur la peau de l'enfant ; la mère, une femme sans âge drapée dans une mélaya noire, regardait en silence.

– Comme tu le sais, reprit le praticien, une blessure qui saigne peu comme celle-ci risque fort de s'infecter. Ce garçon a de la chance, sa mère en sait suffisamment pour me l'avoir amené. Souvent, quand ils ne voient pas de sang, ils supposent que la blessure est sans gravité et la négligent. Ça peut aller jusqu'à la septicémie, ou au tétanos, et les victimes en meurent. Voilà, conclut-il en reposant le bassin et en ôtant ses gants. On ne suture jamais une blessure de ce type. Je te laisse la panser pendant que je prépare la pénicilline.

Tout en bandant la jambe maigre de gaze propre, Yasmina songea que cet enfant avait à peu près le même âge que son fils, trois ans, mais le jeune paysan était beaucoup plus petit que Mohammed. Les fellahs amélioraient-ils réellement leur sort en venant dans les villes ?

La piqûre fit éclater l'enfant en sanglots alors qu'il avait supporté les soins sans broncher.

– Ramène-moi ton fils dans trois jours, dit Ibrahim à la mère. D'ici là, surveille son front. S'il devient chaud, ramène-le-moi tout de suite. Si sa jambe devient dure et raide, ou s'il se met à remuer beaucoup la tête, reviens vite. Tu comprends ?

La femme hocha la tête, ses yeux timides brillaient par-dessus le coton noir de la mélaya qu'elle avait gardée sur son visage durant toute la visite. Elle fouilla dans son vêtement et en sortit quelques pièces d'une demi-piastre.

– Les prières sont plus utiles que l'argent, Oumma. Pris pour moi à la prochaine fête sainte.

Lorsque la femme et l'enfant furent partis, Ibrahim alla se laver les mains au lavabo.

– Nous ne les reverrons probablement pas, Yasmina. Si la blessure s'infecte et que l'enfant tombe malade, la mère recourra sans doute à un magicien afin d'exorciser les djinns.

Il regarda sa fille, qui nettoyait les instruments, et son cœur s'emplit de fierté. Ibrahim avait choisi de soigner gratuitement les paysans du voisinage, et il reconnaissait que cette tâche lui donnait une satisfaction profonde à la fin de chaque journée. Mais il n'en attendait pas autant de sa fille, qui devait certainement se sentir plus à l'aise avec ses patients fortunés. Pourtant elle venait l'aider à l'heure des « soins gratuits » réservée aux fellahs.

– Es-tu certaine de souhaiter consacrer ta vie à soigner les autres, Mishmish ? interrogea-t-il. Être épouse et mère est une noble occupation. Pourquoi veux-tu être médecin ? Tu vois à quel point cela peut être insatisfaisant.

Elle lui décocha un sourire taquin.

– Pourquoi es-tu devenu médecin, *toi*, Père ?

– Je n'ai pas eu le choix. Ton grand-père, qu'il repose en paix, m'a dicté ma vie.

– Qu'aurais-tu préféré faire ?

– Si c'était à recommencer, répondit Ibrahim en s'essuyant les mains, j'irais vivre sur nos terres cotonnières dans le Delta. J'ai pensé un temps que j'aimerais être écrivain. J'étais jeune à l'époque, évidemment. Tous les jeunes gens ne rêvent-ils pas d'être écrivains ?

Yasmina le regarda se lisser soigneusement les cheveux, insistant sur les tempes où la couleur argentée commençait d'apparaître. A près de cinquante ans, il était encore très beau aux yeux de sa fille, et sa taille un peu épaissie lui conférait davantage de solidité. Elle comprenait que sa mère soit tombée amoureuse de lui.

Elle rangea les instruments, jeta les gants et la gaze usagés comme il lui avait appris à le faire, tout en continuant de l'observer du coin de l'œil tandis qu'il prenait des notes sur un petit carnet. Elle réalisa que son père entrait dans l'âge qu'elle estimait le plus seyant aux hommes arabes, ce milieu de la vie où leurs confuses prétentions de jeunesse s'estompaient au profit des qualités plus subtiles de la maturité et de la dignité. Elle avait observé la même évolution chez ses professeurs d'université, chez les hommes plus âgés dans les cafés, même chez les mendiants des rues, et elle se demandait si c'était un trait national ou racial que cette majesté naturelle qui finissait par apparaître chez la plupart des Arabes. Même son mari, Omar, qui, bien que n'ayant que vingt-quatre ans, en présentait déjà les signes précoces. Vraisemblablement, estimait Yasmina, à force de fréquenter les décideurs de la communauté et d'importants hommes d'affaires.

Elle imagina le jour où Ibrahim poserait pour le portrait de famille comme l'avait fait grand-père Ali, assis dans un fauteuil comme sur un trône, entouré de ses fidèles sujets – sa famille. Elle se vit dans le groupe, à sa droite.

– Nous n'avons plus de fermes dans le Delta, Père, répondit-elle d'un ton mutin. Tu aurais été jeté hors de ton paradis pour écrivain. Et que serais-tu devenu ?

Ibrahim alla à la fenêtre, fixa les néons qui commençaient à clignoter dans le jour déclinant. Après les heures consacrées à la sieste, les gens s'affairaient à nouveau dans les rues. Le Caire ! songea Ibrahim en voyant une file d'attente se former devant le cinéma Roxy. La cité des âmes remuantes !

– Sans doute serais-je allé vendre des patates dans la rue.

Il suivit un moment des yeux un vieux marchand de patates douces qui poussait sa charrette fumante au milieu des clients du cinéma, puis il se retourna pour contempler Yasmina qui rangeait les instruments dans l'armoire de métal blanc. Elle avait ôté son foulard ; ses cheveux blonds cascadaient dans son dos. « Sous cet angle, elle ressemble à Alice », se dit-il. Elle avait la même grâce, la même pondération dans le geste. Mais Yasmina ne tenait pas son ambition de sa mère. Peut-être avait-elle hérité de lui une détermination qu'il ignorait posséder.

Durant un moment il se plut à imaginer qu'il pourrait

faire un second cabinet de la pièce adjacente, celle où il avait autrefois reçu des prostituées; l'idée le séduisait que sa fille, devenue médecin, vînt exercer avec lui. Elle soignerait les femmes et les enfants, lui verrait les hommes; ils travailleraient en associés, se consulteraient mutuellement : les docteurs Rachid. Et elle serait là chaque jour, éclairant ce bureau de sa lumière.

– Mais tu as un fils, Yasmina. Ne devrais-tu pas lui consacrer tout ton temps?

– Je lui consacre tout le temps que je peux! Et puis tante Néfissa le réclame si souvent! En ce moment, ils sont à un spectacle de marionnettes.

– Il est vrai que tant que Tahia n'a pas mis d'enfant au monde, Mohammed est le seul petit-fils de Néfissa.

– Père, déclara Yasmina, j'ai réusssi à gagner deux ans d'équivalence. Dans deux autres années, Mohammed ira à l'école. J'aimerais alors commencer ma médecine.

– N'es-tu pas trop jeune pour être médecin?

– J'aurai vingt-six ans quand je décrocherai mon diplôme!

– Une vieille femme! Je ne sais pas, Mishmish. L'école de médecine n'est pas un lieu pour une jeune femme de ta classe et de ton éducation. Cela ne me paraît pas bien. Je te verrais plutôt me donner davantage de petits-enfants. Mohammed a presque quatre ans. Il a besoin de frères et sœurs.

– Mon fils a plus de cousins qu'il ne sait en compter! fit Yasmina en riant. Un frère ou une sœur ne feraient que l'embrouiller.

Yasmina savait bien que toute la famille attendait son prochain petit. Ils ignoraient qu'elle s'était procuré un diaphragme dans l'un des centres de planning familial de Nasser. Ils ignoraient aussi qu'elle avait envisagé d'obtenir le divorce, voilà trois ans. Or une discrète enquête lui avait révélé que s'il suffisait à un homme de répéter trois fois « Je te répudie » pour se débarrasser de son épouse, une femme ne pouvait obtenir le divorce que sur des motifs très précis : si son mari avait été en prison pendant une longue période; s'il était atteint d'une maladie incurable; s'il était déclaré fou; s'il l'avait battue si violemment qu'elle en gardait des séquelles.

Zubaïda, une femme plus âgée avec laquelle elle travaillait comme volontaire au Croissant-Rouge, lui avait donné son avis :

– Avocats ! Tribunaux ! Requêtes ! Toute femme dotée d'une cervelle connaît le moyen le plus rapide et le plus facile de pousser son homme à divorcer. Ça a bien fonctionné pour moi, qui ai épousé deux espèces d'ânes égoïstes. Quelle erreur ! Veux-tu le secret du vieux remède, que ma mère appelait « mettre du poison dans le ragoût » ? Les ingrédients sont simples : garder une maison sale, autoriser le vacarme pendant que le mari reçoit des amis, ne pas fournir assez de mets pour les invités de marque, laisser les enfants se montrer irrespectueux devant les autres – voilà de quoi blesser son orgueil et son honneur de mâle. Si ça échoue, un bon éclat de rire qui le rend ridicule au lit, et le tour est joué.

Mais Yasmina n'était pas désespérée à ce point. Depuis qu'Omar avait eu son diplôme universitaire et obtenu un poste par le gouvernement, il partait souvent en mission à l'étranger, parfois pour plusieurs mois. Les absences de son époux, son recours secret à la contraception et la poursuite de ses études lui rendaient supportable l'existence avec Omar. Il semblait même que leur relation se fût améliorée ; ces derniers temps, Omar se montrait plus respectueux à son égard et, au retour de sa dernière mission, il lui avait rapporté un cadeau. Forte de la supposition que les mariages évoluaient ainsi et qu'avec le temps l'amour naîtrait peut-être entre eux, Yasmina envisageait sa vie sous de meilleurs auspices.

– Je veux davantage, Père. Certes, c'est une chose merveilleuse que d'être mère, mais je me sens confinée dans ce rôle. Quand j'assiste aux cours à l'université, ou quand je viens ici t'aider, je me sens presque une personne différente, j'ai l'impression d'être vraiment moi-même. J'envie Camélia avec sa carrière de danseuse !

– Ton grand-père n'approuvait pas que les femmes deviennent médecins.

– C'est à *toi* que je demande de l'aide, Père, et tu n'es pas grand-père Ali.

– Non, fit-il lentement, surpris par les paroles de sa

fille. Je ne suis pas mon père, qu'il repose en paix. Très bien, Mishmish. Nous en reparlerons lorsque ta mère et moi reviendrons de notre voyage en Angleterre.

Elle l'embrassa. En lui rendant son étreinte, il s'aperçut qu'il était secrètement heureux de son ambition et du courage qu'elle avait eu de lui parler. S'il avait eu lui-même cette vaillance...

On frappa à la porte. Ibrahim fut surpris de reconnaître son lointain parent, Jamal Rachid, sur le seuil.

– Pardonne cette intrusion, Ibrahim, mais la nécessité fait loi. Puis-je entrer ?

Alarmée par l'abrupte entrée en matière de Jamal, qui passait outre les échanges de politesse coutumiers, Yasmina lui avança un siège en demandant :

– C'est Tahia ? Elle ne va pas bien ?

Bien que sa cousine eût quitté la rue des Vierges du Paradis en épousant Jamal Rachid, les deux jeunes femmes continuaient de se voir souvent. Elle savait que Tahia espérait une grossesse, jusqu'à présent sans succès.

– Ma femme se porte bien, Dieu merci. Ibrahim, la police militaire enquête et pose des questions.

– Quel genre de questions ?

– Sur toi. Sur tes sympathies politiques, ton compte en banque et tes placements.

– Hein ? Mais pourquoi ?

– Je l'ignore. Mais je viens d'apprendre par un ami – je ne peux te dire qui – que le nom de Rachid figure sur certaine liste.

– Quelle liste ?

– Celle des Visiteurs de l'aube.

Ibrahim gagna la porte d'entrée, jeta un œil dans le couloir désert, la verrouilla, revint dans le cabinet et ferma également à clef la porte intérieure avant de répondre :

– Comment est-il possible que nous figurions sur cette liste ? Ma famille n'a pas de différend avec le gouvernement de Nasser. Nous sommes des gens pacifiques, Jamal.

– Je jure sur la chasteté de Sayyida Zeinad que c'est

vrai. Sois prudent, mon frère. La police militaire est puissante ; le ministre Amer est très redouté. A présent que l'armée s'occupe de tout, si un homme ose seulement discuter la fiabilité des téléphones du Caire, il est arrêté et ses biens sont saisis au nom de l'État.

Jamal regarda autour de lui, comme si d'invisibles espions se cachaient dans le cabinet de consultation de son cousin.

– Comprends-moi, Ibrahim. Les tiens sont en danger. Personne n'est à l'abri de ces fous. Ils arrivent la nuit, entrent en force et arrêtent les hommes de la famille. Le plus souvent, on n'entend plus parler d'eux. Ce n'est plus comme pendant la révolution, quand tu as été arrêté. C'est pire, bien pire, car ils peuvent te prendre ta maison, ton compte en banque et tout ce que tu possèdes.

De la rue, soudain, monta un vacarme de klaxons et d'acclamations. Yasmina se leva pour fermer la fenêtre tandis que Jamal poursuivait d'une voix sourde :

– Ibrahim, tu connais ma sœur, Mounirah, qui est mariée à un riche industriel. Ils sont venus chez elle la nuit dernière. Elle et ses enfants ont été jetés à la rue pendant que les soldats confisquaient la maison et tout ce qu'elle contenait. Ils lui ont pris les bagues qu'elle portait aux doigts, et les colliers au cou de ses filles. Puis ils ont emmené son mari et ses fils aînés. On n'entend pas parler de ces choses parce que les journaux ont peur de les imprimer. Le riche est la cible de ce fléau.

– Au nom de Dieu, n'avons-nous aucun moyen de nous protéger ?

– Je vais te dire ce que j'ai fait : j'ai mis mes biens immobiliers au nom de Tahia et de mes cousines, j'ai fermé mon compte bancaire et j'ai caché l'argent. Si les Visiteurs de l'aube viennent chez Jamal Rachid, ils ne trouveront pas grand-chose. Crois-moi, Ibrahim, il n'y a pas d'issue, on ne peut se fier à personne. Même ceux qui avaient auparavant un peu de pouvoir en sont privés maintenant.

– Mais pourquoi mon nom aurait-il été mis sur cette liste ? Par Dieu, j'ai mené une vie paisible depuis le jour où Farouk a quitté Alexandrie. Ma famille et moi sommes sans faute! Qu'a donc contre moi le ministre Amer?

– Ce n'est pas Amer qui t'en veut, rétorqua Jamal. C'est son sous-secrétaire, un homme peu connu du public mais qui jouit d'un grand pouvoir. Et quand il a couché un nom sur cette liste secrète, il n'y a pas moyen d'y échapper.

– Qui est cet homme?

– Quelqu'un qui fut ton ami. Hassan al-Sabir.

– Pauvre Ibrahim, fit Alice en acceptant la tasse de café offerte par Maryam Misrahi. Je crains qu'il n'ait conservé de l'Angleterre que le souvenir de la façon dont mon père nous a fermé sa porte. Heureusement, Eddie a été merveilleux avec Ibrahim. Edward ressemblait à ma mère, tous deux adoraient l'Orient. Mon père, en revanche, estimait que je m'étais déclassée par cette alliance.

Elle marqua une pause, prêtant l'oreille aux légers accords musicaux qui venaient de l'appartement voisin; elle ne s'était jamais tout à fait habituée à la musique arabe.

– Je suis si heureuse que nous fassions ce voyage. J'ai l'impression que l'Angleterre va nous donner une seconde chance.

– La famille est importante, acquiesça Suleiman qui, à soixante-dix ans, avait l'apparence d'un homme confortablement installé dans la retraite. Maryam et moi aimerions aller voir nos enfants, mais ils sont éparpillés aux quatre coins du monde et j'ai peur que nous n'ayons plus la force d'entreprendre ce genre d'odyssée.

Il regarda Amira, qui était également venue leur rendre visite.

– Ton fils est bon, il a raison de fermer son cabinet pour emmener sa femme dans son pays. Voilà ce que j'aurais aimé faire quand j'étais plus jeune, voyager de par le monde et voir mes enfants.

– Je remercie Dieu pour Ibrahim, fit Amira.

De sa petite cuillère, elle dosa soigneusement le sucre

pour son café, dissimulant son anxiété derrière ces petits rituels. Elle s'en voulait de sa peur sans fondement – cette crainte de ne jamais revoir son fils après son départ – et elle luttait pour la cacher à ses proches.

– Puisse Dieu leur accorder un bon voyage, ajouta-t-elle doucement, et un prompt retour.

Un modeste balcon flanquait l'appartement des Misrahi, pas assez grand pour recevoir du monde mais suffisamment pour abriter les pots de géraniums et de soucis que cultivait Maryam. Son plus bel atout était une grande porte vitrée coulissante que l'on pouvait ouvrir afin de laisser entrer l'air chaud des soirées de septembre, les odeurs de cuisine et les rumeurs de la circulation. Alice emporta son café vers le petit balcon qui offrait une vue sur le Nil.

– J'ai appris qu'on appelait les lotus les fiancées du Nil, dit-elle. Pourquoi cela ?

Amira rejoignit sa belle-fille et contempla le flot puissant qui coulait sous le pont en pierre ; elle sentit la force du fleuve, en respira ses parfums fertiles. « Existe-t-il plus beau cours d'eau que la Mère des Fleuves ? se demanda-t-elle. Existe-t-il terre plus belle et bénie que l'Égypte, Mère du monde ? »

– Ali m'a raconté qu'il y a longtemps, au temps des pharaons, expliqua-t-elle, une jeune vierge était sacrifiée chaque année juste avant la crue annuelle du fleuve. On la jetait dans le Nil et si elle se noyait elle devenait la fiancée du fleuve, enrichissant les eaux de limon – promesse de belles cultures et d'une récolte abondante. Maintenant, seule la fragile fleur de lotus est la fiancée du Nil.

Alice pressa un mouchoir parfumé sur sa gorge. En vingt et un ans, elle ne s'était pas acclimatée à la chaleur de l'Égypte.

– Vous allez au fleuve chaque année à date fixe pour y jeter une fleur. Est-ce pour célébrer le lotus ?

Amira se remémora le jour où elle était allée trouver Safeya Rageb. C'était la première fois qu'elle sortait de chez elle.

– Non. Je me suis perdue un jour dans la ville, et Ali m'a parlé sur ce pont, là-bas. Il m'a remise sur le bon chemin et a guidé mes pas. A ce moment-là, j'ai reconnu la puissance et le mystère du Nil. Savais-tu, continua-t-elle en regardant Alice, que le fleuve reste hanté par les âmes de ceux qui s'y sont noyés? Pas seulement les fiancées, mais les pêcheurs, les nageurs, ceux qui se sont suicidés. Le Nil donne la vie comme il prend vie.

– Il nous donne aussi du sacré bon poisson, lança Suleiman derrière elles.

– La nourriture est devenue la passion de mon époux depuis sa retraite! commenta Maryam en riant.

Suleiman écarta d'un geste le commentaire et s'adressa à Alice :

– Bientôt, ma chère, vous vous régalerez de la délectable libéralité anglaise : les scones et la crème. Le thé du Devonshire, merveilleux! Je l'ai goûté une fois, en 1936, et j'ai encore sur la langue la saveur de votre confiture.

Riant toujours, Maryam gagna la cuisine; Alice se tourna vers sa belle-mère.

– Mère Amira, pourquoi ne venez-vous pas avec nous en Angleterre? Vous n'avez jamais quitté l'Égypte.

– Ce voyage est pour toi et Ibrahim, fit Amira en souriant. Que ce soit votre seconde lune de miel.

« Et l'occasion de vous guérir », ajouta-t-elle silencieusement. Ibrahim avait eu l'idée de ce périple peu après la fausse couche d'Alice. Lorsqu'elle avait perdu l'enfant, elle avait sombré dans la dépression. La perspective de revoir son pays avait agi comme un remède miracle et l'avait empêchée de plonger tout à fait. Non, Amira n'irait pas avec eux. D'ailleurs elle avait ses propres projets. Elle aussi songeait à un voyage, un pèlerinage à La Mecque, en Arabie.

– Je n'ai plus de proches parents en Angleterre, reprit Alice, seulement une vieille tante. Mais il me reste mes amies.

Elle se tut, regarda la ville brillante, bruyante, qu'elle voyait comme un fol alliage de l'Orient et de l'Occident et où, de temps en temps, elle se sentait totalement étrangère. Il lui arrivait de se trouver dans une boutique familière, en train de marchander en arabe le prix d'une étoffe ou d'une paire de chaussures, comme elle le faisait depuis vingt ans, et soudain tout devenait trouble; les mots dans sa bouche n'étaient plus qu'un charabia dépourvu de sens, l'odeur du magasin et des rues la prenait à la gorge et elle se demandait où elle était et ce qu'elle faisait là. Ensuite, lorsqu'elle se sentait revenir au Caire, elle pensait à la chaleur, au sable, à la ville crépitante et elle se disait que seuls le brouillard et les bruines d'Angleterre pourraient l'en débarrasser.

Il existait une autre raison, secrète, plus urgente, à son désir de retourner maintenant en Angleterre. Après sa fausse couche, elle avait découvert qu'elle souffrait d'une dépression tapie au fond d'elle-même mais bien présente, comme un glacial courant souterrain qui ne remontait jamais à la surface. Elle s'était mise à penser à sa mère, à se demander si *elle* avait souffert du même type de mal. Qu'est-ce qui avait poussé lady Frances à se suicider? Mélancolie, avait-on écrit sur le certificat de décès.

Alice était déterminée à trouver les réponses en Angleterre. La vieille tante Pénélope avait été la meilleure amie de sa mère. Peut-être savait-elle pourquoi lady Frances avait mis fin à ses jours. Alice éprouvait le besoin de savoir si une cause extérieure avait provoqué le drame ou si sa mère portait ce désespoir en elle, comme une tendance génétique, et de ce fait inévitable. Alice avait d'autant plus besoin de le savoir qu'elle allait sur ses quarante-deux ans, l'âge de sa mère quand elle était morte.

– C'est bon d'avoir des amis, fit Suleiman.

Il quitta son fauteuil avec quelque raideur dans les jambes. Comme Maryam, il avait maintenant les cheveux blancs, et portait des vêtements amples et confortables.

– Tant de nos amis ont quitté l'Égypte! Ils prospèrent, cela dit, en Europe ou en Amérique. Néanmoins, je continue à croire que le président Nasser a de bonnes intentions pour l'Égypte. Parlez-moi de l'endroit où vous êtes née, Alice, peut-être y suis-je passé en 1936.

Amira alla dans la cuisine où Maryam sortait des baklavas du four.

– Suleiman vit de plus en plus dans le passé ces temps-ci, confia-t-elle à son amie en arrosant de sirop les pâtisseries encore chaudes. Est-ce le lot des vieilles personnes, Amira ? Quand l'avenir est plus court que le passé, se met-on à regarder en arrière ?

– Peut-être est-ce la façon dont Dieu nous prépare à l'éternité. Tiens, laisse-moi t'aider. Moi ausi je songe de plus en plus au passé. C'est étrange, Maryam, mais plus je vieillis, mieux je me rappelle le passé lointain, comme si je m'en approchais au lieu de m'en éloigner.

– Un jour, si Dieu le veut, tu te souviendras de tout et tu découvriras le bienfait du souvenir d'enfance.

« Le bienfait des souvenirs ! » pensa Amira. Pour fouiller le passé, elle savait qu'il lui fallait apprendre d'où elle venait, qui elle était réellement. « Ma mère a-t-elle été tuée ce jour-là et laissée dans le désert ? Ou l'a-t-on enlevée, elle ausi, pour la placer dans un autre harem ? Se peut-il qu'elle vive encore ? J'ai soixante-deux ans ; elle en aurait quatre-vingts, peut-être moins. Si elle m'a mise au monde à quatorze ans, l'âge auquel j'ai eu Ibrahim, elle est peut-être encore en bonne santé à ce jour, quelque part en ce monde, et qui sait si, par une nuit comme celle-ci, elle ne regarde pas les étoiles comme moi en s'interrogeant sur la petite fille qu'on lui a arrachée. »

Amira songea au minaret carré qui apparaissait dans ses rêves plus fréquemment que tout autre souvenir. Où se trouvait-il ? Les quelques minarets carrés du Caire étaient d'une architecture élaborée et savamment décorés ; celui de son rêve était sobre et lisse. Chaque fois qu'il réapparaissait, Amira sentait que c'était pour lui dire quelque chose, comme s'il murmurait : « *Trouve-moi, et tu trouveras toutes les réponses : le nom de ta mère, le lieu de ta naissance, et ton étoile.* »

« J'effectuerai le pèlerinage à La Mecque et, si Dieu le veut, je découvrirai le chemin qui m'a conduite en Égypte et le suivrai jusqu'à mes origines. Peut-être jusqu'à ma mère. »

Quand elles revinrent au salon, Suleiman coupait l'extrémité d'un cigare.

– Ainsi Yasmina veut être médecin ? dit-il. Pourquoi pas ? En Californie, ma petite-fille Rachel projette de faire sa médecine. C'est un bon métier pour une fille. Les femmes comprennent la douleur et la souffrance. Pas les hommes. Quand en avons-nous fait l'expérience? Maryam, allons voir Itzak en Californie. Tu te souviens de mon Itzak, Amira? Bien sûr que oui, tu l'as aidé à venir au monde. Il m'écrit en anglais, il me dit qu'il n'apprend pas l'arabe à ses enfants parce qu'ils sont américains. Moi j'affirme qu'ils sont égyptiens, par Dieu, et si je devais aller là-bas pour...

On frappa violemment à la porte.

– Qui cela peut-être? dit Maryam en s'essuyant les mains sur mon tablier.

Avant qu'elle pût aller voir, ils entendirent un fracas et des hommes en uniforme déferlèrent dans l'appartement. Suleiman bondit.

– Qui êtes-vous? Que voulez-vous?

– Suleiman Misrahi? s'enquit un officier.

– C'est moi.

– Vous êtes accusé d'avoir comploté contre le gouvernement.

Amira porta les mains à sa poitrine. Le cauchemar de l'arrestation d'Ibrahim et de son emprisonnement recommençait. Tout le monde avait entendu parler des descentes nocturnes effectuées par la police militaire de Nasser; la rumeur courait qu'on internait les prisonniers dans des camps de détention, son procès préalable. Mais on arrêtait les membres de la confrérie subversive des Frères musulmans ou d'autres factions antigouvernementales. Que voulaient-ils à un vieux couple juif?

– Il y a une erreur, commença Maryam.

On la repoussa. Elle tomba contre un meuble et sentit une douleur violente dans les côtes. Alice courut vers elle. Amira se planta devant l'officier.

– Vous n'avez pas le droit. La paix règne sous ce toit.

On ne lui accorda aucune attention. Horrifiés, elle et les autres regardèrent les soldats mettre à sac l'appartement, vider les armoires, les tiroirs, enfouir les bijoux et l'argent dans leurs poches. L'un des hommes balaya le dessus du buffet avec son arme, envoyant à terre une ménorah en argent ainsi que les photos encadrées des enfants et petits-enfants Misrahi. La ménorah, les cadres débarrassés des portraits et toute l'argenterie de Maryam disparurent dans un sac en toile de jute qui fut tiré dans le couloir.

– Alice, souffla Amira de façon à ne pas être entendue des soldats, téléphone à Ibrahim, vite.

Pour finir, les hommes se saisirent de Suleiman.

– Non ! cria Maryam.

– Vous êtes en état d'arrestation, aboya l'officier, pour activités subversives contre le gouvernement et le peuple d'Égypte.

Suleiman tourna un regard atterré vers sa femme.

– Je vous en prie, supplia-t-elle. Il y a erreur. Nous n'avons rien fait...

Mais un soldat poussa rudement Suleiman hors de la pièce puis dans le couloir. Le vieil homme porta soudain les mains à sa poitrine, cria et s'effondra à terre. Maryam courut à lui.

– Suleiman ? *Suleiman !*

23

Ibrahim devait absolument parler à Amira et à Alice. Elles se trouvaient toutes deux avec Maryam à la *shivah* pour Suleiman, où les amis venaient adresser leurs condoléances et chanter le *kaddish*, la prière juive du deuil. Comme l'appartement de Maryam avait été réquisitionné, et qu'elle avait été littéralement mise à la rue avec pour tout bagage les vêtements qu'elle portait sur elle, l'observance des sept jours se tenait chez le rabbin de sa synagogue. Ensuite il lui faudrait trouver un lieu où demeurer. Amira avait supplié son amie de venir s'installer chez les Rachid, mais Maryam avait décliné l'offre. Suleiman disparu, elle n'aurait pas supporté de revenir rue des Vierges du Paradis où ils avaient vécu heureux tant d'années.

Nul ne savait pourquoi les Misrahi avaient été désignés aux Visiteurs de l'aube. Les soldats forçaient les portes et procédaient à des arrestations dans toute la ville mais leurs victimes étaient principalement des riches. Aucune autre famille juive n'avait été frappée, en tout cas personne ne vécût aussi modestement que les Misrahi. Depuis que Suleiman avait vendu sa société d'importation, sa femme et lui se contentaient d'une pension modeste. Avec l'aide des membres de la famille, Amira tentait de découvrir pourquoi les soldats étaient venus arrêter Suleiman, et où leurs biens avaient été emportés. Jusqu'alors, elle n'avait rien compris.

Une servante vint l'informer que son fils la demandait.

– Tu as des nouvelles ? demanda-t-elle en rejoignant Ibrahim à la porte.

– J'ai parlé à tous ceux que je connais, Mère, tous les hommes du gouvernement qui me doivent une faveur, mais ils ne peuvent rien ; tous ont peur pour leur place. Je doute que nous apprenions un jour ce que sont devenus les biens des Misrahi. Je ne vois personne d'autre vers qui nous tourner.

Amira songea à Safeya Rageb, grâce à qui Ibrahim avait été libéré voilà près de quinze ans. Dans l'espoir qu'elle pût aider Maryam, Amira était allée la trouver pour apprendre que le capitaine Rageb, l'un des premiers Officiers libres, n'était plus en odeur de sainteté auprès du gouvernement. Il avait été discrètement « mis à la retraite » ; l'époque où Mme Rageb pouvait intervenir en leur faveur était révolue.

– Je suis venu pour autre chose, poursuivit Ibrahim. Notre famille est en danger, Mère. Nous sommes menacés par la police militaire. Je veux qu'Alice et toi rentriez le plus vite possible à la maison et que vous cachiez nos objets de valeur. Avertissez les femmes : si les soldats viennent, il faut qu'elles restent calmes. – Il se tourna vers Alice : – Je suis désolé, ma chérie, mais nous devons différer notre voyage en Angleterre. Veux-tu y aller sans moi ?

– Non, je reste. Nous partirons quand ce sera fini.

Maryam vint elle aussi à la porte.

– Que se passe-t-il, Amira ? Un problème, Ibrahim ?

– *Allah ma'aki*, tante Maryam. Pardonne cette intrusion mais l'on a besoin de ma mère à la maison.

– Bien sûr, aquiesça Maryam. En ces temps dangereux, il faut rester avec les siens.

– Je reviens dès que possible, promit Amira.

Maryam posa une main sur le bras de son amie :

– Je sais que tu as essayé de savoir ce qu'étaient devenus nos biens, ma chère sœur. Ne te tracasse pas davantage. Ce qui s'est passé est la volonté de Dieu. J'ai pris ma décision : mon fils souhaite que j'aille vivre en Californie avec lui et ses enfants. Nous partirons dès que nous... – Sa voix se brisa. – Dès que j'aurai fini de dire au revoir à Suleiman.

– Mère, fit Ibrahim, prenez ma voiture Alice et toi. Je trouverai un taxi. Il faut se dépêcher.

– Le danger est donc si proche ?

– Je prie Dieu que ce ne soit pas le cas.

– Où vas-tu ?

– Il reste une personne au Caire qui peut encore nous sauver. Prie pour moi, Mère, qu'elle accepte de m'entendre.

Située au milieu des plantations de canne à sucre et des palmeraies, la maison était à peine visible depuis la route des Pyramides. Ses murs d'un blanc éclatant apparaissaient derrière de vieux dattiers, des figuiers, des oliviers et des buissons fleuris ; d'imposants sycomores bordaient une pelouse vert émeraude et les lourds volets de bois demeuraient fermés au soleil comme aux yeux indiscrets. Au sortir du taxi, Ibrahim chercha à percer du regard la végétation protectrice. « En ce lieu réside un homme richissime », pensa-t-il.

Il frappa à la porte au bois aussi savamment sculpté que celui d'une mosquée. Un domestique en galabieh blanche immaculée le vit entrer dans un salon où tapis et peaux de bêtes habillaient un luxueux parquet ciré, où les ventilateurs fixés au plafond brassaient inlassablement l'air chaud.

Le serviteur s'éclipsa et un moment plus tard Hassan apparut. Ibrahim jugea que son ami d'autrefois avait peu changé au cours des quatre ans qui les séparaient de leur dernière entrevue, sinon qu'il semblait un peu plus sûr de lui et un peu moins avide que le soir où Ibrahim avait rompu le contrat de mariage. Il affichait de façon éhontée sa richesse en portant un long caftan richement brodé, une montre en or et de grosses bagues précieuses.

– Bienvenue sous mon humble toit, fit-il. Je t'attendais.

– Humble ? répéta sèchement Ibrahim. Nous sommes loin de l'austérité que je croyais trouver chez l'un des partisans de Nasser.

– Butins de guerre, mon ami. Simples récompenses des services que je rends à la cause socialiste. Mon domestique apporte le café. A moins que tu ne préfères du thé ou du whisky?

Hassan se dirigea vers un bar ambulant en acajou où étaient posés une carafe et des verres en cristal; il se servit.

– On m'a dit que je faisais partie des prochaines victimes des Visiteurs de l'aube, dit Ibrahim, allant droit au fait. Est-ce vrai?

– En voilà une façon de fêter les retrouvailles de deux vieux amis! Qu'as-tu fait de tes bonnes manières?

– Pourquoi ma famille figure-t-elle sur cette liste?

– Parce que je l'y ai mise.

– Pour quelle raison?

Avant de répondre, Hassan contempla son verre et but une gorgée.

– Te voilà bien direct. Cela te ressemble peu: En effet, j'ai mis ton nom sur cette liste pour une seule raison. Afin que tu me payes pour le rayer.

D'un geste, Ibrahim désigna la pièce magnifiquement meublée.

– Je suis loin d'être aussi riche que toi.

– Je ne veux pas d'argent.

– Quoi alors?

– Tu ne devines pas?

Ibrahim détailla les trésors qui l'entouraient : les gigantesques défenses d'éléphant croisées au-dessus de la cheminée, le pied d'antilope en porte-cigarettes, la peau de zèbre jetée sur le parquet ciré. Une antique statue égyptienne, dont Ibrahim ne doutait pas de l'authenticité et qui avait forcément été acquise illégalement, se dressait sur un piédestal, sous une belle cornemuse écossaise encadrée d'un tartan. « Les fruits des pillages de Hassan », songea-t-il, et il se demanda si l'inestimable ménorah en argent de Maryam et Suleiman se trouvait également dans cette demeure, déjà intégrée dans la collection du rapace.

– C'est un autre trophée que je désire, précisa Hassan qui voyait Ibrahim détailler ses trésors.

– C'est-à-dire ?

– En vérité, je ne veux que ce qui est réellement à moi, ce que tu m'as repris en rompant notre engagement. Rends-le-moi et ta famille sera tranquille.

– Et c'est ? fit Ibrahim en posant sur lui un regard meutrier.

– Yasmina, évidemment.

– Nous y voilà, mon chéri, dit Yasmina au garçonnet tandis que le taxi s'arrêtait devant la maison des Rachid.

Omar était parti la veille pour une mission d'ingénierie au Koweït, et à cause des vagues d'arrestations qui frappaient au hasard et sans prévenir, il avait insisté pour que sa femme et son fils s'installent rue des Vierges du Paradis. « Nous serons en sécurité ici, petitou », pensa-t-elle au moment où les serviteurs venaient prendre les bagages. Elle leva les yeux vers l'imposante demeure rose qui lui apparut comme un havre. « Personne ne peut nous faire du mal ici. »

Elle descendit du taxi, gardant dans ses bras son fils de trois ans et demi. Elle ne le lâcherait pas avant qu'ils ne soient à l'abri des hauts murs. Elle songeait à son amie étudiante, Leïla Azmi, qui était mariée à un homme riche. La semaine dernière, la police militaire avait fait irruption chez Leïla, dressé la liste de tous les objets jusqu'au dernier chandelier, lui avait déclaré qu'elle avait trois jours pour partir, sans rien prendre avec elle. Puis ils avaient emmené son mari, dont elle était depuis sans nouvelles.

Néfissa arriva à leur rencontre, prit Mohammed des bras de sa mère.

– Dieu soit loué, toute la famille est réunie. Comment va le petit-fils de mon cœur aujourd'hui ?

Avec une hâte inhabituelle, les domestiques emportèrent les bagages dans la maison. La peur, constata Yasmina, avait contaminé jusqu'à l'atmosphère paisible de la rue des Vierges du Paradis.

– Ibrahim nous a dit de tout cacher, expliqua Néfissa

tandis qu'elles gagnaient la fraîcheur de l'intérieur. Si tu as des bijoux avec toi, Yasmina, il faudra les mettre en sûreté, au cas où... la police militaire passait, ajouta-t-elle après un silence.

Elle ne voulait pas effrayer Mohammed.

Une activité de ruche régnait dans la demeure. On décrochait les tableaux des murs, porcelaines et cristaux disparaissaient des meubles. Amira supervisait les opérations. Au salon, Yasmina fut heureuse de voir Jamal Rachid et encore plus Tahia. Elles s'embrassèrent chaleureusement mais Yasmina lut l'inquiétude dans le regard de sa cousine.

Quand, un moment plus tard, Zachariah arriva au salon, ôtant ses lunettes cerclées d'or pour s'essuyer les yeux, Yasmina le prit aussi dans ses bras.

– Dieu soit loué, nous voilà tous ensemble, murmura-t-elle.

Le jeune homme se tourna vers Amira.

– Je n'ai pas eu de chance, Oumma. J'ai encore perdu une matinée au bureau du ministre de la Défense pour essayer de savoir quelque chose à propos des Misrahi. Cette fois on m'a dit que le ministre avait quitté la ville ! Impossible de le voir. Des centaines de gens s'agglutinent dans son antichambre, avec des requêtes du même genre que la nôtre !

Zachariah regarda Tahia mais il fut incapable de poser les yeux sur Jamal. Depuis le mariage de Tahia, il refusait d'envisager l'aspect physique de la relation qui unissait celle qu'il aimait à cet homme plus âgé. Or ce matin, Jamal avait fièrement annoncé que Tahia attendait leur premier enfant. Zachariah ne supportait pas l'idée de cette grossesse, preuve de leur union charnelle.

– Zakki, fit Amira, doucement pour n'alarmer personne, ne te fais plus de souci pour les Misrahi. Maryam m'a annoncé aujourd'hui son départ pour la Californie. Nous avons d'autres problèmes plus urgents.

Il promena les yeux autour de lui, constata qu'on s'occupait activement à dépouiller la maison. Alice, chargée de rassembler la joaillerie, passait de chambre en chambre et vidait les tiroirs, coffrets et sacs de tout ce qui avait quelque valeur. Basima veillait à ce que tous les vêtements et accessoires de prix, la lingerie en soie, les souliers en croco et les manteaux de fourrure soient rassemblés au salon et cachés dans des sacs de farine ou patates. Les garçons emportaient ces sacs dans la cuisine et Sahra organisait leur rangement dans la grande réserve carrelée, bien en évidence afin que les soldats ne soupçonnent pas leur véritable contenu. Rayya aidait Doreya à décrocher les tableaux des murs et à les emballer, tandis que Haneya aidait Alice à creuser des trous dans le jardin destinés à recevoir les pots de bijoux collectés. On travaillait vite, en silence, sans la joie et la gaieté qui accompagnent d'ordinaire l'activité d'une maisonnée. La nuit tombait, ce qui signifiait que les soldats risquaient d'arriver à tout moment, or il restait encore beaucoup à faire.

– Crois-tu que cela marchera. Oumma ? interrogea Zachariah. Tout le monde sait que nous sommes riches.

– Les temps sont durs pour tout le monde ; ils penseront que nous sommes ruinés, rétorqua Amira. Nos exploitations cotonnières ont été réduites à presque rien, et ton père exerce la médecine dans un quartier de classe moyenne envahi par les fellahs. Quand les soldats viendront, ils trouveront une famille autrefois riche qui ne vit plus aujourdhui que sur un maigre revenu et sur sa fierté.

Amira avait également fermé son propre compte en banque et caché les espèces dans le pigeonnier. Elle retourna veiller au déshabillage des divans : les luxueux jetés de satin et de velours étaient pliés, emportés sur le toit pour être dissimulés dans la resserre à fruits et remplacés par de simples couvertures.

– Où est Père ? demanda Yasmina à Zachariah.

– Il a quitté la maison ce matin après le petit déjeuner, répondit le jeune homme. Oumma et tante Alice étaient auprès de tante Maryam, il leur a dit de rentrer et de tout cacher. Je ne suis pas allé en cours aujourd'hui. Sais-tu ce qui se passe, Mishmish ? Pourquoi sommes-nous en danger ?

Yasmina fut tentée de confier à son frère ce qu'elle savait, à savoir que Hassan était derrière tout cela, mais Zachariah avait l'air si perdu, si troublé ! Bien qu'il soit né cinq mois avant elle, elle avait l'impression d'être son aînée.

– Ne t'inquiète pas, dit-elle en souriant. Ce sera bientôt fini et tout ira bien.

Elle reprit son fils des bras de Néfissa et monta à l'étage.

Dans la chambre qu'elle avait partagée avec Camélia, elle retrouva ses valises; une servante en avait déjà ouvert une sur le lit. Néfissa rejoignit bientôt sa belle-fille.

– Quelle ébullition! Le cousin Ahmed, sa femme et ses enfants vont venir d'Assiout. La maison va être pleine ce soir!

– Tatie, je dois m'absenter un moment. Peux-tu te charger de Mohammed? Tout le monde est si occupé que j'ai peur qu'on ne fasse pas attention à lui.

Néfissa s'assit sur le lit et prit l'enfant sur ses genoux.

– Rien ne pourrait me faire plus de plaisir.

Elle trouva un morceau de sucre candi dans sa poche et le donna au garçonnet.

Lorsque Yasmina lâcha tout à coup son sac et en ramassa le contenu, les mains tremblantes, Néfissa remarqua que la jeune femme était dans un état d'agitation extrême.

– Si les Visiteurs de l'aube t'effraient à ce point, fit-elle, ne ferais-tu pas mieux de rester ici au lieu de sortir?

– Il s'agit d'un rendez-vous qui ne peut attendre, Tatie.

La curiosité de Néfissa s'éveilla.

– Que...commença-t-elle.

Mais Yasmina avait déjà disparu.

Quand Mohammed commença à s'agiter sur ses genoux, Néfissa le lâcha et décida de défaire les bagages de sa nièce. Elle s'attaqua à la valise déjà ouverte, sortit les chemises de nuit et la lingerie soigneusement pliées. Quand elle tira la trousse de toilette en plastique, celle-ci s'ouvrit et les affaires de Yasmina s'éparpillèrent. Comme elle les ramassait, elle tomba sur un objet qui la déconcerta. Quand elle finit par reconnaître un diaphragme, elle fut stupéfaite.

Un contraceptif? Il n'était pas étonnant qu'aucun enfant n'ait suivi Mohammed. Omar ignorait certainement cela.

Elle terminait de ranger quand elle s'aperçut qu'un tube de rouge à lèvres avait roulé au sol. En le ramassant, elle trouva un morceau de papier tombé du sac de sa nièce. Une adresse y était inscrite de la main tremblante de Yasmina.

– Que dis-tu ? souffla Ibrahim, avançant d'un pas sur Hassan.

– Je veux Yasmina. Si tu me la donnes, je raye le nom de ta famille sur cette liste.

– Tu oses !

– Elle est à moi ! Tu me l'avais promise et tu as rompu ta promesse. Tu n'es pas un homme d'honneur. Ce jour-là, toi et moi avons cessé d'être frères. Mais nous n'avons pas besoin d'être ennemis. Dis à Yasmina de m'appeler et nous pourrons...

– Va en enfer.

– Je n'aurais pas cru que tu puisses te montrer si obtus. C'est la sécurité de ta famille qui est en jeu.

Ibrahim serra les poings.

– Nous te combattrons en tant que famille. Tu m'accuses de ne pas avoir d'honneur. C'est que tu ne me connais pas car je préfère encore voir les miens à la rue plutôt que de brader notre honneur. Tu ne peux pas nous faire de mal, Hassan.

– Rappelle-toi, mon ami, que tu as déjà été en prison... pour crimes contre le peuple égyptien.

– Si tu touches ma fille...

Hassan éclata de rire.

– Je me souviens quand nous étions jeunes, Ibrahim, et que tu me rebattais les oreilles avec tes projets d'avenir et la façon dont tu tiendrais tête à ton père. Et puis je t'ai vu, presque adulte, debout devant lui, tête baissée, disant : « Bien, monsieur », comme un écolier qu'on a corrigé. Ne te monte pas la tête, ami. Tu le regretteras plus tard.

– C'est vrai, j'ai fait des choses dans ma vie que je regrette aujourd'hui.

Ibrahim fut stupéfait de se découvrir sincère. Par

exemple, il regrettait sincèrement d'avoir... versé un aphrodisiaque dans la boisson d'Alice.

– J'ai commis des actes d'homme faible. Je n'en suis pas fier. Mais je ne me sens plus faible. Tu as évoqué mon père. C'était un homme fort, près de lui je me sentais faible. Il est auprès de Dieu à présent, et je suis autonome. Si je dois te combattre, je le ferai.

Il se dressa devant son ennemi ; leurs visages étaient tout proches, il sentit le parfum familier de l'eau de toilette de Hassan, qui lui rappela Oxford, à l'époque où ils étaient aussi proches que des frères.

– Garde-toi de toucher à ma famille, fit-il d'un ton implacable. Ne t'approche pas de Yasmina ou tu le regretteras.

La bouche de Hassan s'incurva en un sourire.

– Des menaces, Ibrahim ? C'est moi qui ai le pouvoir, pas toi. Encore une fois, n'oublie pas que je t'ai déjà fait jeter en prison.

– Je n'ai pas oublié, répondit calmement Ibrahim.

– D'après ton dossier, ils t'ont... interrogé. C'est ça ?

La mâchoire d'Ibrahim se crispa.

– Tu ne m'obligeras pas à me battre avec toi, pas ici, pas maintenant.

– Je ne souhaite pas me battre. Je veux Yasmina.

– Tu ne l'auras jamais.

Hassan haussa les épaules.

– D'une façon ou l'autre elle sera à moi. Et tu apprendras une fois pour toutes qu'on ne se joue pas de moi, que je ne suis pas de ceux avec lesquels on peut se permettre de rompre un engagement. Tu m'as humilié, Ibrahim, et j'ai bien l'intention de te rendre la monnaie de ta pièce.

Quand le taxi de Yasmina la déposa devant la maison bâtie en retrait de la route des Pyramides, elle ne vit pas qu'un autre taxi venait de démarrer, avec à son bord un passager qu'elle connaissait bien : son père. Préoccupée par le but de sa visite, elle emprunta l'allée ombragée et découvrit peu à peu la magnifique villa. « Pourquoi oncle

Hassan se retourne-t-il contre nous ? » s'interrogea-t-elle. Lorsque Jamal avait prononcé son nom au cabinet de son père la veille, elle avait cru à une erreur. Mais à voir l'expression de son père elle avait compris que Jamal disait la vérité.

Debout face à la lourde porte intimidante, elle sentit faiblir sa résolution. Ce ne pouvait être vrai. Pas oncle Hassan. Pourtant...

Il n'avait pas mis les pieds à la maison depuis quatre ans. Il n'avait pas assisté à son mariage, ni à l'anniversaire de Camélia, ni à la fête donnée pour le diplôme de Zachariah. Pour celui qui était le meilleur ami de son père, au point de se faire appeler « oncle » par les enfants, Hassan al-Sabir était resté curieusement absent de leur vie.

Elle finit par prendre une profonde inspiration et frappa. Un instant plus tard, elle suivait le serviteur dans un salon aux allures de musée. Hassan était là, et quand il se leva du divan pour l'accueillir, Yasmina songea que c'était la première fois qu'elle se trouvait seule avec lui.

– Chère Yasmina ! Eh bien, voilà une vraie surprise ! Tu as grandi. Tu es une femme à présent. Bienvenue, dit-il en lui prenant les mains, la paix de Dieu soit avec toi.

– La paix et la grâce de Dieu soient avec toi, oncle Hassan.

– Alors je suis toujours ton oncle ? demanda-t-il avec un sourire accru. Assieds-toi, s'il te plaît.

Yasmina considéra le canapé de cuir couvert de peaux de léopard ; ses yeux s'écarquillèrent encore quand elle détailla le reste de la pièce.

– Comme tu peux le constater, je vis assez confortablement en ce moment.

Elle fut attirée par une photographie encadrée sur le manteau de la cheminée : deux jeunes gens en polos de flanelle blanche, appuyés l'un contre l'autre, rieurs.

– Ton père et moi à Oxford, il y a bien des années, commenta Hassan en la rejoignant. Notre équipe avait gagné ce jour-là. C'est l'un des plus beaux souvenirs de ma vie.

– Oncle Hassan, je suis venue te parler de mon père.

Il continua de fixer le portrait.

– Mes études auraient été bien solitaires sans ton père, fit-il doucement. Vois-tu, j'étais seul au monde. Mon père venait de mourir, ma mère était décédée depuis longtemps, je n'avais ni frères ni sœurs. Sans l'amitié d'Ibrahim Rachid, j'aurais coulé. J'aimais profondément ton père, ajouta-t-il en regardant la jeune femme. Plus que je ne m'en doutais, même.

Un voile humide couvrit ses yeux et Yasmina lui trouva un air plus doux, plus jeune.

– Oncle Hassan, sais-tu pourquoi je suis venue te voir ?

– D'abord, donne-moi des nouvelles de ta famille. Il s'assit sur le canapé – invita la jeune femme à s'installer près de lui. – Vont-ils bien ? poursuivit-il en s'approchant d'elle. Comment ta grand-mère prend-elle le malheur des Misrahi ?

– Les Misrahi ? Oumma est bouleversée, évidemment. Nous le sommes tous. Mais comment ?...

– On m'a raconté qu'elle avait couru partout comme une volaille dont on a coupé la tête pour essayer d'arranger les choses.

– Pardon ? fit Yasmina, qui se rembrunit.

– Sais-tu que dans le privé j'ai toujours appelé ta grand-mère le Dragon ? Elle ne m'a jamais aimé. Dès le premier jour où Ibrahim m'a amené chez vous, à notre retour d'Oxford. C'était bien avant ta naissance, ma belle Yasmina.

Il lui souleva une boucle de cheveux blonds et la fit glisser entre ses doigts.

– Je l'ai lu dans ses yeux à l'instant où il m'a présenté à elle. Elle est soudain devenue glaciale, sans aucune raison, petite Mishmish. Et sais-tu que je voulais t'épouser ? Ton père et moi avions même signé le contrat. Mais le Dragon a forcé Ibrahim à le rompre, parce qu'elle ne me trouvait pas assez bien pour toi.

Yasmina se leva si rapidement qu'elle faillit glisser sur la peau de zèbre.

– Oncle Hassan j'ai entendu hier soir une chose que j'ai peine à croire. C'est à propos des Visiteurs de l'aube et d'une certaine liste de noms.

– La liste, oui. Eh bien?

– On dit que ma famille figure sur cette liste.

– C'est possible.

– Oncle Hassan, as-tu quelque chose à voir avec les Visiteurs de l'aube?

– Bien sûr que oui, douce Mishmish. Les *Zouwwar el-Fagr* sont sous les ordre directs du ministres de la Défense, Hakim Amer, et je suis son bras droit. Ils n'agissent donc que sur mes ordres. A dire vrai, je suis responsable de la saisie de l'appartement des Misrahi. C'est *moi* qui leur ai envoyé les soldats.

– Toi! Mais pourquoi? Qu'est-ce qu'ils ont fait?

– Rien. Je me suis servi d'eux comme appât, pour ainsi dire.

– Comme appât?

– Je veux quelque chose, et j'utilise les moyens qui sont à ma disposition pour l'obtenir. C'est encore moi qui ai ajouté le nom de Rachid sur cette liste. Sur mon ordre, les soldats viendront chez vous rue des Vierges du Paradis, et je peux t'assurer qu'ils seront consciencieux, ils videront intégralement la maison avant de la confisquer. Ta grand-mère et toute la clique se retrouveront à la rue. A moins bien sûr que je n'obtienne ce que je veux.

Yasmina se mit à trembler.

– Qu'est-ce que tu veux?

– Toi, évidemment, déclara-t-il en se levant pour marcher vers elle. Je peux rayer votre nom de cette liste. Je peux épargner votre maison. Mais cela exige... disons un paiement de ta part. Ici, tout de suite.

Elle le fixa, atterrée, choquée.

– Blâmes-en ton père, Yasmina, c'est lui qui a trahi notre amitié en te mariant à Omar et non à moi. J'ai attendu longtemps pour me venger. A présent je tiens ma revanche. Ton père ne peut pas m'arrêter, je vais enfin t'avoir.

Frissonnante, elle serra ses bras contre elle.

– Et si je refuse de coopérer?

– J'enverrai les soldats rue des Vierges du Paradis. Et je te promets que personne ne sera épargné.

– Je ne te donnerai pas ce que tu demandes.

– Mais si.

Il la saisit, l'attira à lui. Quand elle essaya de le repousser, il lui attrapa les poignets d'une seule main et lui arracha son chemisier.

– Tu ne le diras à personne, murmura-t-il.

Il glissa une main sous son soutien-gorge et la referma sur son jeune sein ferme.

Yasmina lui échappa, courut dans la pièce, trébucha sur une table, envoyant voler un vase. Il la reprit et l'écrasa contre le mur.

– Dans ces cas-là, fit-il, c'est la femme qui perd son honneur, pas l'homme. Je te signale que tu es venue ici de ton plein gré. Tu vas faire tout ce que je dirai, et j'en tirerai beaucoup de plaisir. Qui sait si ça ne te plaira pas ?

En chemin, Néfissa arrêta sa voiture au bord de la route des Pyramides. Elle avait emmené son petit-fils acheter une glace puis sa curiosité l'avait conduite jusqu'à l'adresse échappée du sac de sa belle-fille. Un moment, elle regarda la villa tapie derrière les arbres et, voyant une femme qui balayait l'allée, elle baissa sa vitre :

– La paix de Dieu soit avec toi, mère. Peux-tu me dire qui habite cette demeure ?

– Redoute Dieu, Sayyida, c'est Hassan al-Sabir, répondit la femme d'une voix lourde. Un homme très puissant.

Hassan al-Sabir !

Que faisait Yasmina avec ce démon ?

24

Au night-club La Cage d'Or, les nombreux spectateurs s'étaient levés pour acclamer : « *Y'Allah!* Camélia! Dahiba! »

C'était l'heure du numéro en solo de Dahiba, au seul son du tambourin, le clou de leur spectacle. Camélia lança des baisers au public tout en quittant la scène à reculons. La soirée était chaude et la jeune femme avait hâte de se défaire de son costume, une sobre galabieh de coton blanc ceinte d'une simple écharpe nouée autour des hanches. L'austérité des mœurs qui prévalait dans l'Égypte de Nasser avait poussé Camélia et Dahiba, comme tous les autres artistes du Caire, à renoncer à leurs costumes flamboyants, au strass et aux paillettes, et à modifier leur tapageuse chorégraphie orientale au profit de danses folkloriques plus traditionnelles. Cependant ces quelques remaniements n'avaient pas altéré l'enthousiasme d'un public toujours aussi nombreux.

En coulisse, Camélia tomba sur Yasmina, qui l'attendait. Les deux sœurs s'étaient peu vues au cours des mois passés, aussi Camélia fut-elle frappée par les cernes noirs sous les yeux bleus de sa cadette. Elle fut encore plus inquiète quand elle constata que Yasmina n'avait pas emmené son fils avec elle : d'habitude Mohammed accompagnait sa mère partout. Yasmina sourit, serra sa sœur dans ses bras et lui déclara qu'elle dansait chaque jour de mieux en mieux. Puis elle tendit un journal à Camélia.

– Tu as vu ça, Lili ? Lis-le !

Camélia lut à voix haute l'article que Yasmina avait entouré :

– « Nouvelle sur la scène nocturne du Caire, l'adorable Camélia se révèle une danseuse incomparable ; elle possède la souplesse du serpent, la grâce de la gazelle et la beauté du papillon. Le critique que je suis prédit qu'un jour Camélia surpassera même la grande Dahiba, son mentor. »

L'article était signé Yacob Mansour, un homme dont Camélia n'avait jamais entendu parler.

– Il est amoureux de toi, Lili ! s'exclama Yasmina en riant. Tu as un admirateur secret.

Camélia avait plusieurs admirateurs déclarés qui lui faisaient porter des fleurs ou des messages dans la loge. Mais, à vingt et un ans, Camélia n'avait aucune envie de tomber amoureuse ; elle voulait devenir la plus grande danseuse que l'Égypte ait jamais connue. Elle ne regrettait même pas la perte du beau censeur du gouvernement, qui s'était marié et avait un enfant.

Camélia devina la détresse de sa sœur derrière son sourire. Voyant ses mains trembler, elle l'entraîna dans sa loge et prit le téléphone pour demander qu'on leur apporte du thé.

– Qu'y a-t-il, Mishmish ? Tu as l'air fatiguée.

– Ce n'est rien. Juste... une préoccupation.

– Tu veux trop en faire, assura Camélia, relevant ses longs cheveux noirs pour commencer à se démaquiller. Tu as Mohammed, tes cours à l'université, et en plus tu travailles comme infirmière avec Père. Tu peux t'estimer heureuse de n'avoir pas, en plus, à t'occuper d'un mari ! – Voyant l'expression abattue de Yasmina dans le miroir, elle se tourna vers elle. – Mishmish, je vois bien que quelque chose ne vas pas. Dis-le-moi, je t'en prie.

– Je ne sais pas comment te le dire, Lili. Il s'est passé une chose terrible.

– Laquelle ?

– J'ai fait quelque chose. Non... il m'est arrivé quelque chose, le lendemain de la mort de Suleiman Misrahi. Je ne l'ai avoué à personne, pas même à ma mère. Je ne peux me confier à personne d'autre que toi. Et je ne sais comment te le dire.

– Simplement, comme quand on était petites. Nous n'avons jamais eu de secret l'une pour l'autre, si ?

– Camélia, je suis enceinte.

Camélia éprouva un pincement de jalousie, comme chaque fois qu'une amie ou une parente annonçait une grossesse – jamais *elle* n'annoncerait cette heureuse nouvelle –, puis elle fut aussitôt prise de remords.

– Mais c'est merveilleux !

– Non, Lili, ce n'est pas merveilleux. Tu sais que j'utilisais un contraceptif. Omar l'ignore. Toi seule le sais.

– Aucune méthode contraceptive n'est tout à fait sûre, Yasmina. Il y a des accidents. Tu veux faire ta médecine, je sais, mais tu attendras un peu, c'est tout.

– Tu ne comprends pas, Lili. L'enfant n'est pas d'Omar.

Un tonnerre d'applaudissements traversa la mince cloison et des pas lourds passèrent devant la porte de la loge. Camélia se leva, alla fermer le verrou puis revint s'asseoir.

– Si l'enfant n'est pas d'Omar, de qui alors ?

Yasmina lui raconta la visite de Jamal Rachid au cabinet, ses mises en garde contre l'homme qui avait inscrit la famille sur la liste des Visiteurs de l'aube.

– Je suis allée chez lui. Je pensais encore qu'oncle Hassan n'avait pas pu faire ça ! Eh bien il a tout reconnu, et il a dit que c'était parce qu'il me voulait, que nous avions été promis l'un à l'autre mais que Père avait rompu le contrat.

– Par tous les saints, murmura Camélia, c'est impossible, Yasmina. Quand est-ce arrivé ?

– Quand j'ai compris quelle idiotie je venais de commettre, j'ai voulu m'en aller. Il m'a attrapée, j'ai essayé de lutter mais il était trop fort.

Camélia ferma les yeux.

– Puisse-t-il brûler en enfer, souffla-t-elle. Pauvre Yasmina ! Et tu ne l'as dit à personne ?

Yasmina secoua la tête.

– Oncle Hassan... reprit Camélia, incrédule. Dire que

je le vénérais étant petite! J'ai même rêvé de l'épouser! Aujourd'hui j'apprends que c'est un fils de Satan!

– Et que je porte son enfant.

– Écoute-moi, Yasmina. Tu ne dois le raconter à personne. Ils te jugeront durement. Rappelle-toi tante Fatima, dont on n'avait pas le droit de prononcer le nom. Nous ignorons ce qu'elle a fait, mais grand-père Ali ne lui a pas pardonné. Il l'a jetée dehors. Même ses frère et sœur n'ont plus jamais parlé d'elle.

– C'est ce qu'ils me feront.

– Allah, Yasmina! A ton avis? Tu es allée chez un homme de ton propre chef, la pire chose que puisse faire une femme. Hassan ne t'a pas obligée à venir chez lui.

– J'y suis allée seulement pour lui parler, Lili. Et il a abusé de moi.

– Tu es la victime, Yasmina, mais tu seras punie comme une coupable. C'est ainsi. Bon, Omar croira que l'enfant est de lui. Il est tellement vaniteux qu'il ne s'apercevra pas que l'enfant ne lui ressemble pas. Tout le monde croira que l'enfant est le sien. Au nom de quoi penserait-on le contraire? Il faut taire la vérité, Mishmish. Sinon tu seras bannie et la famille, détruite. Pour le bien de tous, mais pour le tien surtout, toi et moi garderons ce secret.

– Tu parles comme Oumma, soupira Yasmina.

– C'est peut-être ce qu'elle t'aurait dit si tu étais allée la trouver. Après le spectacle, je dîne avec des amis. Je veux que tu m'accompagnes. Ne secoue pas la tête. Tu ne sors pas assez, et ces gens sont très gentils, très convenables. Tu vas avoir un beau bébé, et je veillerai à ce que tu oublies Hassan al-Sabir.

Plus tard cette nuit-là, couchée dans son lit, la lune d'automne caressant sa courtepointe de satin, Camélia se rappela les paroles de Yasmina : « Tu parles comme Oumma. » Elle fut frappée de comprendre que, sur bien des points, Oumma avait raison. Parfois il *était* nécessaire de garder des secrets afin de protéger l'honneur familial.

« La Californie est un endroit si étrange, écrivait Maryam. Je me demande si je m'y accoutumerai un jour. Mais comme il est curieux et plaisant de pénétrer dans une synagogue pleine! Suleiman eût été heureux de voir cela. Mon cœur est resté en Égypte avec toi, ma sœur, et avec Suleiman. »

Amira prit la lettre des mains de Zubeïda, qui venait de la lui lire, et regarda l'écriture. Bien qu'elle ne sût déchiffrer les mots, elle sentait l'âme de Maryam dans l'encre et le papier; elle y puisa le réconfort dont elle avait besoin en cette période troublée.

Les Visiteurs de l'aube n'avaient pas encore frappé la demeure Rachid, mais le salon restait dépouillé de ses richesses, les femmes ne portaient plus ni maquillage, ni bijoux, ni vêtements coûteux, et les mets qui sortaient de la cuisine étaient préparés selon les humbles recettes villageoises de Sahra. Cependant l'on dormait peu et, chaque fois que quelqu'un cognait à la porte, les nerfs se crispaient.

Amira plia soigneusement la lettre de Maryam, la glissa dans sa poche. Quand elle releva les yeux, elle sursauta en découvrant Camélia devant elle.

– Oumma?

– Petite-fille de mon cœur! Loué soit Dieu!

– Oh, Oumma! J'avais peur que tu me repousses! Je regrette tant les choses que je t'ai dites!

Amira sourit à travers ses larmes.

– Tu avais dix-huit ans, et tu savais tout, comme tous les enfants de dix-huit ans! Tu as grandi, tu as mûri.

– Je suis danseuse à présent, Oumma.

– Oui, Yasmina me l'a dit.

– C'est un spectacle très comme il faut, Oumma! Je porte une belle galabiech à manches longues qui tombe jusqu'aux chevilles. Et quand je fais la danse du ventre, oh Oumma, tu devrais voir comme les gens sont heureux!

– Je suis heureuse aussi, car Dieu t'a trouvé une place. Peut-être, dans Son Infinie clémence, t'a-t-Il donné d'une main ce qu'IL t'avait pris de l'autre. Rends les gens heureux, fais chanter leur cœur, c'est le don précieux que t'a accordé Dieu.

– J'aimerais que tu rencontres Dahiba, mon professeur.

– La femme chez qui tu vis ?

– Dahiba est très respectable, Oumma. As-tu vu ses films ?

– Quand j'étais toute jeune, ton grand-père m'a emmenée une fois au cinématographe. En ce temps-là, dans les salles, il y avait des balcons masqués réservés aux femmes pour qu'on ne les voie pas. Ali s'est installé dans le public avec les hommes, moi j'étais au balcon avec sa mère, sa première épouse, qui était souffrante à l'époque, et ses deux sœurs. Le film racontait un adultère, je m'en souviens, et je fus choquée. Ce fut mon premier et dernier film. Non, je n'ai jamais vu les films de Dahiba.

– Je voudrais que tu la rencontres, Oumma. Viens avec moi, laisse-moi te montrer où je vis. Tu l'aimeras, je le sais !

A l'instar de tous les riches du Caire, Dahiba et son époux Hakim Raouf avaient réduit leur train de vie et cessé d'exposer leur fortune. Même si Raouf avait des amis au gouvernement, même si Dahiba était la coqueluche des membres du cabinet présidentiel, ils ne se sentaient pas en sécurité – personne ne se sentait en sécurité. Aussi Dahiba avait-elle renoncé à ses costumes extravagants, à ses fourrures et à ses bijoux. Raouf avait congédié leur chauffeur. Il conduisait lui-même la Chevrolet et Dahiba arrivait à La Cage d'Or comme n'importe quelle citoyenne ordinaire.

Ils buvaient du café et mangeaient des oranges dans leur salon tout en lisant des scénarios lorsque Camélia déboula :

– Je vous ai amené quelqu'un !

– *Al hamdu lillah !* s'écria Raouf. Il faut que ce soit le président Nasser en personne !

– Idiot, rétorqua la jeune fille en riant. Ma grand-mère. Elle attend dans l'entrée.

Le sourire de Raouf disparut tandis qu'il échangeait un regard avec sa femme.

– Je ne crois pas que ce soit une bonne idée, ma chérie, dit Dahiba en se levant du sofa. Je ne plaira pas à ta grand-mère, tu l'as dit toi-même.

– Oui mais nous avons eu une longue conversation et elle désire te rencontrer ! Tu sais à quel point je voulais me réconcilier avec elle. C'est à cause de ma sœur... Yasmina m'a dit quelque chose l'autre soir au club qui m'a donné envie de renouer avec Oumma. Et elle m'a accueillie avec une telle joie ! Peut-être qu'elle n'approuve pas tout à fait le métier de danseuse, mais je t'en prie, donne-lui une chance. C'est si important pour moi.

Dahiba jeta un œil vers son mari, qui s'empressa de se lever :

– On m'attend au studio. Je sors par la cuisine.

– Je dois t'avertir, reprit Camélia, très excitée, ma grand-mère est vieux jeu au possible. Elle ne vas pas au cinéma ni dans les boîtes de nuit. Elle ne t'a donc jamais vue danser. J'espère que tu n'en es pas vexée.

Elle fila dans l'entrée et revint, tenant la porte ouverte pour Amira.

– Dahiba, j'ai l'honneur de te présenter ma grand-mère. Oumma, voici Dahiba, mon professeur.

Un silence de plomb tomba dans la pièce, à peine troublé par la lointaine rumeur de circulation dans la rue. Puis Dahiba eut un sourire triste et dit doucement :

– Bienvenue dans ma maison. La paix soit avec toi, et la miséricorde de Dieu.

Amira ne répondit pas ; elle restait figée comme une statue. Dahiba soupira.

– Tu ne me salues même pas, Mère ?

Amira se détourna. Elle jeta un regard à Camélia et sortit sans une parole.

– Attends ! s'écria Camélia en lui courant après. Oumma, ne t'en va pas !

– Laisse-la partir, enfant, conseilla Dahiba. Laisse-la s'en aller.

– Je ne ne comprends pas. Pourquoi ? Que s'est-il passé ?

– Viens t'asseoir un peu...

– Pourquoi l'as-tu appelée Mère ?
– Parce qu'Amira *est* ma mère. Mon véritable nom est Fatima Rachid, et je suis ta tante.

La lumière de novembre filtrait dans le salon à travers les rideaux de gaze et la vapeur s'échappait de la théière dans une senteur mentholée. Dahiba servit Camélia puis se servit avant de s'asseoir confortablement, sa tasse à la main.

– Tu es fâchée contre moi ? demanda-t-elle à Camélia. Tu m'en veux de ne t'avoir rien dit ?

– Je ne sais pas. Tout est confus. Je croyais que tes parents étaient morts dans un accident de bateau.

– Je le prétendais. Je n'ai jamais dit à personne, sauf à Hakim, qui étaient mes vrais parents. Et je ne te l'ai jamais avoué, Camélia, car je n'avais pas la moindre idée de ce que ma mère avait pu te dire à propos de sa fille paria. J'avais peur que tu ne veuilles pas danser avec moi si tu découvrais qui j'étais.

– Comment se fait-il que personne de la famille ne t'ai reconnue ? Quelqu'un t'a forcément vue sur une scène ou un écran !

– J'étais jeune quand mon père m'a chassée. Le temps que je devienne célèbre, j'avais changé physiquement. J'avais mûri et le maquillage modifiait encore mon apparence. Surtout, personne ne me cherchait dans les boîtes de nuit ou au cinéma. J'ai croisé Maryam Misrahi un jour. Je sortais de la salle de bal du Hilton, elle était devant la boutique du fleuriste dans le hall. J'ignore si elle m'a reconnue ou non, si elle a remarqué que j'étais la danseuse en photo sur l'affiche dehors. J'ai pensé qu'elle allait venir me parler, elle ne l'a pas fait.

– Que s'est-il passé ? interrogea Camélia en reposant sa tasse. Oumma n'a jamais parlé de toi, elle ne nous a jamais dit pourquoi tu avais quitté la famille.

Dahiba gagna la fenêtre et regarda les ombres qui s'épaississaient dans la rue. Un homme en longue galabieh crasseuse poussait une charrette pleine de sandales en plastique.

– J'avais tout juste dix-sept ans quand c'est arrivé, commença-t-elle sourdement, le même âge que toi quand tu as fait irruption sur la scène et que tu as dansé pour moi le premier soir.

Elle alluma une cigarette, souffla la fumée dans un rayon de soleil poussiéreux.

– J'étais la préférée de ma mère, elle avait remué ciel et terre pour trouver le meilleur parti de la ville : un riche pacha, qui était vaguement notre parent. On était en 1939, j'avais quinze ans. Le soir des noces, il n'y eut pas de sang. Mère m'a demandé si j'avais été avec un garçon, mais c'est quand je lui ai parlé d'une chute que j'avais faite et de la tache sur ma jupe qu'elle a compris ce qui s'était passé. J'étais toujours vierge, comme toi, mais je n'étais plus mariable.

Camélia sursauta.

– C'est pour ça que tu m'as fait courir chez moi pour raconter à Oumma mon accident dans l'escalier !

– Je savais qu'elle penserait à l'opération pour te refaire un hymen. On la pratiquait aussi en ce temps-là et elle a voulu y avoir recours pour moi. Mais Père – ton grand-père Ali – s'y est opposé, arguant que ce serait un mensonge, et donc déshonorant. Ensuite, il ne se passait pas un jour sans qu'il ne manifestât sa déception à mon égard. Ma seule présence jetait une ombre sur la maison. Et même si Mère se montrait gentille, s'efforçait de comprendre, j'ai commencé à me révolter. Cette société n'était pas juste, décidai-je, qui faisait une victime de l'innocent et punissait cette victime.

« Je me suis mise à sortir sans voile. Je me suis liée avec une danseuse qui m'a fait connaître les lieux chauds de la ville : les cafés et les boîtes de la rue Mohammed Ali. C'est là, parmi les danseuses et les musiciens, que j'ai rencontré Hosni, un diable d'homme qui était beau, doux et sans le sou. Hosni jouait des percussions et, comme tous les musiciens de la rue Mohammed Ali, il courait les boîtes à la recherche de travail. En me voyant danser un soir, il a pensé que nous pourrions faire équipe. Il m'a épousée, il disait qu'il m'aimait. Nous habitions un petit appartement et passions nos jours et nos nuits dans les cafés avec d'autres musiciens et danseuses en attendant d'être engagés pour des mariages ou des fêtes. Père était furieux, évidemment. Pour lui les danseuses étaient des prostituées. C'est alors qu'il m'a désavouée. Je m'en fichais. Hosni et moi étions en bas de l'échelle sociale, les gens nous regardaient de haut, mais nous étions terriblement heureux.

« Et puis... Nous étions mariés depuis près d'un an quand je suis tombée sur une amie danseuse au Khan el-Khalili où je me faisais faire un costume. Elle me questionnait pour savoir comment je me sentais, si j'étais malheureuse, etc. Lorsque je lui ai demandé pourquoi j'aurais dû être malheureuse, elle m'a répondu qu'elle s'attendait à me voir bouleversée puisque Hosni m'avait répudiée. J'étais atterrée. Il avait récité trois fois la formule du divorce devant témoins. Il avait légalement divorcé de moi, me laissant seule, sans argent, et il n'avait même pas pris la peine de me faire savoir que je n'étais plus sa femme. Je ne l'ai jamais revu.

– Pourquoi t'a-t-il répudiée si vous étiez tellement heureux ensemble ?

– Camélia, ma chérie, un homme ne s'intéresse à une femme que s'il ne peut pas l'avoir. Une fois qu'il la possède, il perd tout intérêt pour elle, donc le seul moyen de retenir un époux est d'avoir un bébé. Chacun sait qu'un homme n'a pas nécessairement besoin d'aimer sa femme, en revanche il aimera toujours ses enfants. Hosni m'a répudiée parce que je n'étais pas enceinte. C'était un affront à sa virilité.

– Qu'as-tu fait alors ?

– Je ne pouvais pas retourner rue des Vierges du Paradis, alors j'ai essayé de gagner ma vie en tant que danseuse. Ç'a été une période dure, Camélia. Je n'entrerai pas dans le détail mais j'ai fait des choses dont j'ai honte. Puis Hakim Raouf m'a vue dans une procession de mariage. Il a dit qu'il voulait me faire tourner dans un film. Au bout d'un moment, il est tombé amoureux de moi et, bien que je lui aie dit que je ne croyais pas pouvoir enfanter, il m'a épousée.

– Oncle Hakim est un homme merveilleux.

– Plus encore que tu ne l'imagines.

Dahiba alla à la commode où elle gardait l'argenterie et le linge de maison, ouvrit un tiroir et en sortit un calepin fatigué.

– En plus de danser, fit-elle en tendant le cahier à Camélia, j'écris de la poésie. La plupart des hommes hurleraient de rage s'ils découvraient que leur femme écrit ce genre de chose. Hakim au contraire m'encourage. Il espère même que je serai publiée un jour.

Camélia ouvrit le cahier, tourna les pages jaunies. Elle tomba sur un poème intitulé *Sentence de femme*, et elle lut :

« Le jour où je naquis
J'étais condamnée.
Je ne connaissais pas mes accusateurs.
Je ne vis point le juge.

Le verdict tomba à l'instant
Où l'air entrait dans mes poumons,
Femme. »

Camélia lut d'autres poèmes, pétris d'amertume et de désillusion, sur la domination étouffante des hommes, l'injustice des lois de Dieu, l'ignorance aveugle de la société. Le dernier était ainsi tourné :

« Aux croyants, Dieu promet des vierges au Paradis,
Elles ne sont pas pour moi lorsque je m'éteindrai,
Mais pour mon père.
Mes frères.
Mes oncles.
Mes neveux.
Mes fils.
Nulle vierge ne m'attend au Paradis. »

– Quand tu es montée sur la scène ce premier soir, reprit Dahiba, ton visage m'était vaguement familier. Et lorsque tu m'as dit ton nom, oh ! quel sentiment étrange j'ai éprouvé ! Tu étais là, la fille de mon frère, je voyais Amira dans tes yeux et ta bouche. J'ai eu beaucoup de mal à me contenir ce soir-là. J'avais envie de te serrer dans mes bras, de t'embrasser... comme si je retrouvais toute ma famille. Mais j'avais peur que tu ne t'enfuies à cause des histoires terribles que tu avais dû entendre sur mon compte.

Stupéfaite, Camélia remua la tête de gauche à droite.

– On ne prononçait même pas ton nom à la maison, et toutes tes photos avaient disparu des albums.

– Voilà pourquoi aucun des jeunes de la famille ne risquait de me reconnaître. Même Ibrahim et Néfissa ne doivent plus avoir que de vagues souvenirs de moi.

– Cela a dû être atroce pour toi.

– Jusqu'à ce que je rencontre mon cher Hakim. Être rejetée d'une famille, surtout d'une famille nombreuse comme celle des Rachid, et se voir traiter comme si l'on était morte... est une chose terrible, Camélia. Maintes fois, avant de rencontrer Hakim, j'ai sincèrement souhaité la mort. – Revenant au canapé, Dahiba éteignit sa cigarette. – Ainsi Oumma sort de la maison à présent. Je n'aurais jamais cru qu'elle le ferait.

– La première fois qu'elle a franchi la porte, je crois que c'est quand Papa était en prison. Nul ne sait où elle est allée...

– Ibrahim a été en prison ? Oh, tous ces faits que je ne connais pas ! Dis-moi, es-tu née dans le grand lit à baldaquin de ta grand-mère ? Moi aussi, nous y sommes tous nés au cours du siècle. *Bismillah !* Que d'histoires a abritées cette demeure ! Je pourrais t'en raconter des centaines ! – Elle se prit soudainement à rire. – Je revois la fontaine turque, où oncle Salah a plongé un soir où il avait fumé trop de haschisch. Il a ôté tous ses vêtements et déclaré qu'il était un poisson ! Le grand escalier a-t-il toujours sa grosse rampe ? Ton père, Néfissa et moi avions l'habitude de nous laisser glisser dessus le matin, et Oumma se mettait dans une colère ! Il y avait aussi ce placard en bas qui craquait sans raison. Nous, les gosses, affirmions qu'il était hanté.

– Nous aussi, on le disait, mon frère Zakki, Yasmina et moi.

– Je me rappelle le jardin, avec ses papyrus et ses vieux oliviers poussiéreux.

– Tante Alice l'a modifié, c'est un jardin très anglais maintenant, avec des œillets et des bégonias. Mais il est très beau.

– Et dans la cuisine, y a-t-il toujours cette tache à côté de la fenêtre sud, une tache jaune en forme de trompette ? Elle a été faite voilà des lustres, Camélia, bien avant ma naissance, et j'ai quarante-deux ans. Il s'est passé tant de choses dans cette maison...

– As-tu connu ma mère ? Elle est morte en me donnant le jour.

– Non, je regrette, je ne l'ai pas rencontrée.

– Tatie... fit Camélia, qui s'efforçait d'assimiler leur nouvelle parenté, pourquoi n'as-tu pas essayé de renouer avec Oumma ? Pourquoi n'es-tu pas allée la trouver pour t'expliquer ?

– Ma chère enfant, il n'est rien que je désirerais davantage... Revenir dans ma famille ! Mais quand j'ai épousé Hosni, mon père a dit des choses terribles et ma mère n'a pas pris ma défense. Je n'étais qu'une adolescente, elle, une adulte. C'est à elle de faire le premier pas. Oh, Camélia, j'ai tant de choses à te dire sur la famille, et tant de questions à te poser ! Mais... – Elle se rembrunit.

– Vas-tu me quitter pour retrouver ta grand-mère à présent ? Je doute qu'elle t'accepte, à moins que tu ne rompes complètement avec moi. Et si tu restes auprès de moi, tu risques de ne jamais la revoir.

– Si c'est là la volonté de Dieu, répondit Camélia, qu'il en soit ainsi. Je reste. Tu es ma tante, c'est toi ma famille. Et je ne cesserai jamais de danser.

25

On n'arrivait pas à circuler autour de l'aéroport. Manœuvrant sa Fiat dans l'embouteillage, Néfissa s'interrogeait sur la cause d'une telle agitation. Voilà des semaines que l'on parlait de guerre. Depuis l'attaque lancée en avril par Israël contre la Syrie, l'Égypte était en état d'alerte. Comme à l'époque de la révolution, Le Caire vivait sous tension. Dans les cafés, on se réunissait autour des postes de radio, on se passait les journaux de main en main. « Israël aurait déclaré la guerre à l'Égypte ? » se demanda Néfissa. Elle eut envie de tourner le bouton de sa radio mais elle se ravisa. Elle ne souhaitait pas penser à la guerre à cet instant; son fils revenait au pays aujourd'hui et elle avait une merveilleuse nouvelle à lui annoncer.

Lorsqu'elle parvint à pénétrer dans l'aéroport, elle découvrit à sa grande déception que beaucoup de vols avaient été annulés; les voyageurs en plan et ceux qui, comme elle, venaient chercher des passagers étaient furieux. Se frayant un chemin dans la foule, elle pria pour que l'avion d'Omar en provenance du Koweït soit affiché sur le panneau des arrivées avant la suspension totale du trafic aérien. A en juger par les conversations affolées autour d'elle, elle comprit qu'elle avait deviné juste : le président Nasser venait de déclarer l'état d'urgence, on mobilisait le contingent. Le pays se préparait au combat.

L'affluence aux guichets l'empêchait d'approcher. Elle tenta d'attirer l'attention d'un employé de l'aéroport mais se retrouva entraînée dans une bousculade et sa voix fut noyée dans le vacarme. Une file de passagers sortait des douanes; jouant des coudes, elle remonta le courant de la foule afin de voir s'il ne s'agissait pas du vol en provenance du Koweït où était censé se trouver son fils – Omar avait été rappelé en tant que réserviste. Comme elle le guettait, elle se cogna dos à dos avec un bel homme de grande taille qui portait un passeport diplomatique et un imperméable anglais. Leurs yeux se croisèrent brièvement, tous deux murmurèrent « Excusez-moi » avant de poursuivre leurs routes respectives.

Mais Néfissa s'arrêta et se retourna pour voir l'inconnu disparaître dans la foule. Il lui rappelait... Elle secoua la tête et reprit son chemin.

Avant d'atteindre la sortie de l'aéroport, l'homme à l'imperméable s'immobilisa et regarda par-dessus son épaule. Cette femme qu'il avait heurtée... ses yeux... Ils lui rappelaient d'autres yeux dont il avait été amoureux, vingt-deux ans plus tôt, alors qu'il était jeune lieutenant en garnison au Caire durant la guerre. Des yeux au-dessus d'un voile, dissimulés derrière un moucharabieh. Ils avaient connu une extraordinaire nuit d'amour dans un ancien harem...

Sa voiture et son chauffeur l'attendaient; il se dépêcha vers son rendez-vous diplomatique.

Néfissa s'arrêta de nouveau, regarda en arrière. L'homme avait été happé par la foule. Était-ce possible? *Lui?* Ces yeux bleus, ce nez droit... elle ne les avait pas oubliés!

Elle s'apprêtait à revenir sur ses pas pour le suivre lorsqu'une voix dans les haut-parleurs annonça l'arrivée du vol en provenance du Koweït. Un instant encore, Néfissa fixa le point où l'étranger avait disparu puis, secouant la tête – impossible, ce ne pouvait être lui! – elle tourna les talons et se pressa vers la sortie des douanes.

Dès qu'elle aperçut Omar, elle agita la main et l'appela; elle avait peine à contenir son excitation.

Elle aurait aimé lui annoncer sur-le-champ sa grande nouvelle mais cet aéroport en folie n'était pas l'endroit approprié. Elle attendrait qu'ils soient en voiture sur l'autoroute, juste tous les deux. Elle écouterait Omar lui raconter sa dernière mission dans les gisements de pétrole du Koweït, puis elle lui dirait à peu près ceci : « J'ai décidé de m'installer avec toi et Yasmina. La place d'une mère est auprès de son fils et de ses petits-enfants; il n'est pas normal que je vive encore rue des Vierges du Paradis, sous le toit de ma mère. Je mérite d'avoir ma propre maison. » Omar serait d'accord, évidemment. C'était lui qui avait rompu avec la tradition en prenant un appartement pour sa femme et lui. Que devenait sa mère en ce cas? Elle avait le droit de régner sur le ménage de son fils – toute mère cairote en témoignerait.

Prendre soin de Mohammed et d'Omar était désormais le rêve de Néfissa. Après une brève liaison avec un professeur de l'université américaine puis un flirt insatisfait avec un homme d'affaires anglais, elle en était venue à admettre qu'elle ne revivrait jamais la passion qu'elle avait connue l'espace d'une nuit fabuleuse dans un ancien harem. Il était vain, se disait-elle, de chercher à retrouver son lieutenant anglais dans d'autres hommes – elle s'imaginait maintenant le voir dans les aéroports! Aussi avait-elle doucement abandonné son rêve. Pour le remplacer par un autre.

– Je suis si heureuse de ton retour, mon fils, fit-elle en s'installant sur le siège du passager tandis qu'Omar prenait le volant. Tu as un poste important mais il t'éloigne trop longtemps de chez toi.

– Tout le monde va bien, Mère? Yasmina, comment se porte-t-elle? Le bébé sera bientôt là, Dieu soit loué.

Ils sortirent de l'embouteillage de l'aéroport et filèrent bientôt sur l'autoroute du désert où les tanks roulaient vers l'est, en direction du Sinaï. Néfissa ne fit aucun commentaire à propos de Yasmina. Sa nièce était l'unique fausse note dans la perfection de son plan.

Depuis que Néfissa s'était jugée trop âgée pour rester sous le toit de sa mère, à la seconde place, elle avait décidé qu'à quarante-deux ans elle méritait son propre foyer et une belle-fille pour l'aider. Dès lors elle s'était lancée à corps perdu dans son projet. Après avoir couru Le Caire à la recherche d'un plus grand appartement, qu'elle avait trouvé, elle avait choisi de nouvelles porcelaines, de la nouvelle argenterie – elle se débarrasserait des services dont Omar et Yasmina se servaient d'ordinaire –, de nouveaux meubles, des rideaux et des tapis, et même des tableaux pour les murs. Malheureusement le problème Yasmina jetait une ombre désagréable sur cette délicieuse perspective.

Sans en avoir la preuve, Néfissa soupçonnait que le bébé de Yasmina n'était pas de son fils mais de Hassan al-Sabir. N'avait-elle pas trouvé un diaphragme dans les affaires de toilette de sa belle-fille ? Si Omar savait que sa femme utilisait un contraceptif, il aurait été surpris de l'apprendre enceinte ; ce n'avait pas été le cas. Surtout il y avait eu la mystérieuse visite de Yasmina au domicile de Hassan. La jeune femme n'était revenue que deux heures plus tard rue des Vierges du Paradis, et elle portait un chemisier tout neuf, qui n'était pas celui avec lequel elle était partie.

Néfissa avait gardé ses doutes pour elle. Les révéler risquait de ruiner son projet d'installation chez Omar. Car s'il devait divorcer de Yasmina, il se réinstallerait rue des Vierges du Paradis où il séjournerait entre ses voyages. Et Néfissa, elle, continuerait de vivre dans l'ombre d'Amira.

Elle désirait un foyer à elle, une famille sur laquelle régner. Qu'importait le bébé si la vérité demeurait secrète ? Cela pouvait même se transformer en avantage, avait réfléchi Néfissa : il lui suffirait de faire comprendre à Yasmina qu'elle savait tout et de promettre son silence tant que sa belle-fille la reconnaîtrait comme chef de famille.

Lorsque apparurent les premiers bâtiments grisâtres où logeaient des familles à revenus modestes, Néfissa se décida à parler. Omar la devança :

– Tu sais quoi, Mère ? Yasmina me manque. J'ai beaucoup appris depuis que je travaille à l'étranger, et j'ai surtout compris la valeur d'une bonne épouse. J'étais impatient avec Yasmina au début de notre mariage. Elle ne comprenait pas mes besoins et il a fallu que je les lui apprenne. Mais à présent, conclut-il en s'étirant et souriant, j'entrevois une vie heureuse pour nous deux.

La façon dont parlait son fils fit sourire Néfissa. Se croyait-il autre chose qu'un gamin de vingt-cinq ans?

– Je suis heureux que Yasmina soit enceinte, reprit-il. Je commençais à me demander s'il n'y avait pas un problème. Mère, j'ai une nouvelle formidable. La compagnie pétrolière m'a offert un poste permanent comme ingénieur.

– C'est merveilleux, Omar.

Elle remarqua la façon dont il remuait fièrement le menton quand il parlait. Il s'était laissé pousser une digne moustache, et portait un costume sur mesure des plus élégants. Dans son cœur, Néfissa avait conservé de lui l'image d'un petit garçon, or elle fut frappée pour la première fois de constater que l'enfant était devenu un homme.

– Et cette guerre contre Israël? demanda-t-elle.

– Combien de temps peut-elle durer? Si tant est qu'elle ait vraiment lieu, ce dont je doute. Pour parer à toute éventualité, la compagnie m'a promis de me garder la place jusqu'à mon retour. J'ai déjà trouvé un logement à Koweït City, j'ai même versé des arrhes pour qu'il ne m'échappe pas. Il est petit, mais ça suffira au début pour Yasmina, moi et les enfants. La compagnie m'a promis de l'avancement, nous pourrons donc bientôt nous offrir une maison. Et tu feras de longs séjours chez nous, Mère. Cela te plairait? – Comme elle ne répondait pas, il se tourna vers elle. – Mère? Tu te sens bien?

– Tu vas *rester* au Koweït? Tu abandonnes ton travail pour le gouvernement?

– On gagne plus d'argent dans le privé, Mère. Et puis j'ai envie de mener une existence normale avec ma femme et mes enfants.

– Mais... et moi?

Il rit.

– Tu viendras nous voir! Et les enfants te fatigueront tellement que tu auras hâte de rentrer au Caire!

Les yeux de Néfissa s'agrandirent d'horreur. Il allait *partir*? Elle devrait rester rue des Vierges du Paradis, devenir l'une des vieilles esseulées qu'entretenait Ibrahim?

Soudain l'après-midi qui avait si bien commencé prit

des allures de cauchemar. Tous ses plans s'écroulaient. Néfissa imagina les années de solitude à venir, privée d'amour, mise à l'écart du foyer de son fils... Non, elle ne laisserait pas faire ça.

Yasmina aidait sa mère à arranger les fleurs en vue de la fête donnée en l'honneur du retour d'Omar quand elle sentit le bébé lui donner un coup de pied. Il devait naître incessamment et elle aurait aimé que Camélia fût là. Mais sa sœur se trouvait à Port-Saïd, où elle tournait un film avec Dahiba et Raouf. Maintes fois au cours des mois écoulés, Yasmina avait été sur le point d'avouer la vérité à son père au sujet de Hassan et de l'enfant. Mais Camélia l'avait aidée à s'en tenir à sa résolution, et elle était heureuse à présent d'avoir eu la force de se taire. Elle lisait la fierté dans les yeux de son père quand ils travaillaient côte à côte au cabinet et elle souriait quand il planifiait la façon dont il l'aiderait durant ses études de médecine... Non, elle ne pouvait pas briser cela. Son secret quant à sa visite chez Hassan – dont elle n'avait pas entendu parler depuis – était un fardeau léger en contrepartie du bonheur de son père.

Sahra entra au salon avec un plateau de feuilles de vigne farcies au riz et au mouton; derrière elle, deux servantes portaient des plats de salade de chou et d'œufs frits assaisonnée d'origan et d'oignons. Toutes les femmes de la famille étaient venues pour l'occasion, et elles riaient, commméraient et se complimentaient mutuellement sur leurs robes et leurs bijoux. Tahia était là également, avec son bébé de deux mois, Asmahan. La gaieté régnait dans le grand salon. Même si la menace d'une visite surprise des Visiteurs de l'aube s'était atténuée depuis que le ministre de la Défense vivait dans la crainte d'une agression israélienne, la demeure de Rachid restait dépouillée de ses richesses. Aussi la famille recréait l'atmosphère des fêtes avec des rires, de la bonne nourriture, des boissons et des fleurs.

Amira se tenait à la fenêtre avec le petit Mohammed, qui guettait l'auto qui ramènerait son papa du Koweït.

Elle lui désignait les étoiles qui commençaient d'apparaître dans le clair ciel de mai.

– Tu vois là-bas ? C'est Aldébaran ; on l'appelle la Suiveuse parce qu'elle suit les Pléiades. – Elle pointa le doigt vers Rigel, qui signifie « pied » en arabe. – Et Rigel, au pied gauche d'Orion. Les étoiles portent des noms arabes, petit-fils de mon cœur, car ce sont nos ancêtres qui les ont découvertes. N'en es-tu pas fier ?

– Sous quelle étoile es-tu née, Oumma ?

– Une très bonne ! fit-elle en l'étreignant.

Ibrahim entra au salon.

– Allume vite la télévision, Mère. Nasser parle.

Tous s'assemblèrent autour du poste et écoutèrent le président Nasser exhorter le peuple égyptien à se préparer à l'attaque israélienne. « Je ne souhaite pas la guerre, dit-il, mais je me battrai pour l'honneur de tous les Arabes. L'Europe et l'Amérique parlent des droits d'Israël, mais que font-ils des droits des Arabes ? Nul ne fait valoir les droits du peuple palestinien sur sa propre terre. Nous seuls résisterons pour nos frères. »

– Je déclare que Dieu est unique ! s'exclama Doreya.

– Louons Sa miséricorde !

Tandis que tout le monde se mettait à parler à la fois, le visage d'Oum Kalsoum apparut sur l'écran de télévision ; la chanteuse entama l'hymne national égyptien :

« Mon pays, mon pays,
Mon amour et mon cœur sont à toi.
Égypte, mère de toutes les terres,
C'est toi que je quête et désire. »

Dans le salon Rachid, plusieurs femmes se mirent à pleurer.

Le neveu d'Amira, Tewfik, se leva avec fougue.

– Nous devrions attaquer les premiers, avant que les Israéliens nous attaquent !

L'oncle Karim, qui se tenait tout près de la télévision à cause de son grand âge, cogna sa canne au sol :

– La guerre n'est pas une solution, espèce de jeune chiot ! La guerre n'engendre que la guerre ! La voie de Dieu est la paix.

– Mais mon oncle, avec tout mon respect, Israël n'a-t-il

pas attaqué la Syrie le mois dernier ? Ne devons-nous pas nous préparer à défendre l'honneur de tous les Arabes ? Le monde entier est contre nous, oncle. Les troupes des États-Unis ont stationné pendant onze ans du côté égyptien de la frontière, et quand Nasser a suggéré qu'elles passent du côté israélien pour un temps, Israël a refusé. Est-ce juste ? De quel côté est le monde, Oncle ? Il faut jeter Israël à la mer !

– Quel garçon stupide, trancha durement Doreya. Comment vas-tu jeter Israël à la mer ! Avec les Américains, ils sont plus puissants que nous ! Ils se moquent de nous. Golda Meir n'a-t-elle pas traité les femmes arabes de frivoles et superficielles ? Il paraît que nous dépensons plus d'argent en maquillage et vêtements qu'en produits de première nécessité !

– Je vous en prie, intervint Amira. Ne provoquons pas la guerre sous notre propre toit !

– Pardonne-moi, Tatie, reprit Tewfik, mais Israël est notre ennemi.

– Égypte, Israël ! Nous sommes tous les enfants du prophète Abraham. Pourquoi nous combattons-nous ?

– L'État d'Israël n'a pas droit à l'existence.

– Proclame la clémence de Dieu, enfant écervelé ! Tout peuple a le droit d'exister.

– Avec tout l'honneur et le respect que j'ai pour toi, tante Amira, je ne crois pas que tu comprennes.

– Ce qui arrive arrive, déclara-t-elle. C'est la volonté de Dieu, pas la nôtre.

Lorsque le petit Mohammed fondit en larmes, Amira éteignit la télévision.

Nous effrayons les enfants.

Puis elle songea : « Si la guerre est bel et bien inévitable, alors il faut nous y préparer. » Demain elle emmènerait les femmes et les filles au Croissant-Rouge pour donner du sang, ensuite elles fabriqueraient des bandages avec des draps.

Soudain elle pensa à Camélia, qui tournait un film à Port-Saïd. En un moment pareil, se dit-elle, une famille devrait être rassemblée.

Ordonnant à Doreya et aux autres de distraire les

enfants, Amira gagna sa chambre et referma la porte derrière elle. Elle s'agenouilla, ouvrit le dernier tiroir de sa coiffeuse et en sortit ses habits blancs de pèlerin, soigneusement pliés dans l'attente du jour où elle serait en mesure d'effectuer son voyage à la sainte Mecque – projet qu'elle avait dû différer jusqu'à ce que soit passé le danger des Visiteurs de l'aube. Sous les vêtements se trouvait une boîte en bois incrusté d'ivoire, sur le couvercle de laquelle était gravé : *Dieu, le miséricordieux*. La plupart des bijoux enterrés dans le jardin avaient été donnés au Croissant-Rouge et à d'autres organismes qui collectaient des fonds pour l'effort de guerre, mais Amira avait conservé ses pièces les plus précieuses, celles auxquelles la liait un attachement sentimental. Dans ce vieux coffret plein de souvenirs, reposaient trois bijoux dont elle ne se séparerait jamais : un collier de perles que lui avait offert Ali à l'occasion de la naissance d'Ibrahim ; un ancien bracelet égyptien en lapis et or, qui aurait appartenu à Ramsès II, le pharaon de l'Exode. Il avait été donné à Farouk par un collectionneur, puis le roi l'avait à son tour offert à Amira après qu'elle lui eut préparé sa potion de fertilité – potion qui, jurait Farouk, lui avait octroyé son fils unique. Le troisième bijou était la bague qu'Andreas Skouras lui avait offerte avant son départ d'Égypte : une cornaline enchâssée dans de l'or, gravée d'une feuille de mûrier, pour signifier que Andreas tirait sa vie d'Amira comme le vers à soie de la feuille. Elle l'avait conservée afin de se rappeler l'homme qu'elle avait aimé et failli épouser. Au fond de la boîte il y avait une enveloppe. Elle l'ouvrit et en tira les photographies qui avaient été enlevées de l'album de famille voilà des années.

Quand Ali avait banni leur fille de la maison, Amira avait fait disparaître les photos de Fatima, mais celles-ci n'étaient pas allées bien loin. Tendrement, elle les avait cachées sous ses vêtements de pèlerin. A contempler maintenant le jeune visage souriant de Fatima, elle se rappela le choc qu'elle avait éprouvé quand elle l'avait revue six mois plus tôt. Les souvenirs l'avaient assaillie tandis qu'elle restait sans voix dans le salon de Fatima. Puis elle avait ressenti de la colère contre Fatima, qui avait lié amitié avec sa nièce sans lui dire qui elle était. Enfin une vague d'amour et de compassion avait ravivé son désir de ramener sa fille au sein de la famille. Camélia avait supplié sa grand-mère de pardonner à Fatima, mais elle avait répondu : « C'est à Fatima de venir demander pardon. » Aussi entêtée que sa mère, Dahiba s'était refusé à faire le premier pas... Amira regrettait à présent sa propre obstination.

Il y eut un coup discret frappé à la porte. Elle répondit « Entrez » et se pétrifia en voyant Zachariah, sanglé dans l'uniforme militaire.

– D'où sort cet uniforme, Zakki ? Ils t'avaient pourtant refusé !

– J'ai essayé de nouveau, cette fois ils m'ont pris.

Le jeune homme ne lui dirait pas la vérité : il avait compris que si un homme pouvait payer pour échapper au service militaire, il pouvait aussi payer pour s'y faire admettre.

– Je l'ai fait pour Père, dit-il, afin qu'il soit fier de moi. Si tu avais vu son expression quand je lui ai appris que l'armée m'avait déclaré physiquement inapte au service ! Pourquoi est-ce que je semble toujours le décevoir, Oumma ? Quand j'étais petit, Père me tenait sur ses genoux pour me raconter des histoires, comme il le fait aujourd'hui avec Mohammed. Il a arrêté du jour au lendemain.

– La prison change un homme, Zakki.

– Au point qu'il cesse d'aimer son fils ?

– A bien des points de vue, c'est la façon dont ton père fut traité par son propre père. Ali croyait qu'il fallait se montrer sévère et distant avec les enfants. Je sais qu'Ibrahim en a souffert. J'étais sa mère mais je ne pouvais intervenir. Aujourd'hui, Dieu me pardonne, je regarde en arrière et je pense que mon époux avait tort. Et parfois je reconnais Ali en mon fils, en particulier quand je l'entends te parler avec cette froideur. Pardonne-lui, Zakki. Il ne sait pas s'y prendre autrement.

– Voilà Omar ! entendirent-ils crier dans le salon. *Al hamdu lillah !* Dieu soit loué, qui nous a ramené Omar !

– Ton père sera fier de toi, Zakki, conclut doucement

Amira comme ils quittaient sa chambre. Et s'il ne te le montre pas, sache qu'il est fier tout de même.

La famille étouffa Omar d'étreintes et de baisers, et lorsqu'on vit Zachariah arriver en uniforme, on l'acclama. Il fut déclaré que ce jour était béni car Dieu avait élu deux fils Rachid comme héros de l'Égypte.

Tout le monde se pressait autour des deux cousins quand Néfissa prit son frère à part.

– Il faut que je te parle, Ibrahim. Tout de suite, c'est important.

Yasmina embrassait Omar quand elle vit son père et sa tante quitter la pièce. Le profil crispé de Néfissa l'inquiéta soudain, mais elle se reprocha sa bêtise. Elle devenait nerveuse ces temps-ci, comme si son secret pouvait se lire sur son visage – pur effet de son imagination. Son père et Néfissa avaient certainement maintes choses importantes à discuter. Comment auraient-ils pu savoir pour Hassan et le bébé ?

Pourtant, quand son père réapparut un moment plus tard sur le seuil du salon, une expression étrange sur le visage, le pouls de la jeune femme s'affola. Il lui fit signe, puis il appela Amira et Omar.

Ils se retrouvèrent dans le petit salon réservé aux entretiens privés avec les visiteurs. Ibrahim referma tranquillement la porte avant de se tourner vers Yasmina.

– As-tu quelque chose à me dire ?

Debout à quelques pas de lui, elle distingua dans son regard un éclat qui l'effraya.

– De quoi parles-tu ? fit-elle.

– Au nom de Dieu, Yasmina, souffla-t-il, dis-moi la vérité.

– De quoi s'agit-il, Ibrahim ? s'enquit Amira. Pourquoi nous as-tu fait venir ici ?

Mais il gardait les yeux fixés sur Yasmina, et elle vit bien qu'il luttait pour ne pas exploser.

– Dis-moi pour l'enfant, insista-t-il.

La jeune femme regarda Néfissa.

– Comment as-tu su ? murmura-t-elle.

– Dieu me délivre de cet instant, fit Ibrahim en fermant les yeux.

– Qu'est-ce qui se passe ? voulut savoir Omar, Mère ? Mon oncle ?

– Je peux expliquer, dit Yasmina en s'approchant de son père. S'il te plaît...

Il se recula.

– Comment as-tu pu ? rugit-il, faisant sursauter tout le monde. Mon Dieu, fille, sais-tu ce que tu as fait ?

– Je suis allée trouver Hassan parce que je voulais le persuader d'ôter notre nom de la liste...

– Tu es *allée* chez lui ? gronda Ibrahim. De ton propre chef ? Tu ne pouvais pas me laisser m'en occuper ? N'as-tu aucune foi en moi ? Et lui permettre...

Elle tendit les bras, en un geste de supplique.

– Non ! Il m'a contrainte ! Je me suis débattue, j'ai essayé de m'enfuir !

– Peu importe, Yasmina ! Tu y es allée. Nul ne t'a obligé à te rendre chez Hassan.

– Ibrahim, cria Amira, vas-tu nous dire de quoi il s'agit !

– Mon Dieu, fit Omar qui comprit soudain.

– Oh, enfant, murmura Ibrahim, des larmes dans les yeux. Que m'as-tu fait ? Il eût mieux valu que tu me plantes un couteau dans le cœur. Il a gagné. Tu as donné la victoire à Hassan al-Sabir. A cause de toi, j'ai perdu la face !

– J'essayais de sauver la famille, sanglota Yasmina.

Elle se tourna vers Omar.

– Je ne voulais pas te tromper.

– L'enfant n'est pas de moi ? interrogea-t-il.

– Je suis désolée, Omar. – Et, tremblante, Yasmina se tourna vers sa tante. – Comment as-tu su ? demanda-t-elle dans un souffle.

Puis la pensée lui vint que Camélia était la seule à savoir, Camélia qui avait promis de se taire.

Des larmes jaillirent des yeux d'Omar.

– Il a fallu que je rentre à la maison pour ça, dit-il. Oh mon Dieu, Yasmina, poursuivit-il et, sanglotant, il pressa un mouchoir sur ses yeux. Je te répudie...

Néfissa se mit aussi à sangloter. Ibrahim leur tourna le dos et, d'une voix qui n'était plus la sienne, il laissa tomber ces mots :

– Hassan avait dit qu'il m'humilierait, il y est parvenu. J'ai perdu mon honneur. Notre nom a été souillé.

– Père! s'écria Yasmina, pourquoi dis-tu cela? Hassan ne t'a jamais parlé de ma visite. Il ne s'en est vanté ni auprès de toi ni auprès de quiconque.

– Inutile! Là est son pouvoir, tu ne comprends pas? En conservant le silence, il nous prouve combien il est puissant. Hassan savait que mon humiliation serait bien pire si je l'apprenais par autrui. Il a tranquillement attendu la victoire finale.

Yasmina tenta encore d'approcher Ibrahim.

– Nul n'a besoin de savoir, Père. Il n'est pas nécessaire que cela franchisse ces murs.

– *Je* le sais, ma fille, dit-il en la fuyant à nouveau. *Je* sais. Cela suffit. – Pâle, les traits tirés, il leva les yeux au ciel pour murmurer : – Que penses-tu de moi maintenant, Père? – Ensuite il rebaissa son regard vers Yasmina : – Cette maison fut maudite la nuit de ta naissance. Malédiction de Dieu pour laquelle je suis seul à blâmer. Je regrette l'heure où tu vins au monde.

– Non, Père!

– Tu n'es plus ma fille.

Amira fixait son fils, or ce n'était plus lui qu'elle voyait mais son époux, Ali. Puis la vision de son cauchemar l'assaillit dans toute sa force et sa terreur : l'enfant arrachée à sa mère. Comme si une prophétie s'accomplissait ce soir.

– Mon fils, fit-elle en prenant le bras d'Ibrahim. Je t'en prie, ne fais pas cela.

Mais Ibrahim continua à l'adresse de Yasmina :

– A partir de cet instant, tu es *haram*, proscrite. Tu n'appartiens plus à notre famille, ton nom ne sera plus jamais prononcé sous ce toit. Ce sera comme si tu étais morte.

26

Yasmina et Alice étaient bousculées par la foule des voyageurs qui se pressaient pour embarquer sur l'un des derniers vols quittant l'Égypte. La peur était dans l'air, le vacarme presque assourdissant tandis que les étrangers, encombrés de leurs bagages, agitaient billets et passeports sous le nez du personnel de l'aéroport dans l'espoir de parvenir à atteindre les portes d'embarquement. Yasmina et sa mère se dirigèrent vers le dernier vol à destination de Londres.

Yasmina avait été coupée de tout contact avec la famille depuis le soir où son père l'avait déclarée morte, voilà trois semaines. Les douleurs de l'enfantement avaient commencé tout de suite après. Alice et Zachariah l'avaient conduite à l'hôpital où, huit heures plus tard, elle s'était réveillée de l'anesthésie. Sa mère, qui se trouvait à son chevet, lui avait annoncé que le bébé était mort-né. Une bénédiction de Dieu, avait dit Alice en pleurant, l'enfant était mal formé.

Les jours suivants restaient flous dans la mémoire de Yasmina. Le régiment d'Omar ayant été appelé, elle avait disposé de l'appartement; son corps y avait guéri mais son esprit demeurait engourdi. A présent qu'elle approchait de la porte d'embarquement, bousculée, malmenée par la foule affolée qui fuyait la guerre imminente, elle sentait se dissiper cette brume protectrice, comme lorsque se dissipe l'effet de la novocaïne et que la souffrance revient en force. Ses deux petits... elle avait perdu ses deux petits. Elle pensa qu'elle allait mourir de douleur.

C'est Alice qui s'était occupée de lui obtenir un passeport et un billet.

– La guerre nous menace, ma chérie, avait-elle déclaré. Tu seras prise au piège ici. Tu as été chassée de la famille, tu as été déclarée morte. Tu n'as plus de nom, plus d'identité, plus d'endroit où aller. Tu dois partir, Yasmina. Fais-toi une autre vie, sauve-toi. En Angleterre, tu possèdes une maison et le compte en banque que t'a laissé mon père. Tante Pénélope t'aidera.

– Comment puis-je abandonner mon fils! avait-elle demandé.

Mais elle connaissait déjà la réponse. Omar ne l'autoriserait pas à revoir l'enfant.

Elles approchaient du guichet où l'employé de l'aéroport avait une prise de bec avec un passager dont les papiers n'étaient pas en règle. Yasmina se tourna vers sa mère :

– C'est mieux que tu ne viennes pas avec moi. Si nous partions toutes les deux, Mohammed serait perdu à jamais pour moi. Tu dois rester, tu lui parleras de moi, tu lui montreras ma photo tous les jours, tu l'empêcheras de m'oublier.

« Oui, songea Alice, Mohammed est mon petit-fils. » Il y avait aussi sa petite-fille, dont Yasmina ignorait l'existence. Le nouveau-né n'était pas mort, elle dormait dans un berceau rue des Vierges du Paradis.

– Mère, reprit Yasmina, je ne sais pas quelle douleur est la pire... d'avoir perdu l'enfant, d'avoir été chassée par père, ou de savoir que Camélia m'a trahie. Mais grâce à toi, grâce à ta présence, la souffrance de perdre mon fils sera moins insupportable, parce que je sais que tu me conserveras vivante dans son cœur.

– J'aurais aimé partir avec toi, fit Alice. Mais ton père ne m'aurait pas accordé la permission. C'est un homme fier, Yasmina, perdre sa femme serait une nouvelle humiliation. Je regrette de ne pas t'avoir emmenée loin d'ici quand tu étais petite fille et que l'Égypte s'est mise à m'effrayer. Je ne me suis jamais réellement acclimatée à ce pays, toi non plus tu n'es pas vraiment d'ici. Je veux que tu te sauves, Yasmina.

Avec fougue, Alice serra sa fille dans ses bras, très fort, toute tremblante de chagrin et d'émotion. « C'est pour ton bien, ma chérie, que je t'ai menti à propos du bébé. Pour que tu puisses fuir, ce que je n'ai pu faire. Si tu avais su que tu avais une fille, si tu l'avais tenue contre toi une seule fois, tu serais restée... et tu aurais été perdue. Puisse Dieu me pardonner... »

Sentant Yasmina sangloter contre elle, Alice fut une fois encore submergée par une haine froide pour Hassan al-Sabir, le monstre qui avait séduit et corrompu son frère Edward, puis sa fille.

– Je t'écrirai, je te donnerai des nouvelles de Mohammed, promit-elle en s'éloignant de Yasmina. Et je lui parlerai de toi chaque jour. Je ne laisserai pas les autres t'effacer de sa mémoire.

Bousculée par la foule, Yasmina regarda sa mère à travers ses larmes.

– J'ignore quand nous nous reverrons, Mère. Je ne reviendrai jamais en Égypte. J'ai été déclarée morte ; je suis un fantôme. Je dois me faire une nouvelle existence, ailleurs. Mais je te promets ceci, Mère : jamais plus je ne serai une victime. Je deviendrai forte, c'est moi qui aurai le pouvoir. Et quand nous nous reverrons toi et moi, tu seras fière de ta fille. Je t'aime.

Yasmina finit par monter à bord de l'avion et se laissa aller faiblement sur son siège. Ses seins la faisaient encore souffrir, ses bras avaient mal de ne pouvoir serrer le pauvre petit être mal formé qui n'avait pas survécu à sa naissance traumatisante. La jeune femme laissa aller sa tête en arrière et ferma les yeux. Elle aurait voulu s'endormir pour l'éternité.

Aussi ne vit-elle pas le journal qui dépassait de la poche d'un passager de l'autre côté de l'allée. Elle ne lut pas le gros titre à la une : « La République arabe unie mobilise cent mille réservistes. » Elle ne vit pas le commentaire plus petit sous la photo d'un beau visage souriant : « Hassan al-Sabir, sous-secrétaire à la Défense, découvert assassiné. »

CINQUIÈME PARTIE

1973

27

La maison de Qettah, l'astrologue, se blotissait derrière le mausolée de Sayyida Zeïnab, dans une venelle miteuse appelée rue de la Fontaine Rose. Il n'y avait pas de fontaine et le brun grisâtre des briques sablonneuses avec lesquelles avait été construite la vieille ville voilà des siècles prédominait. Il y avait eu autrefois des trottoirs et du gravier sur la chaussée. Aujourd'hui, les ordures accumulées en couches successives avaient élevé de plusieurs pieds le niveau de la rue au milieu de laquelle ne sillonnait plus qu'une étroite ornière. Les habitants portaient des galabiehs élimées et des mélayas poussiéreuses ; leurs enfants jouaient dans la saleté et les femmes jacassaient depuis des balcons branlants.

C'était vers cette vieille ruelle qu'une affaire urgente avait poussé Amira, et nul ne prêta attention à elle lorsqu'elle franchit l'arche de pierre qui avait été une porte de l'ancienne cité. Dans ce quartier antérieur aux croisades, elle se fondait parmi les autres silhouettes féminines drapées de noir de la tête aux pieds, ne laissant paraître que les yeux et les mains. Approchant de la mosquée Sayyida Zeïnab, elle pria pour que Qettah pût lui venir en aide.

Son passé était revenu lui parler dans un nouveau rêve frappant. Et elle priait pour ce que ce fût un bon signe en ces temps incertains.

Partout dans Le Caire, on parlait d'apparitions de fantômes et de phénomènes inexplicables : des étoiles filantes zébraient le ciel presque chaque nuit, la pluie était tombée à la frontière du Soudan où il n'avait jamais plu et, durant plusieurs semaines, on avait vu la Vierge Marie flotter au-dessus de la plus ancienne et vénérée église copte du Caire. Des milliers de gens étaient venus la voir. Les ecclésiastiques affirmaient que la Sainte Mère apparaissait aux chrétiens coptes du Caire car, depuis que les Israéliens avaient pris Jérusalem, eux ne pouvaient plus aller la voir. Partout se multipliaient les présages et les signes de la douce hystérie qui avait envahi l'Égypte.

Cela remontait à la honteuse défaite de l'Égypte dans la guerre des Six jours, où quinze mille soldats avaient péri, où des milliers d'autres avaient été atrocement blessés. Les six années écoulées depuis avaient été une période incertaine, de guerre larvée, de paix armée ; les escarmouches se répétaient dans la zone du canal de Suez. Aujourd'hui encore, les Israéliens bombardaient des cibles en Haute-Égypte, jusqu'à Assouan, menaçant le Haut Barrage qui, s'il était touché, déverserait un mur d'eau de trois cent soixante mètres de haut dans la vallée du Nil qui engloutirait tous les villages et inonderait même Le Caire. Les gens avaient peur, ils avaient perdu leur confiance et leur fierté ; le moral était au plus bas. « Dieu a tourné le dos à l'Égypte », entendait-on partout.

Se joignant à la foule devant la mosquée Sayyida Zeïnab, Amira pensait à ce nouveau rêve qui l'avait visitée durant son sommeil, les semaines passées. Elle y voyait apparaître un beau garçon, d'environ quatorze ans, qui l'appelait d'un geste de la main. Le songe lui procurait paix et joie, jamais il ne l'effrayait. Un bon présage, sûrement.

L'affluence était telle devant la mosquée que les carrioles tirées par des ânes ne pouvaient s'y frayer un chemin. Bien que le tombeau soit depuis des siècles un lieu de rassemblement, le nombre des mendiants, aveugles, veuves et orphelins qui espéraient recevoir la grâce de la sainte s'était accru depuis la guerre des Six Jours. D'ailleurs partout en Égypte la fréquentation des mosquées avait augmenté de six cents pour cent. Pire encore que la défaite de l'Égypte, les Israéliens occupaient désormais l'un des lieux les plus sacrés de l'Islam : la Coupole du

Rocher, d'où Mahomet était monté au ciel. Afin de contrebalancer cette ignominie, les imams appelaient les fidèles à revenir à Dieu. Ils fustigeaient les postes de télévision américains et les radios japonaises qui envahissaient les vitrines de ce Caire moderne et progressiste, vantant les mœurs douteuses d'un monde où les femmes se lançaient dans des carrières professionnelles, choisissaient elles-mêmes leur époux ou, pire encore, décidaient de vivre seules. « Voilà où mène l'impiété, affirmaient les imams. Les Israéliens ont gagné la guerre parce qu'ils sont un peuple pieux. Qu'en est-il des Égyptiens ? »

Enfouie sous sa mélaya, Amira se fraya chemin, comme une *bint al-balad* parmi d'autres, une « fille du pays », ainsi que se baptisaient elles-mêmes les femmes de la plus basse classe. Passant entre une jeune femme en mélaya de coton noir, assise derrière une pyramide d'oignons maigrichons, et un vendeur de couronnes de jasmin qui, accroupi à terre, se curait les dents, Amira pensa aux changements survenus dans le monde. Du temps de sa jeunesse, le voile était un symbole du statut des riches, indiquant que le mari de celle qui le portait était fortuné, sa femme protégée et assistée de domestiques, alors que les femmes des classes défavorisées n'en portaient pas car il les aurait gênées dans leur rude labeur quotidien. Or aujourd'hui les femmes riches allaient sans voile pour affirmer leur indépendance, et celles des basses classes avaient adopté la mélaya afin d'imiter les riches d'antan.

Amira parvint à échapper à la foule et, dépassant de petites échoppes sombres pareilles à des cavernes de brigands, elle s'engagea dans la ruelle et trouva la porte renfoncée sous une arcade en ruine. Elle frappa, et le visage familier de Qettah apparut.

Il ne s'agissait plus de la même Qettah qui, presque trente ans plus tôt, avait assisté à la naissance de Camélia, mais de la fille de l'astrologue – qui elle-même n'était plus toute jeune et avait succédé à sa mère après son décès. Leur art secret, avait autrefois expliqué la vieille Qettah à Amira, s'était transmis à travers les générations depuis des temps plus anciens que l'Islam. Chaque astrologue portait le nom de Qettah. Elle donnait le jour à une fille et lui enseignait le secret des étoiles en prévision du jour où elle prendrait la suite de sa mère. Elles portaient le nom de Qettah, sans discoutinuer, depuis l'époque des pharaons.

– La paix et la grâce de Dieu soient sur cette maison, murmura Amira en se glissant dans le sombre intérieur.

– Et sur toi Ses grâces et Sa miséricorde, répliqua l'astrologue. Tu honores ma maison, Sayyida. Cette demeure est la tienne, et puisses-tu y trouver le soulagement.

Amira n'avait encore jamais rendu visite à l'astrologue. Cependant, le logement de la vieille prophétesse était comme elle l'avait imaginé, encombré de cartes du ciel, d'instruments, de plumes et d'encriers, d'amulettes. Amira s'était attendue à voir des chats, car Qettah signifie « chat » en arabe. L'astrologue affirmait même que sa lignée descendait d'un chat, ce qu'Amira croyait. Or, rien n'indiquait qu'un quelconque félin vécût entre ces murs.

Tandis que le thé infusait dans une théière ternie, les deux femmes s'installèrent à la table et Qettah prit les mains de la visiteuse dans les siennes. Elle étudia un moment ses paumes avant de demander :

– Sous quelle étoile es-tu née, maîtresse ?

Amira hésita. Il ne restait qu'un seul être vivant qui connût son secret : Maryam Misrahi, qui demeurait loin, en Californie.

– Je ne sais pas, très vénérable.

Un regard aiguisé la fixa.

– Dans quelle maison de la lune ?

Amira secoua la tête.

– L'étoile de ta mère ?

– Je l'ignore. J'ignore qui était ma mère.

Qettah se rejeta en arrière et ses os craquèrent avec la chaise.

– C'est une triste chose, maîtresse. Si l'on ne connaît le passé, on ne peut connaître l'avenir. Tout est entre les mains de Dieu. Ton destin est écrit dans Son grand livre. Mais je ne puis le lire pour toi.

– Je ne suis pas venue pour que tu déchiffres mon avenir, très vénérable, mais pour que tu interprètes un rêve. Peut-être y trouveras-tu des réponses à mon passé.

– Raconte-moi ce rêve.

Et, fermant les yeux, elle se prépara à écouter.

– Je vois un jeune et beau garçon, pas encore un homme, grand et droit, avec d'immenses yeux magnifiques et une bouche pleine, qui sourit. Il est vêtu avec élégance et, lorsqu'il remue la main vers moi, son geste est plein de grâce. Il ne parle pas, mais je devine un message... C'est comme s'il essayait de m'atteindre, de me dire quelque chose. Le rêve ne dure que quelques secondes, puis le garçon disparaît.

– Sais-tu qui il est ?

– Non.

– As-tu fait ce rêve plus d'une fois ?

– Oui.

– Ce garçon t'effraie-t-il ?

– C'est là l'étonnant, très vénérable. J'éprouve de l'amour pour lui. Qui est-il ? Un être enfermé dans ma mémoire perdue ? Il me fait signe comme s'il m'invitait à le chercher, à le trouver.

De nouveau, Qettah darda ses yeux brillants sur Amira.

– Et tu penses qu'il vient de ton passé ?

– Je le sens fortement. Mais je n'ai aucun souvenir de lui. Peut-il avoir vécu rue de l'Arbre à Perles ? Peut-être est-il l'esprit d'un fils que je n'ai jamais eu. Ou encore est-ce mon frère, venu de cette contrée de ma mémoire qui m'est inconnue ?

– Il n'est peut-être rien de cela, Sayyida. Mais le symbole de quelque chose dans ta vie. Nous verrons.

Le thé était prêt. Qettah en versa dans une petite tasse ébréchée et invita Amira à le boire. Quand il n'en resta plus qu'une petite cuillerée, Qettah prit la tasse dans sa main gauche et la fit tourner trois fois, en cercles larges. Puis elle la renversa sur la soucoupe et l'enleva afin de lire les feuilles.

Le silence emplit la pièce, à peine perturbé par le grincement du vieux moucharabieh sous le souffle du vent. Les chevilles caressées par l'ourlet de sa mélaya, Amira observait le visage terriblement ridé de Qettah, et chaque sillon creusé lui semblait une phrase ou un chapitre de la vie de la vieille femme. Néanmoins l'expression de l'astrologue demeurait indéchiffrable tandis qu'elle étudiait les feuilles de thé. Enfin elle leva les yeux.

– C'est un vrai garçon, Sayyida. Quelqu'un de ton passé.

– Encore vivant ? Où est-il ?

– N'as-tu jamais rêvé d'une cité, Sayyida, d'un édifice ? Un repère qui permettrait d'identifier son environnement ?

– J'ai le souvenir d'un minaret carré.

– Ah, la mosquée d'al-Nasir Mohammed, dans la rue Al Muizz ?

– Non, ce minaret ne se trouve pas au Caire, mais très loin, je le crains.

Qettah revint à son étude puis hocha la tête, comme pour confirmer son interprétation.

– Tu dis que tu es veuve, Sayyida ?

– Depuis bien des années maintenant. Qui est ce garçon ? Mon frère ?

– Sayyida, souffla l'extralucide, surprise, ce n'est pas ton frère, c'est ton fiancé.

Amira fronça les sourcils.

– Je n'ai pas de fiancé.

– C'est celui que tu devais épouser, il y a très longtemps. Tu lui étais promise.

– Comment est-ce possible ? Je n'ai aucun souvenir de cela !

Écartant tasse et soucoupe, Qettah prit une petite fiole de cuivre. Elle ordonna à Amira de la tenir entre ses mains le temps de compter jusqu'à sept. Ensuite elle en versa le contenu sur la surface d'un bol d'eau, et un parfum de roses emplit soudain l'atmosphère, accompagné d'une autre fragrance, plus discrète, qu'Amira ne sut identifier mais qui lui rappela le lever du soleil.

La diseuse de bonne aventure observa les volutes de l'huile sur l'eau avant de prononcer :

– Tu vas bientôt partir en voyage, Sayyida.

– Où cela ?

– Vers l'est. Ah, voilà de nouveau le fiancé.

Amira scruta le contenu du bol mais ne distingua que les rubans nacrés de l'huile sur l'eau.

– Sayyida, déclara Qettah en allongeant les mains sur la table, les signes montrent que ton passé fut détourné de sa destinée originelle. Tu es allée là où tu n'aurais pas dû aller. Tu n'es pas allée là où tu aurais dû aller.

– Donc, mes rêves d'une caravane attaquée ne sont pas de simples rêves, mais de vrais souvenirs. Je le pensais sans en être certaine. Peut-être ma mère et moi étions-nous en route pour aller voir ce garçon quand les pilleurs nous ont attaquées et m'ont enlevée.

– Cela n'aurait pas dû arriver, Sayyida. Une autre vie était prévue pour toi.

– Au nom de l'Éternel et Unique, fit Amira, que vais-je faire ?

– Le jeune homme te fait signe. Va vers lui. Pars à l'est.

– Mais où, à l'est ?

– Pardonne-moi, mais cela je ne le sais. Fais le pèlerinage à La Mecque, Sayyida. Parfois, ajouta Qettah avec un sourire qui creusa mille crevasses dans son visage, Dieu nous illumine à travers la prière.

Fort agitée, Amira retraversa la vieille ville, suivit les venelles venteuses jusqu'à atteindre des artères plus larges et se retrouva sur un grand boulevard où les voitures roulaient vite entre les hauts immeubles modernes. Là, elle vit encore d'autres traces de guerre et de défaite, des sacs de sable empilés devant les portes, des fenêtres masquées de papier bleu nuit. « Une ville, pensa-t-elle, qui se fortifie contre Armaguedon. »

Elle distingua également des signes du changement d'époque. Les modestes galabiehs et mélayas qui prédominaient dans les quartiers pauvres avaient presque disparu de ce Caire moderne où les jeunes hommes allaient en blue jeans et vestes western, où les jeunes filles montraient leurs jambes sous des jupes courtes. Sur le panneau d'affichage qui dominait la place de la Libération, une fille blonde en maillot de bain buvait une bouteille de Coca-Cola. A côté, une autre affiche faisait la publicité d'un film : un homme en smoking y brandissait un fusil tandis que la séduisante silhouette d'une femme s'agrippait à lui. Quand les feux tricolores passèrent au rouge, Amira serra sa mélaya contre elle et s'élança sur les clous. Ne sachant pas lire, Amira ignorait qu'elle venait de dépasser l'affiche annonçant la sortie d'un film de Hakim Raouf avec, au générique, les actrices Dahiba et Camélia Rachid.

Avant d'atteindre les avenues à trois voies de Garden City, Amira traversa la place de la Libération et se joignit au flot de piétons et de véhicules qui se déversait entre les lions monumentaux érigés en gardiens devant le pont El Tahrir. Et elle se surprit à scruter le visage des hommes qu'elle croisait, pour voir si elle ne reconnaissait pas parmi eux le beau jeune homme de son rêve. « Est-il ici, tout près de moi ? s'interrogeait-elle. Nos routes se sont-elles croisées cent fois sans que nous le sachions ? Rêve-t-il parfois de moi petite, et se demande-t-il qui je suis, pourquoi je visite ses songes ? »

Elle s'arrêta pour contempler le Nil. Demain on célébrerait le *Cham el-Nessim*, « respirer la brise », fête commune aux musulmans, chrétiens coptes et même aux athées, qui saluait le retour du printemps. Les familles se réuniraient sur les rives du fleuve pour pique-niquer et chercher les œufs. On enregistrerait au moins une noyade.

Amira plongea le regard vers les eaux et, dans son émotion, elle eut le pressentiment d'une catastrophe imminente. Tout le monde disait que le président Sadate menait l'Égypte vers un nouveau conflit avec Israël. Si oui, combien mourraient cette fois ? Combien de jeunes gens du clan Rachid verseraient-ils leur sang dans le désert ?

Elle repensa au garçon dans son rêve. Il tenait la clef de son passé et de son identité. Mais où le trouver dans le vaste monde ?

– Laisse-moi t'aider, Sahra, fit Zachariah.

Joignant le geste à la parole, il souleva du fourneau la lourde marmite d'œufs bouillis et la déposa dans l'évier.

– Dieu te bénisse, jeune maître, fit Sahra, secrètement heureuse de son attention. Je suis un peu souffrante ce matin, mais j'irai mieux demain, si Dieu le veut.

La cuisine était bondée et bruyante avec tous les bambins qui, installés à la grande table, peignaient les œufs et nouaient des rubans autour des lapins en chocolat. Tahia, l'une des adultes qui supervisaient les opérations, posa un regard intrigué sur Sahra et se rappela que tante Doreya s'était elle aussi plainte d'un malaise au petit déjeuner. Pourvu que la maisonnée ne fût pas atteinte de quelque grippe tardive qui risquerait de gâcher le plaisir des enfants le lendemain, pour la fête du printemps.

La petite Asmahan poussa soudain un cri, deux autres enfants fondirent en larmes et le dernier fils d'Omar, un enfant de huit mois, se mit à hurler.

– Les enfants, les enfants! protesta Tahia, qui tenta de restaurer l'ordre. Mohammed, tu n'aurais pas dû faire cela. Un grand garçon comme toi, embêter sa cousine.

Elle porta la main à ses reins et étira sa colonne vertébrale. Elle était enceinte de huit mois.

– Ne le gronde pas, Tahia, intervint Néfissa, qui était assise à la table avec les enfants. C'est la faute d'Asmahan.

Et elle ébouriffa les cheveux de Mohammed avant de lui donner un morceau de chocolat. A dix ans, il ressemblait tant à Omar au même âge! Elle ne put s'empêcher d'étreindre à nouveau son petit-fils boudeur.

Tahia échangea un regard avec Zachariah, qui estimait que Mohammed aurait eu besoin d'une discipline plus stricte. Ce n'était pas la faute de l'enfant : son père restait absent la majeure partie du temps, en mission pour le gouvernement, et bien que sa belle-mère, Nala, la seconde épouse d'Omar, se montrât assez stricte avec leurs quatre autres petits, c'était Néfissa qui avait autorité sur Mohammed. Et elle le gâtait comme elle avait gâté Omar.

– Quand j'étais petite fille, raconta Sahra en posant une autre fournée d'œufs sur la table, l'homme le plus riche du village, Cheik Hamid, distribuait aux enfants des canetons et des poussins en pâte d'amande. Les plus chanceux d'entre nous recevaient des habits neufs, et personne n'allait travailler aux champs. On pique-niquait et on écoutait les pétards que faisaient claquer les garçons de l'autre côté du canal. Il y avait quelques familles chrétiennes dans notre village et, je me rappelle que c'était la seule fois où tout le monde célébrait la même fête.

Se retournant vers l'évier, elle porta les mains à son ventre et grimaça.

Zachariah nicha un œuf dans une serviette de table et montra au petit Abdul Wahab comment dessiner sur la coquille avec un pinceau de cire.

– Tu n'es jamais retournée voir ta famille, Sahra ? questionna-t-il.

Du coin de l'œil, il observait Tahia dont le corps plein provoquait son désir. Il avait autrefois jugé la pureté séduisante, à présent il trouvait que la fécondité l'était davantage.

– Non, jeune maître, répondit Sahra. Je n'y suis jamais retournée.

Elle but un grand verre d'eau. Elle ne se souvenait pas avoir jamais éprouvé une telle soif.

– Ta famille ne te manque pas ?

Elle pensa à Abdu, son bien-aimé, avec qui elle avait conçu Zachariah, Zakki qui lui ressemblait si fort aujourd'hui. En silence, elle bénit sa mémoire.

– Ma famille est ici, fit-elle.

– Maman ! cria l'un des petits. Dois aller le pot !

– Encore ?

– Je l'emmène, fit Basima, qui prit le bambin dans ses bras.

Fadilla, la fille de Haneya, fronça les sourcils en voyant sa tante quitter la cuisine. A vingt ans, Fadilla était encore fille, ce qui surprenait tout le monde car elle ressemblait beaucoup à son arrière-grand-mère Zou Zou, qui avait été une beauté.

– Moi j'ai eu des embarras toute la nuit, dit-elle. Je me demande si nous n'avons pas attrapé une maladie.

– C'est le sixième cas de diarrhée dans la maison, souligna Tahia. Oumma a sûrement un remède.

Elle ouvrit le placard pour examiner les rangs bien ordonnés de pots, flacons et fioles, tous méticuleusement étiquetés au moyen des symboles secrets d'Amira. Zachariah la regardait. Le jour où elle avait épousé Jamal Rachid, Zachariah lui avait fait le serment de ne jamais toucher une autre femme. Il avait tenu sa promesse. Mais il gardait en lui un autre secret : il attendait qu'elle soit à nouveau libre. Parce qu'il savait à présent, avec certitude, qu'ils étaient destinés l'un à l'autre.

Il l'avait su par une vision, le jour où il était mort dans le désert du Sinaï.

Sentant son regard dardé sur elle, Tahia tourna les yeux vers lui et lui sourit.

« Pauvre Zakki, pensa-t-elle. Quel mal terrible lui a fait la guerre ! Ses tempes se dégarnissent, ses épaules s'affaissent et il porte des lunettes aux verres épais. A vingt-huit ans, on lui en donnerait quarante. » L'un des enfants s'était par erreur adressé à lui en l'appelant « papy Zakki ».

Si seulement il avait pu conserver son travail ! Enseigner chaque jour à des petits dans une classe aurait pu l'aider à rester jeune. Mais Zachariah avait eu l'une de ses crises devant ses élèves terrifiés, aussi son directeur avait-il dû se séparer de lui. Désormais la famille entière veillait sur Zakki, en particulier les femmes, qui étaient toutes folles de lui et guettaient ses crises. Il n'en avait pas souvent ; la dernière remontait à un an. Mais lorsque cela le prenait, il devenait aussi vulnérable qu'un nouveau-né.

Tahia ignorait ce qu'il voyait exactement dans ses hallucinations. Une seule fois, au cours des mois qui avaient suivi son retour du Sinaï, il avait essayé de décrire le « paysage de sa folie », comme il l'appelait : c'était une horrible image de désert aride, de tanks brûlés, de corps carbonisés, où des avions tombaient du ciel en piqué pour mitrailler le sable afin qu'il jaillisse en geyser. Les médecins affirmaient que Zachariah était bel et bien décédé sur le champ de bataille : son cœur avait cessé de battre, il avait arrêté de respirer, on l'avait déclaré mort. Or, un moment plus tard, il avait miraculeusement ouvert les yeux. Il était à nouveau vivant. Où était-il allé pendant le temps où son cœur s'était tu ? Nul ne le savait.

Zachariah, lui, savait. Il était allé au paradis.

A cause de cela, c'est un homme d'une quiétude béate qui était revenu de la guerre, d'une sérénité telle qu'en sa présence les autres se calmaient, s'apaisaient. Tout en lui, semblait-il à Tahia, était d'une douceur surnaturelle – ses yeux, sa voix, ses mains, à croire que son âme d'homme avait quitté son corps et qu'une âme d'ange l'y avait remplacée. Il effrayait parfois la jeune femme tant il paraissait d'un autre monde, mais son cœur palpitait d'amour pour lui. La guerre l'avait changé, comme elle avait changé l'Égypte, comme elle avait changé Tahia. A vingt-sept ans, elle abritait son premier vrai secret : Jamal Rachid était son époux, Zachariah était son amour.

Amira fit son entrée dans la cuisine.

– *Sabah el-kheir*, lança-t-elle. Matin de bonté.

Les enfants cessèrent leurs activités, se levèrent avec respect et dirent :

– *Sabah el-nur*, Oumma. Matin de lumière.

Puis ils reprirent leur bruyante industrie.

Comme elle était montée dans sa chambre dès son retour de sa visite secrète à Qettah afin d'ôter sa mélaya poussiéreuse et se rafraîchir avant de rejoindre la famille, Amira n'avait pas l'air de revenir du populeux quartier Zeïnab. Son ensemble, une élégante jupe de laine et un chemisier de soie noirs, ses bas et ses souliers cirés à talons hauts, ses bracelets d'or, ses bagues de diamants et d'émeraudes anciennes et un simple collier de perles l'avaient métamorphosée de *bint al-balad* en *bint al-zawat*, « fille de l'aristocratie ». Pour avoir toujours enseigné à ses filles que la beauté d'une femme représentait son bien le plus précieux après sa vertu, elle avait apporté un soin particulier à son maquillage : ses sourcils étaient dessinés à la perfection ses lèvres, adroitement soulignées et ombrées afin de suggérer la rondeur pleine de la jeunesse, et une poudre rose appliquée sur une peau jeune qui n'avait jamais connu le savon, seulement les crèmes et les huiles les plus délicates. Ses cheveux autrefois noirs étaient désormais d'un bel auburn grâce à un rinçage hebdomadaire au henné. Elle les relevait en une torsade qu'elle fixait avec des barrettes en diamants. Amira se mouvait avec une grâce mêlée d'autorité, et parce qu'elle était un peu ronde, comme une femme qui a porté des enfants et qui mène une vie d'aisance, rien ne disait qu'elle approchait des soixante-dix ans.

Elle s'arrêta pour sourire aux petits, qui babillaient comme des singes et se peinturluraient autant qu'ils peignaient les œufs. Précieuses ramilles jaillies des nombreuses branches de l'arbre Rachid ! Neuf d'entre eux, ses propres petits-enfants, possédaient ses yeux en forme de feuille – trait qui ne venait pas des Rachid. Laquelle ou lequel de ses ancêtres avait transmis ce caractère à ces bébés? « De quel sang ai-je hérité? se demanda-t-elle. Peut-être le découvrirai-je quand je saurai qui est le garçon qui m'appelle dans mes rêves. »

Une cascade de rires la ramena dans la cuisine. « Si ça pouvait être ainsi chaque jour », pensa-t-elle, l'humeur plus joyeuse. Une maison pleine de l'heureux vacarme des enfants! Mais à cette époque où les jeunes couples fondaient leur propre foyer, où les femmes célibataires décidaient de vivre seules, le nombre d'habitants avait chuté dans la demeure rose de la rue des Vierges du Paradis. Les cinq enfants d'Omar – le fils de Yasmina, et les quatre petits qu'Omar avait eus avec sa deuxième femme – ainsi que les enfants de Tahia – Asmahan, qui avait six ans et ses trois jeunes frères et sœurs – n'habitaient pas ici. Les jeunes femmes qui aidaient les bambins à peindre les œufs non plus : Salma, l'épouse de l'un des fils d'Ayisha, qui avait été tué à la guerre des Six jours, Nasrah, femme de Tewfik, le neveu d'Amira, et Sakinna, une cousine du côté de Jamal Rachid. Des filles adorables, estimait Amira, mais aux idées modernes. Seule Narjis, « fleur de narcisse », la fille de dix-sept ans de la nièce d'Amira, Zubaïda, appréciait la tradition. D'ailleurs ses cousines la plaisantaient sur ses idées rétrogrades car elle avait adopté la nouvelle tenue islamique que commençaient à arborer les étudiantes.

L'avenir de tous ces enfants et jeunes femmes, qu'ils vivent dans cette maison ou ailleurs, relevait de la responsabilité d'Amira. Elle avait déjà rendu visite à Mme Abdel Rahman afin de discuter d'une alliance entre Sakinna et le fils d'Abdel Rahman, qui sortirait diplômé de l'université cette année. Pour Salma, dont le veuvage avait assez duré, Amira visait M. Walid, qui occupait un poste bien rémunéré au ministère de l'Éducation. A seize ans, l'impétueuse fille de Rayya, qui disposait des œufs et des lapins dans des paniers, serait bonne à marier d'ici un an ou deux. Amira chercherait pour elle un homme ferme qui la prendrait en main. Mais que faire pour Fadilla, cette beauté de vingt et un ans qui avait annoncé son intention de choisir elle-même son époux ?

– Nous serons cinq de plus à dîner ce soir, Sahra, annonça Amira en examinant les neuf poulets dodus prêts pour la broche. Le cousin Ahmed a téléphoné ; Hosneya, lui et leurs enfants viennent passer le congé ici.

Cela porterait le nombre de convives à plus de cinquante, perspective qui donnait à Amira quelque consolation. En période de trouble, il était bon de réunir la famille.

Elle jeta un œil par la fenêtre et constata que, durant la nuit, l'abricotier avait fleuri, promettant une belle récolte de fruits. Ce spectacle lui fit penser à Mishmish, sa petite-fille bannie. Comme son père avant lui avait fièrement refusé de prononcer le nom de Fatima, Ibrahim n'avait plus jamais parlé de Yasmina.

« Mon fils a dit qu'il ne fallait pas te pleurer, petite-fille de mon cœur. Mais je te pleure, comme je t'ai pleurée chaque jour depuis ce terrible soir. »

– Assieds-toi, voyons. Tu n'as pas l'air bien, dit Zachariah à Sahra.

Amira s'émerveilla de penser que leur secret avait survécu toutes ces années. Lorsque Ibrahim avait amené la petite mendiante sous leur toit, vingt-huit ans auparavant, Amira avait eu peur qu'elle ne révèle la vérité sur son bébé. Or Sahra n'avait jamais trahi leur confiance. A ce jour, elle était la cuisinière de la famille, et Zachariah, l'héritier des Rachid.

La porte du jardin s'ouvrit et Alice pénétra dans la cuisine, habillée pour sortir. Passant devant Amira, elle embrassa son petit-fils Mohammed.

– Regarde ce que je t'apporte, mon chéri, dit-elle en lui tendant une enveloppe. Une carte de Pâques de la part de ta maman. Elle vient d'arriver.

Les autres enfants essayèrent de voir la jolie carte d'Amérique.

– Tu sais, poursuivit Alice à l'intention de Mohammed, quand j'étais petite en Angleterre, nous nous levions très tôt le dimanche de Pâques pour aller voir danser le soleil sur le lac.

– Comment le soleil peut-il danser, grand-mère ?

Il danse de joie pour la résurrection de Jésus.

Quand elle voulut essuyer le chocolat sur sa joue, Néfissa prit la carte des mains de l'enfant et susurra :

– Viens voir, bébé. Mamie a une surprise pour toi.

Alice regarda la sœur d'Ibrahim, dont le visage était dur sous le maquillage. « Nous étions amies, autrefois, pensa-t-elle ; aujourd'hui nous sommes des grands-mères rivales. »

– Je sors faire des courses avec Camélia, mère Amira, annonça-t-elle.

– Tu es pâle, ma chère Alice. Te sens-tu bien ?

– J'ai souffert de diarrhées, fit Alice en enfilant ses gants.

– Toute la famille semble avoir attrapé quelque chose. Je préparerai une infusion de sarriette. Je peux te dire un mot, Alice ? – Elles s'éloignèrent des autres. – J'ai décidé de faire le pèlerinage de La Mecque, annonça Amira. J'aimerais que tu m'accompagnes.

– Moi ? Vous souhaitez que je vienne avec vous en Arabie Saoudite ?

– Voilà longtemps que je veux effectuer ce voyage, mais je n'en ai jamais trouvé l'occasion. J'ai consulté Qettah ce matin, et j'ai compris que le moment était venu. Aimerais-tu m'accompagner ?

Alice demeura silencieuse un instant.

– C'est un long périple ?

– Il peut être long ou court, à notre guise. J'y vais pour prier à la Ka'ba. L'Arabie est un haut lieu spirituel, bon pour réfléchir à sa vie. Enfin, penses-y. Je vais voir Ibrahim maintenant. Je veux partir dès que possible.

La salle de l'Union des femmes du Caire était bourrée : plus d'un millier d'auditrices étaient venues écouter Muammal al-Kadhafi, président de la Libye, parler de l'avenir des femmes arabes. Quand Camélia entra, on la remarqua tout de suite parmi la foule. Sa sveltesse et ses hauts talons donnaient l'impression qu'elle était très grande. Une épaisse couche de khôl soulignait ses yeux d'ambre, et ses lourds cheveux noirs, relevés sans apprêt, auréolaient son visage d'une crinière orageuse. Les femmes la regardaient avec envie, les hommes avec convoitise. Pourtant depuis des années qu'elle était connue du public, le nom de Camélia Rachid n'avait été impliqué dans aucun scandale, aucune rumeur d'histoire amoureuse, malgré sa stupéfiante beauté. Cette réputation sans tache accroissait l'envie et le désir.

Elle prit un siège dans l'un des premiers rangs, entre le directeur du Croissant-Rouge et l'épouse du ministre de la Santé. Depuis que Sadate était président, l'Égypte était redevenue le centre des arts du monde arabe, et Camélia était une célébrité. Ces femmes venaient la féliciter pour son dernier film : « Votre famille doit être fière de vous. » Or pour autant qu'elle le sache, personne de sa famille n'allait voir ses films ou ses spectacles. Même si elle restait bien reçue rue des Vierges du Paradis, ses relations avec Amira demeuraient tendues. « Tu es une Rachid, lui disait sa grand-mère. Et une Rachid ne danse pas devant des hommes inconnus. » La réconciliation qu'elle avait espérée entre Oumma et Dahiba n'avait pas eu lieu, chacune s'entêtant à estimer que c'était à l'autre de faire le premier pas.

Camélia aurait aimé que Dahiba fût là aujourd'hui. Mais, n'ayant pas réussi à faire imprimer sa poésie en Égypte, Dahiba avait été contrainte de se tourner vers l'étranger, et ainsi s'était-elle envolée pour le Liban afin de rencontrer un éditeur qui avait accepté de publier ses textes. D'autres n'avaient pas cette chance. L'année dernière encore, la doctoresse Nawal al Saadaoui, grand écrivain féministe égyptien, avait été inscrite sur la liste noire du gouvernement et ses ouvrages, saisis. Parmi les femmes rassemblées là, Camélia savait qu'il y avait des féministes, des modérées, et beaucoup d'indécises, qui ne savaient comment adapter le féminisme occidental à une société dont les valeurs et traditions différaient tant de celles de l'Occident. Camélia, elle, avait choisi son camp : elle estimait qu'il était temps que les femmes d'Égypte entrent dans le XXe siècle, revendiquent leurs droits d'êtres humains, au même titre que les hommes. « A commencer, se dit-elle en songeant à son amie Shemessa, qui avait récemment subi un avortement illégal, par le droit d'une femme à disposer de son propre corps. »

La séance débuta enfin. Le public s'installa, le président Sadate présenta l'orateur invité. Kadhafi apparut sur le podium et, au lieu de commencer son discours, il tourna le dos à la salle et écrivit sur le tableau noir.

La salle demeura d'abord silencieuse, puis des murmures parcoururent l'auditoire et s'enflèrent jusqu'au brouhaha. Abasourdie, Camélia fixait les mots tracés à la craie par le président de la Libye : « Virginité. Menstruation. Enfantement. »

Se tournant vers le public stupéfait, Kadhafi se mit à expliquer que l'égalité pour les femmes était impossible du fait de leur anatomie et de leur physiologie. Comparant les femmes aux vaches, il déclara qu'elles avaient été mises sur terre non pour travailler aux côtés des hommes mais pour porter les enfants et les allaiter.

La salle explosa.

Les femmes se dressèrent, furieuses, insultées, et lorsque l'orateur défendit sa position en affirmant que les femmes étaient pourvues d'une constitution inférieure et ne pouvaient donc supporter les mêmes rigueurs que les hommes – la chaleur dans les usines, les lourdes charges dans les travaux de construction –, une journaliste célèbre l'interpella d'un ton si autoritaire que le public se tut pour écouter :

– Monsieur le président, avez-vous jamais souffert d'un calcul rénal ? Des hommes m'assurent que c'est terriblement douloureux, carrément insupportable. Imaginez alors, monsieur le président, que vous ayez un calcul cent fois plus gros que la normale, disons... de la taille d'un melon d'eau. Seriez-*vous* capable de le supporter ?

Les femmes applaudirent et crièrent à s'en casser la voix. Camélia se boucha les oreilles et consulta sa montre. Le meeting avait commencé tard; Alice l'attendait-elle déjà dehors ?

L'Arabie Saoudite ! songeait Alice que le taxi la déposa devant le siège de l'Union des femmes du Caire. Elle fut surprise de constater que l'idée lui souriait. Peut-être, comme l'avait dit Amira, serait-ce pour elle l'occasion de réfléchir à sa vie.

Depuis le départ de Yasmina, sa dépression s'était aggravée. Ce qu'elle avait autrefois imaginé comme une froide source souterraine érodant la roche et la pierre de son âme s'était mué en un flot rageur qui bouillait sous sa peau. Parfois même il lui semblait l'entendre gronder dans ses oreilles, comme deux cascades monumentales. « Forte pression sanguine », avait diagnostiqué le docteur Sanky, son médecin anglais, en lui prescrivant quelques pilules qu'elle n'avait jamais prises. Il ne s'agissait pas de pression sanguine, Alice le savait, mais de mélancolie, ce mot vieillot inscrit sur le certificat de décès de sa mère, à la ligne « cause ».

Maintenant qu'elle envisageait de se rendre en Arabie, elle repensait à une image qui l'avait frappée quelques instants plus tôt. Le taxi s'était arrêté à un carrefour et elle avait vu par la vitre une affiche de publicité pour le Seven-Up collée sur un mur à moitié écroulé près d'une vieille mosquée. Cette image symbolisait parfaitement la guerre invisible qui déchirait Le Caire : une guerre sans bruit, sans éclat mais mortelle, entre le passé et le futur, entre l'Orient et l'Occident. Les sodas américains faisaient fureur au moment même où les chefs religieux prêchaient le retour aux traditions. La voiture s'était éloignée, Alice avait gardé cette image à l'esprit : les couleurs criardes de l'affiche sur un minaret médiéval. Plus elle fixait cette image, plus elle comprenait sa signification par rapport à elle-même, et elle pensa : « Je suis cette affiche. »

« Un voyage serait peut-être une bonne thérapie, se dit-elle en descendant du taxi. Passer quelques semaines loin de la rue des Vierges du Paradis, loin d'Ibrahim, c'est l'occasion de prendre du recul et de considérer sa vie avec objectivité. »

Les badauds s'attroupèrent quand une longue limousine noire se gara à la place laissée libre par le taxi. Depuis la mort de Gamal Nasser survenue trois ans plus tôt, et depuis que Sadate avait évincé les Soviétiques, une certaine ostentation s'était réinstallée en Égypte. La limousine en question n'était autre que la voiture de Dahiba qui avait dormi au garage pendant les années Nasser. Aujourd'hui Dahiba était plus célèbre que jamais, ses spectacles se donnaient à guichets fermés et ses films drainaient les foules. Elle était une déesse, et les Égyptiens aimaient que leurs déesses vivent bien.

Ce n'est pas Dahiba qui sortit de la voiture étincelante, mais une déesse miniature avec deux longues nattes et une dent manquante au milieu de la bouche. Elle bondit sur le trottoir en criant :

– Tante Alice ! Tante Alice !

Alice s'accroupit pour étreindre la fillette de six ans, dont les cheveux fraîchement lavés sentaient bon.

– Es-tu prête à courir les magasins, ma chérie ?

Tout en posant sa question, Alice se redressa et fit signe à Hakim Raouf, qui sortait à son tour de l'auto. La petite Zeïnab se cramponna à la main d'Alice et se mit à sautiller.

– Maman dit que je peux avoir une nouvelle robe ! Je peux, c'est vrai, Tatie ?

La maman dont elle parlait n'était autre que Camélia, qu'elle prenait pour sa mère. En vérité, Zeïnab, l'enfant à la jambe atrophiée, était la fille de Yasmina. Alice n'était pas sa tante mais sa grand-mère.

– La paix de Dieu soit avec vous, belle dame, lança l'époux de Dahiba en s'approchant.

Les années et la prospérité avaient encore développé le tour de taille du réalisateur, mais il portait beau dans ses coûteux costumes italiens. Un parfum d'eau de toilette le précédait, mêlé à l'odeur du havane et, bien qu'il ne soit pas encore midi, à celle du whisky écossais. Ses joues rebondies se plissèrent en un sourire lorsqu'il salua Alice, cependant il ne s'autorisa pas à l'embrasser comme il le faisait dans le privé – cela eût scandalisé les passants.

– Bien le bonjour, monsieur Raouf. J'espère que tout va bien pour vous.

– Je prospère, gente dame, comme vous pouvez le constater ! rétorqua-t-il en agitant les mains. Sauf que je rencontre de plus en plus d'obstacles. Le gouvernement ne me permet pas de faire les films que je souhaiterais tourner. Des films qui parleraient des *vrais* problèmes.

Peut-être vais-je partir rejoindre ma femme au Liban. Il y a davantage de liberté là-bas.

Raouf avait projeté de tourner un film racontant l'histoire d'une femme qui tuait son mari et son amant. Le gouvernement avait interdit la production. L'œuvre montrait qu'un homme pouvait assassiner impunément une femme alors que la loi punissait très sévèrement une femme pour le même crime. « Quand un homme tue une femme, c'est pour sauvegarder son honneur, avait déclaré le censeur. Les femmes, elles, n'ont pas d'honneur. »

– On a eu le coup de téléphone de tatie Dahiba! annonça fiévreusement Zeïnab. De Beyrouth!

Elle tirait la main d'Alice. Le cœur de celle-ci se serra quand elle regarda la fillette, si parfaite, si belle... mis à part cette jambe atrophiée qui lui donnait une démarche disgracieuse. Zeïnab était le portrait de Yasmina au même âge, version sépia, car si elle avait les yeux bleus de sa mère, son teint était aussi mat que celui d'Hassan al-Sabir.

Alice allait demander des nouvelles de Dahiba lorsque les portes de l'auditorium s'ouvrirent, laissant brièvement échapper le brouhaha de l'intérieur, et Camélia apparut.

– Bonjour, Tatie, fit-elle en embrassant Alice. La réunion a commencé en retard, alors je la quitte avant la fin. Tu entends les femmes hurler ? Elles veulent rôtir le président Kadhafi à la broche! – Elle enleva Zeïnab dans ses bras et lui déposa un gros baiser sur la joue. – Comment se porte mon bébé ?

– Tu m'as vue il y a une heure, Maman, fit la fillette en riant et se tortillant. Tatie Alice a dit qu'elle m'achèterait des œufs en chocolat. Tu es d'accord, Maman, dis ?

Les yeux de Camélia et d'Alice se croisèrent dans une communication muette. Aucune ne songeait aux œufs en chocolat mais au secret qu'elles partageaient quant aux origines de la fillette.

Lorsque Camélia était rentrée de Port-Saïd six ans auparavant, Amira l'avait fait asseoir et lui avait raconté ce qui s'était passé avec Yasmina. Camélia avait essayé de défendre sa sœur : « Hassan l'a violée. Elle l'a fait pour sauver la famille. » Or en voyant le pauvre bébé mal formé que Yasmina avait rejeté, Camélia avait senti sa sympathie pour sa sœur se muer en colère. « Prends la petite, avait dit Amira. Tu ne pourras jamais porter d'enfant, mais Dieu te donne une fille. »

Ainsi Camélia avait-elle adopté sa nièce. Elle l'avait appelée comme Sayyida Zeïnab, la patronne des Infirmes.

Zeïnab était aujourd'hui toute sa vie, et c'était pour elle que Camélia s'attachait à conserver une réputation irréprochable. Elle ne prenait pas d'amants, on ne l'avait jamais vue seule en compagnie d'un homme. Amira, Alice et Camélia avaient inventé une belle histoire tragique selon laquelle le père de Zeïnab était mort en héros à la guerre des Six Jours. Pour l'enfant encore, Camélia avait cessé de danser à La Cage d'Or. Depuis que la danse orientale avait crû en popularité, une hiérarchie s'était instaurée : les plus grandes danseuses ne se produisaient plus que dans les hôtels cinq étoiles, tel le Hilton. Celles de moindre talent et de réputation plus douteuse dansaient dans les clubs et les cabarets. Enfin, dans la mesure où une artiste sans protecteur était une proie facile à exploiter pour les directeurs d'hôtels et pour les admirateurs libidineux, Camélia avait demandé à Hakim Raouf de devenir son impresario.

Le petit groupe se dirigea vers la limousine; tandis que Hakim racontait que Dahiba l'avait appelé de Beyrouth pour lui annoncer que son livre serait publié en octobre, Alice devinait les émotions contradictoires de Camélia. Elle ne dirait jamais la vérité sur Zeïnab à sa nièce. D'Amira, elle avait appris l'art de taire les secrets. Elle avait menti à tout le monde en disant que Yasmina avait laissé son enfant, elle avait menti à Yasmina en le prétendant mort-né et elle continuait de mentir chaque fois qu'elle écrivait à sa fille. Elle lui donnait des nouvelles de toute la famille mais elle ne mentionnait jamais la petite fille que Yasmina ignorait avoir. Alice n'avait fait cela que pour une seule raison : donner à Yasmina une chance de rompre avec les siens, de s'enfuir d'Égypte comme elle-même n'avait su le faire.

– Vous savez quoi? fit-elle. Amira m'a demandé de l'accompagner en Arabie.

– Elle se décide enfin, répliqua Camélia. D'aussi loin

que je m'en souvienne, Oumma a toujours désiré faire le pèlerinage. Comme c'est bien pour toi, Alice!

Quand ils atteignirent la voiture, Alice s'affaissa contre la carrosserie.

– Doux Jésus, murmura-t-elle.

– Que se passe-t-il, ma chère ? s'enquit Hakim en la saisissant aux épaules.

– Je ne me sens pas bien depuis ce matin, et... – Elle crispa les mains sur son ventre. – Je vais être malade!

– On vous emmène à l'hôpital. Montez, vite.

– Non! Pas à l'hôpital... Juste là, dans cette rue, le cabinet d'Ibrahim... Vite...

Amira attendit que l'infirmière ait quitté le bureau avant de s'adresser à Ibrahim :

– Je ne pouvais pas attendre pour te l'annoncer, mon fils. Les préparatifs du voyage doivent commencer sur-le-champ.

Ibrahim ôta sa blouse blanche, la suspendit avec soin.

– Je suis content que tu te sois enfin décidée, mère. Mais tu ne vas pas partir seule, si ?

– Non bien sûr. J'ai demandé à Alice de m'accompagner.

– Alice! Qu'a-t-elle répondu ?

– Elle va y réfléchir, mais je sens que l'idée lui plaît. Cela lui fera du bien, Ibrahim. Depuis que Yasmina est partie, Alice et toi n'êtes pas heureux. Peut-être qu'un pèlerinage en ce lieu saint redonnera vie à son âme. Aimerais-tu venir avec nous ?

Regardant son infirmière, Huda, qui déplaçait la table roulante dans le cabinet de consultation, Ibrahim pensa à sa femme. Depuis six ans que Yasmina était partie, Alice semblait avoir peu changé, sinon qu'elle était encore plus calme. Elle continuait d'entretenir son jardin anglais sous le rude soleil égyptien, d'aller chez Fifi une fois par semaine pour renforcer le blond de sa chevelure, et de fréquenter un petit cercle d'amies : la femme d'un professeur de l'université américaine (du Michigan); une Anglaise appelée Madeline, mariée sans passion à un Égyptien ; et Mme Flornoy, une veuve canadienne qui s'était fixée au Caire après la mort de son époux, emporté par la malaria. Les quatre exilées se retrouvaient deux soirs par semaine pour jouer au bridge, un répit nostalgique dans leur vie égyptienne. Ibrahim devinait néanmoins qu'Alice se dissimulait derrière ces rituels mondains, et qu'elle se servait de gestes de la vie quotidienne pour éviter que ne l'envahissent la douleur et la colère qu'il la soupçonnait d'éprouver. Car il les éprouvait lui aussi et, comme sa femme, il avait organisé son existence selon un programme immuable : se lever avec le soleil, accomplir le rituel de la prière, prendre son petit déjeuner, aller au bureau, voir ses patients, faire la sieste, se lever pour d'autres prières, dîner, recevoir d'autres malades, et meubler les soirées avec des livres, sa correspondance, la radio. Il voyait rarement Alice. Il ne lui avait pas demandé de le rejoindre dans sa chambre depuis le soir où Yasmina s'en était allée.

Jamais ils ne parlaient de ce terrible soir de juin, à la veille de l'humiliante défaite égyptienne. Ibrahim ne s'autorisait même pas à y penser. Parfois, pourtant, il songeait à son ancien ami Hassan, mort dans de mystérieuses circonstances. Les journaux avaient simplement annoncé son assassinat, sans préciser qu'il avait été castré. Et la police n'avait jamais découvert le coupable

– Je ne puis venir avec toi en Arabie Saoudite, Mère, fit-il en prenant son manteau. Mais si Alice le souhaite, elle a ma permission.

– Cela te ferait du bien, mon fils, de faire le pèlerinage. La grâce de Dieu te guérira.

Ibrahim songea à l'immensité du désert et du ciel d'Arabie – comment un homme pouvait-il penser dans de si vastes espaces ? De plus, il savait qu'un simulacre de pèlerinage serait aussi vain que les prières sans âme qu'il récitait cinq fois par jour. Comment Dieu eût-il pu accorder Sa grâce à celui qui avait perdu la foi ? A celui qui un jour l'avait blasphémé...

L'infirmière s'apprêtait à partir pour la pause de l'après-midi. Huda était une fille de vingt-deux ans, compétente, vaguement jolie, qui devait chaque jour rentrer chez elle afin de préparer à manger pour son père et ses cinq jeunes frères. « Quand je suis née, avait-elle raconté un jour en riant à Ibrahim, mon père était si fâché que son premier enfant soit une fille qu'il a menacé ma mère de la répudier si elle ne lui donnait pas un fils la prochaine fois. *Bismillah*, il a dû lui communiquer la crainte de Satan, car elle n'a plus jamais eu de fille! »

Ibrahim lui avait demandé quel était le métier de son père. « Il vend des sandwiches sur la place Talaat Harb », et Ibrahim avait envié le vendeur de sandwiches.

Comme il la regardait ranger les derniers instruments, il entendit la radio du café d'en bas par la fenêtre ouverte. La voix austère du journaliste égrenait les nouvelles : les derniers conseillers soviétiques avaient été expulsés d'Égypte; la police réprimait une nouvelle émeute d'étudiants à l'université du Caire; deux membres de la Maison Blanche étaient accusés de complicité dans l'affaire du Watergate. Ibrahim ferma la fenêtre. Il n'y avait jamais de bonnes nouvelles. La presse n'était pas plus réconfortante; on rappelait chaque jour les exportations de coton continuaient de chuter – et avec elles les revenus qu'Ibrahim tirait de ses exploitations dans le Delta. C'était une mauvaise passe pour l'Égypte – même le plus grand écrivain vivant du pays, Naguib Mahfouz, n'écrivait plus que sur la mort et le désespoir. De plus en plus souvent, Ibrahim se surprenait à songer au passé, à l'époque où Farouk était au pouvoir. Vingt-huit ans s'étaient écoulés depuis que Hassan et lui, deux jeunes hommes insouciants de vingt ans, passaient leurs nuits à courir de casino en casino avec leur roi!

Il se retourna vers sa mère. Elle l'avait surpris en venant le trouver sans prévenir. C'était la première fois qu'elle entrait dans son cabinet.

– Comment penses-tu te rendre en Arabie, Mère? Par bateau? En avion?

– Excusez-moi, docteur Ibrahim, intervint rapidement Huda en revenant prendre son chandail. Je dois filer.

En dépit de son obligation de prendre soin de six hommes exigeants, la jeune femme se considérait comme moderne et libérée. Et il était clair qu'elle avait le béguin pour son employeur.

– Emmenez-vous votre famille au fleuve demain pour *Cham el...* – Elle laissa sa phrase en suspens – Quel est ce bruit ?

La porte s'ouvrit sur Alice, soutenue par Hakim Raouf.

– Que se passe-t-il ? s'enquit Ibrahim, venant à eux.

– Ça va, Ibrahim... Il faut juste que j'aille aux toilettes. Très vite...

– Huda, ordonna Ibrahim.

L'infirmière prit aussitôt le bras d'Alice et l'emmena dans la pièce voisine, suivie d'Amira.

Ibrahim se tourna vers Camélia.

– Que t'a-t-elle dit ? Elle a la fièvre ?

– Pas la fièvre, Papa. Elle a souffert de diarrhées toute la nuit, comme d'autres membres de la famille d'ailleurs.

Huda réapparut à la porte.

– Venez vite, docteur. Mme Rachid vomit.

Camélia et Hakim firent les cent pas dans le bureau tandis que de l'autre côté de la cloison leur parvenaient des bruits de détresse. Quelques minutes plus tard, Ibrahim revint.

– J'ignore ce que c'est, fit-il. Elle a perdu beaucoup de liquide, pour le moment elle se repose. Un premier examen d'un prélèvement au microscope nous dira peut-être quelque chose.

Il disparut de nouveau. Dans la pièce minuscule, à peine plus grande qu'un placard, qui lui servait de laboratoire, il prépara une lamelle.

– Qu'est-ce que c'est ? vint lui demander Amira. – Elle fut frappée de le voir penché sur son microscope : il lui rappelait Qettah en train d'examiner les feuilles de thé. – De quoi souffre Alice ? insista-t-elle.

– J'espère qu'il s'agit seulement d'une intoxication alimentaire, répondit-il.

Mais lorsqu'il eut réglé la lentille et vu les bacilles en forme de virgule, reconnaissables entre tous, qui se mouvaient si rapidement qu'on aurait dit des étoiles filantes, il se renversa en arrière et murmura.

– Oh, mon Dieu !

28

– Que vais-je faire ? Dans trois mois je passe mon diplôme. Est-il juste qu'ils m'expulsent *maintenant* ?

Jasmine vit le reflet de ses propres craintes dans les yeux terrifiés de sa voisine, une jeune étudiante syrienne. Les États-Unis venaient de rompre leurs relations diplomatiques avec plusieurs pays du Moyen-Orient. Ils annulaient les visas et renvoyaient les étudiants étrangers chez eux, en Syrie, en Jordanie, en Égypte. Jasmine n'avait pas encore reçu se notification d'expulsion mais elle vivait dans cette angoisse. Il lui était impossible de rentrer en Égypte. Sa famille la considérait comme morte ; en six ans, elle n'avait reçu aucune nouvelle, à l'exception des lettres régulières de sa mère.

– Ils nous renvoient tous chez nous ! poursuivait la fille en se frottant les bras sur le seuil. Tu as déjà reçu l'avis, toi ?

Jasmine secoua la tête. Mais elle savait que ce n'était qu'une question de temps. Comme sa voisine, elle devait passer sa licence dans trois mois. De surcroît, elle venait d'être admise à la faculté de médecine.

– Tu connais Hussein Sukry, disait la fille, celui qui habitait à côté de chez moi ? Il est parti la semaine dernière. Il espérait faire vivre sa famille dès qu'il aurait décroché son diplôme d'ingénieur chimiste. Mais le voilà réexpédié à Amman sans diplôme ni boulot. Qu'allons-nous faire ? Si tu entends parler d'une solution, dis-le-moi. *Maa salama.* Dieu te garde.

Et l'étudiante retraversa la cour de la cité universitaire où les gouttes de pluie ridaient la surface de la piscine.

Refoulant la panique qui la gagnait, Jasmine regarda sa montre. Si elle ne se dépêchait pas, elle arriverait en retard à son rendez-vous. Elle attrapa son sac, son chandail, ses clefs de voiture puis elle claqua la porte derrière elle.

Un ciel de plomb pesait depuis des jours sur la cité universitaire de Californie du Sud, perchée sur une falaise en surplomb de l'Océan Pacifique. Ce temps maussade reflétait bien l'humeur de Jasmine. Depuis que les notifications du service d'immigration et de naturalisation avaient commencé à arriver, une profonde dépression s'était abattue sur la petite communauté d'étudiants musulmans. Pourquoi les punissait-on de la politique de leur pays ? En quoi le conflit israélo-égyptien concernait-il ceux qui ne vivaient pas à l'intérieur de leurs frontières ?

La jeune femme pénétra dans l'ascenseur qui conduisait au parking souterrain. C'était l'époque où le khamsin se mettait à souffler sur l'Égypte, provoquant les tempêtes de sable qui avaient toujours annoncé son anniversaire et celui de sa sœur. Jasmine allait avoir vingt-sept ans, Camélia vingt-huit.

Quand les portes de l'ascenseur se rouvrirent, elle fonça sans regarder et entra en collision avec un jeune homme.

– Oh, pardon ! fit-elle en l'aidant à ramasser les livres et papiers qu'il avait lâchés. Je ne vous avais pas vu !

– Pas de mal, dit le garçon en lui tendant son sac. Tu es Jamine, c'est ça ?

Repoussant ses cheveux blonds de son visage, elle découvrit un sourire qu'elle reconnut. Ce jeune rouquin barbu, qui portait des lunettes à monture d'écaille, un jean rapiécé et des sandales, s'appelait Greg Van Kerk. Il vivait à quatre portes de chez elle.

– Oui, Jasmine Rachid.

Cinq ans plus tôt, lorsqu'elle avait demandé en Angleterre un visa pour les États-Unis, elle avait fait modifier l'orthographe de son prénom.

– Je suis désolée de t'avoir bousculé, ajouta-t-elle.

– Je ne pouvais pas imaginer de moyen plus agréable de commencer ma journée, rétorqua Van Kerk en riant. Sauf si ma voiture voulait bien démarrer. Elle me laisse tomber chaque fois qu'il pleut, précisa-t-il en désignant derrière lui une vieille Volkswagen. Et bien entendu, c'est pile le jour où je ne dois pas rater mes cours. – Il regarda les clefs dans la main de Jasmine. – Je suppose que tu vas au campus ?

Jasmine hésita. Greg Van Kerk était son voisin depuis un an, il leur était arrivé d'échanger quelques mots devant les boîtes aux lettres et de se saluer en traversant la cour, mais il n'en restait pas moins un inconnu. Six années passées parmi les Occidentaux ne lui avaient pas encore appris à se détendre en compagnie d'un homme qui n'était pas un parent.

Se rappelant néanmoins qu'elle se trouvait dans un autre pays que le sien, régi par des coutumes différentes, et voyant que son interlocuteur avait besoin d'aide, elle proposa timidement :

– Je t'emmène, si tu veux.

Deux minutes plus tard, ils roulaient sur la Pacific Coast Higway, en direction du verdoyant promontoire d'où l'université de vingt mille étudiants dominait la danse des vagues sur les rochers.

– On ne se croirait pas au printemps, commenta Greg après un long silence. Il n'a jamais autant plus en Californie du Sud.

Le printemps, songea Jasmine en serrant le volant. *Cham el-Nessim*. La famille au grand complet descendrait sur les rives du Nil, ou dans les jardins du Barrage, pour le pique-nique traditionnel. Chacun porterait ses habits neufs et, dans trois jours, son fils Mohammed célébrerait son dixième anniversaire.

– Belle bête, fit Greg en touchant le tableau de bord de la Chevrolet flambant neuve.

Jasmine se rappela que Greg Van Kerk habitait l'un des plus modestes logements de la cité et travaillait à temps partiel comme homme à tout faire afin de payer ses études. A voir sa voiture cabossée, son jean rapiécé, le coude de son pull troué, elle songea à la chance qu'elle avait. La maison et l'argent que son grand-père lui avait laissés en Angleterre lui rapportaient un revenu fixe. Elle soupçonnait que c'était là le prix de la cupabilité du vieux comte, qui avait déshérité sa fille pour avoir épousé un Arabe.

La circulation ralentit et ils aperçurent des gyrophares devant eux.

– Ça ne manque jamais, soupira Greg. Les Californiens du Sud paniquent sous la pluie.

– *Bismillah!* soupira Jasmine, qui pensait à son rendez-vous.

– Hein?

– J'ai dit « Au nom de Dieu ». En arabe.

– Oui, quelqu'un m'a dit que tu venais d'Égypte. Tu n'as pas l'air d'une Orientale.

Après avoir vécu un an en Angleterre. Jasmine était venue en Amérique sur l'invitation de Maryam Misrahi. Elle avait découvert à quel point les Égyptiens étaient peu aimés aux États-Unis. La situation était devenue explosive au lendemain de la guerre des Six Jours : étudiants juifs et arabes s'affrontaient au sein de l'université; des slogans de haine contre les Égyptiens barbouillaient les murs. Durant les premiers jours chez les Misrahi à San Fernando Valley, elle avait surpris une dispute entre Rachel, la petite-fille de Maryam, et son frère, un sioniste qui s'opposait à ce qu'une Égyptienne soit hébergée sous leur toit. « Papa est né au caire! avait argué Rachel. *Nous* sommes égyptiens, Haroun! » « Mon nom est Aaron, avait-il rétorqué, et nous sommes juifs avant tout. » Alors Jasmine avait écourté son séjour. A présent que les passions s'enflammaient de nouveau, que l'on recommençait à se battre de part et d'autre du canal de Suez, elle se félicitait de pouvoir se fondre parmi les Occidentaux à la façon d'un caméléon.

– J'ai entendu dire que le ministère des Affaires étrangères renvoie chez eux les gens du Moyen-Orient, reprit Greg au moment où la circulation ralentissait encore. Cela risque de t'arriver?

– Je l'ignore, fit sourdement Jasmine. J'espère que non.

Quand il vit la crispation de ses mains sur son volant, il se demanda si elle avait peur de la route mouillée, de l'accident plus loin, ou du minitère des Affaires étrangères.

– Tu dois trouver ce pays étrange, non ? Je veux dire que l'Égypte ne ressemble pas aux États-Unis.

Jasmine s'aperçut qu'elle aimait bien le son de la voix de son compagnon et essaya de se détendre.

Elle jeta un œil vers Greg. Plus affalé qu'assis sur son siège, il illustrait bien la nonchalance américaine. Il n'avait rien de menaçant, elle ne sentait pas sa vertu en danger. L'avertissement favori d'Amira lui revint en mémoire : « *Quand un homme et une femme se retrouvent seuls, Satan fait le troisième larron* » – et elle se demanda où se cachait Satan dans cette voiture qui se faufilait sur l'autoroute par un matin pluvieux. « Il est resté en Égypte, avec mon père et sa malédiction. »

Une autre phrase lui martela les tempes : « *Ce sera comme si tu étais morte...* » Elle la chassa immédiatement, comme elle le faisait toujours. « Efface le passé, n'y pense pas. »

– En effet, l'Amérique ne ressemble pas à l'Égypte.

Un officier de police les dirigea vers la déviation. Comme elle n'ajoutait rien, Greg l'observa durant un long moment, remarquant pour la première fois que ses yeux étaient bleus, et que ses cheveux n'étaient pas tout à fait blonds mais couleur de miel sombre.

– J'aime bien ton accent, dit-il. Un peu anglais et saupoudré d'épices.

– J'ai vécu un an en Angleterre avant d'arriver ici. Et ma mère est anglaise.

– Quel est ce juron que tu as dit tout à l'heure ?

– *Bismillah* n'est pas un juron. Le Coran nous recommande d'avoir toujours le nom de Dieu aux lèvres. Les Américains n'aiment pas prononcer le nom de Dieu. C'est étrange pour un musulman, car le Prophète nous a appris à invoquer Son nom aussi souvent que possible, afin de Le garder toujours à l'esprit. En plus ça éloigne les esprits maléfiques, qui redoutent le nom de Dieu.

– Tu crois aux esprits maléfiques ? s'étonna Greg.

– La plupart des Égyptiens y croient.

Il sourit et les joues de Jasmine s'empourprèrent.

– Quel genre de médecin veux-tu devenir ?

– Je veux soulager les maux de ceux qu'on ne soulage jamais. Mon père a un cabinet au Caire... Beaucoup de pauvres viennent le consulter parce qu'ils ont peur des médecins du gouvernement, et parce que généralement ceux qui travaillent dans les hôpitaux d'État exigent des pots-de-vin. Mon père travaille souvent gratuitement, parfois on le paie en poulets ou en chèvres.

– Tu retourneras pratiquer avec lui ?

– Non. Le besoin existe partout dans le monde. – Elle adressa un sourire timide à Greg et ajouta : – Je parle trop.

– Sûrement pas! En plus, ça m'intéresse. Je suis anthropologue... enfin, je prépare ma maîtrise.

– Je suis un peu gênée, expliqua Jasmine d'une voix à peine audible. Là d'où je viens, une femme non mariée ne parle pas librement à un homme qui n'est pas son parent. En Égypte, la réputation d'une célibataire est une chose très fragile.

Elle regarda l'océan agité et gris où s'amoncelaient de lourds nuages noirs de pluie. Elle sentit que Greg attendait qu'elle continue.

– En Amérique, si une femme souhaite vivre seule, ne pas se marier, elle en a la possibilité. Les hommes égyptiens, par contre, croient que toute femme désire se marier. Le contraire est inconcevable pour eux.

D'après la dernière lettre d'Alice, Camélia n'était toujours pas mariée.

– Ici, en Californie, j'ai vu des jeunes femmes poursuivre des hommes qui leur plaisaient. En Égypte, c'est exclusivement l'homme qui fait les approches, et la femme concernée doit se montrer très prudente. Si l'homme la désire, lui demande un rendez-vous et qu'elle accepte, il perd aussitôt tout respect pour elle et la rejette. En revanche, si elle le repousse, il insiste, et si elle continue de le dédaigner, il la respecte et la désire de plus en plus. Pour finir, il demande sa main et s'attend à ce qu'elle accepte. C'est alors que les choses se compliquent, car si elle refuse de l'épouser, il l'insulte, se fâche et l'abreuve d'injures. Il peut aller jusqu'à lui faire une réputation de moralité douteuse, contre laquelle elle ne pourra rien. L'Égypte est un monde d'hommes, conclut paisiblement Jasmine.

– On dirait que ton pays te manque, fit Greg après un long silence pendant lequel il ne l'avait pas quittée des yeux.

« C'est bien plus qu'un manque », songea Jasmine. Il lui semblait être constamment affamée, physiquement et spirituellement. Tout lui manquait : les jours rythmés par les cinq prières, les vendeurs des rues bruyantes du Caire, les odeurs, les fêtes tapageuses, et ce peuple aussi prompt au rire qu'aux larmes et aux cris. Elle avait perdu à jamais le réconfort de sa grande maison pleine de rires d'enfants, le hâvre de tous les Rachid, qui partageaient croyances, craintes et joies. Ici, elle se sentait isolée, comme une entité coupée de son corps d'appartenance, à croire qu'elle n'était plus qu'un esprit, qu'elle n'était plus vivante. Comme si la sentence de mort prononcée par son père avait tué son âme.

– Tu es donc seule ici ? s'enquit Greg. Ta famille est restée en Égypte ?

Comment expliquer à Greg Van Kerk qu'elle avait été bannie par son père et répudiée par son mari ? En quels termes lui dire que, si elle avait vécu dans un village, ses pères et oncles l'eussent tuée pour avoir couché avec un homme qui n'était pas son époux ? Comment comprendrait-il sa terreur d'être renvoyée en Égypte, où elle était devenue un fantôme parmi les vivants, un paria. Elle y souffrirait d'une solitude et d'un isolement pires que ceux qu'elle avait connus en Angleterre ou aux États-Unis.

Les bâtiments et les grands pins du campus apparurent. « Les morts pleurent-ils ? » se demanda Jasmine. Car bien que six ans la séparaient maintenant de ce soir terrible, il ne se passait pas un jour sans qu'elle ne pleure son enfant mort-né et son fils.

Grâce à Alice, elle maintenait un lien ténu avec Mohammed qui, elle le craignait, l'oubliait rapidement. Elle lui envoyait des cartes et des cadeaux chaque année pour son anniversaire. Alice lui adressait en retour des photos : Mohammed au zoo, en uniforme d'écolier, à cheval près des Pyramides. Mais la lettre qu'elle espérait toujours trouver dans a boîte, rédigée d'une écriture enfantine et qui commencerait par « Maman chérie... », n'arrivait pas.

« Mohammed n'a jamais été à moi, pensa-t-elle en garant son véhicule dans le parking. Il n'a jamais été à moi, mais à Omar et aux Rachid. »

– Oui, dit-elle enfin, coupant le moteur. Ma famille est restée en Égypte.

Avant de descendre de voiture, Greg la regarda encore. Quand il s'était intallé dans la cité voilà un an, la première fois qu'il avait vu cette fille blonde qui occupait le grand appartement du devant sans colocataire, qui se tenait sur la réserve et ne participait jamais aux barbecues en bord de piscine, il l'avait prise pour une snob. Après quelques échanges à la laverie ou au parking, il avait décidé qu'elle était simplement timide. A présent, il révisait une nouvelle fois son opinion : pas timide, modeste. Et il fut frappé de s'apercevoir qu'il n'avait encore jamais attribué cette qualité à quiconque. Non qu'elle ressemblât tout à fait à une nonne mais ses manières, sa façon désuète de se vêtir, jusqu'à ses cheveux dont on devinait la sauvagerie une fois libérés des barrettes, lui rappelaient les sœurs des écoles catholiques où il avait été placé par ses parents.

Mais il y avait en elle quelque chose de plus irrésistible que ses allures exotiques, son accent anglais ou cette once de mystère; c'était cet air de tristesse prégnante. Et Greg Van Kerk, pour la première fois de sa vie, oublia son retard de loyer et sa voiture en panne, pour se demander ce qui rendait cette fille si profondément triste.

– Tu aimerais qu'on sorte un soir ? proposa-t-il. On irait au ciné, ou manger une pizza ?

Elle lui adressa un regard surpris.

– Merci, je ne crois pas que ce soit possible. J'étudie tout le temps, je dois me préparer pour l'école de médecine.

– Je comprends. Merci pour le trajet, lui lança-t-il par-dessus le toit de la voiture. Alors qu'est-ce que tu vas faire ?

– Pardon ?

– Pour les Affaires étrangères. S'ils t'obligent à quitter les États-Unis ? Que feras-tu ?

– J'ai rendez-vous avec le doyen de la faculté de médecine, expliqua-t-elle avec un optimisme que démentait le doute au fond de ses yeux. Ils m'ont admise pour la rentrée d'automne, peut-être m'aideront-ils. *Inch Allah*.

– *Inch Allah*, murmura Greg.

Il la regarda traverser la pelouse en direction du grand bâtiment en briques rouges qui abritait la fac de médecine.

Comme la pluie menaçait, Jasmine décida de prendre un raccourci par les locaux de la Fondation Lathrop. Dès que les portes de verre se refermèrent derrière elle, elle se retrouva dans un long couloir plein de gens en blouses blanches qui s'affairaient. Les portes ouvertes sur les labos, les amphis, les bureaux, étaient surmontées de panneaux qui indiquaient : Parasitologie, Médecine tropicale, Santé publique. L'atmosphère était vibrante, ici on travaillait à des objectifs tous plus urgents les uns que les autres. Jasmine s'y sentit chez elle.

Si le doyen ne pouvait l'aider, peut-être trouverait-elle ici un soutien. Elle ne pouvait raisonnablement s'adresser à tout le monde mais elle essayerait de prendre contact avec ses futurs professeurs.

A l'extrémité du couloir, une petite annonce écrite à la main attira son attention. Elle s'approcha pour la lire : « Recherche assistant(e) pour travailler à un projet de livre : traduction d'un manuel de santé destiné au tiers monde. Ce travail requiert de savoir taper à la machine, d'effectuer des recherches médicales, d'entretenir des correspondances. Connaissance de l'arabe souhaitée mais non indispensable. Soirées et week-ends. » L'annonce était signée docteur Declan Connor, service de médecine tropicale.

Le papier était punaisé près d'une porte ouverte. Jasmine jeta un œil à l'intérieur et découvrit une pièce minuscule qui avait peine à contenir un bureau, une chaise, bon nombre de fichiers, le tout recouvert de journaux, livres et dossiers. Au milieu des classeurs, une machine à écrire. L'unique occupant du lieu, probablement le docteur Connor, était au téléphone en train d'essayer d'expliquer à son correspondant qu'il avait besoin d'un ordinateur.

Quand il aperçut la jeune femme, il lui fit signe d'entrer.

– Ils m'ont encore mis en attente, lui dit-il. Je vous expliquerai tout dans un instant. J'ai peur que nous ne soyons un rien pressés : l'éditeur a avancé la date de parution et l'Organisation mondiale de la Santé m'apprend que presque toutes ses délégations au Moyen-Orient réclament l'ouvrage.

Deux choses frappèrent simultanément Jasmine : Connor parlait avec un accent anglais, et il était très séduisant.

– En attendant, poursuivit-il, coinçant l'écouteur entre son menton et son épaule, jetez donc un œil là-dessus.

Il colla un livre dans les mains de Jasmine. Avant que celle-ci puisse ouvrir la bouche, il parlait de nouveau au téléphone.

Le grand livre, intitulé *Quand c'est à vous d'être médecin,* ressemblait à un annuaire téléphonique. Sur la couverture, on voyait une mère africaine et son enfant, debout devant des huttes. Au fil des pages, Jasmine observa des photos de gens malades, de blessures, de microbes, lut des instructions pour faire les pansements, pour doser et administrer les médicaments; il y avait même des diagrammes représentant l'agencement idéal d'un village. Malgré les termes médicaux ou pharmaceutiques, le texte était clair, simple. Quelqu'un avait griffonné des notes dans certaines marges – sur une page consacrée à la rougeole, on avait écrit le mot *mazla* suivi d'un point d'interrogation.

Jasmine détailla le bureau, les certificats et les lettres encadrés et accrochés au hasard sur les murs. Une grande affiche la déconcerta : on y voyait un jeune homme africain en pantalon et chemise, dont le ventre rond indiquait à l'évidence une grossesse. En dessous, il était écrit : « Aimeriez-vous ça ? » La question était répétée en une langue que Jasmine supposa être du swahili – elle lut tout en bas de l'affiche que celle-ci avait été fabriquée par le planning familial kenyan.

Au milieu de l'encombrement du bureau, son œil tomba sur une feuille où on lisait : « Définition d'un vaccin : substance qui, injectée dans un rat blanc, produit un article scientifique. » Sur un autre morceau de papier fixé sur le flanc du bureau, quelqu'un avait gribouillé : « Les vieux professeurs ne meurent jamais, ils se contentent de perdre leurs facultés. » Puis Jasmine vit une photo où un homme, une femme et un enfant se tenaient debout devant une porte surmontée du panneau Mission Grace Treverton. Au fond on distinguait des bâtiments en béton avec des toits en fer, ainsi que des Africaines portant des paniers sur la tête.

Elle jeta un coup d'œil vers le docteur Connor, toujours au téléphone. Il devait avoir la trentaine mais sa veste en tweed, sa cravate foncée et la coupe classique de ses cheveux brun sombre lui donnaient l'air plus âgé. La plupart des hommes sur le campus ressemblaient à Greg Van Kerk, ils portaient des jeans, des sandales et les cheveux longs ; le docteur Connor, en dépit de son âge, semblait avoir complètement échappé au mouvement hippie.

Jasmine essaya d'attirer son attention mais il leva la main pour lui faire comprendre qu'il était à elle dans une minute. Elle consulta sa montre : elle aurait déjà dû être chez le doyen. Un instant, elle envisagea de partir mais, bizarrement, elle se sentit obligée de rester.

– Non, attendez, disait Connor au téléphone. Ne me passez pas sur un autre poste, je... – Il adressa un regard d'excuse à Jasmine. – J'ai l'impression d'être un rat dans un labyrinthe, lui dit-il. Oui ? Allô ? Attendez, ne me passez pas sur un autre poste. Ici le docteur Connor, service de médecine tropicale...

Jasmine était fascinée. Declan Connor dégageait une extraordinaire énergie dans la raideur de son maintien, dans son élocution rapide, dans ses gestes abrupts. Le col de sa chemise était relevé au-dessus du col de sa veste, comme s'il s'était habillé à la hâte. Tout en parlant au téléphone, il fouillait dans les papiers qui encombraient son bureau. Jasmine se demanda s'il avait l'habitude de faire toujours deux choses à la fois.

Elle aimait ses traits. Son grand nez droit, ses pommettes bien dessinées et sa mâchoire carrée – des traits agressifs, estimait-elle – renforçaient l'intensité qui émanait de lui. Quand il fit un geste brusque qui envoya quelques papiers à terre, il adressa un sourire embarrassé à Jasmine, qui sentit son cœur battre la chamade.

– Oui, d'accord, conclut Connor au téléphone avant de raccrocher avec un soupir exaspéré. C'est pire que la bureaucratie gouvernementale, ici ! Mais ne nous laissons pas abattre, ajouta-t-il en adressant un radieux sourire à la jeune femme. Si nous n'obtenons pas d'ordinateur, nous taperons comme nos ancêtres... sur une machine électrique. Eh bien, qu'en pensez-vous ? questionna-t-il en désignant le livre qu'elle tenait en main. Ce bouquin a été écrit dans les années quarante par une très grande dame, le docteur Grace Treverton, au Kenya. Il a été réactualisé de nombreuses fois depuis, évidemment, mais jusqu'à présent, il n'existe qu'en anglais et en swahili. La Fondation Treverton m'a demandé d'en faire une version arabe pour le personnel de santé du Moyen-Orient. Vous verrez, j'ai déjà pris quelques notes dans les marges.

– Oui, acquiesça-t-elle.

Elle revint à un chapitre intitulé « Éducation nutritionnelle », où l'on expliquait aux villageois l'importance de l'hygiène alimentaire et des modes de cuisson selon les aliments.

– Vous n'avez pas vraiment besoin de cette partie concernant la trichinose, reprit Jasmine, ni de cette consigne de ne jamais manger de porc mal cuit. Vous vous adressez principalement à des musulmans qui ne mangent pas de porc.

– Je sais, mais nous travaillerons aussi dans des villages chrétiens.

– Et puis, il y a ça, poursuivit-elle en revenant à la

page concernant la rougeole. Vous avez écrit le mot *mazla*. Si vous voulez dire rougeole en arabe, c'est *nazla*.

– Ciel! Vous ne m'aviez pas dit que vous parliez arabe. Oh, attendez. – Il attrapa une paire de lunettes et les mit. – Vous n'êtes pas l'étudiante que j'avais engagée.

– Je suis désolée, docteur Connor, fit Jasmine en lui rendant le livre. Je n'ai pas eu l'occasion de m'expliquer.

– Est-ce que je détecte bien l'accent d'une compatriote? De quel coin d'Angleterre venez-vous?

– Je ne suis qu'à moitié anglaise. Je suis née au Caire.

– Le Caire! Ville fascinante! J'ai enseigné un an à l'université américaine, là-bas... Je faisais repasser mes chemises par un gars appelé Habib, rue Youssef El Gendi. Il remplissait sa bouche d'eau pour en asperger les chemises, ensuite il tenait le fer avec ses pieds. Il voulait absolument me marier à sa fille. Je lui disais que j'étais déjà marié mais il affirmait que deux épouses valaient mieux qu'une! Je me demande s'il est toujours là-bas. Notre fils a failli naître au Caire. Mais il a préféré l'aéroport d'Athènes pour faire son entrée en ce bas monde. C'était il y a cinq ans. Nous ne sommes pas retournés au Moyen-Orient depuis. Dites! Le monde est petit! Que puis-je faire pour vous?

Jasmine lui expliqua son problème avec le service d'immigration.

– Oui, triste affaire, fit Connor. Ça n'a aucun sens. J'ai déjà perdu trois étudiants. Vous avez reçu votre avis? Peut-être ferez-vous partie des chanceux. Quelques-uns passent entre les mailles du filet. – Il se tut, parut observer la jeune femme. Puis il jeta un œil sur sa montre. – L'étudiante que j'ai engagée a quarante-cinq minutes de retard. Il se peut qu'elle n'arrive jamais. Cela se produit parfois, on lui a peut-être proposé un meilleur job. Si elle ne venait pas, vous la remplaceriez? Vous seriez parfaite puisque vous parlez l'arabe.

Jasmine s'aperçut qu'elle aimerait beaucoup travailler avec le docteur Connor.

– Si on ne m'expulse pas, répondit-elle.

– Si vous recevez la notification, j'écrirai une lettre en votre faveur. Je ne garantis pas le résultat mais on peut toujours essayer. Et je suis sincère pour le boulot. Le salaire est misérable. La Fondation ne vend pas le livre, elle le donne là où on en a besoin. Mais le travail sera amusant. – Il eut un sourire un peu gêné et ajouta : – Prions pour que vous ne receviez pas ce courrier. *Inch Allah, ma salaama.*

Jasmine réprima un rire. Il avait une prononciation épouvantable.

Rachel Misrahi se fraya un chemin parmi les manifestants rassemblés devant la Maison des étudiants. Elle était furieuse contre elle-même. Si seulement elle n'avait pas convaincu Jasmine d'utiliser l'adresse de Misrahi comme boîte aux lettres officielle – « Tu n'auras pas à remplir des paperasses chaque fois que tu déménages! » Elle se serait épargné l'affreuse mission de remettre à Jasmine la lettre recommandée à en-tête du service d'immigration et de naturalisation à Washington.

Avec ses vingt-cinq ans et sa silhouette trapue, Rachel Misrahi continua sa route au milieu des femmes qui brandissaient des pancartes : « Affame un rat, ne fais pas à dîner ce soir. » Elle serait folle de rage si Jasmine devait rentrer en Égypte. C'était elle qui avait aidé la jeune femme à intégrer la fac où elle avait elle-même étudié.

N'ayant pas le temps de prêter l'oreille au pourquoi de la colère des féministes, elle accepta néanmoins leurs tracts, murmura un « Gardez la foi, les filles » et parvint enfin à entrer dans le bâtiment. Là, elle fit le tour de la cafétéria bondée où elle savait que Jasmine venait déjeuner les lundis et mercredis, entre ses cours de biochimie et d'économie. Se rappelant que le jeûne commençait le lendemain, elle se servit un thé et une part de gâteau au fromage et s'installa à une table d'où elle pourrait surveiller l'entrée du self.

Comme elle observait la foule dehors qui, malgré la pluie battante, distribuait des tracts et criait des slogans, elle repensa à ses tentatives pour amener Jasmine à discuter de la condition féminine. « Tu viens de l'une des sociétés les plus oppressives pour les femmes, avait-elle déclaré. Je m'attendais à ce que tu montes au premier rang du combat. » Jasmine était restée curieusement silencieuse sur cette question ; d'ailleurs, elle gardait un silence étrange sur tout ce qui concernait l'Égypte ou sa famille. Rachel aurait pensé que, souffrant du mal du pays comme beaucoup d'étudiants étrangers, elle se serait montrée bavarde. Non, Jasmine ne parlait ni du Caire ni des Rachid.

Elle apparut enfin et traversa la salle à manger.

– Ils ne peuvent rien pour moi, annonça-t-elle en s'asseyant. Le doyen dit que si le service d'immigration annule mon visa, il ne peut plus m'accepter à la fac. L'un des professeurs a offert de m'aider : le docteur Connor...

– De la médecine tropicale ?

– Il va écrire une lettre mais n'a pas trop l'air d'y croire.

– J'aimerais t'aider, Jas, vraiment. Mon père en a parlé à un de ses amis avocat, qui ne s'est pas montré très optimiste. Si la guerre éclate de nouveau entre l'Égypte et Israël, il est certain que tu ne seras pas la bienvenue ici. Souhaitons que la paix l'emporte.

A lire l'angoisse dans les yeux de Jasmine, Rachel se demanda pourquoi son amie craignait tant de rentrer chez elle. Bien qu'elle la considérât comme une parente – après l'avoir entendue si souvent appeler grand-mère Maryam « Tatie », elle la voyait comme une cousine –, Jasmine restait pour elle une énigme. Son innocence, entre autres, rendait Rachel perplexe : elle savait que Jasmine avait été mariée et avait laissé un fils en Égypte. Comment une femme divorcée pouvait-elle paraître si virginale, si chaste ? Rachel se rappelait lui avoir présenté un couple qui vivait à Malibu ; Jasmine avait été choquée d'apprendre qu'ils n'étaient pas mariés. Si cela venait réellement de son éducation, comme l'avait expliqué grand-mère Maryam, Jasmine risquait de ne jamais s'intégrer à la vie américaine. Pourquoi, en ce cas, avait-elle si peur de retourner dans son pays ?

Rachel allait lui poser la question quand, soudain, un jeune homme un peu négligé, un sac à dos sur l'épaule, un sourire aux lèvres, s'approcha de leur table.

– Comment ça s'est passé ? demanda-t-il à Jasmine.

Rachel le considéra avec surprise. Et lorsque Jasmine lui présenta Greg Van Kerk, elle fut encore plus étonnée : depuis quand Jasmine entretenait-elle une amitié avec un homme ?

– Je peux m'asseoir ? Que vas-tu faire alors ? fit-il avec une familiarité qui acheva de stupéfier Rachel.

– Je dois y réfléchir, dit Jasmine. Et prier pour ne pas recevoir cet avis.

– Oh... intervint Rachel en sortant la lettre de son sac. Ne tue pas le messager, s'il te plaît.

– Eh bien, le voilà, murmura Jasmine.

– Hé, ce n'est pas forcément une mauvaise nouvelle, dit Greg pour la rassurer. Peut-être qu'ils te disent que tu fais partie des veinards.

Rachel ouvrit l'enveloppe, déplia la lettre et la tendit à Jasmine. Celle-ci ne la prit pas mais en lut suffisamment pour voir que les nouvelles étaient mauvaises.

Elle tourna les yeux vers les manifestantes sous la pluie. En Égypte, ce genre de rassemblement n'aurait jamais eu lieu : les pères et frères des jeunes femmes seraient intervenus pour les ramener à la maison.

Jasmine comprenait leur douleur et leur indignation. Ces femmes s'estimaient trahies; elles étaient animées par la colère, la haine, contre les hommes qui les avaient opprimées. Jasmine savait ce qu'était l'impuissance – c'était Hassan al-Sabir qui l'obligeait à se soumettre pour sauver sa famille; c'était son père qui la punissait d'avoir été victime. Et maintenant, des décisions prises par des hommes qu'elle ne connaissait même pas détruisaient ses projets et sa vie.

Voilà pourquoi elle avait décidé de devenir médecin. Les médecins avaient un pouvoir – le vrai pouvoir, sur la vie et la mort. Et un jour elle aurait ce pouvoir, jamais plus elle ne serait victime des hommes, de leurs malédictions, de leurs condamnations.

– Tu ferais aussi bien de l'accepter, Jas, conseillait Rachel. Comme dit toujours grand-mère Maryam, *Inch Allah*, c'est la volonté de Dieu. Rentre en Égypte. Tu reviendras dès que le climat politique se sera détendu.

– Je ne peux pas rentrer, dit Jasmine.

– En ce cas, fit Greg en étendant et croisant devant lui ses longues jambes, il existe un moyen pour que tu restes.

– A savoir ? demandèrent ensemble les deux filles.

– Épouse un Américain.

Jasmine ouvrit de grands yeux.

– C'est possible ? interrogea-t-elle.

– Minute, protesta Rachel. Le service d'immigration connaît la ruse depuis longtemps. Elle ne s'en tirera pas si facilement.

– Je n'ai pas dit qu'elle devait filer à Las Vegas et épouser le premier venu. La chose est possible si on s'y prend correctement. Il ne fait aucun doute que l'Immigration enquêtera. C'est-à-dire que les amis et les voisins seront interrogés, histoire de voir si le couple s'est marié pour des raisons légitimes et pas seulement pour échapper à la loi. Puis il faudra sans doute qu'elle reste mariée pendant au moins deux ans. Si Jasmine divorce avant, il y a toutes les chances pour qu'on la renvoie en Égypte.

Jasmine se tourna vers Rachel.

– Tu crois que je devrais épouser un inconnu pour rester ici ?

– Pourquoi pas ? Tu dis qu'en Égypte les filles épousent tout le temps des inconnus.

– C'est différent, Rachel. Et d'ailleurs, qui ferait ça pour moi ?

Greg s'étira, sa chemise sortit de la ceinture de son pantalon. Il la rentra en disant :

– Je n'ai rien de spécial à faire ce week-end.

Jasmine le dévisagea puis, voyant qu'il était sérieux :

– Mais comment cela pourrait-il marcher ? Je reçois cette lettre du gouvernement et, dès le lendemain, j'épouse un Américain ! Ils se douteront forcément de quelque chose.

– Pas si tu arrives à les tromper. De toute façon, ils ne pourront pas prouver que tu as eu la lettre avant ton mariage.

– Je l'ai reçue. Je ne mentirai pas.

– Pour l'amour de Dieu, il ne s'agit pas de mensonge. Je ne t'ai jamais donné cette lettre, d'accord ? Je l'ai ouverte, je te l'ai montrée, mais je ne te l'ai pas donnée. Franchement, Jas, parmi toutes les raisons qu'on peut avoir de se marier, celle-ci est sans doute l'une des meilleures.

– Je comprends que ça t'ennuie, fit Greg, si tu considères le mariage comme une institution sacrée ou...

– Non, trancha Jasmine. En Égypte, le mariage n'est pas un sacrement. Nous ne nous marions pas dans un édifice religieux. Ce n'est qu'un contrat entre deux personnes.

– Je te propose justement un contrat.

– Mais... et toi? fit-elle de plus en plus perplexe. Tu renoncerais à ta liberté.

– Tu parles! s'exclama-t-il en riant. On ne peut pas dire que les femmes se bousculent à ma porte. Sans compter que je dois bosser pour décrocher ma maîtrise avant d'attaquer mon doctorat. Je n'ai pas l'intention de rester toute ma vie un étudiant sans le sou. O.K., tu veux savoir ce qui m'intéresse? J'aime bien ta voiture. Passe-la-moi les week-ends et le marché est conclu.

– Sérieusement...

– Je suis sérieux. Tu sembles à l'aise financièrement, ce n'est pas mon cas. L'arrangement nous irait à tous les deux. Mon loyer serait payé, et les fédéraux ne t'expulseraient pas en Égypte.

Jasmine réfléchit longuement. Est-ce que ça pourrait marcher? Arriverait-elle à échapper au cauchemar?

– Tu peux garder ton nom de jeune fille, reprit Greg, mais je te le déconseille. Il faut que ce mariage paraisse aussi légal que possible.

Au contraire, Jasmine aimait l'idée de se débarrasser du nom de Rachid, comme on se dépouille d'une voile, ou d'une flétrissure. Néanmoins, elle hésitait encore.

– C'est vrai, tu ne sais rien de moi, fit Greg. Alors voilà : je suis né à Saint-Louis, dans mon plus jeune âge, sœur Mary Theresa m'a dit que je n'arriverais jamais à rien, j'ai échappé aux drapeaux et surtout au Vietnam à cause du diabète, que je soigne par des injections. J'aime les chats, les mômes, et mon rêve est d'aller en Nouvelle-Guinée pour découvrir une peuplade dont on ignorait l'existence. Et je suis autonome. Je n'ai pas besoin d'une domestique, je fais ma cuisine et mon ménage. Mes parents sont géologues, toujours à courir le monde, aussi je n'ai pas grandi dans un foyer traditionnel avec maman rivée à la cuisine. Ces dames, dehors, ont toute ma sympathie, conclut-il en désignant les manifestantes qui se dispersaient sous les trombes d'eau.

« Voilà sans doute ce que devrait être le mariage, songea Jasmine. Une décision rationnelle entre deux partenaires égaux, sans domination ni soumission, sans dot, sans peur de la répudiation s'il ne naît pas un fils. » Elle scruta Greg un moment. Elle aimait bien la façon dont ses boucles rousses frôlaient son col effrangé, et puis c'était la première fois qu'elle avait l'impression qu'un homme la regardait comme un être humain, non comme un objet sexuel ou une génitrice.

– Avant de se mettre d'accord, fit-elle enfin, il faut que je te dise que j'ai déjà été mariée. J'ai eu un bébé qui est mort, et j'ai un fils de dix ans en Égypte. – Ce fut au tour de Greg Van Kerk d'être abasourdi. – Mais je ne rentrerai jamais chez moi, ajouta-t-elle. Légalement, mon fils n'est plus à moi, je n'ai plus aucun droit sur lui.

– Ça ne me concerne pas.

– Je n'ai pas quitté l'Égypte en bons termes avec ma famille, voilà pourquoi je ne peux pas rentrer.

« *Tu es haram, proscrite.* » – Elle secoua la tête. – « Non, ne laisse pas revenir les souvenirs. » Elle reprit :

– Je suis allée en Angleterre pour faire valoir un héritage qui me venait du côté de ma mère. Ma famille, là-bas, les Westfall, a été bonne pour moi et a essayé de m'aider. Mais j'ai été malade pendant un certain temps. On m'a soignée pour... dépression.

Se taisant un instant afin de laisser Greg digérer ces informations, elle pensa à la dépression de sa mère, et à la mère de sa mère, lady Westfall, qui s'était suicidée.

– Et puis, continua-t-elle, tante Maryam, la grand-mère de Rachel, m'a invitée à venir chez elle en Californie. Je suis décidée à devenir médecin, mais il faut que je t'avoue, si l'on doit vivre ensemble, que je suis encore en dépression.

– Je sais, fit Greg. – Il se sentait soudain tel un chevalier sur un destrier blanc et ne détestait pas cette sensation. – J'avais deviné une sorte de tristesse chez toi. Tu as peut-être besoin de quelqu'un qui t'aide à t'en sortir.

– Encore une chose, ajouta-t-elle prudemment. Nous serons légalement mari et femme mais je ne peux pas...

– Ne t'inquiète pas de ça. On sera deux camarades, deux étudiants très occupés. Je sais me contenter d'un canapé. Et je ne crois pas que le service d'immigration espionne jusque dans les chambres.

– J'ai une idée! s'exclama Rachel avec enthousiasme. Vous allez venir chez moi ce soir, tous les deux. J'ai une famille nombreuse, et j'inviterai quelques amis. Nous annoncerons votre mariage. Comme ça, quand les agents de l'Immigration se mettront à fouiner, ils auront affaire à ma mère et à grand-mère Maryam! Vous pourrez vous marier samedi.

Tandis que ses deux compagnons commençaient à régler les détails, très excités par leur petite conspiration contre les autorités, Jasmine sentit sa peur s'évanouir, son humeur s'alléger. Puis elle pensa au docteur Declan Connor et à son offre de travail. Elle espéra de toutes ses forces que l'étudiante qu'il avait engagée ne réapparaisse pas.

29

En dépit du khamsin qui soufflait, une grande tente funéraire avait été dressée au bout de la rue Fahmy Pacha ; tout le jour, les gens, dont maintes personnes illustres, étaient venus écouter la lecture du Coran et rendre un dernier hommage au défunt. La procession jusqu'au cimetière aurait pu rivaliser avec celle des hommes d'État ou des vedettes de cinéma ; même le président Sadate avait envoyé un représentant pour suivre le cercueil dans la rue El Bustan. « Qui aurait cru que Jamal Rachid était tellement aimé ? » se demandait Zachariah, qui comptait parmi les porteurs de la lourde bière.

Le jeune homme était l'un des deux seuls membres de la famille de la veuve à assister aux funérailles Tahia elle-même n'avait pu venir. Lorsque l'on avait appris rue des Vierges du Paradis la crise cardiaque de Jamal Rachid, son épouse, enceinte, était atteinte par le choléra. Comme presque toute la maisonnée.

Pour quelque raison mystérieuse, Zachariah n'avait pas contracté la maladie. Il était, avec Ibrahim, le seul membre de la famille qui ne fût pas confiné derrière les portes closes sur lesquelles le ministère de la Santé avait fait afficher l'avis de quarantaine. Après avoir subi l'examen qui prouvait qu'il n'était pas porteur de la maladie, Zachariah avait reçu l'autorisation d'assister à l'enterrement.

Il aurait voulu ne pas quitter Tahia, mais un homme ne pouvait se dérober à son devoir d'accompagner un parent au tombeau. Et tandis qu'il marchait péniblement sous son fardeau, épuisé par les longues heures au chevet de Tahia, après ces journées passées à aider les femmes qui soignaient les malades de la maisonnée, il s'émerveillait de pouvoir porter avec une telle révérence l'homme qui lui avait volé Tahia. Mais Tahia avait été sincèrement heureuse au cours de ses dix ans de mariage avec Jamal et, d'une certaine façon, elle l'avait aimé, comme elle l'avait confessé à Zachariah. Aussi rendait-il un hommage respectueux à cet homme. Cependant, Tahia se retrouvait seule avec quatre petits, un cinquième pour bientôt, et c'était à elle qu'il devait penser.

« Je m'occuperai d'elle à présent que nous sommes libres de nous marier. » La promesse que Dieu lui avait faite alors qu'il était mort dans le désert du Sinaï et qu'il avait entrevu la merveilleuse vie éternelle qui attendait les croyants – ces instants fugaces au cours desquels il n'avait pas eu envie de retourner sur terre –, la promesse de Dieu comme quoi Tahia et lui étaient destinés l'un à l'autre allait enfin se réaliser. « Avant le prochain Ramadam, décida-t-il, nous serons mari et femme. »

Marchant derrière Zachariah, portant lui aussi sur l'épaule le cercueil où reposait son lointain parent, Ibrahim réfléchissait au mystère de l'épidémie de choléra.

Dans toute la ville, la famille Rachid était la seule à être frappée par le mal. Quarante-deux personnes atteintes, soignées par une poignée de femmes. Depuis trois jours qu'Alice s'était effondrée au cabinet de son époux, les enquêteurs du ministère de la Santé n'avaient pu localiser la source.

Le vent khamsin cinglait de piquantes rafales de sable la bière et ses porteurs. Ceux qui suivaient le corps de Jamal Rachid se couvraient le visage de leur mouchoir et toussaient. Et tandis que le cortège, uniquement composé d'hommes car les femmes ne suivaient pas les processions funèbres –, progressait lentement sous le voile brun du ciel que perçait difficilement le soleil, Ibrahim s'interrogeait : « Pourquoi le choléra ne frappe-t-il que notre famille et nulle autre ? Pourquoi ma sœur, ma femme, ma mère, les tantes, nièces et cousines sont-elles toutes terrassées par la maladie alors que Zachariah et moi sommes debout ? »

Le vent brûlant du désert les assaillait, martelait le cercueil comme pour le briser. Ibrahim gardait le regard rivé sur le dos de Zachariah, ce garçon qui lui rappelait constamment ce qu'il aurait voulu oublier. Ce jeune fou n'était même pas revenu de guerre normalement, après s'être vaillamment battu et avoir été blessé, comme Omar. Non, il avait fallu qu'il rentre avec une histoire aberrante selon laquelle il était mort et monté au ciel – un embarras pour la famille.

Le cortège parvint enfin au cimetière et les porteurs placèrent Jamal dans la tombe auprès de ses parents et frères. Comme l'on remettait en place la large dalle qui scellait le caveau, que l'on aspergeait celui-ci de poussière et d'eau pendant que l'imam de la mosquée de Jamal lisait le Coran, Ibrahim se rappela que les pensées d'un homme à des funérailles devaient être pieuses.

Aussi porta-t-il son esprit vers celui qu'on enterrait, et de Jamal ses pensées allèrent à sa veuve, Tahia, qui était alitée rue des Vierges du Paradis, malade et ignorant encore le décès de son époux. Le lui annoncer incombait à Ibrahim, mission dont il s'acquitterait dès qu'elle serait rétablie. Ensuite, parce qu'elle était la fille de sa sœur, il devrait prendre soin d'elle et de ses enfants. Ce qui signifiait cinq nouvelles bouches à nourrir, plus une sixième en route. Les enfants en pleine croissance avaient besoin de vêtements neufs, mangeaient voracement, sans compter les frais scolaires qui grimpaient en flèche. Comment assumerait-il tout cela ? Les revenus du coton étaient en chute libre, de même que ceux de ses autres investissements, qui avaient commencé à décroître durant les années Nasser.

Ibrahim regarda le ciel et assista à l'étrange phénomène du soleil « bleu » qui apparaît parfois quand souffle le khamsin. Sa décision fut prise : il attendrait un laps de temps décent, pas trop long, et avant le prochain Ramadam il trouverait un époux pour Tahia.

A l'aéroport du Caire, un groupe de journalistes guettait l'arrivée de Dahiba, la danseuse chérie de l'Égypte. Nul ne savait pourquoi elle était partie au Liban – les uns parlaient d'une opération secrète, d'autres d'une liaison amoureuse. Or une seule version était vraie : elle avait trouvé à Beyrouth un éditeur assez courageux pour publier ses poésies fort controversées qui, c'était certain, seraient interdites en Égypte.

La vedette passa devant les reporters, éluda leurs questions avec un sourire, deux mots d'esprit charmeurs, et alla droit vers Camélia, Hakim et Zeïnab.

D'abord, elle embrassa son mari, ensuite la petite Zeïnab, pour finir par sa nièce.

– Alors ? fit-elle à l'adresse de cette dernière. Au téléphone, tu m'as parlé d'une urgence familiale.

En quelques mots, Camélia la mit au courant du choléra.

– L'infirmière de Père est à la maison, ajouta-t-elle, ainsi qu'une autre, dépêchée par le ministère de la Santé. Mais Oumma ne veut personne en renfort. Tante Nazirah et ses filles sont venues depuis Assiout pour aider à soigner toute la famille, Oumma les a renvoyées. La cousine Hosneya aussi. Même moi, elle ne me permet pas d'entrer. Elle ne veut pas que d'autres soient atteints par la maladie.

– C'est bien ma mère de vouloir tout faire elle-même, commenta Dahiba tandis qu'ils se dirigeaient vers la limousine.

– Sans compter qu'elle est malade, elle aussi, précisa Camélia. Je l'ai vue quelques minutes à la porte. Elle se force à rester debout. Tu la connais.

– Trop bien. Tu sais où est Ibrahim ?

– Ce matin, il assiste aux funérailles de Jamal Rachid. Je t'ai dit au téléphone qu'il avait eu une crise cardiaque...

– Oui, oui.

– Papa a dit qu'il irait voir tante Alice ensuite. Il y a trois jours, il l'a fait admettre dans une clinique privée. Mais quant tout le monde est tombé malade, il a mis la maison en quarantaine. Rends-toi compte, Dahiba, presque toute la famille était réunie pour *Cham el-Nessim*. Tous les lits sont occupés !

– Quelle clinique ? interrogea Dahiba.

Dès que Camélia lui eut répondu, elle donna ses ordres au chauffeur :

– Rue du Canal de Suez, je vous prie. Et vite.

Quand elle ouvrit les yeux, Alice crut qu'elle rêvait encore, car Ibrahim était là, lui souriait, lui caressait les cheveux. Elle était très faible, il lui semblait avoir effectué un long et fatigant voyage dont elle ne conservait que des souvenirs flous : une infirmière qui lui mettait le bassin, quelqu'un qui rafraîchissait son corps, une voix douce et cadencée qui récitait des versets du Coran. Elle regarda son mari. Il portait une blouse blanche sur son costume, ainsi que des gants chirurgicaux. Tout à coup, il lui parut beaucoup plus âgé. Avait-elle dormi des années ?

– Que... commença-t-elle.

– Le danger est passé, ma chérie, fit doucement Ibrahim.

– Je suis là depuis combien de temps ?

– Trois jours. Tu vas mieux maintenant. Généralement, l'évolution de la maladie s'étend sur six jours, ou moins.

Elle voyait à présent la perfusion suspendue au-dessus de son lit, la canule dans son bras.

– Qu'est-ce que j'ai ? souffla-t-elle.

– Le choléra. Mais tout va bien. Je t'ai mise sous antibiotiques.

– Le choléra ! fit-elle en tentant de s'asseoir mais sans en trouver la force. Et les autres ? La famille ? Mohammed ! Comment va notre petit-fils ?

– Notre petit-fils se porte bien, Alice. Tout le monde chez nous est touché par la maladie, à des degrés divers, certains sont plus gravement atteints que d'autres. Sauf Zachariah, qui n'a rien du tout.

– Qu'est-ce qui a provoqué la maladie ?

– Nous ne le savons pas encore. Le ministère de la Santé enquête. Ils ont analysé notre eau et des échantillons de notre nourriture. C'est ainsi que se transmet la bactérie du choléra par la nourriture ou l'eau contaminées. Jusqu'à présent, les analyses sont négatives. Ce qui est encore plus mystérieux, c'est que seule notre maison est touchée. – Il prit dans la sienne la main d'Alice et la pressa. – *Al hamdu lillah.* Prions le Seigneur que nous trouvions rapidement la cause. Quand le choléra est diagnostiqué assez tôt et le traitement administré sur-le-champ, la maladie n'est pas fatale.

– Quand pourrai-je rentrer à la maison ?

– Dès que tu en auras la force.

De nouveau il lui caressa la tête, regrettant de ne pouvoir ôter ses gants pour sentir la douceur blonde de ses cheveux. Lorsque Alice s'était effondrée à son cabinet, il avait été stupéfait par la lame de fond qui l'avait submergé : la peur de la perdre. Aussi l'avait-il placée dans cette clinique privée très coûteuse où elle recevait les meilleurs soins, et non dans l'un des grands hôpitaux d'État où les patients devaient verser des pots-de-vin aux infirmières pour être soignés. Quand avait-il oublié à quel point Alice comptait pour lui ?

Elle retint sa main un long moment, paisible, réconfortée par sa présence. Puis elle se rendit compte qu'Ibrahim était la seule personne à être venue la voir, qu'elle était isolée dans une chambre pourvue de trois lits vides. Les visiteurs n'avaient pas été admis, cependant, il y avait des fleurs et des cartes autour d'elle.

– De la part de tes amies, expliqua Ibrahim. Madeline et Mme Flornoy campaient dans le couloir. J'ai fini par leur dire de rentrer chez elles. Les roses viennent de... comment s'appelle-t-elle, celle du Michigan ? Mère souhaitait t'envoyer des fleurs de son jardin mais elle a craint que le choléra ne voyage avec elle. Mon Dieu, Alice, comme tu m'as fait peur !

Elle sourit faiblement. D'autres souvenirs lui revenaient des trois jours écoulés : Ibrahim à son chevet, donnant des ordres à l'infirmière, retapant ses oreillers, une expression inquiète sur le visage. A le voir si plein d'attentions, tellement soucieux, elle pouvait s'imaginer retomber amoureuse de lui. Il était comme autrefois, à Monte-Carlo. Elle avait oublié. Et voilà qu'elle rêvait maintenant que leur amour renaissait de sa maladie, tel le phénix de ses cendres. Mais contrairement à l'oiseau mythique, son amour n'avait nulle part où s'envoler. Ibrahim l'aimait-il, ou se comportait-il ainsi avec tous ses patients ?

– Je vais te laisser te reposer, murmura-t-il en lui embrassant le front. Dieu veille sur toi et te garde.

Il sortit et, dans le couloir, se retrouva face à Dahiba et Camélia.

Bouche bée, il considéra sa sœur. Toute la famille savait que Camélia était liée avec Fatima, l'exclue, mais Ibrahim n'avait pas revu sa sœur depuis le jour où Ali l'avait bannie de la maison, trente-trois ans auparavant. Il s'était bien douté que ce n'était qu'une question de temps avant qu'il ne la rencontre mais l'événement n'en était pas moins inattendu.

Dahiba remonta sa manche.

– Ne reste pas planté là comme un âne, Ibrahim, fit-elle. Vaccine-moi plutôt contre le choléra.

Le khamsin enveloppait Le Caire dans une brume sablonneuse. Les minarets évoquaient des flèches mystiques surgissant dans le brouillard brun. Et du haut de ces aiguilles les muezzins appelaient à la prière comme au temps de Mahomet, treize siècles plus tôt :

Dieu est grand.
Dieu est grand.
Je proclame qu'il n'y a de dieu que Dieu.
Je proclame qu'il n'y a de dieu que Dieu.
Je témoigne que Mahomet est Son prophète.
Je témoigne que Mahomet est Son prophète.
Venez à la prière...
Venez à la prière...
Dieu est grand.
Dieu est grand.
Il n'est de Dieu que Lui.

Alors qu'elle courait dans le couloir avec un bassin, Huda aperçut Amira par la porte entrebâillée de sa chambre, Amira qui se livrait aux prosternations de la prière alors qu'elle était à moitié terrassée par la maladie. La jeune infirmière ne fut guère impressionnée. N'importe qui pouvait se livrer à ce simulacre, ce qui ne signifiait pas que l'on fût pieux. N'était-ce pas ce que faisaient son père et ses frères ? Huda était reconnaissante aux Rachid de lui permettre d'échapper pour quelques jours à leurs perpétuelles exigences – les six hommes passaient leurs après-midi au café pendant qu'elle travaillait tout le jour au cabinet du docteur Ibrahim, et ils exigeaient qu'elle leur prépare à dîner dès son retour à la maison. Cela la fit sourire d'imaginer le vieillard et ses cinq paresseux de fils essayant de se débrouiller au milieu des casseroles. Avec un peu de chance, la famille du docteur Ibrahim aurait besoin de ses services encore une bonne semaine, peut-être plus, durant laquelle ses père et frères auraient tout le temps d'apprécier ce qu'elle faisait quotidiennement pour eux.

Elle trouva Mohammed assis sur son lit, les bras croisés, la mine coléreuse. La maladie n'avait pas frappé l'enfant aussi durement que les autres, il se rétablissait rapidement. Et voilà qu'il boudait car on n'avait pas fêté son anniversaire. Lorsqu'elle vit qu'il n'avait pas touché à son petit déjeuner, Huda tenta de l'encourager. Non, c'était sa grand-mère Néfissa qu'il voulait, personne d'autre.

– Ta grand-mère est malade, fit Huda, exaspérée.

Elle était fatiguée et aspirait à un moment de repos. Veiller sur cet « hôpital » improvisé rue des Vierges du Paradis exigeait beaucoup de travail. Si certaines des femmes étaient assez bien portantes pour soigner les autres, elles avaient néanmoins besoin d'être guidées : il fallait respecter scrupuleusement les mesures d'isolation afin d'éviter la propagation de l'infection, les bassins devaient être vidés avec grand soin, les draps souillés étaient soit bouillis soit brûlés. Huda leur apprenait aussi à reconnaître les signes alarmants : soif intense, pouls rapide, respiration haletante, fièvre. Le soin essentiel était la réhydratation, dont seule une infirmière diplômée pouvait se charger car il fallait alterner les solutions de sérum physiologique et bicarbonate de soude avec des apports intermittents de potassium. Il était primordial de surveiller l'ingestion de liquide de chaque malade en fonction de sa production d'urine. Le plus grave danger du choléra était la déshydratation, car elle entraînait l'acidose, l'urémie, la défaillance rénale et la mort. Huda se sentait très importante du fait d'orchestrer les opérations, tout comme les infirmières chefs de l'hôpital où elle avait fait son apprentissage. Cependant, la tâche avait ses aspects déplaisants.

Tout le monde souffrait de diarrhées et de vomissements; il fallait constamment changer les draps et une odeur affreuse régnait dans la demeure. A cause du khamsin, Amira interdisait d'ouvrir les fenêtres, de crainte que les djinns du désert n'apportent encore plus de malheur. Si au moins le docteur Ibrahim avait autorisé Huda à administrer du Lomotil ou l'un des remèdes d'Amira. Mais il disait qu'il fallait que le corps chasse la maladie. Huda avait également demandé au docteur Ibrahim d'engager d'autres infirmières diplômées en plus de celle du ministère, qui était extraordinairement paresseuse. Mais la mère du docteur interdisait à qui que ce soit d'entrer dans la maison. Elle s'entêtait à refuser toute assistance extérieure – folie puisque la vaccination supprimait le danger de contamination.

Pourtant, Huda était contente d'être là. Quand Ibrahim l'avait priée de venir soigner sa famille, elle n'avait pas refusé. Elle était amoureuse de lui et c'était l'occasion de voir comment il vivait. Si elle l'avait soupçonné de vivre dans l'aisance, elle ne s'était cependant pas attendue à cette grande demeure pleine de belles choses. Un véritable palais. Elle était maintenant certaine qu'il la paierait bien pour son sacrifice, peut-être même lui offrirait-il un beau cadeau.

Comme elle s'efforçait de faire avaler quelques fèves et des œufs à Mohammed, elle regarda la photographie au-dessus du lit de l'enfant : le portrait d'une très belle femme blonde. Huda savait qu'il s'agissait de la fille du docteur, celle qui était partie en Amérique. Bien que le garçon fût brun, il ressemblait à sa maman dans la forme du visage. Même quand il ne souriait pas, il avait ses fossettes et ses yeux étaient du même bleu. A dix ans, Mohammed promettait d'être un très bel homme.

– Très bien, fit Huda en se levant. Si tu ne veux pas manger, je ne te forcerai pas.

Comme elle prenait le plateau sur la table de chevet, elle ressentit une crampe violente dans le ventre. Ses genoux se dérobèrent soudain et elle tomba au sol en vomissant.

Mohammed appela au secours, Amira arriva.

– Aviez-vous eu des nausées? demanda-t-elle à l'infirmière en l'aidant à se relever.

Huda secoua sombrement la tête. Vomir sans nausées était l'un des symptômes de la maladie. Elle aussi avait attrapé le choléra.

La limousine noire, qui n'avait plus rien de rutilant sous les assauts poussiéreux du khamsin, se gara devant la maison. Dahiba et Camélia en descendirent avant même qu'elle ne soit complètement arrêtée. Hakim n'était pas content de les voir franchir la zone de quarantaine, mais il se contenta de promettre qu'il prendrait soin de Zeïnab. Dahiba ne frappa même pas. Elle longea l'allée et ouvrit la porte d'entrée comme si elle n'avait quitté cette demeure que la veille.

– *Bismillah!* s'exclama-t-elle. Ça empeste ici!

Elles gagnèrent rapidement le quartier des femmes. Devant les chambres se trouvaient des piles de draps propres, des cuvettes d'eau savonneuse, des blouses blanches et des masques chirurgicaux. La forte odeur de désinfectant ne parvenait pas à couvrir celle de la maladie.

Amira était dans le couloir. Une blouse blanche sur sa robe noire, les cheveux sous un bandeau blanc, elle bataillait contre un paquet de draps sales. Dahiba soupira, secoua la tête.

– Ma mère, la sainte Zeïnab de la rue des Vierges du Paradis.

Sursautant, Amira leva les yeux, fixa un moment sa fille.

– Fatima, dit-elle enfin. Dieu soit loué.

– Mon frère me dit que tu interdis l'ouverture des fenêtres, Mère.

– La maladie est apportée par le vent. Les djinns du désert ont amené le choléra dans cette maison.

– Le choléra est causé par une bactérie, Mère, un microbe minuscule impossible à voir.

– Peut-on voir les djinns ? Va-t'en, ma fille, s'il te plaît, avant de tomber malade.

– Ibrahim nous a vaccinées, Oumma.

– Il avait aussi fait le vaccin à son infirmière, et elle est malade.

– Le résultat n'est pas sûr chez tout le monde. Je mets ma confance en Dieu. Et maintenant j'exige que tu te couches.

– Il faut que tu t'en ailles, insista Amira avec moins de conviction.

– Depuis quand n'a-t-on pas le droit de s'occuper les uns des autres dans une même famille ? Ce sont ces moments-là qui donnent un sens à la famille, sinon que sommes-nous, à quoi servons-nous ? – Après avoir remonté ses manches, Dahiba guida sa mère vers son lit. – Je prends les choses en main à présent, Oumma, à commencer par toi. Et je ne souffrirai pas de discussion.

Amira ne discutait pas. Sa tête se renversa sur l'oreiller, elle ferma les yeux et pensa : « Loué soit l'Éternel, ma petite est revenue... »

Dès son retour, Ibrahim fit le tour des chambres pour examiner chaque malade, administrant de la tétracycline lorsque c'était nécessaire. Il fut bouleversé de trouver Huda alitée ; il l'avait avertie que la vaccination n'était sûre qu'à quatre-vingts pour cent. Mais l'infirmière prenait la chose stoïquement.

Pour finir il descendit à la cuisine où de l'eau bouillait dans de grandes marmites, stérilisée pour la boisson. Des servantes repassaient de hautes piles de draps lavés. Fatiguée, le teint grisâtre, Sahra préparait les plateaux du déjeuner pour les chambres. Il était rare qu'Ibrahim visitât les cuisines, domaine réservé des femmes, mais il y venait cette fois en tant que médecin qui cherchait à découvrir la source de cette épidémie localisée.

Il venait à nouveau de s'entretenir avec l'inspecteur de la Santé : on n'avait toujours pas pu localiser la cause du mal. D'après le docteur Kheir, six autres familles du voisinage étaient maintenant atteintes. Ce qu'Ibrahim ne comprenait pas, c'était pourquoi tous les adultes de cette maison, à l'exception de Zachariah et de lui-même, avaient été frappés par la maladie. Les tout jeunes enfants étaient également épargnés. Pourquoi ?

Il scruta la cuisine, comme si le coupable pouvait se tapir dans un coin – un djinn, comme le croyait sa mère. Puis il regarda Sahra, qui n'avait été que légèrement atteinte et avait aussitôt réagi à la tétracycline.

– Sahra, t'es-tu bien lavé les mains au savon avant de préparer à manger, comme je te l'ai dit ?

– Oui, maître. Je me les nettoie cent fois par jour.

Et elle tendit sa main droite qui était presque à vif. Ibrahim baissa les yeux vers le saladier dont elle répartissait le contenu dans des bols destinés aux plateaux.

– Qu'est-ce que c'est ?

– Du *kibbeh*, maître. Très bon pour les malades. Toi-même l'aimes beaucoup.

– Oui, acquiesça-t-il en se rembrunissant, mais le *kibbeh* est toujours cuit, non ?

– C'est une nouvelle recette, maître, où il n'y a pas besoin de faire cuire la viande. Le boucher lui-même me l'a dit. Il prétend que c'est un plat très populaire en Syrie. La viande est fraîche, comme vous pouvez le voir. Et le boucher l'a coupée devant moi.

Ibrahim huma le plat, y détecta un parfum de mouton, d'oignon, de poivre et de blé pilé.

– Il n'y a pas de problème, ajouta-t-elle d'un ton anxieux. Tout le monde a aimé. Il n'en est pas resté.

– Que veux-tu dire ? Tu as déjà préparé ce plat ?

– Il y a quatre jours, maître. Comme la famille se réunissait pour la fête, j'ai pensé qu'un plat spécial...

– La veille du jour où ma femme est tombée malade ?

Quand elle eut hoché la tête, Ibrahim sonda ses souvenirs et se rappela soudain qu'il n'avait pas dîné en famille ce soir-là, à cause d'une urgence à l'hôpital. Quant à Zachariah, son aversion pour la viande l'avait empêché de manger du *kibbeh*...

Il se rua hors de la cuisine, alla téléphoner au ministère.

– J'allais vous appeler, docteur Rachid, lui dit le docteur Kheir à l'autre bout de la ligne. Nous avons trouvé la maladie chez un nouveau boucher de votre quartier, un Syrien. Il est arrivé de Damas voilà une semaine, il est porteur du choléra. La bactérie est dans la viande. Quelqu'un de chez vous lui en a-t-il acheté ?

Ibrahim revint à la cuisine, arracha le saladier des mains de Sahra et le jeta au sol.

– Ne t'ai-je pas dit mille fois que la viande doit toujours être cuite ? Tu aurais pu tous nous tuer !

– Je... Je regrette, maître, balbutia Sahra. C'était pour la fête. Le nouveau boucher...

– C'est lui le *porteur*, Sahra. Il nous a transmis la maladie !

Elle ouvrit de grands yeux.

– M. Gamal n'était pas malade !

– Un porteur n'est pas malade, il transmet aux autres. Tu ne vois pas que tu as failli tous nous tuer ?

– Je suis désolée, maître, fit-elle en se mettant à pleurer. Dieu m'est témoin que je ne voulais pas faire le mal.

Soudain très las, Ibrahim se passa la main dans les cheveux.

– Mon Dieu, regarde ce que nous coûte ton erreur. Voilà que mon infirmière est malade, et ma mère aussi !

– La Sayyida est malade ?

– Prie pour que les remèdes agissent à temps. A son âge, le mal peut être mortel.

– Oui, maître, murmura Sahra, le visage trempé de larmes.

Zachariah s'éveilla avant l'aube et ne put se rendormir. Aujourd'hui, l'on annoncerait à Tahia la mort de son mari. Zakki savait que son père avait l'intention de le lui dire, mais il préférait s'en charger lui-même. Il décida d'apporter son petit déjeuner à la jeune femme. A la cuisine, il trouva les servantes en grand émoi. Les fourneaux n'avaient pas été allumés, et les galettes de pain n'avaient pas été préparées la veille.

Sachant que Sahra, en tant que maîtresse des lieux, préférait s'acquitter elle-même de ces tâches et, donc, était d'ordinaire la première levée, Zachariah gagna sa chambre derrière la cuisine. Il craignait qu'elle n'eût été terrassée par le choléra.

A sa stupeur, il s'aperçut que son lit n'avait pas été défait, que ses vêtements avaient disparu, ainsi que les photos de la famille accrochées aux murs. Sahra elle-même était introuvable.

30

– C'est aberrant, commenta Declan Connor en jetant un coup d'œil par la fenêtre de son bureau. Je n'ai jamais vu le campus aussi désert.

Un vent chaud soufflait entre les pins, les aulnes et les jacarandas de la faculté de médecine, poussant les feuilles mortes dans les allées où de minuscules tornades soulevaient détritus et poussière. Bien qu'on fût encore à quelques jours de Halloween, un crâne humain – peint en orange pour évoquer une lanterne – rougeoyait derrière la fenêtre du labo d'anatomie : une farce d'étudiant.

Jasmine leva les yeux de sa machine à écrire, et son cœur bondit à la vue des « deux » Declan Connor, le vrai, en chair et en os, et son reflet dans la vitre. Cet homme au style trop sérieux et traditionnel pour cette école libérale semblait comme toujours déborder d'énergie.

– Eh bien, fit-il en revenant de la fenêtre. Où en sommes-nous ? Dernier chapitre, n'est-ce pas ?

Le dernier chapitre. Jasmine s'attrista. Leur travail en commun s'achèverait bientôt.

– Excellente idée, commenta Connor en venant lire par-dessus son épaule ce qu'elle venait de taper. J'ajouterai un chapitre similaire à la version africaine.

Jasmine avait eu l'idée de ce nouveau chapitre, intitulé « Respect des coutumes locales », où l'on exposait quelques règles simples mais essentielles destinées à faciliter le contact du personnel médical étranger avec les villageois. Après les recommandations évidentes du genre

« Montrez-vous amical et efficace », ou « Ne vous opposez pas au guérisseur local », elle avait énuméré les codes spécifiques à la culture arabe : ne jamais demander des nouvelles de son épouse à un homme ; ne jamais manger de la main gauche ; ne jamais complimenter son enfant devant une femme.

La main appuyée sur le dossier de sa chaise, Connor se pencha vers Jasmine, et elle respira son eau de toilette épicée.

– Vous n'imaginez pas les problèmes soulevés par les bénévoles quand ils commettent ces maladresses. Ils sont de bonne volonté mais ils ignorent souvent les coutumes tribales. Les Kikuyus, par exemple, regardent comme un grand compliment le fait qu'on pose la main sur la tête d'un enfant. Si on s'en abstient, on risque d'insulter quelqu'un. Et ce que vous venez d'écrire, comme quoi il ne faut pas complimenter une femme au sujet de son enfant...

Pendant qu'il lui parlait, Jasmine se sentait envahie par une chaleur délicieuse. Si la main de Declan glissait, s'il la touchait, par accident...

Elle devait penser à son mari... sauf que Greg Van Kerk, qu'elle avait épousé afin de ne pas être expulsée, n'était pas réellement son époux.

Comme ils s'y étaient attendus, le service d'immigration avait enquêté sur eux, questionné la propriétaire, leurs professeurs, les amis de Greg, la famille de Rachel. Les agents étaient maintes fois venus sonner chez eux, avec insignes, notes et questions personnelles. Gentils et coopératifs, Jasmine et Greg avaient su leur répondre de façon satisfaisante, et conserver leur secret. Légalement ils étaient mari et femme depuis près de sept mois et Jasmine portait officiellement le nom de Van Kerk. Cependant, ils vivaient en camarades. Comme l'avait assuré Greg, le service d'immigration n'était pas en mesure de placer un espion dans la chambre.

Elle revit les six mois et demi écoulés. Chaque soir ils se disaient bonne nuit, elle fermait la porte de la chambre et entendait grincer les ressorts du canapé convertible. Six mois de relation agréable avec un homme intelligent, prévenant, qui l'avait sauvée de l'expulsion et méritait son estime. Si seulement elle avait pu l'aimer.

Mais au moment où elle avait épousé cet homme, elle était tombée amoureuse d'un autre.

Declan retourna à son bureau et, tout en le regardant feuilleter leur manuscrit presque achevé, Jasmine ne put s'empêcher de comparer les deux hommes – Declan débordant d'énergie et de passion communicative ; Greg si nonchalant qu'il semblait avoir adopté la philosophie arabe du *bokra*, « demain », attitude qu'elle aimait bien car elle lui rappelait la maison. Declan s'habillait avec un soin méticuleux, Greg n'aimait que les vieux jeans ; ambitieux, Declan avait fait de sa vie une réussite, Greg n'en finissait pas de préparer sa maîtrise. Mais tous deux étaient gentils, tous deux la faisaient rire ; elle éprouvait de l'affection pour l'un, de l'amour pour l'autre.

Elle n'avait pas la moindre idée des sentiments de Declan à son égard.

Mais à quoi bon se demander ce qu'aurait été la vie avec lui ? Connor était marié, sa route était toute tracée. La sienne aussi. Elle n'avait aucune certitude quant à son avenir avec Greg, elle ignorait vers où ils allaient, mais elle savait où *elle* allait : elle apprendrait le métier de médecin et utiliserait ses compétences là où l'on en aurait besoin. Cela, elle le devait à Declan Connor. C'est en le voyant travailler avec cette énergie, cette précision et cette efficacité qui le caractérisaient que Jasmine était parvenue à préciser son propre but : pratiquer la médecine comme le faisait son père au Caire. Ibrahim Rachid avait été autrefois le médecin personnel d'un roi. Aujourd'hui il demandait encore des honoraires élevés. Mais il soignait gratuitement la population paysanne de son quartier. Et c'était là-bas, avec son cabinet, que Jasmine avait conçu son rêve.

C'est à cette certitude qu'elle devait se cramponner, surtout quand la tristesse la gagnait à l'idée du prochain départ de Connor. « Sybil et moi ne savons pas rester en place, lui avait-il expliqué au début de leur collaboration, en mars dernier. Nous nous sommes d'ailleurs rencontrés sur un bateau-hôpital. Il est important d'enseigner aux futurs médecins, je le sais, et je me suis plu dans cette fac, mais le terrain me manque. Dès que cette traduction sera bouclée, Sybil et moi partirons pour le Maroc. »

Jasmine avait rencontré Sybil, professeur d'immunologie, le jour où elle était passée au bureau avec leur fils David, un garçonnet de cinq ans aux genoux cagneux, dont l'accent anglais avait aussitôt rappelé à Jasmine son propre fils, Mohammed. A cet instant, elle avait envié la femme de Connor.

Il tourna la dernière page du manuscrit, un glossaire de termes arabes.

– On dirait bien qu'on y est arrivés! s'exclama-t-il. *Al hamdu lillah!*

Et Jasmine rit, comme chaque fois qu'il prononçait l'arabe avec son accent anglais. Un jour, il lui avait confié son histoire favorite sur son approche toute personnelle des langues. « C'était au Kenya, à la Mission. On m'a demandé de dire le bénédicité à un important dîner donné pour des représentants de l'Église. Je savais que la prière devait être dite en latin, mais vu que je ne connais aucune prière en latin, il fallait trouver une solution. Alors j'ai baissé la tête et j'ai récité “ *Levator labii superioris alaeque nasi* ”, le nom de ce petit muscle sur le côté du nez. Tout le monde a répondu “ Amen ” et on a pu manger. »

A présent, le livre était terminé. Il n'y avait plus qu'à insérer le chapitre de Jasmine et le manuscrit serait expédié à l'éditeur londonien. Declan s'en irait peu après.

– J'ai une idée, fit-il tout à coup. Je vous emmène dîner ce soir. Je n'ai pu vous rétribuer correctement pour votre travail, alors je me sentirais mieux si vous me permettiez au moins de vous offrir à dîner.

Jasmine fixa ses doigts immobiles sur le clavier. Un dîner! Ils avaient passé six mois à travailler tout près l'un de l'autre dans ce minuscule bureau, souvent le soir, parfois tard, mais aussi intime que cela puisse paraître, leur relation s'était limitée au plan professionnel, et Jasmine avait réussi à maintenir ses distances. Dîner ensemble était bien différent, beaucoup plus dangereux...

– Vous ne pouvez pas me le refuser, insista Connor en

revenant vers son bureau pour éteindre la machine. Je sais que vous n'avez rien avalé depuis l'aube parce que c'est le Ramadan. J'ignore comment vous faites, ajouta-t-il en souriant. Les Juifs sont plus raisonnables, un seul jour de jeûne à Yom Kippour. Trente jours me semblent une folie.

Elle posa les mains sur ses genoux afin de cacher sa nervosité soudaine.

– Le Ramadan est encore plus dur en été quand les jours sont plus longs, dit-elle.

– Oui, je me rappelle que même mon vieil Habib devenait irritable à sa table à repasser. C'est là que je me suis dit que je ne reviendrais jamais plus en Égypte durant le Ramadan. Alors, choisissez le restaurant. Aussi cher que vous le voulez.

– Votre femme nous rejoindra ?

– Sybil donne un cours ce soir.

Jasmine hésita. En Égypte, les règles étaient strictes : une femme ne sortait jamais seule avec un homme qui n'était pas son parent. Surtout une femme mariée. Mais était-elle réellement mariée ? Greg et elle avaient signé un papier, et elle lui avait pris son nom. Rien d'autre. Pourtant, tout en se disant qu'il ne s'agissait que d'un dîner amical dans un lieu public, elle avait peur... de ses sentiments, de les révéler.

– En plus, j'ai une surprise pour vous, fit-il.

Il lui adressa un clin d'œil malicieux qu'elle savait désormais reconnaître ; il avait eu le même air le jour où il avait joué un tour au docteur Miller, en parasitologie.

– Une surprise ?

Il alla prendre une grande enveloppe carrée derrière le fichier à classeurs.

– Je le gardais pour une occasion spéciale. Autant vous le donner maintenant. Allez, ouvrez-le.

Jasmine vit les timbres anglais et l'adresse de Declan.

– Je l'ai fait envoyer chez moi, expliqua-t-il pendant qu'elle ouvrait l'enveloppe, parce que je ne voulais pas que vous le voyiez avant.

Jasmine sortit le contenu : il s'agissait de la photocopie d'une couverture de livre, écrite en grosses lettres noires : Docteur Grace Treverton.

Quand c'est à vous d'être médecin.

Manuel de soins médicaux à l'usage des zones rurales du Proche-Orient.

– J'avais proposé plusieurs illustrations, expliqua Connor, on ne pouvait utiliser la même que pour l'édition originale. Comme vous le voyez, la mère et l'enfant sont plus orientaux, et la hutte a été remplacée par une habitation en briques crues. C'est la couverture définitive.

Jasmine eut la surprise de lire, tout en bas, sous la photo : « Texte revu et traduit par le docteur Declan Connor et Jasmine Van Kerk. »

– Je crains qu'il n'y ait pas de droits d'auteur pour vous dans l'histoire, reprit Connor, mais votre nom sera vu par beaucoup de gens. Les Volontaires de la paix viennent de passer une commande, ainsi que Médecins sans frontières.

Incapable de le regarder, Jasmine gardait les yeux rivés sur la maquette.

– Je ne sais que dire, murmura-t-elle.

– Il n'y a rien à dire. Tout ce que je sais, c'est que je remercie le ciel que l'étudiante que j'avais engagée ne soit pas revenue. – Il se tut un instant, elle sentit qu'il l'observait. Plus doucement, il ajouta : – Il était astucieux de vous marier.

Jasmine ne lui avait pas raconté que Greg et elle se connaissaient à peine à l'époque. Elle se doutait que Declan les supposait amants de longue date, et elle ne voulait pas le détromper. Cela l'aidait à dissimuler le sentiment de plus en plus fort qu'elle éprouvait pour lui.

– Alors ? Dîner en ville ?

Elle releva enfin les yeux, découvrit son sourire attirant, ses traits ciselés sous l'éclairage des plafonniers. Son cœur battit à se rompre.

– Oui, ce serait très agréable, répondit-elle.

Alors qu'ils étaient sur le pas de la porte, le téléphone sonna. Jasmine décrocha pour entendre la voix pressante de Rachel.

– Désolée de te déranger, Jas, je sais que tu travailles. Peux-tu venir immédiatement ? Grand-mère Maryam te réclame.

Jasmine jeta un regard à Connor.

– C'est Yom Kippour, Rachel. Tu reçois des visites?

– Elle ne va pas bien, Jas. Elle n'a pas quitté le lit depuis une semaine, elle dit qu'il faut qu'elle te parle. Tu veux venir?

Jasmine hésita.

– Une minute, fit-elle en couvrant le combiné de sa main. Docteur Connor, une de mes amies est malade et demande à me voir tout de suite.

– Vous devez y aller, bien sûr. Nous dînerons ensemble une autre fois.

– D'accord, Rachel. Dis à tante Maryam que j'arrive.

Lorsqu'elle raccrocha, elle éprouvait à la fois soulagement et déception, car elle savait que le dîner n'aurait jamais lieu.

– Un instant, Jasmine, fit Connor. Avant que vous partiez, je veux vous dire quelque chose. J'avais prévu de vous le dire au dîner, mais je n'aurai peut-être pas d'autre occasion.

Il marqua une pause, glissa les mains dans ses poches. Jasmine eut l'impression qu'il avait répété ce qu'il s'apprêtait à dire.

– Travailler avec vous sur ce projet a été très important pour moi, plus que je ne sais le dire. Vous ferez un médecin extraordinaire, Jasmine, et je sais que vous irez là où on aura besoin de vous. J'espère... eh bien, j'espère que nous aurons l'occasion de travailler à nouveau ensemble, un jour.

– Merci, docteur Connor, je le souhaite aussi.

Quand elle se détourna pour partir, il s'approcha d'elle et l'arrêta, une main sur son bras.

– Jasmine...

Ils se regardèrent pendant un moment, entendant les arbres gémir sous le vent d'octobre. Connor inclina la tête et Jasmine, le cœur affolé, leva le visage vers le sien. Et soudain il s'éloigna.

– Je suis désolé, Jasmine. Si vous saviez...

– Ne dites rien, je vous en prie. Nos chemins se recroiseront peut-être un jour, docteur Connor. Si c'est la volonté de Dieu. *Ma salaama.*

– *Ma salaama.*

Rachel l'attendait dans l'allée.

– De quoi s'agit-il ? s'enquit Jasmine, un peu éblouie par le soleil de fin de journée.

– C'est plutôt mystérieux. Grand-mère dit qu'elle a quelque chose pour toi. Apparemment, c'est arrivé par le courrier voilà quelques jours.

Le cœur de Jasmine fit un bond. Des nouvelles de sa famille, peut-être ! Une lettre ? Son père qui lui demandait de revenir ?

Quand elles rentrèrent dans la maison, l'estomac de Jasmine se mit à gargouiller.

– Désolée, dit-elle en riant. J'ai jeûné.

– Pourquoi ça ? C'est une fête juive aujourd'hui.

– C'est aussi le dixième jour du Ramadan.

Rachel ne répondit pas. Que Jasmine soit musulmane la mettait toujours vaguement mal à l'aise. De plus, elle éprouvait une certaine jalousie envers la relation privilégiée qui unissait Jasmine à sa grand-mère. Malgré ses origines égyptiennes, Rachel se sentait peu d'affinités avec le pays de Jasmine et Maryam. Elle n'était jamais allée en Égypte, la terre natale de son père, et en connaissait peu de chose. Cependant, elle savait que le cœur de sa grand-mère était resté là-bas, et de ce fait Jasmine avait droit à une part de Maryam qu'elle-même ne connaîtrait jamais.

La maison était silencieuse.

– Les autres sont à la synagogue. Je suis restée avec grand-mère. Elle est devenue très faible ces derniers mois, Jas. Elle n'a que soixante-douze ans et j'ignore de quoi elle souffre. Nous sommes très inquiets.

Jasmine pénétrait pour la première fois dans la chambre de Maryam Misrahi. Elle tomba en arrêt devant une grande photo sur un mur. C'était Maryam et Amira jeunes femmes, les cheveux frisés au fer – Maryam était plutôt délurée et Amira, le visage lisse dévoré par de grands yeux sensuels, ressemblait à une vedette du cinéma muet. Elle ne portait pas le noir du deuil que Jasmine lui avait toujours connu, mais une robe blanche d'étoffe légère.

– Tu lui ressembles, tu sais, fit une voix venue du lit. Couvre tes cheveux blonds, et tu es Amira.

Jamais Jasmine n'avait eu conscience d'être si égyptienne. Ses cheveux clairs et ses yeux bleus étaient sans doute tout ce qu'elle avait hérité de la famille d'Alice. Et voilà qu'elle s'émerveillait de constater que la jeune femme du portrait aurait presque pu être sa jumelle.

Elle s'approcha du lit et fut stupéfaite de constater à quel point Maryam avait vieilli en quelques mois. Ses cheveux blancs lui rappelèrent la femme rousse d'antan, ce personnage si familier de son enfance.

– Qu'y a-t-il, Tatie ? demanda-t-elle en s'asseyant.

– J'étais là le soir de ta naissance, dit Maryam en arabe. Ta grand-mère et moi nous nous aidions toujours. Je l'ai aidée à accoucher de ta tante Néfissa, et Amira a mis mon Itazk au monde. Tout cela est si loin. C'était un autre monde, là-bas, rue des Vierges du Paradis.

– Oui, acquiesça doucement Jasmine.

Elle pensa à la magnifique fontaine turque du jardin, au belvédère alambiqué où Amira donnait ses thés de l'après-midi, pareille à une reine entretenant sa cour.

– Es-tu contente à l'école de médecine ? fit Maryam.

– Il y a beaucoup à apprendre, Tatie. Cela me prend tout mon temps.

Elle eût aimé parler de Connor, mais elle n'avait même pas avoué son secret à Rachel.

– Tu feras un bon docteur. Tu es la fille d'Ibrahim Rachid et la petite-fille d'Amira, comment pourrait-il en être autrement ? Quelles nouvelles as-tu des tiens ? Voilà longtemps que je n'ai rien su de ta grand-mère.

Jasmine lui parla de la dernière lettre d'Alice, dans laquelle elle évoquait les conséquences du choléra dans la famille.

– Le bébé de Tahia risque d'avoir les dents décolorées à cause de la tétracycline. Et Sahra, notre cuisinière, a disparu, nul ne sait où.

Jasmine n'ajouta pas à quel point la lettre de sa mère l'avait terrifiée – même si elle savait que Mohammed n'avait été que légèrement atteint par le mal. L'idée que son fils puisse tomber malade et mourir sans qu'elle fût là pour l'aider lui était insupportable.

– Pourquoi m'as-tu appelée, Tatie ?

– Ne laisse pas le passé à la porte de ton cœur, Yasmina. Je le lis dans tes yeux, tu refuses de parler de ta famille. Je t'ai priée de venir aujourd'hui car c'est le jour de l'expiation. Je veux que tu te réconcilies avec ton père. La famille est tout, Yasmina. Amira m'écrit – enfin, c'est Zachariah qui écrit sous sa dictée –, elle me raconte tout de la famille et me demande de tes nouvelles. J'ignore ce qui s'est passé entre toi et ton père, Yasmina, mais tu dois réparer.

– Tatie Maryam, mon père et moi ne nous réconcilierons jamais. Il ne m'aime pas...

– Aimer ! Oh, enfant, tu ne sais pas ce qu'est l'amour, protesta Maryam en lui prenant la main. Je sais pourquoi tu as épousé l'Américain, ma chérie. Je sais que tu voulais rester aux États-Unis. Je t'en prie, écoute-moi. Ce pays n'est pas le tien, pas plus que le mien. Toi et moi sommes de là où sont restés nos cœurs, rue des Vierges du Paradis. Tu as un fils là-bas, un petit garçon qui a besoin de sa maman.

– Ils ne me laisseront pas le voir, murmura Jasmine en baissant les yeux vers la vieille main qui tenait la sienne. Omar m'a pris Mohammed, et la loi m'interdit de le revoir.

« Quant à ma famille, je suis morte pour elle. »

– Que sait la loi du cœur d'une mère ? Retourne là-bas, Yasmina, et Dieu t'aidera à trouver le chemin.

Longtemps, Maryam scruta la jeune femme, puis elle prit un objet sur sa table de chevet. – Ma sœur de Beyrouth m'a envoyé ça.

C'était un livre, écrit en arabe et intitulé *Sentence de femme*, par Dahiba Raouf.

– C'est ta tante Fatima, le savais-tu ?

– Oui, souffla Jasmine.

Émue, elle se mit à tourner les pages du recueil de poèmes. A la fin du livre, elle reçut un choc. « Un essai, par Camélia Rachid », lut-elle.

– Vous, les femmes Rachid, avez toujours eu des opinions tranchées, soupira Maryam. Je me demande si Amira est au courant pour ce livre.

Jasmine fut stupéfaite en découvrant ce qu'écrivait sa sœur : « En matière de sexe, l'homme vient au combat armé de pied en cap. Quoi qu'il fasse, la société l'approuve. L'impunité est son armure et les lois sont ses armes. La femme n'a rien, elle est sans défense. Elle vient au combat sans même un bouclier. Elle est condamnée à perdre.

« Les hommes sont les seuls propriétaires de la planète. Ils possèdent l'herbe, les mers et les étoiles; ils possèdent l'histoire et le passé; ils possèdent les femmes et jusqu'à l'air que nous respirons. Ils possèdent même la goutte de semence qu'ils laissent en nous. Ce qui sort de nos entrailles est à eux. Nous n'avons rien. Pas même le soleil sous lequel nous marchons. »

Jasmine était abasourdie. Quand Camélia avait-elle adopté ces idées? Comment, dans la société égyptienne, avait-elle appris à penser ainsi, à mettre en mots, en phrases, ses sentiments et opinions? Elle continua de lire :

« Un homme choisit de reconnaître un enfant pour sien ou non. Il peut dire : " Cet enfant n'est pas à moi. " Quelle arrogance que celle des hommes qui se sont eux-mêmes arrogé ce droit, car c'est la femme qui crée la vie dans son corps, avec son sang, son oxygène, ses cellules; elle la porte, la sent en elle, chante pour elle, nourrit cette nouvelle âme de la sienne. Or l'homme, pour qui l'acte sexuel se réduit à un instant de plaisir, peut s'approprier cette vie qui croît dans le corps d'un autre être. Il a le droit de la reconnaître et de lui permettre de vivre, ou de la renier et en conséquence de la laisser mourir. »

Jasmine fixa la page. Camélia parlait-elle d'elle et de son fils? Ou avait-elle pensé à Hassan al-Sabir en écrivant cela, à la disgrâce dont elle avait été frappée parce que l'enfant n'était pas de son mari? Elle ferma les yeux, revit les cheveux noirs et les yeux d'ambre de sa sœur. Courageuse Camélia! Mais comment pouvait-elle se montrer si honnête et intègre en paroles et si fourbe vis-à-vis d'une sœur? Avait-elle tant aimé Hassan que la jalousie l'avait poussée à révélér le secret de Jasmine à Néfissa?

Une feuille de journal pliée glissa d'entre lès pages du

livre. Elle avait été découpée dans un quotidien de Beyrouth, il s'agissait d'une interview de Camélia, « La nouvelle étoile montante d'Égypte ».

– Veux-tu me la lire ? demanda Maryam. Ma vue est si basse et plus personne dans cette famille ne lit l'arabe, ajouta-t-elle tristement.

L'article expliquait comment une célébrité telle que Camélia, femme et non mariée, devait lutter pour protéger sa réputation. « Il n'est pas facile d'être une femme seule en Égypte, disait Camélia au reporter. En Égypte, si un inconnu parle à une femme dans la rue, et qu'elle lui répond, même pour dire « Non. Allez-vous-en. Laissez-moi tranquille », l'homme, en conclut qu'elle est disponible et, donc il insiste. On se doit de l'ignorer, de faire comme s'il n'existait pas; il comprend et s'en va en la respectant pour sa bonne moralité. C'est difficile de traiter un être humain comme s'il était invisible. En France, on jugerait ce comportement grossier, mais c'est la coutume arabe. »

– Yasmina, intervint Maryam, pourquoi n'êtes-vous plus amies, ta sœur et toi ? Une sœur est si précieuse.

Les yeux de la vieille femme scrutaient Jasmine, mais celle-ci refusait d'évoquer ce à quoi elle ne voulait même pas penser. A force de bannir le passé, elle finirait à le chasser. Même si elle n'y était pas encore parvenue.

– Camélia a trahi un secret, finit-elle par répondre. A cause de cela, j'ai été rejetée de la famille et on m'a pris mon fils.

– Ah, les secrets, soupira Maryam.

Elle pensa à son propre fils, le père de Rachel, qui en ce moment se trouvait à la synagogue pour Yom Kippour – ce fils qui croyait que Suleiman Misrahi était son père, qui appelait Moussa Misrahi « mon oncle ». Elle tendit la main vers le livre.

– Je comprends les secrets, Yasmina. Mais c'est aujourd'hui le jour de l'expiation. Comme Ramadan est le mois de l'expiation. Retourne en Égypte. Ibrahim t'accueillera avec un baiser. Il te pardonnera.

– Il est tard, je ferais mieux de partir, Tatie. Je reviendrai bientôt te voir.

Maryam secoua la tête.

– J'ai laissé Suleiman m'attendre trop longtemps. Je dois aller le rejoindre. Et... ce nouveau monde où Arabes et Juifs se haïssent... je ne le comprends pas. Je ne veux pas en faire partie. Au revoir, Yasmina. *Ramadan mubarak aleikum*. Puisses-tu avoir un Ramadan béni.

Lorsque Jasmine rentra chez elle, Greg était à la table de la salle à manger, en train de dactylographier sa maîtrise. A ses pieds s'éparpillaient livres, papiers chiffonnés et tasses de café en plastique de chez Dunkin' Donuts.

– Salut! lança-t-il. Le bouquin est terminé?

La jeune femme s'appuya contre le mur, prise d'un vertige causé par son jeûne

– Je suis passée chez Rachel. Tante Maryam souhaitait me voir.

– Elle est malade?

– Elle voulait me donner quelque chose.

– Au fait, un agent du service d'immigration est venu tout à l'heure. On pourrait penser qu'ils ont mieux à faire que de nous harceler. Il a posé les questions habituelles, il a même essayé de fureter... Hé! s'exclama-t-il en allant vers Jasmine, ça va?

– Excuse-moi. Voir tatie Maryam m'a... bouleversée.

– As-tu déjà mangé? Je serais content de nous faire un petit plat. Un chili! Et si j'ouvrais deux boîtes ce soir, au lieu d'une pour moi tout seul? Je sais que tu raffoles de ma cuisine de gourmet.

Elle avait envie de retourner à la fac pour voir si Declan s'y trouvait encore. Elle avait envie de sortir dîner avec lui, de rester avec lui, de pleurer dans ses bras.

– Merci, Greg, dit-elle pourtant. Ce sera avec plaisir.

– Viens t'asseoir. Le repas sera prêt dans quelques minutes.

Il fila dans la cuisine et ouvrait déjà les conserves quand il devina qu'elle le regardait depuis le divan. Ces temps-ci, elle l'observait souvent quand elle croyait qu'il l'ignorait. Il devinait sa perplexité, sa nervosité et se demandait si elle éprouvait pour lui le désir qu'il avait pour elle. Jasmine était une femme à la fois virginale et expérimentée, et ce mélange agissait sur lui comme un puissant aphrodisiaque. Et puis elle était si triste, elle semblait si vulnérable et perdue que cela provoquait en lui l'envie profonde de s'occuper d'elle. « Je ne sais pas où est ma patrie, lui avait-elle confié un jour. Ma mère et moi étions les seules à être blondes dans la famille. Nous ne nous y sommes jamais vraiment faites; les gens nous regardaient tout le temps d'un drôle d'air. J'ai cru trouver ma place dans le pays de ma mère, mais je ne me suis pas senti de lien avec l'Angleterre. J'ai l'air d'une Occidentale, mais mon cœur est arabe. Pourtant je ne pourrai jamais retourner là-bas. Existe-t-il une place pour moi dans le monde ? » Greg prit soudain conscience qu'il voulait l'aider à trouver cette place, peut-être même *devenir*, lui, cette place.

C'était la première fois de sa vie qu'il éprouvait pareil sentiment pour quelqu'un. Enfant unique de parents scientifiques sans racines, élevé par des religieuses indifférentes, Greg Van Kerk n'avait jamais su ce que voulait dire être aimé. Il avait été nourri de science froide et de religion sévère. Avoir une famille signifiait pour lui recevoir des cartes de Noël et d'anniversaire d'endroits exotiques où la géologie locale était à l'évidence plus fascinante qu'un fils. Or voilà que son soudain « tropisme », comme il l'appelait, vis-à-vis de Jasmine bouleversait sa vision des choses.

La télévision était allumée; le programme fut soudain interrompu par un bulletin d'information. « Les troupes égyptiennes ont débordé les soldats israéliens sur la ligne Bar-lev, sur la rive orientale du canal de Suez. » Jasmine cacha son visage dans ses mains et se mit à pleurer.

Hé! s'écria Greg, qu'est-ce que tu as?

Il éteignit le poste de télévision, s'assit près de la jeune femme, posa la main sur son épaule.

– Tu t'inquiètes pour ta famille, c'est ça?

Il ne supportait pas de voir ses épaules secouées de sanglots, elle semblait si fragile, si impuissante. De nouveau, il fut submergé par le désir de la réconforter, de la protéger. Il l'enlaça d'un bras et fut surpris quand elle se tourna vers lui pour enfouir son visage contre son torse. Alors il referma les deux bras sur elle et l'étreignit.

Quand leurs lèvres se joignirent, ce fut pour un baiser salé de larmes et passionné. Les livres de médecine et d'anthropologie glissèrent du canapé. Entre deux baisers affamés, Greg parlait en phrases inachevées :

– Je ne supporte pas que... J'ai tellement envie...

Jasmine, elle, se taisait, imaginant que Greg terminait le baiser que Declan avait commencé.

Ils tombèrent au sol. Jasmine ne prit pas garde à la tache humide dans son dos nu : un Coca renversé. Ils se cramponnaient l'un à l'autre avec tant de fièvre que la table basse bascula, avec un pied cassé.

Jasmine vit le plafond tournoyer ; elle pensait à Declan.

31

Les gens dansaient dans les rues, canons et fusées volantes tonnaient, et tout le monde criait « *Ya Sadat! Yahya batal el ubur!* Vive Sadate, vive le héros du Franchissement! » La guerre était à peine terminée qu'un grand panneau dominait déjà la place de la Libération représentant les tanks égyptiens traversant le Canal, les soldats égyptiens plantant leur drapeau sur la rive orientale, et Sadate, de profil, surveillant les opérations. Il avait sauvé l'Égypte. Il avait rendu la fierté à son peuple.

Des plus humbles venelles aux demeures les plus magnifiques, les familles se réjouissaient que la grâce de Dieu eût été rendue à l'Égypte. Rue des Vierges du Paradis, on avait suspendu des lampions dans le jardin ainsi que le long des hauts murs d'enceinte de la propriété; de la musique et des rires jaillissaient par les fenêtres ouvertes sur la douce nuit de novembre : les Rachid célébraient la signature du cessez-le-feu entre Égypte et Israël.

Les hommes se tenaient au salon, fumant, discutant politique, plaisantant, tandis que les femmes allaient et venaient de la cuisine au salon avec de la nourriture et des verres de thé. Presque toute la famille était réunie; on attendait Ibrahim, qui avait été appelé en consultation pour un petit voisin qui s'était fait claquer un pétard dans la main.

Zachariah écoutait son cousin Tewfik tempêter contre l'État déplorable de l'industrie du coton :

– Le plan de Nasser n'a pas marché. Le gouvernement paie si peu cher le coton aux producteurs que l'exploitant se tourne vers des cultures non réglementées par le gouvernement, comme le trèfle. Que fait le gouvernement pour compenser la chute de la production cotonnière ? Il fait monter les prix sur le marché international. Résultat : notre coton coûte deux fois plus cher que la meilleure variété américaine. Pas étonnant que nous courions à la ruine.

Tout en se servant à manger, Zachariah se demandait ce qu'il était advenu de Sahra. Nul ne semblait savoir pourquoi elle était si soudainement partie, ni où elle était allée. Sa cuisine manquait au jeune homme, comme ses histoires sur la vie dans son village. Le choléra l'avait-il effrayée ?

De sa grosse voix de metteur en scène, Hakim Raouf racontait une blague :

– L'autre jour, mon ami Farid se vantait que sa felouque était si haute qu'il ne pouvait pas passer sous le pont Tahrir. Alors mon ami Salah s'est vanté lui aussi : son bateau de pêche était si grand que, lui non plus, ne pouvait naviguer sous le pont Tahrir. J'ai décidé de leur clore le bec à tous les deux en disant : « Moi j'ai essayé de nager sous le pont Tahrir, et je n'y suis pas arrivé. » « Comment est-ce possible, Raouf ? » m'ont-ils demandé. J'ai répondu : « Tiens! parce que je nageais sur le dos! »

Les hommes éclatèrent de rire ; en cuisine les femmes levèrent les yeux au ciel.

– Vous entendez mon mari ? fit Dahiba. Il se glorifie de la longueur de son nez!

Ce fut au tour des femmes d'éclater de rire puis elles reprirent leurs bavardages au-dessus des piles de galettes de pain et des poulets dodus qui grésillaient ; leurs joues étaient rouges de la chaleur des fourneaux. Les enfants jouaient à terre, les plus petits tétaient leur mère. Assise à une table, la petite Zeïnab s'amusait toute seule.

Elle avait apporté le press-book de Camélia dont elle ne se lassait jamais, fascinée par les photos de sa mère, les coupures de journaux et de magazines. A six ans elle commençait à peine à lire. Le tout premier article remontait à 1966, et la fillette en déchiffra quelques mots : « grâce... gazelle... papillon », mais le nom du journaliste était trop compliqué : Yacob Quelquechose.

Elle donna une petite tape à la page avant de déclarer à ses cousins, installés eux aussi à la table :

– Un jour je serai danseuse, moi aussi, comme maman.

– Certainement pas, rétorqua Mohammed du haut de ses dix ans. Tu as une patte folle.

Il fut satisfait de voir les larmes monter aux yeux de Zeïnab. Il aimait bien faire pleurer ses cousines, surtout Zeïnab. Il avait décidé que les filles étaient idiotes, même si certains aspects de leur personne le fascinaient, comme les gros seins de tatie Basdima ou la rondeur des cuisses entrevues quand les femmes dansaient. Malheureusement il devenait trop âgé maintenant pour rester avec les tantes et les cousines à la cuisine; il serait bientôt temps pour lui de rejoindre les hommes. C'en serait fini de toucher les filles à sa guise, ou de s'asseoir dans leur giron voluptueux. L'intimité féminine lui serait refusée jusqu'à l'âge adulte, et cela lui semblait fort lointain.

Camélia entre dans la cuisine avec un plat plein d'os de poulet; dès qu'elle vit les larmes rouler sur les joues de Zeïnab et l'air triomphant de Mohammed, elle s'agenouilla près de la fillette et sécha ses pleurs avec un mouchoir.

– Franchement, Mohammed, dit-elle à son neveu, tu fais exprès d'être méchant avec ta cousine.

Elle jeta un œil vers Néfissa, toujours prompte à défendre le garçon. Mais Néfissa était occupée à arranger sur un plateau des amandes, des noix glacées et des tartelettes à la pistache.

Sa tante avait la bouche de plus en plus tombante, de plus en plus amère. A quarante-huit ans, elle avait presque l'air d'une vieille femme. Camélia ne pouvait s'empêcher de comparer Néfissa à sa sœur Dahiba qui, bien que son aînée d'un an, paraissait beaucoup plus jeune, plus sensuelle et épanouie.

L'amertume de Néfissa était-elle apparue depuis que Dahiba était revenue au sein de la famille, ou sa moue de désapprobation perpétuelle venait-elle de plus loin?

Camélia savait que c'était sa tante qui, à la veille de la guerre contre Israël, avait trahi le secret de Yasmina au sujet de Hassan al-Sabir. Elle savait aussi qu'Amira avait fait jurer à Néfissa de ne plus jamais en reparler, en particulier par rapport à Zeïnab. Si la famille connaissait la véritable parenté de la fillette, les étrangers ne devaient jamais l'apprendre, encore moins l'enfant elle-même. Le secret avait été révélé, à présent on l'avait de nouveau enfoui ; Zeïnab, comme les autres enfants, ignorait que Yasmina était sa vraie mère. Elle prenait Mohammed pour son cousin, non pour son demi-frère.

Camélia donna un morceau de sucre candi à Zeïnab puis prêta l'oreille aux conversations joyeuses et aux rires qui emplissaient la cuisine. Qui eût cru que ces femmes recélaient tant de secrets ? Même Dahiba : peu de membres de la famille connaissaient l'existence de son livre explosif, interdit en Égypte. Les femmes les plus âgées, et les plus conservatrices, telle Narjis, qui adoptaient la nouvelle tenue islamique, n'avaient pas été mises dans la confidence. Mais les cousines cultivées et modernes avaient reçu un exemplaire de *Sentence de femme*, et avaient discrètement applaudi le courage de Dahiba et de Camélia. Entre toutes, Amira devait rester dans l'ignorance.

Alice, qui avait aidé Néfissa à dresser le plateau de fruits secs, se retira dans sa chambre pour souffler un peu. La dernière lettre de Yasmina était encore sur sa table de chevet. « Quelle ironie, chère Mère, lui écrivait sa fille, d'apprendre que c'est le sperme de l'homme qui détermine le sexe d'un enfant. Et de penser qu'un homme égyptien peut répudier sa femme si elle ne lui donne pas un garçon quand ce manquement n'est imputable qu'à l'époux ! »

Et Alice avait songé : « Comment auraient tourné les choses si *tu* avais été un garçon... »

Ibrahim la surprit en se montrant soudain.

– Tu es là, Alice. As-tu vu les feux d'artifice ? fit-il en lui prenant la main. Viens, montons sur le toit ! On dirait que Le Caire tournoie parmi les étoiles !

– Ibrahim ! souffla-t-elle.

A quand remontait la dernière fois où il était venu dans sa chambre ?

Il l'entraîna dans les escaliers, lui parlant du garçon d'Abdel Rahman qui serait « grâce à Dieu, prudent désormais avec les pétards ». Quand ils parvinrent sur le toit, Le Caire, tout illuminé par les feux d'artifice, offrait un spectacle extraordinaire avec les pluies d'or et d'argent qui retombaient sur les dômes et les minarets.

– Quelle meilleure preuve que Dieu nous est revenu que cette victoire sur notre ennemi ? lança Ibrahim, criant presque. Quelle meilleure preuve qu'Il a pardonné à ses enfants ? – Il marqua un arrêt, puis ajouta, plus doucement : – J'aurais dû pardonner à Yasmina. Alice, me hais-tu pour l'avoir chassée ?

Elle le regarda dans les yeux et fut surprise d'y voir de la tendresse.

– Non, Ibrahim, je ne te hais pas. Elle se débrouille bien là où elle est. Et je crois qu'elle est heureuse.

– Je regrette de l'avoir renvoyée. Je l'aime encore, je voudrais qu'elle revienne.

Une gigantesque boule d'étoiles bleu et argent éclata au-dessus d'eux. Ibrahim leva les yeux et ajouta :

– Peut-être lui écrirai-je pour lui demander de revenir.

Alice observa la façon dont il contemplait les explosions éblouissantes, son fier port de tête et la sculpture de ses traits sous la pluie de lumières. Elle le trouva beau ; il ressemblait au jeune homme dont elle était tombée amoureuse à Monte-Carlo !

Cependant, quand il ramena le regard sur elle, elle y lut un sérieux soudain qui l'alarma.

– Alice, je t'ai amenée ici pour te parler en privé. Il faut que je te dise une chose.

– Laquelle, Ibrahim ?

– Je n'irai pas par quatre chemins. Alice... je vais prendre une seconde épouse.

Un camion militaire passa dans la rue, en bas, et les soldats entassés dedans chantaient : « *Ya Sadat! Ya Sadat!* Pour toi nous sacrifions notre sang et nos âmes ! »

Alice s'aperçut que les fumées des feux d'artifice commençaient à emplir la nuit, comme si l'Égypte était en feu.

– Une seconde épouse ? Tu vas me répudier ?

– Jamais, Alice. Je t'aime et te respecte. Je veux que tu continues à vivre ici et à être ma femme. Mais il me faut un fils, et tu as passé l'âge de m'en donner un.

– Un fils! Tu as Zachariah!

Il lui prit la main et, par phrases saccadées, lui raconta la nuit de la naissance de Yasmina.

– J'aimais Yasmina, dit-il pour conclure, mais j'avais besoin d'un fils. Sur son lit de mort, mon père m'a fait promettre de lui donner des petits-fils. J'étais effrayé. Aussi ai-je adopté le bâtard d'une mendiante. Sahra, notre ancienne cuisinière.

Alice se mit à trembler.

– Zachariah n'est pas de toi ? Pourtant il te ressemble !

– Sahra m'a dit que j'avais une certaine ressemblance avec le père du bébé. Peut-être est-ce ce qui explique en partie ma folie. Je savais que j'agissais contre les lois de Dieu, mais j'avais blasphémé Dieu et je pensais qu'Il avait l'intention de me punir. A présent, je regrette profondément cet acte. Nous n'avons pas à contrarier les desseins du Seigneur, Alice. Quoi qu'Il ait décidé pour Sahra et son fils, c'était mal de ma part de modifier leur destinée. Mais je crois aujourd'hui que je suis pardonné, comme l'Égypte est pardonnée. Demain sera plein d'un nouvel espoir.

– Qui... bredouilla Alice, qui avait peine à trouver ses mots. Qui vas-tu épouser ?

– Huda, mon infirmière. Elle vient d'une famille où l'on fait des fils, et c'est ce que je veux. Elle sait que je ne l'aime pas, je lui ai dit la raison pour laquelle je désirais me marier. Elle est d'accord. – Il prit Alice aux épaules et l'embrassa. – Ne sois pas bouleversée, ma chérie, je t'en prie.

Tout à coup, Alice ne fut plus sur le toit au milieu des feux d'artifice, mais dans le jardin, à contempler, émerveillée, les boutons de cyclamens qui venaient d'apparaître. Ibrahim et Eddie assistaient à un match avec Hassan. Elle n'avait pas été conviée puisqu'elle était femme. Deux petites filles se trouvaient dans le jardin avec elle : Camélia et Yasmina, qui jouaient à se déguiser avec les vieilles mélayas de Néfissa. Elles essayaient de se voiler, de faire disparaître leur corps et leur visage sous le voile à la façon des Égyptiennes. Un jeu pour les fillettes, mais Alice en avait pressenti tout le sérieux. Les Britanniques quittaient l'Égypte et l'on parlait du retour aux mœurs d'antan.

« Le temps des voiles, pensait-elle à présent, de l'excision, des secondes épouses. » Elle comprit que l'avenir qu'elle avait redouté était venu.

– D'accord, mon chéri. Cela m'est égal. Il te faut un fils, évidemment. Et je ne risque plus de te le donner. Descends rejoindre les autres, je te suis dans un instant.

Ibrahim disparut dans l'obscurité, elle le suivit peu après. Lorsqu'ils furent tous deux partis, Zachariah sortit de l'ombre où il s'était tenu pour voir les feux d'artifice.

Interdite, Tahia regarda Zachariah. Ils étaient assis sur le banc de marbre où ils s'étaient déclaré leur amour le soir où Yasmina était devenue l'épouse d'Omar.

– Comment cela, tu t'en vas ? Pourquoi ? Et où ?

– Tahia, j'ai appris ce soir que mon père n'est pas mon vrai père, que toute ma vie a été fondée sur un mensonge.

Il lui confia ce qu'il avait surpris sur le toit.

– *Allah!* s'exclama la jeune femme. Est-ce possible ? Tu n'as pas dû entendre correctement !

Zachariah n'était pas bouleversé, au contraire, il se sentait étrangement en paix, comme si venait de prendre fin une longue et difficile lutte.

– Je comprends tant de choses maintenant, fit-il avec douceur. Pourquoi mon père ne m'a jamais aimé. Pourquoi, à certains moments, je sentais son ressentiment envers moi. Et pourquoi je surprenais sur moi le regard de Sahra. J'ai toujours cru qu'elle nous racontait des histoires de son enfance au village simplement pour nous amuser, je comprends à présent qu'elle s'efforçait, d'une certaine façon, de me parler de ma véritable famille. Tahia, je t'aime de tout mon cœur, mais je ne puis t'épouser avant de connaître la vérité sur mes origines. Je pars chercher ma mère. Chercher le village où je fus conçu. Peut-être ai-je là-bas toute une famille qui m'attend.

– Comment les trouveras-tu, Zakki ? Il existe des centaines de villages le long du Nil ! Sahra n'a jamais dit d'où elle venait !

Tahia avait peur. Le mois dernier, pendant le Ramadan, Zachariah avait jeûné avec tant de zèle qu'une nouvelle crise était survenue. Il était tombé, avec de l'écume aux lèvres, et s'était souillé. Et si ça recommençait pendant qu'il irait de village en village ?

– Je t'en prie, demande à Tewfik ou à Ahmed de t'accompagner...

– Je dois faire seul ce voyage. – Il prit la main de Tahia entre les siennes, lui sourit. – Ne t'inquiète pas pour moi, je marcherai avec Dieu. Peut-être est-ce le sens de la révélation que j'ai eue dans le désert. Peut-être le Tout-Puissant me disait-Il que je devais partir pour une quête. Nul ne peut faire le chemin avec moi, Tahia. Pas même toi, qui m'es plus chère que la palpitation de mon propre cœur. S'il te plaît, sois heureuse pour moi. Je pourrai étreindre Sahra comme ma mère. Je trouverai mon père, et lui rendrai hommage.

Tahia pleurait, et d'une main délicate s'essuya la joue.

– Et tu me reviendras, Zakki, mon aimé ?

– Je reviendrai, précieuse Tahia. Devant Dieu et le Prophète et tous les saints et les anges, je te promets que je te reviendrai.

Dans les appartements d'Amira, Qettah consultait une fois de plus les feuilles de thé et l'huile sur l'eau. L'astrologue finit par sourire.

– Tu t'es parfaitement remise de la maladie, Sayyida. La fortune te favorise, comme elle favorise l'Égypte. La période est propice au voyage. Il est temps pour toi de partir en pèlerinage à La Mecque, et de trouver le garçon qui te fait signe dans tes rêves.

Amira raccompagna la vieille femme jusqu'à la porte,

lui régla sa visite puis, trop impatiente pour attendre le matin, décida d'aller sur-le-champ prévenir Alice qu'elles pouvaient entamer leurs préparatifs de départ.

Alice s'assit à sa coiffeuse, enveloppée du nuage d'essences d'amande et de rose de son bain. Elle avait mis l'une de ses anciennes robes, une robe élégante encore blanche et provocante. Depuis quand ne l'avait-elle pas portée ? Elle sourit. La dépression dont elle souffrait depuis si longtemps s'était curieusement dissipée, comme si on avait allumé une lampe pour chasser les ombres et l'auréoler de lumière dorée. Jamais elle ne s'était sentie en paix à ce point.

Elle se leva, quitta sa chambre. Quand elle ouvrit la porte qui avait été autrefois celle de son frère, elle se rappela avec une clarté stupéfiante les deux dernières fois où elle l'avait vu en ce lieu : la première, avec Hassan al-Sabir, commettant un acte indécent ; la seconde, avec une balle dans la tête. Elle ne fut pas surprise de voir Edward dans l'entrée, vêtu de flanelle blanche, portant une batte de cricket. Il n'avait pas pris une ride alors que leur dernière entrevue remontait à vingt ans. Bien sûr. Elle voyait son fantôme.

– La soirée est douce pour un mois de novembre, lui dit-il. Idéale pour une promenade.

– Oui, Eddie, fit Alice.

Elle descendit les escaliers et, quand elle marqua un arrêt au pied des marches, elle entendit le fleuve de la mélancolie qui grondait dans ses oreilles.

Dans les rues, elle croisa des fêtards, vit des hommes rassemblés autour de postes de radio ou de télévision pour écouter le président Sadate. La circulation était dense sur la Corniche ; les piétons riaient sur les trottoirs, sans prêter attention à cette femmes en robe du soir blanche qui allait le long du fleuve où les pêcheurs chantaient au-dessus de leurs braseros.

Dans l'eau, Alice vit des lumières se refléter, et elle réalisa que l'éclairage venait de La Cage d'Or. Elle tenta d'imaginer la fille éblouissante qu'elle avait été autrefois, debout sur la terrasse, enivrée par la fièvre et le romantisme de nuits d'Arabie imaginaires.

Elle parvint à un endroit désert, éloigné des felouques et des péniches, du bruyant Hilton et de son quai où venaient accoster les bateaux de croisière du Nil. Le froid de l'eau la surprit, comme le contact déplaisant de la boue sous ses pieds nus. Elle avait toujours cru que le Nil serait chaud. Amira ne l'appelait-elle pas la Mère des Fleuves ? Sa robe se gonfla autour de ses genoux puis de ses hanches, flottant quelques instants à la surface, comme une méduse. Lorsque l'eau atteignit sa poitrine, l'étoffe avait plongé et s'enroulait autour de ses jambes sous la force du courant. L'eau lui effleura les aisselles, puis le menton. A mesure qu'elle descendait vers les profondeurs, une étrange illusion d'optique lui donna l'impression que c'était La Cage d'Or qui se noyait, non pas elle.

Lorsque le flot se referma au-dessus de sa tête, qu'elle vit ses cheveux blonds partir en vrille, elle entendit la voix d'Ibrahim : « Me hais-tu pour avoir déclaré notre fille morte et l'avoir chassée ? » Et en toute honnêteté, Alice répondit : « Non, parce que tu l'as libérée de cette prison qui m'a gardée captive. Merci Ibrahim, merci d'avoir libéré ma fille. »

Alice ouvrit la bouche, l'eau saumâtre s'y engouffra. Elle écarta les bras, leva les pieds et sentit le courant la bercer avec tendresse. Il lui semblait voler ; son corps roula et roula doucement, tandis que l'eau continuait de lui emplir la gorge. Et puis sa tête heurta quelque chose de dur.

Elle éprouva une douleur violente, vit une explosion d'étoiles, et elle pensa que c'était les feux d'artifice qui célébraient la victoire de l'Égypte.

SIXIÈME PARTIE

1980

32

Le pays entier était secoué par le sacrilège de la femme. Dans les rues, dans les cafés, les gens ne parlaient que de cela : d'abord elle assassine son frère, disait-on, puis elle met une fausse barbe et s'approprie les devoirs et les privilèges d'un homme. Comment peut-on laisser vivre une telle perversité de la nature ? Cette créature n'est-elle pas une obscénité ambulante ?

– Cette femme est folle de renier son sexe, marmonna par-dessus sa bière un percepteur, de dénigrer la fonction pour laquelle la nature l'a créée.

– Pour qui se prend-elle ? renchérit le cafetier. Essayer d'être un homme, exiger les droits qui ne seront jamais ceux d'une simple femme. Que deviendrait le monde si *toutes* les femmes pensaient comme celle-ci ?

Un marchand d'étoffe leva le poing pour crier :

– Vous verrez que bientôt elles voudront que *nous* portions les bébés !

Dahiba ne put se retenir et éclata de rire.

Hakim lui adressa un regard exaspéré.

– Désolé, mon chéri, dit-elle. Mais c'est tellement... tellement drôle. Les hommes mettant au monde les enfants.

Dans le café en plein air, qui avait été temporairement érigé à l'extérieur du muséum égyptien, les acteurs se détendirent et sortirent des cigarettes de sous leurs pagnes et longues robes plissées. Les badauds assemblés derrière les barrières s'esclaffèrent de voir ces Égyptiens de l'Antiquité allumer des cigarettes.

– Je regrette, mon chéri, reprit Dahiba, rejoignant son mari pour passer la main sur son crâne chauve. Recommence la scène. Cette fois, juré, je me tiens tranquille.

Elle savait combien le film était important pour lui, et combien il était dangereux en réalité. Jusqu'alors, les censeurs du gouvernement n'étaient pas intervenus, mais ils surveillaient de près le tournage. Seraient-ils assez clairvoyants pour percer la ruse de Hakim. « Il s'agit d'un film sur notre glorieux passé ! avait argué celui-ci. Qu'y a-t-il de suspect dans un film sur nos pharaons ? Il n'y a rien de politique et je vous promets que les scènes dansées resteront morales et pudiques. »

Les censeurs ignoraient le message caché du film qui, en apparence, racontait l'histoire d'une jeune femme du Caire moderne qui s'endort au musée et se rêve dans la peau de Hatchepsout, la seule femme pharaon d'Égypte. Le rêve se voulait une parabole. Mariée dans la réalité à un sadique qui la torturait sans qu'elle eût aucun recours légal contre lui, la jeune femme rêvait que les rôles s'inversaient ; elle devenait puissante et, pour finir, punissait son époux par la castration. Les censeurs ignoraient que l'acteur qui jouait le mari jouerait également l'esclave castré.

L'on tournait à présent la séquence du rêve, dans ce petit matin de novembre, avant que Le Caire ne devînt trop bruyant. Bien que des barrières aient été placées autour du plateau pour contenir les spectateurs, la foule avait crû de façon si inattendue qu'il avait fallu appeler des gardes en uniforme, armés de matraques, pour assurer la sécurité.

Hakim et son équipe se montraient très prudents. Récemment des réalisateurs cairotes avaient été la cible de groupes intégristes islamiques qui contestaient la production de « films immoraux porteurs de messages qui vont à l'encontre des enseignements de l'Islam ». Hakim lui-même avait reçu des menaces pour avoir tourné des films dépeignant des femmes fortes, aux opinions arrêtées, qui préféraient vivre seules plutôt que de se marier. Depuis la victoire de l'Égypte dans la guerre du Ramadan en 1973, la montée de l'intégrisme prêchait le retour au rôle traditionnel et « naturel » de la femme, or les films de Hakim Raouf, déclaraient les conservateurs islamistes, mettaient des idées dans la tête des jeunes filles.

Cependant, ce n'était pas seulement parmi les musulmans que Hakim et d'autres metteurs en scène comptaient des ennemis; les coptes s'élevaient eux aussi contre une production cinématographique qui, affirmaient-ils, présentait de façon systématique les membres de leur communauté sous un éclairage négatif. Raouf s'était vu attaquer à la fois par les coptes et par les musulmans pour avoir tourné une histoire d'amour entre une musulmane et un chrétien, film que les deux parties avaient jugé offensant et quasi parodique.

– Il est impossible de plaire à tout le monde, disait Hakim. Je suis comptable devant Dieu et devant ma conscience. Je ne peux rester en paix avec moi-même si je continue à tourner des comédies musicales ou des mélos. En tant que réalisateur, je suis dans l'obligation de parler avec mon cœur.

Dahiba l'aimait pour son courage, mais aujourd'hui les badauds assemblés ne lui disaient rien qui vaille. La nuit dernière encore, une émeute avait éclaté dans le quartier copte du Caire, où l'on disait qu'un chrétien avait violé une fillette musulmane de cinq ans. Plusieurs personnes avaient été tuées, des immeubles incendiés, et il avait fallu plus d'une centaine de policiers pour rétablir l'ordre.

– Hakim, dit-elle doucement, frissonnant sous le soleil de novembre bien que la matinée fût chaude, je crois que nous devrions arrêter pour aujourd'hui. Il y a des visages en colère dans la foule. Et tu as reçu cette menace de mort l'autre jour, signée d'une croix copte.

Ils recevaient aussi des menaces à cause du livre de Dahiba, *Sentence de femme*. L'ouvrage restait interdit en Égypte mais, au cours des sept dernières années, il avait provoqué plus d'une tempête dans le monde arabe. Depuis que Dahiba s'était retirée de la scène six ans auparavant, au cap de la cinquantaine, elle se consacrait à ses écrits féministes. Aucun n'avait pu être publié, pas même au Liban.

– Faudra-t-il vivre comme des taupes? fit Hakim. Dieu nous a donné l'esprit, l'intelligence, et la possibilité d'exprimer nos idées. Si nous renonçons, les autres se tairont aussi, jusqu'à ce que le silence recouvre l'Égypte.

Dahiba dut en tomber d'accord. Pourtant elle avait peur.

À l'intérieur de la caravane parquée près de l'arrêt de bus municipal, devant l'hôtel Hilton, Camélia mettait la dernière touche au maquillage de Hatchepsout. Vedette du film, elle tenait le rôle de la renégate pharaon. S'emparant de sa barbe royale, elle jeta un œil par la petite fenêtre proche de son miroir et vit plusieurs camionnettes pleines de jeunes gens agités rouler à la lisière de la foule des badauds. Certains brandissaient des pancartes marquées de la croix copte. Elle fronça les sourcils puis se tourna vers sa fille de quatorze ans qui faisait ses devoirs à la petite table.

À voir l'appareil orthopédique qui maintenait la jambe de Zeïnab dépasser sous l'ourlet de sa jupe d'uniforme scolaire, Camélia éprouva un élan d'amour. Elle revit la scène où Amira avait déposé ce bébé non désiré entre ses bras quatorze ans plus tôt et s'émerveilla à nouveau que Dieu, dans Son infinie compassion, lui eût accordé une fille. De là, elle pensa à Yasmina. Les années n'avaient pas apaisé la colère de Camélia envers sa sœur; sa fureur avait au contraire crû avec son amour pour Zeïnab. Comment Yasmina avait-elle pu abandonner son enfant? « Elle n'en veut pas, avait déclaré Alice lorsque Yasmina avait quitté l'Égypte. J'ai tenté de la convaincre de la garder mais elle dit que ce bébé lui rappelle trop Hassan. » *Bismillah!* On ne punit pas un enfant pour les péchés de son père! À la rage de Camélia se mêlait la peur qu'un jour Yasmina revienne réclamer sa fille. « Il faudra qu'elle soit prête à se battre; Zeïnab est à moi. »

– Zeïnab chérie, fit-elle en voyant les jeunes gens sauter des camionnettes, appelle Radwan s'il te plaît. Dis-lui que je veux le voir. Fais vite.

Radwan était l'un des gardes du corps de Camélia, un grand Syrien qui travaillait pour elle depuis sept ans. Il arriva bientôt dans la caravane.

– Radwan, pouvez-vous conduire Zeïnab chez ma mère, rue des Vierges du Paradis, je vous prie ?

– Oh, Maman, protesta l'adolescente, je ne peux pas rester et te voir tourner ?

Camélia l'étreignit. Jolie Zeïnab, petite pour son âge, aux cheveux qui s'éclaircissaient chaque année et prenaient aujourd'hui la teinte du cuivre ancien.

– La journée va être longue, ma chérie, et il y a trop de distractions ici pour que tu puisses faire tes devoirs. Va chez ta grand-mère, je t'y rejoindrai plus tard. – Elle revint à Radwan. – Emmenez-la par le Nil. Et vite.

Le garde du corps hocha la tête, il avait compris.

Enfilant un peignoir sur son costume antique en lin plissé, Camélia sortit dans l'air brumeux du matin pour observer la cohue inhabituelle derrière les barrières de sécurité. Décidément, il y avait de la bagarre dans l'air. Pourquoi cette violence au moment même où l'Égypte commençait enfin à progresser ? Grâce à la diligence de Mme Sadate, de nouvelles lois avaient été votées au Parlement, qui accordaient davantage de droits aux femmes, et une représentation accrue dans le gouvernement. Mais l'opposition conservatrice manifestait son mécontentement, notamment en exhibant des jeunes femmes qui mettaient *volontairement* le voile.

Camélia jeta un œil sur sa gauche, vit Radwan monter à l'arrière de sa limousine blanche. Tandis que la voiture rutilante s'éloignait de la foule toujours plus nombreuse, la jeune femme se demanda si son séduisant garde du corps était toujours amoureux d'elle, comme il le lui avait un jour imprudemment avoué.

Camélia recevait des dizaines de déclarations d'amour depuis qu'elle était une vedette – elle dansait maintenant avec un corps de vingt danseuses et tout un orchestre. Chaque fois, elle repoussait gentiment ses admirateurs, comme elle l'avait fait avec Radwan. Elle ne voulait pas d'amant, et encore moins tomber amoureuse.

Se frayant un chemin parmi les câbles jusqu'au plateau

de tournage, elle sentit des centaines d'yeux la suivre. Elle savait ce qui se passait dans l'esprit des badauds et elle connaissait les termes emphatiques qu'affectionnent les Égyptiens : « C'est Camélia Rachid, notre déesse adorée, la plus belle femme du monde, la plus désirable depuis Cléopâtre, celle qui aveugle même les anges. » Lorsqu'elle se produisait au Hilton, les hommes criaient : « Tu es du miel! Tu es du diamant! » Un jour où une goutte de transpiration avait roulé depuis sa joue jusque dans son cou puis entre ses seins, un Saoudien emballé avait bondi sur une table pour s'exclamer : « Oh, suave pluie de Dieu! »

Camélia était habituée à cette adulation. Mais elle ne connaissait pas l'amour. Elle n'avait jamais été amoureuse, alors que les journaux du Caire l'appelaient « la déesse d'amour égyptienne ». Titre tout symbolique : la presse savait qu'elle menait une existence chaste et morale. Les journalistes ignoraient cependant que Zeïnab n'était pas véritablement sa fille, qu'elle n'avait jamais été mariée – et certainement pas à un héros mort à la guerre des Six Jours – et son plus grand secret : à trente-cinq ans Camélia était encore vierge.

– Oncle Hakim, fit-elle en le rejoignant ainsi que Dahiba. Je n'aime pas cette foule. Des jeunes gens en colère viennent d'arriver par camions.

– Nous devrions partir, suggéra Dahiba.

Hakim lut la crainte dans leurs yeux.

– Fort bien, mes anges, répliqua-t-il. Nous ne serons pas téméraires. Après tout, plus brave est l'oiseau, plus gras est le chat. Je donne congé à l'équipe. Nous pourrons tourner cette scène en studio.

À l'instant où il faisait signe à son cameraman, une voix s'éleva dans la foule :

– Mort au suppôt de Satan!

Et soudain une meute de fanatiques, brandissant poings et bâtons, déferla sur le plateau, rompant les barrières de sécurité. Ils jetèrent les gardes à terre, saccagèrent les caméras et le matériel avant que les techniciens de Hakim puissent réagir. Les gardes tentèrent de les neutraliser mais leur nombre les submergeait. Quand un groupe tomba sur le cameraman pour le frapper à coups de bâton, Hakim courut à son secours. L'un des assaillants attrapa alors une corde, la passa autour du cou de Hakim. D'autres lui prêtèrent main-forte pour le traîner à terre. Ils lancèrent l'extrémité du cordage par-dessus une grue, et commencèrent à hisser leur victime. Le visage de Hakim vira au pourpre, ses yeux saillirent.

– Arrêtez! Arrêtez! hurla Camélia en bataillant contre la foule. Oncle Hakim! Oh, mon Dieu... *Hakim!*

À voir tant de jeunes gens en galabieh blanche se prosterner ensemble pour la prière, Mohammed vibra d'enthousiasme. Combien étaient-ils? Des centaines? Une poignée comparée aux milliers qu'ils empêchaient de traverser le campus universitaire.

– Cela se produit chaque jour maintenant, fit l'un des témoins. Ils s'installent dans la cour centrale pour prier. Comment veux-tu les disperser? Il faut quand même aller en cours.

Mohammed devait également aller en cours, ayant à peine entamé ses études supérieures à l'université du Caire. Mais ce blocus par la prière plaisait au jeune homme de dix-sept ans. Il eût aimé avoir le courage de se joindre à eux. Il eût aimé revêtir leur uniforme : la galabieh blanche, la barbe et la chéchia. Comme il enviait ces jeunes religieux du campus qui tapaient aux portes des classes pour annoncer l'heure de la prière, exaspéraient les professeurs, déconcertaient les étudiants. Ils avaient une noble cause, un but. Ne brûlaient-ils pas comme il brûlait?

Lorsque la prière fut achevée et que les jeunes intégristes se dispersèrent, Mohammed continua son chemin, passa le long des baraques où l'on vendait des ouvrages religieux à prix réduit. Les jeunes zélés offraient là, gratuitement, galabiehs et voiles à ceux qui s'arrêtaient pour les écouter. Il n'y avait pas que des garçons mais aussi des filles qui, en voile et robe longue, distribuaient des tracts et des brochures expliquant la nécessité de désavouer les mœurs corrompues d'Europe et d'Amérique pour revenir à Dieu et à l'Islam. Les étudiants proposaient des cassettes de sermons d'imams intégristes ; quand un homme et une femme marchaient ensemble, ils exigeaient de voir leur licence de mariage ; de jeunes barbus frappaient les filles à coups de bâton si leur jupe ne couvrait pas leurs chevilles ; ils réclamaient l'arrêt du travail et la fermeture des boutiques durant l'appel à la prière ; ils appelaient à la libération de Jérusalem des Israéliens ; ils déclaraient toute musique sacrilège, celle de l'Occident en particulier. Enfin, les extrémistes prêchaient le retour à la ségrégation des sexes, surtout à l'école parmi les vierges et les célibataires ; ils insistaient pour que garçons et filles ne s'assoient pas ensemble dans une salle de classe, et les étudiants en médecine intégristes refusaient d'étudier l'anatomie de l'autre sexe. Après tout, raisonnaient-ils, n'était-ce pas les pratiques pieuses des Égyptiens en 1973 qui leur avaient donné la victoire dans la guerre du Ramadan ? C'était bien la preuve que Dieu voulait voir l'Égypte s'engager dans la voie de l'Islam.

Oui, pensa Mohammed Rachid. Il croyait que la fièvre qui l'habitait s'appelait Dieu.

Et plus tard dans l'après-midi, quand il rejoignit ses parentes dans le grand salon, rue des Vierges du Paradis, il continua de prendre la ferveur qui s'emparait de lui pour de la ferveur religieuse. Or ses pensées n'allaient pas à Dieu, mais à une fille de l'université, aux yeux pareils à des lacs d'encre. Dieu, comment s'attacher à de pieuses réflexions quand les filles avaient de tels yeux, d'épaisses cascades de cheveux et des hanches pleines de promesses ? Les étudiants avaient raison, il fallait séquestrer les femmes, les tenir plus sévèrement afin que leur sexualité rampante ne menace pas les hommes.

Mohammed s'affala sur l'un des divans et songea que l'on ne pouvait se fier aux femmes. Surtout pas à celles qui étaient belles. Sa propre mère n'était-elle pas belle ? Et ne l'avait-elle pas trahi en l'abandonnant ? Il n'écrivait jamais à Yasmina, refusant tout contact avec elle. Pour que la famille l'ait déclarée morte, il fallait qu'elle ait commis un péché terrible, et elle méritait donc son bannissement. Pourtant, lorsqu'une lettre arrivait de Californie, il la lisait maintes fois en secret puis, dans son lit la nuit, il sanglotait sur la photo de Yasmina, brûlait de toucher cette peau blanche, ces cheveux blonds, et la maudissait.

En attendant que l'une des filles lui apporte du thé, il regarda sa belle-mère, Nala, qui cousait sur l'un des divans. Elle était à nouveau enceinte. Elle avait déjà donné sept enfants à Omar, avait subi une fausse couche et perdu un bébé qui souffrait d'une malformation cardiaque. Nala avait vécu ses nombreuses grossesses sans se plaindre. Mohammed estimait la chose juste et naturelle.

Lorsque Zeïnab lui porta son thé, il fut incapable de croiser son regard. Pauvre fille, dont la mère dansait de façon obscène devant des étrangers. Et comment se faisait-il que Zeïnab ressemble tellement à sa mère à lui, Yasmina ? Mohammed était mal à l'aise avec celle qu'il prenait pour une cousine.

Buvant son thé à la menthe brûlant et sucré, la tête pleine d'arômes qui lui ramenaient l'image des yeux noirs et des hanches larges, Mohammed sut tout à coup ce qu'il avait à faire. Demain, à l'université, il troquerait son jean contre la longue galabieh blanche de la Confrérie. Là serait son refuge contre le péril des femmes.

Dans le jardin, Amira observa la position du soleil et jugea que la majorité des jeunes gens devaient être rentrés de classe ; elle les trouverait au salon, rassemblés pour la prière du couchant. Elle ramassa sa récolte d'herbes et suivit le sentier jusqu'à la maison, traversant ce qui avait été autrefois le jardin d'Alice.

Il ne restait plus trace de l'Éden anglais ; papyrus, coquelicots et richardies avaient envahi le lieu où avaient miraculeusement poussé des bégonias et des œillets. En sept ans, Amira n'avait cessé de pleurer la perte d'Alice et de Zachariah. Elle se consolait avec la pensée qu'ils avaient suivi leur destinée, destinées qui s'étaient liées le jour de la naissance de Yasmina, quand Amira avait envoyé Ibrahim accomplir un acte de charité dans la ville.

Elle pénétra dans la cuisine que baignaient le soleil doré de l'après-midi, l'arôme lourd de la moussaka cuisant au four et l'odeur du poisson rissolant dans le beurre. Elle posa ses herbes tout en prêtant l'oreille aux bavardages et rires des femmes et des filles absorbées dans diverses tâches. Amira pensa combien elle était gâtée : soixante-seize ans, en parfaite santé, et en pleine possession de ses moyens, entourée de dix-huit arrière-petits-enfants, plus deux autres en route. Loué soit le nom de Dieu! La maison était à nouveau pleine depuis que Tahia et ses six enfants y vivaient, ainsi que les huit d'Omar, et sa femme, qui venaient s'installer rue des Vierges du Paradis chaque fois qu'Omar partait en mission à l'étranger, comme c'était le cas actuellement. Et tous ces enfants, petits ou grands, quel que soit leur lien de parenté avec Amira, l'appelaient « Oumma » parce qu'elle était la mère de famille. D'ailleurs ils étaient sous sa responsabilité car, même si trouver des maris aux filles incombait aux mères, c'était elle qui avait la décision finale.

Il y avait Asmahan, la fille de Tahia âgée de quatorze ans, qui portait le *hijab*, le voile islamique, se couvrait cheveux, cou et chevilles, une fille imbue d'elle-même qui ressemblait fortement à sa grand-mère Néfissa, et qu'Amira avait un jour surprise disant à Zeïnab que sa mère brûlerait en enfer parce qu'elle était danseuse. D'autres filles dans la maison portaient le *hijab*, des étudiantes zélées qui s'appelaient elles-mêmes *Mohajibaat*, « femmes au voile » et qui, en classe, refusaient de s'asseoir à côté des hommes. Leur piété aiderait Amira à leur trouver un époux. En revanche leurs sœurs et leurs cousines étaient nettement moins faciles à marier. Sakinna, que le fils d'Abdel Rahman avait refusée, demeurait célibataire à trente-trois ans. Basima, toujours divorcée avec deux enfants, vivait sous son propre toit. Quant à Samia, la dernière fille née de l'union de Jamal Rachid avec sa première épouse, elle était bien trop maigre pour faire un bon parti.

Enfin, il y avait Tahia, veuve depuis plus de sept ans. À trente-cinq ans, elle restait adorable et aurait rendu un homme heureux. Or chaque fois qu'Amira abordait la question, Tahia répétait, avec douceur mais fermeté, qu'elle attendait Zakki. Depuis sa disparition, voilà sept ans, nul n'avait entendu parler de Zachariah, mais Tahia demeurait inébranlable dans sa certitude qu'il reviendrait un jour.

Amira, elle, en doutait. Où qu'il fût parti, elle le savait sur la voie de Dieu.

Elle entra au salon, où quelques membres de la famille écoutaient les dernières nouvelles à la télévision. On parlait aujourd'hui de l'escalade de la violence entre coptes et musulmans. En représailles du meurtre d'un cheik musulman dans un village de Haute-Égypte, une bombe avait explosé dans une église copte, tuant dix personnes.

Amira regarda Mohammed, son arrière-petit-fils à l'expression renfrognée, et nota la façon arrogante avec laquelle il prenait le verre de thé que Zeïnab lui apportait. Un frère et une sœur qui se croyaient cousins... Si leur ressemblance physique était frappante, leurs caractères étaient aussi dissemblables que l'aneth et le miel. A le voir darder sur ses cousines ses yeux de faucon, Amira s'inquiétait pour Mohammed. Ce garçon avait le sexe en tête; il n'était en cela pas différent de son père au même âge. Amira se souvint de l'époque où Omar avait exigé qu'on lui trouve une femme. Cependant il semblait qu'il y eût une fibre plus dangereuse chez Mohammed, comme un violent courant dans ses veines. « Parce qu'il a été séparé de sa mère ? » se demanda Amira. Elle se rappelait les crises qu'il avait faites après le départ de Yasmina, au point qu'Ibrahim avait dû lui administrer des calmants. Peut-être serait-il sage de le marier rapidement, songea Amira, avant que son appétit charnel ne le pousse à commettre un acte désastreux.

Enfin, il n'était malheureusement pas question de mariage pour la pauvre Zeïnab, la boiteuse.

Il y avait tant de choses dont il fallait s'occuper! Or, récemment, Amira avait éprouvé plus fortement que jamais l'appel de l'Arabie. Elle faisait de plus en plus de rêves. Curieusement, les songes du beau jeune homme qui lui faisait signe avaient cessé. Amira ignorait pourquoi. Était-il mort depuis qu'elle ne rêvait plus de lui ? Mais alors que le mystérieux adolescent avait disparu, une nouvelle voix du passé la hantait : « Nous suivrons la route que prit le prophète Moïse lorsqu'il mena les Hébreux hors d'Égypte. Nous nous arrêterons au puits où il rencontra sa femme... » Sans doute la route empruntée par la caravane de sa mère quand ils avaient été attaqués par des marchands d'esclaves. Et l'oasis dans ses rêves... s'agissait-il du puits de Moïse ?

Tous ces songes et fragments de souvenirs formaient une mosaïque du passé qui se complétait peu à peu. Mais Amira ne parvenait toujours pas à se rappeler son arrivée rue de l'Arbre à Perles, ni ses premiers jours au harem.

Elle n'était point partie pour La Mecque comme prévu sept ans auparavant, à cause de la mort d'Alice. Puis la famille avait cherché Zachariah, elle avait attendu vainement de ses nouvelles. Ensuite, une épidémie de fièvre avait fait des ravages parmi les enfants du Caire ; Qettah avait déclaré l'année suivante défavorable au voyage. Or maintenant les présages étaient bons.

Dès que tout serait réglé dans la famille, elle effectuerait le pèlerinage à la Ville sainte. Et à son retour, elle suivrait la route des Juifs. Peut-être trouverait-elle le minaret carré et la tombe de sa mère...

Dans l'allée, Ibrahim s'apprêtait à sortir de sa voiture avec lassitude. A soixante-trois ans, il n'aurait pas dû se sentir si vieux. Son sentiment d'échec, sans doute, l'avait prématurément vieilli. Car la vie d'un homme sans fils était bel et bien un échec.

La culpabilité le rongeait aussi. Depuis le suicide d'Alice, sa conscience n'avait pas connu un instant de paix. Il aurait dû la suivre, d'autant plus qu'il connaissait le drame de sa famille : sa mère et son frère s'étaient tous deux suicidés. Il l'aurait peut-être sauvée. Aujourd'hui, il se rendait compte qu'il avait également commis une erreur en épousant Huda. Quatre fillettes, voilà ce qu'elle lui avait donné, accusant encore son sentiment d'échec.

Il laissa aller sa tête sur le volant.

Dans quatre jours, ce serait l'anniversaire de la mort d'Alice. Alice qui le hantait encore avec son visage pâle, ses paupières closes, ses cheveux blonds où s'était accrochée la vase du Nil. Des touristes en felouque l'avaient sortie du fleuve. Comme il s'était rendu seul à la morgue pour l'identifier, Ibrahim avait pu garder secrète la véritable cause de sa mort. Amira seule savait la vérité, le reste de la famille croyait qu'elle s'était tuée en voiture.

« Oh, Alice, ma chère, ma si chère Alice. C'est ma faute; je t'ai chassée. »

Comme Yasmina, le fruit de son union avec Alice. Avec sa fille aussi il avait échoué. Il l'avait abandonnée alors qu'elle s'était sacrifiée pour sauver la famille de la vengeance de Hassan. Il s'était promis de lui écrire en Californie pour lui demander de revenir. Mais les mots justes ne lui étaient jamais venus. « Pardonne-moi, Yasmina, où que tu sois. »

Mais l'être face auquel il se sentait le plus misérable restait son père. Depuis les cieux, Ali Rachid ne se découvrait qu'un seul petit-fils, Omar, fils de sa fille Néfissa. Et des arrière-petit-fils, par Omar et Tahia. Il n'avait aucune descendance par son fils. Ibrahim avait failli.

D'autres problèmes lui pesaient. La fortune des Rachid n'était plus ce qu'elle avait été. Le coton égyptien, autrefois appelé l'« or blanc », s'était effondré sur le marché mondial du fait de la mauvaise gestion gouvernementale – au point que les experts prédisaient la disparition prochaine de l'exploitation cotonnière en Égypte. La fortune qu'Ali Rachid avait amassée grâce au coton s'était amenuisée. Ibrahim se retrouvait avec un revenu en baisse et des responsabilités familiales croissantes.

Quand il franchit la grande double porte sculptée à la main, importée d'Inde voilà plus de cent ans, il contempla le vestibule au sol de marbre et son lustre en cuivre monumental comme s'il entrait pour la première fois. Jamais encore il ne s'était aperçu à quel point la demeure était vaste. Et tandis qu'il regardait l'imposant escalier qui se séparait d'un côté à partir du palier pour mener vers les quartiers des hommes et de l'autre, vers ceux des femmes, une idée germa dans son esprit.

– Te voilà, fils de mon cœur, dit Amira en venant l'accueillir dans l'entrée.

Sa mère l'émerveillait. A son âge elle restait belle, et dirigeait la nombreuse famille comme auparavant. Ses lèvres étaient délicatement teintées de rouge, et ses cheveux, blancs à présent, étaient toujours retenus par des barrettes en diamants. Il sentit la vigueur de la jeunesse dans les mains qui étreignirent les siennes.

– Mère, j'ai une faveur à te demander.

Amira se mit à rire.

– Il n'est pas question de faveur entre les mères et les fils! Je ferai ce que tu me demanderas, avec tout mon cœur.

– Je veux que tu me trouves une épouse. Il me faut un fils.

Le sourire d'Amira se mua en une expression soucieuse.

– As-tu oublié que tu nous as apporté l'infortune en essayant de faire passer Zachariah pour ton fils?

Il refusait de parler de celui qui avait disparu voilà sept ans. Certains membres de la famille avaient cherché Zachariah, sans le trouver.

– Une épouse me donnera un fils légitime. Tu as un savoir, Mère, tu as des pouvoirs. Trouve-moi une femme qui me donne des fils.

– Dieu récompense la patience. Huda est enceinte. Attendons de voir avant de nous précipiter.

– Mère, insista-t-il en lui serrant les mains, malgré tout le respect que je te dois, je ne me conformerai pas à ton avis cette fois. Pardonne-moi, mais ton jugement n'est pas toujours le meilleur.

– Que veux-tu dire?

– Je pense à Camélia. T'es-tu demandé ce que serait sa vie aujourd'hui si tu ne l'avais pas conduite chez ce charlatan de la rue de Juillet?

– Oui, je sais que sans cette décision déraisonnable, Camélia serait aujourd'hui mariée, mère de nombreux enfants. Je suis profondément désolée.

– Une femme a besoin d'un époux, Mère. Une petite fille ne devrait pas être élevée dans les boîtes de nuit et les studios de cinéma. Zeïnab a besoin d'une vie décente. Elle a besoin d'un père. Je suis responsable de Camélia et de Zeïnab. Je désire que tu m'aides à trouver un mari pour Camélia.

– Il est presque l'heure de la prière, fit doucement Amira. Veux-tu guider la famille, mon fils? Je souhaite prier seule.

Elle monta sur le toit qu'inondait la lueur des derniers rayons du soleil. Comme elle promenait les yeux sur les coupoles et les minarets en feu, elle imagina que le miroitement doré que reflétait le Nil n'était pas dû à la lueur du couchant mais à la main teintée au henné d'une femme qui refermait le jour.

Lorsque l'appel du muezzin se fit entendre, elle déplia son tapis et commença de réciter ses prières.

– *Allahu akbar*. Dieu est grand.

Mais son cœur n'était pas tourné vers Dieu.

Agenouillée, le front sur le tapis, elle pensait à ce qu'Ibrahim avait dit de Camélia. Il avait raison. Elle avait échoué dans son devoir vis-à-vis de sa petite-fille.

– *Ash hadu, la illaha illa Allah.* Je proclame qu'il n'y a de dieu que Dieu.

Puis elle songea au désir pressant d'Ibrahim d'avoir un fils. Elle en éprouvait un vague déplaisir. Tout cela pour que dure la lignée d'Ali Rachid! Il existait une autre lignée, celle d'Amira Rachid. Elle avait eu des filles, des petites-filles, des arrière-petites-filles. Or, un seul garçon comptait bien davantage que toutes ces belles femmes et filles.

– *Ash hadu, Annah Mohammed rasulu Allah*. Je proclame que Mahomet est le messager de Dieu.

Pour la première fois de sa vie, Amira se demanda pourquoi les familles perduraient par les hommes quand seule l'identité de la mère était certaine. Elle réfléchit à toutes les tromperies qui émaillaient les familles : la fille de la troisième femme d'Ali Rachid qui, après avoir couché avec un homme, avait promptement été mariée à un autre, qui croyait que le bébé était de lui; Safeya Rageb, qui n'avait eu aucun mal à persuader son époux qu'il lui avait fait un enfant – en réalité, celui de sa fille; Yasmina enceinte d'un petit que l'on prenait pour celui d'Omar avant que Néfissa ne révèle le secret. Combien de mensonges et de duperies au cours des siècles, s'interrogea Amira, au cours des millénaires si l'on remontait jusqu'à Ève, pour la simple raison que le lignage ne s'établissait pas par les femmes ? Cela avait-il un sens alors que la maternité était certaine quand la paternité se réduisait à une supposition ?

– *Hi Allah ash Allah.*

Si la descendance avait été établie par les femmes, le bébé de Yasmina eût été fêté, quel qu'en fût le père ; Zeïnab vivrait aujourd'hui avec sa vraie mère, la famille ne serait pas brisée.

Stupéfaite de ses réflexions, Amira se contraignit à revenir à Dieu et récita de nouveau sa prière, même si le muezzin s'était tu.

– *La illaha illa Allah.*

Mais ses pensées reprirent bientôt leur cours : une femme pour Ibrahim, un époux pour Camélia...

Dahiba avait refusé d'hospitaliser son mari, même dans une clinique privée. Après que la police eut réprimé l'émeute et qu'un médecin eut examiné Hakim dans la caravane de Camélia, les deux femmes avaient emmené le blessé chez Camélia, dans son appartement en terrasse du quartier tranquille et protégé de Zamalek. Là, espéraient-elles, il serait à l'abri des fanatiques. Depuis qu'elle était riche, Camélia vivait au dix-huitième étage, dans un logement qui dominait le Caire, avec vue panoramique sur la ville, le Nil, les pyramides dans le lointain. Un refuge de douze pièces pour Zeïnab et elle, avec des domestiques et un mobilier luxueux. Elle aida Hakim à s'installer dans un fauteuil face à une fenêtre. On voyait briller les lumières de la ville et clignoter les étoiles.

– J'ai eu tellement peur, mon oncle chéri. J'ai cru qu'ils allaient te pendre ! fit-elle en essuyant ses larmes.

Hakim lui pressa la main, incapable de parler. Autour de son cou se dessinait la méchante meurtrissure de la corde.

– Oh, mon oncle, pourquoi voulaient-ils faire du mal à

un homme aussi gentil que toi ? Les chrétiens sont des sanguinaires ! Ils vénèrent celui qui a été cloué sur la croix ! Sans doute la souffrance les réjouit-elle ! Je les hais pour ce qu'ils t'ont fait !

Une servante apporta du thé et des biscuits. Connaissant la passion de Hakim – et de la plupart des Cairotes – pour *Dallas*, Camélia alluma la télévision. L'écran s'éclaira. Le feuilleton américain le plus populaire d'Égypte faisait du Caire une cité déserte chaque jeudi soir, et le gouvernement profitait des minutes précédentes pour communiquer ses messages importants. Ce soir, dans le cadre de la vigoureuse campagne pour la contraception, on encourageait vivement les femmes à se rendre dans les centres du planning familial en leur assurant, citations du Coran à l'appui, qu'une famille réduite était une famille plus heureuse.

Dahiba s'assit à son tour et feuilleta les éditions du soir de tous les journaux qu'elle avait pu trouver afin de voir si l'on y mentionnait l'incident devant le musée.

– Voilà, dit-elle. L'émeute a été déclenchée par des étudiants coptes. Personne ne sait quelle mouche les a piqués.

– Oncle Hakim n'a jamais rien fait aux coptes ! s'exclama Camélia.

– Mon Dieu, souffla soudain Dahiba.

– Quoi ?

– Jette un œil sur cet article de fond, dit-elle en désignant la première page. Regarde ce qu'ils ont imprimé.

Camélia lut :

– « Les hommes nous dominent parce qu'ils nous craignent. Ils nous haïssent parce qu'ils nous désirent. » Elle leva les yeux sur sa tante. – C'est tiré de mon texte ! Ils ont recopié mon essai dans ton livre ! Elle continua de lire ce qu'elle avait écrit dix ans plus tôt. – « Notre sexualité menace leur virilité, aussi ne nous laissent-ils que trois voies possibles pour atteindre à la respectabilité : jeune fille vierge, épouse, vieille bique qui a fait son devoir de mère. Il n'y a pas d'autre alternative. Si une femme célibataire prend des amants, on la traite de putain. Si elle repousse les hommes, on l'appelle lesbienne, car elle menace leur virilité. Il est dans la nature de l'homme d'opprimer ce qui le menace ou l'effraie. »

– Au nom de quoi Dieu m'a-t-il accordé des femmes si intelligentes ? grogna Hakim d'une voix rauque.

– Il s'agit de ton essai, mot pour mot, reprit Dahiba. Ton nom est-il mentionné ?

– Non, constata Camélia. C'est signé Yacob Mansour. Ce nom lui était vaguement familier.

– Ah, Mansour, chuchota Hakim en portant la main à sa gorge. J'ai entendu parler de lui. Il a été arrêté voilà quelque temps pour avoir écrit un papier favorable à Israël.

– Un juif, dit Dahiba. Il ne fait pas bon être juif en Égypte ces temps-ci.

– Ce sont les seuls qui ne réclament pas mon sang ! soupira Hakim.

Camélia cherchait d'où elle connaissait ce nom. Soudain, elle se rappela. Quittant la pièce, elle alla chercher l'un de ses dossiers de presse, l'ouvrit à la première page. L'article jauni datait de novembre 1966. Les mots « gazelle » et « papillon » lui sautèrent aux yeux. La critique était signée Yacob Mansour.

– C'est lui ! s'exclama-t-elle. Pourquoi a-t-il repris mon texte ?

– Il fallait du courage, souligna Dahiba.

– Où se trouvent les bureaux du journal ? questionna Camélia en consultant sa montre.

Hakim but une gorgée de thé et parvint à croasser :

– Dans une ruelle qui donne sur Al Bustan, près de la chambre de commerce.

– Tu ne pas y aller ? s'inquiéta Dahiba.

– Radwan va m'accompagner. Tout ira bien, *Inch Allah.*

Le siège du petit journal était modeste, constitué de deux pièces minuscules où l'on pouvait à peine se faufiler entre les bureaux. Il donnait sur une venelle, face à une échoppe de fabricant de tapis ; la devanture, à la vitre brisée, était habillée de carton.

Après avoir prié Radwan de l'attendre à la porte, Camélia entra et vit deux hommes penchés sur des machines à écrire, ainsi qu'une jeune femme debout devant un fichier. Tous trois tournèrent les yeux vers elle.

– *Al hamdu lillah!* s'écria la fille. – Elle s'empressa d'offrir un siège à Camélia. – La paix et le bonheur soient avec vous, Sayyida! Vous nous honorez!

Puis elle cria en direction d'un passage masqué par un rideau :

– Ya, Aziz! Cours chez Shafik. Apporte du thé!

– Et sur vous la paix, la miséricorde et les grâces de Dieu, répliqua Camélia. Je suis venue voir M. Mansour. Est-il là ?

Un homme se leva de l'un des bureaux et s'inclina. Il avait la quarantaine, une silhouette un peu enveloppée; il était chauve, portait des lunettes cerclées de fer et une chemise qui aurait eu grand besoin d'être repassée. Camélia se souvint de Suleiman Misrahi et songea qu'il restait bien peu de Juifs au Caire.

– Vous faites grand honneur à ce bureau, mademoiselle Rachid, fit-il avec un sourire.

– L'honneur est pour moi, monsieur Mansour, rétorqua la jeune femme, habituée à être reconnue.

– Savez-vous que j'ai écrit une critique de l'un de vos spectacles il y a quatorze ans ? J'avais trente ans alors et je vous voyais comme la danseuse la plus exquise que la terre eût portée. – Il jeta un regard vers Radwan à la porte et ajouta plus doucement : – Je le pense toujours.

Camélia regarda elle aussi Radwan, espérant qu'il n'avait pas entendu les paroles audacieuses du journaliste. A la moindre entorse à l'étiquette, le garde du corps syrien prenait immédiatement la défense de l'honneur de sa patronne.

L'adolescent qui avait quitté les bureaux un moment plus tôt réapparut avec deux verres de thé à la menthe sur un plateau. Malgré sa hâte de savoir pourquoi Mansour avait publié des extraits de son essai, Camélia se soumit aux préambules de rigueur, discutant du temps, des résultat des matches de football, des merveilles que le Haut Barrage d'Assouan avaient apportées à l'Égypte. Enfin, elle ouvrit son sac et en sortit l'article du journaliste.

– D'où vient ce texte ? s'enquit-elle.

– Je l'ai repris dans le livre de votre tante, expliqua Mansour. – Constatant la surprise de son interlocutrice, il ajouta : – Je sais que c'est vous qui l'avez écrit. J'estimais votre message important, aussi je l'ai reproduit. Peut-être cela permettra-t-il à quelques esprits de s'ouvrir.

– Mais ce livre est interdit en Égypte ! Vous le saviez !

Mansour fouilla dans son bureau et en sortit un exemplaire de *Sentence de femme*.

– Vous risquez l'arrestation, souffla Camélia.

Il sourit ; elle remarqua que ses lunettes se soulevaient quand il souriait.

– Le président Sadate affirme défendre la démocratie et autoriser la liberté d'expression. Il est bon de le mettre à l'épreuve.

Pour un homme aux écrits si explosifs, qui se montrait si familier avec une femme qu'il ne connaissait pas, Mansour s'exprimait paradoxalement d'une voix bien plus douce, jugea Camélia. Elle s'était attendue à plus de véhémence.

– Est-ce que cela ne vous compromet pas de publier mon essai ?

– Un jour j'ai entendu parler Indira Ghandi. Elle disait que s'il est parfois vrai qu'une femme va trop loin, ce n'est que lorsqu'elle va trop loin qu'on l'écoute.

– Vous n'avez pas mentionné mon nom.

– Je ne voulais pas vous causer d'ennuis. Les extrémistes... – il désigna la devanture brisée – en particulier les plus jeunes membres des Frères musulmans, ces fanatiques en galabieh blanche, deviendraient dangereux s'ils savaient que ce texte a été écrit par une femme. Dans la mesure où je ne suis pas musulman, ils me traiteront moins durement qu'ils ne le feraient avec un coreligionnaire. Ainsi vos paroles seront lues et vous resterez en sécurité.

Il fixa Camélia de ses yeux bruns souriants, et la jeune femme se surprit à se poser une question qui ne lui avait plus traversé l'esprit depuis qu'à dix-sept ans elle avait eu un coup de cœur pour le censeur du gouvernement :

« Est-il marié ? »

33

En descendant du bus, Jasmine marqua un arrêt sur le trottoir avant de se diriiger vers son immeuble. Son cœur battait fort. Comment allait-elle annoncer la nouvelle à Greg ? Si elle-même avait été comme frappée par la foudre, lui en tomberait raide. Elle n'éprouvait aucune impatience.

Les premières gouttes d'une pluie de novembre commençaient à tomber quand elle entra dans l'appartement qu'elle partageait avec Greg depuis sept ans et demi. Comme à l'ordinaire, Greg recevait du monde au salon. Elle fut heureuse de constater qu'il n'y avait que des hommes ce soir. Quand des épouses ou des petites amies venaient, la jeune femme ne pouvait s'empêcher de les attirer dans la cuisine afin de laisser les hommes entre eux – un réflexe d'autrefois. Si quelquefois les femmes prenaient le café avec elle sur la table de cuisine, la plupart du temps elles préféraient rester en compagnie des hommes, et Jasmine se soumettait tout en se sentant mal à l'aise dans la mixité.

Elle avait un jour confié son trouble à Rachel Misrahi, qui à présent travaillait comme médecin dans la Vallée.

« Tu es une femme cultivée, Jas, lui avait rétorqué son amie. Docteur en médecine, pour l'amour de Dieu ! Il te faut vivre avec ton temps et accepter qu'hommes et femmes soient égaux. Assez de ces fichus simulacres. »

Ce soir, elle fut contente de reconnaître les copains habituels de Greg, ceux de la fac d'anthropologie et une coterie de presque-docteurs en philosophie, d'éternels étudiants, comme Greg. Ils lui sourirent et la saluèrent tandis qu'elle traversait la pièce, déposait sa sacoche médicale près du téléphone et se dirigeait vers la cuisine pour ôter sa blouse blanche et mettre en route la cafetière.

Lorsqu'elle vit dans un grand vase la douzaine d'œillets rouges et blancs, elle eut un sourire triste. Cher Greg, chaque année à cette date, sans faillir, il lui offrait des œillets en commémoration du décès de sa mère. Et chaque fois, Jasmine regrettait qu'il l'ait fait tout en lui étant reconnaissante de son geste.

Cher Greg, pour qui l'étincelle de l'amour ne s'était pas allumée en elle.

Elle jeta un œil au courrier : factures, annonces de séminaires, offres d'emploi de deux hôpitaux, une autre demande d'argent de l'Amicale des anciens étudiants, et une carte postale de Rachel, qui avait fait un saut en Floride. Rien d'Égypte.

Sept ans auparavant, une lettre qu'elle avait adressée à sa mère lui était revenue avec une missive d'Amira : « Notre chère Alice est décédée, puisse Dieu l'accueillir au paradis. Elle a trouvé la mort dans un accident d'auto! Et Zachariah, ajoutait Amira, est parti à la recherche de Sahra, la cuisinière, qui a elle aussi quitté la famille. »

Ainsi le lien ténu que Jasmine entretenait avec la famille s'était rompu, et avec lui, son unique espoir que son fils Mohammed se souvînt d'elle. Car elle savait que, comme pour Fatima avant elle, les photos d'elle avaient disparu et son nom n'était plus prononcé. Pour Mohammed, la mort de sa grand-mère Alice signifiait aussi la mort de sa mère.

Un seul pli lui était parvenu depuis, au printemps dernier : Amira avait envoyé une photo de Mohammed en bachelier. Portrait d'un jeune homme étonnamment beau, aux grands yeux liquides tels qu'on en voit sur les anciens cercueils chrétiens. Mais Mohammed ne souriait pas, comme décidé à ne trahir aucune vulnérabilité face à l'appareil.

Depuis treize ans que Jasmine avait quitté l'Égypte, son fils ne lui avait jamais écrit.

En dernier dans la pile de courrier, Jasmine fut heureuse de découvrir un paquet de Declan Connor. Il lui adressait la dernière édition de *Quand c'est à vous d'être médecin*, accompagnée d'un cliché noir et blanc de lui, Sybil et leur fils, ainsi que d'une lettre où il lui décrivait leur lutte contre le paludisme en Malaisie. Missive amicale et brève, sans une once du sentiment amoureux qui avait failli naître entre eux sept ans plus tôt. Jasmine n'avait pas revu Connor depuis mais ils étaient restés en contact.

La porte de la cuisine s'ouvrit et la jeune femme jeta un œil sur la télé qui marchait au salon : images des otages américains récemment libérés qui descendaient d'un avion venu d'Iran.

– Salut, fit Greg en l'embrassant. Ça allait le boulot ?

Elle était épuisée. Benjamine d'un service de pédiatrie dans un quartier pauvre, c'était elle qui faisait le plus d'heures, mais cela lui était égal. S'occuper des bébés des autres l'aidait à combler le manque de son propre enfant. Mohammed, son fils, si éloigné, dont on la privait, et le nouveau-né malformé, mort-né... « *Non ! Chasse les souvenirs.* » Elle passa les bras autour de la taille de Greg.

– Merci pour les fleurs. Elles sont belles.

Il la tint contre lui un moment avant de parler :

– J'espère que tu n'es pas fâchée que les copains soient là. On fait des projets.

Elle hocha la tête. Greg faisait sans cesse des projets, mais bien peu se concrétisaient. Voilà longtemps qu'elle avait cessé de lui donner des conseils quant à la façon de terminer son doctorat.

– Pas de problème, répondit-elle. Il faut que je retourne à l'hôpital pour la garde de nuit. Je suis juste rentrée prendre une douche et me changer.

Greg ouvrit le réfrigérateur, y prit une bière.

– Je suis content que tu sois rentrée. J'ai une nouvelle.

– Quelle coïncidence, j'en ai une aussi.

Tandis qu'il renversait la tête en arrière pour boire un peu de bière, Jasmine songea de nouveau à l'ironie de son sort : « J'ai épousé un homme tout en tombant amoureuse d'un autre. » Après sept ans, elle était toujorus mariée à l'un, et toujours amoureuse de l'autre. Mais elle avait de l'affection pour Greg, un sentiment agréable s'était développé entre eux, les poussant parfois à faire l'amour. Pour Jasmine, leurs relations sexuelles ne répondaient qu'à un élémentaire besoin du corps humain. Aucune passion ne flambait en eux, pas plus que la fièvre qu'elle avait ressentie autrefois avec un seul regard de Connor. Un jour où elle confessait à Rachel que son mariage était davantage basé sur le respect mutuel que sur l'amour, son amie avait applaudi à cette union réellement libérée d'espérances obsolètes et de faux-semblants. Pourtant Jasmine aspirait à un mariage à l'ancienne et se surprit une fois de plus à envier Sybil Connor.

– Je suis enceinte, annonça-t-elle.

Greg faillit en recracher sa bière.

– Doux Jésus! Et tu me lâches ça tout à trac ?

– Désolée. Comment te le dire autrement ? rétorqua-t-elle en observant son expression. Cela te fait plaisir ?

– Plaisir! Minute, la tête me tourne. Comment est-ce arrivé ?

– Tu sais que j'ai dû arrêter la pilule qui me donnait des migraines.

– Oui, mais il y a d'autres moyens. Je veux dire, quand... ?

– Au barbecue de la Fête du travail.

C'était la dernière fois qu'ils avaient fait l'amour. Greg avait bu de la bière au bord de la piscine où un groupe d'étudiants faisait cuire des grillades. Il avait invité Jasmine à « rentrer un petit moment ».

– Eh bien, c'est sans doute chouette, fit-il en lui reprenant la taille. Sûr que c'est chouette. Je sais que tu adores les gamins. Simplement... on n'en avait jamais parlé. Mais tu seras obligée de lâcher ton travail, non ? ajouta-t-il en s'écartant d'elle. Comment paierons-nous le loyer ?

Le coût de ses études de médecine avait finalement obligé Jasmine à vendre sa maison en Angleterre, et sept ans de vie avec un homme sans travail avait épuisé son héritage. Ils subsistaient à présent sur son salaire; sa grossesse menaçait leur sécurité. Soudain, Jasmine se sentit moins libre dans cette relation « égalitaire » qu'elle ne l'avait été dans toute sa vie.

– Je suppose que c'est à ton tour de trouver un boulot, fit-elle d'un ton qu'elle s'efforçait de rendre léger. Tu vas avoir une famille à charge.

Il se détourna, avala une gorgée de bière.

– Mon Dieu, Jasmine, très peu pour moi. Je veux dire, il faut que j'aie fait quelque chose de ma vie avant de penser à avoir des gosses. Je ne sais même pas qui je suis ou ce que je veux.

– Tu as trente-sept ans.

– Ouais, admit-il en riant, l'âge de mon père quand ma mère s'est retrouvée enceinte. Jolie coïncidence, hein ? Jasmine, poursuivit-il en faisant franchement face à la jeune femme, je vais être honnête. Je ne veux pas avoir un gosse qui souffre ce que j'ai souffert, tojours casé dans des boîtes privées, sans jamais voir mes parents.

Jasmine ferma les yeux, très lasse tout à coup.

– Que suggères-tu, alors ?

Il s'empara d'un petit aimant sur la porte du réfrigérateur, le retourna entre ses doigts – une petite tomate en plastique, avec une bouille rieuse. Comme il se taisait, Jasmine se sentit gagnée par une sorte d'inertie.

– Et toi, ta nouvelle ?

Il remit l'aimant, qui tomba au sol.

– Les copains et moi mettons sur pied une expédition au Kenya. Roger étudie les Masaï...

– Je vois, dit Jasmine.

L'an passé, ç'avait été la Nouvelle-Guinée, l'année précédente la Terre de Feu. Il n'était jamais parti, mais peut-être cette fois serait-elle la bonne. Elle s'aperçut qu'elle n'y attachait pas vraiment d'importance.

– Il faut que je retourne à l'hôpital. Où sont les clefs de la voiture ?

– Je l'ai mise à réviser ce matin. Je te l'avais dit. Jas...

– En effet, mais je croyais qu'elle serait prête à cinq heures. Tu n'est pas allé la chercher ?

– Je pensais que tu la prendrais. C'est ce qu'on a toujours fait... Je la mets au garage, tu la reprends.

« Oui, pensa Jasmine. Égalité totale. Pas d'injustice. »

– D'accord, je prends le bus.

– Jasmine, s'il te plaît, reprit Greg en lui saisissant le bras. Je ne sais pas quoi te dire.

Elle se dégagea.

– On en reparlera plus tard. Il faut que j'attrape le bus pour arriver au garage avant la fermeture.

Roulant au bord de la côte, elle regardait la pluie fouetter le pare-brise et réfléchissait à sa relation avec Greg. Peu de changements s'étaient produits depuis leur première rencontre. Ils avaient vécu ensemble mais la vie de Jasmine avait été tellement prise par ses études, ensuite par l'internat, et enfin par la clinique qu'il ne lui était guère resté de temps à consacrer à son mariage. Cependant elle avait fait un effort pour tâcher de comprendre l'homme qu'elle avait épousé, mais sans grand succès. Sa plaisante nonchalance de façade qu'elle avait appréciée au début constituait toute la profondeur de son être. Elle avait tenté de se rapprocher de lui, or même dans la relation sexuelle elle l'avait senti en retrait. La seule fois où elle avait rencontré la mère de Greg – le docteur Mary Van Kerk était passée les voir entre les grottes d'Inde et celles d'Australie occidentale –, Jasmine avait découvert une femme aussi dure que le roc qu'elle fouillait. La relation entre la mère et le fils lui avait parue guindée, comme si les deux parties avaient oublié leur parenté.

Suite à cela, Jasmine s'était mise à comparer Greg aux hommes arabes. Elle se rappelait leur appétit de vivre, leur spontanéité, leur humour féroce, leur réputation universelle d'amants talentueux et attentionnés. Par-dessus tout, c'était leur exubérance qui lui manquait. Les Arabes pleuraient ouvertement, s'embrassaient, et pour eux un rire n'était jamais déplacé. Et si un homme fécondait une femme, il en allait de son devoir et de son honneur de revendiquer l'enfant et de subvenir à ses besoins.

Jasmine posa la main sur son ventre et fut soudain émerveillée. Le choc passé, elle était surprise de se découvrir vraiment heureuse. Elle n'avait pas ressenti pareil bonheur depuis qu'elle avait été enceinte de Mohammed, et plus tard, du pauvre petit qui n'avait pas survécu. « Ce sera peut-être une fille, songea-t-elle en laissant enfin libre cours à sa joie. Je l'appellerai Aïsha, comme l'épouse favorite du Prophète. Et si Greg part au Kenya, je trouverai le moyen d'élever ma fille toute seule. »

Comme elle se penchait pour allumer la radio, elle entendit un bruit sourd à l'extérieur et sentit le volant s'affoler. Ralentissant, elle parvint à se garer sur le côté de la route glissante. Quand elle descendit de son véhicule, tenant un magazine sur sa tête car elle avait oublié son parapluie, elle découvrit que le pneu avant droit avait éclaté.

Elle envoya un coup de pied dans la roue, puis regarda d'un côté et de l'autre de la route. Il passait peu de voitures; il lui faudrait changer le pneu elle-même si elle tenait à arriver à l'heure à l'hôpital.

Manœuvrant le cric sous le pare-chocs glissant, elle sentait croître sa colère contre Greg, qui aurait dû s'occuper de la voiture. Le cric se montrait récalcitrant. Elle poussa, tira, de plus en plus furieuse, et sa fureur englobait maintenant Hassan qui l'avait violée et son père qui l'avait chassée. A mesure qu'elle s'entêtait, sa fureur se mua en rage, et elle se mit à pleurer, la pluie se mêlant à ses larmes d'impuissance.

Tout à coup le cric ripa et elle chuta en arrière, sur le macadam.

– *Allah!* cria-t-elle quand une douleur violente lui déchira le ventre.

Jasmine était restée longtemps à regarder par la fenêtre de sa chambre d'hôpital. Parce qu'il faisait nuit, la vitre reflétait l'unique lampe au-dessus de son lit et l'éclairage diffus du couloir. Elle était arrivée à l'hôpital à l'heure, mais en tant que blessée, en ambulance. Un motard s'était arrêté pour l'aider et avait appelé les secours. On l'avait conduite en chirurgie pour diagnostiquer un avortement incomplet. Les chirurgiens l'avaient opérée et, depuis qu'elle avait émergé de l'anesthésie, Jasmine avait longement réfléchi.

Le temps que Rachel arrive sans bruit dans la chambre, elle était parvenue à certaines conclusions.

– Oh, Jas, je suis désolée ! Tu as besoin de quelque chose ? demanda Rachel en s'asseyant. Prennent-ils bien soin de toi ? Je suis peut-être médecin mais je déteste venir voir des amis à l'hôpital.

– Où est Greg ?

– A la boutique, en bas. Il t'achète des fleurs. Il va terriblement mal, Jas.

– Moi aussi. Tu sais, ma mère a perdu deux enfants – l'un est mort en bas âge, pour l'autre elle a fait une fausse couche. N'est-ce pas curieux que les filles reproduisent l'existence de leur mère ?

Jasmine ravala ses larmes. Elle avait du mal à parler, elle était si fatiguée.

– Je viens de penser longuement à mon père, aux moments que nous avons vécus ensemble. J'aimerais qu'il soit là maintenant. Il y a tant de choses que je voudrais lui dire, lui expliquer. Et j'ai tant de questions à lui poser, aussi.

Elle tressaillit, mit la main sur son ventre.

– Quand je regarde en arrière, reprit-elle, je m'aperçois que c'est à l'époque où j'assistais mon père, qui soignait les fellahs et leurs enfants, que j'ai découvet ma voie. Mais j'en ai été détournée. J'ai oublié la raison initiale pour laquelle j'ai épousé Greg, alors j'ai laissé se prolonger notre relation. A présent, il faut que je m'en aille, Rachel, j'ai du travail.

– D'abord, tu dois te reposer, laisser ton corps se remettre. Tu as assez joué à la super-femme.

– C'est toi la super-femme, Rachel, fit Jasmine avec un sourire las. Avec un mari, un bébé et une clientèle.

– Si au moins j'avais perdu quelques kilos à courir comme ça ! Allez, je te laisse te reposer. Si tu as besoin de moi, je suis dans la salle d'attente.

Le temps que Greg se montre avec ses fleurs et sa mine de chien battu. Jasmine n'était plus en colère contre lui, ni même déçue. Il n'était plus qu'un étranger qui avait partagé sa vie pendant un temps et qui partirait comme un étranger.

Il resta longtemps planté au pied du lit, incapable de parler.

– Je suis désolé que tu aies perdu le bébé, finit-il par articuler.

– C'est la volonté de Dieu.

Et, puisant le réconfort dans la certitude que tout était préordonné. Jasmine se souvint d'autre chose : le mot *Islam* signifie « soumission » en arabe, et se soumettre à présent au dessein de Dieu lui apportait la paix.

– Quand même, reprit Greg en se tordant les doigts, ce n'est pas comme si tu le savais depuis longtemps... On n'avait pas acheté de meubles d'enfant, ni rien. Nous n'avions pas fait de projets.

Il posa sur elle ses yeux pleins de larmes, dans lesquels elle lut confusion, détresse, besoin d'être pardonné même s'il n'avait pas l'air de savoir pourquoi. Elle comprit qu'il portait un fardeau dont il la suppliait en silence de le soulager. Elle savait de quoi il s'agissait.

– Toi et moi nous sommes mariés pour une raison précise, fit-elle. Ni par amour ni dans l'intention de fonder une famille, mais pour déjouer une situation administrative. Le danger est passé, et Dieu nous signifie que l'heure est venue de nous séparer. – Quand il se mit à protester, bien faiblement, elle reprit : – Je crois au fond que je ne suis faite ni pour le mariage ni pour avoir des enfants, car Dieu me les a repris. Il a un autre dessein pour moi.

– Je suis désolé, Jasmine. Dès que tu auras retouvé tes forces, je déménagerai. L'appartement est à toi.

Il l'avait toujours été; Greg n'y avait été qu'un invité.

– Nous reparlerons demain matin, à ma sortie. Là, je suis très fatiguée.

Greg hésita, rivé au lit par sa perplexité, son incapacité à saisir exactement ce qui se passait. Un bébé – son bébé – avait été perdu. N'aurait-il pas dû éprouver quelque chose ? N'y avait-il pas certains mots qu'il aurait dû dire ? Il essaya de faire appel à quelque ressource cachée, une source de compassion que sa mère lui aurait communiquée dans sa plus tendre enfance. Il ne trouva rien.

Alors il reprit le fil de sa relation avec Jasmine et

s'aperçut que là non plus, il n'y avait rien eu. Ils partageaient quelques souvenirs – leur premier anniversaire de mariage sur la jetée de Santa Monica, tous deux guettant l'éclosion de l'amour ; le champagne quand elle avait obtenu son diplôme de médecin ; Jasmine le consolant quand sa thèse de doctorat avait une nouvelle fois été rejetée. Mais à quoi ces moments-là s'ajoutaient-ils ?

A cet instant il admit qu'elle avait toujours été une étrangère pour lui, et qu'elle ne cesserait jamais de l'être.

Il se pencha pour l'embrasser sur le front.

– Je t'ai apporté ce que tu m'avais demandé, dit-il.

Quand il eut refermé la porte, Jasmine ouvrit la mallette qu'il lui avait laissée.

Elle prit le livre qu'il avait placé au-dessus de ses affaires de toilettes, la dernière édition de *Quand c'est à vous d'être médecin*, que Connor lui avait envoyée de Malaisie. Elle l'ouvrit, découvrit les mots écrits sur la page de titre, près de leurs noms : « Jasmine, si jamais vous éprouvez un besoin pressant de prière, rappelez-vous seulement ce petit muscle sur le côté de votre nez. – Il avait signé : – Tendrement, Declan. » Elle sourit.

Ensuite elle prit dans la mallette le Coran relié en cuir qu'elle avait emporté d'Égypte avec elle. Il était en arabe et voilà longemps qu'elle ne l'avait ouvert.

Il était temps.

34

Yacob l'effrayait.

Plus exactement la pensée de tomber amoureuse de lui, et qu'il pût l'aimer en retour l'effrayait. Camélia avait travaillé dur pour combattre son sentiment, consacrant des heures aux répétitions de son spectacle, s'absorbant dans la chorégraphie, les costumes, remplissant sa vie jusqu'à frôler l'épuisement pour sombrer chaque soir dans un profond sommeil sans rêve que même Yacob Mansour ne pouvait troubler. Mais lorsqu'elle s'éveillait au matin, l'image de cet homme modeste, doté d'un léger embonpoint, avec des lunettes cerclées de métal, le cheveu clairsemé, assaillait ses pensées. Plus tard, au Hilton, quand elle dansait, souriait et recevait les acclamations, elle se surprenait à le chercher dans le public jusqu'à ce que, quelque part au fond de la salle, au-delà des lumières et de la foule en délire, elle le distingue, debout, qui la regardait.

Éprouvait-il le même sentiment pour elle ? Quelque chose en tout cas, sinon pourquoi se fût-il si souvent trouvé parmi les spectateurs ? Il n'était pourtant pas une seule fois venu dans les coulisses, il ne lui avait pas offert de fleurs, il ne l'avait pas couverte de billets doux comme le faisaient les autres hommes. En vérité, depuis quatre mois qu'elle l'avait rencontré à son journal, Camélia n'avait plus échangé un seul mot avec Mansour.

Elle ne savait rien de lui mais supposait, d'après le costume qu'il portait chaque fois qu'il venait au spectacle, qu'il ne vivait pas dans l'aisance – elle savait que son journal d'opposition ne vivait que de dons. Elle ignorait toujours s'il était marié. Elle avait tout fait pour que se dissipe son sentiment amoureux. Qui n'était pas passé. Qui croissait.

Au fil des années, Camélia s'était bâti une forteresse contre l'amour, aussi les rares fois où elle s'était sentie attirée par un homme, sa toquade s'était-elle éteinte avant que d'avoir pu éclore. Mais Yacob Mansour avait contourné ses défenses. Elle ne savait plus que faire.

Il n'était pas prudent de tomber amoureuse d'un juif par les temps qui couraient. Des années plus tôt, avant les guerres avec Israël, les Juifs égyptiens avaient coexisté pacifiquement avec les mulsulmans. Les Misrahi n'étaient-ils pas très proches des Rachid? Mais trois défaites humiliantes infligées par Israël avaient aigri les Égyptiens vis-à-vis de leurs frères sémites. Les relations intimes entre membres des deux clans étaient mal vues, surtout quand l'homme était juif et la femme musulmane.

Mais Camélia ne parvenait pas à chasser Yacob de son esprit.

Chaque jour elle achetait son journal et lisait sa chronique. Il écrivait brillamment, estimait-elle, sur des problèmes brûlants, interpellant vigoureusement le gouvernement afin qu'il procède aux réformes indispensables, citant avec courage – sinon avec témérité – des noms et des cas précis d'injustice. Fréquemment aussi, il écrivait des critiques dithyrambiques sur les spectacles de la jeune femme; jamais il n'évoquait son corps, ce qui eût été insultant, mais ses adjectifs étaient inépuisables pour louer le talent de la danseuse. Était-ce l'amour qu'elle lisait entre ces lignes élogieuses? Ou l'imaginait-elle? Et était-elle réellement tombée amoureuse d'un homme après une brève conversation, et en l'entrevoyant au fond d'une salle? Comment savoir, elle n'avait jamais connu l'amour. Elle eût aimé demander conseil à Amira, mais la règle d'Amira était : le mariage d'abord, l'amour ensuite.

Tandis que sa limousine se faufilait dans les rues embouteillées du Caire, son garde du corps assis près du chauffeur, Camélia regardait à travers les vitres teintées et s'émerveillait d'éprouver les émois d'une écolière. Depuis quand n'avait-elle pas ressenti si délicieux vertige ? Oui, elle se rendait au bureau de Yacob Mansour près de la rue Al Bustan ; pour une affaire parfaitement officielle, et il lui avait fallu trois heures pour se préparer.

Elle secoua la tête. « J'ai trente-cinq ans, pensa-t-elle, et je n'ai jamais connu d'homme. Je suis aussi nerveuse que je l'étais adolescente, quand Hassan venait à la maison et que je croyais mourir d'amour. »

Hassan al-Sabir, dont le meurtre était resté une énigme dans les fichiers de la police ; Hassan qui, selon Camélia, méritait son sort pour ce qu'il avait fait à Yasmina.

Elle chassa le sombre souvenir. La limousine s'arrêtait devant un grand bâtiment de pierre grise d'où sortaient des chapelets de filles en uniforme bleu. Depuis qu'elle avait lu dans la presse l'histoire d'une fillette musulmane kidnappée par des coptes, Camélia passait chaque jour chercher Zeïnab à l'école.

Devant la porte, sa fille disait au revoir à une camarade aux cheveux roux. Hormis son appareillage à la jambe, elle ressemblait à n'importe quelle adolescente, pleine d'énergie, un rien pataude, avec deux longues nattes dans le dos. Seule sa démarche claudiquante la distinguait des autres.

– Coucou, Maman ! lança-t-elle, montant en voiture.

– Avec qui parlais-tu, ma chérie ?

– C'est Angélina, ma meilleure amie ! Elle veut que j'aille chez elle demain. Je peux

– Angélina ? Elle est étrangère ?

– Elle est égyptienne, Maman ! rétorqua Zeïnab en riant. C'est la seule fille de ma classe qui est gentille avec moi, elle ne se moque jamais.

Le cœur de Camélia se serra. Elle se rappela avec douleur que Zeïnab aurait quinze ans dans deux mois. Elle terminerait ses études secondaires dans deux ans. Et ensuite ? Quel était l'avenir de Zeïnab ? Comment une estropiée était-elle censée vivre ? Sans doute ne se marierait-elle jamais, et elle aurait besoin d'un protecteur. Bien qu'étant un oncle merveilleux pour elle, Hakim Raouf prenait de l'âge.

« Elle a besoin d'un père », songea Camélia.

– Maman ? reprit l'adolescente, je peux aller chez Angélina ?

La limousine s'engageait dans la rue Al Bustan, le chauffeur pressait le klaxon au lieu des freins – la conduite égyptienne.

– Où habite-t-elle interrogea Camélia.

– A Shubra.

Camélia se rembrunit.

– Un quartier chrétien. Ce n'est pas très sûr.

– Oh, je serai en sécurité ! Angélina est chrétienne !

Camélia regarda par la fenêtre. Que dire ? Elle devait protéger sa fille de la haine qui divisait Le Caire – elle-même s'était mise à l'éprouver envers ceux qui avaient fait du mal à l'oncle Hakim. A l'abri de son appartement du dix-huitième étage, elle avait vu des reportages terrifiants sur des mosquées incendiées, des coptes assassinés, et l'escalade infernale des représailles qui s'ensuivaient. Lorsque le président Sadate avait demandé au patriarche copte, Shenouda, de participer à une conférence de paix, Shenouda avait refusé. Les coptes étaient alors apparus comme les « méchants » et Camélia avait pensé : ils veulent continuer le massacre. Sa méfiance et sa peur d'eux avaient grandi.

– Je ne veux pas que tu y ailles, ma chérie, répondit-elle en dégageant quelques mèches de cheveux du visage de Zeïnab. Ce n'est pas prudent.

Zeïnab avait redouté cette réponse. Depuis que le pauvre oncle Hakim avait été attaqué, tout le monde disait de vilaines choses sur les chrétiens. Mais Angélina n'était pas méchante, elle était gentille au contraire, drôle, et en plus elle avait un frère merveilleusement beau qui venait parfois la chercher à l'école.

– Tu n'aimes pas les chrétiens, Maman, n'est-ce pas ?

Camélia choisit soigneusement ses mots, s'efforçant de ne pas communiquer à sa fille ses propres préjugés :

– Il ne s'agit pas d'aimer ou de ne pas aimer, ma chérie, c'est une question de faits. Tant que les autorités n'auront pas mis fin au conflit entre les coptes et les musulmans, personne ne sera en sécurité. Il vaut mieux que tu n'aies pas de relation avec Angélina ou n'importe quel autre chrétien avant qu'on soit de nouveau en paix. Comprends-tu ?

Voyant l'expression peinée de Zeïnab, elle enlaça ses frêles épaules et la serra contre elle. Pauvre Zeïnab, si consciente d'avoir eu grand mal à se trouver une amie en classe. Camélia lisait la faim dans ses yeux, son désir muet d'être acceptée, aimée. « Nous sommes pareilles, ma fille et moi. Zeïnab veut être amie avec les chrétiens, moi je suis amoureuse d'un juif. »

– Tu sais quoi ? J'ai une course rapide à faire, et puis nous irons chez Groppi pour manger un gâteau. Ça te plairait ? On se fera un petit plaisir, rien que nous deux.

– Ce serait drôlement bien, acquiesça Zeïnab.

Et elle retomba dans le silence. Ce n'était pas juste que quelques méchants gâchent la vie de tout le monde. Son envie d'aller chez Angélina était si forte que même si elle avait promis à sa mère de ne pas y aller, elle réfléchissait déjà au moyen de s'y rendre malgré tout. Sa mère n'en serait pas blessée si elle l'ignorait, raisonnait l'adolescente.

Le chauffeur réussit adroitement à caser la longue voiture entre un vendeur de falafels et une charrette à âne pleine d'oranges. Camélia hésita avant de descendre.

Elle se dit qu'elle le faisait pour Dahiba – dont elle portait le dernier essai dans son sac. Elle le faisait pour la justice et la réforme sociales, pour aider ses sœurs opprimées. Mais quand elle jeta un dernier coup d'œil à son maquillage, quand son cœur s'emballa, Camélia comprit ce qui l'avait poussée à proposer d'aller porter en personne l'article de Dahiba à Mansour.

Radwan lui ouvrit la portière et les passants la regardèrent descendre. Le garde du corps se rembrunit quand elle le pria de rester près de la voiture pour garder Zeïnab; il n'aimait pas la laisser aller seule dans l'étroite venelle. Croisant les bras, il prit appui contre l'auto et la suivit des yeux tandis qu'elle s'éloignait – elle était belle, grande, habillée de luxueux vêtements, chaussée de hauts talons, et ses lèvres rouges et sa crinière noire attiraient l'attention des hommes comme des femmes.

La vitrine du local était toujours obturée par du carton mais Camélia s'alarma de voir la porte sortie de ses gonds. Et quand elle entra, elle s'aperçut que les meubles avaient été éventrés à la hache; des papiers étaient éparpillés partout, on avait renversé de la peinture dessus.

Elle trouva Yacob dans la pièce du fond, qui examinait quelques feuillets trempés.

– Vous allez bien ? demanda-t-elle.

Il leva les yeux.

– Mademoiselle Rachid!

– Qui a fait ça? Les coptes?

– Possible, fit-il avec un haussement d'épaules. Les deux camps essayent de me faire cesser mes activités. On dirait bien qu'ils y sont parvenus, pour un temps en tout cas. Ils nous ont volé les dossiers et les machines à écrire.

Camélia fut prise de colère. D'abord Hakim, maintenant Yacob. Jamais elle n'autoriserait Zeïnab à rendre visite à Angélina et sa famille chrétienne.

– Vous devriez peut-être suspendre momentanément la parution de votre journal, suggéra-t-elle. Votre vie est en danger. Vous devez penser à votre famille... votre femme, vos enfants.

– Pas d'enfants, dit-il. – Il la considéra un moment, réajusta ses lunettes comme s'il avait peine à croire qu'elle fût réellement là. – Je ne suis pas marié.

Camélia se tourna soudain vers la photo du président Sadate sur le mur. Elle songeait à quel point les voies de Dieu étaient impénétrables. Ne venait-elle pas de penser que Zeïnab avait besoin d'un père ? Et ne se passait-il pas quelque chose entre elle et cet homme ? Elle regarda de nouveau Mansour, remarqua qu'il manquait un bouton à sa chemise. Il était à l'opposé des riches hommes d'affaires et des princes saoudiens auxquels elle était habituée.

« Épouserais-je un tel homme ?

Oui. Oui! »

– Je ne renoncerai pas, mademoiselle Rachid, disait-il. J'aime ce pays. L'Égypte était grande autrefois, elle peut le redevenir. Si vous aviez un enfant indiscipliné, vous le corrigeriez, non ? Vous ne renonceriez pas, même s'il se retournait contre vous ? – Il ramassa une chaise, tenta de la remettre d'aplomb mais s'aperçut qu'il y manquait un pied. – J'ai un diplôme de journaliste, mademoiselle Rachid, reprit-il en essayant de lui trouver de quoi s'asseoir. J'ai travaillé un temps dans les grands journaux du Caire. Mais on me dictait ce qu'il fallait écrire, et je ne pouvais pas faire ça. Il faut dénoncer certaines choses.

Dans la lumière avare qui filtrait de la pièce voisine, il fixa la jeune femme.

– Vous me comprenez. Vous avez été contrainte de publier votre essai au Liban. En tant qu'Égyptien, je publierai mes écrits en Égypte.

Camélia goûtait l'intimité de la petite pièce en désordre, et la présence de Yacob.

– Même au risque de votre vie ? questionna-t-elle.

– A quoi sert cette vie si je ne suis pas fidèle à mes convictions ? Tant que je pourrai écrire et qu'il y aura un imprimeur pour imprimer mes textes, je continuerai.

– Alors, je vous aiderai, dit-elle. Vous vivez de dons. Je ferai un don. Demain, vous aurez de nouvelles machines à écrire et de nouveaux bureaux.

Leurs regards se croisèrent et, pour un instant, les rumeurs de la vieille cité se turent.

– J'oublie les bonnes manières, souffla doucement Yacob. Venez, je vais envoyer chercher du thé.

Il tendit le bras pour inviter la jeune femme à passer dans la première pièce. Dans le mouvement, sa manche se releva.

– Vous êtes blessé au poignet... dit Camélia.

Regardant mieux, elle reçut un choc. Il ne s'agissait pas d'une blessure, mais d'un tatouage.

Celui d'une croix copte.

Amira n'en avait nulle envie, mais elle n'avait pas le choix. Fouillant sous ses vêtements blancs qui attendaient toujours son départ en pèlerinage à La Mecque, elle sortit de son tiroir une boîte en bois incrusté d'ivoire, où était gravé : « Dieu, le miséricordieux. »

La colère du Seigneur envers Ibrahim était flagrante : Huda venait de mettre au monde une cinquième fille. Il y avait aussi la fausse couche de Fadilla, l'échec d'Amira à trouver une épouse convenable pour son fils, son incapacité à trouver un mari pour Camélia et enfin l'idée insensée d'Ibrahim de diviser la maison pour en convertir une moitié en logements de location. La famille se contenterait du reste, avait-il dit.

Amira n'allait pas permettre cela.

Voilà pourquoi elle avait fait venir un étranger – il devait arriver d'un moment à l'autre. Avec un soupir elle referma son tiroir et emporta sa boîte dans le petit salon attenant au grand, pièce décorée avec beaucoup de goût et destinée à recevoir les invités de marque sans l'interférence de la famille. Amira avait rangé le petit salon, préparé elle-même les rafraîchissements – la maisonnée devait ignorer cet entretien. Elle jetait un dernier œil sur la fontaine à café en cuivre, le plateau de pâtisseries et de fruits frais, quand retentit la sonnette. Un instant après, une servante introduisit le visiteur dans le petit salon puis s'éclipsa après avoir refermé la porte.

Amira examina un moment Nabil el-Fahed : un homme dans la cinquantaine, élégant, jugea-t-elle, avec peu de gris dans ses cheveux noirs, un physique plutôt agréable qui lui rappelait feu le président Nasser, pourvu d'un grand nez et d'une mâchoire décidée. Riche, se dit-elle, très riche.

– La paix et la miséricorde de Dieu vous accompagnent, monsieur Fahed, dit-elle en l'invitant à s'asseoir et en servant le café. Vous honorez ma demeure.

– La paix et la miséricorde de Dieu soient avec vous, rétorqua-t-il en prenant place, ainsi que ses grâces. L'honneur est pour moi, Sayyida.

Amira avait entendu parler de Nabil el-Fahed par Mme Abdel Rahman, qui s'était félicitée de ses services après qu'il lui eut trouvé un divan ancien et un fauteuil. Il était l'un des meilleurs experts en antiquités du Caire, s'accordait-on à dire, et fin connaisseur en pierres précieuses. Et honnête, de surcroît. Aussi, dans son désir de sauver la maison, Amira avait décidé qu'il était temps pour elle de se séparer des bijoux qui, elle l'avait autrefois juré, ne sortiraient pas de la famille – parmi lesquels l'ancienne bague en cornaline qu'Andreas Skouras lui avait donnée en gage d'amour.

– Le khamsin ne va pas tarder à se lever, commença-t-elle, offrant à Fahed le café et une assiette.

– En effet, Sayyida, acquiesça-t-il.

Il se servit une pâtisserie et une orange.

– Nous aurons alors de la poussière et du sable dans toute la maison, soupira Amira.

Il secoua la tête avec compassion :

– Le khamsin est le fléau de la ménagère.

Nabil el-Fahed vit immédiatement qu'Amira Rachid était une femme volontaire, dont la beauté émanait de sa force intérieure. Elle trônait telle une reine sur son siège en dorures et brocart, ses vêtements étaient coûteux et bien coupés; elle appartenait à cette vieille génération de femmes nobles qui avaient connu le harem et le voile – espèce que pleurait Fahed, éternel amoureux des antiquités et des fastes d'antan.

En entrant, il avait aperçu sur le mur une photographie du roi Farouk en compagnie d'un beau jeune homme. Le fils de cette femme, devina-t-il du fait de la ressemblance. Le marchand se frottait mentalement les mains à l'idée des objets que Mme Amira l'avait convié à estimer, vraisemblablement dans l'intention de les vendre. A en juger par la taille, l'âge et la magnificence de la maison, l'âge de son hôtesse elle-même, la photo du roi, Fahed espérait voir des pièces rares et sans prix. Reliques de la famille royale ? Ce genre de trophées devenait introuvable, leur cote grimpait en flèche car tous les collectionneurs brûlaient de s'approprier un vestige du glorieux et scandaleux passé de l'Égypte. Mordant dans le doux baklava collant qu'il fit passer avec une gorgée de café, Nabil el-Fahed se demanda avec quel trésor Mme Amira allait l'éblouir.

Tout en continuant de se soumettre à la politesse qui voulait que l'on discutât de tout hormis du but de l'entrevue, Fahed détailla discrètement les autres photographies accrochées au mur. Quand il découvrit un portrait de

Camélia, il lâcha un « *Al hamdu lillah!* » qu'il atténua sur-le-champ :

– Mille excuses, Sayyida, mais cette femme est votre parente ?

– Ma petite-fille, déclara fièrement Amira.

Pétri d'admiration, l'antiquaire secoua la tête.

– Elle est la lumière qui illumine votre famille, Sayyida.

– Vous l'avez vue danser, monsieur Fahed ?

– Dieu m'a accordé cette immense joie. Et pardonnez mon audace, puisque nous venons de faire connaissance, mais avez-vous jamais vu les rayons du soleil danger sur le Nil, ou les oiseaux danser au milieu des nuages ? Ils ne sont rien comparés à l'art de la Camélia.

Amira le fixa, stupéfaite. Il l'appelait « la Camélia ».

– J'ai appris que son mari est mort en héros à la guerre des Six Jours, puisse Dieu l'avoir accueilli en sa demeure. Dire qu'il a laissé l'adorable Camélia seule avec une fille.

– Loué soit le Tout-Puissant, Zeïnab est une gentille petite, fit lentement Amira.

Elle était un tantinet surprise par l'irruption saugrenue de Camélia dans la conversation de son invité. Des règles, une étiquette présidaient à tout dialogue, et M. Fahed s'écartait de la bienséance.

– Je forme depuis longtemps le vœu de rencontrer cette dame, mais je ne me serais pas permis de l'approcher sans lui avoir été présenté.

Amira battit des paupières. Disait-il bien ce qu'elle croyait entendre ? Elle se ressaisit discrètement et accepta de suivre son hôte sur ce terrain inattendu :

– Quelle femme compréhensive vous devez avoir, monsieur Fahed, et qui n'est pas jalouse.

– Une femme merveilleuse, Sayyida, mais je ne suis plus marié avec elle. Nous avons divorcé d'un commun accord voilà cinq ans, lorsque l'aîné de mes fils s'est marié et a installé son épouse dans son propre logement. Dieu m'a accordé huit beaux enfants, qui sont autonomes aujourd'hui. A présent que cette partie de ma vie est achevée, et que je jouis d'une santé excellente – Dieu en soit remercié –, je me consacre à recueillir de beaux objets. – Il reposa sa tasse vide, secoua la tête. – Je m'étonne que votre ravissante petite-fille ne se soit pas remariée, Sayyida.

Elle avait bien compris : M. Fahed entamait des pourparlers de mariage. Reposant à son tour sa fasse sur sa soucoupe, Amira récapitula les atouts de ce prétendant inespéré : il n'était pas marié, il ne cherchait pas une femme fertile, il avait toute sa santé, il était financièrement à l'aise et il désirait Camélia. Néanmoins, elle rétorqua :

– Beaucoup d'hommes peuvent aimer contempler une danseuse, monsieur Fahed, mais peu souhaitent l'épouser.

– Faiblesse du jaloux, chère madame ! Par le Prophète, les grâces de Dieu soient avec lui, je ne suis pas de ceux-là ! Lorsque je possède un objet d'une rare beauté, je le montre au monde entier !

Avec un sourire aimable, Amira s'apprêta à resservir du café, ajoutant mentalement deux bons points au prétendant : dénué de jalousie, il autoriserait Camélia à poursuivre sa carrière.

Les yeux de M. Fahed revinrent à la photo de Camélia.

– Certes, une femme de la beauté de Camélia et parée de sa réputation irréprochable, la veuve d'un héros de guerre, exigerait une contrepartie financière des plus élevées. Moins serait une insulte.

Amira remplit les deux délicates tasses en porcelaine de Chine. Le point final : il paiera coquettement.

Se demandant sous quelle étoile il était né, elle glissa discrètement la boîte à bijoux sous un coussin en satin.

– Cher monsieur Fahed, si vous le désirez, j'aurais grand plaisir à vous présenter à ma petite-fille...

Yacob Mansour vit l'expression choquée de Camélia.

– Vous ne saviez pas que j'étais chrétien.

Ils étaient restés dans la petite pièce de derrière, Camélia figée sur place.

– Je... Je vous croyais juif.

– Cela fait-il une différence ?

Elle hésita un moment de trop avant de répondre :

– Non. Bien sûr que non. Ce genre de choses ne devrait jamais intervenir dans les affaires.

– Les affaires ?

D'une main tremblante, elle fouilla dans son sac. Comment avait-elle pu se tromper à ce point ?

– Je ne vous rendais pas une visite amicale, monsieur Mansour. Ma tante m'a demandé de vous montrer un article qu'elle a écrit, pour voir si vous trouveriez un intérêt à le publier dans vos colonnes.

Comme elle ne le regardait pas, elle ne vit pas la déception qui passa dans ses yeux.

– Je serais heureux de le lire, dit-il sourdement en prenant l'article.

Camélia s'efforçait d'assimiler ce fait nouveau et terrible : Yacob Mansour appartenait à la communauté de ces dispensateurs de haine qui avaient essayé de tuer oncle Hakim.

Il lut à voix haute le texte dactylographié de Dahiba :

– « Les femmes ne cherchent pas à subvertir la sainte loi, car elle est écrite dans le Coran, mais à réparer les injustices qui sont étrangères à la loi. Nous tenons pour sacré ce qui est écrit dans le Coran, mais pour ce qui ne l'est pas, nous demandons réparation. Les femmes d'Égypte réclament une loi qui oblige un homme à informer rapidement son épouse s'il l'a répudiée; à informer son épouse s'il a pris une deuxième ou une troisième femme. Les femmes d'Égypte réclament le droit d'une première épouse à divorcer si son mari prend une seconde femme; le droit d'une épouse à divorcer si son mari lui inflige un mal physique. Enfin nous réclamons que soit mis un terme à la pratique cruelle de l'excision. »

Mansour observa Camélia avec une expression énigmatique.

– Ce que revendique votre tante est raisonnable, mais ne sera pas considéré comme tel par les hommes. Certains affirment que le féminisme est une arme de l'Occident impérialiste destinée à déstabiliser la société arabe et à détruire notre identité culturelle.

– Vous le croyez, vous ?

– Si c'était le cas, je n'aurais pas publié votre texte. A ce propos, ce numéro de novembre qui contenait votre essai a rencontré un tel succès que nous l'avons réimprimé, et nous recevons encore des demandes. Surtout de la part de femmes, mais de quelques hommes également. – Il marqua une pause et, comme elle se taisait, reprit : – Pourquoi nous battons-nous ? Musulmans ou coptes, nous sommes tous arabes.

– Je regrette, dit enfin Camélia, incapable de soutenir son regard. Mon oncle a été attaqué par des chrétiens. Ils ont voulu le pendre... c'était atroce.

– Il existe des gens nuisibles partout. Pensiez-vous que nous étions tous des assassins ? Mademoiselle Rachid, le christianisme est une religion douce, une religion de paix...

– Il faut que je m'en aille, coupa-t-elle en passant dans l'autre bureau. Pardonnez-moi, mais...

Soudain, deux jeunes gens en galabieh blanche passèrent en courant dans la ruelle au cri de : « Dehors les chrétiens ! » Camélia tressaillit, se tourna au moment où les agresseurs lancèrent des pierres qui firent éclater ce qui restait de la devanture. Le verre vola dans la pièce, Camélia cria, Yacob l'attirant rapidement contre lui pour la protéger. Quand le silence revint dans la ruelle, ils ne s'étaient pas détachés l'un de l'autre.

– Ça va ? murmura Yacob, étreignant étroitement la jeune femme.

– Oui, souffla-t-elle.

Elle sentait les battements du cœur de Mansour contre le sien. Puis il posa la bouche sur la sienne, l'embrassa, et Camélia répondit à son baiser.

Elle s'écarta brusquement.

– Zeïnab ! ma fille est dehors !

Elle rencontra Radwan dans la ruelle, qui courait dans sa direction, la main dans sa veste, prêt à dégainer l'arme qui ne le quittait pas.

– Attendez ! fit-elle le souffle court. Je vais bien ! C'était seulement... une farce.

Quand elle vit le regard soupçonneux que le grand

Syrien posait sur Yacob, son cœur battit lourdement. Elle était restée seule avec un homme qui ne lui était pas apparenté, elle l'avait laissé l'embrasser. Si Radwan l'avait su, il aurait tué Mansour.

– Tout va bien, Radwan, insista-t-elle. M. Mansour est un vieil ami. Je n'ai rien, vraiment. S'il vous plaît, retournez à la voiture et prévenez Zeïnab que j'arrive.

Dès que le garde du corps se fut éloigné, elle se retourna vers Yacob :

– Je ne reviendrai pas ici. Et, je vous en prie, ne venez plus à mes spectacles. Vous et moi, c'est impossible. Il y a trop de danger et... – Sa voix se brisa. – Je dois penser à ma fille. Dieu vous garde, Yacob Mansour. Et puisse votre Seigneur vous protéger. *Allah ma'aki.*

35

L'aube pointait sur le désert du Nevada. Rachel se tourna vers Jasmine, qui conduisait la voiture.

– Je n'y tiens plus. Vas-tu, s'il te plaît, me dire enfin où nous allons ?

Jasmine sourit et appuya sur l'accélérateur.

– Tu verras. Nous y sommes presque.

Rachel se tourna vers le paysage lugubre. Lorsqu'elles avaient approché des lumières de Las Vegas, deux heures auparavant, elle avait cru que son amie l'emmenait jouer ! Elles ne s'étaient arrêtées que pour avaler un petit déjeuner. Une heure plus tard, elles roulaient de nouveau vers le nord. A présent le soleil commençait à briller, illuminant le désert rouge, les cactus inquiétants et les montagnes austères creusées d'ombres noires sur le flanc ouest. C'était beau mais effrayant, car Rachel ignorait où elles se trouvaient, et pourquoi.

– Tu te conduis bizarrement ces derniers temps, Jas. Je suis folle de t'avoir accompagnée. Où allons-nous ?

– Voilà des semaines que tu m'affirmes avoir besoin d'une escapade, même d'une seule journée, protesta Jasmine en riant. Allez, admets que tu es contente.

Rachel reconnut que le trajet s'était révélé étrangement bienfaisant. Elles avaient emprunté l'autoroute reliant Las Vegas à Los Angeles, dépassant d'autres véhicules, des patrouilles de police routière, quelques camping-cars qui emportaient des bateaux sur le Colorado, et beaucoup de cars bondés de joueurs ou de voyageurs en goguette.

Elles avaient traversé de petites villes blafardes, croisé de loin en loin les inévitables cafés à l'éclairage criard. Mais le plus souvent elles avaient roulé dans l'obscurité silencieuse, fonçant vers un horizon éclaboussé d'étoiles. En quittant Los Angeles par le dédale de bretelles des voies rapides, les deux jeunes femmes avaient discuté médecine et malades; à mesure que se raréfiaient les immeubles et les signes de vie, Rachel s'était félicitée d'avoir accepté l'invitation impromptue de Jasmine pour une virée nocturne dans le désert. Elle n'avait pas de consultations aujourd'hui, et Mort lui avait proposé de s'occuper du bébé pendant son absence.

– Je te promets que nous serons de retour pour les infos du soir, avait dit Jasmine.

Après avoir survolé le Mojave, elles voyaient le soleil surgir derrière les collines rouges pareil à un gros ballon jaune. En un clin d'œil, il fit jour et Rachel distingua une clôture à quelques mètres en retrait de la route, sur laquelle étaient fixés des panonceaux : « Propriété du gouvernement. Défense d'entrer. » Un moment après, elle vit d'autres voitures devant la leur. Jasmine ralentit.

– Où sommes-nous donc ? interrogea Rachel.

Elle baissa sa vitre, sentit la froide morsure de l'air du désert sur son visage. Jasmine se gara sur le sable entre deux autres véhicules et désigna un panneau sur sa gauche.

– « Zone d'essai du Nevada », lut Rachel. Jas, que faisons-nous ici ? Et qui sont tous ces gens ?

– C'est un rassemblement, Rachel ! Un rassemblement antinucléaire. J'ai vu un entrefilet dans un journal. Le gouvernement procède à des essais nucléaires souterrains aujourd'hui, et nous sommes là pour les en empêcher. Viens !

Rachel vit une brèche dans la clôture ouverte par une camionnette; d'autres véhicules avaient suivi, et une foule assez importante se regroupait dans le petit matin glacé. Jasmine et Rachel remontèrent le col de leur coupe-vent afin de se protéger du froid. Il y avait là plusieurs centaines de personnes, estima Rachel, d'autres arrivaient encore. La majorité franchissait les barrières métalliques et les barbelés. Certaines portaient des pancartes « Non à la bombe », « Nucléaire non merci », mais la manifestation était curieusement calme et organisée. Il y avait là un grand nombre d'intellectuels et de professionnels, mais aussi quelques types à l'allure suspicieuse, (des agents de la CIA ?) qui se promenaient parmi les manifestants avec des appareils photo. Des camionnettes de diverses chaînes de télé et d'organes de presse écrite étaient venues couvrir l'événement. Les hommes en uniforme étaient nombreux – police du Nevada et police de l'air. Des hélicoptères militaires bourdonnaient dans le ciel.

– On ferait peut-être mieux de ne pas y aller, dit Jasmine comme elles s'apprêtaient à passer la clôture. C'est une zone interdite, propriété fédérale. Si nous entrons, nous risquons d'être arrêtées.

– Regarde tous ceux qui sont passés.

– Certains parmi eux veulent être arrêtés, pour la publicité. Tu comprends, les essais ne peuvent pas avoir lieu s'il y a des gens sur le site. Nous sommes loin du lieu d'essai proprement dit mais ces quelques mètres de l'autre côté des barrières suffisent à les interrompre.

– Si ce n'est pas pour passer, pourquoi sommes-nous venues ?

– Tu verras, répondit Jasmine avec un sourire mystérieux.

Rachel secoua la tête, resserra son coupe-vent orange sur son corps trapu. Depuis qu'elle s'était associée avec son père, elle avait pris du poids et, à trente-trois ans, elle promenait une silhouette que son mari qualifiait affectueusement de « maternellement sexy ».

Tout près de la clôture, Jasmine scruta la foule.

– Waouh, il y a des célébrités, dis-moi, constata Rachel. – Elle reconnaissait l'astronome Carl Sagan, le docteur Spock, le prix Nobel Linus Pauling. – Qui cherches-tu ? interrogea-t-elle.

Avant que Jasmine réponde, Rachel le vit, debout près d'une camionnette de presse, un gobelet en plastique à la main.

– Ce n'est pas le docteur Connor, de la fac ?

– Si, fit Jasmine en le regardant. Je ne l'ai pas vu depuis sept ans.

– C'est pour lui que nous sommes là ?

– J'aperçois aussi sa femme Sybil, là-bas.

Jasmine s'aperçut que Connor regardait dans sa direction, se détournait, reportait les yeux sur elle, presque instantanément. Et quand elle vit la joie se peindre sur son visage, son cœur fit des bonds dans sa poitrine.

– Salut, lança-il en venant vers les jeunes femmes. Jasmine! Je me demandais si vous seriez là aujourd'hui.

– Bonjour, docteur Connor. Je ne crois pas que vous connaissiez mon amie Rachel.

Prononçant ces mots, elle se rappela que c'était justement Rachel qui avait téléphoné quand ils avaient failli s'embrasser. Que se serait-il produit si Declan et elle étaient allés dîner ensemble ? Se souvenait-il de cette soirée ? Pensait-il aussi à ce qui aurait pu se passer entre eux ?

Il avait peu changé, songea-t-elle, sauf qu'il était plus séduisant que jamais, le visage buriné, brûlé par le soleil, avec des petites rides au coin des yeux. Mais il n'avait pas encore de cheveux gris, et son allure dégageait l'intensité, la vigueur, l'énergie dont elle avait conservé le souvenir. En sept ans, elle avait reçu neuf lettres de lui, de neuf pays différents.

– Où est votre fils, docteur Connor ? demanda-t-elle en s'écartant pour laisser passer de nouveaux arrivants.

– Oh, nous n'avons pas amené David. Sybil et moi sommes là dans l'espoir de nous faire arrêter. – Son sourire s'élargit. – C'est le seul moyen pour faire un peu parler de notre combat. Votre mari vous a accompagnée ? ajouta-t-il.

– Je ne suis plus mariée. Greg et moi avons divorcé au début de l'année.

Declan plongea dans ses yeux comme s'il lisait dans son âme.

– Je savais que vous seriez là, reprit Jasmine le souffle un peu court. Le journal mentionnait votre nom parmi d'autres. Je suis venue vous annoncer une nouvelle. A toi aussi, ajouta-t-elle pour Rachel.

– La surprise que tu m'as promise ?

– Je fais désormais partie de la Fondation Treverton.

– Hein ? s'exclama Connor. Mais c'est merveilleux ! – Un instant, elle redouta qu'il la prenne dans ses bras. – Sybil et moi ne faisons qu'une halte aux États-Unis avant de partir en Irak, et comme je n'ai pas repris contact avec la Fondation depuis quelques semaines je n'étais pas au courant. C'est donc votre grand retour en Égypte ? Nous avons mis en place un vaste programme de vaccination en Haute-Égypte.

– Oh non, s'empressa de répondre Jasmine. Je ne vais pas en Égypte. Je me suis portée volontaire pour le Liban. Le besoin est urgent dans les camps là-bas.

– Oui, comme partout.

Declan se tut pour la regarder de nouveau. Brièvement, elle vit briller dans ses yeux une lueur soucieuse, inquiète.

– Je suis heureux que vous ayez décidé de rejoindre nos rangs, fit-il. J'avais peur que l'un de nos concurrents ne vous accapare, comme ces navires-hôpitaux qui offrent tellement d'aventures. Oh, dites, ça commence. Nous avons tiré à la courte-paille l'ordre des prises de parole, parce qu'il est sûr que seuls les premiers seront entendus !

Un murmure parcourut la foule et tout le monde fit silence. Une femme était montée sur le plateau de la camionnette et parlait dans un micro.

– Le docteur Helen Caldicott, dit Connor, fondatrice du Mouvement des médecins pour la responsabilité sociale. On la surnomme « la mère du gel nucléaire ». Sa théorie est que les missiles sont des symboles phalliques et que les militaires se sont lancés dans une compétition qu'elle qualifie d'« envie de missile ». Jolie variation freudienne, non ?

Jasmine s'approcha de la clôture pour écouter le virulent discours antinucléaire de la pédiatre australienne :

– Nous devons veiller sur la planète comme sur un enfant ! tonnait sa voix au-dessus des têtes des auditeurs. Et cet enfant est atteint de leucémie ! Imaginez que cet enfant soit le vôtre. Ne remuerez-vous pas ciel et terre pour qu'il vive ?

Jasmine et Connor étaient proches l'un de l'autre, presque à se toucher. Il avait une main sur la barrière métallique. Jasmine dut faire un effort pour ne pas poser sa main sur la sienne.

– A mon tour, déclara-t-il quand Caldicott termina sous les applaudissements. Croisez les doigts pour que j'arrive à sortir deux mots, fit-il en clignant de l'œil vers Jasmine.

Il rejoignit la pédiatre sur le plateau de la camionnette, prit le micro qu'elle lui tendait. Il commença à parler avec son accent britannique, mais sur un ton d'une telle autorité que même les soldats et les agents de la CIA lui accordèrent attention.

– La prolifération de l'armement nucléaire n'est pas seulement irréfléchie, elle est le fait d'une folie aberrante. C'est la honte d'une nation que les dépenses de santé publique n'atteignent pas même dix-sept pour cent du budget militaire.

Jasmine gardait les yeux fixés sur lui, regardait le vent du désert jouer dans ses cheveux et soulever le col de sa veste de tweed.

– Qu'est-ce que cela présage pour l'avenir de la planète ? Quel héritage préparons-nous pour nos enfants ? Les bombes, les radiations, la peur ?

Quand il chercha Jasmine des yeux dans la foule, celle-ci sentit son pouls s'accélérer. Un faucon solitaire tournoyait dans le ciel et plongea devant un hélicoptère.

– Les enfants du monde relèvent de notre responsabilité à tous ! lança Connor, presque dans un cri. Il n'est pas seulement du devoir des parents de veiller à ce que leurs enfants héritent d'un monde sain et pacifié, mais du devoir de tout individu.

Jasmine retenait son souffle. Elle n'aurait pas cru possible d'être encore plus amoureuse de lui qu'elle ne l'était déjà.

Un militaire intervint soudain dans un mégaphone :

– Vous êtes en infraction sur une propriété du gouvernement, dit-il à la foule. Ce rassemblement est illégal.

Ceux qui n'évacuent pas immédiatement les lieux seront arrêtés.

Connor ignora le représentant de l'ordre et continua à parler. Le soldat répéta son avertissement. Connor refusa de descendre de sa plate-forme. Les arrestations commencèrent. Jasmine fut stupéfaite de constater que la manifestation se dispersait dans l'ordre et le calme, sans éclat, sans lutte, avec peu de résistance. Connor descendit de son perchoir ; un policier des forces de l'air le prit par le bras ; il marcha dignement vers le car de police. Sybil le suivait.

– Eh bien, il a ce qu'il voulait ! commenta Rachel.

Un reporter de la télé brandit un micro devant Connor.

– Des commentaires pour nos téléspectateurs ?

Connor lui adressa un regard plein de colère.

– Il est inconcevable qu'à notre époque des enfants meurent encore de la polio dans le monde. Nous n'avons pas d'excuse. Et pendant que nos va-t-en-guerre du nucléaire continuent à dépenser des milliards et à prendre des risques insensés pour la planète, quarante mille enfants meurent chaque jour dans le tiers monde de maladies ordinaires qu'on pourrait aisément prévenir par la vaccination.

Comme on l'emmenait, le reporter lui cria :

– C'est un défi impossible, docteur Connor, de vacciner tous les enfants du monde !

– Avec des moyens et des effectifs... commença-t-il.

Mais on le poussa dans le car de police, la porte claqua sur lui.

– Tu avais raison, fit Rachel, je suis contente d'être venue.

La foule se dispersait, les deux jeunes femmes regagnaient leur voiture.

– Et Mort sera heureux que j'aie eu le bon sens de ne pas me faire arrêter ! Connor a raison, Jas, poursuivit-elle en attendant que son amie déverrouille les portières. Pourquoi ne retournes-tu pas en Égypte ?

– Je me suis fait la promesse de ne jamais y retourner, répondit Jasmine.

Elle s'installa au volant et ouvrit à Rachel.

– Mais pourquoi ?

Jasmine se tourna franchement vers elle.

– Je vais te dire ce que je n'ai jamais raconté à personne, pas même à Greg. J'ai été bannie d'Égypte. Mon père m'a chassée parce que j'avais eu des relations avec un homme qui n'était pas mon mari, et je suis tombée enceinte de lui. Nous n'étions pas amants mais ennemis. Il menaçait de détruire ma famille si je ne couchais pas avec lui. J'ai résisté mais il était plus fort. Voilà la raison de mon départ.

– Ta famille ignorait que ce n'était pas ta faute ?

– Pour eux, j'étais fautive. En Égypte, l'honneur est tout. Une femme est censée préférer mourir plutôt que de déshonorer sa famille. Ils m'ont pris mon fils et ils m'ont déclarée morte. Je ne les reverrai jamais.

– Es-tu sûre qu'ils ne le regrettent pas ? Comment sais-tu qu'ils ne souhaitent pas ton retour ? Jasmine, il faut que tu en aies le cœur net.

Jasmine regarda s'éloigner les véhicules de la police militaire en se demandant où ils emmenaient Connor. Elle se rappela sa joie quand elle lui avait annoncé son adhésion à la Fondation. Et peut-être avait-il effectivement eu envie de la serrer dans ses bras, mais il s'était retenu.

– Ta famille ne te manque pas, Jas ? questionna Rachel.

Jasmine contempla son amie dont les épais cheveux noirs en désordre encadraient le visage.

– Ma sœur me manque. Petites filles, Camélia et moi étions très proches. – Elle fit ronfler le moteur et recula lentement jusqu'à la route où disparaissaient déjà d'autres voitures. – Que dirais-tu de déjeuner à Las Vegas ?

– Formidable, fit Rachel dans un rire. Et tu me parleras des camps de réfugiés pour lesquels tu t'es portée volontaire.

A travers le pare-brise, Jasmine vit filer devant elle les véhicules militaires. Un frisson la parcourut. Cette fois encore, elle ne travaillerait pas avec Connor ; peut-être ne travailleraient-ils plus jamais ensemble. Mais ils œuvreraient pour les mêmes causes, dans le même organisme. Elle aurait aimé foncer sur le plateau le plus proche et hurler son bonheur au monde entier. Au lieu de cela, elle serra les mains sur le volant et s'aperçut soudain qu'elle avait une terrible envie d'écrire à Camélia.

36

La maison était sens dessus dessous du fait de l'imminent retour d'Europe de Camélia. Les servantes avaient passé la matinée à nettoyer, briquer, balayer, tandis qu'Amira supervisait les arrangements floraux, les menus du déjeuner et du dîner et assignait les chambres aux parents venus de province.

Seule Néfissa, qui regardait le courrier dans le vestibule, ne participait pas à la fièvre du retour de sa nièce. Ignorant l'affairement général, les filles qui s'interpellaient, les deux postes de radio réglés sur des stations différentes, elle passait méthodiquement en revue toutes les enveloppes, notait mentalement qui recevait quoi. Elle considérait ce rituel quotidien comme le privilège dû à son statut dans la maison – n'était-elle pas la fille d'Amira et la mère de son seul petit-fils ? Par cette chaude après-midi d'août, elle eut justement le plaisir de découvrir une carte de ce petit-fils, Omar, en mission à Bagdad, qui annonçait son retour dans la semaine. « *Al hamdu lillah!* pensa-t-elle. Loué soit Dieu. Qu'Il lui accorde de rentrer sain et sauf. »

Le retour d'Omar signifiait qu'elle-même, sa belle-fille Nala et les enfants regagneraient l'appartement de Bulaq. Même si Néfissa appréciait les séjours rue des Vierges du Paradis, elle n'était pas la maîtresse des lieux. A Bulaq, en revanche, elle menait la maison telle une reine, se chargeant de l'éducation des huit enfants, dirigeant les domestiques, prévoyant les repas et donnant des ordres à la docile Nala. Elle aimait surtout pouvoir à nouveau materner son fils, Omar, et son petit-fils, Mohammed. Néfissa s'inquiétait de la façon dont Amira observait Mohammed ces derniers temps; elle avait son « air de marieuse ». Or le garçon n'avait que dix-huit ans et il n'avait pas fini ses études. De plus, Néfissa estimait qu'il était de son ressort de trouver une épouse pour son petit-fils, pas de celui d'Amira.

Elle continuait d'examiner le courrier : des lettres de Basima et de Sakinna postées d'Assiout, pour Tewfik la facture d'un tailleur fort coûteux rue Kasr El Nil, et pour Ibrahim un nouveau mot crasseux du père de Huda, le vendeur de sandwiches, qui demandait certainement encore de l'argent. Néfissa estimait que son frère avait avili la famille en se mariant tellement au-dessous de sa condition – son infirmière! Et qu'est-ce que cette paresseuse lui avait donné en retour? *Allah*! Cinq filles!

Lorsqu'elle entendit sonner, Néfissa alla à la porte et fit entrer le riche ami d'Amira, M. Nabil el-Fahed. Tandis qu'un serviteur escortait le visiteur vers le grand salon, Néfissa se demanda à nouveau quel intérêt liait sa mère à cet homme. Il apparaissait comme un mari potentiel, très séduisant à son goût, établi et, d'après ce qu'elle avait ouï dire, propriétaire d'un prospère commerce d'antiquités. Mais un prétendant pour qui? Laquelle des nombreuses filles Rachid Amira destinait-elle à ce quinquagénaire?

Au dernier pli du courrier, Néfissa se figea. Adressée à Camélia, l'enveloppe portait des timbres américains et un cachet californien. Encore une lettre de Yasmina. Néfissa la serra si fort qu'elle faillit la froisser.

Elle savait ce que contenait cette missive, la même chose que celle qui était arrivée avec la carte d'anniversaire de Mohammed en mai dernier. Néfissa l'avait ouverte et lue avant de la détruire. Yasmina ne l'écrivait pas ouvertement mais il était clair qu'elle avait l'intention de revenir en Égypte. Or Néfissa ne souhaitait surtout pas le retour de sa nièce. Elle faisait son possible pour extirper Yasmina du cœur de Mohammed. Quand il aurait oublié sa mère, il serait entièrement à elle. Il était son petit-fils préféré, parce qu'il était d'Omar. Si sa vie était derrière elle, si l'amour l'avait fuie, la laissant à cinquante-six ans frustrée et insatisfaite, au moins elle avait son petit-fils.

Elle n'était pas prête à le partager avec une mère qui envoyait une carte d'anniversaire par an et décidait de revenir après une si longue absence. Ibrahim avait prononcé l'arrêt de mort de Yasmina. Qu'elle reste morte.

Elle remit le courrier dans la corbeille et quitta le vestibule, la lettre de Yasmina dans sa poche. Au salon, elle trouva Amira qui offrait le thé à M. Fahed, en lui racontant les étés que la famille passait autrefois à Alexandrie, du temps de Farouk. Puis Néfissa surprit sa nièce de quinze ans, Zeïnab, assise devant la fenêtre, les yeux rivés sur la rue. Un pincement d'envie, de regret, l'étreignit, car elle se revit à la même place, guettant anxieusement à travers le même moucharabieh ancien. Tant d'années s'étaient écoulées qu'elle ne voulait pas les compter... Se dirigeant rapidement vers la cuisine – où les deux cuisinières se disputaient vertement sur le nombre de poireaux à mettre dans la soupe d'épinards – Néfissa se demanda une fois de plus ce qu'eût été sa vie si elle avait pu épouser son lieutenant anglais.

Ce n'était pas un homme que guettait Zeïnab, mais Camélia. Sa mère était partie en Europe depuis près de cinq mois, en tournée avec son orchestre. Elle rentrait aujourd'hui.

Inspectant chaque voiture qui tournait dans la rue des Vierges du Paradis, l'adolescente jouait avec le collier que lui avait offert M. Fahed pour son anniversaire, une perle en forme de larme, montée sur une ancienne chaîne en argent. Zeïnab était troublée par les sensations nouvelles qui traversaient son corps. Elle avait commencé à remarquer les muscles de certains de ses cousins, elle admirait leur mâchoire carrée, et chaque fois que son cousin Moustafa quittait une pièce, elle se surprenait à détailler ses hanches, parfaitement moulées dans les pantalons étroits qu'il affectionnait.

Ses pensées la choquaient, lui faisaient honte. Pourquoi s'attachait-elle à ce genre de choses ? Était-ce parce qu'elle n'avait pas subi l'opération secrète dont les filles s'entretenaient parfois à voix basse à l'école – l'excision purificatrice. Zeïnab se rappelait avoir été réveillée par un hurlement une nuit quand elle avait cinq ans; elle avait vu sa cousine Asmahan par terre dans la salle de bains. Tante Tahia la tenait ; Oumma avait un rasoir à la main. Que lui avait-on fait ? Pourquoi ne lui avait-on rien fait, à elle ?

Elle s'était toujours sentie différente du reste de la famille, pas seulement à cause de sa jambe et de son appareil, mais pour d'autres raisons. Les Rachid étaient tous bruns, y compris sa mère, Camélia. Zeïnab, elle, avait la peau pâle et ses cheveux éclaircissaient chaque année jusqu'à prendre la teinte de ceux de tante Yasmina, qu'elle n'avait jamais rencontrée mais dont elle voyait la photographie quand elle faisait le lit de Mohammed. Et elle surprenait parfois le regard songeur d'Oumma posé sur elle, ou celui de grand-père Ibrahim, comme si elle était un puzzle qu'ils s'efforçaient de reconstituer. Zeïnab était agitée de mille interrogations. Pourquoi dans les albums de famille n'y avait-il pas de photos de son père mort à la guerre ? Ni de photos de sa famille à lui ? Où étaient les autres grands-parents et cousins ? S'enquérir de ces choses, lui avait un jour gentiment expliqué Oumma, revenait à manquer de respect envers le mort. Alors Zeïnab avait tu ses questions.

Mais maintenant, de nouvelles interrogations l'agitaient – « Tu es un marché aux puces de questions », lui disait oncle Hakim – qui tournaient autour des garçons, de l'amour et du sexe.

Son attention fut soudain attirée par une silhouette dans la rue : sa cousine Asmahan. Zeïnab éprouva un élan d'envie. A quinze ans comme elle, Asmahan était d'une beauté frappante. Tout le monde disait qu'elle était le portrait de sa grand-mère Néfissa au même âge. Bizarrement, Asmahan, choisissait de dissimuler sa beauté. Même par cette touffeur, alors que tout le monde sortait en robe d'été, pantalon et chemise au col ouvert, la cousine de Zeïnab s'habillait d'une robe longue jusqu'aux chevilles, d'un *hijab* sur la tête, de gants, de chaussettes et...

Zeïnab eut peine à y croire.

Le visage d'Asmahan était entièrement recouvert par le voile ! On ne voyait même plus ses yeux ! Comment distinguait-elle la route ?

La regardant disparaître dans la maison, Zeïnab se

demanda si sa cousine était elle aussi troublée par la pensée des garçons. Pas seulement les garçons, réalisa-t-elle avec consternation en entendant un rire masculin jaillir dans le salon. M. Nabil el-Fahed, le riche antiquaire plaisantait avec Oumma. Zeïnab éprouvait un net penchant pour lui depuis qu'il lui avait offert le pendentif en lui disant combien elle était jolie. Chaque fois qu'elle rêvait de mariage, c'était toujours avec quelqu'un comme M. Fahed.

Enfin, un taxi apparut au bout de la rue, s'arrêta dans le virage devant la maison, et l'adolescente vit Camélia en descendre.

– *Y'Allahh!* cria-t-elle. Ils sont là! Ils sont revenus!

– Dieu soit loué, murmura Amira, se levant et souriant à M. Fahed.

Elle l'avait convié à l'occasion du retour de sa petite-fille dans un dessein secret : il pourrait observer qu'elle bonne mère faisait Camélia.

Camélia, Dahiba et Hakim entrèrent avec leurs bagages et des sourires fatigués. La famille, en particulier les vieilles femmes et les jeunes filles, se pressa autour d'eux et remercia Dieu pour ce retour sans encombre. Ce soir, quand les hommes seraient rentrés du travail et les garçons de leurs cours, on ferait une grande fête. Puis Camélia donnerait une représentation exceptionnelle au Hilton.

Zeïnab vola dans les bras de sa mère, la serra, respira son doux parfum familier, et se mordit la langue pour retenir les questions qui l'avaient tourmentée. Pourquoi sa mère avait-elle décidé tout à coup cette tournée en Europe? Elle l'avait annoncée juste après sa visite dans les bureaux du petit journal près de la rue Al Bustan. Zeïnab ignorait ce qui s'était passé : il y avait eu un fracas de verre brisé, puis Radwan avait couru, et enfin sa mère était revenue à la voiture, pâle et tremblante. Trois heures plus tard, elle déclarait son intention d'aller montrer son spectacle en Europe.

« La raison de ce voyage n'a plus d'importance à présent, songea l'adolescente en serrant Camélia. Maman est revenue, nous allons rentrer à la maison. »

« Comme elle a grandi en quatre mois! se dit Camélia

en étreignant sa fille. C'est presque une femme ! Et si jolie, avec tant d'amour à donner. »

Ses pensées s'assombrirent aussitôt. Quel homme voudrait d'une femme handicapée ? Quel homme regarderait sa jambe malingre sans redouter la même difformité pour ses enfants ? Dès la naissance de Zeïnab, son destin avait été scellé. Tout le monde savait qu'elle ne subirait pas l'opération réservée aux fillettes. Le but de l'excision était d'endiguer le désir sexuel et donc de garantir la fidélité d'une femme à son époux. Précaution inutile dans le cas de Zeïnab..

Néanmoins, si Camélia n'avait pas à trouver un mari pour sa fille adoptive, Zeïnab n'en avait pas moins besoin d'un protecteur. A présent qu'elle entrait dans l'âge adulte, elle était doublement vulnérable. Camélia connaissait trop bien les dangers du monde, dangers auxquels même les femmes les mieux protégées se trouvaient exposées. Sa propre sœur n'était-elle pas mariée, épouse et mère respectée, quand elle avait été victime de Hassan al-Sabir ?

Le souvenir de Yasmina raviva une autre des craintes de Camélia : la peur que Yasmina ne réapparaisse sans crier gare pour réclamer sa fille.

« Elle est à moi, pensa Camélia en s'asseyant à la place d'honneur dans le salon. Yasmina l'a abandonnée. Zeïnab est ma fille, je ne la rendrai jamais, et il ne faudra jamais, jamais qu'elle sache la vérité sur son père, ce monstre assassiné, Hassan al-Sabir. »

Un par un, les membres de la famille vinrent embrasser Camélia – même Néfissa, qui conservait la lettre de Yasmina cachée dans sa poche. Et lorsque tout le monde fût installé, quand on eût apporté le thé et les pâtisseries, Amira présenta M. Fahed à sa petite-ffille, à Dahiba, et à Hakim, le qualifiant de « vieil ami » alors que son nom n'avait jamais été prononcé auparavant.

– Bienvenue sous notre toit, monsieur Fahed, dit Camélia. Puisse Dieu vous accorder la paix.

Mais elle lança un regard interloqué à sa grand-mère. Pourquoi Amira avait-elle invité cet étranger aujourd'hui ? Il devait y avoir une raison ; Camélia n'avait jamais vu Oumma agir sans dessein.

– M. Fahed est amateur de belles choses, déclara Amira avec fierté.

– Vraiment ? fit Camélia, qui se demanda si l'on s'apprêtait à vendre les objets de valeur de la famille. C'est certainement une activité intéressante, monsieur Fahed ?

– Elle m'amène en tout cas, Dieu en soit remercié, à côtoyer des personnes aussi distinguées et aimables que Sayyida Amira, répondit l'antiquaire avec un sourire. J'aime tout ce qui fait le délice des yeux. Je suis également collectionneur, ajouta-t-il d'un air entendu. Je consacre ma vie à la beauté, mademoiselle Camélia. C'est ainsi que j'ai eu la joie de vous voir plusieurs fois sur scène.

Il y eut un bref silence dans le salon, au cours duquel les adultes, y compris Néfissa, qui accusa le coup, commencèrent d'entrevoir le véritable but de la visite de M. Fahed. Amira ajouta :

– M. Fahed me disait justement qu'il trouve extraordinaire que tu ne sois pas remariée, ma chérie.

Hakim Raouf, surpris lui aussi, se mit adroitement de la partie. Le devoir de sauvegarder l'honneur d'une femme dans les pourparlers de mariage revenait d'ordinaire au père mais, dans la mesure où Ibrahim était absent, la tâche incombait à l'oncle.

– Hélas, monsieur Fahed, fit Hakim déguisant à peine sa joie pour Camélia, les hommes aiment voir danser les belles femmes mais ne souhaitent pas épouser une danseuse.

Le regard de Fahed glissa vers Dahiba qui, à cinquante-sept ans, n'avait rien perdu de son éclat.

– Vous êtes une exception, monsieur Raouf, rétorqua l'antiquaire, prenant soin de ne pas faire d'allusion directe à la femme de Hakim, ni de la regarder trop longtemps – deux impairs terriblement offensants. En ce qui me concerne, si j'étais l'époux d'une danseuse que toute l'Egypte vénère, je ne serais pas assez égoïste pour la soustraire à ses adorateurs.

Maintenant que Hakim parlait pour elle, Camélia se taisait, stupéfaite : après avoir été mise à l'écart de la question du mariage durant tant d'années, après avoir assisté aux négociations pour ses cousines, cette conversation-là –

merveille des merveilles – la concernait, elle! Intimidée, elle écoutait Raouf et Fahed broder adroitement sur le sujet sans l'aborder de front – toute allusion directe eût été la pire des grossièretés –, et méditait sur l'extraordinaire coïncidence. N'avait-elle pas pensé au mariage, récemment, pour le bien de Zeïnab ? Or ses réflexions n'avaient abouti à rien : qui eût voulu d'une danseuse ? Et voilà que M. Fahed se proposait, devant sa famille! Elle commença à se demander ce que serait une union avec un tel homme. Il était attirant, manifestement fortuné et, à en juger par la façon dont Zeïnab lui souriait, il avait déjà remporté l'approbation de sa fille.

Tandis que Hakim extorquait avec diplomatie au prétendant les détails essentiels – une adresse dans le riche quartier d'Héliopolis, des aïeux qui comptaient deux pachas et un bey, ainsi qu'une solide assise financière qui impressionna même le riche Raouf –, Camélia continuait d'observer le séduisant antiquaire du coin de l'œil.

M. Fahed ne cherchait pas une épouse qui lui donnât des descendants. « Je suis collectionneur de beaux objets », avait-il dit.

Mais désirait-elle un tel époux ?

Elle était partie en Europe pour oublier Yacob Mansour. Quatre mois durant, elle s'était produite devant des publics enthousiastes dans les hôtels et les clubs parisiens, munichois, romains. Mais elle n'avait pu oublier la sensation du corps de Yacob contre le sien, la façon dont il l'avait tenue serrée contre lui, si protecteur, quand les vandales avaient brisé la devanture du bureau. Yacob sentait le savon, le tabac, et une épice provocante qu'elle n'avait pas su identifier. Aujourd'hui encore, quand elle se le figurait, un peu rond, le cheveu clairsemé, avec ses lunettes vieillottes, elle ressentait la brûlure de son baiser sur ses lèvres et l'empreinte de son corps contre le cien. Au bout du compte, elle n'était pas parvenue à se libérer de lui. Mais elle avait pris la décision de ne jamais le revoir.

La violence religieuse continuait à déchirer Le Caire. Durant son absence, le conflit entre coptes et musulmans s'était aggravé. La police surveillait toutes les églises coptes du Caire. Les musulmans arboraient le Coran sur le tableau de bord de leur voiture, les chrétiens, la photo du patriarche Shenouda sur leur pare-chocs. Pendant le trajet en taxi depuis l'aéroport, le chauffeur leur avait parlé d'arrestations en série dans la ville : « Tous ceux qui sont soupçonnés d'avoir un rapport avec les violences religieuses sont enfermés. »

Pour le bien de tout le monde, mieux valait oublier Yacob Mansour.

Quand elle comprit que la conversation parvenait à sa conclusion, Hakim et Fahed paraissant satisfaits, Camélia s'adressa à l'hôte de sa grand-mère :

– Assisterez-vous à ma soirée de gala ce soir au Hilton, monsieur Fahed ?

– Par la barbe du Prophète, la grâce de Dieu soit sur lui ! Pour rien au monde, je ne la manquerais ! Et me ferez-vous ensuite l'honneur de dîner avec moi, vos amis et vous ?

Elle hésita une fraction de seconde durant laquelle elle vit le visage de Yacob Mansour, ses lunettes qui se soulevaient sur ses joues quand il souriait.

– Nous en serons honorés, monsieur Fahed.

Dès qu'elle apparut, elle posséda la scène. Et lorsque le public, qui l'avait attendue deux heures durant, vit sa Camélia adorée inondée d'or, d'argent, de perles, ce fut une explosion d'enthousiasme délirant. Elle était leur déesse, ils étaient ses adorateurs. Quand elle parut planer au-dessus de la scène, balayant l'air de son voile dans la lumière des projecteurs, les hommes se levèrent pour crier, « *Allah*, ô plus douce que le miel ! » Camélia rit, tendit les bras comme pour les étreindre tous. Elle s'était promis de ne pas chercher Yacob dans le public ; elle repérerait Nabil el-Fahed et lui dédierait un sourire. Mais elle ne chercherait pas Yacob.

Abandonnant son voile, elle entama une danse sensuelle. Elle contrôlait le moindre de ses muscles, son ventre ondulait, ses hanches se mouvaient en cercles rapides, ses bras s'élevaient et s'abaissaient sans effort. Elle flirtait avec son public ; elle l'ensorcelait puis le rejetait, merveilleuse incarnation de l'idéal féminin arabe : désirable mais inaccessible. Reconnaissant M. Fahed à l'une des premières tables, dans son costume bleu nuit assorti d'une Rolex et de bagues en or, riche, cultivé, élégant, elle lui adressa un sourire. Puis elle fit le tour de la scène, ses yeux effleurant les visages adorateurs ; enfin, elle n'y tint plus et regarda au fond de la salle.

Yacob n'était pas là.

Les musiciens soudain ralentirent le rythme jusqu'à ne plus laisser entendre qu'une flûte, l'ancien *naï* de Haute-Égypte, qui produisait un son obsédant, sinueux comme le serpent et lourd de chagrin ; les lumières baissèrent ; Camélia se trouva isolée dans une colonne de lumière. Elle entama alors une danse lente, hypnotique. Ses ondoiements évoquaient le cobra, et sa rythmique triste, mélancolique, tenait moins d'une chorégraphie savante que de l'expression de son cœur.

Le numéro s'acheva et elle se retira sous des tonnerres d'applaudissements. Tandis que ses vingt danseuses occupaient la scène pour une danse folklorique en galabiehs, accompagnée de cris et de zaghrîts, Camélia se pressa vers sa loge où ses assistantes et sa coiffeuse l'attendaient pour procéder à son changement de costume.

Hakim la surprit par son irruption fracassante :

– Le journal de Mansour a été plastiqué il y a une heure !

– Quoi ! Il y avait quelqu'un au bureau ? Il est blessé ?

– Je ne sais pas. Dieu nous aide, c'est terrible ! Il a publié l'article de Dahiba et maintenant...

– Il faut que j'y aille, décida Camélia en s'emparant de la mélaya noire qu'elle portait dans son numéro de danse traditionnelle. Sois gentil de t'occuper de Zeïnab, emmène-là chez toi, et dis à Radwan de rester auprès d'elle. Il ne faut pas la laisser seule.

– Camélia, attends ! Je viens avec toi !

Elle était déjà partie.

Le chaos régnait dans la ruelle. Des gens bloquaient le passage, empêchant les voitures de police d'accéder aux lieux. Camélia se gara au bout de la venelle et se fraya un chemin comme elle le put. Quand elle vit l'immeuble éventré, le verre et les papiers éparpillés dans la rue, elle se mit à courir.

Yacob était à l'intérieur, légèrement hébété, en train de ramasser quelques débris carbonisés.

– Dieu soit loué! cria-t-elle en se jetant dans ses bras.

Les témoins en restèrent bouche bée. Le nom de la danseuse parcourut la foule avec des « *Allah!* » car chacun se demandait ce que la déesse avait à faire avec ce journaliste subversif.

Elle examina son visage. Les lunettes de Yacob étaient cassées, du sang coulait d'une blessure à sa tête.

– Qui a fait ça?

– Je ne sais pas, fit-il, complètement secoué.

– Oh, pourquoi ne pouvons-nous vivre en paix!

– On ne se serre pas la main avec le poing fermé.

Yacob fixa la jeune femme, comme s'il prenait seulement conscience de sa présence

– Vous êtes rentrée d'Europe! – Et il entrevit ses perles, la mousseline de soie rose sous la mélaya noire. – Votre gala! C'était ce soir! Que faites-vous ici?

– Quand j'ai su... – Elle lui toucha le front. – Vous êtes blessé. Je vous emmène chez un médecin.

Mais il lui prit les mains et répondit d'un ton pressant :

– Camélia, il faut que vous partiez. Immédiatement! On arrête les gens à tour de bras. Sadate nettoie Le Caire des intellectuels et des libéraux qui, soi-disant, fomentent des dissensions sectaires. On les arrête au nom de la loi pour la protection des valeurs contre la honte. Sous le coup de cette nouvelle loi, n'importe qui peut être détenu pour une période indéterminée. La semaine dernière, mon frère a été arrêté. Et hier ils ont emmené Youssef Haddad, l'écrivain. Je ne sais pas qui a fait sauter mon bureau, Camélia. Peut-être les Frères musulmans. Peut-être le gouvernement. Tout ce que je sais, c'est que vous êtes en danger avec moi.

– Je ne vous quitte pas! Et vous ne pouvez pas rentrer chez vous, ce ne serait pas sûr. Venez avec moi, fit-elle en l'entraînant dans la ruelle. Ma voiture est dans Al Bustan. Vite. La police secrète peut arriver d'une minute à l'autre.

Yacob goûtait à la fraîcheur de la brise du Nil sur la terrasse de l'appartement de Camélia. La jeune femme avait lavé et pansé sa blessure, à présent elle allumait la radio pour tâcher d'avoir des nouvellles. Il serra les mains sur la rambarde métallique et baissaq les yeux vers le Nil noir où glissaient des felouques chargées de touristes. Il aurait préféré ne pas venir. La foule dans la ruelle les avait vus partir ensemble. Maintenant elle aussi était en danger.

– Aucun communiqué à la radio, annonça Camélia en sortant le rejoindre.

Elle avait changé son costume de scène contre une galabieh de lin blanc brodée d'or aux manches et sur l'encolure. Ses cheveux étaient libres, son visage débarrassé de son maquillage de scène. Elle avait espéré que l'eau froide dont elle s'était aspergée la rafraîchirait, mais elle brûlait de fièvre comme si la chaleur d'août avait pénétré jusque dans ses os. Quand elle avait nettoyé la plaie de Yacob, ils étaient assis sur le divan et leurs genoux se frôlaient. Au moindre effleurement de sa peau, elle éprouvait une secousse de tout son être.

Elle pensa au riche et raffiné Nabil el-Fahed... qui lui inspirait autant de passion que l'un de ses fauteuils anciens.

« Et maintenant ? » s'interrogea-t-elle en détaillant son profil. Elle comprit qu'en l'amenant chez elle, elle avait franchi un pas aussi dangereux qu'irréversible.

Il regardait les étoiles.

– Demain Sirius apparaîtra, comme chaque année, fit-il enfin, sourdement. On peut voir où elle pointera sur l'horizon en suivant les trois étoiles de la ceinture d'Orion. Elles désignent la route, là-bas, vous les voyez ?

Il était tout près d'elle, le bras levé, le doigt tendu vers la constellation. Camélia hocha la tête, incapable de parler.

– Dans l'ancien temps, reprit-il, sa voix douce portée par la brise du Nil, avant la naissance de Jésus, Sirius était l'étoile d'Hermès, un jeune dieu sauveur. Pour les Égyptiens, la première apparition de l'étoile était le signe de l'imminence de la renaissance d'Hermès. Et ces trois étoiles de la ceinture d'Orion, qui désignent le lieu exact de l'apparition de l'étoile, s'appelaient les Trois Sages. Suivez-les, conclut-il, et vous trouverez l'étoile d'Hermès.

Il se tourna vers la jeune femme.

– Je vous aime, Camélia. J'ai envie de vous toucher.

– Je vous en prie... Il y a des choses de moi que vous ignorez...

– Je sais tout ce que j'ai besoin de savoir. Je veux vous épouser, Camélia.

– Yacob, fit-elle, très vite avant que le courage ne lui manque. Zeïnab n'est pas ma fille, mais ma nièce. Personne ne le sait. Je ne suis pas veuve, je n'ai jamais été mariée. – Elle détourna les yeux. - Je n'ai même jamais... été avec un homme.

– Est-ce une chose dont il faut avoir honte ?

– Une femme de mon âge que les Égyptiens appellent la déesse de l'amour devrait quand même...

– Toutes les femmes saintes de l'histoire étaient vierges.

– Je ne suis pas une sainte.

Quand vous étiez en Europe, chaque jour a été pour moi une torture. Je vous aime, Camélia, et je veux vous épouser. C'est tout ce qui m'importe.

Quittant le balcon, elle entra dans le salon. A la radio la voix suave de Farid al-Attrach susurrait une chanson d'amour.

– Il y a pire, reprit-elle en se tournant vers lui. Je ne me suis jamais mariée parce que je ne peux pas avoir d'enfant. J'ai été malade étant jeune, une fièvre...

– Je ne veux pas d'enfant, dit-il en la prenant aux épaules. C'est vous que je veux.

Nous sommes de confessions différentes! s'écria-t-elle en le fuyant.

– Même le Prophète avait une épouse chrétienne.

– Yacob, il est impossible de nous marier. Votre famille n'acceptera pas que vous épousiez une danseuse, et ma famille n'acceptera pas... qu'un non-musulman devienne le père de Zeïnab. Et que penseront mes admirateurs, et vos lecteurs ? Les deux camps nous traiteront de traîtres!

– Est-ce une traîtrise de suivre son cœur ? mumura-t-il

en l'attirant de nouveau vers lui. Je jure que je vous aime, Camélia, depuis le jour où j'ai écrit ce premier article sur votre spectacle. Voilà plus de quinze ans que je vous désire et maintenant que je vous tiens, mon aimée, je ne vous laisserai pas partir.

Lorsqu'il l'embrassa, elle n'opposa pas de résistance. Elle l'embrassa en retour, le serra avec passion. Ils firent l'amour par terre, là où ils se trouvaient, glissant sur le tapis qui avait autrefois orné un magnifique salon du palais du roi Farouk. Ils firent l'amour vite, comme deux affamés qui ne rattraperont jamais le temps perdu. Puis Camélia entraîna Mansour dans la chambre, dans son immense lit aux draps de satin couleur du soleil levant, et cette fois leur étreinte fut lente, et chaque caresse, chaque sensation savourée avec la certitude que leurs vies étaient désormais indissociables.

Plus tard, après avoir repris leur souffle, après s'être baignés et habillés, ils examinèrent la réalité et décidèrent qu'ils feraient face à l'avenir, avec toutes ses complexités et difficultés, ensemble. Ce fut lorsque Yacob attira sa compagne à lui pour la troisième fois, alors que la lune d'août jetait ses éclats à travers les rideaux diaphanes, que des coups furent violemment frappés à la porte.

Avant qu'ils aient le temps de réagir, la porte se fracassa. Des hommes armés de fusils, d'insignes et de menottes se ruèrent dans l'appartement. On les arrêta au nom de la loi pour la protection des valeurs contre la honte.

37

Quand elle entendit l'appel à la prière, Jasmine fut envahie d'un tel sentiment de chaleur, de sécurité, de retour au foyer, qu'elle éclata de rire. Son rire la réveilla.

Elle resta un moment au lit, s'efforçant de retenir les sensations de son rêve : le matin brumeux du Caire, le bruyant concert des oiseaux sur les toits à l'aurore; les rues encombrées de Fiat et de charrettes tirées par des ânes. Et, par-dessus tout, la fragrance envahissante et terrienne du Nil.

Même si aucun muezzin ne l'appelait par-delà l'océan Pacifique, Jasmine se livra aux ablutions rituelles puis s'agenouilla dans l'aube pâle et se prosterna. Sa prière achevée, elle demeura à genoux, bercée par la symphonie des mouettes et du ressac que lui apportait la brise de septembre. Elle ne réentendrait pas avant longtemps l'appel à la prière sur Le Caire.

Camélia n'avait pas répondu à ses lettres.

Pour la famille, elle restait morte; même sa sœur ne lui pardonnait pas. Eh bien, ainsi soit-il. Néanmoins, si elle ne retournait pas en Égypte, elle quittait les États-Unis. Il lui fallait à présent boucler sa valise, Rachel allait arriver d'une minute à l'autre pour la conduire à l'aéroport.

Elle avait fait ses bagages avec soin, suivant les instructions de la Fondation Treverton. Partant pour le Proche-Orient, elle emportait des vêtements légers en coton, une protection contre le soleil et les insectes, des chaussures solides. Elle y ajouta la photo de son fils – Mohammed à dix-sept ans – ainsi que la photo de Greg et elle sur la jetée de Santa Monica. Elle emportait également *Sentence de femme*, que lui avait donné Maryam Misrahi, ainsi que *Quand c'est à vous d'être médecin* dans lequel elle avait glissé une coupure de presse du *Los Angeles Times*, parue au lendemain de la manifestation sur la zone d'essai du Nevada. L'article était illustré d'une photo de Declan Connor lors de son arrestation.

Elle fermait sa valise quand Rachel arriva.

– Prête ? demanda-t-elle, ses clefs de voiture à la main.

– Le temps de prendre mon chapeau et mon sac.

Rachel suivit son amie dans la chambre. La pièce était si nue qu'on aurait dit que personne ne l'avait occupée.

– Que fais-tu de tes affaires ? s'enquit Rachel, voyant la taie d'oreiller bourrée de draps et de serviettes.

Dans la salle de séjour, elle avait remarqué les caisses de casseroles, de poêles, de vaisselle, ainsi qu'un tourne-disque.

Jasmine se coiffa de son grand chapeau de paille agrémenté d'une épingle à chapeau vieillotte.

– La propriétaire donnera tout à l'Armée du Salut. Je n'en ai pas besoin là où je vais.

Rachel considéra l'unique valise de son amie, son fourre-tout en toile, son sac à main, et s'émerveilla qu'une femme de trente-cinq ans, un médecin, pût condenser sa vie dans si peu d'espace. La maison que Rachel partageait avec Mort, son époux, était déjà tellement encombrée de meubles et d'objets qu'ils envisageaient de déménager dans un logement plus vaste.

– Le Liban ! murmura-t-elle en secouant la tête. Pourquoi as-tu choisi le Liban ? Les camps de réfugiés, pardessus le marché !

– Parce que les réfugiés palestiniens sont des victimes, et je sais ce que c'est qu'être une victime, répondit Jasmine en regardant son amie dans le miroir. En Égypte, quand quelqu'un est chassé de sa famille comme je l'ai été, cela équivaut à une condamnation à mort. Et une femme sans famille a la vie la plus dure qui soit. Les Palestiniens sont des exclus, et ce sont les femmes et les enfants qui souffrent le plus. Quand la Fondation m'a annoncé sa participation à ce projet, en coordination avec le Bureau d'aide sociale et de secours des Nations unies, il fallait que je me propose. Mais ne t'inquiète pas, tout ira bien pour moi.

Lorsqu'elle s'empara de son sac fourre-tout, quelques objets s'éparpillèrent sur le lit.

Rachel ramassa une photo. Elle avait déjà vu ce portrait où cinq enfants souriaient avec bonheur dans un jardin.

– Redis-moi de qui il s'agit. Je sais que tu y es.

Jasmine prit la photo, la contempla un moment, puis désigna le plus âgé des enfants.

– Voilà Omar, mon cousin, qui fut mon premier mari. Ici, c'est Tahia, sa sœur. Elle et mon frère Zakki auraient dû se marier, mais ma grand-mère, pour une raison que j'ignore, a marié Tahia à un parent plus âgé. Et là, c'est Camélia...

Elle considéra la beauté aux cheveux sombres qui posait en enlaçant la taille de sa petite sœur... Yasmina.

– Et celui-ci, c'est ton frère ?

– Oui, Zachariah. Zakki. Nous étions très proches. Il m'avait surnommée Mishmish parce que j'adorais les abricots.

– Tu ne m'as pas dit qu'il avait disparu ?

– Il est parti à la recherche d'une femme qui travaillait chez nous comme cuisinière. Personne ne sait ce qu'il est devenu.

Jasmine remit ses affaires dans son sac.

– Tu es sûre de vouloir partir ? interrogea Rachel.

– Je n'ai jamais été plus sûre de quoi que ce soit, répondit Jasmine en la fixant.

– Alors pourquoi ai-je l'impression que tu veux absolument prouver quelque chose ? Jasmine, tu as besoin de te réconcilier avec ton passé. Tu es pleine de colère, une colère qui t'étouffe. Renoue avec ta famille, Jas, avant de te lancer sur les champs de bataille.

– Tu es gynécologue, Rachel, pas psychiatre. Crois-moi, je suis réconciliée avec le passé. Camélia n'a pas répondu à mes lettres.

– Peut-être qu'elle s'en veut terriblement d'avoir trahi

ton secret et causé ta disgrâce. Tu devrais faire une nouvelle tentative.

– Quelle que soit la raison de son silence, et du silence de toute ma famille depuis quatorze ans, je dois faire mon propre chemin dans le monde. Je sais ce que je fais et je sais où je vais.

– Mais... Tu risques de te faire tuer au Liban!

Jasmine sourit.

– Tu sais, Rachel, c'est bizarre à penser, mais le bébé serait né à peu près pour mon anniversaire. S'il avait vécu, j'aurais aujourd'hui un enfant de quatre mois, et toi et moi parlerions de couches au lieu de fusils.

– Crois-tu vraiment que Greg t'aurait laissée toute seule avec l'enfant? Je veux dire, c'est un type correct.

– Correct, oui. Mais tu n'as pas vu la terreur dans ses yeux quand je lui ai annoncé que j'étais enceinte.

– Bon, conclut Rachel en s'emparant de la valise, qu'elle trouva très légère. Tu finiras bien par trouver quelqu'un.

« J'ai déjà trouvé », pensa Jasmine. Declan travaillait actuellement en Irak, auprès des Kurdes. Mais Declan ne serait jamais à elle.

Avant de sortir, elle s'immobilisa pour regarder celle qui avait été son amie durant ses heures les plus solitaires, qui l'avait consolée après sa fausse couche, et qui, aupa-raavnt, l'avait aidée à pénétrer cet étrange monde de l'université, adoucissant pour elle le choc des cultures.

– Je te remercie de t'inquiéter de moi, Rachel.

– Tu vas me manquer terriblement, confia Rachel, les larmes aux yeux. Ne m'oublie pas, Jas. Et souviens-toi toujours que tu as une amie, si tu as des ennuis, si tu as besoin d'aide. Le Liban! Mon Dieu!

Elles s'étreignirent.

– Nous ferions bien de filer, finit par dire Jasmine. J'ai un avion à prendre!

38

– Je les ai trouvées! s'écria Ibrahim en déboulant dans le salon. J'ai retrouvé ma sœur et ma fille!

– Loué soit Dieu dans Sa miséricorde! fit Amira.

Toute la famille Rachid présente dans la pièce fit écho à sa prière.

Ibrahim dut s'asseoir à cause de la chaleur de septembre, et s'épongea le front. Ces trois semaines passées à chercher Dahiba et Camélia avaient été cauchemardesques, ravivant les pénibles souvenirs de sa propre incarcération voilà trente ans. Dès le lendemain des arrestations, les membres de la famille avaient accouru rue des Vierges du Paradis d'aussi loin qu'Assouan et Port-Saïd; une fois de plus, comme autrefois, toutes les chambres étaient occupées, et la cuisinière ronflait jour et nuit. Les oncles et les cousins qui avaient des relations au Caire s'étaient sur-le-champ mis en campagne afin de savoir où la police avait conduit Camélia et Dahiba; certaines des femmes leur prêtaient main-forte : Sakinna, dont la meilleure amie était mariée à un haut fonctionnaire; Fadilla, dont le beau-père était juge; et Amira, qui comptait des femmes influentes parmi ses relations.

Au bout de trois semaines d'enquête, de bakchichs, d'heures perdues dans les antichambres pour s'entendre dire : « *Bokra*. Demain », ils n'avaient récolté aucune information. Jusqu'à aujourd'hui.

Basima apporta un verre de limonade à Ibrahim, qui expliqua :

– L'un de mes patients, M. Ahmed Kamal, qui occupe un poste important au ministère de la Justice, m'a présenté à son beau-frère, dont l'épouse a un frère dans l'administration pénitentiaire. – Ibrahim but avidement sa limonade et s'épongea de nouveau le front. Il avait soixante-quatre ans maintenant. La chaleur qui pesait. – Dahiba et Camélia ont été emmenées à El Kanatir, la prison des femmes.

Tout le monde fut stupéfait. On connaissait cet immense bâtisse jaune des faubourgs du Caire, édifice lugubre qui se dressait au milieu des jardins fleuris et des champs verdoyants. On connaissait également les histoires atroces qui couraient sur cet endroit.

Amira avait aussi entendu des rumeurs comme quoi certaines femmes étaient enfermées à El Kanatir depuis des années sans avoir été jugées. Des détenues « politiques ». C'est ce qu'étaient Camélia et Dahiba.

Amira organisa aussitôt les opérations. Les femmes avaient déjà vendu leurs bijoux pour payer les pots-de-vin ; restait à préparer des paniers de provisions, des valises de vêtements, de la literie et à rassembler l'argent liquide pour les bakchichs qu'il faudrait distribuer à l'intérieur de la prison. Amira agissait avec une énergie furieuse... Sa fille et sa petite-fille dans ce lieu monstrueux !

Tandis qu'elle ordonnait aux neveux et cousins de rédiger des lettres de protestation au président Sadate, Ibrahim l'entraîna à l'écart.

– Il y a autre chose, Mère, que personne d'autre ne doit savoir. Camélia... – Il s'interrompit, regarda à l'entour pour s'assurer que personne n'écoutait. – Mère, ma fille a été arrêtée avec un homme.

Les sourcils peints d'Amira se haussèrent.

– Un homme ? Quel homme ?

– Un journaliste. C'est-à-dire qu'il possède son journal, il écrit les articles et les imprime. Il a publié certains textes de Camélia et de Dahiba.

– Des textes ? De quoi parles-tu ?

– Elles ont écrit des essais et des poésies. C'est pour ça qu'on les a arrêtées. Camélia et Dahiba écrivaient des choses controversées.

– Elle se trouvait au bureau du journal quand ils ont été arrêtés ?

– Non, répondit Ibrahim en se mordant la lèvre. Ils étaient chez Camélia. Seuls. A minuit passé.

Avant qu'Amira pût répondre, ils entendirent la forte voix d'Omar au salon.

– Où est mon oncle ? J'ai appris la nouvelle par mon directeur, un ami d'Ahmed Kamal ! Par Dieu, qu'est-ce qu'on attend pour partir à El Kanatir ?

– Nous en reparlerons plus tard, souffla Amira à son fils. Ne dis rien aux autres.

– Les grâces de Dieu soient sur toi ! fit Omar en voyant sa grand-mère. Ne crains rien, Oumma, nous sortirons ma cousine et ma tante de cette sale prison !

A presque quarante ans, Omar était devenu gros pour s'être trop adonné à la vie nocturne de Damas, du Koweït et de Bagdad. Et après avoir passé dix-huit ans à crier des ordres sur les champs pétrolifères, il criait même dans la maison.

– Où est mon fils ? Il est temps qu'il se rende utile. Je veux qu'il vienne au cabinet de M. Samir Shoukri, le meilleur avocat du Caire...

Mohammed, âgé de dix-huit ans, apparut, habillé de la longue galabieh blanche et de la chéchia des Frères musulmans, confrérie que le président Sadate avait récemment interdite.

– Qu'est-ce que c'est que cet accoutrement ? s'exclama Omar en lui tapant le bras. Tu veux nous faire tous arrêter ? Mon Dieu, ta mère devait dormir quand tu as été conçu ! File mettre des vêtements corrects !

Nul ne s'offusqua de ce traitement, Mohammed moins que quiconque. Comment un homme eût-il gagné le respect de son fils s'il ne lui montrait pas qui était le patron ? Ibrahim se remémora les nombreuses fois où son père Ali l'avait frappé et injurié.

Au moment où les différents membres de la famille s'éparpillaient, les uns pour aller plaider la cause des prisonnières auprès des fonctionnaires, Ibrahim et Omar pour s'entretenir avec M. Shoukri, l'avocat, les autres pour se rendre directement à la prison, Amira attira son fils dans le vestibule.

– Apporte-moi ces écrits pour lesquels ma fille et ma petite-fille ont été emprisonnées, lui dit-elle. Et vois ce que tu peux trouver sur l'homme qui a été arrêté avec Camélia – son nom, sa famille. Veillons à ce que cela reste entre nous, surtout le fait qu'ils étaient seuls chez elle au moment de l'arrestation. L'honneur de Camélia est en jeu.

Elles avaient été enfermées avec six autres femmes dans une cellule prévue pour quatre. Une seule de leurs compagnes avait été, comme elles, arrêtée pour des raisons politiques; les autres, bien qu'accusées de crimes divers, avaient des histoires similaires : abandonnées par leur époux, sans moyens de subsistance, réduites à la mendicité, au vol, ou à vendre leur corps. L'une d'elle, emprisonnée pour meurtre, était une prostituée qui avait tué son souteneur. Elle aurait déjà été exécutée si le psychiatre de la prison n'avait imploré la clémence du président, faisant commuer la sentence de mort en prison à vie. Elle s'appelait Ruhiya, elle avait dix-huit ans.

Dahiba et Hakim avaient été arrêtés chez eux. Bien que la police ait saccagé leur appartement, confisqué livres et manuscrits, ils avaient obtenu l'autorisation d'envoyer Zeïnab avec Radwan rue des Vierges du Paradis. Dahiba avait vu son mari pour la dernière fois au poste de police, où ils avaient été fichés sans qu'aucune accusation officielle ne leur soit notifiée. Elle avait été emmenée dans une voiture pendant qu'Hakim protestait dans l'indifférence générale. A l'aube, elle était arrivée à la prison où, en échange de ses vêtements et de ses bijoux, on lui avait tendu une rude tunique grise et une simple couverture avant de la pousser brutalement dans la cellule qu'elle occupait désormais avec sept autres femmes. En vingt jours d'emprisonnement, elle n'avait reçu aucune nouvelle du monde extérieur, n'avait pas même pu parler à un avocat ou à un responsable de l'administration pénitentiaire.

Camélia était arrivée plus tard le même matin. Elle

avait été séparée de Yacob au sortir de son appartement, on les avait ememnés dans des voitures différentes. Comme Dahiba, elle avait dû troquer sa belle galabieh brodée d'or contre la tunique grise et la couverture. Sa seule consolation durant ces trois semaines d'angoisse était de savoir que sa fille se trouvait en sécurité auprès de la famille.

« Où est Yacob ? » se demandait-elle au cours de ses heures sans sommeil dans la cellule de pierre grise qui ne contenait que quatre couchettes et rien d'autre. Était-il lui aussi enfermé dans une cellule surpeuplée ? Avait-il déjà été jugé et condamné ? Purgeait-il une peine à perpétuité pour trahison ? Était-il seulement vivant ?

Et qu'advenait-il d'oncle Hakim ?

Au cours des terrifiantes premières heures, Camélia et Dahiba s'étaient mutuellement réconfortées. La famille ne les laisserait pas tomber, Ibrahim et Amira avaient des amis influents.

Les heures s'étaient muées en jours, mais elles avaient continué à se dire que leur libération n'était qu'une question de temps (bien que la troisième détenue politique de leur cellule soit emprisonnée depuis plus d'un an sans communication avec l'extérieur), qu'elles devaient garder confiance en Dieu, en la famille, s'accommoder de leur terrible situation.

Les autres prisonnières, qui avaient reconnu les deux nouvelles, pensaient que celles-ci bénéficieraient d'un traitement de faveur dû à leur célébrité.

– Ce sont de vraies dames, avait dit Ruhiya aux autres, d'un ton plein de respect. Meilleures que nous.

Mais la fellah chargée de la surveillance de leur bloc ne voyait aucune raison de traiter différemment les nouvelles venues. Qu'elles montrent leurs sous, comme les autres !

Ayant été dépouillées de tous leurs biens, Dahiba et Camélia vivaient comme n'importe quelle prisonnière.

A certains moments, surtout le soir à l'extinction des feux, quand la peur et la colère les empêchaient de dormir, les femmes meublaient les chaudes nuits de septembre de leurs conversations calmes et désespérées.

Aussi Camélia et Dahiba en vinrent-elles à connaître leurs compagnes, des malheureuses que la justice traitait en parias parce qu'elles étaient femmes.

Par elles, les deux artistes apprirent que la loi condamnait à mort les femmes qui tuaient un homme, même par légitime défense, mais arrêtait rarement l'homme qui tuait une femme : il avait défendu son honneur !

La loi poursuivait les prostituées, mais jamais l'homme qui sollicitait leurs services.

La loi ignorait l'homme qui abandonnait femme et enfants, mais punissait la femme abandonnée qui avait volé pour donner à manger à ses enfants.

La loi était impitoyable envers une femme qui quittait son époux, mais accordait à celui-ci le droit de quitter sa femme sans la prévenir, sans veiller à sa subsistance.

La loi décrétait que lorsqu'une fille atteignait neuf ans, et un garçon sept ans, ils devenaient la propriété légale du père, même si celui-ci n'était plus marié à la mère. Il pouvait alors les arracher à leur mère et empêcher celle-ci de les revoir.

La loi autorisait l'homme à battre sa femme, ou à recourir à tout moyen visant à s'assurer sa soumission.

Sur les six femmes qui partageaient la cellule des Rachid, cinq étaient illettrées ; elles n'avaient jamais entendu parler du féminisme et ne pouvaient se figurer pourquoi les deux vedettes de cinéma étaient enfermées avec elles.

– « Quelle arrogance faut-il aux hommes, lisait Ibrahim à voix haute, pour se croire nos maîtres. Arrogance qui, alliée à leur ignorance, fait d'eux des tyrans. Un enfant qui se sent impuissant frappe la première victime innocente qu'il rencontre. L'homme ne fait pas autre chose quand il bat sa femme parce qu'elle ne lui donne que des filles. Or le sexe d'un enfant est déterminé par le sperme de l'homme, non par l'ovule de la femme ; la responsabilité revient donc au mari s'il n'a pas de fils. Est-ce qu'il se roue de coups pour cela ? Non, il reporte sa rage et son impuissance sur l'innocent. »

Ibrahim baissa le journal.

Amira se leva de son siège, s'approcha des marches qui descendaient du belvédère et contempla son jardin.

Elle ferma les yeux, respira les parfums qui emplissaient l'air et pensa : « Ma petite-fille est une femme courageuse. »

– Pourquoi n'étais-je pas au courant ? interrogea-t-elle en se retournant vers Ibrahim.

Ils étaient seuls sous le belvédère ; le reste de la famille se trouvait soit à la prison pour essayer de faire passer nourriture et argent à Camélia et Dahiba, soit à arpenter les labyrinthes bureaucratiques du Caire dans l'espoir d'obtenir leur libération.

– Comment cela a-t-il pu se faire sans que je le sache ?

– Mère, fit Ibrahim la rejoignant sous le rosier grimpant qui ombrageait l'accès au belvédère, ma fille appartient à une nouvelle génération de femmes. Je ne les comprends pas mais elles commencent à faire entendre leur voix.

– Et tu avais peur de me parler de ces textes ? Ibrahim, quand j'étais jeune, je n'avais pas droit à la parole, j'étais traitée comme un objet sans esprit, sans âme. Ma fille et ma petite-fille possèdent un courage qui m'emplit de fierté. Cet homme qui a été arrêté avec Camélia, où est-il ?

– Je l'ignore, Mère.

– Trouve-le. Il faut savoir ce qu'il est devenu.

Elles furent réveillées de la sieste par le cliquetis des clefs dans le couloir, puis le visage de la gardienne apparut dans le judas de la solide porte métallique. Comme ce n'était ni l'heure du repas ni celle de la promenade, les détenues suspendirent leur souffle. Il arrivait parfois qu'on emmène une prisonnière qui ne revenait jamais, et on ignorait ce qu'elle était devenue. La porte s'ouvrit et la surveillante, une femme courtaude aux traits durs et à l'uniforme taché, désigna Camélia et Dahiba.

– Vous deux. Suivez-moi.

Dahiba serra la main de sa nièce.

– Bonne chance! Dieu soit avec vous! leur crièrent leurs compagnes.

A leur grande surprise, elles furent conduites dans une cellule prévue pour quatre mais vide, avec deux lits aux draps propres, une table, des chaises et une fenêtre qui donnait sur des palmiers et des champs.

– Voilà votre nouveau logis, annonça la gardienne.

– Merci mon Dieu, fit Dahiba, la famille nous a retrouvées.

Quelques minutes plus tard, on leur apporta des paniers de nourriture, des vêtements, du linge, des affaires de toilette, de quoi écrire, et un Coran. A l'intérieur du livre sacré, elles trouvèrent une enveloppe pleine de billets de dix et de cinquante piastres, ainsi qu'une lettre d'Ibrahim.

Comme il y avait trop à manger pour elles deux, Dahiba sortit une miche de pain, du fromage, du poulet froid, quelques fruits, puis elle tendit un billet de cinquante piastres à la surveillante.

– S'il vous plaît, distribuez le reste de ces provisions aux femmes de l'autre cellule. Et faites dire à ma famille que nous allons bien.

Quand elles furent seules, elles lurent la lettre d'Ibrahim. Hakim Raouf, écrivait-il, était également emprisonné, mais il se portait bien et l'avocat Shoukri travaillait à sa libération.

Ce qu'était devenu Yacob Mansour, arrêté avec Camélia, personne ne le savait.

Chaque soir au coucher du soleil, l'un des membres de la famille venait se poster devant les portes de la prison dans l'espoir de pouvoir entrer voir Camélia et Dahiba. De temps en temps, un administrateur recevait Amira ou Ibrahim dans l'enceinte, pour un dialogue poli pétri d'excuses : « Les détenus politiques ne sont pas autorisés à recevoir des visites, peut-être que demain les nouvelles seront meilleures, *Inch Allah.* » Ainsi des messages étaient-ils échangés entre les prisonnières et leur famille (à prix d'or) et des plats préparés leur parvenaient chaque jour.

Ibrahim et Omar œuvraient sans relâche pour leur libération, faisant le tour des bureaux gouvernementaux, sollicitant des services, rencontrant des hommes pourvus de bonnes relations. Dans la mesure où les deux femmes n'avaient pas été arrêtées pour des motifs criminels – pour lesquels existaient certaines procédures juridiques – mais pour une question politique indéfinie, leur défense reposait sur un terrain plus mouvant. Intervenir en leur faveur mettait le démarcheur lui-même dans une position dangereuse. Tout le monde avait entendu parler d'avocats qui, ayant plaidé la cause de prisonniers d'État, s'étaient retrouvés en prison. Certains hommes redoutaient de parler à Ibrahim et le congédiaient à coups de « *Bokra.* Revenez demain. » D'autres, compatissants mais peureux, lui disaient : « *Ma'alesh.* Je regrette, je ne peux rien pour vous. » Il y avait aussi ceux qui haussaient les épaules : « *Inch Allah.* Acceptez votre sort. C'est la volonté de Dieu. »

Même M. Nabil el-Fahed, le riche antiquaire, ami de hauts fonctionnaires, était devenu bizarrement indisponible depuis l'arrestation de Camélia.

Fallait-il compter sur un miracle pour que les deux femmes soient libérées ?

Amira convia les femmes à la prière. Elles étalèrent leurs petits tapis sur le pavé fatigué devant la prison et s'agenouillèrent face à La Mecque. Malgré la chaleur d'octobre, elles se prosternèrent à l'unisson, vingt-six femmes Rachid, de douze à quatre-vingts ans ; deux d'entre elles portaient l'habit islamique, Amira, la traditionnelle mélaya noire, les autres étaient en robe ou jupe et chemisier. La fille aînée d'Omar, Nala, arborait un jean et un tee-shirt Nike.

La prière finie, elles retournèrent près de leurs voitures, où elles avaient disposé des sièges pliants et des ombrelles, et elles reprirent leur tricot, leurs devoirs de classe, leurs bavardages. Amira regagna sa chaise installée sous un arbre et fixa les affreux murs jaunes de la prison. Cela faisait aujourd'hui quarante-six jours que sa fille et sa petite-fille étaient incarcérées.

Elle reconnut la voiture de son fils qui arrivait sur le parking.

– J'ai trouvé Mansour, lui annonça-t-il, à voix basse pour que les autres n'entendent pas. Il est en prison, dans celle où j'étais en 1952.

Amira se leva et lui donna sa main.

– Emmène-moi là-bas, dit-elle. Je souhaite lui parler.

Camélia était malade. Allongée sur son lit, elle luttait contre la nausée. Le souvenir de l'épidémie de choléra lui revint en mémoire avec une clarté effrayante. Bien qu'elle eût pris soin d'éviter la nourriture de la prison, elle était obligée de boire l'eau qu'on leur portait chaque jour dans un seau. Pas moyen de la faire bouillir car elles n'avaient pas droit aux allumettes, et les mains des surveillantes n'étaient jamais propres.

Dahiba s'assit près d'elle, lui toucha le front.

– Tu es chaude.

Ses yeux trahissaient son inquiétude; elle aussi se rappelait le choléra.

– Comment se fait-il que tu n'aies rien, toi? demanda Camélia d'une voix faible.

– Tu as dû manger quelque chose d'épicé dont je n'ai pas voulu, dit-elle pour rassurer sa nièce. A mon avis, tu souffres d'un dérangement temporaire. Ce n'est pas grave, je suis sûre...

Soudain, Camélia se ramassa sur elle-même et vomit.

Sa tante courut à la porte et appela la gardienne.

– Il nous faut un médecin! Vite!

Escomptant un gain financier, la femme se montra promptement.

– Le docteur ne vient pas dans les cellules, dit-elle d'un ton aigre en regardant Camélia. C'est un monsieur important. Il faut que je l'emmène à l'infirmerie. – Elle aida Camélia à gagner la porte et repoussa Dahiba. – Vous, restez là.

Le directeur de la prison de la route d'Ismaïlia pouvait se montrer relativement coulant côté visites dans certaines conditions. Dans le cas de Mansour, il se laissa convaincre par la généreuse récompense que lui donna Ibrahim Rachid.

Amira pria son fils de rester dans le bureau de l'administrateur. Un garde l'escorta jusqu'à une pièce sinistre meublée de tables et de chaises, aux murs couverts de mots arabes qu'elle ne pouvait déchiffrer.

Lorsqu'un homme livide et déguenillé fut amené, boitillant sur ses pieds nus, les mains et les chevilles entravées, elle se demanda qui venait voir ce malheureux. Et quand on le poussa sur la chaise face à la sienne, Amira fut stupéfaite.

Le visage de l'homme était contusionné, tailladé, ses blessures suppuraient. Quand il ouvrit la bouche pour parler, elle vit qu'il lui manquait deux dents. Les larmes lui montèrent aux yeux.

– Sayyida Amira, dit-il d'une voix rauque, comme s'il était assoiffé, ou comme s'il avait trop crié. Je suis honoré. La paix de Dieu soit sur vous.

– Vous me connaissez ?

– Oui, je vous connais, Sayyida, répondit-il doucement. Camélia m'a parlé de vous. Et je distingue la même force dans vos yeux que dans ceux de Camélia. – Il s'aperçut qu'il grimaçait et ajouta : – Pardonnez-moi, ils m'ont pris mes lunettes.

– Ils vous ont maltraité.

– Donnez-moi des nouvelles de Camélia, je vous en prie. Va-t-elle bien ? L'ont-ils relâchée ?

Son parler doux, ses manières polies, la gentillesse de son regard malgré sa souffrance surprirent Amira. Elle regarda ses mains et vit que l'un de ses poignets avait été brûlé à la cigarette; sur les bords de la plaie apparaissaient les restes d'un tatouage.

– Ma petite-fille est à la prison El Kanatir, dit-elle. Nous nous occupons de la faire libérer.

– Mais l'ont-ils traitée correctement ?

– Oui. Dans ses lettres, elle affirme bien se porter. Elle a... demandé de vos nouvelles.

Les épaules de Mansour s'affaissèrent.

– Votre petite-fille est une femme courageuse et intelligente, Sayyida. Elle souhaite réparer les injustices de ce monde. Elle savait que ses écrits la mettraient en danger, mais elle était déterminée à se faire entendre. J'aime Camélia, Sayyida, et elle m'aime. Nous comptons nous marier. Dès que...

– Comment pouvez-vous parler mariage quand vous n'avez à lui offrir qu'une vie de peurs, la peur d'être arrêté, la peur de la police ? Pire encore, vous êtes chrétien, monsieur Mansour, ma petite-fille est musulmane.

– On m'a dit que votre fils a épousé une chrétienne.

– C'est la vérité.

Mansour inclina la tête.

– N'appartenons-nous pas tous au peuple du livre, Sayyida ? Ne sommes-nous pas d'abord arabes avant d'être égyptiens ? Votre Prophète, la paix soit sur lui, parle de mon Seigneur dans le Coran. Il raconte comment l'ange est apparu à Marie pour lui dire qu'elle, qui n'avait jamais été touchée par un homme, porterait un enfant qui s'appellerait Jésus, le Messie. Si vous croyez ce qui est écrit dans le Coran, Sayyida, alors ne croyons-nous pas aux mêmes choses ?

Amira se tut. Ils entendirent une porte claquer dans la prison, des hommes qui riaient, un cri de colère.

– Oui, monsieur Mansour, dit-elle enfin. En effet.

Dahiba arpentait la cellule, guettant le retour de Camélia.

Quand la surveillante se montra enfin, ce n'était pas la fellah habituelle, mais une femme qu'elle n'avait jamais vue.

– Ma nièce va bien ? questionna-t-elle, inquiète.

– Prenez vos affaires, ordonna sèchement la gardienne en consultant sa montre.

– Où m'emmenez-vous ? Je vais être jugée ?

– Vous êtes libre.

Dahiba en resta bouche bée.

– Libre!

– Ordre du président. Vous avez été pardonnée.

– Mais c'est Sadate qui nous a fait enfermer! Pourquoi nous accorde-t-il sa grâce maintenant?

La femme lui adressa un coup d'œil surpris.

– Personne ne vous l'a dit? Sadate a été assassiné il y a cinq jours! Il y a un nouveau président, Moubarak, et il accorde le pardon à tous les prisonniers politiques.

Dahiba rassemblait ses affaires avec maladresse tant elle avait hâte de sortir avant que la surveillante ou Moubarak ne se ravise quand Camélia revint de l'infirmerie.

– Comment vas-tu? demanda-t-elle en lui collant un paquet d'habits dans les bras. Qu'a dit le médecin? De quoi souffres-tu?

– Que se passe-t-il, Tatie?

– Ils nous laissent sortir! Dépêchons-nous avant qu'ils ne changent d'idée.

De l'autre côté des portes, la famille au grand complet les attendait. La tante et la nièce déroutées furent accueillies par des cris de joie et des embrassades.

– Hakim! s'écria Dahiba, courant vers son mari. Mon Dieu, est-ce que tu vas bien?

Amira étreignit Camélia, murmurant à travers ses larmes: « Loué soit Dieu dans Sa miséricorde. »

Mais lorsque Zeïnab tendit les bras vers sa mère, Dahiba la retint.

– Camélia est malade. Il faut lui trouver un...

– Non, je vais bien, la contredit Camélia. Je suis enceinte! Oumma, ces docteurs, il y a des années, ils se trompaient! Je *peux* avoir des enfants!

Les femmes furent abasourdies, puis un silence de plomb tomba. Tous les regards se tournèrent vers Amira. Celle-ci prit les mains de Camélia.

– A chacun le destin que Dieu lui assigne, petite-fille de mon cœur. C'est Sa volonté, *Inch Allah*.

– Oumma, il y a un homme, Yacob Mansour...

A cet instant, la voiture d'Ibrahim arriva sur le parking et s'immobilisa dans un crissement de frein. Lorsque Camélia vit Yacob, amaigri, portant la barbe, le visage tailladé, elle courut à lui, riant et pleurant à la fois.

– Comment es-tu là ? souffla-t-elle.

– Il faut en remercier ton père. Sans lui, j'aurais péri en prison.

– Nous allons nous marier, Oumma, annonça Camélia.

Et alors que tout le monde se pressait autour d'eux pour les féliciter, Amira remercia Dieu en silence et pensa à son autre petite-fille, Yasmina, priant pour qu'elle aussi, où qu'elle fût, ait trouvé le bonheur et l'amour.

— Comment [illegible] ? souffla-t-elle.

— Il faut qu'il remplace ton père. Sinon [illegible] en prison.

SEPTIÈME PARTIE

1988

39

Dans un nuage de poussière rouge, la LandCruiser Toyota fonçait sur le chemin qui longeait le canal, chassant bruyamment les chèvres et les poulets. Les fellaghas qui hissaient de grandes jarres sur leur tête se tournèrent pour regarder filer le véhicule familier; décoloré par le soleil, le logo de la Fondation Treverton était à peine visible sur ses portes. A voir la vitesse avec laquelle conduisait Nasr, le Nubien, les femmes pensèrent qu'il s'agissait d'une urgence pour le docteur.

Depuis la véranda de sa petite maison qui donnait sur les champs verdoyants et le Nil bleu, le docteur Declan Connor entendit arriver le véhicule; il finissait de suturer et de panser le pied d'un homme qui s'était coupé avec une houe. Le médecin comme son patient regardèrent la Toyota rebondir sur la route dans un nuage sablonneux.

– Par les trois dieux! s'exclama le fellah. Cet homme est pressé d'arriver au paradis!

La Toyota s'immobilisa et le noir visage en sueur de Nasr apparut dans un nuage de poussière.

– L'avion arrive, Sayyid! cria-t-il avec un sourire. *Al Hamdu lillah*, voilà enfin le matériel!

– Dieu merci! File tout de suite sur la piste d'atterrissage! Ne laisse personne mettre la main sur la cargaison! Je te rejoins.

Nasr fit de nouveau gronder son moteur et la Toyota disparut bientôt sur le sentier.

– C'est bon, Mohammed, fit Connor. On a fini. Arrange-toi pour garder ton pied propre.

Il rentra dans la maison prendre son chapeau; celui-ci était suspendu près d'un calendrier aux jours marqués d'une croix : Connor compta qu'il lui restait exactement onze semaines avant de faire ses adieux à l'Égypte et à la médecine. Pour toujours.

Tandis qu'il contournait la maison derrière laquelle était garée une autre LandCruiser, le fellah boitilla après lui.

– Le nouvel assistant arrive aujourd'hui? Peut-être que vous aurez une jolie infirmière, cette fois. Avec une belle croupe.

Connor se mit à rire et secoua la tête.

– Fini les infirmières, Mohammed, répondit-il en grimpant dans la Toyota. J'en ai soupé. Cette fois ils m'ont promis un médecin. Mon remplaçant. Celui qui prendra la relève après mon départ.

Jasmine se demanda si c'était les turbulences de l'avion qui la rendaient malade, ou la maladie qui la reprenait.

A Londres, le médecin l'avait prévenue qu'il était trop tôt pour voyager, mais elle allait enfin travailler avec Connor et ne voulait pas perdre de temps. Autrefois, elle s'était juré de ne jamais revenir en Égypte, or, au cours de sa convalescence dans un hôpital londonien, un représentant de la Fondation était venu la voir : on avait besoin d'un médecin parlant l'arabe pour assister le docteur Connor en Haute-Égypte. Elle s'était portée volontaire.

Comme c'était étrange de se trouver dans ce bimoteur qui survolait les terres fertiles et les canaux où les buffles aux yeux bandés actionnaient éternellement la noria. Elle avait l'impression de voguer sur un tapis volant au-dessus d'un pays à la fois ancien et intemporal, où défilaient de petits villages avec leurs minuscules dômes et minarets. Quand l'avion de Londres s'était posé sur l'aéroport international du Caire, elle s'était attendu à éprouver une sorte de secousse psychologique, elle craignait même que la colère et la dépression ne l'envahissent à nouveau. Et lorsqu'elle avait posé le pied sur le macadam, aspiré sa première bouffée d'air égyptien depuis vingt et un ans, elle s'était préparée à un choc spirituel.

Rien ne s'était produit. Elle avait marché vers la douane et puis ses bagages, comme dans n'importe quel autre aéroport du monde, en se dépêchant pour attraper sa correspondance. Pourtant, elle avait un sentiment d'irréalité, comme si elle était dans son lit, livrée à un rêve étrange. Peut-être que si elle se regardait dans un miroir, elle s'apercevrait qu'elle était transparente.

« C'est l'effet des médicaments, se dit-elle, combiné à ceux de la maladie. » Deux heures plus tard, elle était montée dans ce petit avion et, tel un fantôme, elle avait contemplé la ville où elle était née, où elle avait été maudite et déclarée morte. Elle s'était sentie curieusement à sa place dans les nuages avec les oiseaux, les anges et les spectres des morts de son pays.

« Suis-je revenue ? se demanda-t-elle, sentant vibrer soudain le petit bimoteur. Suis-je réellement revenue ? Ou est-ce une hallucination due à la maladie ? » A Londres, dévorée par la fièvre, elle s'était vue en fac de médecine, dans la salle de dissection où, bizarrement, elle était en train de disséquer Greg.

Bien qu'il fît froid en ce jour de février, Jasmine avait chaud. Elle prit pour s'éventer le journal qu'elle avait acheté à l'aéroport, qui titrait : « Arrivée en Égypte de l'ambassadeur de la nouvelle administration Bush. » Elle avait épluché le quotitidien tout à l'heure, lisant les articles de fond, les critiques de cinéma et cette nouvelle rubrique : « Femmes seules », destinée aux femmes en quête d'un mari. Les petites annonces énuméraient les faits habituels – âge, éducation, famille – mais trahissaient également une subtile discrimination puisque les femmes y annonçaient la couleur de leur peau (la blanche étant la plus désirable). En première page, un article racontait l'histoire d'un jeune homme qui était parti étudier à l'étranger et qui, à son retour, avait trouvé un flacon de médicament dans la chambre de sa sœur célibataire. Ayant appris par le pharmacien que le produit était un abortif, il avait tué sa sœur. Or l'autopsie ayant révélé que non seulement la fille n'était pas enceinte mais qu'elle était vierge, on avait découvert qu'elle avait souffert de problèmes de règles, pour lesquels le pharmacien de quartier lui avait vendu ce « remède ». L'avocat de la défense avait plaidé l'innocence de son client dans la mesure où son acte visait à défendre l'honneur d'une famille. Le meurtrier avait été acquitté.

Jasmine écarta le journal et contempla le paysage au-dessous d'elle : un vaste océan jaune, le Sahara, coupé en deux par un ruban vert vif, la vallée du Nil. La démarcation entre désert et végétation était si brutale que, vue d'en haut, on aurait dit qu'une personne pouvait poser un pied sur l'herbe grasse et l'autre sur le sable. Jasmine se voyait ainsi, coupée en deux, une partie de son être désirant revenir en Égypte, l'autre le redoutant. Elle avait fait un effort terrible pour prendre de la distance avec son cruel passé et ses insupportables souvenirs. Se retrouver dans ce pays allait-il rouvrir les vieilles blessures ?

Non, elle ne se laisserait pas aller à penser à sa famille au Caire, ni à Hassan al-Sabir, la cause de son exil. Elle ne songerait qu'à Declan Connor. Près de quinze ans avaient passé depuis qu'ils avaient achevé leur traduction du manuel de santé; ils allaient de nouveau travailler ensemble.

Quand l'avion commença à perdre de l'altitude, Jasmine distingua des dunes de sable crémeux, des affleurements rocheux, un enchevêtrement de ruines, une ancienne route qui égratignait le désert, et enfin une cabane, une manche à air et une piste d'atterrissage.

Deux véhicules arrivaient dans un nuage de sable, cahotant sur la route mauvaise, et freinèrent en bout de piste; il n'y avait là qu'un abri radio et un panneau écaillé annonçant *Al Tafla* en arabe et en anglais. Enfin elle vit les chauffeurs des Toyota sauter à terre et courir vers l'appareil qui avançait sur eux, deux hommes habillés de kaki, un Nubien noir et un Anglais brûlé par le soleil. Connor! Son cœur battit à tout rompre.

Dès que l'avion se fut immobilisé, les deux hommes accoururent, ainsi qu'un fellah en galabieh qui sortit de l'abri radio. Un groupe de Bédouins vêtus de noir, accroupis près de leurs chameaux, se reposaient à l'ombre d'un rocher.

– *Al hamdu lillah!* lança Connor au pilote, qui lui faisait signe par la vitre ouverte du cockpit. *Salaamat!*

– *Salaamat*, répondit le pilote.

Comme Nasr, il travaillait pour la Fondation Treverton, conduisant son appareil vers les lointaines zones désertiques ou aux confins du Haut-Nil, partout où l'on avait besoin de matériel et de personnel médical.

Tandis que le Nubien ouvrait la cale arrière, Connor aida le fellah à caler les roues de l'appareil. Puis, priant pour que son remplaçant fût à bord, il gagna la porte passager. Quand il vit émerger une femme en blue-jean et tee-shirt, avec une queue de cheval blonde qui brillait dans le soleil, il se renfrogna. Mais très vite ses yeux s'élargirent de stupeur.

– Jasmine?

– Bonjour, docteur Connor, dit-elle en sautant à terre. Vous ne pouvez pas savoir comme je suis heureuse de vous revoir.

– Mon Dieu, souffla-t-il en lui prenant la main. Jasmine Van Kerk! Que diable fichez-vous ici?

– Le bureau de Londres ne vous a pas dit que je venais?

– Je crains que les communications à cette hauteur du Nil ne soient guère fiables. J'imagine que je recevrai l'annonce de votre arrivée d'ici une ou deux semaines! C'est merveilleux! Ça remonte à quand?

– Six ans et demi. Nous nous sommes vus pour la dernière fois sur la zone d'essai du Nevada, vous vous souvenez?

– Comment oublier! – Il lui tint la main encore un moment. – Bon, dit-il enfin. Nous ferions mieux de charger le matériel. J'espère qu'ils m'ont expédié les pistolets à vaccin que j'avais demandés.

Il entreprit d'aider Nasr à transporter dans l'une des Toyota les conteneurs en aluminium étiquetés Organisation mondiale de la santé. Jasmine se tourna vers l'est, en direction du Nil, ferma les yeux pour sentir le vent frais sur son visage. « Ils sont à près de huit cents kilomètres d'ici, se dit-elle. Ils ne peuvent pas me faire de mal. »

– Ce sont tous vos bagages ? s'enquit Connor en revenant près d'elle.

– Oui.

Il jeta la valise à l'arrière de la deuxième Toyota.

– Allons-y. Il faut mettre les vaccins au réfrigérateur.

Jasmine dut se cramponner au tableau de bord tandis que Connor écrasait l'accélérateur et que la voiture faisait une embardée dans le sable pour s'éloigner de la piste d'atterrissage. Ils parvinrent bientôt à une route vaguement macadamisée qui filait entre les dunes.

– Comme ça, vous avez fini par revenir en Égypte, dit Connor. Autant que je m'en souvienne, vous n'en aviez aucune envie. Votre famille a dû être heureuse de vous revoir.

– Ils ne savent pas que je suis là. Je ne me suis pas arrêtée au Caire.

– Oh ? La dernière fois que je vous ai vue, vous partiez pour le Liban. Comment était-ce ?

– Déprimant. Ensuite, j'ai été envoyée dans les camps de réfugiés de Gaza, c'était encore pire. Le monde semble avoir oublié les Palestiniens.

– Le monde se fiche de beaucoup de choses.

Jasmine adressa un regard surpris à son compagnon. Bien qu'il eût toujours son accent anglais et la voix irrésistible dont elle se souvenait, elle y détectait une inflexion nouvelle. Il avait changé, physiquement aussi, s'aperçut-elle en détaillant son profil qui se découpait sur le désert jaune dépourvu d'arbres. La vie semblait l'avoir gravement éprouvé depuis leur dernière rencontre. Il avait toujours été grand et maigre, aujourd'hui il était encore plus émacié, ses pommettes et sa mâchoire, plus anguleuses. Il n'avait pas perdu son intensité, ni la vitalité et l'énergie qu'elle avait trouvées autrefois si contagieuses, mais elle devinait en lui un flot de colère sourde.

– Je ne sais vous dire à quel point c'est bon de vous revoir, Jasmine. Et combien je suis content que vous ayez décidé de venir ici. Je n'ai eu que des ennuis avec le personnel. Londres s'entête à m'envoyer des femmes célibataires, que je finis toujours par renvoyer chez elles. Ce n'est pas qu'elles sont de mauvaise volonté mais, bon, vous savez comment sont les fellahs. Les femmes sans attaches posent toujours problème.

Elle se demanda s'il était vraiment en colère, ou si c'était l'effet de son imagination. Il crispait les mains sur le volant, comme pour le mater.

– Et côté hommes? questionna-t-elle.

– J'ai eu deux assistants. Le premier était un étudiant en médecine égyptien qui faisait sa période obligatoire assignée par le gouvernement. Il a passé un mois à mépriser les fellahs et il est parti brusquement en s'inventant des raisons de santé. Le second était un volontaire américain, très enthousiaste, mais il venait dans l'espoir de convertir les fellahs au christianisme. J'ai dû le renvoyer au bout d'une semaine. – Connor secoua la tête. – Je ne peux cependant pas les blâmer, ce n'est pas facile de traiter avec les fellahs. Ils sont comme des enfants, il faut sans cesse les surveiller. Parfois ils croient qu'il vaut mieux prendre tous les médicaments d'un seul coup plutôt que de les répartir. Et que si une inoculation est bonne, cinq seront cinq fois plus efficaces.

Il dirigea la Toyota sur un sentier caillouteux à la lisière de la végétation.

– L'an passé, un fellah est revenu de La Mecque avec de l'eau sainte. Il l'a jetée dans le puits du village, pour bénir tout le monde. Il s'est avéré que l'eau était infestée par le choléra, nous risquions l'épidémie régionale. Il a fallu vacciner tout le monde en quatrième vitesse. Mais les piqûres les terrifient et ils font tout pour les éviter. Un pauvre idiot qui n'avait pas peur de l'aiguille a vu là un moyen de se faire de l'argent. Contre paiment, il prenait la place d'un autre dans la queue au dispensaire mobile. Il a reçu vingt vaccins avant qu'on s'en aperçoive. Il en est mort.

Jasmine abaissa sa vitre, sentit l'air froid et sec du

désert sur son visage. Elle aspira profondément pour s'éclaircir les idées. C'était trop tout à coup – revenir en Égypte et revoir Connor.

– Alors je suis heureuse de vous être utile, fit-elle.

– Vous ne serez pas seulement mon assistante, Jasmine, mais ma remplaçante.

– Votre remplaçante !

– Ils ne vous l'ont pas dit ? Vous prendrez le relais après mon départ.

– Quand partez-vous ?

– Je suis désolé, je croyais que vous le saviez. Je m'en vais dans onze semaines. Les Pharmaceutiques Knight en Écosse m'ont offert de diriger leur département de médecine tropicale.

– En Écosse ! C'est pour la recherche et le développement ?

– L'administration. Un boulot de bureau, de neuf heures à cinq heures, tranquille. Fini les malades, fini les hôpitaux de brousse à deux patients pour un lit. Je vais être franc avec vous, Jasmine, je suis fatigué d'essayer d'aider des gens qui ne s'aident pas eux-mêmes. J'en ai asez du soleil et des palmiers. La plupart des hommes rêvent de se retirer sous les tropiques, moi je rêve de pluie et de brouillard.

Elle le dévisagea, incrédule.

– Et votre femme ? Que fera-t-elle ?

Il serra le volant et la Toyota bondit sur la piste.

– Sybil est morte. Il y a trois ans, en Tanzanie.

– Oh. Je suis désolée.

Jasmine se détourna vers la vitre, ferma de nouveau les yeux, aspira l'air vif qui portait déjà les senteurs humides de terreau, d'herbe et d'eau. Declan était bel et bien en colère ; elle le voyait à ses phalanges, elle l'entendait dans sa voix. En colère pour quoi ? Contre qui ?

Ils laissèrent derrière eux le désert, traversèrent bientôt des champs de blé d'hiver et d'alfa gardés par des épouvantails en haillons ; des fellahs voûtés sur leur houe, la gaiabieh relevée, saluaient la voiture au passage.

– Comment va votre fils, David ? interrogea Jasmine.

– Il a dix-neuf ans, il est à l'université en Angleterre.

Un garçon brillant. Je m'étonne qu'il ait si bien tourné vu l'éducation qu'il a reçue. Mais j'ai l'intention de m'occuper vraiment de lui. Dès que je serai installé dans mon nouveau poste, je le ferai venir auprès de moi. On ira pêcher la truite.

– Vous parlez comme si vous quittiez complètement la Fondation.

– C'est le cas. Je balance tout, Jasmine.

La voiture sautait sur le chemin entre les champs de canne à sucre ; ils doublèrent un homme assis sur un âne, qui faisait avancer sa monture à coups de bâton. Le paysan leva la main pour les saluer et dit en arabe :

– C'est ta nouvelle épouse, docteur ? A quand la nuit de noces ?

– *Bokra fil mishmish,* Abu Aziz ! rétorqua Connor.

Et le vieux éclata de rire.

– *Bokra fil mishmish,* murmura Jasmine.

Elle pensait à Zachariah qui, le premier, l'avait surnommée Mishmish. Qu'était-il devenu ? Dans son unique lettre à sa petite-fille, Amira lui apprenait qu'il était parti à la recherche de Sahra, la cuisinière. Pourquoi cela ?

– « Demain, quand les abricotiers fleuriront », fit Connor presque pour lui-même. Jolie façon de dire « ce n'est pas pour tout de suite ».

Jasmine voyait la tension de son cou, de sa mâchoire. Elle aurait aimé lui demander dans quelles circonstances Sybil était morte.

– Votre arabe semble s'être amélioré, docteur Connor.

– J'y ai travaillé. Je me souviens que mon accent vous faisait rire quand nous traduisions le manuel.

– J'espère que je ne vous ai pas vexé.

– Du tout ! J'aime votre rire. – Il la regarda puis détourna les yeux. – Et mon accent était en effet redoutable. Pourtant j'ai toujours eu plus de facilité à parler l'arabe qu'à le lire ou l'écrire. Le fait d'être né au Kenya et d'avoir grandi en parlant le swahili, qui est très influencé par l'arabe, m'a toujours donné un avantage. C'est une belle langue. N'avez-vous pas dit un jour que l'arabe chante comme l'eau qui coule sur des pierres ?

– Oui, mais je me contentais de citer quelqu'un. Et

vous, récitez-vous toujours les noms latins des muscles quand il faut dire le bénédicité ?

Il rit et Jasmine, retrouvant un éclat de ce qu'il était autrefois, pensa qu'il se détendait un peu.

– Vous vous souvenez de ça aussi ? fit-il.

« Je me souviens de bien des choses, eut-elle envie de répondre. Surtout de notre dernier soir ensemble, quand nous avons failli nous embrasser. »

Ils arrivèrent à l'entrée du village où les maisons en briques crues longeaient des voies ferrées. Beaucoup avaient des portes bleues, ou portaient des empreintes de main peintes en bleu, le talisman de fatima, la fille du Prophète. Sur certaines façades, on avait peint des bateaux, des avions ou des voitures, indiquant que l'heureux occupant du logis avait effectué le pèlerinage à La Mecque. Presque toutes les demeures du village étaient marquées du nom « Allah » en lettres ouvragées, afin d'éloigner les djinns et le mauvais œil. Ils passèrent devant des femmes plantées sur leur seuil et de vieux hommes qui regardaient le temps passer, assis sur des bancs. Jasmine humait à présent les arômes familiers – fèves cuites dans l'huile, pains dans les fours, bouses séchant sur les toits. Peu à peu l'Égypte s'insinuait de nouveau en elle, dans ses os, dans son sang, dans ses muscles. Que se produirait-il quand son pays atteindrait son cœur ?

Après avoir fait un signe de la main à Nasr, qui prenait une autre direction, Connor se dirigea vers le sud du village où un chemin plus large pouvait accueillir charrettes à ânes et chameaux chargés de cannes à sucre.

– Je vous montre d'abord l'installation de la Fondation.

Ils dépassèrent un panneau où une affiche du planning familial cairote proclamait : « Il naît un enfant toutes les vingt secondes. »

– Voilà notre plus gros problème, reprit Connor. La surpopulation. Tant que les gens continueront à avoir autant d'enfants, nous ne vaincrons jamais la pauvreté et la maladie. Et c'est un problème mondial, Jasmine, pas seulement propre au tiers monde. Les gens se reproduisent dans l'irresponsabilité! Une croissance équilibrée signifie une petite famille. Pour qu'un homme et une femme assurent leur propre relève, deux enfants suffisent. Pourquoi en faire plus? Pense-t-on seulement à l'avenir, à la planète?

Il désigna l'affiche derrière eux.

– Ça ne change pas grand-chose, évidemment. La télé et la radio diffusent des messages pour le contrôle des naissances toutes les heures et demie, mais la propagande gouvernementale n'a guère d'effet, surtout ici en Haute-Égypte où les enfants naissent plus vite que nous n'arrivons à les vacciner. L'an passé, les antennes du planning ont distribué quatre millions de préservatifs dans toute l'Égypte à des fins contraceptives, mais les gens les ont vendus comme ballons pour les gosses. Un préservatif ne coûte que cinq piastres, un ballon en coûte trente!

Connor descendit dans un sentier assez large pour laisser passer un âne et ses paniers, puis la Toyota déboucha dans un espace ouvert où Jasmine découvrit soudain l'étirement du Nil éclaboussé des feux du soleil couchant. Son compagnon gara la LandCruiser devant une petite maison en pierres entourée de sycomores.

– Par là, on arrive au dispensaire, où vous habiterez. Après mon départ, vous vous installerez ici, la maison appartient à la Fondation. Il y a trois pièces, l'électricité et une domestique. – Il marqua un arrêt pour la regarder. – C'est bon de vous revoir, Jasmine, fit-il plus doucement. Je regrette seulement que nous n'ayons pas plus de temps avant mon départ. Bon, poursuivit-il en prenant la valise dans le véhicule, je vous emmène au dispensaire. Nous devons laisser l'auto ici.

Ils repartirent à travers le village. Le soleil couchant ravivait les couleurs des maisons, et Jasmine se délectait des façades gaies – turquoise, jaune citron, pêche – qui rompaient agréablement avec l'éternel beige des habitations en briques. Quand ils arrivèrent au dispensaire, coincé entre une minuscule mosquée blanche et une échoppe de barbier, le soleil avait plongé derrière les collines rouges, de l'autre côté du Nil, et une foule s'était assemblée sur le sentier. Des hommes, des enfants et des femmes qui ont passé l'âge d'enfanter, constata Jasmine. Elle savait que les filles et les jeunes épouses restaient confinées à la maison. On avait apporté des bancs, suspendu des lampes de couleur, desquelles partaient des banderoles écrites en arabe et en anglais : « Bienvenue au nouveau docteur, *ahlan wa sahlan* (bancs fournis par le café Walid). » Il y avait aussi de grands saladiers de fèves fumantes, des plateaux de légumes et de fruits frais, des pyramides de galettes de pain, ainsi que d'énormes pots de cuivre qui, devina Jasmine, contenaient des jus de réglisse et de tamarin.

– Ils ont préparé une réception en votre honneur, expliqua Connor.

Les habitants examinaient poliment la nouvelle venue. A voir les femmes en mélaya noire, les enfants accrochés à leurs jambes, les hommes vêtus de galabieh et coiffés de chéchia, Jasmine éprouva enfin le choc qu'elle s'était attendu à ressentir au Caire. Soudain, elle fut de retour au Caire. Elle marchait dans les vieilles rues avec Tahia, Zakki et Camélia; ils riaient, mangeaient des sandwiches et croyaient que le malheur n'arrive qu'aux autres. Elle fut un instant saisie de vertige et porta la main à sa nuque.

A mesure qu'elle avançait, les villageois s'écartaient timidement. Malgré leur sourire, elle lut le trouble sur leur visage. Un fellah gros comme un bœuf, en galabieh bleue toute propre, s'approcha d'elle et demanda le silence à l'assistance. Puis il se tourna vers le nouveau médecin :

– Bienvenue en Égypte, Sayyida. Bienvenue dans notre humble village que vous comblez d'honneur. La paix et les grâces de Dieu soient sur vous.

Jasmine devina l'incertitude dans son regard, et elle perçut le murmure qui courait parmi les villageois : « Quoi ? Le remplaçant du Sayyid est une femme ? Et jeune, avec ça! Où est son mari ? »

– Merci, répondit-elle, je suis honorée d'être parmi vous.

Ils attendirent en la dévisageant. Le silence tomba sur la foule, brisé seulement par les claquements des banderoles dans le vent. Jasmine observa les visages qui l'entouraient, devina les questions qu'on était trop poli pour lui poser. Cherchant le moyen d'ouvrir le dialogue, elle se tourna vers une femme qui se tenait près de la porte du dispensaire, un bébé dans les bras. Il était clair qu'elle n'était pas la mère de l'enfant, des cheveux gris dépassaient de son voile noir. Lorsqu'elle vit comment Jasmine regardait le petit, elle le serra davantage contre elle et le couvrit de sa mélaya. Jasmine sourit et dit en arabe :

– C'est ta petite-fille, Oumma ? Tu fais bien de cacher cette pauvre petite chose laide.

La femme aspira fortement, les témoins retinrent leur souffle. Mais une étincelle de respect brillait dans les yeux de la vieille quand elle rétorqua :

– Je suis affligée de petits-enfants très laids, Sayyida. C'est la volonté de Dieu.

– Tu as toute ma sympathie, Oumma. – Jasmine se tourna vers Khalid, l'orateur à la carrure de bœuf. – Avec tout mon respect, monsieur Khalid, je t'ai entendu dire que je suis jeune. Quel âge me donnes-tu ?

– Par les trois dieux, Sayyida ! Tu es jeune, très jeune ! Plus jeune que la plus jeune de mes filles !

– J'aurai quarante-deux ans quand soufflera le prochain khamsin, monsieur Khalid.

Un murmure parcourut de nouveau la foule.

– J'emmène le docteur Van Kerk à l'intérieur, Khalid, intervint Connor. Son voyage a été long.

Jasmine le suivit dans une petite salle d'attente aux murs fraîchement repeints de blanc. On y trouvait un réfrigérateur Idéal, vestige des années Nasser lorsque le mot d'ordre était « Achetez égyptien », une carte du Moyen-Orient datée de 1986, où Israël était mentionné comme « Territoire palestinien occupé », et quelques ouvrages médicaux, dont *Quand c'est à vous d'être médecin.* Le grand Nubien rangeait les derniers vaccins au frigo et, quand il se releva, il parut emplir toute la petite pièce.

– Bienvenue, docteur, dit-il d'une voix douce. *Ahlan wah sahlan.*

– Je vous présente Nasr, dit Connor. Notre chauffeur

et mécanicien. Khalid, le fellah à la grosse voix et à la galabieh bleue dehors, fait également partie de l'équipe. Khalid a étudié jusqu'en terminale et parle anglais, aussi est-il notre intermédiaire quand nous faisons la tournée des villages. Il est notre ambassadeur et adoucit les angles, si l'on peut dire.

Nasr s'inclina timidement et sortit.

– Vos quartiers sont par là, poursuivit Declan. Pas terribles, je le crains.

– C'est un palace comparé à...

Soudain Jasmine vacilla.

– Qu'y a-t-il ? demanda Connor en lui prenant le bras. Vous êtes malade ?

– Ça va aller. J'ai attrapé le paludisme à Gaza. On m'a soignée dans un hôpital londonien.

– Vous êtes sortie trop tôt.

– J'avais hâte d'arriver ici, docteur Connor.

Il sourit.

– Vous ne croyez pas qu'il serait temps de m'appeler Declan ?

Elle sentait sa main sur son bras. Il était si proche qu'elle distingua une petite cicatrice au-dessus de l'un de ses sourcils ; elle se demanda comment cela lui était arrivé.

– Ça va aller... Declan, dit-elle.

Et elle aima la sensation de son nom sur sa langue. Le temps d'un battement de cœur, leurs regards se croisèrent puis Declan gagna la porte.

– Les villageois vous attendent.

– Soyez gentil de leur dire que j'arrive dans une minute.

Quand il eut refermé la porte derrière lui, Jasmine resta seule avec sa tristesse. « Il a changé, pensa-t-elle. Mais comment ? Pourquoi ? » La dernière lettre qu'elle avait reçue de lui voilà quatre ans avait été écrite par le Connor d'autrefois, drôle, ambitieux, militant. Il s'était passé quelque chose entre-temps. Elle percevait l'amertume dans ses propos ; ses paroles étaient pétries d'un pessimisme qu'elle ne lui aurait jamais soupçonné. Y avait-il un rapport avec le décès de sa femme ? Comment Sybil était-elle morte ?

Elle fit le tour du petit dispensaire, songeant déjà à trouver davantage de sièges, un paravent, peut-être quelques plantes. Puis, tout à coup, elle se surprit à penser à son père. De tous les coins perdus où elle était passée depuis qu'elle travaillait pour la Fondation – qui généralement manquait de personnel comme de matériel – c'était le premier endroit qui lui rappelait son père. Pratiquait-il toujours la médecine ? Avait-il toujours son cabinet face au cinéma Roxy ? Elle fut encore plus étonnée de souhaiter soudain qu'il fût là, dans cette pièce, avec elle, afin qu'elle puisse lui demander conseil sur le meilleur parti à tirer de ce qu'elle avait.

Pourquoi pensait-elle à lui aujourd'hui précisément ? La réponse lui vint aussitôt : « Parce que je suis revenue en Égypte. Chez moi. »

Elle gagna la chambre et ouvrit sa valise. Au-dessus de ses vêtements elle avait mis les deux lettres auxquelles elle avait l'intention de répondre dès qu'elle serait installée. La première venait de Greg, qui était parti vivre en Australie auprès de sa mère, devenue veuve. Il écrivait à Jasmine pour lui dire qu'il pensait toujours à elle. La seconde était de Rachel, qui lui envoyait la photo de ses deux petites filles.

Par la fenêtre ouverte, Jasmine entendit les villageois dehors qui s'adressaient à Connor :

– Nous respectons la nouvelle doctoresse, mais une femme de quarante ans, sans mari, sans enfants, quel bien nous apporte-t-elle ? Quelque chose ne doit pas aller chez elle.

Puis elle reconnut la voix de Khalid, le porte-parole :

– Cette femme en blue-jean, par mes trois dieux, Sayyid ! Elle va empêcher nos jeunes hommes d'aller travailler aux champs, elle rendra toutes les épouses jalouses. C'est très mauvais, Sayyid.

Jasmine ferma la porte de la chambre.

Dehors, Declan tentait de rassurer les villageois, leur assurant que le docteur Van Kerk était un médecin compétent qui prendrait soin d'eux. Mais eux s'inquiétaient de sa moralité ; ils craignaient de la voir troubler l'existence ordonnée du village. Ceux qui, tel Khalid, possédaient un téléviseur et un magnétoscope connaissaient les femmes américaines. A l'exception de celles de *La Petite Maison dans la prairie*, elles étaient toutes des dévergondées auxquelles on ne pouvait se fier.

Lorsque Jasmine sortit un moment plus tard, tout le monde fit silence et ouvrit grand les yeux.

Elle avait troqué son jean contre un caftan, ses cheveux blonds avaient disparu sous une écharpe; elle tenait à la main un Coran et une photographie. Elle s'adressa au groupe en arabe :

– Je suis honorée d'avoir été choisie pour venir vivre parmi vous. Je prie le Dieu unique, fit-elle en posant la main sur le Coran alors que les yeux des villageois s'écarquillaient encore, qu'Il nous accorde santé et prospérité. Mon nom est Yasmina Rachid, mon père était un pacha. Mais on m'appelle Oumm Mohammed. Voici mon fils, dit-elle en montrant la photo.

Des exclamations de « *Bismillah!* » et « Mes trois dieux » fusèrent dans l'air du soir, et l'admiration brilla dans les regards. Un grand garçon si beau, se chuchotèrent les femmes, et elle qui était fille de pacha!

Une vieille qui portait l'habit blanc de ceux qui sont allés à La Mecque demanda :

– Avec tout mon respect, Oumm Mohammed, ton mari est-il au Caire?

– J'ai eu deux maris, le dernier m'a répudiée quand j'ai perdu un enfant. Je suis mère de ce fils et de deux bébés qui n'ont pas survécu.

– *Allah!* fit la femme.

Et courut un murmure de condoléances : la nouvelle doctoresse connaissait les tragédies et les chagrins de toute femme. On la prit par le bras pour la conduire à la place d'honneur agrémentée d'un coussin; on apporta les mets, les musiciens se mirent à jouer. De leur côté, les hommes allumèrent les narguilés et échangèrent des plaisanteries, tandis que les femmes se pressaient autour de la nouvelle doctoresse, l'invitant à goûter ci, à boire ça, s'exclamant sur son malheur et tombant d'accord que tous les hommes étaient des chiens quand un mari abandonnait sa femme à cause de la mort d'un bébé.

Declan regarda la photo qui était passée de main en main. Il vit un bel adolescent arabe, mais à l'évidence mal dans sa peau. La courbe de sa bouche trahissait la défiance et ses yeux révélaient le malheur. Il ressemblait terriblement à Jasmine.

Avec un grognement, Khalid vint s'asseoir près de Connor.

– Mes trois dieux, Sayyid, ta nouvelle doctoresse est une grosse surprise.

– Effectivement, acquiesça Declan.

Il fixait Jasmine au milieu des femmes fellahs, qui souriait avec les fossettes qu'il n'avait pas oubliées en quinze ans. Jamais auparavant elle n'avait mentionné qu'elle avait un fils; le jeune Arabe de la photo le sidérait. Il se demanda quelles autres surprises l'attendaient.

40

Un poison coulait dans les veines de Mohammed Rachid. Un poison aux cheveux blonds, aux yeux bleus, aux formes ensorcelantes. Elle s'appelait Mimi, dansait au club La Cage d'Or et ignorait jusqu'à l'existence de Mohammed.

Mais lui savait qu'*elle* existait. Tout en luttant contre cette nouvelle obsession, le jeune homme contemplait d'un œil morose le petit bureau dépouillé qu'il partageait avec quelques classeurs, des papiers empilés du sol au plafond, et un ventilateur en panne. Comment l'éblouissante Mimi pourrait-elle jamais remarquer un être aussi insignifiant que lui ?

Sa situation ne cadrait guère avec ce qu'avaient été ses ambitions d'étudiant. Ce n'était pas de sa faute. Tout le monde s'accordait à dire que le projet de Nasser de donner des postes de fonctionnaires à tous les diplômés universitaires, à l'origine une bonne idée, se révélait aujourd'hui un échec. Cette politique avait été viable du temps du père de Mohammed : Omar s'était vu proposer une situation prestigieuse et bien rémunérée. Mais cela remontait à vingt ans. Aujourd'hui, l'université fournissait plus de diplômés que le gouvernement n'arrivait à en employer. Résultat, on les intégrait à une bureaucratie déjà surchargée où on leur donnait des titres mais peu de travail. La tâche de Mohammed consistait à apporter le thé à son patron, à tamponner des montagnes de formulaires inutiles et à renvoyer les gens et leurs requêtes dans le dédale administratif à coups de « *Bokra*. Revenez demain ».

Piètre accomplissement pour un homme qui aurait vingt-cinq ans dans deux mois. Il s'imagina soudain à trente ans, à quarante, toujours coincé dans ce bureau miteux, toujours célibataire, toujours vierge, et brûlant toujours de désir pour Mimi.

Il était fou d'elle, fou du besoin de la posséder. Si seulement il avait pu se marier ! Mais le mariage n'était pas plus accessible que Mimi elle-même car, à l'instar de tous les jeunes gens du Caire, Mohammed devait d'abord économiser, prouver qu'il était capable d'assumer une famille, après quoi commencerait l'interminable attente d'un appartement disponible dans une ville dont la population croissait chaque jour. Comment accomplir cette prouesse avec son salaire dérisoire ? Impossible de demander de l'aide à son père ; Omar avait encore une foule d'enfants à charge. Et oncle Ibrahim avait suffisamment de responsabilités avec toute la maisonnée de la rue des Vierges du Paradis.

Mohammed se sentait prêt à tout sacrifier pour tenir Mimi dans ses bras...

Quand le téléphone sonna, le tirant de ses rêveries, il écarta des dossiers qui auraient dû être clos depuis des semaines – mais à quoi bon ? – et décrocha.

– Bureau de Sayyid Youssef, commença-t-il, prêt à éconduire l'interlocuteur avec l'habituel « Sayyid Youssef est un homme très occupé », avant de glisser qu'une petite récompense pourrait accélérer les choses. Pour ces employés de bureau sous-payés, le bakchich était le seul moyen de s'en sortir.

Il fut surpris de reconnaître la voix de son oncle Ibrahim, tendue, nerveuse.

– Mohammed, j'ai essayé de joindre ta tante Dahiba, mais son téléphone est de nouveau en dérangement. Passe chez elle en rentrant à la maison, et dis-lui de venir me voir tout de suite à mon cabinet. C'est très important.

– Bien, mon oncle, acquiesça Mohammed.

Il raccrocha et se demanda de quoi il pouvait s'agir. Comme il n'avait aucune envie d'aller chez sa tante, il décrocha de nouveau le téléphone et fit le numéro de Dahiba, à la mode du Caire : composant un chiffre puis écoutant si la ligne passait, composant le suivant, écoutant, et ainsi de suite. Après le dernier chiffre, il se heurta au silence familier d'une ligne en dérangement.

Il consulta sa montre. Treize heures seulement. Il travaillait de neuf à quatorze heures, avec une heure de pause pour le déjeuner. Sachant que son absence n'affecterait personne, il décida de sortir et de gagner l'unique lieu où il pouvait rêvasser à loisir sur Mimi.

Ibrahim raccrocha le téléphone et regarda par la fenêtre de son bureau d'où il dominait Le Caire. Les rues étaient encombrées de Fiat, de taxis, de limousines, de voitures à bras, de charrettes et d'autobus qui avançaient cahin-caha dans une inclinaison précaire; les trottoirs étaient toujours bondés d'hommes en costume européen ou en galabieh, de femmes en robe parisienne ou couvertes de mélaya noire. Ibrahim venait d'apprendre que la population de la ville avait atteint les quinze millions, et que dans dix ans elle aurait doublé : trente millions d'âmes vivraient dans une cité bâtie pour le dixième. Il se rappela avec nostalgie les jours heureux du règne de Farouk; la circulation était fluide, et la ville offrait encore espace et élégance. D'où sortaient tous ces gens ?

Il se détourna de ce spectacle déprimant. Son humeur sombre ne venait pas de la contemplation de la cité qu'il continuait d'aimer, mais des résultats de laboratoire qu'il venait de recevoir.

Les analyses étaient positives.

Restait à savoir comment annoncer la nouvelle à la famille.

Il regarda les deux photos posées sur son bureau : Alice, jeune, vibrante, amoureuse, et Yasmina, dont il lui semblait que la naissance remontait à hier. Son cœur s'émut. De tous ses enfants, y compris Camélia et les cinq filles que Huda lui avait données, il continuait de préférer Yasmina. Son bannissement de la famille avait bel et bien été pareil à une mort. Ibrahim l'avait pleurée autant que s'il l'avait portée en terre. Cela avait été moins pénible à l'époque où Alice maintenait une relation avec leur fille en Californie. Mais le suicide de son épouse avait rompu ce lien fragile. A présent il arrivait à Ibrahim de lever les yeux au ciel et de se demander quels cieux abritaient Yasmina à cet instant, en quel endroit du monde.

« Quand même, la vie a du bon. Il ne sert à rien de ruminer un passé malheureux, se dit-il ; il est aussi nécessaire de se remémorer les bonnes choses. » Et Ibrahim Rachid songea qu'il avait reçu plus de bienfaits que d'autres. N'était-il pas un homme important, un rouage essentiel de la société ? Dans un pays où la pauvreté et la natalité galopante saturaient les services de santé, les bons médecins, dévoués et compétents, étaient rares, aussi Ibrahim était-il très demandé. Chaque jour il remerciait Dieu de lui conserver santé et vigueur car, bien qu'ayant soixante-dix ans passés, il jouissait encore de la constitution d'un homme beaucoup plus jeune. Pour preuve, sa nouvelle épouse était enfin enceinte.

Son élan de joie se brisa net au souvenir des résultats de laboratoire. Une fois de plus, il tenta d'appeler Dahiba. Une fois de plus la ligne ne lui renvoya que le silence.

– La hanche oscille sur huit temps, expliqua Dahiba, et se bloque par un arrêt brutal.

Vêtue d'un justaucorps et d'une jupe, elle en fit la démonstration à son élève. Les bras écartés, elle ondula des hanches tandis que ses épaules et son buste demeuraient immobiles.

– Maintenant, écoute le *taqsim*. Laisse la musique te prendre comme le soleil, sens-le réchauffer tes veines, tes os, jusqu'à ce que tu deviennes ce soleil. C'est un monde musical très difficile, il faut le sentir pour être capable de danser dessus.

Tout en écoutant le morceau, Dahiba et son élève fixaient le magnétophone comme si elles s'attendaient à en voir surgir les notes. Elles étaient seules dans le studio. Dahiba ne donnait plus de cours collectifs mais enseignait la chorégraphie à des danseuses qu'elle sélectionnait avec soin. Beaucoup souhaitaient devenir son élève, peu étaient choisies. Mimi s'estimait particulièrement chanceuse.

– Voilà, conclut Dahiba en rembobinant la bande magnétique. Tu as senti ? Tu peux danser là-dessus ?

– Oh, oui, madame !

A vingt-huit ans, Mimi avait déjà à son actif huit ans de danse orientale et dix ans de danse classique. Elle était douée et ambitieuse. Bien qu'elle ne se produise toujours que dans des clubs, et pas encore dans les hôtels cinq étoiles, elle faisait rapidement son chemin dans l'univers sélectif de la danse. Son ambition brillait dans ses yeux bleus alors qu'elle resserrait l'écharpe autour de ses hanches et s'apprêtait à imiter son professeur. Le véritable nom de Mimi était Afa Fawwaz, mais la dernière vogue chez les danseuses voulait qu'on prît des noms français.

Dahiba venait d'appuyer sur le bouton « play » et se tournait pour regarder Mimi, quand elle aperçut son neveu Mohammed sur le seuil de la salle, qui fixait Mimi avec des yeux exorbités.

– N'as-tu aucune vergogne ? s'exclama-t-elle en faisant mine de lui fermer la porte au nez.

Il recula, abasourdi.

« Mimi !

En justaucorps rouge et collant noir ! »

– Eh bien, qu'y a-t-il ? interrogea Dahiba.

– Euh... Oncle Ibrahim a téléphoné... Il faut que tu ailles tout de suite à son bureau. Il dit que c'est important...

Il tourna les talons et fila. L'expression moqueuse de Mimi le poursuivait comme un djinn.

Le café Feyrouz faisait face à la petite place qui débouchait sur la rue Fahmy Pacha, non loin des bureaux où travaillait Mohammed. C'était un établissement sombre et vieillot avec une façade en mosaïque ornée d'une élégante calligraphie arabe. Des hommes y passaient la journée à boire du café, à jouer aux dés ou aux cartes, tout en plaisantant sur leurs dirigeants, leurs patrons et eux-mêmes. Feyrouz était le lieu où se défoulaient les jeunes employés de l'administration. D'autres cafés de la ville étaient le repaire des hauts responsables, des intellectuels, des fellahs exilés, des riches hommes d'affaires ou des homosexuels. Il existait un café pour chaque catégorie de la population, presque toujours exclusivement réservé aux hommes.

Quittant le grand boulevard pour l'étroite ruelle, Mohammed ne vit pas les murs couverts de graffitis ni le scooter rouge sur lequel s'entassaient quatre hommes. Il n'avait à l'esprit que le sourire narquois et les fossettes de Mimi quand il s'était retrouvé à bégayer devant elle comme un écolier. Il ne l'avait entrevue en chair et en os qu'en deux autres occasions : un jour qu'elle descendait d'un taxi devant La Cage d'Or, ses jambes incroyablement longues précédant son corps voluptueux, et au Khan Khalili, alors qu'elle fendait la foule, un costume sur le bras. Avant cela, il ne l'avait vue qu'à la télévision, où elle tenait un petit rôle dans un soap opera. Cela avait suffi pour qu'il en tombe amoureux.

Et voilà qu'il l'avait vue de près. En justaucorps et collant. Quasiment nue.

Lorsqu'il déboucha sur la place, une femme vêtue à l'occidentale sortit d'une épicerie et marcha devant lui, ses talons hauts claquant sur le macadam fendillé. L'attention du jeune homme se détourna de Mimi pour s'attacher aux hanches généreuses qui oscillaient devant lui, moulées dans une jupe coquette. Avant d'atteindre le café où ses amis étaient déjà attablés, Mohammed porta soudain la main à la ferme croupe féminine.

– Aïe ! hurla la femme qui fit volte-face pour le frapper avec son sac.

Mohammed se protégea la tête, les passants levèrent sur lui des poings coléreux et lui lancèrent des injures. Ses amis installés près de la porte du café rirent et le sifflèrent.

– Ya Mohammed ! lança un beau jeune homme après que la femme fut partie et la foule, dispersée.

Et il se mit à chantonner :

« Au Paradis,
Demeurent, paraît-il, des vierges
Des fontaines coule du vin.
Si c'est notre droit de les aimer dans la vie future
Alors pourquoi pas dans cette vie aussi bien ! »

Le visage empourpré, Mohammed entra dans le café et tenta de faire bonne figure aux railleries des clients et du patron.

Feyrouz, un vétéran de la guerre des Six Jours qui passait la majeure partie de son temps à jouer au jacquet avec d'anciens compagnons d'armes, apporta du thé au jeune homme à la mine piteuse ; son épouse, une forte femme en robe noire et mélaya qui restait tout le jour derrière sa caisse à échanger des blagues salaces avec les clients, lui cria :

– Par Dieu, Mohammed Pacha ! C'est ta main qui aurait besoin d'une fermeture Éclair !

Tout le monde rit, y compris Mohammed, qui s'assit auprès de ses amis et accepta le thé de Feyrouz. S'il essaya de prêter l'oreille aux derniers ragots de ses camarades, ses pensées revinrent vite à Mimi. *Bismillah !* Dire qu'elle prenait des leçons avec tante Dahiba ! En ce cas, n'était-il pas possible de faire sa connaissance ? Cette seule idée lui donnait le vertige !

Salah, un beau garçon qui travaillait comme commis au ministère des Monuments antiques et avait chaque jour une nouvelle plaisanterie hilarante à raconter – ce qui contribuait à sa popularité –, se lança :

– Un Alexandrin, un Cairote et un fellah étaient perdus dans le désert et mouraient de soif. Un djinn apparut devant eux et leur proposa d'exaucer un vœu pour chacun. L'Alexandrin commença : « Envoie-moi sur la Côte d'Azur, en compagnie de jolies femmes. » Et hop, le voilà parti. Le Cairote dit : « Mets-moi à bord d'un splendide bateau sur le Nil, avec plein de nourriture et de femmes. » Pouf, envolé le Cairote. Vint enfin le tour du fellah : « Oh, djinn, se lamenta-t-il, je me sens si seul, je t'en prie, fais revenir mes deux compagnons! »

Les jeunes gens éclatèrent de rire et burent leur thé tellement sucré qu'il en était trouble.

– Ya, Mohammed Pacha! intervint Habib le moustachu – recourant au vieux titre avec affection, comme l'avait fait l'épouse paillarde de Feyrouz. – J'ai un cadeau pour toi.

Et il lança à Mohammed un magazine de cinéma qu'il avait tiré de sa poche.

Les quatre camarades se pressèrent autour de Mohammed, qui se mit à feuilleter la revue.

Les yeux manquèrent lui sortir de la tête : une photo de Mimi en déshabillé suggestif.

Tous s'exclamèrent.

– La bombe! souffla Salah.

– Tu aimerais te marier avec elle? questionna un autre, lançant un coup de coude à Mohammed.

– Avec n'importe laquelle! s'écria Salah qui, comme Mohammed et les autres, attendait d'avoir suffisamment économisé pour prendre une épouse. Toi tu as de la chance, Mohammed Pacha. Ton oncle est riche et vit dans une grande maison à Garden City. Tu peux installer ta femme là-bas.

Mohammed rit avec ses amis mais il sentit la mélancolie le reprendre. Autant croire aux contes de fées. La demeure de la rue des Vierges du Paradis était dirigée par son arrière-grand-mère, Amira, et il n'avait pas vraiment envie de vivre sous sa coupe. Le toit de son père ne valait guère mieux : Omar étant absent la plupart du temps, c'était grand-mère Néfissa qui régentait Nala ainsi que tous ses demi-frères et sœurs. Par Dieu, un homme avait besoin d'intimité avec son épouse.

– *Bokra*. Demain, fit-il tristement. *Inch Allah*.

Salah lui asséna une claque dans le dos.

– On dit bien que l'Égypte est dirigée par IMB! *Inch Allah. Bokra. Ma'alesh!* énuméra-t-il.

De nouveaux rires fusèrent, mais celui de Mohammed était contraint. Il ne pouvait s'empêcher de penser à Mimi. La photo du magazine était tirée d'un film dans lequel elle jouait le rôle d'une intrigante qui séduit un homme pieux. Mohammed n'arrivait pas à détacher les yeux de ses cheveux blonds, si longs, si soyeux, si clairs, faits pour le rendre fou. Dieu, les lois d'autrefois avaient un sens, quand on obligeait les femmes à se couvrir la tête. Sinon, comment un homme pouvait-il mener une existence chaste et pieuse ?

Les boucles platine de Mimi lui faisaient penser à sa mère, cette mère que, pour une raison obscure, la famille prétendait morte. Il ne recevait jamais de ses nouvelles à l'exception d'une carte d'anniversaire qui arrivait à date fixe. Il les avait toutes conservées, il en possédait donc vingt. Mohammed n'osait pas se poser les questions trop dérangeantes : pourquoi était-elle partie, pourquoi ne revenait-elle pas, et pourquoi personne dans la famille ne parlait d'elle ?

– Allons au cinéma voir le film de Mimi ! suggéra Salah.

– Il passe au Roxy, fit Habib, qui vida son verre de thé et laissa un billet de cinq piastres sur la table.

Les jeunes gens sortirent précipitamment, laissant les aînés disserter sur l'impatience de la jeunesse et l'inutilité de se presser puisque la vie était si courte... Devant le café, Mohammed avisa un homme qui le fixait. Ce visage ne lui était pas inconnu mais où l'avait-il rencontré ? Le souvenir lui revint soudain : il l'avait connu durant son bref passage chez les Frères musulmans, avant que son père ne le pousse à les quitter. Comment s'appelait-il déjà ?

– *Y'Allah!* Dépêchons, dit Salah, le tirant par la manche.

Tandis que la joyeuse bande quittait la place, riant, bras dessus bras dessous, Mohammend sentit le regard de l'homme qui le suivait. Ils atteignaient le boulevard quand son nom lui revint. Hussein. Il s'appelait Hussein, et Mohammed se rappela qu'il avait eu peur de lui à l'époque.

Dahiba donna un pourboire au petit garçon qui avait surveillé sa voiture pendant qu'elle se trouvait au cabinet d'Ibrahim et, levant les yeux, elle vit un groupe de jeunes gens entrer au cinéma Roxy de l'autre côté de la rue. Lorsqu'elle reconnut son neveu Mohammed, elle faillit l'appeler. Mais elle s'arrêta net, s'installa à bord de sa Mercedes et, pressant le klaxon, s'engagea dans la circulation. Quelques minutes plus tard, un embouteillage l'immobilisa sous un panneau publicitaire Rolex. Elle laissa aller sa tête sur le volant et se mit à pleurer.

Les femmes réunies sous le belvédère, des tantes, des cousines et des nièces Rachid, goûtaient le temps frais aussi bien que la générosité de la cuisine d'Oumma. Amira, de son côté, procédait à la récolte du romarin tout juste fleuri. Les délicates fleurs bleues et les feuilles gris-vert allaient dans deux corbeilles séparées tenues par deux de ses arrière-petites-filles : la cadette de Nala, une adolescente de treize ans qui n'avait aucun don pour les herbes et les remèdes, et la fille de Basima, dix ans, qui elle, montrait plus de dispositions.

Tout comme la mère d'Ali Rachid avait transmis à Amira l'ancestrale connaissance des simples, qu'elle-même tenait de sa propre mère, Amira avait veillé au fil des ans à enseigner ses secrets aux femmes Rachid. Certaines de ses recettes médicinales étaient si anciennes qu'on les disait inventées par Ève, aux premiers temps du monde.

– Savez-vous, dit Amira aux petites filles, que le romarin ne poussera pas plus haut que six pieds en trente-trois ans, afin de ne pas être plus grand que le prophète Jésus ?

– A quoi l'utilise-t-on, Oumma ? demanda la plus jeune.

« Yasmina avait cette même soif de savoir, songea Amira avec nostalgie. Elle me demandait sans arrêt quelles plantes soignaient telle ou telle affection. Yasmina, que je pleure chaque fois que je pleure nos morts bien-aimés. »

– Avec les fleurs, nous fabriquons un baume, et l'infusion de feuilles soigne l'indigestion.

Elle leva les yeux vers le ciel gris de février et se demanda s'il allait pleuvoir. Il ne pleuvait pas autant autrefois, si ? Quelqu'un à la télévision avait dit que les effets imprévus du Haut Barrage d'Assouan, achevé en 1971, commençaient seulement à se faire sentir, entre autres les précipitations étaient plus importantes dans la vallée du Nil à cause de l'évaporation de l'immense lac Nasser situé en amont du barrage. Il pleuvait comme il n'avait jamais plu. Les peintures des anciens tombeaux étaient dévorées par l'humidité et la moisissure ; des mares d'eau stagnante le long du Nil, chassées autrefois par les crues du fleuve, donnaient maintenant des maladies. « Il n'y a pas que les époques qui changent, pensa Amira, la géographie se modifie elle aussi. » Il lui semblait que les jours filaient à toute allure. N'était-ce pas hier que Zeïnab était née, la semaine dernière, Tahia et Omar ? Amira souffrait d'arthrite dans les mains, parfois elle éprouvait une oppression dans la poitrine. Cependant elle était entrée avec élégance dans ses quatre-vingts ans. Grâce à d'anciens secrets de beauté, elle avait le visage et le port d'une femme presque jeune. Mais son âme, elle le sentait, vieillissait. Combien de pages lui restait-il dans le grand livre de Dieu ?

D'autres souvenirs lui étaient revenus ces derniers temps, et d'autres rêves – à croire que plus elle avançait vers le terme de son existence, plus elle se rapprochait de son commencement. Elle voyait maintenant les détails de la caravane d'autrefois : les pompons multicolres du harnachement des chameaux ; les solides tentes alignées contre le dais étoilé du ciel ; les hommes qui chantaient autour du feu :

« Ya Rayon de lune,
Viens sur mon oreiller,
Réchauffe mes reins... »

La vision du minaret carré s'accompagnait à présent d'un souvenir d'odeur... suave et divine. Se trouvait-elle sous une charmille au moment où elle regardait cette humble petite tour ? Ou respirait-elle le parfum de quelqu'un ? Quand le saurait-elle ? Des années durant, elle avait dit : « Cette année j'irai en Arabie. » Or les années avaient glissé comme du sable entre ses doigts. Elle avait répété : « Je partirai demain », jusqu'à ce que les demain soient bien moins nombreux que les hier.

– Le romarin est aussi bon pour soulager les crampes, fit Camélia en prenant un délicat bouton bleu dans l'un des paniers.

Elle était assise sous le belvédère avec son fils de six ans, Najib, un bel enfant qui avait hérité des yeux ambrés de sa mère et de la tendance à la rondeur de son père. Bien que l'enfant portât le tatouage de la croix copte sur le poignet, Camélia et Yacob l'élevaient à la fois dans la religion chrétienne et dans la musulmane. Pour préserver sa carrière de danseuse, Camélia n'avait pas voulu d'autre enfant après Najib. Yacob s'estimait heureux avec son fils et Zeïnab, sa fille adoptive. Leurs craintes d'un avenir troublé ne s'étaient pas concrétisées. Bien que la violence explosât encore parfois entre musulmans et coptes, Camélia et son mari jouissaient d'une prospérité nouvelle : le journal de Yacob gagnait en diffusion comme sa réputation d'écrivain en renommée, et Camélia était devenue la danseuse numéro un d'Égypte. Ses fans ne l'avaient pas lâchée quand elle avait épousé un chrétien et les lecteurs de Yacob ne lui en avaient pas voulu d'avoir épousé une danseuse. « *Ma'alesh*, disait-on. Qu'importe. La volonté de Dieu est que vous soyez ensemble. »

Camélia lorgna en direction des friandises qu'avaient apportées les servantes, mais s'abstint d'y toucher. Le Carême – qui durerait jusqu'à Pâques – venait de commencer, pendant lequel les coptes ne mangeaient que des fèves, des légumes et des salades. Peu lui importait. Sa vie s'était enrichie grâce à son union avec Yacob. Il lui avait fait découvrir le bel univers mystérique d'un peuple qui avait vécu en Égypte avant l'époque de Mahomet. Disciples de saint Marc, les coptes avaient une histoire riche en légendes et miracles; Yacob tenait son prénom du premier homme que l'enfant Jésus avait guéri durant la fuite de la Sainte Famille en Égypte.

Camélia regarda Zeïnab, assise sous les grappes de glycine, un bébé dans les bras. A vingt ans, Zeïnab était une adorable jeune femme. Seul son appareil portait ombrage à son joli visage et à son sourire séduisant. Elle était merveilleuse avec son petit frère. Dès la naissance de Najib, elle avait été comme une mère pour lui. Il existait sûrement un homme dans toute l'Égypte qui épouserait Zeïnab, un homme bon qui passerait outre son défaut physique et verrait, au-delà, son cœur aimant.

Parfois, lorsque Zeïnab riait, ou balayait ses boucles châtains, Camélia entrevoyait Hassan al-Sabir et cette vision lui rappelait les origines de la jeune fille. Aussitôt lui revenait sa vieille crainte que Yasmina réapparaisse soudain, et révèle la vérité à Zeïnab : qu'elle était le fruit d'un adultère, que son père avait été assassiné et sa mère, bannie. Il y avait eu peu de risque jusqu'alors que le secret ne soit trahi dans la famille : les plus jeunes Rachid pensaient que Zeïnab était bien la fille de Camélia, les anciens taisaient la vérité.

Toujours prête à contredire, Néfissa prit ardemment la parole :

– Le romarin ! Tout le monde sait que le meilleur remède contre les crampes est la camomille.

Et elle sourit au bébé qu'elle tenait sur ses genoux, sa dernière arrière-petite-fille, l'enfant d'Asmahan. A soixante-deux ans, le pli amer de sa bouche semblait s'être incrusté, si bien que même quand elle souriait, les coins de ses lèvres s'abaissaient. L'arrogance aussi s'était inscrite sur ses traits depuis qu'elle était désormais arrière-grand-mère, l'état le plus vénéré.

Néanmoins, elle n'aimait pas penser à Tahia en grand-mère. Comme cela la vieillissait ! Où donc avait filé sa jeunesse ? Elle s'efforça de ne pas songer aux jours enfuis mais aux bienfaits du présent. Son seul regret était que sa fille ne se soit jamais remariée après la mort de Jamal Rachid. Tahia attendait toujours le retour de Zachariah. Comment pouvait-elle s'accrocher à ce rêve aberrant alors que près de quinze ans avaient passé sans qu'on eût de nouvelles du disparu ? Peut-être s'était-il noyé dans le Nil, pensa Néfissa en berçant la petite Fahima dans ses bras. Peut-être avait-il rejoint Alice dans la damnation.

Elle entendit rire Zeïnab, et observa la jeune fille dont

les cheveux attiraient l'éclat du soleil, dont les yeux évoquaient ceux de Yasmina. Il y avait aussi quelque chose d'Alice dans ses longs bras satinés, dans la façon dont elle courbait le poignet. Mais ses fossettes... étaient celles d'Hassan al-Sabir.

Voilà un souvenir qui lui semblait lointain, son penchant pour Hassan et son humiliation quand il s'était ri d'elle : « Pourquoi vous épouserais-je ? » Son meurtrier n'avait jamais été identifé. Un tel homme, avaient dit les détectives, devait avoir eu beaucoup d'ennemis. La liste de tous ceux qui pouvaient désirer sa mort aurait été trop longue à éplucher, selon la police, les suspects étaient aussi nombreux que la population du Caire. Ainsi le coupable avait-il échappé au châtiment. Néfissa se demandait parfois si un indice, un jour, ne viendrait pas révéler enfin son identité.

Lorsque le bébé se mit à pleurer, elle se leva pour le rendre à Asmahan, qui discutait avec Fadilla, puis elle descendit les marches du belvédère et aperçut par la porte ouverte une voiture garée dans le virage : la Mercedes de sa sœur. La curiosité de Néfissa en fut piquée. Pourquoi Dahiba et son mari restaient-ils assis dans leur auto ?

– Nous irons en Amérique, promettait doucement Hakim Raouf, le visage trempé de larmes. Nous irons en France et en Suisse. Nous trouverons des spécialistes qui sauront te guérir. Par le Prophète, mon amour, si tu meurs, je mourrai. Tu es ma vie, Dahiba.

Quand il éclata en sanglots, elle le prit dans ses bras.

– Tu es l'homme le plus merveilleux qui ait jamais existé, dit-elle. Je ne pouvais pas avoir d'enfant et cela t'était égal. Je voulais danser, tu m'as laissée danser. J'ai écrit des textes dangereux et tu m'as soutenue. Dieu a-t-il jamais créé un homme plus parfait ?

– Je ne suis pas parfait, Dahiba ! Je n'ai pas été le meilleur mari pour toi !

Elle prit son visage entre ses mains.

– Le mari d'Alifa Rifaat lui avait interdit d'écrire, alors elle écrivait en secret, enfermée dans la salle de bains, et ce n'est qu'après la mort de son époux qu'elle a pu publier. Tu es un homme bon, Hakim Raouf. Tu m'as sauvée de la rue Mohammed Ali.

– Veux-tu que je vienne avec toi ?

– Je souhaite parler seule avec ma mère. Je te rejoins à la maison tout à l'heure.

Dahiba pénétra dans le jardin et fit signe à sa mère depuis le chemin. Amira la regarda avec surprise. Il n'était pas dans les manières de sa fille d'être impolie.

A l'intérieur de la maison, Dahiba lui annonça la nouvelle avec calme et gravité :

– Je suis allée consulter Ibrahim, Oumma. Il m'a fait faire des analyses. Les résultats disent que j'ai un cancer.

– Au nom de Dieu le miséricordieux!

– Ibrahim pense qu'il est peut être trop tard pour le soigner. Il faudra que je me fasse opérer mais il n'a pu me donner grand espoir.

Amira la prit dans ses bras en murmurant « Fatima, fille de mon cœur », et tandis que Dahiba parlait chirurgie, chimiothérapie, radiothérapie, sa mère envisageait un autre recours.

Le recours à Dieu.

Mohammed se précipita dans la maison, espérant atteindre l'étage sans être vu. Dans le grand salon, toutes les femmes parlaient en même temps – signe qu'il était arrivé quelque chose – mais il s'en fichait. Il se rua dans sa chambre. Après avoir passé deux heures dans la salle obscure du cinéma au mileu d'un public d'hommes en délire, il était en feu. Mimi était si belle sur l'écran, si désireuse d'être possédée! Il s'assit sur son lit, plaça la photo de l'actrice près de celle de sa mère, et là, il reçut un choc. Les deux femmes paraissaient avoir à peu près le même âge sur les photos, ce qui révélait une ressemblance entre elles qu'il n'avait jamais remarquée auparavant. Il détailla les deux beaux visages. Comment la beauté pouvait-elle être si destructrice ? Pourquoi des traits si adorables causaient-ils tant de mal ? Sa mère ne l'avait-elle pas rendu malheureux presque toute sa vie ?

Et maintenant, cette autre beauté blonde faisait de lui un misérable!

Les larmes l'aveuglèrent, et les deux photos se mêlèrent au point que Mohammed ne put plus les distinguer l'une de l'autre.

41

– Par la barbe du Prophète, un homme a besoin d'une femme, déclara Hadj Tayeb tandis que Declan Connor l'examinait.

Vieux fellah au corps squelettique, coiffé d'une chéchia brodée de perles blanches et vêtu d'un caftan blanc, Tayeb avait gagné le titre de *Hadj* – pèlerin – lorsqu'il s'était rendu à La Mecque.

– Il n'est pas bon de garder sa substance à l'intérieur, continua-t-il de sa voix croassante. Un homme doit se soulager chaque nuit.

– Chaque nuit! s'exclama Khalid.

En tant que membre de l'équipe sanitaire mobile, Khalid avait le privilège d'occuper la chaise voisine de celle du docteur. Les autres hommes s'asseyaient sur les chaises et les bancs placés devant le café qui ouvrait sur la place du village.

– Mes trois dieux, souffla l'imposant fellah d'Al Tafla. Comment peut-on le faire *toutes* les nuits!

– Je le faisais, moi, fit pieusement Hadj Tayeb.

– C'est pour ça que tu as épuisé quatre épouses! lança Abu Hosni de l'intérieur du café, et les hommes rirent.

– Vrai, Sayyid, insista Hadj Tayeb. Tu devrais épouser la doctoresse.

Tandis que les autres acquiesçaient avec quelques commentaires crus sur ce que serait la nuit de noces, Declan Connor regarda Jasmine de l'autre côté de la place, où les jeunes mères fellahs lui tendaient leur bébé comme on tend une offrande. Oui, il avait pensé récemment... à faire l'amour à « la doctoresse ».

C'était un midi bleu et doré, plein de mouches, de poussière, de chaleur. Les fellahs préparaient la place pour la célébration de l'anniversaire du Prophète qui devait avoir lieu ce soir. On se raconterait des histoires, on danserait, et il y aurait plus de nourriture qu'on en avait mangé en un mois. Les festivités commenceraient après la prière du couchant : les jeunes femmes se retireraient sur les toits environnants pour regarder sans être vues, les hommes, les enfants et les vieilles femmes se réuniraient sur la place afin de partager un somptueux festin avec les invités d'honneur, l'équipe sanitaire mobile de la Fondation Treverton.

La place était le cœur de ce petit village sans nom du Haut-Nil; d'étroits chemins tortueux en partaient comme les rayons d'une roue. Et au centre de la vie paysanne se trouvaient les piliers de tout village égyptien : le puits (le royaume des femmes); le café (le domaine des hommes); la petite mosquée blanche; l'échoppe du boucher qui, encore aujourd'hui, tranchait la gorge des moutons selon les préceptes du Coran; et la boulangerie, où les villageois apportaient chaque matin leur morceau de pâte marquée d'un signe distinctif qui leur permettrait, le soir venu, de reconnaître leur miche parmi les pains cuits dans les fours. Les fermiers qui avaient une production à vendre s'accroupissaient le long des murs et veillaient sur leurs oranges, tomates, concombres et laitues, tandis que les colporteurs proposaient des sandales en plastique, des bandes dessinées, des chéchias perlées et un beau choix d'épices – safran, coriandre, basilic et poivre, que l'on achetait pour quelques sous dans un cornet en papier. La place était vivante, bruyante, des chèvres, des ânes et des chiens y répandaient leur odeur animale; les enfants couraient après les bêtes et les villageois s'assemblaient avec curiosité autour des deux médecins étrangers. Jasmine et Declan donnaient séparément leurs consultations en plein air.

– Tu as un trachome, Hadj Tayeb, déclara Declan au vieux pèlerin assis sur une chaise branlante devant un panneau Pepsi et le nom d'Allah, artistiquement calligraphié sur le mur de briques. Ça peut se soigner mais tu dois prendre les médicaments exactement comme je dis.

Abu Hosni, le propriétaire du café – un cagibi entre la boulangerie et le cordonnier – cria alors gaiement à Connor :

– Par le Prophète, Hadj Tayeb a raison. Pourquoi tu n'épouses pas la doctoresse ?

– Je n'ai pas de temps pour une épouse, répliqua Declan en fouillant dans sa sacoche. Je suis ici pour travailler, comme le docteur Van Kerk.

Il posa des gouttes de tétracycline dans les yeux de son patient puis il lui donna le flacon en lui ordonnant de se mettre des gouttes chaque jour durant trois semaines.

– En tout honneur et respect, Sayyid, reprit Hadj Tayeb, combien de fils as-tu ?

– J'ai un fils, à l'université.

– Seulement un ? Mes trois dieux, Sayyid ! Un homme doit avoir beaucoup de fils !

Declan fit signe au patient suivant, un jeune fellah qui souleva sa galabieh, révélant une blessure affreusement infectée. Le praticien commençait à l'examiner quand Abu Hosni cria de nouveau de l'intérieur :

– Dis-moi, Sayyid, pourquoi tout ce bavardage autour du contrôle des naissances ? Je ne comprends pas.

– Le monde est surpeuplé, Abu Hosni, répondit Declan au cafetier qui apparut sur son seuil avec un tablier crasseux sur sa galabieh. Les gens doivent commencer à réduire la taille de leur famille. – Devant le regard perplexe de son interlocuteur, il continua : – Toi et ta femme vous avez cinq enfants, c'est ça ?

– Oui, Dieu soit loué.

– Et cinq petits-enfants ?

– Nous sommes comblés des bienfaits de Dieu.

– Ce qui fait douze personnes quand il y en avait deux au départ. Suppose que chaque couple produise dix autres personnes, tu imagines comme le monde serait encombré ?

Abu Hosni tendit le bras en direction du désert.

– Il y a plein de place, Sayyid !

– Mais ton pays n'arrive même pas à nourrir sa population actuelle. Qu'en sera-t-il pour tes petits-enfants ? Comment vivront-ils ?

– *Ma'alesh*, Sayyid. Inutile de s'inquiéter. Dieu pourvoira.

Mais Hadj Tayeb, qui tirait sur sa pipe à eau, dit d'un air sombre :

– L'infirmière du district vient faire la classe à nos filles. C'est dangereux de donner de l'éducation aux filles.

– Éduque un homme, Hadj Tayeb, répondit Declan, et tu éduques un individu. Éduque une femme et tu éduques une famille.

Il reprit son examen du fellah, s'efforçant de réprimer son impatience en se rappelant qu'il partait dans cinq semaines. Il essaya aussi d'ignorer le rire féminin qui venait d'éclater autour du puits où étaient rassemblées les femmes.

Il ne parvenait pas à se sortir Jasmine de la tête.

Ils avaient passé les six dernières semaines à vacciner les enfants des villages de la région. La tâche n'était pas aisée : l'équipe, constituée de Connor, Jasmine, Nasr et Khalid, s'installait sur la place et, avec l'aide d'un médecin ou d'une infirmière de district, administrait le BCG et le DTP aux bébés entre trois et huit mois, puis le rappel de DTP et le vaccin combiné fièvre jaune-rougeole aux enfants entre neuf et quatorze mois. On faisait aussi une injection antitétanique aux femmes enceintes pour les protéger du risque d'infection après la coupure du cordon ombilical.

Travail long et rude, car il fallait convaincre les maris de laisser sortir leurs femmes et persuader les mères que leurs bébés filles méritaient elles aussi d'être vaccinées. La séance terminée, le Nubien Nasr et l'infirmière de district démontaient les pistolets à injection, remballaient les seringues et chargeaient les Toyota. Pendant ce temps, Jasmine et Declan donnaient leurs consultations, l'une au puits pour les femmes, l'autre au café pour les hommes.

– Ta blessure est sérieuse, fit Declan au blessé en

s'efforçant de penser à son travail et non à Jasmine. Tu dois aller à l'hôpital de district pour la faire nettoyer. Sinon, tu risques de mourir.

– La mort vient pour chacun de nous, déclara Hadj Tayeb. Il est écrit : « Où que vous soyez la mort viendra vous prendre, même au sein d'une forteresse. Rien de ce que vous ferez ne prolongera votre vie d'un instant. »

– Cela est vrai, Hadj Tayeb, acquiesça Connor. Mais un homme qui questionnait un jour le Prophète à propos du destin demanda s'il devait attacher son chameau quand il entrait prier à la mosquée, ou simplement se fier à Dieu pour qu'Il surveille sa bête pour lui. Et le Prophète répondit : « Attache ton chameau et fie-toi à Dieu. »

Les autres se mirent à rire ; Hadj Tayeb marmonna et reprit son narguilé.

– Je suis sérieux, Mohssein, insista Declan auprès du jeune fellah. Tu dois aller à l'hôpital.

Mais le fellah raconta qu'il avait payé dix piastres au cheik du village pour qu'il écrive une formule magique sur un morceau de papier qu'il conservait sur le torse.

– Tu t'es fait duper, Mohssein, dit Declan. Ce papier ne guérira pas ta plaie. C'est une croyance arriérée, tu comprends ? Nous sommes au XXe siècle, tu dois aller à l'hôpital pour qu'on te nettoie ta plaie, sinon le poison ira dans tout ton corps.

Pendant qu'il appliquait un antibiotique et pansait la blessure, Khalid se lança dans l'histoire des trois fellahs qui vont voir une prostituée. Declan avait entendu la blague un nombre incalculable de fois, aussi s'occupa-t-il du malade suivant tout en regardant subrepticement Jasmine près du puits. Les femmes étaient en train de lui montrer comment nouer son turban à la dernière mode.

Declan savait que même si les jeunes épouses et leurs belles-mères riaient, plaisantaient, flattaient la doctoresse, il se passait là quelque chose de plus important qu'un bavardage futile.

Son expérience dans le Haut-Nil lui avait appris que les femmes étaient plus inquiètes que les hommes. Alors que les hommes passaient leur temps au café à jouir des deux présents les plus précieux de Dieu – d'abondants loisirs et un soleil inlassable –, affirmant que le paradis sur terre était une femme aux hanches généreuses et une poignée de fils pour travailler aux champs, les femmes se préoccupaient du futur.

Ces villageoises en robes à volants vieillottes se livraient à un rituel vieux comme le monde. Vêtue d'un caftan pastel, et dépassant les paysannes d'une bonne tête, Jasmine avait l'air d'une prêtresse. Les femmes s'approchaient d'elle timidement, ou avec curiosité, excessivement polies et déférentes, murmurant et conspirant telles des servantes et des gardiennes de mystères. Quelles requêtes secrètes chuchotaient-elles à Jasmine ? se demandait Connor. Parlaient-elles fertilité, conception, contraception, avortement, filtres mortels, élixirs de vie ? Quoi qu'il en soit, c'est l'avenir d'une ethnie qui se jouait autour du puis de cet humble village à l'heure où les hommes chauffaient leur place au café, faisaient des blagues et disaient : « Pourquoi s'inquiéter ? Ta récolte a été mauvaise, *ma'alesh*, qu'importe. Il y aura toujours *bokra*, demain, si Dieu le veut, *Inch Allah*.

Declan observa Jasmine qui, avec l'aide de ses compagnes rieuses, essayait une nouvelle fois de jeter sur ses cheveux blonds un triangle de soie abricot, d'enrouler les extrémités, de les remonter sur sa tête, de les nouer et de cacher le nœud dans sa nuque. Quand elle leva les bras, il put distinguer la ligne de sa silhouette sous le caftan, ses hanches étroites, ses seins fermes. Le désir le transperça comme une flèche. Cela lui rappela les nombreuses soirées qu'ils avaient passées dans son bureau à travailler sur la traduction. Ils étaient alors plus jeunes de quinze ans ; Jasmine, presque une adolescente, restait innocente malgré son expérience ; lui, encore idéaliste, croyait que le monde pouvait être sauvé.

Il se souvint de la première fois qu'il l'avait vue, lorsqu'elle était entrée dans son bureau par un pluvieux jour de mars. Il avait été frappé par son allure, la trouvant exotique avant même de savoir qu'elle était égyptienne. Elle était à la fois timide et sûre d'elle. Derrière l'apparence réservée commune aux femmes arabes, il avait deviné une détermination hors du commun. Au cours des jours suivants, en travaillant ensemble dans l'espace clos du bureau, en se faisant rire mutuellement, en partageant des moments plus graves, il avait senti en elle une déchirure, comme si deux âmes se disputaient un même corps. Elle parlait volontiers de l'Égypte, parfois de son propre passé, mais dès qu'il essayait de la questionner sur sa famille, elle s'enfermait dans le silence. L'amour de son pays et de sa culture brillait dans ses yeux, surtout quand elle avait rédigé son chapitre sur le respect des traditions locales, mais, paradoxalement, elle semblait renier ses liens personnels avec cette terre et son peuple. A croire qu'elle ne savait pas où étaient ses attaches, et Declan songeait au livre que certains étudiants lisaient alors sur le campus, *Étranger en terre étrangère*, en se disant : elle est ainsi.

Quand leur travail s'était achevé, il s'était aperçu qu'il n'avait pas appris grand-chose de la jeune femme dont il était tombé amoureux. Les années suivantes, au fil de leur correspondance sporadique, il n'en avait pas appris davantage – dans ses lettres, Jasmine lui donnait des nouvelles de la fac, puis de son internat, enfin de son travail à la clinique – aussi, lorsqu'elle était arrivée à Al Tafla, elle était toujours un mystère pour lui.

Or, au cours des six dernières semaines, une chose curieuse s'était produite.

L'équipe avait conduit le dispensaire mobile vers les villages entre Louxor et Assouan, et partout les femmes fellahs demandaient immédiatement à Jasmine, comme à toute nouvelle venue : « Es-tu mariée, as-tu des enfants, des fils ? » Ces faits établissaient hiérarchie et protocole, connaître sa place permettait d'être à l'aise. Au début, Jasmine n'avait pas été prolixe, elle montrait presque à contrecœur les photos de son fils, ne parlait que peu de ses deux maris – celui qui l'avait battue et celui qui l'avait quittée après sa fausse couche. Elle disait quelques mots de la grande maison du Caire où elle avait grandi, des écoles où elle avait étudié, des gens célèbres que son père avait connus.

Au bout de deux semaines, Connor avait remarqué une

étrange et subtile métamorphose, comme une maison dont on ouvre les fenêtres, une à une, pour laisser entrer l'air et le soleil. A présent, elle citait des noms; elle évoquait sa grand-mère, Amira, sa cousine Doreya. Son rire aussi devenait plus libre, plus spontané chaque jour. Elle se faisait même câline avec le vieux Khalid, avec les femmes bourrues, avec les enfants.

« Elle redevient égyptienne, pensa-t-il en sortant une seringue, au grand déplaisir de son patient. On la dirait revenue chez elle. Et pourtant, elle n'est pas rentrée chez elle. »

Autant qu'il le sache, Jasmine n'avait ni téléphoné ni écrit à sa famille au Caire; elle ne projetait pas d'aller les voir. Il se souvenait de la détermination dont elle avait fait preuve voilà quinze ans, quand elle avait été proche du désespoir à l'idée d'être renvoyée en Égypte. Aujourd'hui, en la voyant revenir à la vie, il se demandait quelle force l'habitait qui la rendait si dévouée à aider ces gens alors qu'elle tournait le dos aux siens.

Comme elle glissait les pointes du foulard de soie sous le turban, Jasmine jeta un œil vers Connor, assis devant le café avec les hommes, et vit qu'il s'empressait de regarder ailleurs.

Il la déconcertait. Bien qu'il ressemblât toujours à celui qui avait pris le micro sur une camionnette, bien que son sourire fût toujours celui qui lui avait fait battre le cœur voilà quinze ans, elle savait qu'au fond de lui il n'était plus le même. Elle connaissait à peine l'homme qu'il était devenu. « Que s'est-il passé pour que vous changiez de la sorte? aurait-elle aimé lui demander. Pourquoi dites-vous toujours que vous vous en fichez, que nos efforts ici sont vains? » Lorsque parfois elle le voyait assis seul dans le soir, fumant une cigarette après l'autre, suivant des yeux les volutes de fumée comme s'il y cherchait des réponses, elle avait envie de lui dire : « S'il vous plaît, ne partez pas. Restez. » Dans cinq semaines, elle le perdrait.

Ce n'était pas seulement par amour qu'elle désirait

l'aider, elle avait une autre raison : c'était grâce à lui qu'elle était revenue en Égypte. De cela, elle lui serait à jamais reconnaissante.

Car il semblait qu'un miracle se fût produit.

– Dis-moi, Sayyida, fit Oumm Tewfik, « Mère de Tewfik », qui allaitait son bébé. Elle marche vraiment, ta médecine moderne ?

Jasmine posait son stéthoscope sur la poitrine d'une femme âgée qui se plaignait de fièvre et de faiblesse.

– La médecine moderne peut marcher, Oumm Tewfik, mais cela dépend du patient. Par exemple, un fellah appelé Ahmed vient me voir un jour avec une mauvaise toux. Je lui donne une bouteille de médicament en lui disant d'en prendre une grande cuillère chaque jour. Il me répond : « Oui, Sayyida » et il s'en va. Une semaine plus tard, il revient et sa toux est encore pire. Je lui demande : « Est-ce que tu as pris le remède, Ahmed ? » « Non, Sayyida. » « Pourquoi ? » « Parce que je n'ai pas réussi à mettre la cuillère dans la bouteille. »

Les femmes rirent, déclarèrent que les hommes étaient des incapables, et Jasmine rit avec elles de sa propre plaisanterie. Elle ne se souvenait pas avoir été si heureuse, si vivante. C'était cela le miracle.

Tout en examinant une curieuse rougeur sur le bras de sa vieille patiente, elle se mit à songer à ses premiers jours en Angleterre, voilà plus de vingt ans, quand elle était venue faire valoir son héritage. Elle avait rencontré son unique parente Westfall, lady Pénélope, la sœur du vieux comte. Pénélope Westfall l'avait chaleureusement reçue dans son cottage.

– Votre mère a hérité son amour pour le Proche-Orient de sa propre mère, votre grand-mère, lady Frances, lui avait expliqué sa tante au moment du thé. Frances et moi étions les meilleures amies du monde, elle a dû m'emmener voir *Le Cheik* une bonne centaine de fois. Cette pauvre chérie qui a épousé mon collet monté de frère, complètement dépourvu d'imagination et tellement peu romantique ! Frances s'est suicidée, vous savez.

Jasmine l'ignorait. La nouvelle lui avait fait l'effet d'une bombe. Sa mère ne lui avait jamais dit que sa grand-mère Westfall avait, comme le précisait Pénélope, « mis un jour sa tête dans le four et ouvert le gaz ». L'apprendre avait poussé Jasmine à réfléchir à des choses auxquelles elle n'avait encore jamais pensé : oncle Edward était censé s'être tué accidentellement en nettoyant son arme ; plus tard, Alice était morte dans un accident de voiture. Véritables circonstances ou dissimulations de la vérité ? Sa famille n'était-elle pas marquée par la dépression et le suicide ?

Si Jasmine n'avait jamais envisagé de mettre fin à ses jours, elle avait cependant souffert, au cours des mois qui avaient suivi son départ d'Égypte, d'une grave dépression qui l'avait effrayée. Par la suite, lorsqu'elle avait pris la décision de retourner en Égypte afin d'y travailler avec Declan, elle s'était préparée à éprouver de la colère, de la peine, toutes les émotions qu'elle avait contenues depuis qu'Ibrahim avait prononcé sa condamnation. Rien de tel ne s'était produit. Elle vivait, au contraire, une renaissance miraculeuse, comme si l'ancien bonheur, la joie d'autrefois étaient jusqu'alors demeurés enfouis avec les mauvais souvenirs. Le seul fait de reparler l'arabe, langue si douce dans sa bouche, de retrouver le goût des aliments de son enfance, d'entendre le rire des Égyptiens, de s'asseoir devant le Nil pour contempler ses métamorphoses colorées et de sentir le sol fertile dans ses mains, le soleil chaud sur ses épaules, de renouer avec le rythme ancestral de la vallée... tout cela l'avait réveillée, fait revivre, sur le plan physique comme sur le plan spirituel.

Étrange ironie : au moment où elle renaissait, elle découvrait que quelque chose était mort en Declan Connor.

– As-tu du sang dans tes urines, Oumma ? demanda-t-elle respectueusement à la vieille femme toute voilée de noir. Éprouves-tu des douleurs dans le ventre ?

La fellah opina aux deux questions.

– Tu as la maladie que donne l'eau stagnante, lui annonça Jasmine.

Elle lui aurait fait une piqûre mais l'équipe médicale avait rencontré de nombreux cas de bilharziose ces derniers jours, si bien que le stock de médicaments était épuisé.

– Il faut que tu ailles consulter le médecin de district, Oumma, dit-elle en écrivant ses instructions sur une feuille de papier. Le médicament chassera le mal de ton sang, mais à partir de maintenant tu éviteras de marcher dans l'eau stagnante, sinon le mal reviendra.

La vieille femme considéra le papier un moment puis s'éloigna en silence. Jasmine soupçonnait que le médecin ne serait pas consulté, et que le papier serait bouilli dans le thé, mystérieux ingrédient d'une potion magique.

– Par le cœur de la sainte Aïsha, Sayyida! s'exclama Oumm Tewfik, ôtant le bébé de son sein et se couvrant la poitrine. Peux-tu me donner un filtre pour faire des bébés? Ma sœur est mariée depuis trois mois et n'est pas encore grosse. Elle a peur que son mari ne se fatigue d'elle et cherche une autre femme.

Les autres hochèrent la tête par sympathie. Seule une chanceuse tombait enceinte le premier mois de son mariage.

– Ta sœur devra consulter un médecin qui trouvera la cause du problème, répondit Jasmine.

– Elle connaît la cause, argua Oumm Tewfik. Elle m'a raconté qu'elle a traversé un champ trois jours après son mariage, et deux corbeaux sont passés au-dessus d'elle. Ils se sont posés sur un acacia et l'ont regardée. Elle dit qu'elle a senti un djinn entrer en elle à cet instant. Voilà pourquoi son ventre est stérile, Sayyida.

– Ta sœur a peut-être raison, rétorqua Jasmine. Dis-lui de prendre deux plumes noires et de les porter sous sa robe, en bas, précisa-t-elle en montrant son propre ventre. Qu'elle les porte durant sept jours, et récite la première sourate du Coran sept fois chaque jour. Ensuite, elle enlèvera les plumes sept autres jours, puis les mettra de nouveau. Si elle fait cela pendant quelques semaines, le djinn s'en ira.

Ce n'était pas la première fois que Jasmine recourait à la magie. Chaque matin doré, chaque crépuscule écarlate, elle sentait l'Égypte la reconquérir – l'ancienne Égypte mystique qu'Amira lui avait enseignée voilà longtemps. Maintenant, lorsqu'elle écoutait le vent, elle entendait les djinns hurler avec lui. Quand elle aidait un enfant à naître, elle récitait les formules destinées à écarter le mauvais œil. Elle comprenait le pouvoir des mystères séculaires, elle avait vu la magie soigner des maux contre lesquels les antibiotiques étaient impuissants, elle avait vu la superstition réussir là où la médecine avait échoué.

– Vois comme le Sayyid te regarde, doctoresse! souffla Oumm Jamal (et toutes les femmes jetèrent un œil furtif vers Declan de l'autre côté de la place). Que je sois répudiée, par Dieu, si cet homme n'est pas amoureux de toi!

Les rires des femmes s'envolèrent tels des battements d'ailes. Les jeunes épouses savouraient cette rare occasion de se rencontrer car, trop vite, elles auraient à regagner leur maison de briques et leur stricte séquestration.

– Ce soir à la fête du Prophète, reprit Oumm Jamal, je jetterai pour toi un charme d'amour sur le Sayyid, doctoresse.

– Cela ne servira à rien, dit Jasmine. Le docteur Connor s'en va bientôt.

– Arrange-toi pour qu'il reste, Sayyida. C'est ton devoir. Les hommes croient qu'ils vont et viennent à leur aise, mais ils ne bougent que selon notre plaisir.

Les plus jeunes femmes, qui commençaient tout juste d'entrevoir leur réel pouvoir, pouffèrent.

– La doctoresse, épouserait le Sayyid et aurait des bébés, décréta Oumm Tewfik.

Les plus âgées acquiescèrent d'un hochement de tête drapée de noir.

– Je suis trop vieille pour avoir des enfants, Oumma, souligna Jasmine en rangeant son stéthoscope. Je vais avoir quarante-deux ans.

Mais Oumm Jamal, une femme à la carrure impressionnante qu'on enviait pour ses vingt-deux petits-enfants, posa sur Jasmine un regard taquin.

– Tu peux encore avoir des petits, Sayyida. J'avais presque cinquante ans quand j'ai eu mon dernier. Que je sois répudiée! ajouta-t-elle avec un soupir satisfait, si je n'ai pas donné dix-neuf enfants vivants à mon homme! Il n'en a jamais regardé une autre!

Bien que Jasmine rît, il lui arrivait parfois, quand on déposait un enfant dans ses bras, ou quand elle voyait les mères et les filles ensemble, de souffrir d'avoir perdu ses bébés. Elle acceptait ces deuils comme étant la volonté de Dieu, mais elle se demandait de temps en temps ce que ce serait d'avoir une fillette à elle. Elle songeait au pauvre ange né à la veille de la guerre des Six Jours. Si elle avait vécu, elle aurait vingt et un ans aujourd'hui. Peu lui importait que sa fille fût de Hassan al-Sabir. Elle l'aurait aimée avec cette même dévotion que les mères fellahs montraient à leurs filles.

Chaque jour, elle pensait à son fils. Mohammed posait-il des questions sur elle, prononçait-il son nom ? La croyait-il vivante, ou était-elle pour lui comme tante Fatima autrefois, une femme dont les photos avaient été enlevées des albums, une femme morte ? Elle aurait tant aimé pouvoir l'observer sans être vue, une fois, une seule. Non pas l'approcher, non pas bouleverser sa vie, jeter sur lui la peine ou la honte, mais le regarder, simplement, avec les yeux aimants d'une mère, savoir comment il riait, comment il marchait, entendre le son de sa voix et le graver dans sa mémoire. Mohammed était aujourd'hui un homme. L'enfant dont elle avait été séparée habitait son cœur depuis tant d'années qu'elle ne parvenait pas à imaginer l'homme qu'il était à présent. Ressemblait-il à Omar ? Gâté, égoïste ? Non, se disait-elle. Mohammed tenait d'elle, et d'Alice ; il devait y avoir de la gentillesse en lui.

Oumm Jamal reprit la parole, grave soudain :

– En tout honneur et respect, Sayyida, tu devrais épouser le Sayyid. Vous êtes tout le temps ensemble. Ce n'est pas bien pour une femme.

– Il n'y a pas de quoi s'inquiéter, fit Jasmine.

Declan et elle étaient rarement seuls, car chaque fois qu'on les accueillait dans un village, ils se trouvaient séparés : elle avec les femmes, lui avec les hommes. Quant à l'hospitalité qu'on leur offrait pour la nuit, Jasmine était généralement dans une maison, Declan dans une autre. Les seuls moments où ils étaient véritablement ensemble, proches à se toucher, c'était dans les Land-

Cruiser, quand les voitures rebondissaient sur les pistes entre les plantations de coton et de canne à sucre.

Enfin elle souhaita aux femmes « *Mulid mubarak aleikum* – un heureux anniversaire du Prophète » et les jeunes épouses se dispersèrent aussi vite qu'elles s'étaient rassemblées, disparaissant dans les étroites ruelles, leurs bébés dans les bras ou attachés dans leur dos, les enfants plus grands cramponnés à leurs robes à volants colorées. Les plus âgées, drapées de voiles et de châles noirs, se dirigèrent vers les lieux ombragés de la place pour croquer des noix, bavarder, regarder passer l'après-midi jusqu'à l'heure de la fête. Jasmine resta seule avec son matériel et ses souvenirs.

Elle regarda de l'autre côté de la place, rencontra les yeux de Declan.

Il se dépêcha de détourner la tête.

– A ce soir, *Inch Allah*, dit-il aux hommes en fermant sa sacoche.

Il s'éloignait du café quand un fellah en galabieh loqueteuse surgit devant lui, brandissant un gros scarabée taillé dans une roche calcaire.

– Je te le vends, Sayyid. Très vieux. Quatre mille ans. Je connais la tombe d'où il vient. Pour toi, cinquante livres.

– Désolé ami, les choses anciennes ne m'intéressent pas.

– Tout neuf, garanti ! reprit le fellah en poussant le scarabée vers lui. Je connais l'homme qui l'a fait ! Le meilleur artisan dans toute l'Égypte. Trente livres, Sayyid.

Declan rit et traversa la place pour rejoindre Jasmine.

– J'ai promis à Hadj Tayeb de l'emmener au cimetière, annonça-t-il. Il veut porter des offrandes sur la tombe de son père. Je vous dépose au couvent ?

Jasmine profitait de l'hospitalité de nonnes catholiques, et Declan avait ses quartiers chez l'imam, de l'autre côté du village. Les festivités commenceraient bientôt. Declan et elle rejoindraient les groupes des hommes et des femmes, à nouveau séparés.

– J'aimerais venir avec vous, dit-elle. Si vous êtes d'accord. On m'a dit qu'il y a des ruines intéressantes près du cimetière.

La LandCruiser cahota sur les chemins non goudronnés laissant derrière elle les champs et les maisons de briques pour s'engager dans une étendue sauvage et désolée. Hadj Tayeb était assis entre Jasmine et Declan. Cramponné au tableau de bord, il indiquait la route. Le soleil couchant les aveuglait, boule de feu dans un ciel pâle et pur, éclaboussant le désert des riches nuances du jaune et de l'orange que striaient les longues ombres noires des rochers. Ils virent au loin ce qui leur apparut comme un petit village, mais aucun signe de vie n'y rompait le silence du désert et le gémissement solitaire du vent.

Tous trois descendirent de voiture, et le vieux fellah guida ses compagnons dans ce qui aurait pu ressembler aux ruelles étroites de n'importe quel village, avec des seuils et des embrasures de fenêtre, des arches de pierre effondrées. Les « maisons » à coupole évoquèrent à Jasmine de grandes ruches recouvertes de poussière et de sable.

Lorsqu'ils furent devant la tombe de la famille Tayeb, le vieil hadj pointa un doigt tremblant :

– Les ruines sont là-bas, Sayyid, sur l'ancienne route des caravanes.

Ils le laissèrent à ses prières et s'éloignèrent.

– Les femmes du village disent que les ruines possèdent des vertus curatives magiques, fit Jasmine. Les villageois vont parfois prendre une pierre sur une colonne pour en faire des remèdes.

Il restait peu de chose du lieu sacré où s'étaient arrêtés les voyageurs du désert voilà des milliers d'années : seules deux des colonnes d'origine étaient encore debout. Quelques anciennes dalles, encore visibles là où le sable avait été balayé par le vent, indiquaient une chaussée menant à ce qui avait été un petit sanctuaire. Derrière, s'élevait un escarpement abrupt, jailli du sol voilà des millénaires, profonde cicatrice aride qui séparait la vallée du Nil du désert du Sahara.

– Cette route des caravanes était très fréquentée dans le temps, dit Declan tandis qu'ils cheminaient parmi les décombres.

Le silence était profond, et le soleil couchant colorait les colonnes d'un roux extraordinaire.

– J'imagine que les voyageurs priaient ici pour que leur voyage fût bon. Ils devaient faire halte dans ces grottes, là-bas.

– On dirait que quelqu'un a campé ici, remarqua Jasmine en posant le bout du pied dans un cercle de roches noircies.

– Les saints hommes du désert sont attirés par ces lieux de solitude. Des mystiques en majorité. Des soufis ou des ermites chrétiens.

Jasmine tomba sur une statue de bélier. Il y manquait la tête et le plat de la cicatrice de pierre constituait un siège idéal. Elle s'y assit.

– Pourquoi ne fait-on pas de fouilles ici ? demanda-t-elle. Pourquoi les archéologues n'ont-ils pas protégé ce lieu ?

Connor contempla la plaine nue qui s'étirait jusqu'à l'horizon. Dans le lointain, il distingua des tentes noires de bédouins.

– Par manque de moyens financiers, sans doute, répondit-il. Ce sanctuaire doit être insignifiant. Il ne vaut pas la peine. Peut-être les égyptologues s'y sont-ils intéressés au siècle dernier, quand les Européens pillaient l'Égypte. Hadj Tayeb m'a raconté qu'Abu Hosni et lui avaient autrefois convaincu quelques capitaines de bateaux de croisière du Nil de faire une halte pour amener leurs passagers ici. Mais après la longue randonnée depuis le fleuve, les touristes ont été déçus. Alors les bateaux ne s'arrêtent plus.

Jasmine leva les yeux vers lui. Sa silhouette se découpait sur le ciel lavande. Le vent ébouriffait ses cheveux, qu'il portait longs maintenant, avec quelques fils d'argent sur les tempes.

– Declan, pourquoi voulez-vous partir ?

Il passa devant elle, ses bottes crissant sur les dalles émiettées.

– Pour ma survie.

– Mais on a tant besoin de vous ici. Quand je suis arrivée dans les camps de réfugiés à Gaza, j'ai été tellement atterrée par les conditions de vie des Palestiniens et par la façon dont ils étaient traités que j'ai cru que je ne pourrais pas rester. Puis je suis allée au dispensaire de la Fondation Treverton et j'ai vu quel bon travail ils accomplissaient...

– Jasmine, l'interrompit Connor en lui faisant face dans l'ombre inquiétante d'une colonne, je sais tout des camps. J'ai vu comment vivent les gens, partout dans le monde. Mais vous et moi n'y changerons rien.

Il se tourna vers la colonne. Elle était tellement érodée par les vents et les sables que l'on pouvait à peine distinguer les motifs sculptés; pourtant, les dernières lueurs du couchant, creusant les ombres, faisaient resurgir les reliefs.

– Vous voyez cela, poursuivit Declan. – Il désignait des scènes d'hommes travaillant aux champs, de buffles faisant tourner les norias, de femmes pilant le grain. – Ces scènes ont probablement été gravées il y a trois mille ans, mais elles pourraient dater d'aujourd'hui, parce que les fellahs d'aujourd'hui vivent exactement comme leurs ancêtres. Rien n'a changé. C'est la leçon que je tire de vingt-cinq ans de pratique médicale dans le tiers monde. Qu'importe ce que nous faisons, vous et moi, rien ne change.

– Sauf vous, vous avez changé.

– Disons que j'ai pris conscience.

– De quoi ?

– Du fait que ce que nous faisons, ici en Égypte ou dans les camps de réfugiés, n'est que vanité.

– Vous ne le pensiez pas autrefois. Vous croyiez pouvoir sauver les enfants du monde entier.

– C'était ma période de fatuité, je pensais avoir un rôle à jouer.

– Vous l'avez encore, dit Jasmine.

Il distingua une lueur de défi dans ses yeux.

Un bruit de pas troubla soudain le silence du désert, et Hadj Tayeb s'approcha d'eux en haletant.

– Mes trois dieux, le Seigneur ferait bien de m'appeler bientôt à Lui, sinon je serai inutile au paradis! Ah, ces ruines! Mon village gagnerait des sous si les touristes venaient les visiter. Mais quand ils ont vu Karnak et Kom Ombo, ils regardent ça et disent : « Seulement deux colonnes? On va donner des sous pour voir deux colonnes? » Avec Abu Hosni, on pense en construire d'autres et leur donner l'air vieux. Mon Dieu, je suis bien fatigué.

– Je vais chercher la voiture, fit Connor. Attendez-moi ici, tous les deux.

Jasmine proposa son siège au vieux pèlerin, sur la statue de bélier décapitée, offre que Tayeb accepta de bonne grâce. Il lorgna vers le ciel qui devenait sombre.

– Je n'aime pas me trouver ici quand le soleil est parti, dit-il en portant la main à sa poitrine.

– Tu ne te sens pas bien? s'enquit Jasmine.

– Je suis un vieil homme, Dieu me garde.

Declan revint pour entendre Tayeb se plaindre de faiblesse. Il alla chercher sa trousse dans la voiture et s'apprêtait à l'ouvrir quand le vieillard sursauta tout à coup.

– Quel est ce bruit?

– Le vent, Hadj Tayeb.

– Un djinn, plutôt, oui. Quittons cet endroit, Sayyid. Les fantômes sortent à la nuit tombée, et regarde, le soleil a disparu.

– J'entends aussi quelque chose, fit Jasmine.

Tous trois restèrent sans bouger, prêtèrent l'oreille au souffle lugubre du vent dans les ruines. Puis un autre son se fit entendre... un long gémissement sourd.

– Il y a quelqu'un! s'exclama Jasmine.

Ils se tournèrent dans la direction du bruit. Cette fois, la plainte était plus distincte.

– Vous avez raison, reconnut Declan, il y a quelqu'un. Ça vient du petit édifice.

Le sanctuaire, qui avait autrefois abrité une déesse, était de la hauteur d'un homme et d'environ trois mètres carrés. Ils durent escalader des éboulis rocheux pour l'atteindre, glissant sur les pierres et les débris argileux; Declan prit la main de Jasmine. Le sanctuaire s'ouvrait à l'est, et comme le ciel était plus sombre de ce côté, ils ne purent rien distinguer à l'intérieur. Ils se penchèrent pour écouter.

Un nouveau gémissement, tout proche, se fit entendre.

– *Allah!* souffla Hadj Tayeb en se signant pour éloigner le mauvais œil.

Connor entra et découvrit un homme appuyé contre l'ancien autel, les paupières closes, qui respirait avec difficulté. Il portait la robe et le turban des mystiques soufis, une longue barbe lui descendait sur le torse. Son vêtement était taché de sang.

Declan s'agenouilla près de lui.

– Ça va aller, vieil homme, fit-il doucement. Nous allons te secourir.

Tandis qu'il entreprenait de l'ausculter, Jasmine souleva le bas de la robe de laine du blessé et vit saillir un tibia de la chair gangrenée.

– Il a dû tomber et ramper jusqu'ici pour s'abriter, dit-elle en fouillant dans la trousse médicale.

Dans la pénombre, elle s'empressa de préparer une seringue de morphine.

– Cela soulagera ta douleur, dit-elle à l'homme, bien qu'elle ne fût pas certaine qu'il eût conscience de sa présence.

Declan reposa son stéthoscope.

– Son pouls est faible et fuyant. Il est gravement déshydraté et souffre sans doute terriblement. Il faut le mettre sous perfusion et le transporter à l'hôpital du district.

Mais l'homme parla soudain, dans un souffle rauque.

– Non! Ne m'emmenez pas d'ici.

– Nous allons te soigner, Abu, expliqua Jasmine, recourant au terme respectueux de « père ». Nous sommes médecins.

L'homme la fixa et elle fut surprise par ses yeux clairs et verts. Puis il grimaça de douleur et elle vit sa dentition.

– Cet homme n'est pas vieux, dit-elle à Declan.

– Non, mais il est en mauvais état, rétorqua Connor en faisant signe à Hadj Tayeb qui se penchait vers l'entrée. Peux-tu m'attraper la boîte métallique à l'arrière de la voiture, Hadj ?

Le vieux pèlerin s'empressa. Avec des gestes doux, Declan enroula le tensiomètre autour du bras du blessé. Un bras affreusement maigre.

– Tension très basse, constata-t-il. Il faut le réhydrater immédiatement.

Tandis qu'ils attendaient le retour de Tayeb, Jasmine posa la main sur le front de l'ermite. Sa peau était sèche, crevassée, à croire qu'il avait cent ans. Pourtant il devait être à peine plus âgé qu'elle. Après avoir examiné sa blessure, Declan et elle parvinrent à la même conclusion silencieuse : amputation au-dessus du genou.

Hadj Tayeb revint avec l'encombrante boîte métallique. Declan s'empressa de trouver une veine et installa le goutte-à-goutte en calant la bouteille de dextrose sur l'autel en pierre, au-dessus du blessé.

– Écoute-moi, Abu, dit-il ensuite. Nous allons mettre une attelle à ta jambe et te porter...

– Non, fit l'ermite avec un peu plus de force qu'auparavant. Vous ne devez pas m'emmener.

– Que t'es-il arrivé ?

– J'étais dehors, sur l'escarpement, je priais. J'ai perdu l'équilibre dans le vent. J'ai réussi à me traîner jusqu'ici.

– Depuis combien de temps es-tu là ? interrogea Jasmine.

– Des heures, des jours...

La poussière dans laquelle il s'était traîné avait fait coaguler son sang, empêchant qu'il ne saigne à mort. Mais les mouches avaient eu tout le temps de se faire un festin de sa plaie. Combien de temps était-il resté sans nourriture et sans eau, agonisant, attendant du secours ?

Ils avaient apporté un bidon d'eau avec eux. Jasmine l'ouvrit et, glissant un bras derrière les épaules osseuses de l'homme, porta le goulot à ses lèvres. Il put boire quelques gorgées.

Les effets de la morphine commençaient de se faire sentir, il but davantage et, peu à peu, devint cohérent.

– Il y a des gens gentils, là-bas... Des Bédouins qui font route pour Le Caire. Ils m'ont nourri et m'ont donné de l'eau. Loué soit Dieu dans Sa miséricorde.

– Tu vas guérir, assura Declan. Dès que tu seras à l'hôpital.

Mais l'ermite ne parut pas l'entendre, car il dévisageait Jasmine.

Il la fixa longtemps, les sourcils froncés. Puis il tendit une main squelettique et poussa en arrière le turban qui la coiffait, libérant sa blonde chevelure. Une expression d'étonnement se peignit sur son visage décharné.

– Mishmish ? murmura-t-il.

– Quoi ? Que dis-tu ?

– C'est toi, Mishmish ?

– Zachariah ?

– Je croyais rêver. C'est bien toi, Mishmish.

– Zachariah ! Oh, Mon Dieu, Zakki ! – Elle regarda Declan.

– C'est mon frère ! Cet homme est mon frère !

Hein ?

– Je l'ai cherchée, tu sais, dit Zachariah. J'ai cherché Sahra mais je ne l'ai jamais retrouvée.

– De quoi parle-t-il ? questionna Declan.

– Je suis allé de village en village, Mishmish, poursuivait-il d'une voix mourante. J'ai demandé partout... Mon destin n'était pas de la retrouver.

– Ne parle pas, Zakki, supplia Jasmine, les larmes aux yeux. On va te soigner, tu iras mieux.

Mais il sourit et secoua la tête.

– Mishmish... fit-il dans un râle qui lui déchira la poitrine. Après toutes ces années, tu es là. Louons Son nom, le Tout-Puissant a excaucé ma dernière prière : te revoir avant de Le rejoindre.

– Oui, souffla-t-elle, louons Son nom. Mais que fais-tu ici, Zakki ? Si loin de la maison !

Il la regarda sans parvenir à la fixer.

– Tu te souviens, Mishmish... la fontaine dans le jardin ?

– Je m'en souviens. Je t'en prie, épargne tes forces.

– Je n'ai pas besoin de force pour aller là où je vais.

Mishmish, as-tu revu la famille depuis... – Il grimaça. – Depuis que père t'a chassée ? J'étais dans un tel désespoir, Mishmish, après ton départ.

Les larmes de Jasmine tombèrent sur les mains de son frère.

– Ne parle pas, Zakki. On va s'occuper de toi.

– Dieu est avec toi, Yasmina. Je vois Sa main sur ton épaule. Elle ne pèse pas, elle est légère, mais elle est là.

– Oh, Zakki sanglota-t-elle. Je n'arrive pas à croire que je t'ai retrouvé. Comme ce dut être affreux pour toi d'être seul...

– Dieu était avec moi...

Il émit un nouveau râle.

– Il faut le transporter, intervint Declan, ou il sera trop tard.

– Mishmish... la douleur s'éloigne.

– Je t'ai donné un calmant pour la souffrance.

– Bénie sois-tu pour cela, sœur de mon cœur.

Il regarda alors Declan.

– Tu es dans la souffrance, mon ami. Je le vois dans l'aura qui t'entoure.

– Ne parle pas maintenant, Abu, épargne-toi.

Mais Zachariah saisit la main de Connor.

Oui, tu es dans la peine. – Il fouillait le visage de Declan et semblait y lire quelque chose. Il secoua lentement la tête. – Tu n'es pas à blâmer. Ce n'était pas ta faute.

– Que dis-tu ?

– Elle dit qu'elle est en paix, et elle désire que tu sois en paix toi aussi.

Declan le dévisagea un moment puis se mit debout.

Zachariah revint à Jasmine.

– Laisse-moi aller retrouver Dieu à présent. Mon heure est venue.

Levant la main, il toucha les cheveux d'or qui, libérés du turban, cascadaient sur les épaules de la jeune femme.

– Dieu t'a ramenée à la maison, Mishmish. Tes jours d'errance dans les pays étrangers sont terminés. – Il eut un sourire et ajouta : – Dis à Tahia que je l'aime et que je l'attendrai au paradis.

Il ferma les yeux et s'éteignit.

Jasmine le serra dans ses bras, berça son corps sans vie, murmurant :

– Au nom de Dieu clément et miséricordieux. Il n'y a de dieu que Dieu, et Mahomet est Son prophète.

Elle le tint ainsi longtemps, assise dans le silence du désert. Les ombres de la nuit se glissaient dans le sanctuaire, un chacal solitaire hurlait au loin sur les collines. Hadj Tayeb pleurait ouvertement.

– Il faut l'enterrer, Jasmine, finit par dire Declan.

Mais elle répondit :

– Dans une lettre, il y a longtemps, ma mère m'a raconté que Zachariah avait eu une expérience mystique dans le Sinaï, pendant la guerre des Six Jours. Il était mort, disait-elle, réellement mort sur le champ de bataille, puis il était revenu à la vie. Par la suite, il n'était plus le même. Il affirmait avoir vu le paradis. Il était devenu très pieux, Oumma disait qu'il était élu de Dieu. Ensuite il est parti à la recherche de Sahra, notre cuisinière, je ne sais pourquoi.

– Jasmine, insista Declan, la nuit vient. Il faut l'enterrer. Allez vous asseoir dans la LandCruiser avec Tayeb. Je vais creuser la tombe.

– Non, c'est mon devoir d'enterrer mon frère. Je veux le mettre en terre.

La nuit était tout à fait tombée quand ils empilèrent des pierres sur la tombe afin que les charognards ne s'attaquent pas à la dépouille, et Jasmine avait gratté le nom d'Allah dans la roche qui couvrait la tête de Zachariah. Hadj Tayeb s'essuya le nez avec sa manche.

– Louons Dieu, Sayyida, dit-il, ton frère reposera dans deux paradis, parce que cet endroit est aussi consacré aux anciens dieux.

Jasmine se mit à pleurer. Declan la prit dans ses bras et la tint très longtemps contre lui.

42

Lorsque Amira sortit de la voiture, tout le monde tomba dans un silence stupéfait.

Le convoi d'automobiles du bruyant clan Rachid venait d'arriver et la famille se mêlait gaiement à la foule qui encombrait le quai, buvant à pleines goulées l'air de la mer et savourant le soleil d'été. Au Caire, le khamsin maintenait la cité sous un voile de sable chaud et de gravillons, mais ici à Port-Suez, le soleil inondait tout de sa bénédiction dorée, et les eaux du golfe de Suez se coloraient d'un turquoise si intense que les yeux se blessaient à les regarder trop longtemps.

Mais c'était Amira qui captivait maintenant l'attention, car elle descendait de la Cadillac vêtue de son éblouissant costume de pèlerin. Et cette vision d'aveuglante blancheur laissa tout le monde bouche bée.

Nul ne se rappelait l'avoir jamais vue autrement qu'en noir. Or voilà que la longue robe blanche et le voile arachnéen qui étaient demeurés dans son tiroir durant d'innombrables années produisaient sur elle une étrange métamorphose. Amira paraissait miraculeusement jeune, virginale, comme si le blanc purifiait les ans, gommait l'âge et l'infirmité. Elle marchait d'un pas plus léger, sans raideur aucune dans les articulations, à croire que son habit avait la vertu magique de ramener la jeunesse.

Ce n'était pas le costume traditionnel qui avait transformé Amira, mais le fait de se rendre enfin à La Mecque. Elle avait consacré ces dernières semaines à la prière et au jeûne afin d'atteindre l'*Ihram*, l'état de pureté. Elle avait renoncé au maquillage comme aux bijoux – symboles de la vie terrestre et séculaire – et vidé son esprit de toute pensée mortelle pour ne se concentrer que sur Dieu. A présent, elle était prête à pénétrer dans la cité sacrée, lieu de naissance du Prophète, où depuis quatorze siècles seuls les croyants étaient admis.

Ibrahim accompagna sa mère vers la jetée Hadj, où les ferries attendaient les pèlerins pour leur faire traverser la mer Rouge jusqu'à la côte ouest de l'Arabie Saoudite. Les Rachid se joignirent aux autres passagers et à leurs familles afin d'escorter Oumma jusqu'au bateau.

Ils étaient tous présents, à l'exception de Néfissa, qui s'était tordu la cheville et avait dû rester au Caire, ainsi que son petit-fils, Mohammed, qui lui tenait compagnie. Tahia en revanche était là, tenant les menottes poisseuses de deux petites-nièces.

Tahia, qui venait d'avoir quarante-trois ans, contemplait avec fierté sa fille Asmahan, dont l'anniversaire tombait le lendemain : à vingt et un ans, la jeune femme était déjà enceinte de son second enfant. Puis Tahia regarda Zeïnab, qui aurait elle aussi bientôt vingt et un ans, mais pour laquelle on n'envisageait ni mariage ni bébés. Dieu n'en accomplissait pas moins ses merveilleux miracles. N'avait-on pas déclaré autrefois à Camélia qu'elle ne pourrait porter d'enfants à cause de l'infection dont elle avait souffert adolescente ? Son beau petit Najib aux cheveux sombres et aux yeux d'ambre avait déjà six ans... Alors qui oserait prétendre que le destin de Zeïnab était écrit dans le livre de Dieu ? Croire en la clémence, en la miséricorde du Seigneur était ce qui rendait la vie supportable, sinon comment continuer ? Combien de fois Tahia avait-elle été tentée de quitter la famille pour partir à la recherche de Zachariah ? Sa foi en Dieu l'avait soutenue. Lorsque Zakki aurait accompli le dessein du Tout-Puissant, il reviendrait. Ils seraient libres alors de s'aimer et de se marier.

Huda, la femme d'Ibrahim, marchait derrière Tahia, avec ses cinq enfants. Ces jolies filles aux yeux en forme de feuille propres aux Rachid, âgées de quatorze à sept ans, constituaient toute la vie de leur mère. Depuis qu'Ibrahim l'avait sauvée d'une existence pénible entre son travail d'infirmière et la charge de son père vendeur de sandwiches et de ses cinq paresseux de frères, elle s'était consacrée à produire et à élever ces petits anges. Elle ne s'était pas offusquée qu'Ibrahim prît une seconde épouse, la paisible petite Atiya, car cela l'avait libérée de l'ennuyeux devoir conjugal. Si l'on avait interrogé Huda, elle eût affirmé qu'elle aimait faire l'amour avec Ibrahim, mais au fond de son cœur elle détestait cet acte et ne l'avait enduré que pour enfanter. Elle avait bien essayé de vanter à son mari les vertus de l'abstinence, mais il s'était entêté avec une détermination prodigieuse. Surtout lorsqu'il avait approché des soixante-dix ans sans avoir le fils qui rendrait incontestable sa virilité. La corvée revenait maintenant à Atiya ; Huda n'en était pas mécontente.

Tout en guidant sa mère vers la bruyante jetée, Ibrahim jeta un œil à Atiya, dont le manteau d'été rabattu contre son corps par le vent révélait le généreux bombement du ventre. Il *fallait* qu'elle lui donne un fils. Sept filles – neuf, si l'on comptait la petite morte l'été 1952 et celle qu'Alice avait perdue durant sa fausse couche en 1963. Mais il puisait espoir dans sa foi en la miséricorde divine. Aucun homme ne méritait le châtiment d'être privé de fils. Son père Ali le surveillait-il toujours depuis le paradis, attendait-il toujours le petit-fils de son fils ? Que signifiait le passage des ans pour une âme dans le ciel ? Si le temps d'une vie équivalait là-haut à un battement de cils, l'impatience et la désapprobation d'Ali n'avaient pas dû décroître. Heureusement, se dessinait maintenant cette rondeur prometteuse sous le manteau d'Atiya.

Appuyée contre Hakim, Dahiba suivait la famille sur la jetée. Bien qu'Ibrahim ait assuré qu'on avait pu éradiquer le cancer grâce à l'opération, elle subissait un traitement chimiothérapique et des rayons qui l'affaiblissaient. Mais si sa force physique était amoindrie, son esprit demeurait fort. Ces quatre dernières semaines avaient apporté un nouveau sens, une nouvelle détermination dans son existence comme dans celle de son mari. Pour Hakim et

Dahiba, la vie continuait, même si l'avenir se dissimulait derrière un voile. Ils avaient accepté la volonté de Dieu et se soumettraient à Son ultime jugement. Cependant, le souffle de la mort donnait plus de prix à la vie et ils étaient déterminés à faire bon usage du temps qu'il leur restait. Pour Hakim, l'heure était venue de tourner enfin le film le plus important de sa carrière, film qui, avant même d'être terminé, déchaînait les passions au Caire. Le réalisateur avait décidé de traiter crûment et de façon réaliste l'histoire vraie d'une femme si gravement maltraitée par son mari, puis par un système juridique qui absolvait le monstre, qu'elle en était conduite au meurtre. Hakim ne doutait pas que le film serait interdit en Égypte, mais il savait que les publics féminins dans le reste du monde applaudiraient son héroïne lorsqu'elle tirerait le premier coup de fusil dans l'aine de son mari, le second dans son cœur. Le projet de Dahiba était d'essayer de faire publier un roman qu'elle avait écrit dix ans plus tôt. *Chercheur dans le désert* avait été refusé à l'époque par tous les éditeurs. Le livre avait été taxé d'autobiographie, argument communément utilisé pour déprécier l'œuvre littéraire d'une femme en ce qu'il insinue qu'elle n'a qu'une seule histoire à raconter, la sienne. Or dans le climat plus libéral du président Moubarak, le manuscrit venait d'être acheté. Il serait publié en Égypte, et donc dans tout le monde arabe. Voilà pourquoi, malgré sa douleur et sa faiblesse, Dahiba était venue accompagner Oumma en relative bonne forme.

Mais la famille gardait un œil inquiet sur Dahiba. Camélia essayait de se réjouir de l'air marin, du panorama fabuleux, de la vue des pétroliers et des bateaux le long de la côte violette du Sinaï, mais elle s'inquiétait pour sa tante. Elle voyait son épuisement consécutif à la chimiothérapie, et savait que le foulard pêche sur sa tête était destiné à cacher la chute de cheveux que lui infligeaient les rayons. C'était pour ses raisons que Camélia avait proposé sa merveilleuse surprise. Toute la famille trempait dans la conspiration et Camélia se fiait à chacun pour garder le silence. S'il était une chose sur laquelle elle pouvait compter, c'était bien le don de la famille à taire un secret.

L'heure vint de se séparer. Tandis que les autres pèlerins montaient sur le ferry sous les yeux des familles et des amis, Zeïnab et deux cousines âgées d'une vingtaine d'années prirent place près d'Amira. Les trois jeunes filles étaient également vêtues de blanc car elles accompagnaient Amira en pèlerinage en Arabie.

Amira étreignit Dahiba, puis Hakim.

– Je vais à La Mecque prier pour la guérison de ma fille, dit-elle à son gendre. Dieu est miséricordieux. – Puis elle serra Camélia, lui murmura : – Ne t'inquiète pas, nous serons de retour à temps. *Inch Allah*, conclut-elle avec un clin d'œil de conspiratrice.

Ibrahim tint sa mère contre lui un long moment. Il avait projeté d'envoyer l'un des garçons avec elle pour sa protection, peut-être Mohammed, et Omar avait appuyé sa suggestion. Mais Amira avait contrarié leur plan en choisissant trois filles pour l'accompagner, rendant la présence de Mohammed inutile.

Le pèlerinage à proprement parler n'inquiétait pas Ibrahim – sa mère gagnerait la ville sacrée avec les autres pèlerins –, en revanche, le périple qu'elle prévoyait ensuite lui faisait froid dans le dos. « Je vais essayer de retrouver la route que ma mère et moi avons suivie quand j'étais petite. » Il ne saisissait pas l'importance de ce retour dans le passé et il craignait de ne jamais la revoir.

– Sois heureux pour moi, fils de mon cœur, lui dit-elle. Je pars pour un voyage de joie.

Et elle se tourna vers le bateau, se demandant si cette étincelante mer bleue sur laquelle elle allait naviguer était la mer d'azur de ses rêves les plus récents.

Mimi portait un costume de danse orientale du dernier cri : une provocante robe du soir rappelant les années cinquante, faite de satin écarlate rehaussé de paillettes cramoisies. De hauts talons, des bracelets aux chevilles, un long gant qui lui couvrait un bras quand l'autre restait nu, complétaient sa tenue. La lumière de la photo mettait sa blondeur en valeur et la parait d'une allure sauvage. Une allure de dévoreuse d'hommes...

Devant La Cage d'Or, les mains dans les poches, Mohammed ne prêtait aucune attention aux gens qui entraient dans la boîte de nuit, aux cars entiers de touristes qui se déversaient autour de lui, aux bruyants hommes d'affaires arabes qui venaient là prendre du bon temps. Il brûlait de passion pour Mimi. Mais il n'osait pas entrer.

Si seulement tante Dahiba n'était pas tombée malade! Le jour où il avait surpris Mimi chez sa tante, Mohammed avait échafaudé un plan pour la rencontrer. Le plan était adolescent dans sa construction mais c'est un désir d'homme adulte qui le nourrissait. Puis Dahiba était partie à l'hôpital, elle avait fermé son studio de danse et les rêves de Mohammed s'étaient écroulés. Au cours des quatre semaines qui avaient suivi, il était venu presque chaque soir rôder autour du club qui, voilà des années, avait été l'une des maisons de jeu préférées du roi Farouk. Et il restait planté dehors, devant la photo de Mimi, espérant trouver le courage d'entrer.

Pourquoi pas? Il avait de l'argent, il avait l'âge, ayant fêté son vingt-cinquième anniversaire deux jours plus tôt. La famille avait organisé une grande fête pour lui, il avait reçu beaucoup de cadeaux. Mais peu d'argent. Or c'était d'argent dont il avait besoin. Mimi ne s'intéresserait pas à un employé de bureau sans le sou.

Comme il restait subjugué par la blondeur en cascade, songeant que la carte d'anniversaire annuelle de sa mère n'était pas encore arrivée, d'un point ou l'autre du globe, il ne vit pas qu'un homme était venu se poster près de lui.

– Décadence occidentale impérialiste, murmura une voix sourde.

Il se retourna et fut stupéfait de reconnaître Hussein, le Frère musulman dont il avait eu peur autrefois, dans sa période intégriste. Quand il s'aperçut que c'était la seconde fois en quatre semaines qu'il croisait Hussein – il avait failli se cogner à lui sur un trottoir voilà huit jours, au sortir de son bureau –, il se demanda s'il ne s'agissait que de coïncidences.

– Pardon? fit-il.

Il avait conscience de deux choses: l'haleine chaude et

piquante du khamsin, et les dangereux yeux noirs de Hussein.

– Tu étais avec nous autrefois, frère, lui dit l'homme. Je me souviens de toi aux réunions. Mais tu as disparu.

– Mon père... balbutia Mohammed.

Soudain il avait peur. Hussein sourit sans chaleur.

– Crois-tu encore, mon ami ?

– Croire ?

Hussein désigna la photo de Mimi.

Voilà la saleté qui mine les valeurs égyptiennes, et détruit notre foi islamique.

Mohammed regarda l'affiche, puis Hussein. A l'intérieur du club, l'orchestre s'accordait. Sa Mimi adorée monterait bientôt sur scène et danserait devant tous ces inconnus. Il la désirait, il la haïssait. Il se mit à transpirer.

Hussein s'approcha encore de lui et parla d'une voix si basse qu'on aurait dit un grondement :

– Comment un homme peut-il garder ses pensées tournées vers Dieu, comment peut-il rester fidèle à sa femme et à sa famille quand Satan jette de telles tentations sur sa route ? Ces cabarets sont créés avec les dollars de l'Occident, ils font partie du complot qui vise à priver l'Égypte de sa fierté, de son honneur, de sa décence.

Mohammed fixa la photo de Mimi, les rondeurs de ses seins, de ses hanches, et tout à coup il s'aperçut qu'elle avait un sourire moqueur.

Le brûlant khamsin parut lui fouetter la peau de mille aiguilles. La sueur coula sur son visage, sous son col, entre ses omoplates. Il avait l'impression d'être en feu.

– Nous devons débarrasser l'Égypte de cette peste, murmura Hussein. Retourner aux voies de Dieu et de la vertu. Et pour cela, user de tous les moyens possibles.

Mohammed le regarda avec crainte, tourna les talons et s'enfuit.

Néfissa était heureuse de s'être fait une entorse à la cheville : son accident lui épargnait l'obligation d'accompagner la famille à Suez, mais surtout il requérait la présence de Mohammed auprès d'elle. Il n'irait donc pas à La Mecque avec Amira. Néfissa avait été furieuse quand son frère et son fils avaient suggéré de l'y envoyer. Amira en aurait profité pour faire main basse sur Mohammed. Or Néfissa était bien décidée à se battre : le garçon était à elle.

D'ailleurs, elle avait des projets pour lui, dont ni Omar ni Ibrahim – et encore moins Amira – ne se mêleraient. Le bonheur avait peut-être échappé à Néfissa ces dernières années, mais il pourrait bien revenir, quand son petit-fils épouserait celle qu'elle lui avait secrètement choisie, et que tous trois s'installeraient dans le nouvel appartement qu'elle avait d'ores et déjà payé dans la plus grande discrétion.

Elle consultait la pendule, se demandant où il était, où il allait chaque soir, quand elle entendit s'ouvrir la porte de l'appartement. Le jeune homme entra au salon où elle était allongée sur un sofa, son pied blessé sur un coussin. Il l'embrassa rapidement puis se détourna, mais elle eut le temps de voir sa pâleur, son air troublé.

– Comment vas-tu ce soir, petit-fils de mon cœur ? s'enquit-elle, subitement inquiète.

Continuant de lui tourner le dos, Mohammed regarda le courrier qu'il avait monté.

– Je vais bien, Grand-mère...

Il se tut, elle vit ses épaules se raidir.

– Qu'y a-t-il ?

– Ma carte d'anniversaire, fit-il d'une voix tendue. Elle est arrivée.

Néfissa regarda son petit-fils s'asseoir sur le divan et fixer un long moment l'enveloppe avant de l'ouvrir. Si elle avait intercepté les lettres de Yasmina pour Camélia, elle n'avait en revanche jamais tenté de dissimuler ces cartes à Mohammed. Il les attendait chaque année; elle savait même dans quel tiroir il les rangeait. Si elle l'en privait, il ferait de sa mère une martyre et la placerait sur un piédestal. « Le fruit à portée de main, calculait Néfissa, est bien moins tentant que le fruit interdit. »

– Qu'y a-t-il, mon chéri ? répéta-t-elle, voyant qu'il se rembrunissait devant l'enveloppe.

– Je ne comprends pas, Grand-mère. Regarde, il y a des timbres égyptiens sur l'enveloppe.

– Alors ça ne vient pas d'elle.

– C'est son écriture!

Il déchira l'enveloppe et lut les mots familiers : « Dans mon cœur pour toujours, ta mère. » Ensuite il examina l'enveloppe de plus près et, déchiffrant le cachet de la poste, s'exclama :

– *Bismillah!* Elle est en Égypte!

– Comment?

Néfissa lui prit l'enveloppe et la mit à la lumière. Quand elle lut le tampon d'Al Tafla, elle sentit son sang se glacer dans ses veines.

– Au nom de Dieu, murmura-t-elle. Yasmina en Égypte? Où se trouve Al Tafla?

Mohammed alla chercher un petit atlas rangé entre un dictionnaire et un recueil de poésies d'Ibn Hamdis, tourna fiévreusement les pages, les mains tremblantes. Il fallait qu'il sache où était Al Tafla, précisément. Il lâcha l'atlas, le ramassa, tomba enfin sur la carte de la verte vallée du Nil qui séparait deux déserts jaunes. Son doigt descendit le long du tracé du fleuve, remonta, courut encore.

– *Y'Allah!* C'est là! Au sud de Louxor et avant...

Il jeta le livre à travers la pièce, qui alla heurter le poste de télévision avant de retomber au sol.

Néfissa parvint à s'asseoir, attrapa le dossier d'une chaise et réussit à se mettre debout en grimaçant de douleur.

– Petit-fils de mon cœur. S'il te plaît...

– Comment peut-elle être ici, s'écria-t-il, et ne pas venir me voir? Quelle sorte de mère est-ce donc? Mon Dieu, Grand-mère! Je suis bouleversé!

Lorsqu'elle vit des sanglots convulsifs secouer son corps élancé, Néfissa fut saisie d'une nouvelle crainte. Yasmina en Égypte! Et si elle venait réclamer son fils? Légalement, elle n'avait aucun droit sur lui. Mais Mohammed était un homme à présent, et une seule parole tendre de sa mère pouvait l'éloigner à jamais de Néfissa.

– Écoute, mon chéri, reprit-elle en lui touchant le

bras. Aide-moi à m'asseoir. Voilà, tu es un bon garçon. Maintenant je dois te dire quelque chose. Le moment est venu que tu apprennes la vérité sur ta mère.

Il passa la main sous son nez puis aida sa grand-mère à s'installer dans le luxueux fauteuil en brocart qui lui était réservé. C'était de ce siège précieux qu'elle distribuait ses ordres à Nala et aux domestiques, qu'elle dorlotait Omar, Mohammed et les enfants. Elle s'y abandonna avec un long soupir.

– Cela ne va pas m'être facile, petit-fils de mon cœur. La famille n'a plus parlé de ta mère depuis de nombreuses années, depuis qu'elle est partie. Je t'en prie, assieds-toi.

Mais Mohammed était incapable de rester en place. Le khamsin griffait les vitres, et il étouffait dans cet appartement trop chaud, trop confiné. Il demeura au milieu du salon, sur le tapis que sa grand-mère avait acquis voilà longtemps lors d'une vente aux enchères, et qui, affirmait-elle, avait appartenu à son amie la princesse Faïza.

– Raconte, Grand-mère, fit-il d'une voix nerveuse. Qu'est-il arrivé à ma mère ?

– Mon pauvre enfant, ta mère a commis l'adultère avec le meilleur ami de ton oncle Ibrahim. – Prononçant ces mots, Néfissa eut honte du plaisir qu'elle en tirait. – A l'époque, elle était mariée à ton père.

– Je... Je ne te crois pas, fit-il, les larmes lui montant aux yeux.

– Demande à ton oncle quand il reviendra de Suez. Ibrahim te dira la vérité : sa fille n'avait pas d'honneur.

– Non ! s'écria-t-il. Tu ne peux pas dire ça de ma mère !

– Cela me fait mal de te l'apprendre, car elle a déshonoré notre famille. Voilà pourquoi personne ne parle d'elle. Ibrahim l'a chassée à la veille de la guerre des Six Jours, triste jour pour l'Égypte, pour nous tous.

Néfissa serra les lèvres. Elle ne dirait pas que Yasmina avait imploré leur pitié, supplié qu'on l'autorise à garder son fils, ni qu'Omar avait emmené l'enfant cette nuit-là pour qu'il ne revît jamais sa mère.

Le jeune homme resta planté sur le tapis de la princesse Faïza, agité d'un tremblement violent, le visage luisant de sueur. Soudain il quitta la pièce en courant et Néfissa l'entendit vomir dans la salle de bains.

Lorsqu'il revint, le visage livide, le pas mal assuré, elle tendit la main vers lui, mais il sortit de l'appartement. Il marcha aveuglément dans les rues, bousculant ceux qui se trouvaient sur son passage. Il alla jusqu'au café Feyrouz dans l'espoir d'y retrouver ses amis. Salah et Habib le feraient rire, ils chasseraient ce mauvais rêve à coups de plaisanteries. Ses amis n'étaient pas là. En revanche, il y avait Hussein. Hussein avec ses yeux aussi dangereux que ses idées. Mohammed s'assit près de lui tel un automate, enfouit la tête dans ses mains pendant que Hussein parlait. A force de l'écouter, Mohammed vit un nuage noir rouler vers lui, comme un brouillard maléfique, la gueule béante d'un djinn prêt à le dévorer, et il répondit « Oui » à tout ce que lui soufflait Hussein. En silence, il se faisait la promesse d'aller à Al Tafla et de punir sa mère comme elle aurait dû l'être voilà vingt et un ans.

43

Jasmine fouilla le ciel nocturne à la recherche de son étoile de naissance, Mirach dans Andromède, espérant y puiser la force dont elle aurait besoin ce soir. Mais les étoiles avaient toutes un éclat de feu d'artifice, et il était impossible d'en distinguer une parmi les autres. Alors elle regarda le reflet de la lune sur le Nil, gros, rond et argenté, telle une lumière bénéfique.

Après une prière silencieuse, elle se détourna du fleuve et revint dans le village endormi d'Al Tafla, emprunta les ruelles obscures jusqu'à la maison de la scheikha, la femme sage qui savait lire l'avenir. Jasmine devait agir vite. Dans trois jours, Declan Connor serait parti.

Incapable de dormir, Declan arpentait le plancher craquant de sa véranda. Il s'arrêtait fréquemment pour voir si des nuages étaient apparus dans le ciel de minuit. Tout le jour les villageois avaient entendu les grondements lointains du tonnerre, l'air était chargé d'électricité, et l'on avait vu passer des oiseaux en groupes inhabituellement nombreux. Était-ce une tempête qui approchait ? Ridicule, il n'y avait pas un nuage dans le ciel! Declan tira de sa poche un paquet de cigarettes, en alluma une et écouta sa tempête intérieure.

Dans trois jours, il quitterait l'Égypte sans avoir réussi à se débarrasser de son obsession : Jasmine. Voilà quatre semaines déjà qu'il l'avait prise dans ses bras pour la consoler, après qu'ils eurent enterré son frère. Mais il restait dévoré par le souvenir de son corps contre le sien, sa chaleur, ses seins pressés sur son torse, ses larmes qui mouillaient sa chemise, et la façon dont elle s'était accrochée à lui. Jamais il n'avait eu envie d'une femme comme il avait voulu Jasmine à ce moment-là, et il se maudissait. Il n'avait pas le droit d'éprouver un tel désir, pas avec Sybil qui gisait dans la tombe.

Il alla jusqu'au porche, regarda en direction du fleuve sombre où la lune projetait un ruban d'argent sur la surface d'encre.

Quand il perçut à nouveau un grondement, il comprit que ce n'était pas le tonnerre, mais autre chose... des tambours dans le lointain. Il jeta sa cigarette et l'écrasa. Oui, des tambours. Mais où, à une heure pareille ?

A pas lents, il s'éloigna de sa petite maison au bord du Nil et se dirigea vers le village. Comme il approchait, le son des tambours se fit plus distinct. Qui donc donnait une fête au beau milieu de la nuit ?

Al Tafla faisait l'endormi, aucune lumière ne filtrait, même du café Walid. Personne ne sortait la nuit à cause des djinns et des esprits mauvais qui peuplaient les ténèbres. Et malgré la chaleur, toutes les portes étaient verrouillées, les fenêtres closes, afin de se garder des démons ou des malédictions jetées par des voisins envieux.

Declan trouva le dispensaire fermé. Il n'y avait même pas de lumière à la fenêtre de Jasmine. Mais, à sa stupeur, il distingua des lueurs de torches dans la cour du dispensaire, où se trouvaient le four, le lavoir et le poulailler. Il contourna le mur d'enceinte et découvrit dans la cour des hommes avec des instruments de musique : flûtes, violons à deux cordes, et gros tambours plats sur lesquels ils battaient en rythme. Des femmes étaient présentes également. Declan reconnut l'épouse de Khalid, la sœur de Walid, la vénérable et respectée Bint Omar, qui allaient et venaient en murmurant des incantations dans les fumées d'encens. Il ne comprenait pas les mots, elles ne parlaient pas arabe.

Et tout à coup il comprit à quoi ils se préparaient tous : à un *zaar*, une transe rituelle destinée à exorciser les démons, danse au cours de laquelle les participants devenaient comme fous, perdaient tout contrôle d'eux-mêmes. Bien que normalement les étrangers ne soient pas autorisés à y prendre part, ni même à regarder, Declan avait secrètement assisté à un *zaar* en Tunisie – un *stambali*. Le danseur, un homme, était mort d'un arrêt cardiaque.

Declan s'alarma. Où était Jasmine ?

Quand il voulut entrer, une femme lui barra le passage.

– *Haram!* lança-t-elle. Tabou !

Mais une autre, la cheika du village, intervint, fixant sur Declan ses yeux noirs inquisiteurs. C'était une femme puissante à Al Tafla, qui portait des tatouages sur le menton, marque de ses fières origines bédouines. Il s'était déjà heurté à elle au sujet de la coutume brutale et barbare de l'excision.

– Tu peux entrer, Sayyid, lui dit-elle.

Les hommes assis sur des bancs autour de la cour lui adressèrent un sourire ou un hochement de tête, les autres se mouvaient dans le petit espace comme pour s'échauffer avec un exercice physique. Les femmes marchaient lentement en cercle, levant et abaissant les bras, frappant des pieds, étirant leur nuque, tandis que les batteurs réchauffaient leurs tambours sur les charbons brûlants, que le violoniste accordait son instrument, et que la cheika, dans son ample habit noir, allumait partout des chandelles et de l'encens qui emplissaient la nuit chaude de parfums et de fumée.

Declan regarda s'il ne voyait pas Jasmine. Il n'avait nullement l'intention de se mêler au rituel ou d'essayer de l'empêcher, mais il aurait voulu savoir pourquoi la cérémonie se déroulait au dispensaire, et quel rôle y jouait Jasmine. L'homme qu'il avait vu mourir en Tunisie était jeune, la transe avait eu raison de lui. Tout le monde savait que les danses zaar étaient dangereuses, car elles visaient à l'expulsion des esprits mauvais, qui généralement résistaient avec violence. Pour Declan, c'était la perte de contrôle qui était redoutable.

S'agissait-il d'un zaar de guérison ? s'interrogea-t-il en s'asseyant près de Mme Rajat, qui fumait une pipe, paupières closes. Ou peut-être y avait-il un malchanceux qui souhaitait se libérer de ses énergies négatives ? Ou encore le tonnerre qui avait grondé tout le jour avait-il rendu les villageois nerveux au point de décider de repousser les djinns que la tempête ne manquerait pas d'amener ? Circonspect, Declan s'appuya contre le mur de briques qui conservait encore la chaleur du jour. A mesure que les tambours continuaient de battre, il sentit croître son malaise.

Une fois toutes les bougies allumées, la cheika fit un signe et les tambours se turent, à l'exception d'un seul. Le joueur, en longue galabieh blanche et turban, fit le tour de la cour en frappant son instrument d'un battement répétitif. Les femmes fermèrent les yeux et restèrent là où elles étaient, oscillant doucement d'un pied sur l'autre. Puis le joueur de tambour changea de cadence, sans arrêter sa marche, le pouce et les doigts frappant une mesure hypnotique. Au bout d'un moment, il modifia de nouveau le rythme, un autre tambour se joignit à lui, criant une pulsation légèrement décalée.

Declan savait ce qu'ils faisaient. Les fellahs croyaient que les esprits répondaient à des rythmes spécifiques. Ainsi les tambours lançaient-ils des sortes d'appels pour les piéger. Enfin, l'une des femmes se mit à danser, épousant le rythme avec une précision remarquable. Declan fut stupéfait de voir l'épouse de Khalid, à la silhouette si imposante, bouger avec tant de grâce et d'agilité. Mais elle n'était pas en transe. Pas encore.

D'autres tambours résonnèrent, provoquant une brève cacophonie avant de s'accorder extraordinairement. Les femmes commencèrent à danser, chacune selon son propre rythme, avec des mouvements différents. Lorsque Declan vit la cheika disparaître dans le dispensaire, là où habitait Jasmine, il fut subitement inquiet.

Et quand Jasmine sortit, il se leva.

Elle n'avançait pas seule. Les paupières closes, la tête penchée sur le côté, elle était soutenue par deux femmes. Est-elle droguée, se demanda Declan, ou s'est-elle mise elle-même dans cet état d'abandon ? » Son caftan était d'un bleu éblouissant, couleur symbolique qu'il savait destinée à apaiser les esprits en présence.

Il regarda, fasciné, les tambours encercler Jasmine, leurs galabiehs balayant le sol. Quand la cheika prit la parole d'une voix stridente, la stupéfaction de Declan fut à son comble. Il n'avait pas la moindre idée de ce qu'elle disait ni de la langue qu'elle employait ; elle semblait appeler des noms – sommait-elle les esprits de se présenter ? Elle leva les bras, sa silhouette grossit encore sur le mur opposé, et bien qu'elle restât immobile, son ombre paraissait danser – illusion créée par le feu des torches.

Quand Jasmine s'effondra à terre, Declan fit un pas vers elle, mais une main solide, celle de Mme Rajat, le retint. Les femmes s'écartèrent, laissant Jasmine agenouillée au centre du cercle, les yeux toujours fermés. Lorsqu'elle se mit à remuer lentement, d'un côté puis de l'autre, les derniers musiciens prirent leurs instruments et se joignirent aux tambours.

Ils jouaient maintenant une musique lancinante, mélodieuse, hypnotisante. Declan demeurait figé à fixer Jasmine qui oscillait sur les genoux, les bras tendus, la tête renversée en arrière. Quand son turban glissa, la cheika s'en saisit, libérant la chevelure dorée. Les femmes continuaient de se mouvoir autour de Jasmine, mais Declan remarqua que le cercle prenait des allures protectrices, et il entendit Mme Rajat puis les autres murmurer des paroles rassurantes pour que Jasmine sente qu'elle était en sécurité, entourée d'amis.

Son balancement se fit plus prononcé, elle se pencha si loin en arrière que ses longs cheveux balayèrent le sol. La lune s'éleva au-dessus des toits et jeta un éclat surnaturel sur le caftan d'un bleu chatoyant.

La musique s'intensifia. Quelqu'un se mit à chanter. Jasmine se balançait maintenant d'avant en arrière, caressant la terre de ses cheveux.

Declan sentait son pouls s'accélérer au rythme des tambours. Les torches brûlaient capricieusement, comme si un vent terrible avait soufflé dans la cour. Pourtant, la nuit était tranquille. La cheika continuait de proférer ses mots mystérieux.

Alors Jasmine se livra à une danse étrange. Les bras levés comme si elle était attachée aux poignets par des liens invisibles, elle remua la tête en cercle. Ses longs cheveux d'or volaient gracieusement, accrochant la lueur des torches. Elle tournait, tournait d'abord lentement, puis de plus en plus vite, épousant l'accélération de la musique. La cheika débitait ses paroles si rapidement qu'elles se chevauchaient.

La musique battant sous son crâne, Declan sentit une goutte de sueur couler entre ses omoplates; il ne parvenait pas à détacher les yeux de cette chevelure tournoyante – Jasmine remuait le cou de façon de moins en moins naturelle. Il entrevit son visage, pâle, la peau humide de transpiration, la bouche légèrement ouverte, et ses yeux...

Ses paupières ouvertes ne découvraient que le blanc de l'œil. Ses yeux étaient révulsés, elle avait atteint l'état de transe. Elle était inconsciente.

– Ça suffit! cria Declan en entrant dans le cercle. Arrêtez!

Quand il avança vers Jasmine, la cheika lui barra la route.

– *Haram*, Sayyid.

Connor écarta la vieille femme, souleva Jasmine dans ses bras et l'emporta hors de la cour, loin des fumées et de l'encens suffocants.

Elle gisait inerte dans ses bras, mais le temps d'atteindre le Nil et de la coucher doucement sur la rive herbeuse, elle revenait à elle.

– Declan...

– Que diable essayiez-vous de faire? demanda-t-il en s'agenouillant et en dégageant les cheveux humides du visage de Jasmine. Vous ne savez pas que la transe est dangereuse? Bon sang, vous m'avez fait une peur bleue.

– C'était pour vous, Declan, murmura-t-elle dans un souffle.

– Pour moi! Vous avez perdu la tête?

– Mais je voulais...

Il la prit soudain dans ses bras, posa la bouche sur la sienne.

– Jasmine, murmura-t-il en embrassant son visage, ses cheveux, son cou. J'ai eu tellement peur ! J'ai cru que tu allais te faire du mal.

Elle lui rendit ses baisers, les bras autour de son cou.

– Je n'aurais pas dû rester assis, poursuivit-il. J'aurais dû arrêter ça tout de suite.

– Declan, mon amour...

– Mon Dieu, Jasmine, je ne veux pas te perdre.

Il enfouit son visage dans la chevelure dorée, ses bras solides étreignaient Jasmine si étroitement qu'elle pouvait à peine respirer. Et puis il la couvrit de son corps. Autour d'eux, les grands roseaux verts grimpaient jusqu'aux étoiles, baignés par la fragrance musquée du Nil.

– Je t'aime, Jasmine, dit Declan.

Et plus un mot ne fut prononcé.

A l'heure où la lune déclinait vers l'horizon, ils marchaient le long du fleuve, main dans la main. Jasmine trouvait que le Nil n'avait jamais été aussi beau. Elle savourait la sensation de la main de Declan qui enserrait la sienne, comme s'il enveloppait son corps tout entier dans sa main. Ils avaient fait l'amour ainsi, et même si physiquement il l'avait pénétrée, elle avait eu l'impression qu'il la prenait en lui. Si Declan était le quatrième homme avec lequel elle avait une relation intime, c'était le premier avec qui ç'avait été parfait, idéal.

– Declan, dit-elle, tu as été autorisé à assister au zaar ce soir parce que je le faisais pour toi. Je n'étais pas en danger. Ils savent quoi faire si ça va trop loin.

Il leva les yeux vers le ciel. Les étoiles avaient-elles toujours été aussi brillantes, aussi nombreuses ?

– J'ai eu si peur, fit-il sourdement afin de ne pas troubler la paix du fleuve. Pourquoi faisais-tu une chose pareille pour moi ?

– Je voulais te donner un présent en échange de ce que tu as fait pour moi.

– Qu'ai-je fait pour toi ?

– Sans toi, je ne serais sans doute jamais revenue en Égypte, et je n'aurais pas été auprès de Zakki pour sa dernière heure. C'est grâce à toi que mon frère n'est pas mort dans la solitude et la souffrance. Je doïs t'en remercier.

– Je ne t'ai pas ramenée en Égypte, Jasmine. Je n'en suis pas responsable.

Elle s'immobilisa pour contempler son beau visage qui se découpait dans le clair-obscur lunaire. Jamais elle n'avait éprouvé un amour si entier.

– Depuis que nous avons enterré Zachariah, j'ai réfléchi à ce que je pouvais faire pour toi. Je n'arrêtais pas de penser à ce qu'il t'a dit : « Tu es dans la souffrance, ami. » Et je me suis dit que si j'étais capable de te délivrer de ta peine, ce serait le cadeau que je te ferais.

– Tu essayais de me libérer des esprits maléfiques?

Elle sourit.

– D'une certaine façon. Tous ceux qui se trouvaient au zaar ce soir t'honorent et te respectent. Ils se sont réunis pour générer des énergies positives et te les transmettre.

– Je crains que cela n'ait pas marché, soupira Declan. Je ne me sens pas vraiment positif, en ce moment.

Il se détourna, gagna le bord de l'eau. Les étoiles semblaient danser sur le courant. A nouveau, il perçut le grondement du tonnerre : la tempête approchait.

– Tu m'as demandé un jour ce qui m'avait changé. C'est la mort de ma femme. Sybil n'est pas simplement morte, Jasmine. Elle a été assassinée.

Jasmine s'approcha de lui.

– Et tu te sens coupable? C'est ce que voulait dire mon frère quand il a dit que ce n'était pas ta faute?

– Non, répondit Declan en sortant un paquet de cigarettes de sa poche. Ce n'est pas ça.

– Alors, quoi?

Il regarda la cigarette et l'allumette dans sa main, puis les jeta toutes deux.

– J'ai tué quelqu'un. A vrai dire, je l'ai exécuté.

Jasmine entendait la nuit bruissante autour d'eux, la nuit ancestrale et savante. Et elle respirait le parfum des orangers en fleur, la bonne odeur fertile du Nil. Elle attendit que Declan continue.

– Sybil et moi travaillions près d'Arusha en Tanzanie, reprit-il au bout d'un moment. Je savais qui l'avait tuée : le fils du chef. Sybil possédait un petit appareil photo, il le voulait. En fait, il nous l'avait volé un mois plus tôt. J'ai fait savoir à tout le monde que j'avais demandé au guérisseur de jeter un sort à celui qui avait pris l'appareil, mais que s'il le rendait il n'y aurait ni punition ni question. Le lendemain, nous avons retrouvé l'appareil dans la Land Rover. Mais un mois plus tard, Sybil a été découverte assassinée sur le chemin du centre médical. On lui avait tranché la gorge. Il ne manquait qu'une seule chose dans la voiture : le petit appareil photo.

Declan remarqua une mèche blonde collée sur la gorge humide de Jasmine. Doucement, il la souleva.

– Comme le voleur était le fils du chef, reprit-il, je n'espérais pas qu'il soit traduit en justice, alors j'ai aussitôt réuni les anciens. Ils se sont consultés et ils ont décidé de recourir à la justice locale. Je leur ai expliqué ce que j'avais en tête, et ils ont estimé juste que je veuille le tenter.

« Le lendemain, quatre hommes forts ont tenu le voleur pendant que je lui faisais une injection. Je lui ai dit qu'il s'agissait d'un sérum spécial qui révélait l'innocence ou la culpabilité. S'il était innocent, il ne lui arriverait aucun mal. En revanche s'il était coupable de la mort de ma femme, le produit le tuerait avant le coucher du soleil.

Declan marqua un arrêt et conclut :

– Il est mort à l'instant où le soleil disparaissait.

– Que lui avais-tu injecté ?

– De l'eau stérilisée. Parfaitement inoffensive. Je ne croyais pas qu'il mourrait. Je pensais qu'il serait assez paniqué pour avouer... Il avait seize ans.

Declan fixait le fleuve sombre. Jasmine posa la main sur son bras.

– L'heure de la mort de Sybil était inscrite depuis longtemps, comme mon heure, comme la tienne. Le Prophète a dit : « Jusqu'à ce que vienne mon heure, rien ne peut me blesser, quand elle viendra, rien ne pourra me sauver. » Zakki avait raison, ce n'était pas ta faute. Je veux t'aider, Declan. Tu portes un lourd fardeau. Moi aussi. Tu m'as demandé pourquoi je ne retournais pas voir ma famille au Caire. Je vais te répondre.

« Mon père m'a bannie de la famille. Il m'a pris mon fils et m'a chassée parce que j'avais eu des relations sexuelles avec un homme qui n'était pas mon mari, et j'étais enceinte de lui.

Elle regarda Declan pour observer sa réaction, mais elle ne vit dans ses prunelles que le reflet du clair de lune.

– Je n'aimais pas cet homme, continua-t-elle, il m'a violée. Hassan al-Sabir menaçait de détruire ma famille. Je suis allée le supplier, mais je n'ai réussi qu'à attirer le déshonneur sur les miens. Je sais que j'aurais dû aller trouver mon père... c'est peut-être ce qui l'a le plus fâché, de penser que je ne le croyais pas de taille à lutter contre Hassan, que je le jugeais impuissant. Je ne sais pas. Le soir où il m'a bannie, il a dit que ma naissance avait jeté une malédiction sur notre famille. Voilà pourquoi je ne peux y retourner.

– Jasmine, dit Declan en venant plus près d'elle, je me rappelle le premier jour où tu es entrée dans mon bureau, quand tu m'as demandé si je pourrais t'aider au cas où tu recevrais une lettre du service d'immigration. Jamais je n'oublierai la terreur dans tes yeux. Trois de mes étudiants avaient déjà été expulsés. Mais pour eux, être renvoyés chez eux n'était qu'un désagrément qui les mettait en colère ou qui les ennuyait. Toi, tu avais peur. Et je crois que tu as encore peur. Pourquoi le retour t'affole-t-il ? A cause de cet homme, Hassan ?

– Non, Hassan al-Sabir ne peut plus me faire de mal. Je ne sais même pas où il est, s'il se trouve encore au Caire, ou s'il est encore en vie. Je ne peux rien avoir à faire avec eux. Ils m'ont reniée, je ne suis plus une Rachid.

Elle se détourna de Declan, mais il la saisit aux épaules, l'obligeant à lui faire face.

– Jasmine, tu disais vouloir m'aider. Oublie ce qui me concerne. Aide-toi toi-même. Exorcise tes propres démons.

Un moment, elle se perdit dans l'intensité de son regard.

– Tu ne comprends pas, finit-elle par dire.

– Je comprends une chose... Tu m'es reconnaissante de t'avoir ramenée en Égypte. Je ne t'ai pas ramenée, tu es revenue de toi-même. J'ai simplement été le prétexte dont tu avais besoin.

– Ce n'est pas vrai...

– Au fond tu n'es pas réellement revenue, n'est-ce pas ? Tu as travaillé au Liban, à Gaza et dans le Haut-Nil, mais en réalité tu tournes autour d'un géant endormi que tu as peur de réveiller.

– Oui, Declan, *j'ai* peur. Je veux revoir ma famille. Ils me manquent tellement... ma sœur Camélia, ma grand-mère Amira. Mais je ne sais pas comment revenir !

Il sourit.

– En avançant d'un pas à la fois, sans renoncer.

– Toi tu as renoncé, dit-elle sourdement.

– C'est vrai. J'ai appris que la science est vaine dans des endroits comme celui-ci. J'ai appris que je pouvais toujours m'échiner à vacciner leurs enfants, ça ne les empêchera pas de croire qu'une perle bleue sur une ficelle est plus efficace. J'ai tenté de leur expliquer que les parasites du fleuve provoquent la maladie et la mort, de leur enseigner les mesures les plus simples de prévention, mais ils préfèrent s'en remettre aux amulettes et marcher dans les eaux infestées. Ils viennent me voir le jour avec leurs maux, mais la nuit ils se glissent chez le sorcier pour obtenir de la poudre de serpent et des talismans. Ces ruines où nous avons trouvé ton frère possèdent un pouvoir de guérison plus puissant que ma seringue hypodermique. Même toi, Jasmine, tu as cru que le zaar pouvait m'aider. Ne vois-tu pas combien mes efforts ont été futiles ? Oui, j'ai renoncé. Voilà pourquoi il faut que je m'en aille, avant que la vanité profonde de tout cela ne me détruise, comme elle a détruit Sybil.

– Ce ne sont pas la superstition et la magie qui ont tué ta femme.

– Non, elles ont tué le gamin qui l'avait assassinée pour un appareil photo bon marché. Jasmine, dans ce village, Sybil et moi tentions de persuader les anciens de nous laisser vacciner les enfants. Nous y étions presque arrivés, grâce aux efforts constants de Sybil pour vaincre la résistance du sorcier local. Or, j'ai retourné ma veste, j'ai eu recours à cette sorcellerie que nous condamnions! J'ai fait régresser ce village de cent ans, après tout ce que Sybil avait accompli! Je l'ai abandonnée, Jasmine. J'ai bafoué sa mort.

– Non, protesta-t-elle en lui caressant la joue. Oh, Declan, je voudrais tellement effacer ta douleur. Dis-moi ce que je dois faire. Partir avec toi ?

– Non, répondit-il en l'attirant à lui. Tu dois rester ici. Tu y es chez toi.

– Je n'ai pas de « chez moi », murmura-t-elle en s'abandonnant contre son corps solide. Tout ce que je sais, c'est que je t'aime, Declan. Rien d'autre.

– Pour l'instant, c'est tout ce que nous avons besoin de savoir.

Il inclina la tête pour l'embrasser.

44

– Ne te fais pas de souci, mon ami, dit Hussein en réglant la minuterie de la bombe. Personne ne sera blessé. Nous sommes lundi, le club est fermé ce soir.

– Il se tut pour regarder Mohammed, assis sur la banquette arrière de la voiture, tremblant, le visage couleur de cendre.

– C'est une bombe symbolique, ajouta Hussein, pour leur montrer que nous sommes déterminés à chasser la décadence impie hors d'Égypte. J'ai programmé l'explosion pour neuf heures ce soir.

Mohammed fixait l'interminable flux de la circulation sur le pont. En dessous, le Nil se teintait d'un vert menaçant et sombre dans le soleil de l'après-midi. La voiture de Hussein était garée sur la route menant à La Cage d'Or, et Mohammed parvint à discerner la photo de Mimi à l'entrée. Il reporta les yeux sur la bombe qu'avait fabriquée Hussein et déglutit péniblement, la gorge sèche.

Que faisait-il ici, avec ces hommes dangereux? Qu'avait-il à voir avec eux, lui, Mohammed Rachid, insignifiant petit employé de bureau du gouvernement? La confusion régnait dans son esprit. Ces dernières semaines s'étaient écoulées dans un brouillard épais. Depuis qu'il avait découvert que sa mère se trouvait en Égypte, chaque matin lui avait apporté l'espoir qu'elle vînt enfin le voir, chaque soir avait tué son espérance. Dans son désespoir, il était allé tous les soirs chez Hussein pour écouter des jeunes gens parler avec fièvre de Dieu et de révolution. Mohammed n'aimait ni Hussein ni ses amis; ils l'effrayaient, mais ils étaient un exutoire à sa souffrance et à ses passions refoulées. Ils répétaient inlassablement qu'il fallait jeter hors d'Égypte les femmes impudiques et immorales, lui acquiesçait. Et lorsqu'ils avaient suggéré de détruire le lieu où dansait Mimi, il avait songé : « Ça lui apprendra », même s'il ne savait plus laquelle des deux femmes il punissait.

Et voilà qu'il se retrouvait dans la voiture garée à quelques mètres de la boîte de nuit, à regarder Hussein connecter la minuterie d'un engin explosif. Il était terrifié, il avait envie de fuir.

Il se tordit les mains. Comment sa mère pouvait-elle ne pas désirer voir son fils? Se trouvait-elle encore à Al Tafla, ou avait-elle quitté le pays sans venir le voir?

L'heure était venue de poser la bombe.

– C'est à toi que nous accordons cet honneur, mon ami, déclara Hussein en tendant la boîte à Mohammed. Ce sera ta façon de nous prouver ta loyauté à la cause de Dieu. Voici la clef de la porte de derrière. Si tu croises quelqu'un, le concierge ou un veilleur, donne-lui de l'argent et dis que tu apportes un cadeau pour Mimi de la part d'un haut fonctionnaire et qu'on t'a donné l'ordre de le déposer personnellement dans sa loge. Tu l'installeras près de la scène, à l'endroit que je t'ai montré sur le croquis. Dieu est avec toi, mon ami.

De l'autre côté du club, à l'entrée principale, Camélia venait d'arriver et serrait la main du propriétaire. Tout marchait comme prévu pour la fête donnée ce soir en l'honneur de Dahiba. La famille serait là, au grand complet, ainsi que les amis de Dahiba, les musiciens de son ancien orchestre, des gens de cinéma, toutes sortes de célébrités, et un représentant du ministère des Arts et de la Culture chargé de remettre une récompense à la danseuse. Des journalistes et des photographes couvriraient l'événement, prévu à l'issue d'un somptueux dîner. Après quoi, on persuaderait Dahiba de danser à nouveau – sa première apparition sur scène depuis quatorze ans.

Après avoir de nouveau remercié le propriétaire, Camélia regagna rapidement sa limousine. Elle ignorait que son neveu venait de se glisser dans les coulisses du club, une boîte sous le bras.

Dahiba regardait les toits, les coupoles et les minarets du Caire virer au doré dans le soleil déclinant et elle songeait que le monde était merveilleux car la vie lui offrait une seconde chance. Ses derniers résultats de laboratoire étaient négatifs : le cancer lui accordait une rémission.

Hakim entra dans l'appartement chargé d'une grande boîte, l'air très content de lui.

– Qu'est-ce que c'est ? s'enquit Dahiba lorsqu'il lui tendit le paquet en souriant.

– Un cadeau pour toi, ma chérie. Ouvre-le.

Avec soin, Dahiba dénoua le ruban, souleva le couvercle, et poussa un cri en écartant le papier de soie.

– Une bonne surprise ? demanda Hakim, son visage joufflu épanoui dans un large sourire.

– Je ne sais que dire !

Très délicatement, Dahiba sortit la robe de son emballage et la tint à bout de bras pour voir miroiter dans le soleil les fils d'or et d'argent entrelacés dans le fin tissu noir.

– Qu'elle est belle, Hakim !

– Et authentique !

C'était une « robe d'Assiout », un costume traditionnel fait d'une étoffe belle et rare qu'on ne trouvait quasiment plus.

– Elle a plus de cent ans, précisa Hakim en soupesant l'ourlet pour sentir la richesse du vêtement entre ses doigts. Elle ressemble à celle que tu portais à tes débuts à La Cage d'Or en 1944, tu te rappelles ?

– Mais c'était une imitation, Hakim ! Celle-ci est vraie !

– Sortons faire la fête. Mets cette robe et viens éblouir Le Caire.

Dahiba se pendit à son cou, l'embrassa.

– Que fêtons-nous ?

– Que Dieu t'a guérie de ton cancer, loué soit Son nom.

– Où irons-nous ?
Les petits yeux de Raouf pétillèrent.
– Laisse-moi te surprendre.

Regardant la mer d'azur à gauche de la route, Amira songeait à la famille au Caire. Ils se préparaient sans doute pour la fête surprise donnée en l'honneur de Dahiba. Elle regrettait que Zeïnab et elle ne puissent y assister. Elle avait promis à Camélia d'être rentrée à temps, or leur retour de pèlerinage avait été reporté quand elle avait éprouvé de violentes douleurs dans la poitrine en sortant de Médine. Le médecin qu'elle avait consulté lui avait recommandé de rentrer directement au Caire par avion, mais elle tenait à retrouver la route de la caravane de son enfance. L'occasion ne se représenterait pas.

A présent, devant les étincelantes eaux bleu cobalt du golfe d'Akaba, Amira était emplie d'allégresse. Depuis qu'elle avait été à La Mecque, le lieu le plus sacré de la terre, elle se sentait purifiée, plus proche de Dieu. Zeïnab, les deux cousines et elle avaient prié à la Ka'ba, sur la grande pierre noire où le prophète Abraham s'était préparé à sacrifier son fils Ismaël. Elles avaient visité le puits de Hagar et bu l'eau sacrée ; elles avaient jeté des cailloux sur les piliers symbolisant Satan afin de chasser d'elles le démon. Puis elles avaient pris un ferry qui longeait la côte jusqu'à Akaba, et là, Amira avait loué une voiture avec chauffeur pour traverser la péninsule du Sinaï.

Amira suivait maintenant la route qu'auraient empruntée les Hébreux au sortir de l'Égypte. Cependant, le trajet véritable n'ayant jamais été déterminé, d'autres voies étaient possibles. Amira était inquiète. Quand elle était toute petite, sa mère disait qu'elles prendraient le chemin de l'Exode. Mais celui-là était-il le bon, ou aurait-elle dû choisir la route nord, comme d'autres le lui avaient conseillé ?

Comme s'il lisait dans son esprit, le chauffeur, un Jordanien coiffé d'un keffieh rouge et blanc, lui dit :

– Nous suivons la route de la Neuvième Brigade, Sayyida.

La grosse Buick poussiéreuse filait sur la voie rapide, entre des falaises de granit rose sur sa droite, des palmiers, des plages dorées et le bleu du golfe sur sa gauche, au fond duquel on distinguait la côte lavande d'Arabie.

– Mais est-ce bien la route du prophète Moïse quand il guida les Juifs hors d'Égypte ?

– En tout cas, c'est une route fréquentée, Sayyida. Les moines du monastère Sainte-Catherine sauront vous répondre. Si Dieu le veut, nous nous arrêterons chez eux pour la nuit.

La voiture finit par quitter la voie rapide pour une piste de terre battue qui coupait à travers des champs pierreux de marguerites habités par des alouettes, des grives, des perdrix, des lièvres du désert et de petits lézards verts. La route était dure, incertaine, et le chauffeur tâchait de ne pas trop secouer ses passagères. Ils croisèrent des Bédouins, debout devant leurs tentes noires, qui levèrent la main pour saluer les occupants de la voiture. Comme ils débouchaient sur une étendue dénudée où ne croissait qu'une végétation éparse, Amira resta en alerte. Finirait-elle par retrouver le paysage familier ?

Ils atteignaient le monastère.

– *Gebel Moussa*, dit le chauffeur en pointant l'index vers un pic élevé et dentelé. La Montagne de Moïse.

Le cœur d'Amira battit à tout rompre quand elle vit les hauteurs de granit brun, gris et rouge. « Est-ce que je m'en souviens ? Sommes-nous proches du lieu où la caravane fut attaquée ? Est-ce ici que je fus arrachée aux bras de ma mère ? Finirai-je par trouver sa sépulture ? » Jusqu'à présent, Amira avait vu la mer azurée de ses rêves, entendu les cloches d'une caravane de chameaux, et un sentiment de familiarité l'avait submergée. Quels autres souvenirs ce lieu allait-il éveiller ?

S'engageant sur la route qui menait au monastère Sainte-Catherine, blotti au pied du mont Sinaï, Amira et ses compagnons croisèrent des cars de touristes, des convois de voitures et des étudiants à bicyclette.

– *Bismillah*, fit le chauffeur. Mauvais signe. Il doit être trop tard, les moines ont fermé leur porte pour la nuit.

La piste se transforma en chemin accidenté.

– C'est là que le prophète Moïse parla à Dieu pour la première fois, dit le chauffeur en désignant une minuscule chapelle blanche.

Enfin, ils parvinrent à ce qui paraissait une forteresse tapie au milieu des cyprès.

– Je vais voir, annonça le chauffeur.

Il gara la voiture et grimpa un escalier en pierre. Un moment plus tard, il était de retour.

– Je suis désolé, Sayyida. Les moines ont reçu assez de touristes pour aujourd'hui. Ils disent de revenir demain.

Mais un sentiment d'urgence s'était emparé d'Amira depuis qu'elle était sortie de Médine. Si les douleurs dans sa poitrine étaient un signal d'alarme, elle ne connaîtrait peut-être pas de lendemain.

– Zeïnab, fit-elle, aide-moi à monter ces marches. Je parlerai moi-même aux pères. – Elle posa sur le chauffeur un regard qui le stupéfia. – Nous ne sommes pas des touristes, monsieur Moustafa. Nous sommes des pèlerins en quête.

En haut de l'escalier, devant une porte creusée dans un vieux mur, elle dut s'arrêter pour reprendre souffle. « Je T'en prie, mon Dieu, ne me laisse pas mourir avant d'avoir trouvé les réponses que je suis venue chercher. »

Zeïnab tira la sonnette et un moine barbu, vêtu de l'habit brun grec orthodoxe, apparut.

– S'il vous plaît père, fit Zeïnab en arabe, pourriez-vous laisser ma grand-mère entrer se reposer ? Nous venons de loin.

Comme il semblait ne pas comprendre, elle répéta sa question en anglais. Cette fois il comprit et acquiesça, disant qu'il reconnaissait le costume du pèlerin et les accueillait volontiers.

La cour du monastère chrétien était blanchie à la chaux. « Je suis déjà venue en ce lieu », se dit Amira en suivant le moine sur un chemin pavé de dalles.

A l'heure où les ombres s'étiraient sur Al Tafla en Haute-Égypte, Jasmine effectuait ses dernières visites à domicile avant de regagner le dispensaire pour les consultations du soir.

– Le Sayyid s'en va aujourd'hui, doctoresse ? demanda Oumm Jamal.

Jasmine lui prenait sa tension dans la petite cour de sa maison.

– Oui.

– C'est une erreur, doctoresse. Tu dois le retenir ici.

– Ou partir avec lui, suggéra Mme Rajat. Tu es une femme jeune. Le temps viendra bien assez tôt d'être vieille et seule comme moi !

Jasmine se détourna des femmes et rangea soigneusement le tensiomètre dans sa sacoche. Elle n'arrivait pas à se concentrer sur son travail. Quand Declan et elles avaient fait l'amour après le zaar, ç'avait été exquis. Ensuite ils avaient parlé tard dans la nuit, puis l'aube les avait surpris dans une nouvelle étreinte et Jasmine avait commencé à se sentir déchirée. Comme disait Oumm Jamal, comment pourrait-elle le laisser partir ? Or Declan ne resterait pas. « Je t'aime, Jasmine, lui avait-il dit. Mais si je reste, je meurs. J'ai donné et donné à ces gens, et il ne me reste plus rien. C'est comme s'ils m'avaient dévoré l'âme, et je ne peux me sauver qu'en parlant. Je dois m'en aller, Jasmine. Toi, tu dois rester. »

En marchant dans le soleil de la fin d'après-midi, Jasmine tentait de se convaincre que c'était son destin de vivre seule, que Dieu avait d'autres projets pour Declan, que leurs adieux de ce matin étaient définitifs. Les choses étaient ce qu'elles devaient être et elle ne le reverrait jamais. Pourtant, au lieu de rentrer au dispensaire, elle s'aperçut que ses pas l'avaient conduite à la maison de la Fondation, près du fleuve. Declan chargeait ses affaires dans la Toyota, prêt à partir ce soir pour Le Caire.

Elle le vit dans la lumière dorée jeter ses sacs marins en Nylon avec brusquerie dans la voiture.

– Attends ! cria-t-elle.

Il se retourna, elle se jeta dans ses bras.

– Je t'aime, Declan. Je t'aime tant !

Il l'embrassa avec fièvre, perdit ses doigts dans sa chevelure. Elle le serrait de toutes ses forces.

– J'ai perdu tous ceux que j'ai aimés, même mon fils. Toi je ne te perdrai pas. Je veux partir avec toi, Declan. Je veux être ta femme.

Mohammed était terrifié. Tout s'était déroulé atrocement bien, comme l'avait promis Hussein : personne ne l'avait questionné lorsqu'il avait traversé le club avec le paquet cadeau; personne ne l'avait vu le déposer sur le bord de la scène, près de la loge. Avant de partir, il avait vérifié une dernière fois la minuterie. L'explosion aurait lieu à neuf heures – dans trente minutes, se dit-il, parcouru d'un frisson glacé. Il approchait de la rue des Vierges du Paradis.

Cela avait été un cauchemar pour lui que de garder le silence tandis qu'il passait l'après-midi au café Feyrouz avec ses amis fonctionnaires. Salah avait débité des blagues, comme d'habitude, et Habib avait plaisanté Mohammed sur son amour pour Mimi. Lui priait pour qu'ils ne s'aperçoivent pas qu'il transpirait, qu'il regardait trop souvent sa montre, ou qu'il n'arrivait pas à avaler son thé. A présent, alors que l'heure H n'était plus qu'à quelques minutes, il était pris de nausées.

« Mon Dieu, qu'ai-je fait ? pensa-t-il en entrant dans la maison étrangement silencieuse et vide. Comment pourrai-je vivre et me regarder dans une glace après ça ? Si quelqu'un était blessé, ou même tué ? Un innocent ! Oh, Dieu, je voudrais pouvoir défaire ce que j'ai fait ! »

Le calme de la maison l'arracha à ses pensées; il s'arrêta dans l'entrée pour entendre les habituels sons de musique, les voix, les rires. Or, chose incroyable, la demeure de son oncle était muette, comme désertée. Que s'était-il passé ? Où étaient-ils, tous ?

– Mohammed ! s'exclama sa cousine Asmahan, qui descendait les escaliers dans une robe du soir chatoyante et un nuage de parfum. Pourquoi n'es-tu pas habillé ?

– Habillé pour quoi ?

– La fête en l'honneur de tante Dahiba ! On te l'a dit depuis plusieurs semaines. Les autres sont déjà partis. Si tu te dépêches, tu peux venir avec moi.

Une fête ? songea-t-il. Puis il se souvint : la surprise pour tante Dahiba. C'était donc ce soir ?

– J'avais oublié, Asmahan. Oui, je fais vite et je t'accompagne. Où est-ce ?

– Au club de La Cage d'Or.

Amira s'éveilla avec une sensation d'oppression dans la poitrine et, l'espace d'une seconde, elle ne sut plus où elle était. Puis, se rappelant que ses compagnes et elle logeaient pour la nuit au monastère Sainte-Catherine, elle regarda Zeïnab et les autres, endormies sur leur lit de camp. Sans les réveiller, Amira quitta son lit, serra son habit blanc autour d'elle et sortit dans la froide nuit du désert.

Elle priait pour que son malaise soit dû au repas un peu lourd qu'elles avaient partagé avec les moines, et non à des problèmes cardiaques. Elle avait besoin de vivre encore un peu. Aucun souvenir ne lui était revenu. Les filles et elle avaient pu faire le tour du monastère, qui ressemblait à un petit village ; elles étaient entrées dans la belle église, dans les jardins, dans l'ossuaire où se trouvaient amoncelés les os des moines décédés. Rien n'avait réveillé sa mémoire. Si elle était venue en ce lieu étant enfant, elle ne se le rappelait pas.

La cour déserte baignait dans le clair de lune, et Amira contempla les humbles bâtiments qui en cernaient le périmètre. Une fois de plus, elle jugea étrange la présence d'une ancienne mosquée au cœur d'un monastère chrétien ; elle avait été bâtie pour décourager les envahisseurs arabes, avaient expliqué les moines ; aujourd'hui elle servait aux Bédouins à l'occasion du Ramadan et d'autres célébrations religieuses. Frissonnant dans le froid, Amira s'apprêta à regagner le dortoir. Mais quelque chose l'arrêta.

Elle leva les yeux vers le ciel noir éclaboussé d'étoiles et, avec l'impression soudaine d'être mue par une volonté autre que la sienne, elle gravit lentement les marches de pierre qui menaient au mur d'enceinte.

La limousine progressait lentement dans la circulation embouteillée du Caire. Toute joyeuse, Dahiba regardait les lumières de la ville, les piétons qui se pressaient vers leur rendez-vous.

– Dis-moi où tu m'emmènes, Hakim! fit-elle en riant.

– Tu verras, ma chérie, répondit son mari en lui caressant la main. C'est une surprise.

La bombe exploserait dans quinze minutes. Mohammed, pris d'une sueur froide, écrasa sauvagement le klaxon dans l'espoir de s'extraire des embouteillages.

Quand Asmahan lui avait annoncé que la fête avait lieu à La Cage d'Or, il avait essayé de téléphoner au club : la ligne était occupée. Il avait ensuite envisagé d'appeler la police. Il n'avait plus le temps. Alors, décidant de se rendre lui-même à la boîte de nuit pour désamorcer la bombe ou, à défaut, la jeter dans le Nil, il avait foncé hors de la maison et pris la voiture d'Asmahan. A présent, penché à sa portière, il voyait les rues bouchées loin devant lui.

« Mon Dieu, mon Dieu, aide-moi! »

Pour finir, dans une panique aveugle, il abandonna son véhicule sans même couper le moteur, et partit en courant vers le fleuve.

Declan quitta Nasr et Khalid après leur avoir donné ses instructions sur ce qu'il convenait de faire d'ici à l'arrivée du nouveau chef d'équipe de la Fondation, et décida d'aller voir Jasmine. Tout à l'heure, ils avaient fait l'amour puis Jasmine était retournée au dispensaire pour préparer ses bagages. Elle partirait demain avec lui.

Quand il atteignit le dispensaire, plein des riches fumets de la cuisine du soir, il entendit l'appel du muezzin venu de la mosquée voisine. La porte d'entrée n'était pas verrouillée; il entra. La chambre était ouverte mais Jasmine ne s'y trouvait pas; alors il gagna la cour où avait eu lieu le zaar deux nuits plus tôt. Là, il découvrit Jasmine agenouillée sur un tapis de prière.

Jamais encore il ne l'avait vu prier, et il fut ensorcelé par la vision qu'elle lui offrait, dans son caftan et son turban blancs, se livrant aux prosternations aussi souplement que si elle dansait. Quand il s'aperçut qu'il pouvait l'entendre murmurer sa prière, et lorsqu'il lut sur son visage une expression de dévotion profonde – autre chose aussi, de la tristesse peut-être, ou un appel au pardon –, il jeta subitement sa cigarette à terre, l'écrasa sous sa botte, et s'en alla.

Hakim se présenta à l'entrée du club avec une Dahiba stupéfaite à son bras. Tout le monde cria « Surprise! », et l'ancien orchestre de la danseuse, installé sur scène, attaqua le morceau par lequel elle commençait autrefois ses représentations.

Mohammed surgit par la porte de derrière, bouscula les serveurs et les cuisiniers qui se trouvaient sur son chemin, courut dans la salle... et là, il découvrit la famille au complet : oncle Ibrahim, grand-mère Néfissa, sa belle-mère Nala, les tantes, les oncles, les cousins et les cousines, des bébés aux aînés, et même Atiya, l'épouse enceinte d'Ibrahim. Puis il vit Camélia qui emmenait Dahiba sur la scène, sous les acclamations, les applaudissements, les éclairs des flashes.

– Mon Dieu, murmura Mohammed. – Et il se mit à hurler : – Sortez d'ici! Sortez tous!

Amira marcha le long du parapet. Elle sentait pleuvoir sur ses épaules la lumière des étoiles, et le froid vent du désert transperçait son vêtement. Ses yeux parcouraient le paysage désolé; elle s'efforçait d'imaginer le campement qui hantait ses rêves. Tournant lentement sur elle-même, elle contempla les montagnes noires, les murs et la ligne des toits du monastère, jusqu'à s'arrêter sur une curieuse silhouette découpée sur le ciel. Au bout d'un moment, elle comprit qu'il s'agissait du minaret de la petite mosquée bâtie au sein du monastère.

Le minaret était carré... le minaret de ses visions.

« C'est ici que nous étions! »

Et tout à coup, elle respira la fragrance suave et céleste de ses rêves – le parfum du gardénia – et elle entendit la voix de sa mère, claire et pure : « Regarde là-haut, fille de mon cœur. Distingues-tu cette belle étoile bleue dans Orion? C'est Rigel, ton étoile de naissance. »

Tout s'éclaircit en un instant, à croire que le Sinaï était soudain illuminé par un nouveau soleil : les tentes colorées et les bannières, les chants et les danses autour du feu de camp, les scheikhs bédouins aux rires tonitruants venus en visite dans leur belle robe noire. Amira dut s'appuyer contre le mur; les souvenirs déferlaient sur elle comme un déluge : « Nous avons une maison à Médine, et nous rentrons du Caire où nous sommes allées voir tante Saana, qui va avoir un nouveau bébé. Oumma dit que Papa sera très heureux de nous revoir, il ne supporte pas d'être séparé de sa famille. Mon père est un aristocrate, prince d'une des plus grandes tribus arabes. Dès ma naissance, j'ai été fiancée au prince Abdullah, qui deviendra un jour le chef de notre tribu. »

– *Allah!* cria-t-elle aux étoiles.

Mohammed courut vers la scène; Omar l'agrippa par le bras.

Les regards du père et du fils s'accrochèrent.

Soudain retentit un bruit assourdissant, et une boule de feu les engloutit.

Émerveillée, Amira fixait le minaret carré sous le clair de lune et se laissait envahir par ses souvenirs – la cour et la fontaine à Médine, les prénoms de ses frères et sœurs – quand tout à coup elle éprouva une douleur fulgurante au sternum et fut aveuglée par une lumière...

Jasmine se réveilla brusquement. Elle écouta le silence autour d'elle puis, sentant que quelque chose n'allait pas, elle sortit de son lit, s'habilla et sortit dans la nuit.

Quand elle atteignit la maison de Declan, elle trouva la porte grande ouverte. Il n'était pas là, ses affaires avaient disparu. Là où tout à l'heure était garée la LandCruiser, il n'y avait plus qu'une place vide et, au-delà, le Nil sombre, silencieux.

LE PRÉSENT

ÉPILOGUE

Jasmine ouvrit les rideaux de sa chambre d'hôtel et vit l'aube opalescente apparaître sur le Nil. La cité s'éveillait tout juste à l'appel du muezzin ; les pêcheurs déployaient les voiles triangulaires de leurs felouques et, sur la Corniche, des taxis noir et blanc venaient s'aligner devant l'hôtel. Fatiguée et soûle d'émotions – Amira et elle avaient fait revivre les événements de toute une vie l'espace d'une nuit –, elle se retourna et contempla la femme assise à l'autre bout de la pièce. Le voile blanc d'Amira avait glissé, révélant une fine chevelure blanche sur un crâne petit et fragile.

– Oh, Oumma, souffla Jasmine en allant vers elle. – Elle tomba à ses genoux, Amira la releva et la tint dans ses bras. – Je regrette tellement, Oumma. Je me suis sentie si seule ! Je voulais revenir, mais je ne savais comment.

– Il y a des années, dit Amira en la gardant serrée contre elle, je rêvais souvent d'une enfant arrachée à sa mère. Longtemps ces songes m'ont perturbée, car je croyais qu'ils annonçaient un événement à venir. Or j'ai fini par comprendre que je revivais ce qui avait déjà eu lieu, quand j'avais été prise à ma mère. Mais Yasmina, ma petite-fille, le soir où ton père t'a bannie, j'ai pensé : voici venue l'heure prédite par les rêves. On te prenait à moi. – Elle releva le visage trempé de larmes de Jasmine. – Mais pourquoi es-tu retournée en Amérique après ton séjour en Égypte ?

Jasmine regagna son siège, près de la desserte roulante

où s'éparpillaient les reliefs du repas qu'elle avait fait monter durant la nuit.

– Juste après le départ de Declan, je suis tombée malade. Une nouvelle et violente attaque de paludisme. On m'a renvoyée à Londres où j'ai eu une convalescence difficile, après quoi la Fondation m'a mise en congé jusqu'à ce que je me rétablisse. Je suis allée en Californie pour rester un peu auprès de Rachel.

– Et, ensuite ?

– Je suis partie en Amérique du Sud avec une équipe de médecins. Il y avait là-bas une épidémie de choléra difficile à endiguer. Je suis rentrée aux États-Unis il y a seulement quelques mois.

– Te portes-tu bien à présent, Yasmina ?

– Oui, Oumma. J'ai contracté une autre forme résistante de paludisme, mais il existe de nouveaux médicaments, et je me sens mieux.

Amira scruta son visage.

– Et le docteur Connor ? Où est-il ?

– Je ne sais pas. Dès que j'ai recouvré la santé à Londres, je lui ai écrit aux Pharmaceutiques Knight en Écosse, mais on m'a répondu qu'il n'avait jamais pris ses fonctions. La Fondation Treverton ignorait aussi ce qu'il était devenu. Il n'a jamais essayé de reprendre contact avec moi.

– Tu aimes encore cet homme ?

– Oui.

– Alors tu dois le chercher.

Jasmine savait déjà cela. Quand elle n'avait pu retrouver Declan, elle en avait conclu qu'il désirait qu'on le laisse seul. Or, tandis que sa grand-mère et elle parlaient, se racontaient les histoires de la famille et dévoilaient leurs secrets, évoquant l'amour, la fidélité et les valeurs essentielles, elle avait senti son amour pour Declan la submerger à nouveau, comme après un long sommeil. Cette fois, se dit-elle, elle le chercherait jusqu'à le trouver.

Elle regarda la première page d'un journal daté de cinq ans plus tôt, qu'Amira avait sorti de sa boîte de souvenirs. « Une bombe terroriste détruit un night-club », annonçait le gros titre.

– Comme j'étais tombée malade, dit Jasmine, je n'ai pas lu la presse ni écouté la radio. Je n'ai rien su de cela...

– Ce fut le début du déclin de ton père, expliqua Amira.

Elle se leva avec raideur du fauteuil qu'elle avait occupé toute la nuit. Le contenu de son coffret était maintenant étalé sur une table : photographies, coupures de journaux, souvenirs, bijoux... et la dernière carte d'anniversaire que Jasmine avait envoyée à Mohammed, avec le cachet d'Al Tafla qui avait conduit à la tragédie.

– Ton père a perdu tout intérêt pour la vie, Yasmina. Les médecins disent qu'il n'est pas malade mais il dépérit. Il mourra bientôt à force de ne pas vouloir vivre.

Jasmine suivit des yeux sa grand-mère qui gagna la fenêtre et regarda au-dehors. Dans la lumière dorée du petit matin, elle ressemblait à un ange.

– Personne ne sait que je suis ici, Yasmina, hormis Zeïnab. Elle voulait m'accompagner, mais il fallait que je vienne seule.

– Zeïnab... prononça Jasmine. J'avais une fille et je ne le savais pas.

– Nous pensions que tu l'avais abandonnée, Yasmina. Alice nous a toujours dit que tu ne voulais pas d'elle.

– Je crois que ma mère tenait à ce que je quitte l'Égypte, et sans doute savait-elle que je serais restée si j'avais su que mon bébé était en vie. – Elle fixa la photo de Zeïnab. – J'ai perdu mon fils, souffla-t-elle, mais Dieu m'a donné une fille.

– Mohammed a eu une mort de martyr, Yasmina. Ceux qui étaient là disent qu'il a tenté de les sauver. Il avait dû voir la bombe, ou voir quelqu'un la poser, car il a couru droit sur elle en criant à tout le monde de sortir. Ton fils est mort en essayant de sauver les autres, Yasmina, alors qu'il aurait pu se sauver lui-même. Il a eu des funérailles de héros.

– Dieu le garde toujours en Son paradis. Et ce n'est pas Camélia qui a révélé mon secret, reprit Jasmine d'une voix grave mais heureuse. Ma sœur ne m'a pas trahie.

– Non. Quand j'ai demandé ensuite à Néfissa comment elle avait su pour Hassan et toi, elle m'a avoué t'avoir suivie jusque chez Hassan.

Pensant au père de Zeïnab, Jasmine reposa la photo.
– Qui a tué Hassan ?
– Je l'ignore.
Voyant le regard de sa petite-fille revenir au gros titre du journal, Amira reprit :
– Dieu a voulu dans sa miséricorde que Zeïnab et moi soyons épargnées. Nous devions participer à la fête en l'honneur de Dahiba mais nous avons pris du retard lorsque je suis tombée malade à Médine. Sans cela, ta fille et moi aurions pu être parmi eux... conclut-elle en montrant les photos de presse de ceux que la bombe avait tués.
Amira fixa pensivement sa petite-fille puis regagna son fauteuil, rassembla son vêtement autour d'elle.
– Il me reste à te confier le dernier secret, Yasmina. Je t'ai dit que je n'avais pas connu ma famille, que j'avais été enlevée. Mais ce que tu ne sais pas, ce que tout le monde ignore, même ton père – ce que j'ignorais moi-même jusqu'à ce que cela me soit révélé au monastère Sainte-Catherine – C'est ce qu'il advint par la suite. Il m'est difficile de le dire.
Jasmine attendit, regardant sa grand-mère.
– Après l'attaque de notre caravane près de Sainte-Catherine, reprit Amira, je fus emmenée dans la maison d'un riche marchand du Caire, un homme qui aimait les petites filles. Les femmes de son harem me nourrirent, me baignèrent, mirent du parfum dans mes cheveux, puis on me conduisit nue dans une chambre extraordinaire où se trouvait un homme énorme, assis dans un fauteuil qui ressemblait à un trône. Je fus terrifiée quand il me caressa, me toucha, et me dit qu'on ne me ferait pas de mal. Puis les femmes me soulevèrent et me posèrent sur ses cuisses. Il y a eu la douleur. J'ai hurlé. J'avais sept ans.
Amira baissa les yeux vers ses mains.
– Après cela, le marchand me fit venir chaque nuit. Parfois, il me prêtait à des amis ou à des visiteurs de marque, et regardait pendant qu'ils « s'amusaient » avec moi. J'avais treize ans quand Ali Rachid, un ami du marchand, vint un jour et fut autorisé à visiter le harem. Il me remarqua et demanda à m'acheter. Le marchand fut

d'accord. En grandissant, j'avais pris des hanches, de la poitrine, je ne l'intéressais plus. Il prévint Ali Rachid que je n'étais plus vierge, et Ali répondit que c'était sans importance. Alors il m'acheta et me conduisit rue des Vierges du Paradis.

Amira s'éclaircit la gorge.

– L'esclavage était illégal. Le marchand et Ali auraient pu être arrêtés s'ils avaient été pris sur le fait. Puisqu'il y avait eu échange d'argent, j'étais l'esclave d'Ali. Aussi quand il m'amena sous son toit, il m'affranchit avant de m'épouser. Un an plus tard, je mettais Ibrahim au monde.

Les rumeurs de la circulation montaient de la Corniche et entraient avec la brise par la fenêtre ouverte.

– Oh, Oumma. Ce dut être atroce pour toi.

– Au point, Yasmina, que je l'avais chassé de mon esprit. Et en enterrant ces souvenirs, j'ai également enfoui toute ma vie d'avant. Mais il y avait les rêves... et d'étranges sensations. Te rappelles-tu le jour où nous avons pris un taxi pour la rue de l'Arbre à Perles ? Ton père t'avait fiancée à Hassan, et alors que nous nous trouvions devant cette école de la rue de l'Arbre à Perles, je me suis rendu compte que je ne pouvais pas laisser faire ça.

– Pourquoi ?

– Parce que le nom du riche marchand était al-Sabir. Hassan était son fils.

On entendit rouler un chariot dans le couloir de l'hôtel, et une voix féminine lança sourdement « *Y'Allah!* ».

– Je ne me rappelais pas ce que j'avais subi au harem, continua Amira, mais j'avais le sentiment qu'il n'y avait pas d'honneur dans la famille de Hassan. Je ne pouvais donc le laisser t'épouser bien qu'il t'ait demandée. Voilà pourquoi j'ai poussé Ibrahim à rompre l'engagement, et pourquoi je t'ai mariée à Omar.

Les deux femmes se regardèrent à travers la pièce, se rappelant cet après-midi lointain en taxi.

– Je comprends maintenant, reprit Amira, que ce qui m'est arrivé enfant – l'enlèvement, le harem – a fait de moi ce que je suis. J'avais peur de quitter la maison de la rue des Vierges du Paradis, j'avais peur d'enlever mon voile. J'avais même peur quand mes enfants et petits-enfants sortaient dans la rue. Peut-être est-ce la raison pour laquelle je n'ai pas épousé Andreas Skouras, alors que je l'aimais, car je devinais qu'une chose honteuse avait sali mon passé.

– Maintenant, tous ces souvenirs te sont revenus ?

– Oui, par le miracle de Dieu. Je puis te dire à présent comment était ma mère, je peux décrire le beau garçon avec lequel j'étais fiancée, le prince Abdullah, qui est même venu me visiter en rêve, il y a quelques années. Et j'entends la voix de ma mère me dire : « Rappelle-toi toujours, fille de mon cœur, que tu es une Sharif, une descendante du Prophète. »

– Vas-tu rechercher ta vraie famille, Oumma ? Tes frères, tes sœurs ?

Amira secoua la tête.

– J'ai déjà ma vraie famille.

Jasmine sourit.

– Je veux aller voir Père maintenant.

Lorsqu'elles arrivèrent rue des Vierges du Paradis, Jasmine dut prendre un moment pour se recueillir. Son père était souffrant, ce qui signifiait que toute la famille serait présente. Elle verrait les visages familiers d'autrefois, et bon nombre de nouveaux. Mais ce ne serait pas des visages d'étrangers. Tous des Rachid ; elle était liée à eux comme ils étaient liés à elle.

Quand elle franchit le seuil, elle eut le sentiment de passer le portail du temps, de revenir dans le passé car rien n'avait changé. Le jardin, le belvédère, les lourdes portes de bois sculpté étaient les mêmes. Dans l'entrée, Néfissa dardait un œil désapprobateur sur un plat qu'une servante s'apprêtait à monter. Elle jeta un regard rapide sur Yasmina, sourit, revint à sa préoccupation. Mais aussitôt, sa tête refit un quart de tour.

– *Al hamdu lillah!* s'écria-t-elle. Est-ce un fantôme ?

– Bonjour, ma tante, dit Jasmine.

Son cœur battait fort ; voilà la femme qui était à l'origine de son bannissement, à cause de qui on lui avait enlevé son fils, la responsable au bout du compte de la tragédie de La Cage d'Or.

– Yasmina ! cria Néfissa.

Des larmes plein les yeux, elle serra sa nièce avec une telle force que celle-ci en eut le souffle coupé.

– Loué soit l'Éternel ! Il t'a ramenée à nous !

Quand elles se dévisagèrent, Jasmine lut une prière dans les yeux de sa tante qui lui rappela la supplique qu'elle avait vue dans le regard de Greg le soir de sa fausse couche. « *Pardonne-moi* », implorait Néfissa.

– La paix et les grâces de Dieu soient sur toi, Tatie, dit-elle alors.

– *Al hamdu lillah !* fit de nouveau Néfissa.

Et passant son bras sous celui de sa nièce, elle l'entraîna vers les escaliers, criant des « *Y'Allah ! Y'Allah !* » haletants.

Des gens s'assemblèrent en haut du grand escalier pour voir ce qui causait ce vacarme et, après un temps d'incertitude, Jasmine vit naître des sourires ici et là, et encore plus de sourires, et pour finir des « loué soit le Seigneur ! » L'instant d'après, elle se retrouva noyée sous un assaut de visages à la fois familiers et étrangers, de sourires et de larmes, de bras qui se tendaient pour la toucher comme pour s'assurer que c'était bien elle.

Quand elle reconnut Tahia, elle se jeta dans ses bras.

– Dieu soit loué, fit sa cousine. Il t'a rendue à nous.

– En vérité c'est Oumma qui m'a fait revenir, dit-elle.

Tandis que tout le monde riait, elle songea qu'il lui faudrait annoncer à Tahia que les dernières pensées de Zachariah avaient été pour elle.

– Comment va mon père ?

Tahia secoua la tête.

– Il ne mange ni ne boit. Il ne parle plus à personne. C'est ainsi à chaque anniversaire de la bombe... tu es au courant ?

Jasmine acquiesça en silence. La bombe avait tué son fils, un serveur et deux musiciens. Omar aussi était mort. La dernière victime avait été l'enfant que portait Atiya, l'épouse d'Ibrahim.

– Cette fois, c'est pire, poursuivit Tahia en menant

Jasmine vers les appartements d'Ibrahim. D'habitude, il tombait en dépression pendant quelques jours, puis il en sortait. Mais voilà deux semaines que ça dure. Je crois qu'il veut mourir, Dieu lui pardonne.

Jasmine pénétra dans la chambre et fut frappée de la trouver si familière. Comme le jardin et l'entrée, les quartiers de son père n'avaient pas changé depuis qu'elle y était venue petite fille. Les lieux étaient simplement plus petits, et avaient cessé d'être intimidants. En la voyant, les hommes qui veillaient dans la pièce se levèreent en sursaut, et elle fut de nouveau étreinte par des oncles et des cousins, connus ou inconnus. Ensuite, ils sortirent et refermèrent la porte sur le couloir. Jasmine se retrouva seule avec le malade alité.

Elle fut choquée de voir combien il avait vieilli. Elle ne retrouvait presque plus trace du bel homme viril qui avait été son père. Il paraissait plus vieux qu'Amira, sa mère.

S'asseyant auprès du lit, elle lui prit la main. A cet instant précis, elle sentit s'évanouir toutes ses angoisses, toutes ses souffrances, toute sa colère. Ce qui s'était passé autrefois entre elle et ce vieil homme était terminé, digéré ; ce qui avait été écrit était advenu. Maintenant restait l'avenir, écrit lui aussi, et ils y feraient face ensemble.

– Papa, appela-t-elle doucement.

Les paupières parcheminées se soulevèrent. Ibrahim fixa un moment le plafond avant de regarder Jasmine. Ses pupilles se dilatèrent.

– *Bismillah!* Je rêve ? Ou suis-je mort ? C'est toi, Alice ?

– Non, Papa. Ce n'est pas Alice, mais Jasmine. Yasmina, corrigea-t-elle aussitôt.

– Yasmina ? Oh... – Il fut pris d'une quinte de toux. – Yasmina ? Fille de mon cœur ? C'est vraiment toi ? Tu m'es revenue ?

– Oui, Papa, je suis revenue. Et la famille m'apprend que tu ne manges pas, que tu te rends malade.

– Je suis maudit, Yasmina. Dieu m'a abandonné.

– Avec tout mon respect, Papa, c'est ridicule. Regarde autour de toi, cette maison magnifique, son mobilier, et tous ces gens rassemblés devant ta porte. Aurais-tu ces richesses si tu étais maudit ?

– J'ai poussé Alice au suicide et je n'ai pu me le pardonner !

– Ma mère souffrait d'une maladie appelée dépression. J'ignore si aucun de nous aurait pu la secourir.

– Je ne suis plus utile à rien. Yasmina...

– Rester couché à te lamenter sur ton sort ne mène à rien de bon, Papa. Il est écrit que Dieu change ceux qui se changent eux-mêmes. Pourquoi Dieu se soucierait-il d'un homme qui reste alité sans manger ?

– Tu blasphèmes et tu oublies le respect, protesta Ibrahim. – Mais il souriait, et des larmes brillèrent dans ses yeux. – Tu es revenue, Yasmina, fit-il en lui caressant le visage d'une main tremblante. Es-tu médecin maintenant ?

– Oui, Papa, un très bon médecin.

Le vieillard parut se détendre sur les oreillers.

– Voilà qui est bien, Yasmina, répondit-il, sa main recherchant celle de sa fille. Tu sais, j'ai considéré le cours de ma vie. Tu savais que Sahra m'avait trouvé près de mon auto au milieu des cannes à sucre, le lendemain de la naissance de Camélia ? Je vomissais... j'avais bu trop de champagne. Mon Dieu ! Pour un Rachid ! Elle m'a donné de l'eau, je lui ai donné une écharpe blanche. Un an plus tard, la nuit de ta naissance, elle m'a donné son fils. C'était Zachariah, conclut-il en fixant Jasmine.

– Oui, Oumma m'a raconté.

– Yasmina, te rappelles-tu du roi Farouk ?

– Un gros monsieur qui nous donnait des sucreries.

– Une époque innocente, Yasmina. Ou... peut-être pas. Je n'étais pas un bon médecin en ce temps-là. Plus tard, je le suis devenu. Tu sais quand ? Quand tu as commencé à m'aider au cabinet. Je voulais que tu sois fière de moi. Je voulais t'apprendre les choses justes.

– Tu m'as bien appris.

– J'ai passé toute ma vie à essayer de plaire à mon père, même après sa mort. Maintenant, je vais bientôt le retrouver. Je me demande comment il me recevra.

– Comme un père accueille toujours son fils. Papa, tu dois faire la paix avec Dieu.

– J'ai peur, Yasmina. Cela te trouble d'entendre ton

père avouer cela ? J'ai peur que Dieu ne me pardonne pas.

Elle sourit, caressa ses cheveux blancs.

– Tout ce que nous faisons était écrit depuis longtemps. Tout ce qui advient était prévu bien avant notre naissance. Puise réconfort dans cette pensée, et dans la certitude que Dieu est clément et miséricordieux. Demande-Lui pardon avec humilité, et Il t'accordera la paix.

– Me pardonnera-t-Il, Yasmina ? *Toi*, me pardonnes-tu ?

– Le pardon appartient à Dieu, dit-elle, puis elle ajouta tendrement : Oui, Papa, je te pardonne.

Elle se pencha pour l'embrasser, enfouit le visage dans son cou. Ils pleurèrent ensemble. Puis elle se rassit et, séchant ses yeux :

– Je vais m'occuper de te faire manger, déclara-t-elle.

Ibrahim sanglota de plus belle, mais il souriait en même temps et se mit bientôt à s'agiter.

– Toutes ces années que j'ai perdues ! J'ai traité le temps comme un article bon marché. Regarde un peu le vieux fou que je suis devenu ! Où est Néfissa avec ma soupe ? Où est cette femme ?

Comme Jasmine se levait, la porte de la chambre s'ouvrit et trois personnes entrèrent. Dahiba venait la première, souriante.

– Mère nous a annoncé ton retour. Loué soit Dieu.

Derrière elle, Camélia affichait des émotions contradictoires, que Jasmine interpréta comme une joie mêlée d'inquiétude. Elle fut stupéfaite cependant de voir combien sa sœur avait peu changé : Camélia était toujours grande et superbe, une véritable vedette de cinéma qui fait rêver.

Venait enfin une jeune femme qui boitillait et portait un appareillage à la jambe. Jasmine dut soudain s'appuyer à l'un des montants du lit. Zeïnab, sa fille.

– Bonjour, Zeïnab, dit-elle – Son regard croisa celui de Camélia ; elle sourit. – Je suis ta tante Yasmina.

– Loué soit Dieu ! répéta Dahiba, des larmes roulant sur ses joues. Nous voilà redevenus une vraie famille ! Il faut fêter ça, faisons une fête !

Auparavant, Jasmine avait une chose à accomplir.

Elle donna une adresse au chauffeur de taxi et, quelques minutes plus tard, empruntait le couloir d'un immeuble du Caire. Elle lut tous les noms sur les portes, jusqu'à tomber sur la modeste plaque : Fondation Treverton. La petite pièce d'accueil se résumait à un bureau, des sièges et des affiches de l'Unicef sur les murs. Une jeune Égyptienne élégamment vêtue leva les yeux et sourit.

– Vous désirez ? s'enquit-elle en anglais.

– J'aimerais retrouver l'un de vos anciens membres, expliqua Jasmine. Nous avons travaillé ensemble. Je me demandais si vous pourriez m'aider.

– Le nom de cette personne, je vous prie ?

– Docteur Declan Connor.

– Ah oui, fit la jeune femme. Il est en Haute-Égypte.

– En Haute-Égypte ! Vous voulez dire qu'il est ici ?

– A Al Tafla, exactement, madame.

Jasmine eut peine à contenir son excitation.

– Par hasard, auriez-vous prévu d'envoyer un avion là-bas demain, avec du matériel ?

– Non, je regrette.

Jasmine essaya de réfléchir. Elle pouvait prendre un vol pour Louxor, mais ensuite il lui faudrait gagner Al Tafla. Certaines liaisons aériennes étaient aussi peu fiables que les routes. Or il lui fallait rejoindre Declan aussi vite que possible.

Restait le train de nuit.

Jasmine emprunta les étroites ruelles familières, dépassa le puits du village où bavardaient les femmes. Devant le café de Walid, elle se retrouva brutalement cinq ans en arrière.

Parvenue au dispensaire, elle s'arrêta. Les fellahs attendaient patiemment sur les bancs dehors, les femmes d'un côté, les hommes de l'autre. La porte était ouverte. Jasmine jeta un œil à l'intérieur.

Connor était là. Sous le regard attentif de la mère, il

auscultait au stéthoscope un enfant assis sur le bureau. Jasmine observa la douceur avec laquelle il touchait le petit, le rassurait et lui recommandait de faire attention à ce qu'il mangeait. Puis il expliqua à la mère que l'enfant allait bien, qu'il souffrait d'une légère intoxication alimentaire et qu'elle devrait surveiller ce qu'il mettait dans sa bouche. Il avait peu changé, constata Jasmine émerveillée. En même temps, elle avait envie de rire : sa prononciation de l'arabe était restée stupéfiante.

– Voilà. Vous pouvez partir, dit-il.

Au moment où il se tournait vers la porte, il se figea.

– Jasmine!

– Bonjour, Declan. Je...

Il l'attira dans ses bras et l'embrassa à pleine bouche.

– Mon Dieu, Jasmine! Je me demandais quand tu allais revenir. J'ai essayé de te retrouver.

– Je t'ai écrit aux Pharmaceutiques Knights.

– Je ne suis pas allé en Écosse, dit-il en l'éloignant de lui pour la dévorer des yeux. J'ai signé sur un bateau-hôpital pour un an en Malaisie. Quand je suis revenu en Égypte, on m'a dit que tu étais retournée en Angleterre à cause de ton paludisme. Je suis allé à Londres, j'ai appris que la Fondation t'avais mise d'office en congé et que tu étais partie pour la Californie. Je n'arrivais pas à me rappeler le nom de famille de ton amie Rachel. Alors j'ai tenté de te retrouver par l'Association médicale californienne, ensuite l'AMA. J'ai même essayé la fac. Pour finir, je suis allé à la maison de la rue des Vierges du Paradis où tu m'avais dit que vivait ta famille. Ils m'ont donné l'adresse d'Itzak Misrahi en Californie. Je lui ai écrit, il m'a répondu pour m'annoncer que tu avais intégré la Fondation Lathrop.

– Ah non! Je suis allée au Pérou avec un groupe de médecins indépendants pour secourir les victimes du choléra. L'expédition était financée par Lathrop mais je n'en était pas membre. Declan, moi aussi j'ai essayé de te retrouver, j'ai même écrit...

– Oublions ça, dit-il.

De nouveau, il l'embrassa, sous le regard des fellhas massés à la porte. Oumm Tewfik, Khalid, le vieux Walid, tous souriaient en pensant qu'il était grand temps.

Le mariage eut lieu dans la maison de la rue des Vierges du Paradis. Tous les Rachid participèrent à la célébration traditionnelle, y compris à la *zaffa* – la procession – qui fut suivie d'un festin de fromages, salades, agneau rôti, kébab, riz, fèves, sucreries et café, tandis que comédiens, acrobates et danseurs divertissaient Jasmine et Declan, assis sur des trônes, lui en smoking, elle en robe de dentelle abricot. Le fils de Declan était également présent – troublante réplique de son père à vingt-cinq ans. Tout frais diplômé d'Oxford, il s'était lancé dans une discussion animée avec Ibrahim, qui avait étudié à la même université cinquante ans plus tôt.

Rachel Misrahi était venue de Californie pour assister à la noce ; son père, Itzak, l'accompagnait. Après avoir montré à sa fille la maison voisine, où il était né (qui abritait maintenant l'ambassade d'une nation africaine), Itzak avait passé des heures à évoquer avec Ibrahim le temps de leur enfance commune. Et Rachel était fascinée d'entendre pour la première fois son père parler arabe.

Camélia et Dahiba dansèrent un duo de leur spectacle d'antan. Yacob les regardait avec fierté, auprès de son fils Najib, qui était à présent un beau garçon rondelet de onze ans. Sa belle-fille Zeïnab, en revanche, avait peine à se concentrer sur la prestation de sa mère, à cause d'un cousin nommé Samir, séduisant jeune homme qui, ces derniers temps, lui avait fait perdre le sommeil, et qui à cet instant lui souriait depuis l'autre bout du salon.

Qettah était là, elle aussi, pour lire l'avenir du couple. Ce n'était pas la Qettah qu'avait connue la famille sous le règne de Farouk, non plus celle qu'Amira était allée consulter dans le quartier Zeïnab. C'était la petite-fille, ou peut-être l'arrière-petite-fille, de la vieille astrologue ; une femme plus jeune l'accompagnait, appelée elle aussi Qettah.

Deux hommes observaient la fête du haut de leurs portraits encadrés : Ali Rachid Pacha, en fez et robe longue, entouré de femmes et d'enfants, le regard sévère au-dessus de sa magnifique moustache ; et le roi Farouk, jeune, beau, et seul.

Assis sous ces portraits, Ibrahim battait des mains et criait « *Y'Allah!* » pour encourager sa fille et sa sœur dans leur danse du ventre. Sa femme Atiya, de nouveau enceinte, lui avait encore une fois redonné l'espoir que Dieu lui accordât un fils. Au moment où il pensait qu'il ne pouvait exister d'homme plus heureux et plus comblé que lui, Ibrahim vit rire Zeïnab, et la façon dont les joues de la jeune femme se creusèrent de fossettes lui rappela Hassan al-Sabir, le père de Zeïnab, l'homme qui avait été autrefois son ami et son frère.

Ibrahim s'autorisa enfin à songer à cette nuit où il avait banni Yasmina. Ensuite, le monde avait basculé et, ivre de douleur, il s'était rendu chez Hassan. Le meurtre n'avait pas été accidentel. Ibrahim était venu avec l'intention de détruire celui qui avait trahi une amitié et bafoué l'honneur des Rachid.

Il se souvenait maintenant comment, jusqu'au dernier instant, Hassan avait ri de lui. C'était alors qu'Ibrahim s'était emparé d'un couteau et, recourant à son savoir de médecin, avait tranché l'arme dont Hassan s'était servi contre Yasmina.

Se sentant plus jeune et plus heureuse qu'elle ne l'avait été depuis longtemps, Amira elle aussi frappait des mains pour accompagner la danse. La famille était guérie, à nouveau réunie, et voir Itzak Misrahi, qu'elle avait aidé à mettre au monde, était presque comme d'avoir Maryam auprès d'elle.

Un rêve lui était venu récemment, dans lequel un ange l'avait prévenue qu'elle mourrait bientôt. « Que signifie " bientôt " pour un ange ? » se demandait-elle. Elle avait encore tant à faire. La fille de Nala, par exemple, était bonne à marier, et le petit-fils d'Abdel Rahman, un monsieur important pour lequel travaillaient douze personnes, serait parfait. La fille d'Hosneya, veuve avec deux enfants, avait besoin qu'un homme s'occupe d'elle, et Amira songeait que M. Gamal, un veuf qui occupait un bon poste à l'ambassade voisine, serait le prétendant idéal. Et le jeune Samir, là-bas, ne souriait-il pas à Zeïnab de façon plus que révélatrice ? Justement, Amira se rappelait qu'il s'était souvent montré à la maison ces derniers temps, sous n'importe quels prétextes, pour virer à l'écarlate à chaque apparition de Zeïnab. « Demain, j'irai parler à sa mère, décida Amira. Puis je les aiderai à se loger si le garçon n'est pas encore en mesure de l'assumer. »

Pour finir, Amira pensa à ses souvenirs d'enfance retrouvés, ainsi que son étoile et ses origines familiales. Et elle se promit que dès sa tâche accomplie, elle rejoindrait sa mère au paradis. Mais elle ne pouvait d'ores et déjà effectuer le voyage, pas tant que la famille avait besoin d'elle. L'année prochaine, ou peut-être l'année suivante, elle s'en irait.

Achevé d'imprimer en septembre 1995
sur les presses de l'Imprimerie Bussière
à Saint-Amand (Cher)

POCKET - 12, avenue d'Italie - 75627 Paris Cedex 13
Tél. : 44-16-05-00

— N° d'imp. 2322. —
Dépôt légal : septembre 1994.

Imprimé en France